人民艺术家·王蒙
创作70年全稿

讲谈编

对话录
（一）

王　蒙

目　录

先锋考 …………………………………………… （1）
多元与沟通 ……………………………………… （10）
从政治心态到商业心态 ………………………… （26）
共建我们的精神家园 …………………………… （33）
与萧风谈古典诗词 ……………………………… （60）
与金庸对侃评《红楼》 ………………………… （73）
关于汉字文化的对话 …………………………… （95）
笔谈《骑兵军》 ………………………………… （111）
中国传统诗词的感悟 …………………………… （120）
关于"数学与人文"的对谈 …………………… （142）
社会主义核心价值观的践行与优秀传统文化的弘扬 …… （163）
关于中国传统文化的对话 ……………………… （178）
双百方针与文化生态 …………………………… （188）
永远的文学 ……………………………………… （194）
厚实的装台戏 …………………………………… （215）
"当今世界的人类命运比以往任何时候都更加相互
　交织" ………………………………………… （221）
令人向往的天地境界 …………………………… （232）

与金庸话人生 …………………………………… （239）

1

只要能用得上的,我都不拒绝 …………………………… (242)
学问、事业与人生 ……………………………………… (258)
人·革命·历史 ………………………………………… (277)
对话《闷与狂》 ………………………………………… (303)
对谈长篇小说《笑的风》 ………………………………… (328)
与时代同频共振的青春岁月 …………………………… (339)

王蒙说(锵锵三人行) …………………………………… (362)
睡不着觉? ……………………………………………… (470)

先 锋 考*
——作为一种文化精神的先锋

王蒙：我觉得你们在目前办这么一本刊物是一件很有意义也很有意思的事情，刊物的整体面貌还可以在办起来之后不断摸索和调整。至于说到先锋文化究竟是怎么回事，我好像一时也说不清楚。

潘凯雄：在新时期以来文学发展的历史上，您也是一位老先锋了。无论是八十年代初期的《风筝飘带》，还是八十年代后期的《来劲》《一嚏千娇》等小说，将这些作品放到当时的文学背景上去考察，都是带有某种先锋性的。

王蒙：对这些作品也有不同的看法：有说来劲的，也有说没劲的，争来争去也挺热闹。不过，将先锋这两个字沿用到文化领域，好像也是在借用外来的说法。

潘凯雄：可能是这样。我曾经查过几本国内出版的有关文学艺术乃至文化的辞书，包括《简明不列颠百科全书》，上面似乎都没有诸如"先锋文学""先锋美术""先锋音乐""先锋文化"一类的词条。倒是在《辞海》和《辞源》中收有"先锋"的词条，但对它第一要义的解释则都与古代军事活动有关，特指那些行军或作战时率领先头部队的将领，连所举的例子也都是《三国志·蜀志·马良传》中的同一句话；这以后才引申为起某种先导作用的人，至于什么"先锋文化"

---

* 本文是作者与《今日先锋》丛刊编委潘凯雄的对话。

之类的说明则一概没有。

王蒙：在西方，先锋一词就是法语里的 avant-guard。guard 本来是后卫，所以先锋又译作前卫。

潘凯雄：对。后来我看到一个材料，一九八一年，美国伊利诺伊大学出版社曾出版过查尔斯·罗塞尔（Charles Russel）的一部专著《今日先锋派》（The Avant-Guard Today），较为系统地介绍了先锋文化的发展历史。按照他的描述，大约在十八世纪后半叶之前，法语的 avant-guard 这个词也同样是一种军事术语，这一点倒是中西合璧了；一直到十九世纪上半叶它才进一步衍生成一个政治概念，流行于空想社会主义者中间，被用来指未来社会的"想象者"；至于 avant-guard 和文学艺术发生关系则是在十九世纪后半叶的事了。它被普遍用来描述在现代主义的文化潮流中成功的作家和艺术家的运动的美学隐喻，他们试图建立自己的形式规则并以此反对权威的学术及普遍的趣味。比如早期的印象主义画家莫奈就被称之为先锋，再往后也就是一九三○年以前吧，先锋达到了高潮，表现主义、俄国及意大利的未来主义、达达派、超现实主义、结构主义等等都似乎曾被称为先锋；再接下来就差不多该到了二战以后，除一部分现代派作家继续被称为先锋外，这顶皇冠大概就该轮到后现代主义戴了；到了本世纪六十年代以后，像波普艺术、品钦、巴塞尔姆、里德这样不同的流派和作家都曾经被戴过先锋的帽子。照此看来，上述种种文化现象无论是流派还是作家，他们之间的不同还是显而易见的。因此，与其说先锋是一种狭窄的文化传统的简单表述，不如说反映了文化的广泛和分裂。它不是一个凝固不定的点而更像一条流动的河。

王蒙：是这样的。自从先锋这一术语与文化联姻之后，大体上也就是一个时代有一个时代的先锋，其指向并不固定。它并没有一个十分稳固的标准，先锋这面旗帜所涵盖的文化现象不仅十分丰富，而且也非常庞杂。这其中既包括有文化巨人艺术心灵和艺术精神的极大解放，他们冲破习见的艺术规范而创造出的艺术精品；也可能混有文化侏儒的东施效颦,他们的艺术心灵本来就很狭小,而只是在那里人为地仿效、制作,这样的作品无论怎样包装也只能是先锋的赝品。是否先锋,正如是否"正统"一样,不是作价值判断的依据。有时候,艺术上的悖论恰恰成就了艺术的魅力与常变常新的契机。古典艺术的成熟,大师们的巍然屹立,使古典艺术达到了完整、精美、辉煌的高峰。人们在膜拜这些高峰的时候却常常感到了精神潜能的被压抑,于是出现了对于破碎(解构?)、粗犷、暗淡乃至颓废的精神生活层面的正视与进击,出现了不但是对古典,而且是对艺术本身的大不敬,对大师和做大师状的大不敬。事情当然不会到此为止,在现代之后是后现代,在后现代之后呢?造词家们大概不会死抱住一个后字不放吧?

潘凯雄: 如果说这种流动性可以算作先锋文学或艺术的一个特点的话,那么我想这种特点还不足以概括先锋文学或艺术最本质的东西。在所有流动的文学或艺术中,毕竟只有比较少的一部分被称作先锋。因此,哪怕是试图给先锋文学或艺术总结一下它们的本质特征也还需要在流动性之外另找门路。这或许也能从先锋文学或艺术的发展历史中归纳出来。

王蒙: 我想能够被称为先锋的东西除去它们的流动性之外,更为本质的一点就在于它的前沿性或前卫性。用我们今天非常熟悉的一句话说就是思想大解放,即作家艺术家文化心灵和艺术精神的大解放,并以此为驱动而冲破习见的艺术规范创作出与众不同的作品。它本身具有挑战性、试验性。

潘凯雄: 我想不妨干脆用叛逆性这个词更为鲜明和简洁。其实您前面说的那一段话中本身就含有这一层意思。

王蒙: 在我们这里叛逆二字太刺激,搞不好又会触动某些人那敏感的神经。

潘凯雄: 其实在文学艺术领域谈叛逆实在正常不过了。倘若没有这样的叛逆,我们的文学艺术岂不还停留在一个遥远的时代?其实又何止是文学艺术、历史上任何一种进步也都是以否定之否定为代价、以叛逆为某种前提的。所不同的只是否定成分的多少而已:少的否定谓之改良,大的否定就是革命亦即是叛逆了。

王蒙:对。不过无论是叛逆还是前卫,先锋的内涵我想应该指向一种文化精神。前面我们谈到的种种被称为先锋的东西,单个地看或许只是在某一点上格外超前——或者思想观念,或者艺术形式,如极度的艺术变形、内省、意识流动、叙述断裂……但是如果将这一切综合起来看,就构成了一种合力的文化精神,而不是单一的东西了。

潘凯雄:您把先锋文学或艺术归纳为一种文化精神的体现,我觉得这对中国来说格外重要。因为在我们这里开始说到先锋文学或艺术毕竟是最近几年的事,而且似乎一开始就有一个误区:一说到先锋的文学艺术马上就想到文体上的新、奇、怪,想到那些不太容易读懂的作品,甚至以为只有这样才够得上先锋。这实在是对先锋的文学艺术的一种误解。

王蒙:这种误解不仅很深,而且也带来了一些不利于先锋文学健康发展的因素,例如完全不考虑读者在文学活动中的地位,将作为一种整体的文化精神的先锋的文学艺术简单地割裂开来,把本来是有一定的精神活力的东西变成了一种纯粹的文字游戏;又例如以懂与不懂作为衡量评价先锋文学艺术的唯一尺度等等。有趣的是这几年几乎每年都有论者宣告先锋文艺的死亡,至少是失败。这恰如马克·吐温的妙语:没有比戒烟更容易的了,我一生已戒过多次。

潘凯雄:说到这里似乎可以给作为一种文化精神的先锋一个相对概括的说法了。我觉得比流动性、前卫性更深一层的内涵还在于它的建设性和开拓性。用老人家的话说这也是一种"不破不立",只是破字当头,立未必在其中。一味地破不一定就是先锋,破完了还必须立,而立则在于建设和开拓。这种建设与开拓除去文体上的别具一格之外,还须将当代人的生活经验与当代人的理想收纳进来。当代的生活经验自然是现实的,但这也并不排斥作家用超现实的方式加以表现;而当代人的理想则绝不是那种满足于眼前小实惠的急功近利,而是作家独特的心灵体验与感悟,是一种具有某种人类共同性和形而上的大理想。用现世的眼光看,这种理想或许是超然的、虚无的甚至是颓废的,但恰恰又体现出某种前卫性和叛逆性。您到国外出访的机会比较多,能不能谈谈您所看到的国外的先锋的文学艺术的情况?

王蒙:文学作品究竟哪些算是标准的先锋,说法也比较多。而从艺术领域看,我自己的感觉是好像美术、雕塑、建筑比较成功,在一些大都市中,无论是著名的博物馆、艺术馆,还是在户外的广场上,都能见到先锋艺术品的陈列,这说明它们既已经进入高雅的艺术殿堂,也走向了大众的文化生活直至建筑行业。音乐的情况则似乎要差点,在正儿八经的音乐厅里,很难见到人们衣冠楚楚地去欣赏先锋音乐,在这些地方演出的还是传统的古典音乐占绝对优势。

潘凯雄:那么这种状况的形成到底是创作者本身的问题,还是人们欣赏音乐的习惯相对要保守一些呢?而从我本人的欣赏经验和习惯来说也大体上是这样,看一些先锋美术、雕塑有的很欣赏、有的勉强能够接受;但一说到听音乐则总是觉得还是古典的来劲。我不知道摇滚算不算先锋音乐?尽管现在有许多摇滚的发烧友,可我一听到重金属心里就发慌。这自然只是我个人的现实经验,更与个人的文化积累有关,不足为据。

王蒙:或许是创作和接受两方面的原因都有吧。不过这也只是我自己感觉到的一种现象,究竟是否真的如此以及为什么如此?我现在一下子也说不清楚。

潘凯雄:您说的这种现象似乎和先锋文化在中国兴起之后的情况有近似的地方。在我的印象中,新时期以来,先锋美术的崛起似乎最早,也相对比较成形,雕塑……

王蒙:至少城市雕塑中先锋的不多。我曾经在一个城市的一所公园的一块十分漂亮的草坪上看见一尊雕塑,那是一只十分具象的羊,这真有点让人哭笑不得,倒不如放上一只真羊来劲。

潘凯雄:那么文学方面呢?

王蒙:在文学内部,先锋诗歌的兴起好像比较早一些。尽管诗歌的情况也比较复杂,流派门户颇多,难免鱼龙混杂。但其中有些诗作、有些人物恐怕还是为诗界所认可的。至于小说嘛,好像前几年更热闹一点。

潘凯雄:说到小说,我想起前几年国内的文学评论中常用的几个词:诸如新潮、实验、探索……尽管说法不一,但所指大体上也就是那么一些作家的作品。在您看来,这些说法和先锋有什么区别呢?

王蒙:这也许是一种中国特色的说法吧。不过从字面上和纵向的文学发展来看,实验也好、探索也罢,似乎更在一种过程、一种变化之中,至于先锋则好像要相对稳定一些,现在是否可以说先锋已经有了自己的经典?如果可以这么说的话,那么先锋实际上已经有了相对稳定的标准,尽管它还是有自己的流动性。

潘凯雄:虽然很快我们的评论界也开始使用先锋这样的字眼了,但是好景似乎不太长,没多久先锋就有些沉寂,这从当时一些评论文章的标题上便可见出一斑。什么"先锋的孤独""保卫先锋""真正的先锋一如既往"……颇有点悲壮的味道。

王蒙:悲壮归悲壮,不过先锋文学从它兴起之日起,这根线就一直没有断过。

潘凯雄:是这样的。今年以来似乎情况更好一点,有关方面还推出了一套"先锋长篇小说丛书",计有余华、格非、苏童、孙甘露、北村、吕新等六位作家的六部长篇小说。遗憾的是这六部作品在国家出版社压了较长时间,最后还是由一位个体书商资助才得以顺利出版,而且每本居然也印了一万册,可见它还是有一定的市场。

王蒙:这是我们发行渠道不畅的问题。不过我想所谓先锋的命运其实也是多种多样的,即使在西方也是如此:像毕加索、艾吕雅这样的先锋艺术大师身前不曾寂寞,死后照样被炒得很红;而像凡·

高、达利这样与前者同级别的艺术大家生前则寂寞孤独,不为人们所理解,直至死后才时来运转。当然,相比较而言,西方的先锋文化发展比我们相对顺利,原因固然很多,但其中有一条则是很明显的,那就是他们的文化传统和发展历史在起作用。有些在我们这里看起来是稀奇古怪的东西,在人家那里却很正常,或者说接受起来也比较快,毕竟他们是一步步走过来的。而我们则是在改革开放之后,短短几年时间里一股脑儿地拥进了国外几十年乃至近一个世纪的文化,特别是其中的一些与我们民族文化传统和大众的欣赏习惯距离颇大。这样一批作品的出现,难免给读者的阅读带来一些困难,指望先锋文化能够很快在大众那里和社会上引起强烈的反响也是不太现实的。总之,先锋文化进入大众首先需要一个时间过程,而决定这个过程长短的因素则很复杂,有时候先锋文化的出现正好与大众渴求艺术变革的心态相契合,那么它很快为大众所接受;反过来,智慧的孤独和冷寂也未必是一件坏事,一切都很正常。

潘凯雄:看来要在中国从事先锋文化创作,其反响无论是热烈还是冷寂,从创作者的心态来说都需要耐得住寂寞,少一点急功近利,多一点平常心。

王蒙:尽管先锋文化在社会和大众那里的反响不一定会那么轰轰烈烈,有时甚至是一种寂寞的宿命,但这些看似不太火爆的东西却绝对是一个健康的社会文化结构中所不可缺少和具有重要意义的。如果整个社会的文化统统是由那些娱乐性的文化快餐所构成,表面上看起来热热闹闹,骨子里却是肤浅与俗套,那才是真正的文化悲哀;另一方面,即使古典文化在社会文化构成中占据了主流,也不应该排斥先锋文化应有的地位和意义,否则很难说这样一种文化是富于活力的。不过目前,在我们的社会正由计划经济向市场经济过渡、文化界也充满了浮躁气的背景下,真正执着于先锋文化的耕耘,的确也需要一定的勇气和毅力。我在国外遇到的两件事给我留下了很深的印象:一九八六年我访问匈牙利时,他们的教育部长对我说:尽管你是访问匈牙利,但正在我们这里举办的苏联十月革命初期艺术展你却不能不去看看。于是我便安排时间去参观了一下这个展览,展品都是十月革命初期的作品。那时日丹诺夫主义尚未出笼,因此展品的风格的确多种多样,各自不乏精品,而且非常富有先锋精神。我这样说并没有否定现实主义的意思,现实主义可以出大作,现实主义之外同样也可能出精品。一九九三年初,我到澳大利亚的悉尼参观,那里有两个艺术陈列馆,其中一个专门陈列现代艺术,一天上午我参观了这个现代艺术陈列馆之后就和陈列馆的女馆长聊了起来。我问她:这里展出的艺术品公众能够接受并具有艺术生命力吗?这位女馆长沉思了片刻说:我们无法保证这里的每一件艺术品都能为公众所接受,更无从说它们各自的生命力有多久,但是我们应该尊重他们存在的理由,并为他们做些服务、扶植工作,至少也应该采取容忍、宽容的态度。我之所以对这两件事留下了很深的印象,一是因为艺术本身的可能性是多种多样的,先锋文化不正是对艺术多种可能性的一种尝试吗?二是由于他们对先锋文化的这种冷静、客观的态度值得我们三思。

潘凯雄:钱锺书老先生一次在接受《人民政协报》的采访时也说过一段意味深长的话,他说:"崇高的理想、凝重的节操和博大精深的科学、超凡脱俗的艺术,均具有非商品化的特质。强求人类的文化精粹去附和某种市场价值价格的规则,那只会使科学和文艺都'市侩化',丧失其真正进步的可能和希望……我们必须提高觉悟,纠正'市侩化'的短视和浅见。"只是这种语重心长的话也只有像钱锺书这样德高望重的老先生说才合适,否则又该有人说这是在鼓吹"精神贵族"了。

王蒙:精神的一味迎合和媚俗可不是一件好事。这根本不牵涉是否脱离群众的问题,而是如何改善整个社会的文化结构和不断丰富与提高公众的艺术鉴赏能力的问题。你们现在要办的这本《今日先锋》也正是在这一点上值得重视和有意义。我只是希望这本丛刊能就中国先锋文化的发展做一点扎扎实实的工作,比如:追求文化精神上的真正的高品位,推出真正的先锋精品,促进先锋文化研究的规范化等等。

发表于《今日先锋》1993年第1期

多 元 与 沟 通[*]

——关于当代文化与知识分子问题的对话

陶东风：九十年代的中国进入了一个新的历史阶段，这是大家都承认的。我们这个时代的特点之一，是社会同质性的消解。在过去计划模式的社会里，经济、政治、文化三者之间呈现一种高度同质的整合关系，计划经济、以阶级斗争为纲的政治、一元主义的文化，三者之间的关系撇开对它的价值评价不说，至少是高度协调的，可以相互支持、相互解释，非常配套。而到了九十年代，三者之间的这种同质整合关系在很大程度上被打破了，呈现出分裂的状态，经济与政治之间、政治与文化之间都不再存在高度同质的、可以相互支持与阐释的配对关系。三者的变革速度是不同步的。同时，经济、政治、文化各领域的内部也呈现分裂、多元的状态。多种经济成分的并存，多种政治因素的并存，以及多种文化价值取向的并存等等。可以说，今日的中国是历史上最为复杂、多元的。结果是在知识界产生了阐释中国的焦虑以及共识的消失。所谓"阐释中国的焦虑"，就是知识分子不知道应当如何去把握这个社会，尤其是，再也不能用一种单一的阐释角度与价值标准对这个社会作出完美的、准确无误的解释与评价，因为我们所处的不是从前那样的同质化的社会，而是高度异质化的社会。想要发明出或者寻找到一种无所不包的、万能的、一次性将所有

---

[*] 本文是作者与时任首都师范大学教授陶东风的对话。

问题一网打尽的阐释模式是不可能的。这个时代需要的是多元的、各种不同的阐释模式的相互宽容、共存,以及在此基础上的对话与沟通,它不但容忍而且呼唤异质的阐释模式与评价标准,但是同时又努力在不同的模式与标准之间形成良性的互补与对话关系。九五年文化界的一个弱点,在我看来就是自说自话,众声喧哗,热闹有余而对话、沟通不够。许多人过于相信自己的阐释模式或价值标准是绝对正确的,其有效性是无限的;而把不同于自己的阐释角度、价值尺度一棍子打死。这种态度只会把文化的讨论引入歧途,大家都意气用事,为争论而争论,是非常不利于真正的文化建设的。

王蒙:你说到的有些大问题我不准备多谈。但是有一点我深有同感,就是计划经济、以阶级斗争为纲的政治以及为政治服务的文化之间可以相互解释得很协调;但现在社会主义的市场经济本身就不是单质的。我们从来没有说要搞自由经济,还强调公有制以及原来的社会主义的东西。现在的情况则多了几个层面。从政策上讲,新闻自由一直被认为是自由化口号,从自上而下的政策看,没有多少的变化。但是现在的新闻显得不同于从前计划经济时代,市场的影响就很突出。即使像《光明日报》那样的中央报纸,也有很大的变化,原因是销路越来越少,所以也要多少变得面目可亲。中国现在的表达自由的状况较以前有了很大改观,这不算是什么阿谀。

陶东风:这就是经济的变革所产生的文化上的乃至于政治上的效应。这也是中国的特色。政治的问题、文化的问题,不能直接用政治的或文化的方式来解决,甚至不能用政治的或文化的话语来分析、表述。然而经济领域的变化会自然而然地波及政治与文化。比如您刚才说到的《光明日报》的变化(其实相似的变化在一些机关报纸也在发生),首先是起于经济上的考虑(发行量的问题、订数的问题)。当许多文化单位在经济上自负盈亏以后,它就再也不能不考虑市场了。在这种情况下,尽管文化政策在思想内容上没有变化或变化不多,经济会自然地促使它变化。但是在这点上,我觉得也可以把它解释为:当文化事业单位在经济上变化以后,其制度、政策事实上已经部分发生变化,不是单质而是多质了,或者叫"双轨制"(经济上的市场化与意识形态上的计划性)。因而其体制的延续方面与变化方面面临重新磨合的问题。这是今天许多文化单位面临的新课题。

王蒙:我觉得,历史上许多很可怕的文化状况的形成也不仅仅在于体制、政策与当权者,而在全民、全国在革命名义下,或在意识形态名义下形成的意识形态狂热。就是说,一个人的思想不是靠打小报告或家家安窃听器来控制,而是自己控制自己,这是革命的后果。革命中的人总是把革命的对象视作豺狼虎豹,而把革命的领袖视作红太阳。"红太阳效应"我觉得是一种革命的效应,它也有积极的一面,因为没有这个就没有革命。人不能在一种怀疑的、批判的、理性的状态下投身革命。一面在痛击国民党,一面又十分理性地反思共产党的每个举措,这是不可能的。我曾经有这个体会。为什么说现在比过去享有了更多的空间?因为现在人们对于红太阳的敬畏的确被更理性的态度所取代了。这一点是来之不易的,这是一个最可贵的进步。现在人们对于意识形态的偏执、狂热、简单化有所超越,实事求是地用一种更实际的眼光来看待每个人自己认为重要的事情,我认为这就是解放思想,比之于有没有人盯梢更重要,这是一种更实际的自由。

陶东风:您说的这种自由是不是可称为内在的自由?虽然我一直认为,没有制度的保证,内在的自由常常不能落实,但是我觉得并不能说有了制度的保证,就一定有内在的自由。所以在一定的意义上我能认同您的观点。我们在反思过去的教训时,固然不能说过去的不自由是或主要是人们的内心没有自由,自己没有独立性,所以被人剥夺了自由,这是为计划体制开脱的说法;但是人的内在的解放,的确也是十几年来(尤其是思想解放)的一个重要成果。是否可以这么说,在内心比较自由、有理性、有怀疑精神的情况下,即使外在的环境不怎么自由,他也至少可以不做或少做破坏自由、与自由背道而驰的事情。

王蒙:但是狂热的降低同时出现了文化道德失范,理想主义的式微,产生了另一方面的问题,为私利而活,不是服从某种意识形态了。对于这种局面,各人的估价是不一样的。我的确没有有意要成为文化讲座中一方的代表人物,但从对我的观点持批评态度的朋友中也受到一些启发,其中之一是意识到有相当多的知识分子感到极度的精神饥渴,他们的感觉是(打个不恰当的比喻)"肚子"里没有"食物",所以急需呼唤人文精神,以此充实自己的空虚。而我的心情是,我好不容易从精神膨胀的实症中、从红太阳效应中稍稍解脱出一点,可以喝一点茶或吃一根冰棍了,我再也不想吃什么十全大补丸了。所以这一方面的感受是极为不同的。不过我有这种感觉并不要求大家也要有这种感觉;启发之二是,我从许多朋友的字里行间体会到,改革开放本身也存在着一些令人忧虑的方面。我现在越来越感觉到,靠反改革是搞不垮改革的,改革搞垮了一定是由于改革者自身的素质太低,或被腐化,使得改革开放走到邪路上去。改革开放可以打倒改革开放,比如权力拜物教照样可以在改革开放中发挥作用。如果你要为改革开放辩护,但连不该辩护的也去辩护,就会葬送改革开放。这也是一个很大的启发。

陶东风:这涉及对于改革开放的界定,到底什么是"改革开放"? 卖淫嫖娼是改革开放么? 假公济私是改革开放么? 权钱交易是改革开放么? 在有些使用这个词的人那里,这个词是无所不包的,举凡在七十年代末以来中国大地上发生的一切,不管好坏,不管是什么,无不可以归入"改革开放",或至少是改革开放的"结果"。你要为改革开放辩护,那么好,全社会的所有负面现象都要由你负责,或者是你所拥护的。因为一切都放入"改革开放"这个大兜子了。所以,我觉得这个词倒是急需来一番词语梳理,不要把所有乌七八糟的东西都叫做什么"改革开放"或"市场经济"(这个词也混乱不堪),不要把现在社会上出现的负面现象都说成是市场经济或改革开放的结果,其实这当中许多恰好是旧体制的产物,是改革开放要加以消除的。这就要求我们应当从理论上对于改革开放与市场经济加以界定,这种界定一方面可以对改革开放的实践起到一定的引导作用,另一方面可以防范有人利用这个概念的含义不清,把什么都扣到它的头上。有了清晰的界定,就可以把不应由"改革开放"负责的东西从这个词中排除出去。当然,界定的目的并不是要调动所有美妙的词汇,把改革开放或市场经济描绘得天花乱坠,从而把改革开放不适当地美化神化,这样也会失去了这个词,以及这个词所表征的社会变迁的具体、真实的含义。改革开放的确会带来一些问题,但是像"王宝森现象"之类的东西决不能扣到改革开放的头上。恰恰相反,王宝森现象正是改革开放要排除的东西。因为健全法制、有效地监督政府官员自然是改革开放的题中应有之义。这样,我们既不否定市场经济的确会带来一些问题,尤其是文化价值、伦理道德的问题,但同时也拒绝由市场经济来承担本来不该由它承担的罪名、恶名。正如有些学者指出的,现在似乎给人这样的印象:道义、正义掌握在那些批判市场经济的人手中,这是与"改革开放""市场经济"以及"正义"等概念的含糊不清有极大的关系。笼统地说,是改革开放的拥护者,还是反对者,代表了社会的良知体现了社会的正义是没有意义的。

王蒙:这也是我的文章让反对者反感的一点。他们觉得我在为市场经济辩护。他们责问:我们什么时候反对过市场经济或改革开放?似乎我有一种暗示,他们是反对市场经济的。这是最近一二年的讨论中表现出来的问题:各执一词。而所执者都带有常识性。比如有些人的文章反复讲,经济上去了,并不等于一切就都解决了。要不就是认为,不要视市场经济为完全正确。其实这些都是常识,谁也没有说经济上去了一切就都跟着上去。我在十年前的文章中就讲过。所以,争论中的双方其实在许多问题上并无重大的分歧,不过强调的面向不同。比如我说某人头发黑,另外一些人说他皮肤黄,就这样双方争执不下,都视对方为白痴或不明事理。有时是相互把对方逼到死角。你说他头发黑,我就偏说他皮肤黄,黄得不得了。有时候是作者自己的偏执、激情加幻想把自己逼入死角,逼到了不是我矫情就是你堕落,不是我聪明就是你疯狂的地步。

陶东风:而且硬说你不承认这个人皮肤黄。

王蒙:对,争论中有时有这样的情况,你强调一面,另一面就变成我的了。其实对对方的观点并不是持反对意见,或并无不同。各执一词、各强调一个方面不利于对话的进行。

陶东风:你说的让我想起现在有一种观点,说"左"当然不好,但是不"左"不等于就是好。我觉得很好笑。谁也没有说不左就等于好,这难道用论证么?就像得肝炎当然是属于身体不健康,但是不得肝炎当然不等于健康,还可能得阑尾炎、盲肠炎或别的什么炎。但是如果在肝炎大面积流行过一次后,多谈谈防止肝炎的必要性又有什么不可以的呢?

王蒙:再比如我说了一些为王朔辩护的话,似乎我要树的大旗就是王朔,而有人为了反对我,就不顾一切地批王朔,似乎我成了王朔的辩护士,或者认为我把中国新文化的希望寄托在王朔身上。但是经过了这一年多的争论后,我现在起码是心平气和地承认:你说他头发是黑的,谢谢,他头发是黑的。你说经济上去了并不能解决一切问题,谢谢,我也这么认为。你说市场并不是完美无缺的,我太谢谢你了,市场怎么是完美无缺的呢?但是我现在反过来说,市场经济比起计划经济来促进了中国的生产率的发展,也促进了人们的自由的空间的拓展,我相信他们也没有异议。

陶东风:这就涉及到一个争论的基本规则的问题。争论的双方都必须意识到或承认:对待一个对象,尤其是异质的复杂对象的任何阐释角度或评价尺度都是有局限的,当然也都有它独特的有效性。任何尺度与视角都各有所长、各有所短,都有自己独特的有效性、深刻性,但是这种有效性与深刻性又只能限于一定的范围或"区域"。就是说,当你选择了一个角度,你在获得特定的优势的同时也进入了一定的局限或"盲区",但你为了写文章说问题,又不可能不选择角度,甚至也不能为了克服限度、变得全知全能而企图将所有的角度都"一网打尽""尽收眼底"。这也是一个个体所无法克服的"阐释的命运"。如我在前面说的,从理论上讲,任何人恐怕都无法把我们的社会阐释透彻。事实上,就一个人而言,全方位常常意味着无方位,全角度意味着无角度。这不是说全方位与全角度是不可能的,而是说在一个人的视野中几乎是不可能的,也是无必要、无意义的,与其说它意味着全面,还不如说它代表浅薄(所以我并不因此而主张中庸)。所谓全方位与全角度,只能是通过各种不同的角度与方位的对话、沟通与互补中形成,而这种对话互补关系的形成,又有赖于每个个体意识到自己的阐释角度的局限性,并承认别人的阐释角度的有效性,从而无论对于自己还是别人都持一种开放的态度与胸襟,形成良性的互补关系。这样,一个人的阐释可能是有局限的、不全面的,而在不同的个体之间综合而成的阐释就能够比较全面地阐释这个社会,就较少局限性,比较准确地反映当今这个社会的特点。所以我们倒不必要求提倡人文精神的人也都要面面俱到地既讲市场经济的积极面,也讲它的消极面。

王蒙: 对对,这样就变得是我在逼人家了。

陶东风: 同时他们似乎也无必要要求您非得多谈谈市场经济的负面性。在关于人文精神与世俗精神的争论中,体现的是两种不同的阐释与评价尺度,即道德主义的和历史主义的,它们所看到的都只是对象的一个方面,用您的比喻说,是头发黑或皮肤黄。其实头发黑与皮肤黄都是对象的一方面特点,综合起来才是一个"全人"。现在的许多误读现象就是起于缺少对对方的"同情的理解",于是产生你说的"逼入死角"。比如,就我所知,世俗精神论者并不认为市场经济或世俗文化好得不得了,或拜金主义好得不得了,也绝非提倡不要精神,只是从历史主义的角度更多地肯定其正面的意义;而人文精神论者中的绝大多数也不是说"文革"比现在好,或反对市场经济,只不过是强调了在市场经济条件下建构价值理性的迫切性。这样两者只要都本着对对方的"同情的理解",形成良性的对话与互补关系(或者用我的话讲是"握手言和")是完全可能的。

我最近因为要写一个关于《躲避崇高》的赏析文章,所以又把大作拜读一遍,感受有些不同。首先是我采用"倒着读"的策略从文章的后半部分读起,因为许多人似乎只看前面不看后面,得出的结论是,您对于王朔、对市场对文学的影响都不是采取完全肯定的态度;其次,我发现您在文章前面部分对于王朔及与他不同作家作品的描述,事实上是中性的,既非褒也非贬,不是价值判断;第三,您只是在两个意义上肯定王朔的意义,一是王朔的出现让一些人(这些人是谁大家都知道)感到很不舒服;二是王朔的作品消解了特定时期、特定意义上的假崇高。

王蒙:你在《文艺争鸣》的文章中说我的《躲避崇高》对于与王朔不同的文学不分它是革命文学还是启蒙文学,都采取了调侃的态度,其实我只是在描述,并无价值判断,或嘲讽。比如我讲到五四以后的作家都认为自己的精神境界比一般民众要高,包括我自己在开始写作时也认为比一般民众要高,我在说这些话的时候并无任何的嘲讽。但可能写幽默文章写多了,自然给人以调侃的印象。启蒙的文学无论在中国还是世界都相当多。像王朔这样"蹲下来"写作的人不多,包括我在多数情况下也是找"制高点"来写作的。所以我不是嘲讽与王朔不同的人,不然要嘲讽的人也太多了。

陶东风:理解与对话的前提是宽容待人,而只有自省精神(对于自己的局限性的认识)才能做到宽容待人。遗憾的是,现在有些人还在鼓吹不宽容或提倡一种排他性的所谓"终极价值"。我并不一般地反对终极价值,它对于解救您所说的精神饥渴有用。但是我以为不要把它搞成一元的、排他的、强迫别人接受的东西。如果终极与绝对化的思维方式结合,成为否定别人的生活方式与生活目标的棍子,就要不得。比如对二张的偏激我就持保留态度。所以关键是要把终极放在一个恰当的位置上,这个位置我以为是个人的精神生活、精神寄托。关于这一点,我在别的文章中已说得很多。

王蒙:你说到二张的偏激,我觉得如果它作为一个作家艺术家的情怀是无可非议的,甚至有其美好的一面。艺术家往往有一种对于童年时期的眷恋,我在我的作品中对此也有表现。我青年时的情感非常像《红楼梦》中的贾宝玉(但是只此一点),就是在我年轻的时候看到一个女孩子结婚,心里很难过(也许有弗洛伊德分析的原因),希望女孩老处在少女时期。这是艺术家的可爱之处,也是它的幼稚之处。我觉得二张希望人类也老处在它的童年时代或少年时代。如果现在大地上的人都强悍无比,带猎狗、拿长剑,逐鹿草原,渴了就在溪边喝水,这太浪漫了。但是对人类远古或少年时代的这种眷恋不可太认真地对待,不要把它变成一种规范性的理论或排他性的理论。工业化带来的毛病虽然很多,但落后国家要发展,不走工业化的道路、不开发是绝对不可能的。成问题的是一些炒作者、哄抬者,如"抵抗投降"之类,不但拉大旗,而且将几个作家当做狼牙棒使用。比如《中华读书报》上发表的那篇引起争议的关于"拒绝宽容"的文章,据作者多次告诉我,不是他专门写的评论,而是炒作者从他的一篇小说中摘引的一段,这样做对读者、对作者都是不够负责的。

陶东风:我在《原道》第三辑上的文章中也涉及到了这个问题。艺术家或具有艺术气质的思想家,常常有怀旧或反现代文明的倾向,也就是在评价社会的时候道德尺度与历史尺度的二元对立,或道德的尺度优先于历史的尺度,认为历史的前进导致道德的退化、美德的丧失。从理论上说,这涉及社会发展中历史与道德理性与感性的二律背反的问题(许多西方的思想家作过论述),可信者不可爱,可爱者不可信。这样,有一些艺术家为那可爱的东西的消失唱一曲挽歌,又有什么不可以呢?但是这种反现代化的情绪不能"越位",成为社会建构层面的主导思想。尤其是在中国这样的现代化后发国家,不能让反现代化的情绪成为干扰现代化实践的社会力量。那么为什么取反现代化尺度的往往是些作家艺术家,而不是或较少是社会学、经济学、政治学家,更不太可能是直接从事政治或经济活动的行动者?我想这正是艺术家的思维特征所在。道德主义与唯美主义而不是现实主义或历史主义,是艺术家思维方式的主要方面,感性高于理性。一个理性太强的作家写出的作品也许有思想深度,但常常缺乏艺术魅力。不过即使从艺术上讲,作家对于历史发展的拒斥似乎也要有一种距离,没有距离就会成为控诉,成为声嘶力竭的情绪发泄,这样也创造不出好的作品。所以我欣赏的是挽歌式的作品,像《红楼梦》,像李商隐的"夕阳无限好,只是近黄昏"式的情调。在理性与感性、道德与历史、审美与现实之间保持了一种张力。

还有一点我想在这里澄清一下。我在一些文章中曾提到二张有反工业化、现代化的倾向,有些朋友就说我这是扣帽子。其实"扣帽子"指的是政治上的定性(当然是不正确的定性),把学术的问题政治化;而我说的反工业化或现代化完全是从学术上谈问题的。从学术上看,二张的作品中表露的对于工业化、城市化、科学化的拒斥,对于物质财富的蔑视,包括您说的对于远古时代的眷恋,都无疑是反现代化取向的。但是反现代化或提出一种不同于现代性的价值取向完全是文化与学术上的自由,西方国家反现代化的作家思想家多的是。

王蒙:对,甚至于是一种时髦。

陶东风:是的,但谁也不会给他们扣政治帽子,同时也不会把批评他们的人说成是"打棍子"。我觉得我们也要逐渐养成从学术的角度谈此类问题的习惯。反现代化也没有什么了不起的,但关键是要把反现代化放置在什么位置以及如何与别的,比如说现代化的价值取向形成良性的关系。我觉得要不得的是把反现代化当成是一种排他的宗教式的东西,在现在的国家,要把一种反现代化的东西作为全民的宗教看待恐怕是不行的。当然现代化所蕴含的世俗化趋势,必然导致终极的式微,导致精神的饥渴。在发达国家同样如此。

王蒙:甚至于更加严重。

陶东风：对。我并不反对任何终极的东西，而只是把终极性的、极端化的诉求限制在合适的位置，尤其不要与政治势力相结合或不自觉地走到一块。在发达的国家，在一个法制很严格的国家，人的极端性的情绪或心理需要得不到发泄，弄不好会导致各种心理疾病或恐怖暴力活动。这些国家的学者也在研究这些问题，以便创造一些对社会无害的发泄渠道，不要让它与政治运动或社会改造结合。如拳王泰森崇拜毛泽东我觉得就没有什么害处，是他个人的行为，个人的选择。

王蒙：我们刚才谈到了在人文精神的论争中，我与其他一些人的表面的"差异"只是谈问题的侧重不同。当然除此之外也有真正的分歧。这是由记忆的不同而造成的。我觉得记忆的保存是非常困难的。比如对于我们来说，对于"文革"就记忆犹新，所以时时保持警惕。对有可能导致"文革"的思想模式十分敏感，而现在的年轻人就无法理解。这个记忆想通过他们而保存下去似乎十分困难，很多人甚至觉得很好笑。最近有人不怀好意地说，你们看看《失态的季节》《恋爱的季节》就会知道，王蒙他们原来是这种人。而实际上我是在反思我们这代人的精神历程，而这位不怀好意的朋友就说，他们就是这种人（书中描写的人），自己带上帽子又去揭发别人，多么坏的人。我以为这也是由于记忆的中断。

还有一点给我的印象很深，现在的人喜欢骂中国的知识分子，认为他们缺少独立人格，甚至认为中国没有知识分子。但是他们忽略了一条，即我刚才说到的"红太阳效应"或"革命后果"。中国知识分子在与国民党斗争的时候表现得非常勇敢。拿郭沫若来说，香港有位朋友对我说，香港人十分蔑视郭，说他无人格无头脑。

陶东风：国内也有这样的评论。

王蒙：对，国内也有。我对他说，郭沫若胆小么？他可以在蒋介石如日中天之时当着蒋的面骂他，可以在重庆演话剧《屈原》，他什么时候怕过？考虑过个人安危？但他也无法从下面的模式中超脱出来:既然要反对国民党旧政府,就五体投地崇拜革命的政党与领袖。尤其是毛泽东,又有个人魅力,草书诗词均佳。所以对中国知识分子,如果只抽象地说什么"你为什么缺少独立性",而不看到他们处于战争时期的特殊性,是不行的,我们刚刚获得革命的胜利,它是靠我们的英勇奋斗不怕牺牲换来的,我们怎么顾得上反思革命本身是否也会有不义,有扩大化。当然,顾准显得与众不同,他头脑清醒。

陶东风:顾准也是在七十年代才写出《从理想主义到经验主义》,对革命进行了较为深刻的反思。此时他已经经历了几次大的运动。中国的知识分子大多卷入了革命,本身是革命中人或受到严格的革命教育。这就失去了反思革命的应有的距离,卷入革命的结果是或者在体制、职业上成为革命体制中人,或者在思想上成为革命意识形态中人。而在更多的情况下,是这两种"革命中人"兼而有之。这当然就很难获得反思革命的独立立场。改革开放使得职业体制与思想文化都有了不同程度的松动,反思革命的可能性条件已经比以前大了。这也应当是我们拥护改革开放的一个原因吧。

王蒙:另外,我最近看到一篇文章,是一个年轻人写的,说他发现了解放前的一则史料,是以汪精卫和蒋介石的名义给当时一些知名的学者写的一封邀请函,邀请他们在夏天到庐山参加谈话会。邀请函的文字很漂亮,意思无非是非常地尊重这些学者,态度非常谦恭。参加的人无法一一考证,但是知道的都是些大学者。这位朋友的文章说,尽管无法确切知道被邀请的人,但是只是反复看着这篇请柬,就感到何等的"温暖和欣慰"。我看后哈哈大笑,觉得这位小朋友真是太天真了。你以为这就能证明在汪、蒋的统治下知识分子过的就是天堂一般的日子么?就充满了阳光雨露?雨花台被枪毙的作家们能够用这个请柬说明么?闻一多、李公朴被杀能够用这个请柬说明吗?这是否也是记忆难以保持的结果?

但是奇怪的是,中国的文化也的确很厉害,一方面是记忆很难保持,另一方面文化的积淀又很难消除。从这位朋友的温暖沐浴感中,我感到他实际上还没有摆脱要求垂青的心理。我这么说丝毫也不是要求这位朋友对谁都采取不合作的态度，我尤其没有这个资格，因为我从过政。我只是说不要反过来骂别人，这个人不是真正的知识分子，那个人不纯洁。你这篇文章表露的情感就非常之不纯。我相信这种感情一个外国的科学家就想象不到。如果一个外国科学家收到这样的一封请柬，他要么是欣然前往，提一些于国于民有利的建议，这无可厚非；要么他可能认为这不是我的专业，谢绝前往；如果他对当时政治持一种批判的态度，他也可能反唇相讥：少跟我来这一套。每个人的选择都有他的理由，都可能是正确的（至少对于他）。而且一个人没有权利要求别人都与他的选择一致。只是从中我悟出了记忆是很难贯穿的，但是很难贯穿也要想办法贯穿，否则无法汲取历史教训。同时，历史的文化积淀也很难消除，我刚刚读一本曾国藩的书，体会到中国的政治逻辑是很厉害的。曾国藩就是迷信乱世用重刑，宁可错杀一百，不可放过一个，而且让你看过以后觉得这样做是有道理的，有效的。对此你骂他一通很容易，但是这套政治思想与治国方略在中国决不是靠骂一下就可以去除的。在有些时候也不无参考的意义。

总之，在历史记忆方面我与现在的一些人是有分歧的。有没有这样的历史经验就是不同。说这话的意思不是责备别人，因为我觉得一个人历史感太强也会被历史所囿，因为人毕竟是生活在现实中。而且年轻人面向的是未来。所以我也要向不太历史或常常忘记历史的人学习，并从中受到启发。而且，太历史了就会陷入自己的框架不能自拔。

陶东风：好像国外也在讨论历史记忆的问题。去年《东方》反法西斯战争胜利五十周年纪念专号上发表了一位外国学者的文章。大意是说，记忆不能从纪念馆、博物馆中去寻找，这里所陈列的战争遗物实际上已经经过选择、改造、体制化、国家化了，它的目的是告诉人们一个并不可靠的许诺：历史是不会重演的，你看我们已经把"它"

隔离了。文章认为真正的记忆应当到非常幽暗、边缘的缝隙、角落中去寻找。只有在这些未经意识形态"处理"的地方，才有真正的历史。我觉得中国也有这样的问题。如果我们到各种加工过的、代表主流的教科书中寻找中国近现代乃至解放后的历史真相，能够找到么？主流话语必然要遮蔽一些东西，这些被遮蔽的东西又绝非无关紧要。记得鲁迅先生说过读野史重要，比读正史还重要，是否含有这个意思。但是即使如此，想寄希望于通过人们的记忆这种心理的力量来防范历史悲剧的重演似乎十分困难。

王蒙：是的，事实证明人就是会在原先失足的地方跌倒。

陶东风：所以我想更关键的恐怕还是通过制度的改进、制度的设置来防止悲剧的重演。或者也可以这样说，让记忆进入并体现在制度中，这比存在于人的心里或书本上似乎更为有效、更为可靠。世界上许多比较好的法律就凝聚了人类的记忆，尤其是对于悲剧、对于苦难的记忆。至于历史记忆或历史尺度本身的局限性当然是存在的。就像前面我们已经讲过的，任何尺度都是有局限的。但是在目前的中国，我觉得多强调历史记忆是有好处的，不是多余的。这也使我想起另一种说法，比"文革"好难道就是好么？就不要再进步了么？这种责问就像不"左"难道就是好的么的责问一样，是以误解为基础的。谁也没有说过只要比"文革"强就万事大吉了。但是鉴于在今天还居然有人怀念"文革"、怀念红卫兵时代，我觉得把历史记忆重温重温还是很必要的。

王蒙：看来你比较重视制度。但是我现在也不迷信制度。如果整个国民素质太低的话，什么好的事情都会搞坏。但反过来，不合理的制度又会使人的素质更低。只能寄希望于逐渐地发展进步。

说到进步，现在有许多人从更高的层次、从终极价值的角度否定"进步"一词，对此我充满敬意。但如果现实地说到国家人民的命运，还得用进步的标准，否则怎么办呢？生活水平的提高、言论选择的可能性的增加，我以为都是进步，如果说这也不是进步，那人类的存在本身从终极的意义上说又有什么了不起的呢？过几十亿或几百亿年也许地球都不存在了。这倒是高层次，等到我准备好进入这样的高层次后，我愿意聆听这种人类无进步论。

陶东风：这种悲天悯人的情怀或死亡意识、虚无主义，表现于文学或哲学中，或者存在于冥思、想象的领地，是深刻的，也是美丽的。大作家大艺术家常常都有这样的宇宙意识、忧患意识。但在现实的层面，人又不能虚无太甚、"深沉"太过，怀疑这怀疑那，以至于沉溺在虚无主义中不可自拔，以这种虚无主义作为社会历史观的基础，其意义颇可怀疑。

当然现在也有些人从另一个角度重新审视"进步"。比如认为它是西方近代以来逐渐流行并占主导地位的价值观，把它还原到具体的语境，并从中析绎出西方中心主义、民族扩张主义以及片面的发展内涵等。这样做我觉得倒是有意义得多。这套价值观确有问题，在近代进入中国以后产生了许多负面的影响，比如用进步与落后的二元模式来套西方与东方（中国），全盘否定中国传统文化，倡导全盘西化，乃至鼓吹社会达尔文主义、为殖民主义辩护等等。但是同时恐怕也不能忘记了中国的现实语境，我们还刚刚解决温饱问题，进步概念中的不少内涵还不能不汲取；更不能忘记在今天的世界上，这套价值观仍然占主导地位。

王蒙：我想回到刚才谈的我与另外一些人之间的深刻的分歧。我现在在想一个人能否超逾他的那一代。从老三届的活动中我感到这是很难的。最有意思的是《六八年人》说通过阴阳五行的运转，说六八年要出大作家大思想家。这与我年轻时的想法相似。我提出的是一九五三年人，那时我相信一九五三年的青年是全世界最幸福的、最空前绝后的青年。为什么？因为一九五三年进入了第一个五年计划，五三年人的伟大在于，第一，经历了旧社会；第二，经历了革命；第三，经历了新中国的建立；第四，经历了建国初期的战争。到了一九五三年进入了大规模的建设。所以我当时觉得五三年人是中国历史上真正的枢纽。现在我不这么认为了,我觉得一九五三年、五八年、九三年,每代人都有自己的特殊的机遇和情况。王朔他们大约是七五年人,从《阳光灿烂的日子》中可以看到他们对自己的青年时代的眷恋,即使在那样的情况下,真正做到对自己一代的经历有所反思和超越的太少。我曾在《东方》上写过一篇小文章讲告别六十年代,现在说实话,我对此有些悲观,许多人不愿意告别,因为心里有很辉煌的记忆。就是告别汉武帝、武则天、西太后、曾国藩都是不容易的,告别红卫兵更不容易。中国文化的现代化进程很难。

我想我与有些人还有一个分歧是怎么看顾准。现在大家都谈顾准,我觉得顾准的最宝贵处在于选择了经验主义与相对主义。过去,我也讲相对,但有人反驳说:什么都相对,也是绝对吗!后来我看顾准的文章,觉得它讲得特别好,它已经准备了这一手。他说,把相对主义绝对化毕竟比绝对主义绝对化好。任何理论都有破绽,老强调相对主义是也有些绝对,但是比把绝对绝对化更接近真理。而且顾准的例子让我想起拉宾。一个执着于相对主义的人、和平主义的人,也可以献出自己的生命,并不是相信相对主义的人都是准备当汉奸的。

陶东风: 当然是这样。相对主义本身就可以是一种信仰。这涉及相对主义内部的复杂性。有些相对主义不承认有任何的真理与价值,从而走向绝对的虚无主义与无可无不可,或享乐主义、游戏人生;还有一种相对主义则体现了多元的真理观,是与专制主义相对立的,不是不要真理、价值和原则,而只是不把一种真理与价值绝对化。在不允许相对的年代,在一元主义的真理观与极权政治联手的时代,讲相对当然是大逆不道的。

王蒙: 这就是说,一个相对主义者、和平主义者也可以当烈士,并不是只有强硬派中才能出烈士。顾准和拉宾的例子表明,主张相对者也可以献身。

发表于《北京文学》1996 年第 8 期

从政治心态到商业心态[*]

王蒙：美国洛克菲勒基金会和芝加哥社会心理研究所要联合举办一次以社会文化心理为论旨的国际研讨会，拟请我谈谈改革开放以来中国人社会文化心理的变化。你觉得这个题目怎么样？是不是有点意思？

赵士林：当然有意思，这其实谈到了中国社会最深层面的变化。一个历史进程、一种时代变迁一旦真正地"深入人心"，便超越了具体的历史和时代，而在人们的观念、意识、无意识乃至整个民族的文化性格中留下长久的印迹。改革开放的伟大意义不仅在于它将空前地提高中国人的物质文明水平，它还将必然地造成中国人文化心态的巨大变化以至重塑中国人的文化性格。从一定意义上说，探讨这方面的题目，更能深入地把握、理解改革开放作为一个历史进程或时代变迁的"成功度"。

王蒙：说到"变"，我想起一件往事。一九八二年，由于我主张中国只能在"渐变"中求发展，墨西哥一位叫白佩兰的女汉学家便批评我这是李鸿章和伊藤博文的老调，说他们两人也都曾这样主张。我的主张和那个姓李的"洋务派"和那个日本人究竟有何不同，这里不去管它，反正我直到现在还坚持自己的主张。特别是在今天这样一个以经济建设为中心的和平发展时期，千万不能再搞什么急风暴雨

---

[*] 本文是作者与文化部研究员赵士林的对话。

式的、大规模的阶级斗争、政治运动,千万不能再貌似革命地瞎折腾。各安其业,踏踏实实地把各方面的建设首先是经济建设搞上去,实在是当代中国的第一要务。

赵士林:历史的进步总要付出代价。"渐变"和"突变",究竟哪一种演化方式能够更少负面效应地促进社会的发展,这在世界的范围内还是一个正在讨论的课题。可靠的当然只能是历史地具体地分析。不过近代以来世界上许多国家现代化的历程表明,"突变"对于现代化所要实现的诸目标来说,往往由于简单化的处理而遗漏了许多重要的历史环节、时代问题、文化因素而"欲速则不达",反倒造成长时期的反复、停滞甚至倒退。

王蒙:改革开放以来,中国人的文化心态还是发生了很大变化。

赵士林:但有许多变化是表层的,并没有体现出时代的深度。

王蒙:当然,一些传统的心理特征、行为方式,如中国人那种趋同尚同的心理、实用主义的价值观、"敬神如神在"的态度,还有中国人所特有的那种灵活性等等,确乎没有什么改变。甚至一些愚昧腐朽未开化的行为,又屡屡出现,如有了钱就修坟造墓娶小老婆赌钱等等。

赵士林:这表明民族文化心理、生活方式的文明、进步、现代化,需要经历一个更为艰巨、更加漫长的过程。

王蒙:但另一方面,变化又确乎是令人瞩目的。一些海外来客对中国改革开放以来发生的变化甚至感到吃惊。物质生活的变化、提高自不待言。中国人消费能力的上涨是改革前难以想象的。据说在香港花钱最冲的便是大陆中国人,香港物价之高与大陆购物潮有直接关系。更值得注意的还是精神领域的变化。在这方面,我觉得变化最大的是民众社会文化心理从政治化向商业化的转换,这个转换的意义非同寻常。解放后至"文革"几十年间,都是以政治斗争为中心,人们见了面总是喜欢问:中央又有什么新精神?

赵士林:此伏彼起、连绵不断、激烈残酷的政治运动变幻莫测地左右着个人命运,躁动不安、紧张兴奋的政治期待、政治关注不能不成为普遍的社会心理。亨廷顿曾把大众广泛的政治参与视为政治现代化的标志之一,但政治参与应有主动被动之分,被动的政治参与是盲目的、缺乏理性的,往往成为社会动乱的酵素。在中国,即便是"文革"那种狂热的"群众运动",仍属一种被动的政治参与,它所表现出来的政治化心理显然是病态的、畸形的、不具任何建设性的。

王蒙:从政治化心理向商业化心理的转换,导致了一种相对可能的知识分子的自立。一部分知识分子现在有了真正属于自己的活动天地。他们自己选择课题,自己选择做学问的方式。这和体制的变化有直接关系。拿文艺界来说,过去离开行政系统(文联、作协)什么都办不成,现在只要经济上解决一下,便可以形成作家、艺术家自己的活动圈子。只要你这个圈子不去颠覆政权,便不会受到什么干涉。

赵士林:文化人的自我意识比以往任何时候都更加清醒、更加明确。翻开目下各类文艺刊物,尽管精粗优劣雅俗高下参差不齐良莠混杂,有的甚至相去不可以道里计,但你却可以获得一个总的感觉:作家的创作心态比以往任何时候都更自由、更自主。这很使个别人愤恨不已又无可奈何。

王蒙:目下文艺界有一种很有趣的现象:具有不同见解的文化人形成了各自不同的活动领域,他们在这些不同的领域中发挥着各具特色的作用。尽管如此,他们却都竭诚拥护以经济建设为中心,完全赞同精神文明重在建设,热切盼望和自觉维护文艺界的团结稳定繁荣。

赵士林:应该说,文艺界的绝大多数人是同此心、同此理,但显然也有格格不入者在。

王蒙:当然,也有那么几位同志,他们也有自己的活动领域。翻开《中流》《真理的追求》这样一类刊物,讲的不是这些,中心还是斗争,不能大斗就小斗,反正总是要斗。

赵士林：无论从学术水准的角度看还是从职业道德的角度看,那几家棍子刊物都已没有资格列于思想文化界。那几位"左"得红了眼,竭力表现自己还有存在价值的"大批判专业户",对文坛来说却整个儿地是一个不存在。我现在常常想,像我这样一本正经、壮怀激烈地反"左",是不是有些迂执。相较之下,许多作家、艺术家、学者对"左"采取不屑理睬、懒得理睬的态度,倒似乎更富于智慧。

王蒙：党的十四大前夕,一家著名报纸曾发表了几位老作家批评"左"的谈话。后来这家报纸还想约一些青年作家谈谈,但这些作家却都表示没有兴趣。我觉得这未必不是一种很好的现象。大家对"左"连批评都懒得批评,也就是觉得"左"连被批评的价值都没有,这本身就是防"左"的成果。

赵士林："左"的特征是把一切都政治化,而它所理解、所奉行的政治则完全是一种整人政治。从这个角度看,政治化心态的淡薄对"左"无疑是一种抗议、一种冷落、一种消解。

王蒙：《文学评论》第三期刊有一篇署名王飙的文章,批评陈涌主张的"政治优先一切"是历史唯心主义。现在强调以经济建设为中心,对"左"的政治、对历史唯心主义是一种最沉重的打击。以经济建设为中心必然要求人们各安其业,种田就种好田,做工就做好工,唱歌就好好唱歌,写小说就好好写小说。但"左"恰巧反对人们各安其业。它批判种田的是"只知粮棉油,不问敌我友";批判电信局是"只管线路,不管路线",所谓"只拉车,不看路";它认为唱歌的人应该检举唱歌的人,写小说的人应该批判写小说的人;"左"的基本要求是全民政治歇斯底里、全民斗争杀气腾腾。它的"不断革命"的狂热已不是理论,而是发神经。如"左"爷中有一位曾大声疾呼:不但有有形的反革命,还有无形的反革命,这不闹鬼了吗!这不送到精神病院去怎么得了!政治上抓无形的反革命,这还了得!这将造成怎样可怕的后果!

赵士林：强调以经济建设为中心,确立社会主义市场经济体制,对"左"确乎是一种釜底抽薪的、根本性的打击。

王蒙：一心一意搞社会主义市场经济就是反"左"，踏踏实实各安其业就是反"左"。你赵士林研究王阳明就是反"左"，我王蒙写我的小说也是反"左"。那几个整我批我的人从来就没有弄清作家作品的动机，只是一味地想从政治上置我于死地。但我只是偶尔回击一下，除此之外，我的创作全面开花就是对他们的最好回答。

赵士林：我的《防"左"备忘录》出版后，那几家"左"刊几乎期期围剿这本书。但它们每发一篇批判文章，我就至少收到几十封来信表示支持这本书。人心所向，自不待言。我曾提议，咱们还是遵循小平同志的"不争论"，只把各自的东西全都摆出来，不妨举办一个展览会。这一侧摆上"左"爷们写过的全部东西，那一侧摆上被"左"爷们批判的人写过的全部东西。例如，这一侧是"批王专业户"写过的全部东西，那一侧是王蒙写过的全部东西；这一侧是"批李专业户"写过的全部东西，那一侧是李泽厚写过的全部东西。两两相较，是非曲直正邪洁浊优劣高下，当不难判别。《中流》一位作者曾骂我"不务正业"。我也很想请他把他的"正业"摆出来，我也把我的"邪业"摆出来，究竟孰正孰邪，还需请人民裁断一下。

王蒙：社会生活、社会分工的全面正常化，这本身对于"左"的消解，作用非常之大。我认为，对"左"要批评，但更主要的是消解。只要中国经济发展，人民各安其业，这局面维持个三五年，"左"的问题就会在很大程度上得到解决。危言耸听的叫喊终将和生活、和人民完全脱节。另一方面，我认为文艺界的"乖戾人物"有一点活动，有三五本刊物，也没关系，也不全是坏事。对他们的宽容体现了一种民主精神，而民主精神又正是对"左"的消解。

赵士林：但要特别警惕他们利用特定情势向改革反攻倒算。

王蒙：只要不发生新的动乱、动荡、不稳定，"左"便没有机会成什么大气候。依我看，改革所促成的社会主义市场经济的确立已不可逆转，而市场本身对"左"的消解，怎样估计也不过高。市场对主观主义、唯意志论、长官意志是最大的消解。

赵士林:您所说的从政治化心态向商业化心态的转换,自然也应归功于市场经济的发展。市场经济的确立、发展、成熟,将给中国社会带来最深刻的变革。不同的经济结构,必然会孕育不同的文化形态。在今日中国,市场经济所孕育的文化形态已对自然经济和计划经济所孕育的文化形态造成了强烈的冲击。这种文化的转型,已经引起了普遍关注,已经引起了多种多样的反应。

王蒙:伴随着市场经济的发展,消费性文化空前发达,大众文化空前活跃,由此而产生的一些问题,令一些人深感忧虑。我倒认为,经济体制转轨过渡期消费文化的繁荣,总的作用是好的。人人唱卡拉OK,总比人人唱语录歌好得多。对消费文化发展所伴生的一些问题,不必视为洪水猛兽,世界上消费文化最发达的地方,高雅文化也最发达。最刺激感官的东西从来未成大气候。美国有麦当娜,也有费城交响乐团。有人对麦当娜的传入激动得不得了,我当然也不想提倡麦当娜,但麦当娜既不代表美国也未毁了美国。

赵士林:对消费文化,如流行音乐、通俗歌曲等所产生的忧虑、恐惧、排拒心态,在一定程度上出自一种传统的文化价值观。

王蒙:京剧界有人对歌星十分恼火,认为是通俗歌曲的泛滥冲击了京剧。有些作家新时期以来发不出作品,便迁怒于活跃作家,对这些活跃作家嫉恨交加,甚至诽而谤之。这些都表现了典型的中国式的传统心理、传统思维方式:想把优胜者消灭来取消竞争。但时代毕竟不同了,你把流行歌星都查封了,中国人也不会回去看京剧,你把那些活跃作家都打入冷宫,你的作品也照样没有人看。没有爱看爱听的东西了,人们便宁肯去打麻将牌。因此,要承认市场,适应市场,经济领域如此,文化领域也是如此。当然,市场也有市场的问题,市场也会产生一些庸俗的东西。对市场产生的问题要正视,要解决,对那些庸俗的东西要清除,要净化,但这不能从那种传统心态出发,用那种传统方式做简单化的处理。

赵士林：如何适应市场经济的发展，调整、转换、更新民族的文化心态，关乎中国现代化的前程。文化的现代化、精神的现代化，其实是现代化的题中应有之义。这样说不是全面对抗传统，更不是彻底葬送传统，而是说传统——即便是那些曾经非常好的东西——也必须在一种现代的思维方式、现代的文化结构、现代的价值度量、现代的生活态势中调适、融合、消化、升华。当然，经济的发展可以规定一个速度，精神的发展却更多地体现为一个自然历程。文化心态是一个综合的东西，是一种积淀的产物、成果，套用马克思的一句话，它是全部社会因素的总和。因此，对它的改变、转换，既要克服遗志式的感伤、愤怒、拒绝，也要防止一味新潮的破坏、扫荡、煮鹤焚琴，任何简单化的态度都是不负责任的。

王蒙：总之，经济也好，文化也好，最重要的是确立一种建设态度。我以为，以经济建设为中心的提出，不说是具有划时代的意义，至少也具有划时期的意义，它意味着社会生活的全面正常化。

赵士林：可以说，以经济建设为中心不仅是一种现实的物质功利的衡量，更是一种深远的文化精神的建构。

王蒙：我喜欢强调各安其业。以经济建设为中心，直接要求就是人们都能各安其业，发挥可贵的敬业精神，用正面的、积极的、创造性的劳动推动实现国家发达、社会进步。而要做到这些，就必须杜绝那种全民政治歇斯底里的煽动，就必须从那种畸形的政治化心理中彻底解脱出来。商业化心理可能也会产生各种各样的流弊，但较之那种畸形的政治化心理，毕竟更接近、更符合建设精神。因此我说，从政治化心理向商业化心理的转换，是中国人文化心态中值得重视、值得研究、值得肯定、值得引导的一种变化。

发表于《新商战》1994 年第 1 期

共建我们的精神家园

——与陈建功、李辉的对谈

王蒙：最近读了李辉的《残缺的窗栏板》(《收获》，一九九五年第一期)，文章提出了一个很有意思的问题，就是一代红卫兵的理想主义和批判精神，以及如何更正确、更理性地反省红卫兵理想主义和批判精神的不足等，从而更好地认识和评价现实。这个题目非常大，非常重要。

李辉：题目大文章就不好作，但问题还是应当提出来。这不仅仅涉及到历史反思，也是关于如何看待文化和精神状态，如何走出历史误区的问题。当然，把这个问题说完整、说全面、说得符合历史事实，并不容易。

王蒙：我觉得不仅红卫兵这一代有这样一个理想和现实的矛盾，甚至人的一生始终面临着理想与现实的关联与掌握问题。完全没有理想是可悲的，但要执着于某种先天就带有缺陷，至少是比较幼稚的理想，然后变得偏执，甚至把理想变成一种自我欣赏、一种自恋、一种(用李辉文章的话说)膨胀以至疯狂，那就会产生很可怕的后果。一位西方哲学家说，通向地狱的道路很可能是用关于天堂的理想铺成的。

李辉：这牵扯到对理想怎么看。过去我们习惯的做法是确定一个唯一的、涵盖一切的理想，说它是好的、每个人都必须有的，在这样的定式下，要求每个人按同一标准来接受理想。在现实生活当中每个人的情况有很大不同,他们的生存环境、性格兴趣、知识结构、对自己的要求都不一样,这种做法实际上是行不通的。理想也是多种多样不同层次的,它可以是政治理想,可以是道德理想,也可以是价值判断上的理想。一个中学生的理想可能就是想当一个飞行员、宇航员,它与人们所说的终极关怀没有什么直接联系,与此相类似的理想的存在,我认为都是非常合理的。

陈建功:这话题使我想起最近举办的一次"老三届"晚会。从电视上看完这台节目颇令人叹息。其实我也接到了邀请,因为怕上电视,所以我没有去。铁生去了,因为拗不过老同学的盛情。事后我问他的感觉,他说惨就惨在会场上没什么反应——这与我看电视的感觉相同。这场面使我觉得很有一点象征意味,反复吟唱"青春无悔"之类究竟还能在这个时代激起多少涟漪?我很难过,难道我们的生活哲学都贫困到如此地步了吗?连语言也显得那么苍白空泛,没有生气。

李辉:这恰恰是那个时代造成的。热衷于历史留恋的人和生活中的人脱节了,精神难以产生共鸣。

陈建功:但时间已经过去二十多年了,我们都没有进步吗?怀旧当然可以,但应有新的哲学高度对那段历史加以审度,对那时的思想加以反省,对现实生活加以观照。

李辉:我也有同感,会上没有一句话对那个年代进行反省。有意思的是请了一位特级教师、中学的校长上场,代表教师向老三届的同学表示敬意。真是奇怪,历史告诉我们恰恰是老三届中的红卫兵学生对教师冲击最大。

王蒙:每一代人都是很珍惜自己青春的。即使青春是在胡同串子的生活中度过的,他长大以后回忆起来仍然会有很深刻的印象,以至于情感波澜。这与对某一时期社会历史的评价不一定要纠缠在一起。对一个人来说青春只有一次,不论赶上什么年月也是珍贵的。王朔的《动物凶猛》(拍成电影叫《阳光灿烂的日子》)写一群中学生百无聊赖,打群架,拍婆子,到老莫"撮"。那是"文革"后期,干部去了干校,老三届的上山下乡,也没什么大事了,社会秩序也乱了。他们对自己的青年时代也是怀念的。你们说到老三届,使我想到我也很快要参加一个活动,我们年年有,就是五十年代我们一起工作过的团干部聚会。这些人也都经历过种种坎坷,埋头苦干,很少有飞黄腾达的,而且不少人已进入退休年龄。我们聚会的时候往往有一个调子——想我们当年多好哇!路不拾遗,夜不闭户,思想好,批评自我批评好,什么都好,却看不到当年我们很纯很正的理想主义中的起码是简单幼稚的成分。作为对自己青年时代的珍惜,这有可以理解的一面;但要作为社会历史的评价,如建功所说这就是哲学的贫困了。我们不能把当初的那点理想当成一把剪刀来剪裁现实,更不能用它来剪裁旁人。人人都得符合我十八岁甚至十六岁时树立的理想,不符合就痛恨或是声讨,这是不可以的。现实是不断发展的,从以阶级斗争为纲到以经济建设为中心,从计划经济到市场经济,这变化太大了。人的理想也是不断变化的,有一部分理想已经实现,比如国家独立了,大陆统一了,工业基础也建立起来了;有一部分理想在实现的过程中它变了样了,比如社会治安问题比五十年代更复杂也更艰巨了;还有一部分理想压根儿就不切实际,比如要求人人都掌握客观规律,做的每件事都符合客观规律,这谁能做得到呢?所以我觉得理想本身就应当有一个发展变化的过程,而且需要有新的东西不断丰富和补充,要用实践和生活不断充实我们的理想,充实我们的哲学。

青春无悔我觉得也对,很简单。因为悔也没用。知识青年说我们上山下乡是有收获的;我没上山下乡,而是随着中国人民革命的高潮,中断了学习,出来做团的工作,更无悔了,我们革命,我们比谁都光荣;五十年代一些年轻人被选送到苏联去学习,他们也无悔;王朔他们也无悔,也在胡同的生活中成长起来了,闯来闯去也看透了人生的许多东西。青春无悔并没有提供什么思想的武器。问题是我们能不能从对自己青春的珍惜得出这样一个结论:礼崩乐坏人欲横流的现实似乎把我们一代又一代人的理想撞碎了。

李辉：你说的这些我同意，对个人来说青春无悔是可以的，但在青春无悔的言词下面掩盖对现在的年轻人或新事物的否定，这就很可怕。例如用过去的理想标准指责现在的年轻人无理想、无信仰、政治观念淡化、拜金主义等等，而被指责的有些东西可能恰恰是历史的进步或有待实践进一步检验的东西。

陈建功：刚才王蒙谈到每一代人都很怀念自己的青年时代，这是事实，但红卫兵这一代有点儿特殊。我是亲身经历过的，李辉文章（指《残缺的窗栏板》）的立论观点很好，但我觉得在提到红卫兵的时候太宽容了。我虽然没有打过人，也没有去破过"四旧"，但也是广义上的红卫兵。一开始我被说成狗崽子，但后来也参加了红卫兵。你对红卫兵的理想主义过于轻信了，很多人都轻信了红卫兵的理想主义，实际上它不像报纸上一些文章所说的那样，不像严家其的《文革十年史》所说的那么纯真，那么狂热于一种理想、一种信仰。根本不是那么回事。两年前我和一个老红卫兵的头头一块吃饭，她一边喝酒一边说，江山是我爸爸他们打下来的，凭什么让你们发财！我也他妈发财去。这观点绝对是红卫兵式的，果然她搞房地产、炒地皮，半年后发了大财。很不幸，发财以后得癌症死了。

王蒙：这里我插一句，李辉文章里所说的红卫兵是红卫兵中的纯真、精英、最好的那部分。红卫兵本身就是一个大的社会，里面的人也是各种各样的，流氓也有，小偷也有，贪便宜的也有，越怯懦孱弱越要表示自己的残酷无情、立场坚定的也有，崇拜狂、迫害狂也有，甚至杀人越货完全变成刑事罪犯的也有。

陈建功：即使像你所说的这样，好的那部分红卫兵和他们的理想主义也有很大的水分，这不光指他们理想主义的幼稚成分，对他们身上人性的弱点也要有充分的估计。以"老子英雄儿好汉"起家的那部分红卫兵，一开始革命的口号比谁都响亮，因为他们知道"子承父业"的时代来了，当时最流行的文章是《触詟说赵太后》，最核心的思想是财产和权力的再分配。一夜之间老子受到冲击,也被打倒了,于是他们之中大部分人的革命热情一下子变为颓丧、消沉、拍婆子、下馆子、打架拔份儿,什么主义都没了。像我们这样的平民子弟、知识分子出身的学生也起来成立红卫兵,要革命要造反,要捍卫毛主席的革命路线,其实不少人同样是一种自我膨胀,要打江山坐江山。过去也认为江山是人家爹妈打下来的,自我感觉上就矮人一截,现在江青一折腾,支持造反派,机会来了,我们也要造反,也要打江山坐江山,本质上就是这么回事。不管是哪种情况,红卫兵运动演化出的精神成果是我们每个人都可以惊世骇俗,都可以在政治上、思想文化上占有领袖地位,唯我独左,唯我独革,横扫一切。不仅红卫兵,那个年代整个理论界莫不如此。这影响了八十年代以后的一代学风,刘晓波就是一个明显的例子,什么李泽厚,什么王蒙、从维熙,我全把你们扫了!他没有一点儿大家共同建设一个精神家园的宽容。我们可以各抒己见,更可以互相欣赏,使不同的意见能互相启发,互相补充,这样才能建立一种开放时代中国文化的格局。不然就"乱哄哄你方唱罢我登场"了,这根子还是"文革",还是红卫兵式的思维,这也是我说不要轻信红卫兵理想主义的原因。

王蒙:对红卫兵我是这样看,如果把它从历史中抽出来孤立地进行分析,我觉得也不够公正。红卫兵的心态、红卫兵的模式的出现并不是偶然的,它与中国近百年来剧烈的民族斗争、阶级斗争有关。一直在进行着流血的斗争啊。我们的意识形态、我们的哲学里头关于怎么斗争的内容是非常丰富的——团结两个百分之九十五、首恶必办胁从不问立功受奖、有理有利有节、孤立分化瓦解、革命无罪造反有理等等,再加上国际斗争,同日本斗、同美国斗、同苏修斗。恰恰是在残酷的斗争中,理想主义能够升华到一个非常崇高、非常引人注目的地步。越伟大的理想主义越有一种自我牺牲精神。如果您住着好房子、穿着好衣服、拿着高工资来说理想主义,您的这个理想主义的魅力就会相当差;如果你是苦行、禁欲、面临着随时掉脑袋的危险来宣传你的理想，这是一个钉十字架的理想，这时候你显得非常伟大。

按道理一九四九年以后革命胜利了，人民掌握了政权，我们的斗争的哲学应逐步向建设的哲学发展，我不知这么说对不对。而我们却人为地延续了政治斗争、政治运动，一个接着一个，最后发展成红卫兵。"文革"初期最早的红卫兵受到迫害，在虚假的光环照耀下，他们高唱"抬头望见北斗星，心中想念毛泽东"，充满了一种壮烈的激情。在阶级斗争、民族斗争激烈的年代，在外敌入侵或自然灾害的非常时期，这种壮烈牺牲的斗争精神是很可贵的。我们面临的一个很大的问题是如何在和平建设时期，不断发展、补充、完善和变革这种精神。

陈建功：你对红卫兵的分析提供了一个新角度。我很感兴趣的另外一个方面，就是红卫兵在国外引起的巨大反响。海外的激进人士也借红卫兵的外衣演出了许多热闹的场面。台湾学人蒋勋到大陆后向我了解红卫兵运动，问大陆青年怎么能那么快、那么简单就把红卫兵运动否定了呢？当年我们在法国搞红卫兵，那是何等豪迈、何等激动的人生一幕啊！还有一位某国驻华的外交官，白种人，他告诉我，他在那年月也是他们国家的"红卫兵"，他甚至在当年台湾驻他们国家的"大使馆"门外挂了一条大横幅——我们一定要解放台湾！他的未婚妻是台湾人，由于他的行为，台湾当局不干了，不准他们结婚入境。日本有个作家立松和平当初是早稻田大学闹学潮的领袖，现在是我的朋友了。不管怎么评价红卫兵运动，我觉得它太有意思了！我甚至有一个设想，让全世界红卫兵运动的中坚人物各自写出回忆录，联合出一套书，留给后人去琢磨。

几乎与红卫兵运动同时，美国的青年中也闹着嬉皮士运动。红卫兵运动是剃光头，嬉皮士运动是留长发；嬉皮士把自己身上弄得脏兮兮，给整洁的美国中产阶级、绅士淑女脸上抹黑，用恶心你的方式向虚伪挑战，红卫兵则是洗得发白的一色绿军装，纯洁统一，英姿飒爽，出现在东方的地平线上，要说抹黑是直接给牛鬼蛇神抹黑，并不把自己弄脏。两者形成了鲜明的对比。我觉得这在许多学科都是进行比较研究的一个很好的题目。总之,我感到在我们反省红卫兵运动时候,有许多文章可做,有许多问题值得思考。

王蒙:这涉及到青年的问题。青年人很容易倾向于反体制,反既定的价值标准,渴望急风暴雨的降临,然后历史从他们开始。这有它幼稚的一面,有时也可以变得很可爱,正如毛主席在他的诗词中所说的"书生意气,挥斥方遒""粪土当年万户侯",从中可以看到青年人的可爱。红卫兵运动则是把本来可以理解的青年人的批判精神、燃烧的热情甚至爆炸的姿态引向了巨大破坏。

李辉:转入市场经济以后,人们的生存方式更多样化了。过去几十万知识青年大部分只有上山下乡一条路,只有少数人留城或参军。而现在的年轻人可以有多种选择,不仅在职业上可以有多种选择,在兴趣爱好、生活方式等方面也可以有多种选择。

王蒙:生活本身变得多样化了,价值系统变得多样化了。现在社会上有些很有意思的说法:红道——从政、做官、当领导,当然这任何时候都是需要的,人们也都希望领导干部的素质越来越好;黄道——经商赚钱,现在我们已经看到它也是需要的,没有企业家,没有内贸、外贸、三产、商品流通的各种渠道,生产也发展不了;黑道——做学问的,学士、硕士、博士。让我说还有褐道,拿上一本褐色的旅行护照出国,现在出国的人也是越来越多,有的成就也很大,这实际上扩大了中国对世界的影响,加深了中国和外国相互之间的了解,其中不少人也学到了很好的本领,回来报效祖国。

李辉:即使有些人的直接目的不是为了报效祖国,只是为了改变一下自己生存的方式,同时他没干任何不利于祖国的事,这也值得肯定。

王蒙:由于我们长期封闭,改革开放后同外国人打交道多了,看到了外国的生活水平比我们高,于是在洋场上我们的一些同胞也有丢人现眼的,一味地迎合人家,或做出一些很不得体的事情,失格失态。从总体上说,开放与外国人打交道是推动中国前进的契机,它促进了科学技术的引进,旅游事业的发展,文明程度的提高等等,以至于对很多家庭配齐什么大三件小三件也是好的呀。在这种有成绩也有问题的情况下,很容易产生一种激烈的评论,如看到一些人的不得体,我们的一些朋友就大骂"汉奸",我相信这种情绪和态度是非常正义的。但"汉奸"这个词还是有特定含义的,如果不是处在被侵略被占领的情况下,即使我们说这个人有点儿奴颜婢膝,有点儿丢份儿,有点儿失格,但与"汉奸"的罪名距离还是很大的。

还有一个语言的问题,在国际场合实际发挥世界语作用的是英语。现在有一种意见说中文最科学,全世界会有越来越多的人讲中文,这当然很好,我也盼望有这一天,但现在还不是这样,国际会议还是英语用得最多。这里也有技术性的困难。香港许多大学教职员主要是华人,但他们开会的时候都用英语,因为用中文反而听不懂,你是潮州话,我是福建话,他是普通话,交谈起来倒不方便。另外香港那里与一些别的地方整个教育系统,不管是自然科学,还是社会科学用的都是英语的专门名词,体现在电脑上最明显,你要把那些名称全翻译成中文很麻烦,如 menu 你翻译成"菜单",中国人理解的菜单放到这里其实是很别扭。DOS 怎么翻?教学中讲电脑的时候只有英语最合适。这一类现象是不是合理,天知道。这当然与当初英国的殖民政策有关,也与英美的科学技术发展有关。你如果用民族主义、爱国主义,或一种政治情绪来分析这个问题,也容易走向偏执。

从这一类的议论上,我们感到改革开放在不断地激发新的问题、新的不平衡、新的痛苦。

李辉:过去很多人对中国女的嫁给外国男的感到不舒服,而对外国女人嫁给中国男人则没有这种感觉。对那些到中国来工作生活的外国朋友我们抱有好感,他们对中国人越亲近,我们越觉得他们可爱。遗憾的是我们不能以同样的思路对待那些出国谋职谋生或求学的同胞,以致轻率地斥之为"汉奸",要按这种逻辑,那些来华的外国人不就变成"美奸""英奸"了吗?

王蒙:单纯、纯洁、清洁是浪漫主义的口号,用它来要求浪漫主义范畴,如爱情、个人的信仰是很合适的。一个人的初恋实在是越纯洁越好,如果两个人第一次接吻之后,女的问男朋友将来我们一起生活的话你每月给你妈工资的百分之多少?这实在是太可悲了。又如母爱也是很纯洁的,一个母亲不能一边给孩子换裤子,一边想将来长大了一个月不给我三百块钱我非要你小命不可。纯洁对社会来说不是一个历史主义的口号,历史的发展是由低级到高级,越来越复杂,一个人的思想、一个人的哲学也是越来越复杂。我们回忆一下捍卫纯洁性的口号,往往是一些并不美好的、极端主义的口号。比如在捍卫马克思主义、列宁主义纯洁性的口号下,特别是在苏联,干了多少排除异己、残酷斗争、无情打击,实际上并不纯洁的事情。至于希特勒他连种族都要纯洁,要纯日耳曼种、纯亚利安种,这就更可怕了。

有一个问题我还没想明白,就是我们国家五十年代提出过捍卫语言文字的纯洁性,这个口号到底好不好我也很怀疑。

陈建功:这个口号现在还在提,并成为反对王朔式语言的武器。

王蒙:要用这个口号来看,王朔的语言不行;林斤澜的语言也不行,他常把一句话拆开,组合,同语法较着劲儿;朦胧诗也不行……

李辉:很多有个性的作家语言都是不规范的,比如说沈从文。鲁迅的语言也难说很规范。有时我想,对语言规范的过分苛求,其实表露出对精神多样状态的难以接受。

王蒙:我琢磨出这么一个道理来,如果一个人要求他自己纯洁,这很好,他排除恶俗的干扰,坚持自己的信仰和理想,我们可以说他是一个理想主义者。如果他要求所有的人都纯洁,我们会感到这个人太厉害了,他用自己当标尺。纯洁的标准是什么?对一个宗教信徒来说,他的宗教就是最大的纯洁,谁要是批评或怀疑就是不纯洁。如果我们只承认一个标准,那各种不同的宗教之间非干起来不可。现在世界上宗教之间的冲突不知发生了多少!我们是共产党人,是无神论者，对无神论者来说一切宗教都是精神污染、精神鸦片。如果互相持这种态度，那世界还能有太平的一天吗？还能多元互补吗？

红卫兵当初的口号其实是虚假的，同时又是很诱人的。它是在认定毛泽东思想是当代最高水平的马列主义、我们的社会主义最正、我们的革命理论最纯、苏联变了颜色等前提下产生的。我们成了世界革命的大本营、根据地，国际共产主义运动的旗手，要把被修正主义染脏了的地方洗刷掉。这样做的结果，事实证明是一场大破坏。纯洁了半天把什么都纯洁没了，京剧传统戏没有了，作家作品没有了，学不上了，书不读了。

李辉：这种纯洁导致的精神大破坏一直影响到今天。

王蒙：你如果纯洁得非常激烈、非常凶猛，那后果就更可怕一些；如果纯洁得很温柔——我纯洁，我也希望你们纯洁，这还好办一点。上次建功提到红卫兵文体，红卫兵文章的一大特点就是凶猛性，所谓高屋建瓴，势如破竹。

陈建功：这其实不仅仅是红卫兵的文体，而且也是姚文元的文体。

李辉：还可以往前追溯到对胡风的批判文章。这种文章的特点是一出场就以一个真理的审判者、道德的审判者的身份出现，他是一个审判官。

王蒙：甚至是行刑官。

李辉：一切都是设计好了的，你无法反驳也不能反驳，即使你反驳得很有道理也是错的，他铁定对，你铁定错！"文革"以后人们的观念发生了巨大的变化，在"文革"大辩论中讲的那些话现在都不说了，但在那个年代形成的思维模式还能从现在的许多文章中看出来。我觉得王朔的一个贡献就是把我们过去认为很神圣、很崇高、很英雄的东西撕破了，因为这些东西有些本来就是虚假的。可能王朔也有过分的地方，比如他对待知识分子就有些偏激，但打破虚伪实在是王朔的一个贡献。王朔代表了一批城市青年的心态，甚至不单是青年，他代表了市民文化。而市民文化从来就有积极和消极两方面的作用,事实上王朔的消极作用并不大,夸大他的消极作用往往是要抱残守缺,维护我们过去那些陈旧而又僵硬的观念。

陈建功: 对王朔的排斥实际是对俗文化的排斥,你可能是站在忧国忧民、关心文化的立场这样看的,你的看法是否有道理姑且不谈,这种排他的、不能包容旁人的思想方法不可取。我同意李辉对王朔的看法,但若肯定王朔也要有分析。我看王朔的意识里也有红卫兵情结,那股"浑不论"劲儿与红卫兵相像。北京的市民文化也是分层的,南城是大杂院文化,东西城是四合院文化。建国后南城的大杂院文化把北京城覆盖了,至少在某个时期是这样,走道横着走,说话满不论。我觉得王朔更靠近这种文化,他对正统、权威的反叛,还有着"文革"时代那"阳光灿烂的日子"所赋予的心理痕迹——你们正宗的文化人也不能独霸文化、文艺的天下!我也要和你们比试比试,你们那套我还不放在眼里。

如果做一下深入的分析,各种不同的文化形态并存是一件很好,是很有趣的事情。

王蒙: 王朔作为中国众多的作家之一,有他自己的风格,还是有价值的,起码是允许存在的。当然他有他的局限性,精英文化也有自己的局限性,每个作家都有自己的局限性。承认自己有局限性,承认自己有人性的弱点,这是衡量你的思想方法是不是前进了的一个标志。假如你自认为只有你代表的是正义、是真理、是终极,而别人代表的是粗俗、是下流、是渣滓,这就很难办,这也快成红卫兵了。其实马克思主义的创始人在《费尔巴哈和德国古典哲学的终结》中就指出:"每一种新的进步都必然表现为对某一神圣事物的亵渎……"而我们的一些书呆子,一听见"亵渎"二字就急了眼了。

最近我看一个青年评论家大声疾呼,说我们作家的社会责任感都没有了,有的在写大漠里的强盗、游侠;有的在用古老的语言、用已经死了的文言文写现代的故事;有的在写红粉、女人;有的在怀恋旧事，写这写那，就是没写他所希望的那些。他列举的是否全面我们先不管，就按他所说的这些，又有什么不好？按他所说的虽然还够不上百花齐放，有十一花、十二花不是也很好吗？为什么非要统一起来呢？把作家都绑到一条绳子上有什么好？作家之所以可贵不就是因为各有各的个性吗？有那么一两个女作家热衷于自己的私生活，这也没什么多大的危害嘛。照样会有振臂高呼、关心世道人心的作家。我们喊了多少年百花齐放百家争鸣了，可总是有人把它们人为地对立起来，你如果承认理想、承认理想主义、承认精神的价值，就应该愤怒声讨王朔；你容忍王朔，就等于容忍对理想的亵渎，等于向粗俗的市井文化投降。这种逻辑实在是太荒谬了。

如果把今天的一些比较激烈的议论简单地说成红卫兵精神恐怕也不够公正，因为它包含着对发展了的现实中一些现象的愤怒，如腐败、拜金、国际交往中的失态失格等等，这些文章，包括我们很好的一些朋友的比较凶猛的文章也有它产生的根据。我们的社会如果调节得好，各种各样的文章都发一点，这个社会的文化实际是平稳的、稳定的。如果全国上下全都一个调子进行凶猛批判就很可怕；同样，全国的作家、批评家如果都稀里咣当，个个调侃、人人调侃，都成了大王朔小王朔男王朔女王朔也是不可思议的。

李辉：这实际上不可能。我一直想写一篇文章，或搞成系列剧、纪录片，讲中国"文革"之后流行文化的演变。三年前在瑞典一个大学我也谈到过这个题目，外国人或一些学者看中国，往往着眼于政治和权力的更迭，这当然是重要的，但我觉得还要从文化的角度分析。这十几年给中国文化带来巨大变化的是流行文化，它甚至可能制约着中国文化的未来，说明了中国文化的进步。有一年某政府机关正式发文，规定机关工作人员的裤脚要适中，女的不能留披肩发……

王蒙：我插一句嘴，这不足为奇，台湾就规定过，凡是长头发的或裙子不超过一定程度的一律不许进政府。

李辉：如果作为政府工作人员或某种特殊职业的行为规范是可

以的,但要把它纳入意识形态领域阶级斗争的范畴就值得考虑了。流行文化比较明显地反映在服装、流行音乐、舞蹈、广告、交际、饮食等方面,它几乎渗透到了我们实际生活的一切时间和空间里。它反映出了人们不同的精神文化的追求,而这种日益增长的不同层次的精神文化需求正逐步得到承认。拿电视剧来说,有人看《三国演义》,有人看《戏说乾隆》,有的看《白眉大侠》,也有人欣赏比较高档的艺术片,人们的选择多样化了。由文化本身流行或者发展的规律来决定文化的构成、来决定人们的需求,减少行政的、政治的干预,我觉得这是文化上一个本质的进步。

王蒙:你对这一段时间,特别是前两年人们说的在商品大潮的冲击下严肃文艺陷入困境,道德滑坡,还有的人说中国的一九九三年和法国的一七九三年一样社会崩溃瓦解等声浪怎么看?

李辉:严肃文艺受冲击,实际上还是因为文艺团体的运作仍然建立在过去计划经济体制之上,而观众、市场已经变了。我不完全同意道德滑坡这一说法。由于经济运行体制的改变,人们开始更多地重视自己或家庭的利益,这是对自己权益的一种保护,表面看人与人之间相互的关心似乎减少了,但我认为这是在非战争状况下一个社会的正常状态。在非正常的状况下,比如知识青年上山下乡的日子里彼此关心,建立了真挚难忘的友谊,这是很可贵的。在以经济建设为中心的和平时期,人与人之间的关系更多地表现为经济利益的关系、或者说这种关系起着杠杆的作用。我们不能用人际关系的表面淡化来谴责这种关系的建立是道德的滑坡或堕落。

陈建功:通过这些年的实践,我有这样一个体会,对有些事情用不着起急,过上一段时间有些问题自然而然地就解决了。比如你刚才提到的对服装发型的限制,限制者为礼崩乐坏而起急,发文件明令禁止;对此禁令持反对意见者不以为然或愤愤不平。过了几年这个问题实际上已经解决了。道德的问题实际上也是这样,在改革开放的过程中如果以过去的标准看,势必对很多事情看不惯,甚至感到难以容忍,对现实得出一个礼崩乐坏的结论。当人们发现原来的观念或行为方式难以为继之后,必然就会建立起自己新的行为规范、道德标准、契约关系、法律法规等也会不断加以完善。一开始社会生活的若干方面确实呈现出混乱的局面,如税收上的问题、环境污染的问题等,但过了几年这些方面的法律制度也逐步健全起来了,落实得是不是很好另说。中国民主化的进程并没有中断。

李辉: 现在民主化的进程没有按过去一般理论上所设想的方式发展,但个人的经济利益包括消费权利、文化权利正逐步地被明确和固定,通过法律的形式确立下来。我想道德的观念和标准也会随之起变化。

王蒙: 建功在他的一篇文章里讲得非常精彩,指出民主的过程不是通过搞一次运动,开一次大会,或游行几次,就能完成的。这样的民主实际上也变成了政治斗争的工具,无非是权力的转移,并不是真民主。真正的民主是通过整个社会的发展才能实现的,首先像李辉所说的经济利益必须得到明确、得到承认,另一个重要方面就是全民受教育的程度、人的文化素质,一个公民对自己的权利和义务、对法制和民主要有起码的认识,这样才能既有当家做主的精神,又有遵守法纪、遵守社会公德等对自己的要求。民主不应该是一种破坏性的自发的力量,而是一种推动社会进步的建设的过程。

陈建功: 我的看法是受到一本书的启发,是讲美国的民主历程的。说到这个话题一般我们首先会想到马丁·路德·金,想到华盛顿、林肯,但这本书对这些人几乎一个字没提,那对美国民主做出重大贡献的是谁呢?它写到了很多人,有许多是咱们不知道的人物。其中有一个商人,他东西卖不出去,就给各地的农村发商品目录,用邮购的方式推销他的商品,他发了大财。美国商人都向他学,纷纷采用邮购的方式,这导致了邮政事业和公路交通的迅猛发展。书的作者说,美国纵横千万里公路网的形成都与邮政的发展有关,这一下子缩短了美国城市和乡村的距离。这样,在美国的民主化历程中,邮购方式的开创者功不可没。又如我们大家熟知的马克·吐温,也被说成是伟大的民主斗士,他以前的美国小说都是典雅型的、莎士比亚式的语言。马克·吐温把美国文学俚俗化了,他的幽默得到了从美国总统到普通百姓的一致认可。对他的语言风格英国人不感兴趣,认为是糟蹋英语。美国人没那么多讲究,非常喜欢他的小说。书的作者认为,美国文学反精英文化的过程、俚俗化的过程对美国的民主起了巨大的推动作用。

李辉:这就涉及到通俗文艺和严肃文艺的关系问题。通俗文艺有它发展变化的规律,某一种形式或风格也不可能一成不变地热下去,比如流行歌曲就是这样。严肃文艺也不可能一直被冷淡下去。一般情况下我们不必人为地去干预,它自身就会有所调整。通俗也好,严肃也好,它们都有各自存在的价值,但在不同时期社会对某一品类的文艺形式的关注或有不同,这原因也是多方面的。

王蒙:通俗文化、通俗文艺的发展是整个社会民主进程的一部分,对此我不持异议。它说明人的一些普通需要得到了尊重和满足,你必须承认在中国能欣赏贝多芬和莫扎特的人还是少数。适合大部分人的文艺形式,农村有戏曲、城市有流行歌曲等等。流行歌曲并不妨碍什么,它里面的许多情感还是很美好的,使人变得更自尊自爱。比如很多大款喜欢去卡拉OK听歌唱歌,这也不错嘛。你不能设想他一富马上就把兴趣移到意大利歌剧、昆曲上来。为唱好歌,他们也在下功夫学简谱,与别人交流,校正自己的发音,行为举止也变得更彬彬有礼、更文明,这不是很好吗?

我们必须看到在广大人民群众的文化需求不断得到满足的情况下,严肃文化也正在向前发展,不是没有发展。进入一九九三年以来大量的严肃文化刊物在创办,已有的严肃刊物取得可喜成绩。《读书》一年发行到八九万册;《收获》在定价大幅度提高的情况下,订户增加五千册;《东方》前年年底创办,也受到读者欢迎;《书评》《书斋》《书与人》《中华读书报》《今日先锋》《爱乐》《寻根》《大家》《东方文化》《东方艺术》……我也说不全。不是说严肃文化无人问津或停步不前，中国这么大，像样的知识分子和艺术家也是不少的。我们许多音乐家在国际上频频获奖。事情的发展不是像有些人想象的那样通俗文化与严肃文化水火不相容、有了通俗文化严肃文化就没有了，不是这种情况。我知道的中央乐团就得到各个方面的支持和赞助。

当然问题也要看到。如出版社出书老是向作者要钱，也让我们的一些老作家火冒三丈。严肃文化也有一个提高质量的问题，真正的文化艺术精品老百姓还是买账的。帕瓦罗蒂、多明戈、帕尔曼、费城交响乐队来的时候盛况空前，票卖得比美国还贵，帕尔曼那次卖到五百元人民币一张票，合七八十美金，我们是在人民大会堂演出，不是在音乐厅，再考虑到我们的工资水平，应该说这热情比美国人还高。另外，《爱乐》这个杂志的情况我也没想到，它是没完没了地谈交响乐，销售量达到两万份，在北京就销五千。

李辉：这种情况的出现恰恰给一些以使命感自居、对文化现状忧心忡忡的朋友上了一课，暴露了有些人对生活不够熟悉，对社会、对年轻人不够理解，还没有看到市场已经开始对文化的自我调节起作用了。

陈建功：这种议论至少是缺乏一种乐观或达观的生活态度。

王蒙：有些是属于常识以内的事情，比如文学艺术对社会的直接功效不能同一个交通法规相比，甚至不能同报纸上的一篇社论相比，一般情况下它的功效是间接的、曲折的、缓慢的。文艺与社会的发展可能同步，也可能不同步，这都已为古今中外的历史、文学史所证明。

我们谁也不能按童话故事去办事，但是一个国家、一个社会如果连童话都没有，那它的人民还有什么想象力可言呢？还能有海阔天空的思维空间吗？到哪里去找人类丰富而美好的情操和心灵的净化？相声可以涉及一些社会问题，但靠相声也解决不了严肃的社会问题。你相声再讽刺大吃大喝，它的作用也是有限的。说不好听一点儿,我高高兴兴听完相声,照样能高高兴兴去吃去喝,它不能直接去规范人们的行为。如果一个国家、一个社会道德规范是靠相声建立起来的,那这种道德规范就很可疑了。相声的目的就是让你看到这些矛盾,这些缺陷,同时在一笑当中得到某种心理的发泄和平衡,当然它也有惩恶扬善的成分。文艺是通过多种多样的方式和渠道对社会发生作用的,如果一篇文章就是文字特别美,看不出更多的别的价值,那对读者学习掌握汉语不是也很有帮助吗?

陈建功:刚才王蒙提到不要过高估价文艺的作用,由此我想到一个作家也不要对自己能起的作用估计过高,不要自我膨胀。马克·吐温不能起林肯的作用,他只要把自己的小说写好,老百姓看了高兴,这就是他对美国的贡献。一个作家不能也不必给国家策划一个前景,也不必给别的作家策划一个前景——我要匡世济民,你们也要匡济。巴金老的贡献和令人钦佩的地方,是他真实地写下自己的思想和情感,这既体现在他的小说里,体现在觉新、觉民、鸣凤这些人物身上,也体现在他的《随想录》里。这是他自己的思考、见解和情感,并没有要求任何人向他看齐。

王蒙:我们国家专业作家有几千人,加上业余的有几万,一部分关心的是社会的整体性问题,有的写大型报告文学,有的写散文杂文,这是正常的。如果写得好、有价值,他们的意见和声音自然会得到社会各个方面的认可和赞扬。但整个文学不可能都绑在这上面,都绑在挽狂澜于既倒,如建功所说的匡世济民上,好像文学能扭转历史前进的方向,这实际是不可能的。这样做的结果必然会封杀文学欣欣向荣蓬勃发展的局面。

陈建功:在作家中希望振臂一呼应者云集的心态产生的原因可能是多方面的,不能排除"文革"思路、红卫兵思路的遗传,从另一个角度也可以说是跟不上时代的表现,跟不上发展变化了的时代。心态不平衡,就说时代错了,出来扮演大觉之民的形象。时代变化了,文学必然要做出适当的调整。反帝反封建的警世钟时期、民族危亡的时期与我们今天的改革开放相比已有本质的不同。

王蒙:看到这种不同是非常重要的,比如在九一八之后你写养猫,他写种兰草,这很容易引起老百姓和文学界的冷淡或反感,整个社会和人民群众欢迎的是《黄河大合唱》。但在和平建设时期,文学的面貌应该是各式各样,更加丰富多彩。不习惯就会产生乱了的感觉。

李辉:就是对战争年代里那些与抗战没有什么直接联系的文学作品,我觉得也不应一概排斥,如对梁实秋、林语堂等人大张旗鼓地批判讨伐未必妥当。那个时期也不是每个人都拿着枪在前线打仗,生活中不是除了打仗什么都没了,人们的生活仍然是多方面的,尤其是后方的各阶层人士,延安还不是照样开过舞会。老百姓依然要男婚女嫁,生儿育女,也要听书看戏讲故事,有着各自不同的娱乐休息方式,社会对文艺的需求并没有单一化。另外,作家也要吃饭、生活呀!

陈建功:只要不是汉奸,主流文化是救亡,并不意味着要把非救亡文学推向革命的对立面。

王蒙:关于道德的问题我想再说几句,我们不能用战争时期特殊状况下形成的道德标准来衡量今天人们的行为,今天我们面临的是经济建设,是市场经济,这种变化是巨大的,我们必须看到这一点。我听一些部队的同志这样说过:一打仗思想问题都解决了,而且表现会相当好,相当英勇!炸弹来了,可以扑到别人身上牺牲自己保护同志。但仗一打完,一休整,矛盾又出来了——为什么给他提干不给我提?为什么他是一等功我是二等功?问题多了。于是就产生出了只有打仗才能解决问题的想法。西哲也有这种理论,认为战争才能使人类的精神升华。战争使人英勇牺牲,舍己为人,以苦为乐,以苦为荣,激昂慷慨,大智大勇;而和平使人物欲横流,自私自利,勾心斗角,摩擦嫉妒。这种理论是很可怕的,要按这种理论行事那全中国、全世界可就没一天能消停了。咱们只能为苦难而苦难,为高尚而苦难,借苦难而高尚。这算不算真高尚？老百姓受得了受不了？

现在道德上的疑问很多，不讨论也是难以服人的。中国近百年来社会急剧变动，破的多立的少。辛亥革命把君主政治破了，五四运动把孔家店破了个不亦乐乎，无产阶级领导的人民民主革命推翻了压在中国人民头上的三座大山，把帝国主义、封建主义、官僚资本主义破了，通过反修把苏联也给破了，到了"文革"就什么都破了，改革开放逐步发展，社会主义市场经济把计划经济又给破了。这里面多数破得非常合理或有合理的一面，体现了历史的巨大进步，完全应当肯定，但这样一路破下来在思想文化上造成的负面效果不可低估。对于破我们可以说是得心应手、游刃有余。

我们现在非常需要一种建设的精神，就是对人类文明所创造的一切文化成果采取一种爱护、发掘、吸收、探讨的态度，不能用爆破的方式去对待。比如传统文化中的忠孝节义、礼义廉耻、仁义道德，西方文化中的民主、科学、法制，共产主义经典作家所阐释的生产力、生产关系、对劳动和劳动者的尊重等等，这些方面我们应多做一些"立"的工作。对什么问题动不动就全盘否定是不可取的，如果我们看到现在一些道德败坏的现象，就采取扫荡一切、痛加咒骂的办法，这等于又破一回，把市场经济又破了。破来破去把什么都破没了！

李辉：就今天的道德而言，我觉得要注意到两个方面：一是要承认和接受一些新的道德观念来适应发展变化了的生活，有些被视为道德崩溃的东西未必是真的道德崩溃，这需要细致的分析。如青年人对生活方式选择的多样化，政治观念的淡化，比过去更加务实的心态，这些你不能说成是道德上的倒退。二是对过去我们认为好的道德观念，也需要做细致的分析。五六十年代人们的道德观念就真的那么好吗？道德就是如何做人，如何对待别人如何对待自己，而那个年代人整人、人揭发人是相当厉害的，人为制造了数不清的冤假错案，在人与人的关系中是真诚多还是虚伪多？我很怀疑。

现在的社会治安确实很不好，造成这种局面的主要原因是道德的崩溃呢，还是司法不严？应该由个人负责吗？社会的正常运转是有社会分工的，公民是纳税人，这笔钱养活着国家的各个管理部门，这是每个公民责无旁贷的义务，但作为各个管理部门也必须对公民负责，承担起自己的责任。我们可以提倡见义勇为，其实见义勇为也不是社会主义社会独有的，资本主义社会、封建社会人们也同样称赞这种行为，但在提倡见义勇为的时候，你不能说手无寸铁、没有受过任何训练的平头百姓不见义勇为就是错的，就是不道德。尽管现在的社会治安有种种问题，我们与以阶级斗争为纲的年代相比，哪个时期更有安全感呢？那时一夜之间，几十万上百万人可以被赶出家门到乡下，或者关进干校，谁也不知道未来的命运会是什么样子。

王蒙：我同意你对社会治安问题的分析，但你前面说到的五十年代道德虚伪我很难接受。我觉得它不是一个虚伪的问题，而是一个乌托邦的问题，是现实主义和道德乌托邦的关系问题。

在中国有两类明显的道德乌托邦。一种以老子为代表，把原始共产主义美化、道德化的乌托邦。所谓小国寡民，民使无欲，鸡犬相闻，老死不相往来。认为这种生活最幸福、最高尚，没有机诈之心。天下人都知道善，就有了恶了。为什么呢？因为都知道善，就要竞争这个善，想当这个善，既有了竞争，又有了虚伪。本来不善也要假装多么善，这不就是虚伪吗？不就是恶吗？天下皆知美之为美，斯有不美矣，就有了丑了。这使我们联想到围绕选美而发生的许多丑闻。老子尽管说得有道理，但你做不到，无法实行，它是个乌托邦。所以不管谁如何咒骂今天的市场经济，你也做不到让大家伙儿回大森林里去吃野果、穿树皮。还有一种是军事共产主义的乌托邦，我们有许多革命家，他们是真诚地觉得我们这个社会完蛋了，他们的参照系是战争时期。战争时期吃饭就分大灶、中灶、小灶，延安撤退以后中灶、小灶都没了，连毛泽东也吃大灶。我们到延安看毛泽东住过的窑洞，你不能不佩服。用这种军事共产主义的方式在战争期间组织革命队伍是可以的，组织整个国家的生产是不可能的。一九五八年"大跃进"实际上就是想用军事共产主义的方式把生产搞上去,结果是失败了。不管是原始共产主义还是革命年代的军事共产主义,都有值得珍贵的东西,都有值得发扬的东西,在这个意义上说延安精神是永存的。但是现在的社会发展了,你还是坚持只认为过去是最美好的,而今天是充满了罪恶,那就等于用乌托邦主义来枪毙现实。

陈建功: 在大抓阶级斗争的年代,发牢骚也是不敢的,而现在大家敢于发牢骚本身就体现了时代的进步。

李辉: 我们三个人坐在这里谈,各说各的,没有任何思想负担;这些年各种各样的文章都在发,争论也很厉害,没有出现一边倒的情况,这都是非常好的现象。比如浩然的《金光大道》要再版,看法很不一样,你说你的,我说我的,不同意见的双方谁也没有什么麻烦。很多问题,包括道德问题在一定的条件下人的自我调节、社会的自我调节是解决问题的正确途径,不要忙着下结论,不同看法可以并存,由实践去证明它的正确与否。

王蒙: 我的意思也不是说现在万事大吉,恰恰相反,随着改革开放的深入,新的问题新的矛盾越来越多,但中国的希望所在就是改革开放,就是以经济建设为中心,就是社会主义市场经济,只能这么发展,只能走这条路,没有别的选择,而且事实越来越证明它的正确性。到现在我们还想不出一个更妙的办法,既能使社会经济发展、人民富裕,又不出任何问题。要不怎么办呢?搞一场道德的纯洁化运动?没有商业道德的饭馆一律查封,商店一律关门?职业道德不佳的从业人员全部开除?这种方式导致的很可能不是社会的进步,而是社会的倒退。你不能总是把社会的道德化与社会的不发达状态结合在一起,让大家都打起裹腿,戴上军帽,实行供给制,住房住"星期六房子"——平时住集体宿舍,星期六给结婚的人准备一部分房子享受夫妻生活。用这种方式来维护我们的道德、我们的文明和文化,这行得通行不通?

陈建功: 道德的标准也很不一样,比如有人说喜新厌旧的婚姻是不道德的,有人却说没有爱情的婚姻是不道德的,解除婚约、离婚是道德的,但有没有爱情的标准怎么定?又是一片众说纷纭。

王蒙: 道德并不能保证人人幸福,人人富裕。制度也不能保证,制度再好也有两口子吵架的时候,也有把菜烧煳了的时候。

李辉: 在经济利益刚刚调整的时期,大家原来都很穷,现在有了致富的可能,这种情况下人们对自己利益的关心就更多一些。随着市场经济的完善和人民生活水平的提高,这种情况会有所改变的,这需要有个过程。我觉得判断道德与不道德的主要标准是看他是否以损害别人为代价。如果用损害别人来维护自己,是不道德的;维护了自己而并未损害别人,只是没有更多地去帮助别人,就不能说他是不道德的。

陈建功: 人们在道德问题上众说纷纭,在文艺理论和文艺创作上,思想也空前地活跃,这是好事,但也要看到它浮躁的一面。有一次我看了一篇小说没看懂,就去找汪曾祺老。汪老问我这篇小说什么意思?我说我没看懂。汪老听后说这我就放心了,因为我也没看懂,我以为我老了,你这么年轻都看不懂,我就放心了。我说汪老您那么大学问都没看懂,我也放心了。现在文艺界确实有"皇帝的新衣"现象,需要有那么几位"童言无忌"者,挑明了说"您身上光着哪"!我们不能跟着别人盲目地叫好,该说"不"的时候也得说。我们厌恶打棍子、戴帽子、大批判,但必须讲真话。讲真话本来应该是文艺人的一个重要品格。在外国文学史上已有定评的文学大家之间互不欣赏的例子很多,文学大家对文学大家尚能说"您这个不行",我们为什么不能说呢?

王蒙: 李辉文章中提到对现实中问题的批判运用什么样的思想武器问题。如果用建功所说的贫困的哲学来批判,用红卫兵的思维模式来批判,那于人于己都无益。如果用一种比较客观、比较全面、比较合乎实际的态度来分析探讨,就能从正面不断丰富自己。这也是自我精神建设的一个过程。咒骂、激烈和痛斥对社会的积极作用并不大,也不那么有效。拿走后门来说,大家都一通骂,骂完之后还是各走各的。他孩子要上重点小学得托人,他要换房子也得托人。痛斥是解决不了问题的。这种现象的消除要靠经济的发展、法制的完备和改革。现在旧体制和新体制掺和在一块儿,市场经济还不完备,造成一些弊端。就是市场经济发展了,会不会产生新的问题?当然会。西方那么多国家的知识分子不是整天也在那儿破口大骂吗?在我国不是也有人以"连人家美国教授都在骂市场经济,何况我们"为理由急起直追吗?当然这个理由是太小儿科了。

作家里有一些批评的声浪,有一些惊世骇俗的论点也是正常的,但从我个人来说我不想充当振臂高呼、惊世骇俗的角色,我宁愿充当一个比较理性的而且是历史主义的角色,用更公道的态度对待一切。

陈建功: 所以我们讨论的目的不是非要做出什么结论,而是如何做出自己的选择。你可以选择惊世骇俗,也可以选择只是写好自己的小说。我觉得讨论一些问题、思考一些问题之所以必要,就在于它可以使我们减少盲目性而不随波逐流。

王蒙: 承认多样性有时也很困难。你发表自己的看法可能是从最好的动机出发,想让大家都变成你这个式样的最好,这实际上也取消了多样性。文学上常有这样一种理论,这种理论很可能是正确的:凡是杰出的作家、凡是留在文学史上的巨著都是关怀着人民的命运、反映着时代的精神等等。但我们不妨想一想,四千名作协会员能不能都成为杰出作家?现在我国一年出九万种书,其中文学书占有很大比例,这些文学书能不能都成为纪念碑?那些"小菜"类型的怎么办呢?这和我们吃饭是一个道理,比如经专家鉴定这二十种菜谱是最有营养的,有高蛋白,有大量维生素,还有各种矿物质什么的。但还有一些虽营养不大,却可以吃着玩儿的呀,可以调剂的呀!喝一杯咖啡从营养上说价值不高,但它可以提神。所以我觉得最好的动机也可能抹杀多样性,抹杀多样性的结果最后把最好的东西也给抹杀了,因为最好的东西恰恰是在多样性的条件下出现的。你要以最好为标准,要大家向最好看齐,那必然导致把通俗文化通通砍杀。最好的作曲家是贝多芬,最好的歌唱家是帕瓦罗蒂,你毛阿敏离帕瓦罗蒂远着呢,蔡国庆就更远。要用帕瓦罗蒂这把刀子来砍我们的歌手,那结果是什么呢?

陈建功:大狗叫,小狗也能叫。而且小狗还大可不必跟大狗学。大狗说,我唱的是汉大赋、主旋律。小狗说,我说的是"三句半",敲边鼓。大狗又说,我吼的是历史前进的大方向。小狗说,我哭的是找不着家门儿了,我真个是惶惶然丧家之犬了。小狗的哀诉也能激发人们一种悲天悯人的情怀,也能打动读者,起到文学之所以为文学的作用,这是不是也是贡献呢?

王蒙:为革命、为先进的科学技术而呐喊的文学是贡献,您不那么先进,唱出的是挽歌,只要写得好也是贡献。像美国作家狄金森,她活得很短,大学毕业后基本上是大门不出二门不迈,写自己的小诗,不也行吗?这跟李后主一样,在政治上他没什么作为,但是个好诗人。杜甫、白居易经过了战乱,既关心民生,又关心生民,就算他们最伟大,你没有次伟大、一般伟大、不甚伟大,哪来的最伟大呢?不管哪种类型,只要写得好就同样有存在的依据,就同样是文学的贡献。

李辉:就像在文学上我们不能坚持一种标准一样,在思想和精神上也不能一种标准,文学本身就是思想和精神的一种形态。精神状态也应当是多样化的,不应该也不可能完全一致。也不能说哪种意见就完全正确,我们说的也会有不全面、不正确的地方。

王蒙:比较本色、比较真实地发表了自己的意见,然后我们根据自己的情况做出选择,我们谈的也许对别人有参考意义,这就行了。我不想树立任何样板,尤其不想把自己树成样板。每个人的条件都不一样,拿你做样板你干吗?

陈建功:面对信息的爆炸和污染,作家应如何做出选择?

王蒙:每个人的情况有很大不同,从我个人来说,我的选择带有很大的经验性,我已六十有加,我宁愿选择和平的、理性的态度,从各式各样的见解中首先考虑它合理的那部分,因为除了极少数的例外,很少有专门为了害人去著书立说的。哪怕他是钻牛角尖的意见,他钻到这儿了,他也付出了劳动。我很少用一个先验的框架来绑住自己的思想,我认为伟大和渺小都不能只有一种价值标准。信仰也不是一个价值标准。说到这儿我想到背十字架的问题。《读书》上发表过我关于"不争论"的文章,有读者发表评论说,都像您这么聪明,不争论,那由谁来背十字架呢?我对背十字架并不怎么感兴趣,背十字架是什么意思?就是救世主的意思,我不认为我能当救世主,这种使命感膨胀得有点儿太过了,发展下去很可能走向极端,又回到刚才我们说到的用乌托邦来代替现实,用排他的文化专制来代替文化的民主那条路上去。

李辉:我来之前刚写完一篇文章,讲二十世纪中国现代文人与基督教的关系,是谈文人宗教意识的。这个问题还是值得一说,许多重要作家都曾是基督教徒,至少是入过教,受过洗礼的,如郭沫若、冰心、老舍、林语堂、许地山等等,但中国文人具有真正宗教意识的几乎没有,中国文化是入世的,不是出世的。最有资格成为基督教徒的是许地山,他一直宣扬基督教,也是以基督教徒而死的。林语堂也最有资格,他祖父、父亲是牧师,他从圣·约翰神学院毕业,在清华大学当老师的时候,他一直主持圣诞唱诗班。然而他们都没有成为真正意义上的基督教徒。文化和入世的诱惑比上帝的诱惑要大得多。最近我看到李泽厚关于中国哲学和西方哲学的一个说法,大意是说中国人考虑的是生命怎样存在,而西方人考虑的是生命为什么存在,这是东西方文化上的一个巨大差异和区别。

陈建功:现在有人强调文学中的宗教意识,起先是很好的一种见解,但随后又一窝蜂起来,这就难免矫情的成分,表演的成分。我们的文学界时不时就会出台一幕理论的、主义的、流派的健美表演。我又联想到自己,联想到每一个人似乎在某些问题上都有一些矫情的成分、表演的成分,这使我感到人性弱点其实不弱,它很强大。

李辉：我们必须承认不同的文化熏陶不同的文化性格，不是强求所能改变的，强求就矫情了。

王蒙：建功所说的表演的问题实际是一个非常深刻的问题，今天我们详细讨论来不及了。人的哪些表现是很自然的表现，哪些是有所控制的表演？一个人完全失去了控制有时也不可爱，比如说粗俗、恣肆、自私等等，人在这些地方都需要控制自己，表现出文雅，表现出礼貌。特别是在某种场合，比如说恋爱的时候，与您的 lover 在一块儿，您总要把自己最好的那部分表现出来。与自己的上级、老板在一块儿的时候，一般情况下你不希望表现出不负责任、懒惰。国际场合，您的文明程度可能没那么高，但你进入它那个又干净又华丽的大厅，人人拿着一杯洋酒，装模作样地同您打招呼："How do you do？"您不由得也融进这种气氛之中。所以人的表演的成分在侵入人的生活，这是社会本身、社会规范或文化本身所要求的，但它又带来了问题的另一面，这就是我们常说的悖论，港台叫吊诡。您什么时候都那么清醒，都那么文明，那么慈祥？这绝对是表演。英国人最会来这套，他明明很骄傲，可表现出来是又谦虚、又平等、又幽默。比较而言美国人就本色一点。如果我们把一切表演统统否定，你等于否定了文化，因为文化就是一种表演。您出门要穿上衣服吧？还想穿得漂亮一点吧？总不愿意蓬头垢面，也有故意蓬头垢面的，这不都是表演吗？

陈建功：掌握好这个分寸很重要。

王蒙：从这个意义上说，王朔的调侃也是表演，他和"健美"表演相反，他一上来就是一副屄相，一副下蹲的姿势。其实他心里一点儿不屄，一点儿不矮，如果他不认为自己更狂更高的话。

李辉：最近看到一篇反驳王朔的文章。王朔说他没上过大学，所以对知识分子很反感，说我就是要骂他们、贬低他们。文章指责王朔这是拿社会上最弱的人开刀，就像纳粹对待犹太人一样。

王蒙：你要看王朔的小说，感觉他和小流氓差不多，起码语言上差不多。可你平常与他接触,给你的感觉是很有礼貌,很文明,挺乖。

陈建功:搞文学的幸福看来就在于对生活能有一个方方面面的观照,挺有意思。

王蒙:搞文学的人有时也要看看自己的表演,不要表演得太过分,不要自我陶醉得太过分,比较纯真一点儿,比较本色一点儿,这样的文学家让人觉得亲切。当然演技派特别能表演,说哭眼泪就出来,这也是本事,不服也不行。

李辉:不过我看还是自然一些为好,千万别端着架子看生活,看人。

原题《精神家园何妨共建》,发表于《读书》1995年第6—8期

与萧风谈古典诗词[*]

王蒙：怎么样？这里还不错吧！

萧风：感谢有机会能在这样一个有诗意的地方向您请教诗。

王蒙：咱们随便聊聊。先说说你对中国古典诗词的兴趣，好不好？

萧风：我对中国古典诗歌非常热爱。很小的时候，就梦想当个诗人。做这个梦的时候，我连一句诗都写不出来。长大了一点，偶然接触了古典文学，其中的诗词像磁铁一样把我吸住了。后来，又读到王力的《诗词格律》，从技巧上懂得了更多的东西。一九七九年到北京以后，由于书法的缘故，有幸拜识了诗词大家萧劳先生。我的一些稚嫩的古典诗词得到了先生的鼓励。就这么，不知不觉地走上了写旧诗的路子。对此我一直很用心。只是近几年，工作太忙，稍有荒疏。

王蒙：现在写旧诗的人，有的是追古，以完全的古色古香为追求，有的以有所突破为追求，或者是言志方面的追求，或者是抒情方面的追求，你自己在写作当中，有没有这方面的考虑？

萧风：初写的时候，正如李可染的"先打进去"一样，无论是手法上，还是总体格调上，我都尽可能地靠近古人。一旦掌握了、娴熟了、自然了，"打出来"的念头就越来越强烈。"适我无非新"，如何借助古典诗词这一独特的艺术形式把自己当下的真切感受和体验表达出

---

[*] 原题《王蒙与萧风谈古典诗词》。萧风，中国书法家协会党组书记。

来,是我一直追求和探索的。打出来很难。如果创作中过度运用现代语汇,就会损减甚至完全破坏那种特定的"古意",不像诗词,没有味道;倘若一味地追摹古人,拿捏着前人的腔调,不仅拉不开距离,更无法开我今人的"新意",做到风景常新。

王蒙:阅读当中,你最喜欢哪些人的诗词?

萧风:随着年龄、境遇、心情不同,往往变化很大。如果说古典诗词的话,我对大小李杜、放翁、东坡读得多一些,对古风、楚辞、《诗经》也曾有所涉猎。二十岁前后那一段迷茫而多感的岁月,对老杜似乎更偏爱执着一些。赏玩他们的作品,使我更深刻地体悟到他们都曾向他们的前人那里化缘,探本穷源有所承接。但他们没有就此打住,而是进一步地发展了创造了,建立了属于自己的独特风格。

王蒙:是的。你跟中华诗词学会、北京诗词学会等组织,有联系么?

萧风:现在没有太多的联系。曾加入了中华诗词学会,那也是十多年前的事。后来事情一忙时间一长,也就渐渐地淡了。

王蒙:北京有一个相对比较年轻的女士,叫尽心,她自费出了不少自己的作品,很下功夫。

萧风:听说过,但我接触她的作品还不多。

王蒙:现在对古典诗词有兴趣的人,是越来越多。这说明古典诗词不是那么简单就可以取代的。我们常常讲民族文化、中华文化,我觉得古典诗词,就是中华文化一个最优秀的成果,或者说是中华文化的一个精髓所在。我没有很多理论根据,我觉得有一个集中体现中国文化的东西,就是汉字,它和世界上各种文字都不一样。有人把汉字论述成象形文字,这是错误的。因为象形字在汉字中只占一小部分。还是"六书"的说法比较对。它这样就使人获得信息的方式、观念,很多东西都不一样了。而最能体现汉字特点和优点的,就是古典诗词。它把汉字的形、音(包括韵和节)、义(如多义、反义),体现得特别充分。现在写旧诗词的人越来越多,但是我读起来常常有一种不满足。一种是写来写去，不像古典诗词。有人以为古典诗词好写，字数整齐一点，再多少押一点韵，反正现在对韵也不那么严格，就行了。但实际上不是。它味道不对。我常常觉得古典诗词是中华文学的一棵大树。中国人不太讲究知识产权，虽然讲究个人的风格，但是一方面讲求个人的风格，每件作品绝对是个人的产物，但另一方面，又都是这棵大树上的一片树叶，或者一个芽，或者一个小枝子。他们互相之间有特别密切的相互影响和继承的关系。它发展到极端，就是所谓无一字无来历、无一字无出处。《红楼梦》里头，贾宝玉他们作了诗以后，就要问：这个字的出处何在？作诗的人立刻可以回答：谁谁谁曾经这样写过。一开始我看着不太理解，我觉得写诗哪有这样的，无一字无来历，无一字无出处，但是后来我慢慢地明白了，因为它都是这棵大树上的，它得有这个大树，如果用电器语言来表述，就是你的型号必须和它匹配，起码是兼容。它不能完全是两个体系。兼容得好的，词、韵、对仗等用得好的，就很容易让人接受，觉得味儿非常地对。自古以来中国还有集句，可以大段引用，那是李清照吧，她喜欢欧阳修的"庭院深深深几许"，于是她就连填好几首词，每一首第一句都是"庭院深深深几许"。毛泽东干脆就用"天若有情天亦老"，或者是"一唱雄鸡天下白"，李贺原句是"雄鸡一声天下白"，好多这一类的东西。

可是这样的话，又产生一个问题，就是很难创新。你要没有下足够的功夫，就是大量阅读大量背诵，非得大量背诵不可，否则你休想作诗。你读得越多，那么你加一点新东西就非常地难。也不是不能加新的东西，也可以往里面加。毛泽东诗词《念奴娇·鸟儿问答》里头，有一句"不须放屁！试看天地翻覆"。"不须放屁"这一句，过去诗词里头绝对没有。冯骥才多次表示说，这一句用得最好，有一种艺术的胆识。把俚语甚至是粗话，搁到里头了。我还看到过把翻译的词用到旧诗里头的，邵燕祥的诗里头，就有"烟士披里纯"。我的一首小诗，《羡鱼》里的一首，就说"君在江湖上，君栖盘碗里。缘机略有别,都是萨其米"。"萨其米"就是日语说的生鱼片。这些个别的用一点,可以,因为它总的那个味道并没有超容,还能够匹配得进去,等于把一个不同制式的东西容到这个制式里边来。

在旧诗写作上创新,这是一个大的困难。有的人没有认真读过《唐诗三百首》,他写的那个旧诗啊,太不继承古典诗词传统了,你读了它,它让你难受。凡认真读过《唐诗三百首》的,都不可能写出那样的旧诗。你还不如干脆写快板,非常明快,写大实话,数来宝,三句半,这都很好,这里并没有高低贵贱之分。三句半也可以写得很漂亮。豪言壮语也可以写得很漂亮。或者你写口号也行。但是旧诗,它太沾不上了,不要说它不是那棵大树上长出来的,你给它抹了胶水往树上粘,它也粘不住。

还有一种情况,就是陈陈相因。有这首不多,没这首不少。有些诗词学会出的会刊,陈陈相因的特别多。他们还都挺讲究,挺注意。你看他们的文字啊,韵律啊,对偶啊,首联、颈联、颔联、尾联,那都挺讲究。但是面目差不多,谁谁写的,都一样。内容都很好,譬如庆祝一个节日,人人都歌颂一番。然而老张的可以换成老王的,老王的可以变成老刘的,一点问题都没有,可以随便换。有的老专家,旧诗写得很漂亮的,但是你看完他整个的诗以后,你抓不着他的脉,你见不着他的真实的思想感情。你觉得他不但是格律按古人,就是思想感情也完全是古人的。古典诗词作为一份伟大的中国文化遗产,从另外一个方面,它有一种规范的作用。首先,古典诗词从内容和题材,它已经形成了自己的规范。譬如送别、怀乡、思亲、悼亡。

萧风:还有怨愤。

王蒙:对,有怨愤,还有赏月、伤春、感遇、怀古等等。其次,它又非常地经典。譬如一说到思亲,"独在异乡为异客,每逢佳节倍思亲",你现在不管怎样写思亲,你摆脱不了它,它太棒了,涵盖性太强了。它也很好懂,现在没有学过文言的人一看,这几句他能不明白么?棒是真棒,可是使后来者呀,没有立脚之地了。说萧风要写思亲,或者王蒙要写思亲,但写来写去,还是这个。譬如赏月,哪一个赏月的人不感觉到李白的存在? 在最好的情况下,你自己变成一个小李白、小小李白、小小小小小李白,你从他那儿学到点儿老大师的口吻。

萧风:只能从形到神去模拟。

王蒙:对呀。我就觉得"举头望明月,低头思故乡"这么明白如话的一句话,它已经把我们的思想感情管住了。用不着行政命令什么的,但你的思想感情无法摆脱它了。看见月亮,想起家来了,这里边的话其实有很多,为什么想起老家来了呢? 你会想到月亮也会照在自己的家乡,你会想到家乡的亲人,也许是父母,也许是配偶,也许是友人,他们可能也正在赏月,他们看见月亮也许正在想你。哎呀,特别的好! 但是这又产生一个困难,我是说这种作品的个人性、经验性,和作品从思想到表现方式的规范性。你一点规范性没有呢,也莫名其妙。我们古典诗词的范本,它太多了。你来以前,我正好在看你的《太极》。

萧风:我生所好在于此,得势得机总相宜。

王蒙:你用的是古风体,我一边看一边老想我最喜欢的韩愈的那个"以火来照所见稀",这个无论如何它不像一句诗。就是因为它不像一句诗,他不知怎么就弄成诗了。韩愈诗里头我最喜欢的,就是这句。它很真切,以火来照,它也很节约,这里头实际上包含了许多主体和好多层次。第一你必须点起火来,第二你拿火来照,当然是别人来照,不是韩愈自己拿着火把,"所见稀",是诗人所见稀,所谓"稀",不是完全没有见到。还有"芭蕉叶大栀子肥",我觉得这就是那种天籁。芭蕉叶大,这谁不知道,可是用到这首诗里头,再加上"栀子肥",你有了那种夏季的风光和自然之间的不隔之感。画家谢春彦对我《山居》里的"蝴蝶大而黑,螳螂绿而尖"比较欣赏。不是说我写得多么好,咱们都是学着写。就是说有些非常真切的、明白如话的乃至于俚语俗语,乃至于像毛主席那样的骂街的话,都可以抡进去,如果整个诗能够生气贯注的话,这就可以做到。所以我看到你的诗,我是很高兴的。因为你也有一点儿你自己的花样,有你自己新鲜的东西,这个非常不容易。在古典诗词的写作上,要得到一点点新意,非常难。我常常感觉到已经"穷"了,已经被古人"穷"了,已经没有我们置喙、放笔尖的余地了。你作品的题目用得比较现代一点,比较洋气。譬如《有一片云在古寺上空》。有一片云,这当然是新诗;有一片云在上空,如果不加"古寺"的话,就有点儿歌曲的味道。但加了"古寺"呢,就把旧诗的表达,比较规范的旧诗感情,和现代人受其他的文化——外国舶来文化、大众文化,乃至于通俗文化、时尚文化——所形成的那些符号、系统,建立了一个连接,起码是一个有意思的尝试。我看了你目录上的诗词标题,嗳,这位先生他怎么想出这么一招来啊?!你前面的这类标题特别多,譬如"黑色线条里的无限遐思",有个搞西藏摄影的女画家巴荒,这个非常像巴荒起的题目。而你里面的内容呢,有这个题目和没有这个题目是不一样的。"水调歌头"前面加的是"忧伤的慢板",这也算是匠心独运了。《一幅冷风景·杏花天》,还有《博尔赫斯的眼睛·雨霖铃》《写在雨滩上的八行诗草》,这些个题目,都很有意思。不光是吸引人,这也算用当下人们喜欢用的一个破词儿,叫做艺术上的"张力"。一方面你往比较现代、比较洋、比较时尚的方面走,另一方面往古典规范上走。我觉得也很有意思的。你这诗里头还表达了一种文人的情怀。你表达了自己对文化、对读书、对书法、对砚、对墨、对自古以来的那种情怀的向往、那种眷恋,或者叫做一种精神的寄托。人总是要有一种精神寄托。我觉得这也很重要。像我刚才说的,作旧诗,你除了要学平仄、学遣词造句,还要有那种心境,我更喜欢用情怀这个词,还要有情怀上的一种相通,一种继承性。当然不可能完全照搬,但起码不是格格不入。如果你的诗里,都是同古典诗词格格不入的一些东西,那就让人难受。

萧风:总是隔着一层。

王蒙:疙里疙瘩,看不下去。但情怀方面,我觉得你写得很充分,刚才说到匹配,说到兼容,我觉得你太"容"了。像这种情怀:"今岁重阳节,高居马北坡。淡名忧患少,逸世欢娱多。花落惊尘梦,酒狂发浩歌。时时耽古帖,字字细研摹。"你能喝酒吗?

萧风:酒喝得不行,轻酒小狂而已。

王蒙:"发浩歌",这不是卡拉OK吧?

萧风:破锣般的浩歌。

王蒙:你的作品里头,还有一些笔墨之芳香。这个《沉默的心扉》:"寒星三五夜萧萧,雨后酒徒终寂寥"。你写这个的时候,有什么所本吗?

萧风:我写这个的时候很早,大约二十四五岁的时候。当时年轻,对于人生有很多迷茫,很多不明白的地方,偶然之间写了这个"寒星三五夜萧萧,雨后酒徒终寂寥。玄鬓十年换枯草,悲歌仍唱念奴娇"。当时没有所本,似乎有典在那儿搁着,但又不知道那个典在哪儿。凭着感觉,这雨,代表了荒寒、清冷、落寞,终成寂寥。雨极自然地和寂寥关联在一起了。冷瑟的雨后,可以想象寂寥的酒徒是什么滋味。十年玄鬓,瞬间蒙太奇般变成了枯草。

王蒙:你还年轻,没有变成枯草嘛。

萧风:其实是心田里的野草,不,应该是枯草。不管多么失意彷徨,但精神一定要振作,"悲歌仍唱念奴娇"。脚踩在地上,而头颅依然要伸向天空,就像黄州的东坡凌风高唱《念奴娇》:"大江东去,浪淘尽,千古风流人物。"

王蒙:"雨后酒徒终寂寥",就使我想到我很喜欢的晏殊的那首爱情诗,"油壁香车不再逢,峡云无迹各西东。梨花院落溶溶月,柳絮池塘淡淡风。几日寂寥伤酒后,一番萧索禁烟中。鱼书欲寄何由达,水远山长处处同"。他写得非常有感情,它是一种瞬间的美好和忧伤。"油壁香车",用现在的话说,这个女人是坐着宝马车。

萧风:宝马车,意中人。

王蒙：她坐着宝马，从他面前一闪而过，从此不再相逢。然后峡云无迹，人生就像浮云一样，人生就是白驹过隙。只是在"几日寂寥伤酒后"，那诗人喝得太多了，所以伤酒，伤酒以后就非常悲哀；"一番萧索禁烟中"，那是在寒食节，禁烟而萧索。它底下就是算了吧，"鱼书欲寄何由达，水远山长一般同"，最后两句它很舒缓，这也是古典诗词的一种风格，它相当舒缓。它整个意境我都觉得写得很好。你这首叫《沉默的心扉》，也很好。但是我觉得在文字锤炼上，还有做得更好的余地。看到"玄鬓十年换枯草"那儿，觉得还是写得粗了，你的意思我完全懂，我现在想不出来，但是我坚信一定有更好的表达方式，有更好的遣词和炼字的可能。尤其不能是"换"，这个太呆了，它与沉默的心扉不合。"悲歌仍唱念奴娇"，这句话的意思也非常好，但是"悲歌仍唱"四个字也可以再提炼，可以弄得更精彩、更漂亮、更帅一点，弄得层次更繁复一点。还有《太极》，主要是层次还需要繁复。旧诗的一个特点，就是它层次非常繁复。

萧风：不断在那儿变化着，层层叠叠。

王蒙：对，不断在那儿变，一层一层一层地变化繁复。韩愈是以文为诗的，古诗都有一种以文为诗的特点。《太极》的气势是对的，有一种古风里头所要求的那种厚朴，好像把宇宙万物都氤氲于尺幅之间。我还是很喜欢你写的旧体诗。这首《那使你寂寞的是什么》，这个名字太像歌曲了，应该由韦唯来演唱，"望归途，寥寥无路，门外千山雨"，我很喜欢这一句。写诗本身也是一种非常美好的精神生活，我觉得你写诗的时候还是非常投入的。

萧风：非常投入，几近忘我。但也有着许许多多的困惑。我的第一个困惑，格调与古人很难拉开距离。如果把自己的诗放到古人那里去，让一个陌生人辨认，很难辨出哪一首属于现代的"我"。第二个，自己每首诗与每首之间相似和重叠的意境、意象、意味太多。古典诗歌供你腾身回旋余地太小。第三，就是您刚才一直反复强调的，它融入新的意境、新的语汇非常困难。我试图往里加入新的东西，但是本体排斥，不是什么新词它都欢迎。弄得不好，什么都不像，更不耐读。古柳新枝，其实哪怕试图搞一丝丝的创造，都很难很难。我在三十岁的时候，就感觉到老是那样写不行了，这种种困惑老在跟我较劲。因此我将我的绝大部分古典诗词作品焚烧了，不要了，有点不创造毋宁死的意味，算是向自己的一次宣战。困惑徘徊之中，我投入了现代诗的创作中。我发现古人在诗词的题目上不太讲究，这里似有空间。比如，我喜欢顾城的"黑夜给了我一双黑色的眼睛，我却用它寻找光明"。这首诗本身很平，就是写个体的，然而它的标题，却是《一代人》。这"一代人"三个字一下子把整个诗的意境提升了、打开了，题目和内容也拉开了距离，造成视角空间、想象空间和心灵空间。诗歌的题目，原来远不像王国维在《人间词话》里所讲的："诗有题则诗亡，词有题则词亡"，没有那么恐怖。于是，我认真地研究古人标题，从汉到现代，李商隐是个很独特的人物，他写了大量的"无题"诗，然而绝大部分的诗人，要么记事要么送别等，要么写上某年某月在干什么，或者索性用诗的前两个字，很少把诗词的标题作为诗词一个整体来考虑，来立意。

王蒙：用诗的前两个字为题，就是无题。跟作品第几号第几号一样。

萧风：于是我尝试着在标题上融入一点新意，来拓展古典诗词的境界。

王蒙：这个尝试不错，很好。起题目啊，往往害怕起成人人都可以起的那种题目。给画起题目，有人画一青蛙，然后起个"蛙图"，这还不如不起。画一匹马，起个题目："马"，我说的也是那些极其拙劣的，我故意往拙劣上说，哪怕你起个叫"追风"呢，或者叫"思伯乐"呢，都比那个"马"强呀。

因为我写短篇小说，我出短篇小说集的时候，我觉得标题特别重要，因为你拿来那个目录，那个排列就像一首诗。如果你的小说集目录，第一是努力奋斗，第二继续向前，第三是五湖四海，第四是什么什么,一看就不是一个小说集。题目不能起得很恶俗。现在不少是这种题目了,这也很可怕。题目和内容稍稍拉开一点距离,非常好。我最近还有一个体会,就是出书,过去都是放插图,现在是放图画,不放插图。插图有什么意思呢?譬如我这一段描写男主人公和女主人公热烈接吻,然后你画上一男一女搂成一堆,这个干什么呢?或者这一段描写同坏人搏斗,你就画一个格斗。相反地,让图画又沾点边儿,又不沾边儿,这本身就留下一个空间。我觉得题目方面,你想得很好,而且还挺有味道的。我看你的诗词有的和你写书法有关,"身是张颠醉草书,毛锥落纸信手涂","铁锹纵横天借力,词源浩荡气吞湖。须臾扫出胸中意,顿觉乾坤共一娱"。写书法的诗,古人也有,特别是写狂放的。你也是偏于豪放,不是狂,比较舒展。

萧风:每寄情于草书,似有所托。人生羁绊,在那一瞬了无牵挂。

王蒙:写书法也是一种快乐,"我生得意在晋唐,笔势翩翩也自狂。堪笑不媚时人眼,守残犹作风子杨"。是杨风子。这首不错,写得挺苍凉的,这也是二十几岁的时候吧,可以叫"青春忧郁"。

萧风:是的,心力充沛而心象迷茫。

王蒙:再看这首《楚风》,"六月江城梅雨霁,欲收残滴又成阴。满园红杏随春尽,几片玄云锁翠深",这个写得很好。"寂寞已无书可读,患忧仍与病相侵。此时泪墨同濡笔,吟断凄凉一寸心",最后两句多么凄婉,有点像林黛玉了。

萧风:这是我旧体诗的一个痼疾。我的律诗最不好的地方,就是最后两句,没有把诗的境界提升起来,往往气散了、意短了、志消了,说明我的功力不够。诗的最后两句是极有作用的,一首诗有没有味道也往往系于此。

王蒙:有时候是余音袅袅的。还有你的《没有日记的日子·浪淘沙》《故乡的歌谣·忆江南》《临风·虞美人》《向晚豪兴·水龙吟》《天涯夜语》《灵境》《自画像》这一类的,它的好处是气息贯注。借用一个词,叫做让人觉得有"人气",当然这个人气不是选票,也不

69

是指股票,做的什么股,而是指表达思想感情一气呵成。我也提不出什么来,我想随着你年龄的增加,各种阅历的增加,还有内心经历的增加,不管你做什么工作,你是做干部人事工作也好,哪怕你是做与诗毫不相干的财会账目,但是作为人生的这种体验,人生的沧桑,人生的悲喜,还有人生美妙的一瞬,臆测的也好,空想的也好,偶然的感觉也好,也许是上班前十分钟,突然心中若有所动也好,会越来越多。这是中国古诗的一个好处。它不只限于青年人写,很多人到了岁数很大的时候,他写出来以后,真是像你说的,他整个的人生感悟真是非常凝练。

萧风:似乎旧诗年龄越大越写得好,人生积累了很多的东西,体悟加深,诗味加厚,也许这就是古典诗歌这么多年来绵绵不绝的一个很重要的原因。

王蒙:对,诗的分量会特别重。你看聂绀弩的那些诗,那就是血泪凝结而成,年轻人绝对写不出来。那些话分量特别重,特别到位。岁数大了以后,诗写得好,你主要觉得它到位。不到那个阅历,你写不了。聂绀弩的诗有一种刺激、冲击,而且有时非常强烈。他有两句属于经典格言一样的,"哀莫大于心不死",因为你老是在那希望啊,"无端幻想要全删",不能幻想!在"文革"那种情况下,可能他没有那个意思,这是我的解释,很多人在"文革"当中耐不住寂寞,想赶末班车,最后出洋相,像陈亚丁那样。然而他心死了,不对江青抱任何幻想。等着江青来垂青你,最后你多可耻啊!那个期间,你天天喝酒,不是耻辱;天天烧菜,更不是耻辱。相反,你去追求地位啊,政治上的影响啊,反倒耻辱。所以我相信你今后体验酸甜苦辣,其实都是诗。

萧风:正像您的诗,"如麻旧事何堪忆,化作伤心万里云"。

王蒙:五颜六色全是诗。愤怒可以是诗,哀伤可以是诗,恬适当然也可以是诗。过去我们过分受意识形态的影响,一度对王维评价不算太高。但是他晚年写的那些,"晚年唯好静,万事不关心",这可不容易。你想一想,这是一种修炼,而且这是一个过程,不是他一生下来就"万事不关心"。如果他十岁的时候写这么一首诗,"少年便好静,万事不关心",你觉得不太对。可是晚年他有这个权利啊!古人的岁数活不了多大,王维活了多少岁啊?

萧风:六十来岁吧。画画的人超以象外。

王蒙:心情也好一点,不过分激烈了。现今的人来说,八十岁了,你还不许他什么事也不管了?该让贤就要让贤。所以这个静的心,悠远的心,也很好,但它是有条件的,任何事情都是有条件的。譬如悲哀如果写得好,就是你刚才说的那个,它本身是一种非常美丽的东西。但是你那首《泪墨》,就显得外露了一点。如果再含蓄一点,再似喜似悲一点。

萧风:不点透。

王蒙:对,我为什么对高鹗的印象还不错呢,其中有一个原因,就是他描写下着雪,贾政隐隐约约地看见了一个和尚出来向他拜了几拜,脸上的表情"似喜似悲"。我觉得这个描写还是不错的。如果说他脸上无表情,不对;说他脸上的表情痛不欲生,这也不对。或者说他傻笑着就过来了,这个也不对。

萧风:不通情理。

王蒙:对,不合事理人情,也不符合读者的期待。而"似喜似悲",这可了不得了。人生的那些经历,最后你的感觉应该是似喜似悲的。你看过泉州的李叔同墓,弘一法师他弥留的时候,最后写了四个字:"悲欣交集"。从人生观来说,我们提倡革命乐观主义,那是指工作。但是从人生来说,起码有生老病死,临死的时候,可不是悲欣交集吗?这一辈子各种事,好事坏事,都经历了很多,最后告别这个世界。弘一又信佛,又能解剖得开,但还有惋惜。

萧风:李叔同晚期的书法完全趋于平静,已扫落人间尘埃。而他在离世前写下的"悲欣交集"四字,结体似离欲合,似聚欲散,用笔疾徐相间,方连又断,着墨浓淡枯厚一任自然,透着对人生的无限感慨!

王蒙：真了不得。所以我们从更高的要求，你在言志抒情的一些语言文字上，再象征一点，再含蓄一点，还可以言此而意彼。就是把能指和所指分开一点，可能诗味更好一点。当然，你的有些表达也比较含蓄，譬如这个，"野寺断碑残镂。泉边二月映寒光，更堪得、魂牵牛斗"，"谁家今夜凤灯摇，似红豆，梦醒时候"，还是比较其味悠长的。

萧风：谢谢，我将以此为起点。"微雨夜来过，不知春草生"。如何在景象、色彩、声调、气息、节奏等方方面面奔走笔下，推陈出新，是我下一步努力的方向。

王蒙：《砚铭》是你写的现代诗。我还看了你拟的对联。

萧风：对联有一个问题，特别容易白，容量也相对小些。

王蒙："几番甘苦须尝尽，一世襟怀且放开。"这概括得很好。我也是想到哪儿就说到哪儿，有感而发，算作咱们的一个对谈吧。

萧风：感谢您对学生的奖掖和点拨。请允许我借用您的名句"良师作雨润心田"赠献给您。

王蒙：别这么说，都是忙人，难得有一次交流的机会。

2003 年 7 月 28 日

原题《适我无非新》，发表于《艺术评论》2004 年第 1 期

与金庸对侃评《红楼》[*]

金庸：王先生很客气。其实这个题目有点不大对，应该把王先生放在前面，把我放在后面。客人总是占先的，我们是地主，所以应该是王蒙金庸。我在这里先更正一下。（笑）

不过《红楼梦》这三个字是不可以掉过来的，不可以《梦红楼》。（笑）上次我们在谈论王蒙的另一本书《我的人生哲学》时，我们说要到三联再谈一次话，不过我们不是"话说《红楼梦》"，是话说王先生的评点《红楼梦》。如果话说《红楼梦》的话，是三天三晚也讲不完。

清朝的时候流行一句话：开卷不谈《红楼梦》，纵读诗书也枉然。就算你四书五经、《论语》《孟子》读了很多，你不读《红楼梦》的话，你的知识还不够。今天我们集中来谈王先生的《红楼梦》评点本。

王先生的《红楼梦启示录》我早就看过，很钦佩，也很同意。我自己一直有一个感觉，不太喜欢看《红楼梦》考据，如后四十回是不是曹雪芹著的，曹雪芹的爸爸叫什么名字，祖父叫什么名字，他和满族人有什么关系……各式各样的考据，我小学生的时候，对这些一点兴趣也没有，有什么可考据的？当然历史学家会有兴趣。后来年纪大了，学问增长了些，对胡适、俞平伯、周汝昌、吴世昌、冯其庸诸位先生的文章也很佩服。但对蓝翎、李希凡在"文革"时谈《红楼梦》的文章不大佩服，虽然我自己决计写不出来。但长期以来，我觉得很奇

---

[*] 原题《金庸、王蒙对侃评〈红楼〉》。

怪，为什么没有一位小说家来研究《红楼梦》。

后来看了脂砚斋的《红楼梦》评点本，开始有些兴趣了。脂砚斋的评点本除了讲《红楼梦》哪里好，哪里有什么问题之外，还加上很多材料。例如写到结尾时，加点作者心情怎么样，情绪怎么样。脂砚斋的考证大概是根据曹雪芹的亲戚、朋友，或者是跟他很亲近的人的描述而来的，所以曹雪芹写《红楼梦》的情况他很了解，其评点就不单单批评好或者不好，还加上书中人物的很多材料，看上去就有味道了。

还有一本评点本我感到很奇怪，喜欢别出心裁、挖空心思在字里行间寻找一些什么出来，并加入自己很多想象，比如史湘云吃螃蟹后到石板上去睡觉，这个评论家就推想，说史湘云不是去睡觉，而是和贾宝玉搞性关系去了。还有一段说薛宝钗扑蝶的时候看到丫头小红几个人在讲话，就故意叫他们讲林黛玉怎么怎么，又把这个责任推到林黛玉身上。其实薛宝钗真的用心是否有这么深刻，这么工于心计，曹雪芹是否真的有这么些用意，无从考证。又讲袭人怎么样去害晴雯，书里只是点到了，而这个评论家把所有的过程都详细指出来。这个批评家讲的很多东西使我觉得很古怪。我一直感到《红楼梦》这样一部好的小说，为什么没有一位真正的小说家来批评、评论一下呢？

看到王先生这一部评点本，我很佩服。我觉得这是真正小说家的评点本，是从小说家的观点来看《红楼梦》，不是索引家的看法，也不是考证家的看法，是真正小说家的文学批评。我觉得很好看。

王蒙：谢谢。这一番介绍。这个《红楼梦》啊，我也不完全理解是怎么回事，反正在内地，特别是在北京，对《红楼梦》的研究、议论、出版、编辑、考证不断地升温、持续升温。北京图书馆现在改名叫中国国家图书馆，它举办了《红楼梦》的系列讲座，然后现代文学馆又举行了《红楼梦》的系列讲座，中央电视台第10套节目又把这些关于《红楼梦》的讲座都播了出来。而且在内地，好像人人都谈《红楼梦》，从毛泽东开始，毛泽东对《红楼梦》的解释也有他作为政治家和革命家的特点，他说《红楼梦》是阶级斗争的书，《红楼梦》里有多少条人命被封建地主阶级迫害死了，有跳井的，有为一把扇子将石呆子害死的，有和贾琏乱七八糟搞完以后被凤姐逼迫吞金自尽什么的，等等。

据我所知，江青自称是半个红学家，我觉得特别遗憾，江青的红学著作没有出版。(笑)我提过很多次建议，这个也不牵扯国家机密，是不是可以发表一下。(笑)而且据我所知，陈伯达在秦城监狱研究《红楼梦》，写了三十多万字，但是也没有出版。希望三联将来能买到这个版权。(笑)

金庸：困难困难，你借来看看倒可以。

王蒙：反正就是对《红楼梦》的议论特别多。我最早作这个评点的时候就发现，作评点和写评论还不完全一样，写评论的时候，你多少有一个先入为主的概括性的看法。比如说林黛玉，林黛玉是很性灵的，甚至于是很叛逆的。林黛玉、贾宝玉、晴雯都属于造反派，都属于叛逆派。(笑)因为他们不接受儒家的、以贾政为代表的那一套正统的东西。而贾政、薛宝钗属于正统派或者保皇派。这是一个先入为主的一个见解，但你具体跟着这个人物评点的时候，你发现事情起码不完全如此。比如贾宝玉，他很多时候被证明规矩的，他对路谒北静王，感到荣幸得不得了，恭谨得不得了，而且他觉得非常荣幸，被要人接见啊，北静王当然是 VIP。(笑)

金庸：后来北静王的生日他去拜寿。

王蒙：对，他去拜寿，而且北静王送给他一点东西，他得意洋洋。

金庸：念珠。

王蒙：是念珠。他拿回去给林黛玉看，结果林黛玉说什么臭男人的东西。所以您崇拜女孩子还是对的。(笑)男人更容易受这个什么社会地位的影响。

金庸：在美国也有人问我，为什么你喜欢女孩子，崇拜女孩子？

我解释一下,就像你那本《我的人生哲学》里讲的道理,在过去男人一生都要讲究功名,现在讲事业、讲名气、讲地位,你公务员、干部第几级的,升一级好像不得了。但女孩子就不一样,女孩子讲爱情,讲哪个人爱我,我爱他,为他牺牲一切都可以。从人生的哲学讲,一个人老是讲功名利禄,就像《红楼梦》中的薛宝钗,人家为什么不喜欢她,就是因为她讲社会地位、讲财产、讲权力。林黛玉瞧不起这些东西,看不起名誉地位,瞧不起这些物质的利益。我崇拜女性,因为女性一般来讲比男性,除去个别的例子,更为重视真正的感情。对父母亲,我也老觉得女孩子更加孝顺。女孩子与我们男人相比,好像在道德方面平均要高一点。(笑)

王蒙: 男人啊,他在社会上,确实责任要大一些,男人都怕老板,他一级压一级、一级压一级。女人相对来说好一点。所以我就说贾宝玉也有见了北静王以后得意洋洋的那一面。

林黛玉好一点,但不等于说林黛玉什么事都是抵挡。她刚到荣国府的时候,什么事都小心翼翼,非常小心,而且她察言观色、看风俗。她在自己苏州家里头饭后再喝茶,而在荣国府呢,就是吃完还没有最后漱口,茶就上来了,可能是受广东的饮茶风俗的影响,(笑)有这种习惯,一边吃饭、一边就喝茶。但是她呢,不提出任何的疑问,看着别人喝茶,她也喝茶,因为荣国府的气派比她家要大多了。荣国府里的奴才有很多级别,有一等一级的奴才,准主人的这类奴才,也有非常低等的奴才,所以他们也有一个顺序,也有一个尊卑长幼,这方面呢,林黛玉她也很注意。

但后来,林黛玉就越来越不注意了,是不是因为她的叛逆意识、造反意识,乃至于革命意识越来越强了呢?(笑)我不这么看,我认为她后来越来越不注意是因为她越来越爱贾宝玉,她也得到了贾宝玉的爱。女性必须有爱,得到了爱她必然涨行情,(笑)有了爱以后她才敢于反抗,她才敢于革命。(笑)所以后来她在荣国府就比较敢唱反调了,比较敢充当反对派了。(笑)但是你很难从政治上和意识形态上分析,很多是需要从她的感情上分析的。

再比如说,我们普遍认为晴雯这个人好得不得了,但晴雯有很多地方反过来对比她地位低的丫头扎手,搞肉刑。

金庸:书里特别讲到她很凶狠的。

王蒙:晴雯也有恃才自傲的、暴戾的一面,而且还不准别人上来。这个也很可怕。所以有那么多的人喜欢晴雯、爱晴雯,歌里面也唱晴雯,大鼓书里也什么宝玉探晴雯,但是你看了那些地方的描写,无论如何,你会感觉曹雪芹对人性的理解是立体的。

金庸:更现实。

王蒙:所以我就说,如果你跟着这个作者的文字走,你会发现我们的很多的认识是粗糙的。我们在概括了一部分的同时,又忽略了一部分。我觉得为什么有那么多的人喜欢《红楼梦》,是因为从《红楼梦》里,你能学那么多的人情世故,能学那么多的兴衰治乱、政治性的东西,能学那么多的爱爱仇仇恩恩怨怨,这些是有共性的。虽然你不可能有《红楼梦》里那么好的宅子、那么好的花园,就是我们香港最阔的大佬,也没有大观园那么好的花园,但是你可以和它有共同之处。在尊卑长幼、善恶真伪之中学到很多道理。这和看查先生的小说是一样的。

查先生的小说,我一开始读的时候以为查先生会练功夫,(笑)后来别人介绍说查先生不练功夫。查先生你练吗?练过一点吗?

金庸:没有。打太极拳。(笑)做健体操不是练功夫。

王蒙:但是您读查先生的那些关于功夫的东西的时候,他论述的实际上是人生和万物的一种消长的道理。比如说练一种邪招,非常稀奇古怪的,和正常的就是不一样,完全相反的一种武功。其实尤三姐和贾琏、贾珍一起吃饭的时候,用的就是这种怪招。因为那两个都是坏人,都是色狼。(笑)两个色狼对付一个尤三姐,可是尤三姐她用怪招,她转守为攻,她不但不防,她把衣服往下这么一撩。

金庸:她去嫖男人了。

王蒙：对了。书最后说，不是男人嫖了她而是她嫖了男人，她说你们有什么两下子，我全部都见过，把你们的牛黄狗宝都掏出来。这个太可怕了。（大笑）对这样的女子不但是崇拜，这样的女子是大侠呀，尤大侠呀。（笑）我说这就和您写的两个人打着打着突然出一段怪招一样，别人最忌讳的东西，一个女人最怕伤害的东西，她就偏偏你怕什么我用什么招，最不能用什么招，我就用什么招。所以说，这里面人生的道理是讲不完的。

金庸：王先生的评点本中我最佩服的一点就是你讲到初时薛蟠杀了颇有身份的冯渊后轻描淡写，求贾府讲了几句，事情就不了了之了。后来贾府衰落了，薛蟠再杀了一个人时，问题就大了，他花了很多钱，很多力气，人家还不甘休，还要他抵命。虽然最后还是脱罪了，但从这前后对比中，可以看出贾府和薛家的政治势力衰落了很多。王先生这里很细心，我很佩服。而我完全没有注意到。

后来你讲到晴雯帮贾宝玉补一件烧掉了的孔雀毛的衣服，王先生特别注意孔雀毛加羊毛也不会暖的。（笑）孔雀尾巴这样薄薄的东西加很多羊毛进去也不会暖的，只不过华丽好看而已，一到冷天贾母要贾宝玉穿上，好像很了不起的一件衣服，王先生就觉得不大相信这个事情，我也不大相信，孔雀毛有什么，看着好看，肯定不暖的。（笑）

王蒙：因为孔雀是热带的禽鸟，你要毛好，还都是在寒带的动物。

金庸：孔雀是云南的。

王蒙：有些东西曹雪芹写得特别得心应手，比如说吃螃蟹、赏菊、联诗、过生日、怡红院过生日，他写得特别得心应手，给你的感觉是他有很深切的经验。比如说大家怎么喝酒啊，怎么行酒令啊，跟女孩子们一块怎么说说笑笑啊，特别是那个芳官。我记得您也说过您非常喜欢芳官。

金庸：你家里也有一个芳官。（笑。注：王蒙夫人名字里有个芳字，金庸在私人场合戏称其为"芳官"。）

王蒙：因为那个芳官比较任性、比较单纯,有点像您小说里的有些年轻女性,而且她有时候还打扮成男孩子,她还有一个法国名叫玻璃金星,太怪了,还有一个契丹族的名字。

金庸：叫耶律雄奴。

王蒙：对,芳官一身而四任,兼男兼女,兼汉族兼少数民族,兼华兼洋,我觉得她是非常奇特的一个人。不过她最后的下落很可怜,被欺骗了,当尼姑去了,而且也没有正经的寺庙,一个庵。

金庸：后来给人卖掉了。

王蒙：是,被欺骗了,但不管怎么样,毕竟光彩了一段,对于她,我觉得曹雪芹写得非常好。

但曹雪芹有一些部分写得就不那么细致,不那么真切了。比如说尤三姐在吃酒的时候用邪招战斗,那个非常细致。

金庸：但是她自杀好像不对。

王蒙：对了,她爱上柳湘莲后一下子就变成了非常规矩的一个淑女。她最后自杀的时候就那么简单,一刀抹过去,然后就躺在地上,这个描写太粗率了。(笑)没有这么简单,尤三姐哪怕是练过剑术,自己砍自己也没有那么简单的。

金庸：不容易啊。

王蒙：必须要割到动脉,而且要割断,你割到气管都不死的,(笑)你割到食道当然更没有关系,漾出一点水来。(笑)所以他这个地方就写得不太对了。柳湘莲的功夫那么好,一看到她掏出剑来要自杀,应该跑上前去拦住她,不大可能就让她很轻易地在十分之一秒内完成了自杀的任务。(笑)这个我就觉得曹雪芹不见得真正见过谁自杀。(笑)

金庸：他大概剑也不大会用的。(笑)

王蒙：是的,他剑也不会用的,尤三姐不是欧阳啊,她怎么会剑术那么好?(笑)砍自己也要有劲。这个说起来是一个很残酷的话题,因为在"文革"当中有一些人自杀,我知道自杀的成功率并不是很高的,包括一些抹脖子的,有些并没有成功。我就见过一个这样的人,脖子上有个疤的,他是在"文革"中自杀过的。但是他割开气管了。听说割开气管后,会冒气泡,这是很残酷的一种描写。这儿冒着泡,但人并没有死。大家赶紧把他送到医院,给他缝上,他就好了。所以我觉得曹雪芹有的描写,就不太到位的。

王蒙:还有,比如你看曹雪芹写别人都很真实,都很全面,好的方面,不好的方面。薛宝钗也没有那么坏,也有人分析,就是您说的捉蝴蝶的那段,也不能算很故意,第一她不是故意,第二没有造成什么特别严重的后果,她只是当时推卸一下责任,因为她要保护自己,而我的理论就是一个人要保护自己是可以的,如果要害别人是不可以的。在没有害别人的情况下,可以保护自己。

金庸:讲些谎话也可以的。

王蒙:但是一写到赵姨娘和贾环,就带有贬义,他们说出来的话就没有一句是正常的话,什么地方都出洋相,怎么恶心怎么着。

金庸:彩云对他好,他讲的话都不对。

王蒙:对呀,他没有一句话说的是人话。(笑)我觉得曹雪芹对他们有偏见,可能曹雪芹在年轻的时候,受过庶出的兄弟的气,或者受过他姨娘的气,所以他一写到他们,就很显得有偏见了,没有了宽阔胸怀。他写到其他人,和这贾环赵姨娘一样令人讨厌的就是贾宝玉那奶妈。

金庸:李嬷嬷。(笑)

王蒙:这个人怎么会这么令人讨厌呢?!

金庸:大概老太太老是管他。

王蒙:从这里可以看出曹雪芹对她的反感。所以跟着曹雪芹的这个笔锋啊,你会发现很多有趣的东西。因为不管怎么样,它是小说,它并不是正史,它也不是一个记录,所以曹雪芹和任何写小说的人一样,会流露出他的熟悉和不熟悉,喜爱和厌恶。

金庸:它一定反映个人的东西。

王蒙：查先生您是从多大岁数开始看《红楼梦》的？

金庸：我妈妈也看《红楼梦》，所以小时候她看我就跟着她看了。大概就十二岁左右，当时不大懂的。

王蒙：您读过好多遍吧？

金庸：那时候小说里面是有一张衬纸的，两面当中有一张白纸，我母亲和堂姐、堂嫂她们比赛背《红楼梦》的回目，背上面一句话，下面要背出来，背不出的要罚一粒糖什么的。我在旁边，她们罚了我就吃糖果。（笑）不过我觉得有句话讲《红楼梦》很有道理的，《红楼梦》是把一个比较好的人放在了一种不好的环境中间。贾宝玉、林黛玉是比较理想的人，放在大观园、贾政、贾母这样一个环境中间，就有很多矛盾、冲突出来了。北大一位教师徐晋如先生写文章说我写的《鹿鼎记》中的韦小宝本身就是一个坏人，放在坏的环境里他如鱼得水。如果把韦小宝放到大观园里，可能会得其所哉，拍马屁拍得贾政也喜欢他，贾琏、贾珍个个都喜欢他，丫头也喜欢他，小姐也喜欢他。他就是这样一个滑头、虚伪、向上爬的人，放在这个环境中间正好。

王蒙：我对韦小宝的印象还没有那样坏，因为他有一个做人的底线，他不出卖朋友。我觉得有这一条的人也还可以和他打交道。

金庸：他有所不为。

王蒙：对，他有所不为了。

金庸：所以康熙要杀他的师傅，要杀他的朋友，他就不干，官也不做了，努力去救师傅。

王蒙：他还有一个底线，多少讲点义气。

金庸：对，他还不是无所不为。

王蒙：《红楼梦》里人物之间是形成一种对比的。袭人和晴雯，这之间是一个对比，袭人和薛宝钗也是一个对比。薛宝钗的格调还是比袭人要高一点，因为她受过教育。

金庸：她很大方得体的。（笑）

王蒙：所以说，受教育还是有关系的。

金庸：她还送点燕窝之类的给林黛玉。

王蒙：周汝昌比较欣赏刘心武的研究，因为过去秦可卿几乎成了定论，那就是从俞平伯、脂砚斋他们那儿，认为秦可卿和她的公公贾珍有不正当关系。用克林顿的说法，就是有"不适宜的关系"。（笑）所以焦大才说你们这里扒灰的扒灰，养小叔子的养小叔子。特别是贾珍在秦可卿死后，"哭得像个泪人儿"，一个大男人，哭得像个泪人儿。

金庸：女儿死了还差不多，媳妇死了还不至于。

王蒙：别人问如何办丧事，他就喊还问什么，不过倾我所有罢了，我把全部家产一切的一切拿出来办这个丧事。大家都把这个作为他们淫丧天香楼的一个证据。

金庸：还有那个小丫头上吊自杀。

王蒙：对，上吊自杀。可周汝昌以其人之矛攻其人之盾。他说贾珍真和秦可卿有这种关系，他能这么大喊大叫吗？（笑）他能说我这媳妇可太好了，比我儿子还强十倍，我为她办丧事，把我的家产全卖了也可以？他要隐秘呀，偷偷摸摸的，哪有这么大张旗鼓、光明正大、拼命炒作的？（笑）我这个媳妇呀，我太可怜她了，周汝昌讲得也是有点道理的。

金庸：如果一个人真的很难过，真的爱她爱得不得了的话，会情不自禁的。

王蒙：情不自禁？这也是一种解释。（笑）

金庸：可以设想这种把表面功夫做得太好的人，到那种情不自禁的时候，也会破掉的。

王蒙：刘心武的研究侧重于秦可卿的身世，就是这个人太特殊了，在《红楼梦》里面，她太特殊了。我有一点不理解的，是秦可卿和她的弟弟秦钟相比，她又大方，又得体，英语喜欢讲一个 manner，她有一个 perfect manner；可是秦钟呢，像一个猴子一样，像一个小流氓

一样。(笑)

金庸:鬼鬼祟祟的。

王蒙:完全像个小瘪三一样,这怎么回事啊?

金庸:她父亲是一位教书先生。

王蒙:对呀,还说这个秦可卿是孤儿院里抱出来的,一般孤儿院里抱出来的孩子,童年都缺少爱、缺少教育,会有些乖僻,会很任性,甚至会有些比较阴暗的东西。

金庸:自卑感。

王蒙:对,自卑感,又会恨别人,可是秦可卿身上都没有。所以刘心武就说,秦可卿不像是孤儿院里抱出来的,而是大有来历,来历比贾府的一般人还要高。而且她托梦的时候,尽管是讲托梦,我们现在对梦的解释和过去不一样,是由她来出面和王熙凤讲你将来结果怎么样,什么"月满则亏,水满则溢"的道理。

金庸:你以前有没有看过台湾高阳写的关于秦可卿的一部小说,写得很好的。王先生你有没有看过?

王蒙:没有。

金庸:他是详细描写洗澡的时候贾珍怎么看她,怎么被小丫头发现了。后来怎么上吊自杀了,他详细描写了这个过程,当然这是他自己幻想的。

王蒙:刘心武把秦可卿看作是一个有特殊身份的人,一个在当时清朝王爷之间斗争中出现的人物。认为贾府之所以要把秦可卿找来做贾蓉的妻子,实际上是有政治上的押宝成分。她是一个特殊的人物,将来她那一个系统、那个山头如果能够上来的话,贾府就兴旺起来了。

金庸:我觉得刘心武先生的猜测很有道理,小说家可以推测人物的心理,小说家讲心理,而不讲考证。贾宝玉的性知识与性经验,是秦可卿开导的,这也有点奇怪。

王蒙:查先生我还想请教您呢,有一个最基本的情节,到现在也没有一个合理的、完满的解释。您觉得宝玉脖子上挂的那块玉到底怎么回事？（笑）因为后来薛宝钗又弄一把锁，一把金锁，这个到底什么意思？而且它变到情节里，一会儿玉丢了，一会儿找着了，一会儿又丢了。

金庸：象征性很大。我猜想这块玉大概是具体象征宝玉的灵性。

王蒙：象征意义很大。胡适博士、胡适先生他就特别反感这个。他说贾宝玉衔玉而生，嘴里头含着，这怎么可能呢？胡适我也很佩服，但是胡适的这个分析，我觉得心里太痛苦了。我觉得他用产科学的观点来分析，（大笑）那当然不可能的。我不知道妇产科的记录有没有这样衔玉而生、衔珠而生的，衔着一个戒指生下来的，哪怕衔着一个沙砾生下来，有没有这种可能？

金庸：有个结石也未必不可能，因为人体有结石，胆结石、肾结石，膀胱结石也有。

王蒙：哦，肾结石。（笑）

金庸：她子宫结石。

王蒙：查先生说是子宫结石。（大笑）

金庸：这个不能否定，世界上没有绝对的。这种情况非常少见，但不能说绝对没有。

王蒙：所以《红楼梦》留了不少情节，让你去分析。

金庸：一个含玉，一个石头，灵芝仙草这样一路下来了。

王蒙：前边讲那个女娲补天，完全可以理解，因为这也是一种自嘲，因为它要补天，又不够格，最后被淘汰下来，出局了。出局之后呢，它又自怨自艾，变成了一部书。这个他写得非常好，让你叫他石兄。

金庸：后来石头和空空道人讲话，石头怎么会讲话呢，这个不太可能嘛。一个石头跟空空道人讲你要怎样怎样，我怎么样。这些不可能的事情不去管他。这部书不是全部现实主义的东西。

王蒙：评点《红楼梦》的人，在阅读和解答上也表达自己的个性。

周汝昌先生不喜欢林黛玉,也不喜欢薛宝钗,他最着迷的就是史湘云。周汝昌先生完全是爱上了史湘云,(大笑)他一提起史湘云就有一种伟大的爱在里面。

金庸:他喜欢爽直的女性。

王蒙:喜欢爽直的女性。(笑)

金庸:王先生,我请教您一个问题。我有一个经验,前年我在浙大过中秋节,跟文学院的教授们一起吃饭,大家行酒令。酒令很简单,就是每个人讲一句古典诗词,里面要有个月亮的月字。有的人一下子想不出来,就得喝酒。"羞花闭月"这类词不可以用,必须是诗词,比如"秦时明月汉时关"。文学院的教授随口说诗词当然毫不稀奇,但轮到后来越说越生僻,有人说到晏小山的"当时明月在,曾照彩云归"。我想《红楼梦》里的丫头,如鸳鸯,这些不大有学问的人,随口讲一些诗词、酒令,讲得那么好,这可不可能?

王蒙:我想是这样的,中国人过去经常背诵诗词,甚至有一些文盲也背诵。比如我的外祖母,她基本上是文盲,《千家诗》《唐诗三百首》她都背得出,还有什么"打起黄莺儿,莫叫枝上啼"她也知道。《红楼梦》里的诗她都知道,如那个赠帕题诗之类。我的外祖母是河北沧州人,所以她用沧州土话背,完全会背。她没有文化,没上过学,也不识字,但是从小给她教,她也完全可能会。

过去的艺人也是这样,你比如说小彩舞,普通话她是解放以后学的,但她是中国曲艺家协会主席。她原来能说很多很多的书,全靠背诵,什么字也不知道。过去说大鼓书的人的地位有时候比唱戏的还低,河南坠子什么的,完全就靠背诵。乐谱也靠背,他不可能有五线谱,简谱也没有,就靠背。所以我想只能这么解释。

我想晴雯什么的,能够做宝玉的贴身丫头的……

金庸:她应该有点书卷气。

王蒙:对,她如果太笨了,作个打油诗、酒令都不会,或者说出来是薛蟠的语言,那贾宝玉是不会用她的。早把她开除了,把她炒鱿鱼

了。(笑)

王蒙：您对高鹗的后四十回怎么看？

金庸：我以前第一次看到七十九回、七十八回后面就不看了，不理他(笑)。到后来大了才看，当然是觉得差劲点。有人评判它说，只有"候芳魂五儿承错爱"那一回写得好。

王蒙：高鹗的续作，很多地方不如原来精彩，这是完全可能的。可是现在内地拍的电视剧《红楼梦》，请一帮子红学家来研究应该怎么结尾，把高鹗的续作推翻，这更可怕。什么原因呢？因为高鹗不管怎么样，他是那个时代的人，而且他也很聪明；现代人续《红楼梦》，尽管从理论上来推测是正确的，比如结尾王熙凤的女儿巧姐的经历不是高鹗写的那样，应该是另外一个样的——我们假设你的推测百分之百正确，但是你能够替巧姐拟出她的对话来吗？你能够替刘姥姥带巧姐出走的这个过程拟出细节来吗？绝对不如高鹗。光正确是没有用的，作为小说，比高鹗的那个要差得多。我每次看到电视剧里刘姥姥在贾府衰败后，因为感激王熙凤原来对她的恩惠来到贾府，照顾巧姐，刘姥姥一出来，我马上想到电影《小兵张嘎》里面照顾八路军的老奶奶，老贫农。(笑)因为如果我们现在要拍一个急公好义、救人危难的刘姥姥，一定是老贫农的形象，所以说你还不如老老实实按高鹗的拍了。

而且有一些对高鹗的批评实际上是做不到的。曹雪芹原来可以这样写，比如说白茫茫一片大地真干净，所有人都死了，但小说怎么写啊？你如果在最后十章里写死了三十多个人，那你除非在小说里架机枪扫射，(笑)或者是民用飞机撞大楼，(笑)你怎么一下子写死那么多人？你没办法描写的啊，不管多么真实你也不能这样描写。每章死四个人，你试试？谁都不敢这么写。有时候为了写死一个人，你得写十八章二十章来衬托。

金庸：曹雪芹写到八十回就不写了，很好。好像是舒伯特的《未完成交响曲》。

王蒙:我也是这么以为,那些技术性的困难我替曹雪芹想了很多,比如说林黛玉不该死得那么早,那你让她什么时候死呢?(笑)你让她很晚到第七十九回再死,那底下的故事全都没有了,不可能写了。反正到现在为止,我想来想去,高鹗的续作还是最佳的,尽管是带有遗憾的续作。起码比现在的一个老张、老李、王教授、周博士来续作要好得多,如果现在弄一个博士,牛津大学或北京大学毕业的来续作,那更可怕。

金庸:林语堂先生好像认为四十回也是曹雪芹自己写的。

王蒙:对,这个看法现在也仍然有。还有人用电脑检索,设立一些指标,比如前八十回喜欢用什么样的助词、语气词、句式,用电脑检索一遍后得出结论,后四十回和前八十回没什么区别,但是这也只能作为参考。我们还可以从接受学的角度看这个问题,民间也接受高氏续作。

《红楼梦》改编成京剧的很少,不像《三国》《水浒》,因为后者的动作性比较强,比较外在,所以多得不得了。可是《红楼梦》很少,只有一个《红楼二尤》,《黛玉葬花》梅兰芳演过,都是所谓很温的戏。但是梅花大鼓讲《红楼梦》的最多,因为梅花大鼓比较抒情,最常讲的是黛玉葬花、宝玉探晴雯、黛玉悲秋、黛玉焚稿,后两个都是后四十回里的。所以把后四十回完全否定,尤其是找一帮红学家来研究,这后四十回应该怎么样,根据集体讨论,发扬民主精神,最后把后四十回安排好了,这极其恐怖,是一种文学恐怖主义。(笑)

金庸:幸好没有出现。

王蒙:《红楼梦》是一个不可企及的形象,你拍出电影来,弄一个女孩子演贾宝玉,这大家无论如何接受不了;你弄一个脸长得细一点、嘴小一点的女孩子来演林黛玉,大家也不能接受,这样也叫林黛玉?(笑)林黛玉那是跟仙女一样,而且又是悲哀的,又是美丽的,又是清纯的,她不是肉体凡胎。(笑)你如果在电影演员里找一个人来演林黛玉,那肯定要失败的。就跟俄国的《安娜·卡列尼娜》一样,在俄国的读者心里,已经被神化了。美国人也拍过电视剧《安娜·卡列尼娜》,俄国人看了以后气坏了,说你弄个好莱坞明星演,不允许的。俄国人唯一接受过的是塔拉索娃,但她演的时候本人已经六十多了,就是因为她的名声。

金庸:所以就马马虎虎通过了。

王蒙:因为她在演员里也是VIP。(笑)

金庸:所以梅兰芳演《黛玉葬花》也可以。

王蒙:梅兰芳演洛神时已经很老了,也很胖了,体重已经八十五公斤以上了,(笑)但是你还得接受,因为他名气大,地位高,是全国人大常委什么的。(笑)

金庸:最好哪位不同意王先生和我的意见,(笑)提出来,我们讨论,开发我们思路。

听众:我想问两位一个现实的问题,就是林妹妹和宝姐姐,哪个更可爱一些?我在内地有关的调查统计里发现,大多数大学生都喜欢薛宝钗,不喜欢林妹妹。说要找女朋友的话,大多数男大学生都投薛宝钗的票。

金庸:我看还是周先生眼光好,找史湘云做女朋友最好,爽爽快快的,(笑)晴雯当然也很好。

王蒙:我写过一篇文章,在《红楼梦启示录》里也有,叫做《钗黛合一新论》,就是说我们既可以把薛宝钗和林黛玉看成两个书中的人物,截然不同又难分轩轾,也可以把二者看成是人性的两个方面,一种是性灵的、任性的、感情的,另外一种是社会的、非常会照顾别人的、相当有分寸的。

金庸:中国传统道德的,己所不欲勿施于人的。

王蒙:对自己有所控制的、很文明的,其实薛宝钗的很多表现都是很文明的。而且我衡量薛宝钗,你不能说她保护自己就是不对的,比如说抄检大观园以后,她就搬出去了,就离开了,她把门关起来,离开喧嚣,和你们不相干,这怎么不对啊?

金庸：这很合理的，和西方的道德是一样的，自己管自己，我不来干预你。

王蒙：薛宝钗受理性的个人主义思想的影响。因为她不能卷进去，她卷进去干什么呢，她能管贾珍和他儿媳妇的事情吗？能管赵姨娘和贾环的事情吗？她连薛蟠的事都很难掺和，她讲几句对她哥哥责备的话，立刻就被薛蟠扣上了帽子反诬过来。

金庸：她只好哭了，然后走了。

王蒙：所以说薛宝钗代表了人性的另一面，而人性的这一面和人性的那一面在全世界的文学作品中都不断地发生碰撞。《安娜·卡列尼娜》里面也有这些，有一个很好笑的事件，"文革"后"四人帮"倒台没多久，中央电视台放了美国人拍的电视连续剧《安娜·卡列尼娜》，结果收到一封观众来信，认为《安娜·卡列尼娜》攻击老干部。（笑）因为安娜·卡列尼娜的丈夫没有缺点，就像一个老干部一样每天积极地工作，发现他的老婆不贞以后，表现得也非常文明，给她提出一些条件，也不跟她吵架，也没有强迫要离婚，更没有中国对待不守妇道的人那种恶劣的情绪，都没有。那么好的干部为什么还要背叛他呢？当然现在我们都拿这件事当笑话说。人类的生活中始终存在这个问题，你是听从你的心灵、你的感情、你的性格，还是你要考虑人生的各个方面，而且要考虑到他人的反应，要考虑到社会，这是事物的两个方面。林黛玉和薛宝钗的判词是放在一起写的："玉带林中挂，金簪雪里埋。"俞平伯就认为她们是一道水分成的两边溪，一棵树上开的两朵花。这起码也是一种看法，你不能把这种看法完全否定。

听众：金先生，您怎么看妙玉这个人物？

金庸：妙玉在大观园里的身份、处境应该这样表现。有点矫情，不能太放肆，人家觉得她假了，但出家人在大观园里，假也只好假一下了。她可能对贾宝玉有点兴趣，但不能表示。妙玉表现得很亲切、很规矩，可能装假装得有些过分了，不太自然，读者可能觉得这个人

89

太虚伪,假过头了。

王蒙:我觉得妙玉是一个很尴尬的角色。她是尼姑,又是带发修行,并没有完全脱俗。她的形象在两者之间,而且她的尼姑庵不在山上,就在大观园里面,这太奇怪了。宗教本来是高于世俗的,关心的是彼岸,但这里的宗教变成了世俗的一个点缀。就像大观园里面有戏班子,有文艺工作者(笑)给贾老太太、王熙凤唱戏,另外还要弄个尼姑庵,有几个尼姑,好像还关心一下自己的灵魂,但是这个尼姑庵也弄得不伦不类,这是中国非常奇特的一种文化现象,它可以把彼岸和此岸,把终极关怀和世俗的生活结合在一起。

金庸:这是中国的社会。外国可能一个大家庭里有个小教堂,里面的神父是跟世俗不发生关系的。

王蒙:所以妙玉的性格、表现也就非常尴尬,不可爱,但是你又无从责备她。妙玉的出家本身是非常无奈的,而且她实际上是非常痛苦的,给你的感觉是她痛苦极了。

金庸:但是书里面又不能描写她内心的生活,她可能心里有思春的想法。

王蒙:但书里也不能表现,因为一旦表现,就好像是对她的一种侮辱、亵渎一样。

金庸:只能你去推想,照理说一个美丽的少女,在世俗的环境里,对年轻男人肯定会有点幻想。

听众:鲁迅先生曾经说过,贾府的焦大不会爱上林妹妹,随着年龄的增长我觉得他的论述不一定是真理。刚才查先生也讲了,林妹妹就跟仙女一样,很多人都喜欢她,那贾府的焦大是否真的不会爱上林妹妹呢？我想可能不是,可能因为他爱不起,因为他爱了以后负不起责任来。我想问,是鲁迅先生的论述对还是我的这种感受对？

王蒙:鲁迅先生是说人的感情都是有阶级性的,贾府的焦大是不会爱林妹妹的,捡煤核的老太太也不懂得那些高贵的生活,怎么养兰花什么的。

金庸：我想鲁迅先生说的是对的，焦大不会爱林妹妹，他只会看看这个姑娘很美啊，欣赏一下就是了，（笑）做梦也不敢做的。

听众：我想问一下二位怎么看贾雨村这个人物，他是个多余的人物，还是由他的说话引出了《红楼梦》整个故事？

王蒙：对贾雨村这个人物，曹雪芹的写法也是没有先例的，和外国的写法也不一样。是从他的嘴里头来引出《红楼梦》的，他好像是一个过渡性的人物，但是他本身又进入了小说，跟贾府的人物也有些恩怨，有些关系，所以说他是一身而二任焉。中国的古典小说有个优点，就是不分什么流派、主义，什么现实主义、结构主义、浪漫主义、古典主义、印象主义，都没有。贾雨村这个人物也有自己的性格，他比冷子兴还要重要一点，我觉得后四十回最后又能归结到贾雨村这里来也很不容易。贾雨村本身也有他的一些性格，他有很差的、很卑劣的一些东西，但他也有自己的爱情故事，和冷子兴、和香菱的父亲甄士隐也有关系，在这三个人里面，贾雨村是写得最生动的。《红楼梦》是非常了不起的，看着是信口而出的一个人物，结果他并不多余，也不概念化。

听众：请问一下两位前辈，曹雪芹写《红楼梦》对他的那个时代承担了什么责任？

金庸：清朝乾隆年间文字狱还是很厉害的，我就想，如果我自己是曹雪芹的话为什么要写这部小说呢？现在我们写小说当然有稿费，（笑）或者发表了有利益，三联书店请王先生写书要给他报酬的。（笑）曹雪芹写《红楼梦》写了十年，十年辛苦不寻常，改来改去改了很多，但是有什么作用呢？他又不是写了给人家看，当然后来他朋友拿去抄了，大家互相传阅，但我想他写的时候不是出于这个目的；他也不是对社会有责任，他把很多政治事件都隐藏起来了。他讲的是南京，不是北京，地理环境、朝代、当时是什么皇帝，他都不讲的，什么真的事件都隐起来了，"贾雨村言"，表示他说的话全是假的。他花那么多时间精力写这本书到底是出于什么目的、动机呢？我们只能猜想了，也没有记载传下来。我猜是他的家族从兴旺到衰败以后，他一个人在那里无聊，又没有功名，不做官也不教书，他在家里面无聊就把过去的经历记录下来。写他自己的事情太明显了，就隐瞒起来，假托一下，把自己的经历写下来，和表姐表妹的关系，和父母的关系，写下来，可能还是为了自己娱乐自己。

王蒙：作者在书里面也多次说到写这部书的目的，一个是说自己半生潦倒，一事无成，辜负了天恩祖德，因此有一种忏悔录的性质；第二呢，他说但是风尘中有一些女子非常优秀，不能泯灭，她们的事迹应该被别人知道，因此又有一种为一批可爱、可敬的女子立传的性质，寄托对他年轻时候的这些女伴的怀念，有一种怀旧和立传的性质；那么第三呢，他又感到很虚空，所以他讲色空观念，希望大家看完了这部书，茶余酒后，把此一玩，然后能够省却一些虚妄。他讲人生的很多追求是虚妄的，没有这些虚妄以后，可以节省你的寿命、精力，与其把时间放在那些虚妄的、达不到的事情上，还不如自己把日子过得自在一点、舒服一点。这些东西都是正确的，真实的，我们看《红楼梦》都会有这种感觉。

至于这本书还能起一些别的作用，如像毛泽东讲的，是记载了中国封建社会的百科全书，记载了阶级斗争，批判了封建社会等等，我觉得这些都是曹雪芹自己没有认识到的。越是伟大的作家，他自己不一定能认识得到，但他的作品达到了。如果曹雪芹灵魂有知，知道毛泽东把《红楼梦》封为阶级斗争的百科全书，他非吓出病来不可。（笑）另外，他还想到了他对时代的责任，这我就更怀疑了。（笑）第一他知道不知道时代这个词？（笑）第二他知道不知道责任这个词？反正我怀疑。（笑）

听众：我很想听听两位对王熙凤的意见，还有我看书的时候总是有一个想法，就是如果我在现实世界里碰到像王熙凤这样的一个人，那我该怎么办？（笑）

金庸：这位小妹妹，我看王熙凤学起来很难的，我倒建议你学探春。(笑)你最好不要和王熙凤对抗,你愈不像她,愈可爱。

王蒙:王熙凤其实是多方面的一个人物,很有才能,还懂管理学。她协理宁国府,讲的宁国府的那几大弊端在咱们今天各级管理上都还存在。(笑)至于她对别人很毒辣、擅权、专权,在她那个时候这些对她来说也不足为奇。而且还有一条,虽然王熙凤这个人的道德品质是有很多缺点的,但是如果贾府没有王熙凤,完蛋得还更快。你们可以看一看抄检大观园,就是暂时把王熙凤停职反省,让她靠边站,由二线的领导王夫人冲到第一线来维护风纪,扫黄打非。(笑)

金庸:王夫人的才能差得多了。

王蒙:王夫人更差,又刚愎自用,你看她哪有王熙凤那两下子?但王熙凤没办法,因为王夫人这个人是极端主观的,她发现了绣春囊以后,她先肯定这就是你的,就是你王熙凤造成的。而且邢夫人把绣春囊送到王夫人这里来就是要将王夫人的军,说你让你的内侄女来管家事,来掌权,现在把全府弄得乱成这个样子,所以这些地方都证明这个。

至于你说如果碰到王熙凤这样的人呢,少招她!(笑)我跟你说,敬而远之。(笑)王熙凤这个人倒也不是经常有侵略性,见一个人就要消灭一个人。她见了刘姥姥就很好嘛,因为姥姥没有招她啊。

金庸:刘姥姥没有影响她的权力。

王蒙:对她的权力没有威胁,所以如果见到王熙凤这样的人,你不要威胁到她的权力。

金庸:所以我劝这个小妹妹可以学学探春,研究改革承包制。王熙凤的大缺点就是良心不好、要害人,她的管理才能当然是好的,但是我认为她在管理方面有一个缺点,就是理财有点问题,她不怎么考虑节约,老是叫鸳鸯去偷贾母的什么东西来当一下。(笑)

王蒙:王熙凤有一个得力助手就是平儿,如果没有平儿她办不成事。

而且平儿对她有一种补台的作用，王熙凤是一个强硬派，是鹰派，平儿是鸽派，(笑)有时候她们是相反的。比如说玫瑰露、茯苓霜的事，王熙凤当时说，查不出来？那还不好办，让她们全跪下，底下用碎瓷撒在地上，在太阳底下暴晒，你看她说不说？后来平儿就说，算了吧，这又不是什么大事，你查这么点小东西，用这种方法搞得鸡飞狗跳的，而且现在恨咱们的人已经够多了，你这样不知道又会得罪多少人。王熙凤居然有这个肚量，还接受了鸽派的意见。她本来是逞强好胜、从不畏缩的一个人，但她觉得鸽派的意见有道理的时候，她也就一笑，听你的吧。所以说治国治家只有一种观点、一种路子是不行的，总得既有怀柔的一面，也有强硬的一面，该强硬的时候强硬，事事都强硬那就是搞极端主义，不是极左派就是极右派，适当地调剂一下是应该的。

金庸：我同意王先生的意见，如果没有平儿的话，贾府会倒得更快。"文革"的时候，如果没有周总理的话，这个世界恐怕更加糟糕了。

王蒙：是啊，你总得适当调剂，留点余地，不能一点余地都不留。

听众：查先生的笔下描写了很多非常可爱的女性形象，在《红楼梦》中也有很多可爱或不可爱的女性形象。请问查先生，您是更喜欢自己描写的女性形象，(笑)还是更喜欢《红楼梦》中的女性形象？

金庸：我自己描写的女性形象我喜欢，《红楼梦》里有些我写不出的女性形象我也很喜欢。芳官我很喜欢，史湘云我也很喜欢，我没有写得像她们那么好的女性形象。我现在想起来，《红楼梦》里写的人更真实一些，是世界上有的，我写的是理想化的，世界上不一定有。

听众：这是否也反映了您心目中对女性的看法，就是会把女性放到一个很高的位置上。

金庸：可能是我没有曹雪芹的才能，他能把人写得这么好，这么真实，我没有这样的本事，写不好，这是原因之一。当然我也崇拜女性，基本上一开头就把女性写得比较好，坏得不得了的，像李莫愁这样的人，我都还有一点解释，一点理由，把她拉回一点。(笑)

2003年12月3日

关于汉字文化的对话

一 关于字本位和音本位

孟华[①]：先请教一个问题。您在《为了汉字文化的伟大复兴》一文中所谓的"汉字文化"是指的"汉字的文化"还是"以汉字为代表的中国文化"或"中国文化的汉字性"？

王蒙：我说的汉字文化主要是指以汉字为基础的中国文化，因为我认为在各种语言文化当中，语言和文字起的作用特别大，尤其是中国。这里各民族的情况各国的情况很不一样，比如说这次韩少功先生在论坛提出超越民族，这个也许是对的。比如说欧洲一些民族的情况就和中国的情况大不一样。但是至少在中国的文化里头实质上是以汉语和汉字为基础，尤其是以汉字为基础的。当然这个道理不是一句话两句话说得清楚的。

孟华：您也曾提到过"字本位"这个概念。在语言学界和文学界都有人提它，但含义不太一样。总的意思是具有汉字性、书写性、文言性价值取向的是字本位的，强调汉语性、口语性价值取向的是言本位或音本位的。

王蒙：我觉得是这样，文言文是字本位的，白话文有很大的不同。比如说在《红楼梦》中有时候一个口语单词在一章里会前后出现两

---

① 孟华，中国海洋大学教授。

次而写的字是不一样的,因为它只有表达音的意思。《西厢记》里头有一句我分析就是把那个"兀突"水喝下去,现在北京人把又不凉又不热的水仍然叫做"兀突"或"乌涂",东北人也叫"兀突",这个"兀突"没有一个固定的写法。

有一个可笑的现象就是本来应该是音本位的口语,写下来以后它往字本位上发展。北京有一个骂人的俗话叫做"丫挺的",这个"丫挺的"实际上是来自"丫头养的",头和养反切,就变成了"挺"。可是现在写这个"丫挺的"的"挺",我有一次写成了"家庭"的"庭",就有好几个作家告诉我说你写错了,这个"丫挺的"就是说一个丫头挺着个大肚子,就是说她作风不好。实际他们是百分之百的错了,它是"丫头养的"一个反切。这本来是一个音本位,怎么写都行,但是写成了字以后就觉得意思也有,而且意思非常地生动,它从音上义化了。

孟华:这种"字本位"倾向在汉字解读中很普遍,人们喜欢按照字义对纯语音的书写形式进行理解。除了您说的望文生义的曲解以外,还有的给纯表音字穿上表意的外衣。如外来词"茉莉"本来写作"末利"等形式,是纯粹的表音字,但后来人们给它加上草字头,音本位的符号加上意符后就变成了"字本位"的了。

王蒙:比"丫挺的"更以讹传讹的是所谓"满世界"与"绕世界",不但把音意味化了,而且把老口语现代化了。原来应是"满是价","价"是助词,轻声;"是"是代词,犹言"这""此",或言"所有的"。如北京口语:"是人都比他强"。而"绕世界"的"绕"也错了,是"饶","饶"是副词,如言"饶有趣味",口语必须念二声,而不是"绕"的四声。"绕世界"应作"饶是价"。我的印象这两个词变成现代化的"世界"是从浩然的《艳阳天》那里流行起来的,我已经十分悲观,认为很难再纠正了。我呼吁真正的语言学者对此说句话。

孟华:语言学者们满脑子考虑的是如何规范语言,如何"推普",如何监察人们不标准的言语行为。而对您说的将方言口语"满是价"转换成标准语的"满世界"现象,他们却常常充耳不闻。这个例子深刻地说明了,由汉字规范的"雅言"即标准语是怎样将自己的理解、自己的意义强加到方言口语头上。当人们用"满世界"取代"满是价"、用"高义伯胡同"取代"狗尾(yǐ)巴胡同"的时候,字本位的雅言就把音本位的方言中那些凝聚着地域文化意蕴的精神元素遮蔽了、抑制了。字本位对音本位的遮蔽和抑制,实际上是雅文化对俗文化的胜利。您对这种胜利所表现的忧虑,给"语言警察"们出了难题。

王蒙:还有对于中国的字本位我觉得特别好玩儿的就是翻译的词。那些翻译词变成中文以后,几乎没有一个人包括很多学者去查原文,而都是按照中国字去理解,也就是"望文生义"。"望文生义"是中国人的特色,对于"民主",就理解成事事由民做主,"共产",就理解成一切归大伙。当时林琴南为文言文辩护,就是说文言文的含义多,用以翻译,比原文还丰富出彩。他举例说,逻辑,这是希腊的词,而我们把它翻译成中文以后,这个就变得非常中国化,逻,就是铺开了,辑,就是归纳,演绎法、归纳法都在里头了,再有中文中的"幽默"也是太漂亮了。包括"可口可乐",这个"可口可乐"比英文中的COCACOLA还要丰富,还富有创造,这里头又有"可口"的意思,又有"可乐"的意思。汉字,具有极大的暗示性。

孟华:汉字喜欢参与汉语意义世界的构成。这是拼音文字文化中所没有的现象。在记录语言单位的时候,汉字总喜欢自己出场,用自己的意思来解释语言。汉字这种对语言的积极参与意识确实是一种字本位性。它同时还表现为一种写作方式或文化态度:是按照汉字的逻辑去书写汉语呢,还是遵照说话的立场去写作?比如文言写作和白话写作就是"字本位"和"音本位"态度的分野。

王蒙:所以我说过,一个舶来的思想命题,一旦译成汉语,就开始了它的中文化——中国化过程,一切外来名词到了咱们这里,最后都会具有程度不同的中国特色的。

孟华：顺便问一下，您的创作历程中是否也曾受到过"写音主义"的影响？是否存在一个创作上的"写意主义转向"或"字本位转向"？

王蒙：当然是，因为解放以后非常提倡写口语，讲大众文化。有一阵包括老舍在内都提倡把作文叫做写话，但实际上写话和作文这两个概念并不完全一样。我觉得中国古人作文的时候有一种非常好的自我感觉，这个汉字比较难认，写出来之后非常漂亮，所以他要研墨，他要明窗净几、焚香沐浴才能写作……墨研好之后要把毛笔宣纸都弄好了，写起来既要合辙押韵，又要对仗，又要有起承转合，他进入一种得气的状态，他的思维方式和我们平常说话是不一样的，他是高雅，所以汉语在文言文里表现的是相当的优雅，完全是一种自得，经国之大业，不朽之盛事。我记不太清了，老子说"高下相成，前后相随……"，如果不是字本位，哪有这么说话的？这种精炼、这种美妙、这种合辙押韵！《孝经》没有人认为是好的散文，但是我小时候背过《孝经》，我到现在都觉得它是美的，一上来就是"始于事亲，中于事君，终于立身"。它的合辙押韵非常整齐，非常简洁，它把人的天性中的很普通的事情，就是孝敬父母，提高到治国平天下、人生观、价值观的高度，全都给概括了。这个如果换任何一种语言都没有这种效果，你把《老子》翻译成英语的话效果就全没了。为什么我们认为它一定没有效果呢？我们可以做一尝试，把《老子》翻译成白话文，这还不是外文，这你就必须歪曲，不歪曲它就不像口语，就不明白，而且你要知道中国的汉字，文言文，不但没有口语性，而且还没有标点，连句读都可以自个儿理解，它的乐趣就在这个地方。

孟华：文言文真是漂浮在口语之上的一种独立的精神符号世界。它是表意汉字的超语音、超方言性的产物。它代表了一种精英文化或雅文化。字本位、音本位实际上是两种文化形态。郭沫若的《女神》中"翱翔！翱翔！欢唱！欢唱！"一类的诗句完全不同于李商隐的诗。"五四"的新诗强调我手写我口，直抒胸臆，而中国古典诗歌更注重言此意彼的含蓄性。一个是写音精神,一个是写意精神。五四以来可能就是写音最后占了上风,反字本位。

王蒙:但是,中国古典传统里面也有写音的现象。比如白居易的写琵琶的诗。文字说到底要表达一种语言,而语言本身是以声音为形式来表达一个含义,所以我认为文字就把声音和含义变成了一种视觉的可以看到的东西。所有的文字都有形、音、义。英文字母单独拿出来它有形有音但是没义。所以我觉得说音本位,所有语言里边都有,汉语也不完全摆脱这个。当然也有区别,相对而言,汉字是字本位的。

这种字本位还表现在对方言的统摄、对中华民族的统一,起了一个非常大的作用。对于中国的大一统有人认为是水利造成的,对此我毫无异议,我是没有权利插言的。但是汉字在这里边太凸显了,它超越了方言,虽然有时候也排斥过方言,但是基本上是并行不悖的,其实汉字也挽救了方言,这种文字并不以读音的统一为前提,不需搞强势方言统一弱势方言。中国这么多年统一的汉字,但是各地方言并没有消灭掉,山东和北京挨得非常近,都属于北方方言,但是山东话和北京话就很不一样,青岛话和烟台话都不一样,济南话就更不一样了。

孟华:当然,除了字本位以外,汉字文化中还有音本位或言本位的倾向,即适应汉语变化的一面。您如何评价五四以来汉语的欧化倾向?

王蒙:五四文学革命以后,白话文里头已经受了大量的西方语言的影响。比如说"从而""因为""所以",古文里并不是经常用得到,"从而赢得了并且正在赢得着胜利",什么"战无不胜的","的"中包含的从属关系,这些我们都是有变化的。古文说"人妻",现在来讲是人的妻,人之妻,"人夫"也是这样,"人尽可夫",这是骂人的话,它并不需要说人尽可以做她的丈夫。可是现在的白话文一个是它要和口语接近,一个是咱们现在没有人去认真研究,但是我认为它绝对是受了英文的影响，有欧化的倾向，而且欧化的倾向不一定都是坏事。余光中先生非常的棒，他研究了很多，他说现在的白话文很多说法都受欧化的影响。但是你改不回去，因为它已经受了影响了，这样说是客观的。比如说"我比你更好一些"，纯粹是欧化的一种说法，文言里绝对不会有这种说法。还有一种汉语在白话里是说"我被打了一顿"，中国的古文根本就不分被动式和主动式，你看完以后你自个儿理解就是了。"肉吃了没有"，绝对没有人说"肉被吃了没有"，哪能这么说。你总不能理解成是"猪肉把我吃了没有"，这绝对没有，虽然它从语法上能够这样理解，但是从情理上不够通，它是一种情景语言。所以有时候相反的话到了中文里头都是一个意思，比如说"我好高兴"，这表示高兴；"我好不高兴"，这很奇怪，其实好不高兴就是高兴的意思。河南管馒头叫馍馍，他这馍里头夹点肥猪肉片，河南管这种食品叫肉夹馍，它不叫馍夹肉，这个很有意思，它也不叫肉被馍夹，为什么呢？他说我喜欢这么说，起强调的这么个作用，中国老百姓吃肉是一件很不容易的事情。

孟华："肉夹馍"很有意思。这个例子切中了汉语的"意合"精神，复旦大学教授申小龙叫"以神摄形"，就是词素的排序不讲究语法逻辑上的规则，而更喜欢根据人的主观感受和经验来营造结构。所以只能用意会而不是逻辑分析的方式去理解汉语。

王蒙：口语中的词太字本位了，就会发生失误。鲁迅犯过一个小错误，他大骂林语堂说什么褒（bāo）贬（biǎn）得一钱不值，其实北京人到现在还说褒贬，褒贬是一个偏正词组，它的意思是贬而不是褒，就像说是"你不知道我干这件事情的甘苦"，意思绝对不是你不知道我甘，它的意思是苦，它是偏义的，所以是甘苦。"你哪里知道当领导的甘苦""你哪里知道写作的甘苦""你哪里知道教书的甘苦"，都指的是苦。所以林语堂说把什么事都贬得一钱不值，他写为"褒贬"，鲁迅就说这是自相矛盾。而且《红楼梦》里头到处都写褒贬。连王朝闻写《论凤姐》的时候都说为什么写"褒贬"我不明白，因为王老是南方人,脱离北方生活了。北京人现在仍有一句很流行的俗话是"褒贬的是买主",到了商店里买货,挑毛病的才是真要买你东西的,他如果只是来看看,售货员给他解释一下他就说这个很好那个也很好,然后回头就走了,人家不买你东西。可是鲁迅他是南方人,他没听过这个话,他就大骂林语堂不认得这个褒字,这是不可能的。这个很有意思,这种词多得很。

孟华:又是一个敏锐的发现。您说的是词汇学里的"偏义复词"现象,比如说"国家",它的义落在"国"上。词汇学家们的解释就此而止步了。但汉字不甘寂寞,它总是干预人们的理解,将"褒贬"误读为并列结构,深究起来是汉字的陷阱,不是鲁迅的错。视觉上的汉字将"褒贬"展示为并列结构,口说的"褒贬"则是偏义复词,视觉符号经常误导口说符号。这是汉字将自己的力量强加给了汉语口语。

王蒙:再比如说"兄弟",在北方的口语中它落在"弟"上,"这是我兄弟"是指弟弟。所以回过头来我就说咱们的汉语,现代汉语,正在悄悄地进行一些变化,它正在吸收我们原来语法不够精确、主动被动不分等等这些方面的不足之处,它正在吸收外语的这些优点来改变自己。所以余光中先生他指出来一大堆这很对,但是这些东西不一定全都改回去。比如说"的"字,不用说"我的书"一定要写成"我书",就说"我的书",很清晰,很好听。必要的时候加一个"被"字也完全可以,说"我的意见实际被歪曲",这个时候必须要强调"被"字,"肉吃了"倒可以不说"被"字,因为它不会产生疑义,如果说意见歪曲了,是你歪曲人家了还是人家歪曲你了?它还有这么一面。

但是有一点是不对的,就是反过来把文言文完全否定。而且我觉得还有一个问题就是语言的大众化是必然的趋势,是语言文字上的民主,是进步,我赞成。但是大众化使我们的语言也付出了代价,因为原来我们那种神气的、优雅的、精英化的语言、精神贵族的语言被排斥了。大众化的结果鲁迅讲过,我找不到原文了,说是会粗野、退化,会粗俗化、粗鄙化。写文章的人现在也是这样,贴近口语的东西很多，网络上很多语言都是口语化的。但是你也无法反过来消灭这些粗野化的话，但是粗野化的话也更没有资格消灭咱们的骈体文，因为骈体文就是好看，形式看起来还是可以，念起来也好听。"天地者，万物之逆旅，人生者，百代之过客"，用白话文说，天地之间不过一个旅馆，人生也就是顶多过去一百年就完了，它变成了《红灯记》里鸠山的汉语水平了：人生，转眼就是百年啊！所以相反地我们也应该继承字本位的那种神性、灵性和良好的自我感觉。

二　关于汉字与方言

孟华：拉丁字母对方言有抑制作用。字母是一种表音文字，方言要跟着文字的读音走，拼音文字的读音规则有规范读音的功能，因此对方言有抑制作用。但是非表音的汉字就不同，一个字可用不同方言随便读。

王蒙：你这个讲得对，原来我们搞汉语拼音化的第一步就是推广普通话，因为你要是不推广普通话，你就没法发那个音，当然汉字确实可以完全按各人的来讲。我听过湖南人吟诵四书五经和古文，我觉得很好听，我也听过广东的人朗诵唐诗，有人觉得可笑，但是我觉得一点都不可笑，非常有意思，非常有味道。有个非常不雅的例子，有一次有位朋友就跟我说，他说你看《红楼梦》里头薛蟠的那些荤的词如果按现在的普通话来念是不押韵的，说"女儿乐，一根鸡巴往里戳"，这个"乐"和"戳"按照我们来说一个是韵母 e，另一个是韵母 uo，是不押韵的，但他说这个四川人念起来就特对韵特上口。普通话里念去声，没有了入声，所以我现在写旧诗，还算知道点有些旧诗的规矩，但是有很多入声我分辨不出来，我有时候把它当平声来用了，真正内行的人就笑话我。

孟华：汉字一方面保护了方言文化生态的多样性，但又有极权的一面，它抑制了方言文化。一位中文系的同学，写了一篇关于青岛市方言的毕业论文,他专门研究了青岛市"无方言族"的现象,说许多青少年已不会说家乡方言,结论是随着普通话的普及,青岛市的方言在日益萎缩。我从直觉上是赞同他的这个结论的。为什么把方言的萎缩归结为汉字的极权？我觉得普通话是一种超方言,是一种文本语言而不是真正意义上的口语或我们每个中国人的生活语言。普通话高度依附于汉字,靠汉字来规范、来普及到各方言区。也就是说,表意而不表音的汉字使它具有了超方言的功能,它通过抑制各地方言的发声而使普通话获得正统的地位。

一个人在气急时候免不了要骂人的,经验告诉我普通话是一种雅言,它常常难以表现内心各种激愤情绪和邪恶念头。人性最本真、最生活化、最个性化的情绪,往往只有自己的方言土语才来得更直接和畅快淋漓。

王蒙:这个例子太好了。值得回味。其实不仅骂人。最近有一位语言学家去世,他懂国内外多种语言。据说他最后的日子只会说上海话了,他的童年是在上海度过的。

孟华:汉字塑造的雅文化,也就是普通话,将这些例如骂人的个性话语压抑在集体无意识当中。再如,中国的地方戏据说有几百种,它们都是以地方方言作为自己存在的基本条件。但方言性的地方戏很难被汉字记录,在汉字叙事的文学正史中,地方戏的地位大被贬低。

王蒙:欧洲是拼音文字,其实德语和英语都是盎格鲁-撒克逊语,比方说罗马尼亚语、法语、西班牙语,这都是拉丁语,但是他们都变成了不同的民族,不同的国家,因为他是拼音文字。北京话和温州话,和广东话的距离非常大,我们虽然彼此听不懂,但是一个语言,因为是一种文字的关系,它抑制着它们的分化,抑制着分离。

孟华:中国人讲求"同文同种"。但关键是"文"。没有文,种也很难同。

王蒙:但另一方面,对于方言文化,我觉得汉字比起拼音文字来说还是宽容了好多，而不是抑制了方言文化。现在人们的文化意识不太一样，令我震动非常大的是去年十一月份我去苏州。苏州当地的领导请我吃饭，苏州的市委书记兼作省里的常委，他跟我说他本人不是苏州人，他来到苏州以后他提出一个要求，市委市府的干部必须会说苏州话，他说你理解苏州的文化离不开苏州话，你唱评弹，能用普通话唱么？再有你唱苏剧、苏昆，在苏州你要想联系群众，你必须会说当地的话，所以他提出来以后当地的干部都非常高兴，外边的人呢都拼命地学苏州话，我觉得这个事情是很有眼光的，吴侬软语好听得很，中国有这么一套。方言保护了一个文化生态，我们不要把它们对立起来，普通话我们照样要推广。如果是一个中国人而且如果他上了学的话，在学校授课就是要用普通话授课，但是唱地方戏、曲艺，还有一些文艺节目，就要有它的方言，而且中国人的乡音让人有精神上的认同，有家园意识，中国人有这种叶落归根的情结。如果你原来是说山东话、青岛话，等到过三十年以后你回趟家，全部是标准的北京话、普通话，你就找不到你的家人了。

孟华：这是消灭了精神上的多样性。

王蒙：这是我的一些看法，我觉得不要把它们对立起来，推广普通话并不错，搞汉语拼音也不错，因为它可以作为一个辅助工具，但是用汉语拼音取代汉字，没门儿。我年轻的时候也曾经是个非常激进的人，我一看这些主张我觉得很有道理，汉字太难学了，搞得中国人文化低净是文盲，只有少数人在垄断着话语权，甚至是政治权，可是现在我觉得拼音化就更不可能了，这是绝对不可能的。

三　关于汉字思维

孟华：能否谈谈汉字的思维精神？

王蒙：汉字有美好的一方面，优点很多，比如说好看，它的字都有生命力，都有一种灵性，甚至于我认为汉字有一种神性。比如说

"道",相反地,你如果把它变成了一个更科学的词,把它说成是道路、道德,或者是道场、大道,这就不清楚了,不如一个"道"字,"朝闻道,夕死可矣"。你如果说"道"是规律,"朝闻规律,夕死可矣",这叫什么话呀?它就没味儿了,"朝闻道德,夕死可矣",也不对,说道是指路线,"朝闻路线,夕死可矣",就更不对了,它是不可轻译的一个意象,这是汉字的一个特点、优点。但是当然汉字的这些优点有时同时也会带来缺陷,就是说它的清晰性、严密性、可操作性不是特别够。我常常到处举一个例子,我有一部小说叫做《夜的眼》,这篇作品很多国家都翻译过,这些国家包括俄国、美国、德国,他们都有人给我打越洋电话,就问我说王先生您回答一下这个"夜的眼"中的"眼"是单数还是复数,我不好回答,因为在中国字里头,这个"眼"字是最本质的,不管你是一只眼还是两只眼还是好多只眼,还是沙眼,这都是从"眼"中派生出来的,所以这种思维方式和欧洲国家的那些语言根本就不一样。比方说"牛",我们拿"牛"当纲的话可以出来牛肉、牛奶、小牛、黄牛、牛犊、水牛,或者是牛脾气、牛毛,这东西很多。如果以"奶"为纲,可以派生出羊奶、牛奶、奶牛、奶制品。可是外文看不出这种观点,外文中奶牛是 cow,公牛是 ox,它没有这种关系。我在文章里也提到了,所以它就造成了一些思想方法的不同。杜诗的经典争论,就是"幼子绕我膝,为我复却去"的不同理解,这个如果是换成英语,或是换成法语、德语,甚至是维吾尔语,都不会产生这种问题。这其中有两种解释,一种是他多年没有回老家了,回了以后小儿不认识他了,所以绕我膝转两圈,他怕我,认生;还有一种解释是他绕着我膝怕我再走,恨不得抱着我的腿不让我走,这种解释从杜甫有这首诗到现在已经一千多年了,他的妙处就在于他的这种描写。可是如果换成英文的话,它在语法上画出图来了,有了逻辑范围,有了连接次序,这就不行了,就是说他由于怕我所以就去了,"为我",这里头有明确的因果关系,它是一种递进的关系;如果是他怕我走,就是把"我的走"变成了他们怕的一个修饰,然后"我复却去"就变成了 what

后面的一个从句,一个宾语从句,如果他是因为害怕他又走了,那就不是宾语从句,而是它等于一个双谓语,我就怕你,接着就跑了,它是一个递进的双谓语,就好比说是我进了屋子拿了一本书,一个是进了屋子是第一个谓语,一个是拿了一本书,一个是进,一个是拿,所以它根本不一样。可是我觉得无论是杜诗也好,或者是一些经典的,特别是老子的《道德经》也好,这个很明显,你把它弄成白话文弄成英文就不好了。

孟华:一排除歧义诗意就排除了。

王蒙:把诗意排除了,把哲理也排除了。把中国人脑袋里这点灵活性、这点儿仙气儿都给弄没了。

孟华:杜诗的深远意境被逻辑的手术刀分解得支离破碎,朦胧的意象性既是汉字也是汉语诗歌的思维特性。汉字保护了汉语诗歌的这些特点,这也是汉字保护多样精神文化生态的表现。汉字体现的诗性思维的特点,这是西方的逻辑思维不可替代的,非常有特色。

王蒙:你说的精神生态我觉得是一个很重要的问题。

孟华:刚才说的《夜的眼》翻译的例子,很说明了汉字汉语的朦胧性。但是现在还有一个问题,汉字具有两面性,就是在数码时代它要适应数字化,我个人觉得尽管汉字具有适应电脑的一面,但是总体而言比起拉丁字母还是落后一点,还是具有不可操作性的一面。文字有两种功能值得考虑:一是文化功能,一是数字化功能。文化功能是汉字的特色,但数字化功能可能是弱项。

王蒙:可能不完全是这样,汉字的数码化已经取得了重大的胜利,甚至有人认定汉字能够比别的文字更适合电脑的运用。这个是使我对于汉字更有信心的一个重要方面。我觉得(朦胧性)这是它的优点,也是它的缺点。总的说来它比起拼音文字有多种的暗示性与审美性乃至不确定性,或者叫做弹性。汉字是特别灵活的,比较一下中国的改革用语和苏联的用语,就明白两种语言两种文字及文化的异同了。

孟华:象形字就是靠暗示来表达语言,今天就算没有象形了,但是它的精神照常存在。汉字的意符就是来暗示语言意义的。

王蒙:象形、指事、会意、形声都具有很强的暗示性。"言而无信",看这四个字的时候就觉得是一种暗示,它和单纯用字母拼出来的字并不一样;说"春风风人,夏雨雨人",你看这种感觉,绝对是一种暗示。所以有时候就弄错了。

孟华:这种暗示性已经成为了一种民族的审美方式。但暗示性带点儿歧义性,是一把双刃剑。

王蒙:成为一种审美方式,有时候又成就一批奸诈的人,他可以利用一个字,"我就硬这么解释,明明这句话不是这个意思,我就这么解释"(文字狱那个时候大概就是这种情况),他在话里头非就那么暗示不可,或者我就非这么拿过来这么用……

四　汉字与现代性

孟华:您刚才也谈到汉语、汉字有适应现代化的一点,包括对西方语言的接纳,包括对现代现实生活的适应,它具有这种双重性。

王蒙:这也正是中华文化的这方面的特点,中华文化有它保守的一面,也有趋时的一面(比方说一系列虚词的出现,"被"字句等这些东西都是它的现代性的一面)。现在很多词,包括改革开放以后,从海外华人,或者从港台华人那里学来的一些词,都和英语有关。而原来共产党的那些语言有很多词很显然是和俄语有关,什么磐石般的团结,赢得了胜利,这绝对是俄语。你胜利就是胜利了,失败就是失败了,什么叫赢得了胜利?但是我是觉得这些东西无需消灭掉,相反地,它会慢慢适应我们这种语言,适应我们这种比较复杂的长句啊,因果关系啊,逻辑思维啊,还有哪个是主句,哪个是从句啊,哪个是宾语从句,哪个是状语从句,这些就是所谓欧化的东西。有些不同的方法,不见得是坏事,所以上至先秦汉唐,我们应该好好继承。古代的一些白话，有些到现在还活着，比如说"褒贬"。当然受日语的影响也很多，很多词都是从日语来的，受英语、受俄语的影响也非常多。我没有根据，只是一种感觉，我甚至觉得就连"你好"这个词都不是汉语，哪有汉人说你好的？没有这种表述，更不说 hello，也不说你好，见了面就问"吃了吗"。"你好"是什么？它是从俄语翻译过来的，俄国人一见面就说 здравй，这是您好，здраствйте，是您好的全称，这些在中国就变成了"您好"或是"你好"。"小平你好"，这话很美好。

孟华：一种表达式意味着一种文化形态。从传统上的寒暄语"你吃了吗"到现在的"你好"，反映了人们文化观念的变化，一种对异质文化观念的接纳。这是汉字的变通精神。

王蒙：即使回到古代，也没有像"你吃了没有"那样粗糙，类似这样的词还有很多，"再见"，这也不是生活中来的，也不是古文中来的。古文中相别的时候没有这种礼貌的词吧？至于"早上好""下午好""晚上好"，这些百分之百是从英语来的，什么 good morning, good afternoon, good night。它不是一种简单的词的语境，而是一种表述方式、一种交际模式，也是一种文化的语境，是现代性的一个方面。"谢谢"，古人有称谢，不言谢这话也有，中国的"谢"和拒绝等各方面的意思很复杂，也表示一种谦虚，这个和外文的词是一样的。外文词中的"谢"也含有拒绝的意思。有个德国人有次跟我说他不理解中国人的这个"谢谢"，吃完饭问他吃不吃冰激凌，他说谢谢，要的意思。但是德国朋友说，一说"谢谢"我以为不吃了，接着却还要一个。证明这个外语里头谢谢也有谢绝的意思。

我们现在受外面的影响，词组越拉越长，这个是不可避免的，有很多词都进来了，没有人怀疑它是中文词，过去我们只说继承，现在我们说传承，台湾人告诉我说"传承"这个词和英文有关，因为英国人动不动就讲 transform, translation。translation 不只是指翻译，而且指传递，信息的传递，也是 translation，后来就用传承来表示这个词。

还有许多许多这一类的词,受英文影响,受俄文影响,受日文影响,这个还很多。说"一路平安",这个都是外国的表达方法,而且是法国的表达法,北京语就干脆吸收这个句子过来;"最好的祝愿",best wishes,这完全是从英语过来的,这些太多了,包括外交上的一些词。有些东西比如说电脑上的词汇,你怎么从文言文里头或者是农民的口语里头来找呢?比如说它把各项功能列表叫做菜单,如果把我们平时理解的菜单放到这里来是非常可笑的,但是说它像菜单一样不是很好吗?你点什么它就出来什么。有些是和英语一样,我都曾认为是照抄英语的。如喜剧演员葛优,他故意学潮汕那边儿的人,潮州人,福建人。这边是广西人,譬如问"你有没有去过青岛啊?"你说"我有",我跟他们说你这是受英语影响,是用 has、have 来做过去完成式。他们告诉我不是,老百姓自来都这么说,就是问:"你吃饭了吗?""我有吃。"葛优有个广告是这么拍的,说"我有吃",也是一样的。

而且还有一个,就连日语这样的拼音文字,它想取消汉字,到现在还非常困难,而且很多人认为汉字太精确了,一个字全部表达了,如果用拼音文字它要用四五个七八个,甚至十来个字母。

孟华:人们在谈到汉文化的字本位时,给人的印象好像是汉字里还没有音本位的东西。实际上刚才你谈白居易的时候,他也有音本位的东西,就是说虽然汉民族文化是字本位的,和西方相比它是字本位的,但是作为它自己的内部系统,它还是字本位和言本位两个系统一起在起作用,这是汉字适应现代化的一面。你举了很多例子,比如它对外国文化的吸收。

王蒙:而且它开始调整自己,在某些方面改变自己,但是它基本的特色还在,绝对消灭不了,门儿也没有。

孟华:这是"中体西用"。你说的"汉字文化的复兴"我是这样理解的,不是说简单地要回到古代的文言状态,而主要是强调五四以来过分地贬低汉字,而过分地强调音的形象。现在需要一种平衡,既要适应变化,同时又要保护文字传统。

王蒙:需要一种双赢,不是说强调了对文言文还很热爱,就是要抗拒现代化,不是这样的,或是抗拒学外语。有些媒体就炒作,说是王蒙整天说是要展开汉语保卫战,这和我的意思恰恰相反,我在咱们校报上发表文章的时候我就说辜鸿铭能做到的我们也应该可以做到,钱锺书能做到的,林语堂能做到的,我们都应该可以做到。我们不一定做得那么好,中国人脑子的内存和灵气儿、速度都是可以的,所以我对花大功夫学外语一点都不反感,但反过来说你如果中文学不好,我可以骂你。至于说我花了很多时间学日语,应该学!为什么不学?那些外语最好的中文都非常好,母语不好的人能学好外语吗?钱锺书中文不好?林语堂中文不好?季羡林中文不好?

孟华:这可能就是汉字文化的辩证观,一种两面性态度。

王蒙:汉字本身具有机动性,许多话它有弹性。

孟华:不能片面地强调哪一点,要么说是字本位,要么说是音本位,实际上有人说是"弹性的汉字""弹性的语法",有传统的一面,有适应现代化的一面。这样说问题就变得非常清楚全面。

发表于《书屋》2005年第6期

笔谈《骑兵军》

王蒙：我最近总算看完《骑兵军》的大部，当然，他写得很精彩，他能够把生与死、血与痛、勇敢与蛮横、仇恨与残忍、信仰与迷狂、卑鄙与聪明、善良与软弱审美化，把人性中最野蛮的与最不可思议的东西写得如此精练和正当正常，如此令人目瞪口呆，如此难以置信却又难以不信，这是很不寻常的。它暗合我的一贯主张，人性绝对不是一个单一的东西，也不都是善良的东西，人性本身就充满着悖谬与分裂，不论是只承认阶级性不承认人性，或者小资式地把人性搞得那样"酸的馒头"——sentimental，都是可笑的。在中国有一阵不许谈人性，后来又什么都是人性，还搞出了个"人性美"一词，未免有点孩子气和呆气。但对于我来说又不完全是新东西，苏联同路人作品中这类作品不少。例如《士敏土》，例如《第四十一》即《蓝眼睛的中尉》，甚至《铁流》《毁灭》等也有这方面的内容。

王天兵[①]：您所说的那些著作，我都没看过，只有《铁流》和《毁灭》听说过，在鲁迅时代就译介过。可是，至少在西方，除了专家是没人知道他们的，包括获得过诺贝尔文学奖的《静静的顿河》，都无人问津了。既然您提到那些您耳熟能详的苏联文艺，能否稍微细致地分析比较他们和巴别尔的差别？巴别尔经八十年未衰，二〇〇二

---

① 王天兵，作家、艺术研究者，二〇〇四年将苏联作家巴别尔的作品《骑兵军》介绍到中国。

年的新英译本还成为全美畅销书,难道这只是因为美国人不能接收正面宣传共产革命的文学了吗?

王蒙: 早年我读革拉特考夫的《士敏土》的时候就为革命斗争的狂暴与野犷而震惊,里边一位"好同志"搞起女人来像是色魔或者强奸犯。《第四十一》里的蓝眼睛的白军中尉是那样文质彬彬,而粗野的女红军神枪手却爱上了他,最后又亲手处决了他,根据它拍的电影让我天旋地转。当然,巴别尔是天才的,他的描写精确直观,出神入化,所有的比喻都表现了天才,例如《我的第一只鹅》中所说的"月亮像廉价的耳环一样地挂在天空",而在《意大利的太阳》中,他形容废墟里的断柱像凶狠的老太婆抠到地里的手指,蓝幽幽的马路,像奶头里流出的奶汁流淌……这都是匪夷所思。而且,他的命运更令人感动。你读一下他的《马特韦·罗季奥内奇·巴甫利钦柯传略》吧:"它,一九一八年,是骑着欢蹦乱跳的马……来的……还带了一辆大车和形形色色的歌曲……嗨,一九一八年,你是我的心头肉啊……我们唱尽了你的歌曲,喝光了你的美酒,把你的真理列成了决议……在那些日子里横刀立马杀遍库班地区,冲到将军跟前,一枪把他崩了……我把我的老爷尼斯京斯基翻倒在地,用脚踹他,足足踹了一个小时……在这段时间内,我彻底领悟了活的滋味……"这是一份革命宣言!是农民起义的《圣经》!是造反有理的替天行道!也是使一切温良恭俭让的小资大资小文人酸绅士吓得屁滚尿流的冲锋号!这里的主人公是一个牧民,老婆被地主老爷霸占,工钱被克扣。比较一下这类描写与中国的土改小说,中国的侧重于写阶级斗争政治斗争,而巴别尔侧重于写阶级斗争旗帜下的人性。中国作品侧重于写农民提高了觉悟自觉地与地主富农斗争,而巴别尔写的是大旗一挥,时候一到,花样百出,全自发地上来了。我们中国人一般认为真善美是不可分的,这也对,这是一种道德化的审美观。但也可以有别的思路。比如,王尔德的《莎乐美》,就把爱情与血腥放在一起审度,甚至是高度欣赏。再比如中国京剧《武松杀嫂》,其实是欣赏武松的杀人凶气与潘金莲的淫荡与末日恐惧、挣扎逃生,这一切都舞蹈化、技巧化、表演化乃至美化了。而京剧《宇宙锋》,欣赏的是疯狂的无顾忌的乃至反人伦的"美",女主人公赵高之女将爸爸叫成我的夫之类,才过瘾呢。恶也可以有一种形式美。这样的理论不知道有什么危险没有。巴别尔"欣赏"或强调的是人的恐怖,历史的恐怖,幻梦与现实一锅煮的恐怖,这恰恰是例如美国人难以经验得到的。再说俗一点就是刺激,谁能写出比巴别尔更刺激的小说速写?三妻四妾是人性,终身不娶直到自宫也是人性。纵欲是人性,禁欲也是人性。救世主背十字架是人性,对不起,杀人也是人性,变态,疯狂,都有人性的依据。或者我们可以说,病理也是生理的一个组成部分。我们的奋斗,人类的文明,正是要理解、疏导和克服病态与变态,或者是整合与超越它们,使人性往文明往合理方向走。以"007"与中国英雄比较,最明显的区别是前者好女色,而后者洁身自好,中国英雄以不近女色为条件,以坐怀不乱自诩。其他化险为夷,英勇不屈,大智大勇,言必行,行必果,舍己救人,俯首甘为孺子牛等都差不多,而双方的意识形态又截然不同,而在相信自己代表百分之百的正义,敌方代表百分之二百的邪恶方面又是一模一样。布什总统也是如此,他称他的敌人为 evil doer,干脆说就是"坏蛋",十分简明,幼儿园的孩子都能接受。坏蛋当然是敌人,敌人当然是坏蛋,循环论证,芳龄三岁就能完成。巴别尔的《骑兵军》也是爱憎分明的,不但要杀坏蛋,而且光杀不过瘾,要踹一个小时。哥萨克的魅力几乎胜过了水浒好汉,也胜过"007",因为一骑马,二爱(干)女人,三杀人不眨眼,四在大空间即草原或谷地上活动,五是真的,有历史为证。

王天兵:巴别尔之所以不但吸引美国当代普通读者,而且令美国几代作家佩服,还和他比过去半个世纪流行的所谓"后小说"(meta fiction,卡尔维诺是这种小说的代表。卡尔维诺曾赞美过《骑兵军》,以之为二十世纪的奇书)的叙事更神出鬼没的小说结构,和他镶嵌着灿烂夺目的比喻的叙述语言很有关系。我最喜欢您的《双飞翼》——用文字游戏解构李商隐的《锦瑟》,二从政治和爱情的角度谈论《红楼梦》。您能否从这几种您精通的角度,从小说创作的角度,谈谈您对巴别尔小说艺术和文字技巧的直观感想。

王蒙:让我们以首篇《泅渡兹勃鲁契河》为例,"田野里盛开着紫红色的罂粟花……静静的沃伦……朝白桦林珍珠般亮闪闪雾霭而去,随后又爬上……山冈,将困乏的双手胡乱伸进啤酒草丛",写到这里仍然是平静的与传统的俄罗斯文学的风景画描绘,但是您看下边:"橙黄色的太阳浮游天际,活像一颗被砍下的头颅……"你不吓一跳吗?而作者运用这样的比喻像运用"云想衣裳花想容"一样的平稳。下面写骑兵过河:"哗哗的水流从数以百计的马腿间奔腾而过。"真切的动感、实感、鲜活感。"有人眼看要没顶了,死命地咒骂着圣母……"野劲与反叛劲儿随笔尖外冒。深夜,到了一个地方,看到了一个孕妇和两个红头发、细脖子的犹太男人……到这儿,你仍然根本不知道他要写什么。后边写第一人称主人公的噩梦——或是最浪漫的美梦,梦见了布琼尼的骑兵师长枪毙旅长,能够做这样的梦的男人有福了,有罪了,有祸了!孕妇用手指摩挲"我"的脸,多么善良的女人。女人请"我"挪一下,免得踢着她爹。而她爹是被波兰人杀死的,是死尸。然后她讲述波兰人的残酷与她爹的善良。又一段写景:"万籁俱寂,只有月亮用它青色的双手抱着它亮晶晶的,无忧无虑的,圆滚滚的脑袋在窗外徜徉。"这样的描写你不觉得骇异吗?生与死、残忍与善良、月亮与人头就这样平静地共处着,没有夸张,没有煽情,连一点惊异都没有。还有第二个人能这样写吗?

王天兵:巴别尔一九二六年初版《骑兵军》的最后一篇是《拉比之子》,讲一个抛弃家庭参加革命的犹太王子,最后被从逃兵中拉上溃逃的列车,下身赤裸着,死在几行犹太古诗、一缕青丝和几发子弹中间,被埋葬在无名的火车站旁。大革命让犹太王朝,连同其中的遗老遗少们彻底覆灭了。即便这些革命了的贵族存活下来,也会和巴别尔一样被清洗。您是少共出身,对革命比任何作家都更敏感,可否谈谈革命和知识分子命运问题？

王蒙：知识分子选择革命或者不革命，但常常更愿意选择革命，由于理想主义，由于人文精神，在俄罗斯还由于他们的强大的文学人道主义、文学化的激情。但革命也选择知识分子，要的是敢斗争，敢横下一条心，敢冲敢杀，永不动摇而又遵守纪律，说一不二的那种。不要那种哼哼唧唧，脑子与眼珠乱转，动不动玩什么个性呀独立思考呀的那种。后者有法捷耶夫的小说中人物美谛克与《杜鹃山》里的温其久，还有真实人物王实味的命运为例。革命的主体并不一定是知识分子，往往不是知识分子，秀才造反，三年不成嘛。在骑兵军，主体是哥萨克，在中国，革命的主体是贫下中农。主要斗争形式是武装斗争，这也不是知识分子的所长。所以知识分子整天想革命，真革起命来又常常狼狈不堪，必然的。文学性知识分子的革命带有原罪感和悲剧性。一个文学天才革起命来了，必有一方遭殃，不是革命就是文学天才自己。萨达姆也写小说。海牙法厅通缉的前波黑塞族领导人卡拉季奇是诗人。文章憎命达，包括革命和治国，太文学了就达不起来。但文学又天生地与革命合作，理想，批判，战斗豪情，爱与仇的烈焰，反体制（准无政府主义）倾向……没有悲情文学就没有壮烈的革命。文学在促进人民特别是知识分子的革命化方面成效卓著。再来真的，革命真成功了，有时候有一部分文学就难以自处了。

王天兵：巴别尔描写的战争、战争中的人性，如《骑兵连长特隆诺夫》中的先滥杀俘虏然后英勇捐躯的哥萨克让我想起现在发生在中东的虐囚。他笔下的战场真实性毫不过时。中国在二十世纪经历了那么多场战争，但即便是在改革开放之后的二十多年，却几乎没有什么重要的战争文学。五六十年代的如《林海雪原》这样的小说属于战斗传奇，是一种类型小说。您写过人生百态，似乎还没写过战争，能否谈谈您对战争文学的思考？

王蒙：我写不了战争。我不敢杜撰，我没有那么大出息。

王天兵：您刚从俄罗斯、哈萨克斯坦参观回来。你对俄罗斯的前途是怎么看的？您是否能把中国和俄罗斯的昨天、今天、明天做个对比？

王蒙：我想起了"前苏联"一词，本来我觉得莫名其妙，谁不知道苏联已经"前"了？加一"前"字纯粹脱裤子放屁。我自嘲像是苏联的遗老，于是从遗老想到"前清"，不也是"前"字的么？上一次到莫斯科是一九八四年，正好二十年前，弹指一挥，人间已不是二十年前的人间。莫斯科毕竟是一个大地方，大都会，大国首都。与二十年前造访时相比，莫斯科焕然一新，地面大大地扩大了。我们住的宇宙饭店，原来只是郊区的田野。莫斯科和北京一样，大气，而莫斯科却显得比北京天真。然而这么伟大的苏联，伟大的俄国，伟大的莫斯科，怎么连一条高速公路都没有呢？尤其是雪后，莫斯科的堵车甚至超过了我所体验过的以交通堵塞闻名于世的墨西哥城。说是没有钱，说是莫斯科人不能想象过路收费，所以也就无法进行良性循环，也就没有人投资修路了。我想起二十多年前与一位匈牙利外交官的谈话，他说，中国和匈牙利现在经济改革还来得及，因为革命前的商人企业家还都活着，而苏联十月革命已经六十余年，懂商品经济的人已经死光了，再想搞什么商品经济，只怕后继无人了呢。当时我还以为他是说笑话。但是俄罗斯文化还是伟大的。人类文化不能够没有俄罗斯，就像不能没有中国与印度、法兰西与意大利一样。早晚俄罗斯还会让世人刮目相看的。

王天兵：我记得有次您在美国斯坦福大学讲演，说到，人生最重要的是：一要革命、二要爱情。巴别尔一生完全符合这两点，他毕生献身布尔什维克革命，而且和三个女人生了三个孩子。当年，他竟然还是秘密警察头子的妻子的情人。您现在还持有这种观点吗？

王蒙：我说的是：对于青年人没有比革命和爱情的愿望更强烈的了，当然，不绝对如此。而有些时候，革命的动机甚至超过了爱和性，这也是"若为自由故，二者皆可抛"吧。现在出了一说，说是这首匈牙利诗人裴多菲的诗翻译错了，错就错吧，如果因为译错而出了一首脍炙人口的好诗,那就赞美这个错误吧。美国青年的遗憾和骄傲,恰恰在于他们缺少革命的经验,也根本不可能准确地判断革命。当然,他们的健康的、讲规则的竞争的那一面,即费厄泼赖(fair play)很令人羡慕,所谓"约翰好,我要更好",这是建设性的。

王天兵:有人批评您的《我的人生哲学》鼓吹中庸的人生观。我最喜爱的仍是您的《组织部来了个年轻人》,可以把这篇小说和巴别尔的《我的第一只鹅》做个比较。两篇都讲了一个二十出头的年轻人要加入新的集体,并为此付出代价的故事。两篇都涉及青春、涉及第一次面对冷漠严酷的生活,英文叫 initiation——《组织部来了个年轻人》的林震在练哑铃时,叙述者有段旁白,云:别人都以为他还是个孩子,但他已经觉得自己都二十多岁了,可还没经历过爱情、创造。此段质朴无华,但打动人。《我的第一只鹅》,也可叫做《哥萨克骑兵中来了个四眼儿》,其中的主人公,一出场就嫉妒哥萨克师长"青春的铁和花",最后,用靴子踩死一只鹅,被接纳。我喜欢这两篇,都是因为它们让我觉得童心的复萌、本能的苏醒,变健康了。鲁迅先生说,读中国书,会让人沉静下去,而读外国书,即便是颓废的,也会让你去做点事。又说:外国书中的痛苦是人的痛苦,而中国书里的快乐是僵尸的快乐。我在您的《组织部来了个年轻人》中感到恰是鲁迅所说的那种"痛"。自从您在《读书》连载《欲读书结》后我很少见到您那么精彩犀利的读后感了,在《万象》中的《笑而不答》是不同气质的东西。难道王蒙真进入了老年了吗?

王蒙:第一,当然一年比一年老而不是相反;第二,我最近写的东西你再看一看吧,你会得出不同的结论来的。我还要问你问题:你怎么接触到的此书,为什么费这么大劲把它搞成?

王天兵:我所读到的第一篇巴别尔的小说就是《我的第一只鹅》。那时我还在美国读书。这个故事讲述的是一次凶杀和它换取的一张带血的门票。读完我却感到变健康了。我也是个要融入美国的外来人——一个被瞧不起的中国人。在阅读中悄悄发生的是以毒攻毒——也许,是因为在瞬间破译了生存的密码。当自己的疑虑被更彻底的旁证印证时,自相矛盾的重重心事因被命名而顿感豁然开朗。

王蒙:你可以再从另一个概念上思考:那就是中国的讲"改造",要加入新集体,知识分子要加入农民的武装斗争,不改造,行吗?过去解放区有一本很肤浅的小说,浅得像假革命,同时是假小资,叫《动荡的十年》,写一个知识分子到了革命根据地,怎么样辛辛苦苦地改造,包括要适应长虱子,要视虱子为"光荣虫",这也并不可笑,农民革命斗争的条件太苦。改造了十年,突然,从国统区新来了一位学生女娃,她一唱"从前在我少年时,鬓发未白气力壮……"主人公的改造十年苦功全废了。我年轻时就爱唱这首据说是根据莫扎特的曲子改编的歌儿。所以记住了这本书。中国毕竟有几千年的历史,有慢功,小火炖吊子,慢慢来。最后也是在灵魂里爆发革命,是象征主义的爆发,而且这个说法的版权属于林彪,后来不兴这样说了。不像哥萨克,动不动一枪崩掉,一马刀斩首。如果在骑兵军,他或者踩死一只鹅被接纳,或者他临阵脱逃被处决,三下五除二。俄罗斯动不动三下五除二,让你没了脾气。现在的华人移民欧美,其实也要(逆向)自我改造一番,连说话声调都跟着台湾国语变了。手势与笑容也要欧化的。

王天兵:是这样。很多中国人在做白人梦。美国是一个讲礼貌但不把中国男人当男人的地方。美国人不是野性未驯的哥萨克,我也不是一脸书生相的主人公,但我和主人公同样要为赚取入场券洒血杀生。我从此迷上了巴别尔。他还有一篇小说叫《盖·德·莫泊桑》,无疑是根据他本人一九一六年初在彼得格勒的经历写的。主人公是个一文不名而自命不凡的二十出头的文学青年。他得到一个去铁厂当文书的机会,可以因此免除兵役。但是,主人公拒绝做一个文书。他庄严宣誓:"尽管我只有二十岁,我已经告诉自己:宁愿挨饿、坐牢,或者当个流浪汉,也比一天十个小时坐在一张办公桌后面强。我的志向没有什么值得张扬,但我过去信守它,以后也绝不会违背它。我祖先的智慧已在我心中生根,我们生下来是为了享受工作、战斗,还有爱。我们生当如是,舍此无他。"十年以前,初读此篇的我,也和主人公一样面临着对未来的抉择,除了生存的必须,正处于对写作、绘画、电影,以至一切艺术形式充满极端好奇,并因初步掌握技巧而兴致勃勃的习艺期,以同是二十多岁之躯,捕捉着天寒地冻的彼得格勒的一个异邦青年的呼吸,感到热血沸腾。文后,主人公又说:"我开始讲起文风,讲起词汇的军队,讲起这支十八般兵器都用得上的大军。没有一种铁能像一个恰到好处的句号那样直刺人心。"我曾一遍遍、一字字细读此言。直欲将每个字嚼烂咬碎吞进腹中溶入血液筑成脊髓。巴别尔直截了当地把艺术和凶器、暴力、屠杀连接在一起,他的为文之道,实乃用兵之道。谁还有这等对文字的信念?还有您激情充沛地提到的那个巴普利钦柯——他钟吼雷鸣地向人类宣告了所彻悟的生活秘密——用枪子儿崩了你的仇敌,打不垮他,那也是孬种干的事儿。要想尝尝真活是什么滋味儿,就别饶了自己,就得将仇敌踩在脚下,活活跺死。在美国人中间、在做着白人梦的中国人中间,在满是调侃、玩世,所谓把生活当艺术,人人都是艺术家的艺术天地里,我却感到沉闷、窒息。而巴普利钦柯,才是真正把生活当艺术的大艺术家。巴别尔让我重新自由地呼吸!现在,人文社终于出版了插图本《骑兵军》,让世人初步领略了巴别尔和骑兵的魅力。西影虽然愿意拍摄电影《骑兵军》,但投资还没有落实。我渴望有识之士敢冒大风险,拍摄一部让世界把中国男人当男人的电影——这不就是一场革命吗?但说到底,我也不能完全说清为什么我会有这么大劲头儿。唯一的解释是:我和《骑兵军》、和巴别尔小说发生了爱情,现在还在热恋中。

2004 年 11 月 30 日

中国传统诗词的感悟*

叶嘉莹：我对于王先生一向是非常景仰的，王先生不但在小说方面有许多非常了不起的成就，而且对中国的古典文学、古典诗词也有非常高明的见解，所以我久已期待有一个机会能够向王先生当面请教。我最近才有机会，就是昨天王先生送给我一本他的大作，当然他的大作非常多，我所说的是古典诗词的诗集（指《绘图本王蒙旧体诗集》），当然它里面的佳篇美句是美不胜收。对于我来说有两句，使我很感动，王先生有一句诗是这样说的"心如明月笔如痴"。我觉得这句诗是非常好的，作为一个创作的人，一个终身从事写作的人，"心如明月笔如痴"，这真是一种非常崇高、非常了不起的献身的精神。"心如明月"，作家，不管是小说作家或者是我们中国古典诗词的作者——诗人，当然有很多名家也有很多好诗，但是我以为对我们中国来说，最高的成就还不是只在语言、文字、修辞、雕章琢句的技巧方面，而是他真的在精神品德上有一种过人之处，所以我觉得"心如明月"，这是非常好的四个字，而终身献身，献身于自己的写作的工作是一种"痴"，"痴"是投身其中不能自已、不能自拔。"心如明月笔如痴"，我昨天读王先生的大作，我对于这句诗是非常的感动，所以我今天特别提出来。我也看到他的诗集里面还有一些作品把李商隐的诗《锦瑟》："锦瑟无端五十弦，一弦一柱思华年。庄生晓梦迷蝴

---

* 本文是作者与华裔学者叶嘉莹教授的对话。

蝶,望帝春心托杜鹃。沧海月明珠有泪,蓝田日暖玉生烟。此情可待成追忆,只是当时已惘然。"王先生把它颠来倒去写了好几首诗,我非常地佩服王先生。所以,我今天有幸来跟王先生对谈学习古典诗词的感悟。我自己是学古典文学的,而且一直是教古典诗词的,本来昨天王先生对我还很客气,说是我这本书送给你,你要是看到有什么格律不对的地方你就给我改正。我这个人也很诚实,我就想:我百不如王先生,多方面都不如王先生,我自己以为至少格律这方面我可以提一点意见,可是等到晚上我把王先生的大作打开一看,我真是不能置一词,因为我觉得王先生的诗有一种特美,他的一种非常真诚的非常杰出的非常奇妙的想象,不单是思想的飞跃、跳动、联想、感发生生不已,而且用词造句都有特殊的独到之处,如果我一更改就变成了很合于格律的句子,反而没有滋味了。这是我拜读王先生诗词的感受,我只是简单报告到这里,请王先生指教。

王蒙: 我昨天就说了,幸亏我已经七十多岁了,要不然听到叶先生的表扬,产生的骄傲情绪可能很影响自己的前程,因为"谦虚使人进步,骄傲使人落后"。叶先生的诗我一翻就能记得住,比如说"好梦尽随流水去,新诗惟与故人看",太能表达个人的感情了,我不能再多说了,再说我们就成了在这里互相吹捧互相戴高帽子了。所以我想从昨天你讲的那些问题,有一些我没完全明白的,从提问开始。叶先生昨天讲得非常精彩的一部分,也是学理上最扎实的一部分,就是你引用晚清的张惠言对"小山重叠金明灭"的解释。我就临时抱佛脚,在网上查了一下,温庭筠是生活在公元八九世纪左右,张惠言生活在一七六一到一八〇二年,他们相差九百五十年左右的样子。因为叶先生援引了 culture code(文化语码),关于 meaning(意义圈),关于 double gender(双性),以及 multiple meaning(多义性)的一些理论来阐释,而且讲了一些中国的根据,我觉得这完全是言之成理,是非常扎实的。但是我是一个非常爱抬杠的人,对不起,我有点找别扭,找在哪儿呢?我说这个九百五十年间这么多读者在看,而且把温庭筠的词作也传下来了，成为花间词派的代表人物，原来大家都没看懂?! 过了九百五十年，出了一个叫张惠言的，他明白了，然后有了学问了。读词的人，有学问的人多还是有学问的人少？我觉得应该是少数，我还做一个数学的估算，我们假设古代，按最低数字来算，每年有一千人读温庭筠的这首词，那九百五十年就是九十五万人，总之是成千上万的人在读，其中有几个人用 code 来读的？如果你读一首诗是把它当 code 来读，是不是有点太麻烦了？所以应该从感悟上来读，这是我产生的第一个问题。所以我就觉得，张惠言的理论是一个研究，是对诗的研究，但不是对诗的感悟，这是第一点。第二点呢，如果说它是 code，但它不仅仅是 code，它是文学语言，它是歌词，code 如果只是 code，就是说只是符码的话，code 本身没有意义，譬如说我的定期存折的那个 code，这个本身是毫无意义的。但是"小山重叠金明灭"可不是这样的，它本身太有意义了，就按你开始讲的那些，没有、不知道张惠言此人，这首词也非常地美，"鬓云欲渡香腮雪"，雪是四声，不能念三声，"懒起画蛾眉，弄妆梳洗迟"，那么慵慵懒懒的。我觉得它本身是可以感悟的，能接受的。但是我丝毫不否认文化语码的问题，作为一种说法也可以存在，但是我们就把它当做一个美丽的妇人的描写，或者一个美丽的女孩子的描写，我觉得她不是个女孩子应该是个妇人，同样都是非常美的，所以没有太大的学问照样有读诗的权利。我把读诗的人定位为大体上是初中以上的人，识字、感情丰富、善于感悟，但是你读了半天你没得到学问，没有张惠言的学问，但是你很爱这本书，这对于一般人来说可以。再一点，我又抬杠了，如果从创作的角度说写作是在"编码"，有这么写作的吗？是不是？说我这是写狗，可我要记住我写的这个不是狗，我得处处让这个狗的活动符合"编码"的要求，这费劲啊。你就好好地写狗，狗写好了有人联想到张三，有人联想到李四，有人联想到王麻子，有人联想到二嘎子，那是可以的，因为你这个"狗"写得太好了，而天下有"通情通境"，所以它就可以从你这个狗身上联想到张三李四王麻子二嘎子,他都可以联想……但是中国的这种香草美人啊,大陆上还有更刻薄的话,你(指叶嘉莹教授,前一天说到过中国男人的臣妾思想)说男人在家里是大男子,出去他是臣妾,其实他不光是臣。所以前几年我看有部书说中国封建文化有很大一部分叫"姨娘文化",这个也有意义。我去年也讲过,林彪把《红楼梦》里的平儿当做当人臣的典范,学习当平儿。平儿的优点很多了,那我又不完全认为她是一个 code,但是我又觉得确实有可比之处,原因在哪儿呢?这是我的解释,就是这种同构性,感情有同构性,道理有同构性,服装颜色有同构性。这个做姨太太的人未必有心说:我将来一朝权在手,如果我当了宰相,应该怎么做,她绝不会这样想,那个当大臣的人啊,当枢密院的头头的人他也不会想:如果我一朝身为女人的话,我要给皇上当一个最好的姨太太,她也不会这样想。但是这种制于人而不是制人的地位规定了他们有些共同之处,包括比如说怨妇的心情和政治失意的心情它有同构性,我就是写怨妇,但是别人看了和政治失意是很相像的,我觉得这都是可能的。对于张惠言的解释,我觉得作为文化研究它是很宝贵的一说,但是作为对诗的感悟它只是诗的一个侧面。

叶嘉莹:其实关于张惠言的说法呢,不等到王先生来批驳他,以前早就有人提出过不同的说法。王国维的《人间词话》中有一段"固哉,皋文之为词也"。皋文就是张惠言的号,"固"就是张惠言真是老顽固,太顽固了,他一定要讲什么感时不遇啊,一定要讲《离骚》啊,要把美女的爱情的词都讲成什么君臣的托喻,真是固执。所以在王先生以前,张惠言的说法出现以后,当时就有人提出了不同的见解,说"固哉,皋文之为词也"。他说像温庭筠的词有什么蕴意,我本来还举了一首欧阳修的词,就是"庭院深深深几许,杨柳堆烟,帘幕无重数",这首词也是一首很美丽的词,这首词也被张惠言说了。他说欧阳修的这首词是政治的托喻,他说那是庆历变法的时候,韩琦、范仲淹相继被贬出去了,欧阳修这首词是为这一段政治背景而写作的,这是张惠言说的。所以王国维就说了"固哉,皋文之为词也",他说像温庭筠像欧阳修这样的小词"有何命意",它哪里有什么深意啊?它并没有什么君臣啊,什么托喻啊,没有这种意思,"皆被皋文深文罗织",就是把什么《离骚》、比兴织一个大网把一切都网进去了,所以对张惠言有这种不同的意见是早已就有了。可是很奇妙的一点就是张惠言用什么《离骚》、比兴、屈原、忠爱来讲这些小词,王国维说这是没有道理的,这是很固执的,可是我们发现王国维自己在他的词话里面,也是大家都很熟悉的,说古今之成大事业、大学问者必经过三种之境界:"昨夜西风凋碧树,独上高楼,望尽天涯路。"这是第一境界。"衣带渐宽终不悔,为伊消得人憔悴。"这是第二境界。"梦里寻她千百度,蓦然回首,那人却在灯火阑珊处。"这是第三种境界。而这三首小词,第一他所举的是晏殊的一首小词《蝶恋花》,他这首小词也同样是写一个闺房之中的思妇、怨妇,还是相思的爱情的伤离怨别的,还是这样的小词,因为他上半首说的"明月不谙离恨苦,斜光到晓穿朱户"。然后才是这两句,所以不管是张惠言还是王国维,就是小词,有一个非常微妙的作用,就像王先生说的,你写一个什么东西,不管你写王麻子二嘎子,这就是你的联想,你想成王麻子就是王麻子,想成二嘎子就是二嘎子,所以张惠言想成什么屈原《离骚》那是张惠言的想法,那么王国维想成什么成大事业、大学问,这是王国维的说法,但这里面就有一个差别,差别在哪里呢?就是张惠言说温庭筠这首小词有屈原《离骚》这样的托意,他是指实,他指证就是温庭筠这首小词有感士不遇的意思。可是呢,王国维没有,王国维用三首相思怨别的小词,来讲成大事业、大学问的三种境界。王国维后面加了一句自己辩护的话,他说作者未必有此意,同时王国维说"此等语"就是像"独上高楼,望尽天涯路",或者是"衣带渐宽终不悔,或者是"众里寻他千百度,蓦然回首,那人却在灯火阑珊处"。说"此等语皆非大词人不能道",实际上它不一定像我所说的是成大事业、大学问的路径,可是写出这样的词语来能给我这样的联想,能给我这么丰富的内涵,不是伟大的词人不能写出这样的作品来。还有一点就是，我们昨天也讲了诗才是言志的，诗里边所写的是这个作者显意识的感情、显意识的思想。杜甫说我要"致君尧舜上，再使风俗淳"这是自己的理想。那么杜甫说是"剑外忽传收蓟北，初闻涕泪满衣裳"是他自己的欢欣是他自己的感情。所以本来以作品里边的感情是作者自己真正的感情来说诗才是作者真正的感情，词是写给歌女去歌唱的歌词，说的不是我自己的话。所以我们昨天也讲了一部宋人的笔记，说一个老和尚释惠洪写的笔记《冷斋夜话》，说当时有一个得道的高人叫法云秀，对黄山谷说你作诗多作一些没关系，艳歌小词可罢之，艳歌小词你不要再写了。黄山谷说"空中语耳"。写美女和爱情不代表我对美女有什么爱情，所以如果是以这个来说，诗里边所写的才是自己的感受、真正的思想、真正的感情，而小词游戏笔墨，我是逢场作戏，给歌女写一首歌词，根本不代表我自己的身份和感情，是与个人一己无关的一件事情。可是王国维又说了一句话，他说："宋人诗不如词，以其写之于诗者，不若写之于词者之真也。"因为宋人在诗里边所写的不如在词里所写的那样真诚，这岂不是不合逻辑的一件事情？诗写的才是自己的思想感情，词是写给歌女去唱的歌词，为什么王国维说宋人的诗不如词好？正因为他写在诗里边的感情不如他写在词里边的感情更真诚，这是非常奇妙的一件事情，因为诗里边表现的是你的 conscious，是你的显意识的思想感情，但是你还有 subconscious，还有 unconscious，有你的潜意识有你的无意识，你内心深处的你的品格、你的思想是一种幽微隐约的感觉，这其实你自己都不知道。你就是给歌女写一首爱情的小词，这在你无形之中、无意识之中反而把你内心之中最真实的东西表现出来了。当然当时绝大部分作者都是男性，他说这些歌词是给歌女写的，怎么会表现自己最真实的感情呢？那种生活不是他的生活，因为他根本是个男性而不是个女性，可是这里边有一种最幽微的、最隐约的，一种本质上的，某一种细微的你不能够具体举实的感受、感情，不能够具体指出来，而是一种本质在你内心深处最幽微隐藏的一些东西，在你的显意识的时候，你没有把它展示出来，你的 conscious 里边控制着不能展示出来，反而是你给歌女写歌词的时候，你的意识一放松，把你基本的那些本质表现出来了。尽管你说的是女人的话，尽管你写的是什么爱情相思，可是你反而把你最真实的一面露出来了。所以其实词之所以奇妙，是因为它所显示的是一种很微妙的本质，本来是不可以指实的。你说它是感时不遇，西方的阐释学和符号学也说了，你说我给它一个多一层的联想，第一层的意义还有一个 under，一个下一层的意义，因为，好像你给它多了一层的意思，像张惠言给多一层意思，就不但给它增加，反而给它一个圈子套上了，反而约束了它，减少了它，所以应该分别来看待。

王蒙：刚才您说的这个也是我非常有兴趣的问题，我补充一点，就是王国维写的那个三段论，它并不是诗的原意。他说作者也可能不同意，我觉得说得好极了。但是他说没有大的境界的人写不出来，西方也讲这个，一个作品不仅仅是诗还包括小说，或者别的其他作品，就是他写的有一种宇宙的关系、宇宙的情怀，就是你可以写的是一点一滴、沧海之一粟、一个介词，但是你连接的是宇宙。如果从西方神学的观点来说，它连接的不只是宇宙而且是 God，是上帝，他认为最高的文学作品是人和上帝之间的对话。其实善于从诗词里边体悟出感悟出这种宇宙的大道理来的人太多了，其中有一个就是毛泽东。他在运用这点上来说，我就觉得没有出其右者。为什么呢？大陆上我们这个年龄的人非常熟悉，中苏论战，这是很凶险的一件事，因为原来苏联是社会主义的头，中国的一切是学苏联，所谓"十月革命一声炮响给我们送来了马列主义"，可是现在把苏联批得臭不可闻，你怎么解释这个问题？毛泽东说"无可奈何花落去，似曾相识燕归来"。什么叫"无可奈何花落去"呢？苏联是一朵花，但是对不起，落去了。我们"似曾相识"，那现在呢？燕是谁呢？是鄙人！是我们 People of China，是我们 CPC——Communist Party of China，这究竟是谁的词？是韦庄的吗？（叶：不是，是晏殊的。）"无可奈何花落去，似曾相识燕归来,小园香径独徘徊。"这样的一个小令被毛泽东用到国际共产主义运动的论战上,这个晏殊要是活着能同意吗?不把他吓死了吗?说你早就预见了中苏要分裂!

但是现在我又反过来说,您刚才说的另外一个我也很有兴趣,这和外国人非常不一样。外国人喜欢把什么东西都解释成性、解释成爱情,尤其是解释成性,你连画一幅画或弄一个什么东西都解释成性。画的本来是一个器具,他非说是某种器官,外国人喜欢这样解释。这中国人怪了,他喜欢把男女之情解释成政治、解释成人世。很早以前我看过一首俄国人写的诗,写车、别、杜,杜勃罗留波夫,他大约二十八九岁就死了,很多人去追悼他,其中有一句诗我一下子傻在那儿了,说他爱祖国就像爱女人,我当时就傻了。爱祖国那么崇高那么伟大的事啊,中国人是不能爱女人的啊,儿女情长这还行?怎么能把爱祖国说成爱女人呢?!可是反过来说,外国人他也不明白啊,明明你写的那么好的爱情,男女之情,最后是你想念皇帝。这中国人绝了,中国人走火入魔了,外国的 sex 走火入魔了,中国那个官迷也走火入魔了,中国为朝廷效力走火入魔了,这是原因之一。但是我也说过,它有它的大道理,它们也有相通的地方。

还有一个原因,我不知道对不对,中国在研究文学、研究诗学的时候总有一些微妙的感悟,但有的时候更多的是对诗进行史的研究,就是作者在一定情况下作诗的发生学的研究。研究他写诗的冲动,冲动是和见到一个女人有关还是和一个政治事件有关,还是和受了朝廷的嘉奖有关,还是和受了小人的陷害有关,我们这方面的研究很透彻,因此我们总想给一首诗或者一首词做出一个很明确的史的结论来,即某年某月某日,由于他受了什么事,感愤不已,或者是心里非常辛酸。但是有时候我们忘记了毕竟这个诗词不是一个历史的替代品,它可以因一时、一地、一事、一人而写作,但是当他写起来的时候他已经把他此生、前生、来生的种种的体验写进去了,所以这不是从文本上来写。在这种情况下,有一种吸引力,就是符号,就是当你把诗当做符号来读的时候，智力的吸引力是不可抗拒的，除了表面的意思还有更深的意思，更深的意思下边还有更深的意思。台湾以前出过一本书叫《圣经密码》，就是把《圣经》完全解释成——用很稀奇古怪的方法，而且还专门请了美国中央情报局的专家来破译，最后破译出来，关于苏联哪个时候解体等等，这在《圣经》上全部都写出来了，我想这也是人对符号的一种组合、发现、研究造成到反面去了。不知道我这样说是不是贬低了那种逐字逐句的诠释学。

叶嘉莹： 您所说的 code 的研究在西方也是最流行的，小说也在改编成电影，如《达·芬奇密码》。总而言之，像您所说的台湾的那位先生出书，他把《圣经》的一切都当做 code 来解释，有的时候也会走火入魔的，就跟张惠言把词当语码来解释同样。所以刚才我也说了西方的诠释学就曾经提到过，诠释学的缘起是解经学。我们只是说在理论上可以使语言形成一种语码，而我们的读者对于作品的丰富的联想和引申很多的时候是受语码的影响。诠释学总要回到自己，你这个读者的背景不同，生活的经验不同，获取读书的阅读的背景不同，每个人对文学作品的符号有不同的了解。

至于说到历史，当然我们从《孟子》上就说"颂其诗，读其书，不知其人可乎？是以论其世也"。就是说如果你要推寻作品本来的原意，你当然要了解作品是在什么样的情境下写出来的，这样也未必得到原意，不过这样可能比较接近它的原意。至于读者的联想，你可以完全把它的历史原意撇去，只要我读了我有感悟我有受用，你不用管它的原意是什么，这是两种完全不同的阅读态度。如果只是从自我欣赏的角度读，你可以什么都撇开，我只要自己喜爱，我自己有我自己的理解，这个理解是不是作者的原意全然没关系。但是作为一个研究者你要知道他大概的写作背景是什么，要了解他的背景。我昨天讲到 double gender，double gender 指的就是作者温庭筠。温庭筠是一个在仕宦科第上都不如意的、不得意的这样一个作者，很可能在他潜意识在他下意识里边有一种 being abandoned，被抛弃、被摒弃、不被重视、不被任用的感受，所以美国 Northwest University 西北大学，有一个学者叫 Lipking，他写了一本书，就叫 *Abandoned Women, and Poetic Tradition*（《被抛弃的女人与诗歌传统》），说 abandoned women 是一个诗歌的传统，而且他指的不只是中国，他说全世界，包括中国在内。就是说越是有名的诗人，越是伟大的诗人，越是喜欢用。abandoned women 的 women 就是这个被抛弃的女人形象。他喜欢用这样一个形象，他为什么喜欢用这样一个形象呢？这是 Lipking 的观点，他说每一个人都有失落的时候、都有不得意的时候，男子也有失落不得意的时候。女子有的时候是因为 being abandoned 被抛弃，男子有的时候也可以被 abandoned。当然在传统上男子可以休妻，女子不可以离婚，所以在旧婚姻上男子没有 being abandoned 的可能性，没有被抛弃的危险，因为女子不能抛弃他，可是事实上如果男子被他的君主所抛弃了，被君主贬黜了，或者现在的西方社会，男子在一个公司里面不被上司所重用，不被同事所尊重，他也有一种 being abandoned 的感觉。可是男子非常有自尊心，男子比女子更重视自己的颜面。女子如果是被男子抛弃，不管是被丈夫还是被爱人，可以跟她的亲戚、跟她的姐妹、跟她的母亲、同伴诉说，可是男子如果被抛弃，由于自尊的缘故他不肯诉说他是 being abandoned。所以，他说男子特别需要 abandoned women 这个形象，因为男子才是更加需要它的。屈原"众女嫉余之蛾眉兮，谣诼谓余以善淫"。屈原用女子来自比，consciously doing that 屈原要把自己的失意比作一个女子，是屈原显意识去这样做的。所以中国常常讲到小词，说词就是女性的作品，说词就是男人用女人的口吻来寄托，可是事实上词里边的美女和爱情与诗里面的美人香草的托喻完全是两码事。诗里面的美人香草托喻，不管是屈原的美人香草，不管是曹子建的弃妇都是 consciously 的托意。而小词之所以妙，就是说小词里面的思妇、弃妇，那些美女和爱情，它们的作者，那些词人没有这个意识，就是写一首歌词。他们是 unconsciously，无意之中表现出来的。

他为什么有这样的表现？这牵扯到我们的性别文化。性别文化在中国的传统文化之中，孔子、儒家、士人，士人从小就让你立志，以天下为己任等。所以中国不读书则已，一读书就灌输你一套思想，你要修身齐家治国平天下，你就要以天下为己任，而这样的男子有几个能够科考得意的？就算考中了进士，有几个能在皇帝面前得意的？为什么中国千古贤士，而最被男子所喜欢赞美的就是诸葛亮？就是刘玄德的"三顾茅庐"！杜甫说，诸葛大名垂宇宙，"三顾频烦天下计"，每个男子要科考要做官，都梦想着有一天有个像刘备一样的君主能够三顾我，这才了不起呢！为什么诸葛亮被这么多人所羡慕所敬仰？"三顾频烦天下计，两朝开济老臣心"，这是了不起的一件事情，所以就被大家所歌颂，就被大家所赞美。在传统文化中，我们可以用西方的弗洛伊德的心理学来说，他有一个情结，也就是说他有一个 complex（情结）——西方讲性心理，他把这个 complex 都归结到性上，这是很拘狭、很错误的一件事情。但是西方的 complex 有多重的 complex，我们中国的读书人不是一个爱情的、那个男女、性的 complex，他是一个读书人的这样的一个 complex，他所想的与现在已经不同了。我们所想的，大家的出路很多，不管做实业做商业做什么出路很多，可是古代的读书人他只有那一条出路，所以他内心之中最重的是他的 complex，所以你是"仕"还是"隐"？"达则兼济天下，穷则独善其身"这是中国古代读书人的一个 complex。所以，他有这个 complex 潜藏在他的意识里，他虽然写的是美女和爱情，他也只是给那个美女写的歌词，可是他有这样一种 complex 潜藏在里面，他很可能在无心之中就把他的 complex 表现出来了。作者有 complex，所有的读者呢？male reader，男性的读者同样有这个 complex，所以就从他的诗里面所写的思妇、怨妇，认为所讲的都是仕宦。他是有一种文化的，士文化的一个传统的背景在那儿。如果是个女作者，写"照花前后镜"，前后镜就前后镜呗，有什么感士不遇？有什么托喻的精神？没有。所以我说是 doubleg ender，因为他是双重的性别，男子这样说,而男子有一个"士当以天下为己任"的 complex,而男性的读者也有这样的一个 complex,所以他们就读出了这么一大堆的东西来。还有我们说到历史,其实这个小词之微妙,小词之所以产生这么丰富的内涵跟意思就是让读者有这么多联想,除了 code 以外,是因为 double gender,是男子这样写的才引起人的联想。

还有一个就是 double context(双重文本),语言环境,语境,它也是双重的。context 为什么是双重的呢? 就像南唐和西蜀,在五代的时候,中原干戈不断,人民老百姓流离的时候,而偏安在南方的两个小国,一个西蜀,一个南唐,它们是跟中原的战乱比较隔绝的,它们可以苟安于一时。在它们的小环境里边,不管是南唐的君臣还是西蜀的君臣他们可以歌舞宴乐,小环境是安定的、是繁荣的、是富庶的、是可以歌舞宴乐的,可是大环境强大的北方的兵力是压境而来,有一种危亡无日的恐惧和悲慨。所以小环境当中是安逸享乐的,歌舞里面的大臣和君主们写着美女爱情怨别的小词,可是他隐藏在里面有一种大环境的危亡的隐然的忧郁。所以南唐中主的那首《浣溪沙》"菡萏香销翠叶残,西风愁起绿波间。还与韶光共憔悴,不堪看。细雨梦回鸡塞远,小楼吹彻玉笙寒,多少泪珠无限恨,倚栏杆。"什么人的语言? abandoned women,思妇啊,怨妇啊! 这些小词里写的都是思妇、怨妇相思怨别的。相思怨别都是一些歌词,现在的流行歌曲不是都是你爱我我爱你的,这是千古共同的一个主题。怨妇成为千古的诗歌共同的主题这是性别文化造成的,在性别文化之中,对男性的期望"士当以天下为己任",男子汉岂能株守家园做儿女姿态? 男儿要志在四方! 而女子你要大门不出二门不迈,你连到前院的前门的资格都没有。所以作为思妇、怨妇这是中国传统的性别文化的必然结果,这是 gender culture(性别文化)必然的文化结果,都是 abandoned women。所以歌词,就是现在流行歌曲也还是写这样的相思爱情。我们说张惠言把温庭筠讲成"感士不遇",这个真是牵强附会,把王国维说成是成大事业、成大学问,巧了,他自己拉回来了,说我觉得成就大事业的三种境界,用别的意思解释晏殊之词恐怕作者所不许。可是王国维在讲南唐中主的《浣溪沙》"菡萏香销翠叶残,西风愁起绿波间"时大有众芳芜秽、美人迟暮的悲慨,而别人欣赏"细雨梦回鸡塞远,小楼吹彻玉笙寒",这首词写思妇、怨妇,这个主题是写怨妇。所以这首词主要的一句"细雨梦回鸡塞远",在门外下着小雨,我夜晚做了个梦,我梦见鸡塞(是中国北方的一个边关),你在边关我在哪里?因为是边关,就梦到了边关,梦中见到我所爱的那个男子,是这个男子到我的梦中来了还是我在梦中到那个男子那里去了?这都有可能,我现在是梦醒了。韦庄说了:"昨夜夜半,枕上分明梦见,语多时,依旧桃花面,频低柳叶眉。半羞还半喜,欲去又依依。觉来知是梦,不胜悲。""可怜无定河边骨,犹是春闺梦里人。"以这个主题来说,以思妇的主题来说,这两句是词里面重要的两句,"细雨梦回鸡塞远",思妇的悲哀无可安排,无可排解,所以起来就"小楼吹彻玉笙寒",非常美丽的两句,而且是对句,主题在这里。说这首诗哪两句最好?"细雨梦回鸡塞远,小楼吹彻玉笙寒。"谁说它最好?冯正中就说它最好。南唐的君臣都是写词的,有一天南唐的中主就跟他的大臣冯正中开玩笑,说:"吹皱一池春水,干卿何事?"因为冯正中有一句词"风乍起,吹皱一池春水",这干你何事?冯正中马上回答:"未若陛下小楼吹彻玉笙寒也",当然比不上皇帝你哪,你的"小楼吹彻玉笙寒"才是好的,大家都说这两句词好。王国维说了这首词的前两句,"菡萏香销翠叶残,西风愁起绿波间",除去表面的意思,有非常丰富的内涵的意蕴,大有众芳芜秽、美人迟暮的悲慨,有最丰富的意蕴,这两句才是好词,可是你们古今的读者只欣赏细雨梦回,可知解人不易得。解人就是理解词的人真是不容易找到,可见王国维在说成大事业、大学问的人的时候他很客气,他说不是作者自己的本意,可是现在他很不客气地说我说的这才是好的句子,你们说的都不是,这首词就是这两句才好,他凭什么这样说?而且那个南唐中主"菡萏香销翠叶残"有美人迟暮的意思,当然他有他的原因。

王蒙: 听完刚才叶先生讲的这个词的意思,我有一个想法,你说作者的精神世界,是弥漫性的,但是具体的一个题材他的取材是具体的,而且可能是偶然的。如果作者本身的精神世界他充满了沧桑感,充满了一种忧患感,充满了一种这样的思念的话,那么他写到一花一树一叶一草一木的时候,都会表现出来。比如说"菡萏香销翠叶残,西风愁起绿波间",如果没有他的那样一个身世的话,同样地写秋天同样地写荷花,他就不会有这种感觉,有时候这一类的例子实在是太多了,我们又读过这么多书,我可以举我个人的例子,比如说当年,我写《组织部来了个年轻人》的时候,离现在已经四十九年了,差不多半个世纪以前了,里边有一句就是赵慧文对林震说:"你闻见槐花的香气了没有?平凡的小白花,它比牡丹清雅,比桃李浓郁。"后来老作家康濯先生对我进行批评帮助教育的时候,他就对我提出来了。他说林震的这种思想是自命清高,他说的桃李是芸芸众生,他说的牡丹是权贵,所以他感觉自己比芸芸众生要高明,而又不像权贵那样庸俗。我一看我真开了眼了,虽然是批判,我能受到这样的批判,我也是与有荣焉,多么深刻的批判,真要批深了,你长学问啊!他怎么会想到那儿去了呢?但是我现在说人家这样批,不能说是没道理,起码你心里有这样一种价值观吧!你认为有一类的东西,虽然很多但是没有什么特别的价值,还有一类东西它非常大非常刺激但是它又不够纯洁。所以有时候诗词里边尤其是中国诗词,诗词已经形成了它的一种思维的方式,随便什么事举个例子,他举的例子和具体的诗词没有任何具体的联系,但是他都可以举出来。我想不出一个更好的比喻,我想这是个很恶劣的比喻,大家可以帮我想一个好一点的比喻,作者的精神就像是癌细胞,它是弥漫的,耳朵上的一个癌细胞也扩散到脚指头上。所以,它没有比喻的意思它也有比喻。

第二点呢,我觉得中国诗词有非常耐人寻味的说法就是"诗言志"。外国的文学理论讲所谓再现、表现,表现论和自我表现。那么"诗言志"呢,主要是讲人的主观,应该属于表现。我觉得这个"志",

它表现得还不是人的现实的情况,而是人的一个取向,这个"志"实际上要求你写出来包含你的愿望,包含着境界,包含着取向。所以这种"诗言志"的结果,我们的旧中国的老的历史上一直认为男女之情是不值得写的,一个人如果只是写男女之情是没有多大出息的,而修齐治平才是应该做的,这也是一个原因,使我们许多许多的诗到最后都能解释成修齐治平,或者他没有能够实现这种梦想或者 being abandoned。所以"诗言志"这种说法我们可以从这里头理解出中国诗的许多特点。还有的时候甚至认为诗有一种寓言的作用。一首诗你写得很悲伤、很心酸,它预见了一个很悲哀的结局,相反,你的诗气魄非常大,这就不得了。我记得小时候听祖母讲过的故事,明朝的燕王朱棣,老师给他开蒙的时候教课对对子,说:风吹马尾千条线;他对曰:日照龙麟万点金。这个老师不敢教了,这不得了啊!"日照龙麟"这是什么口气啊?这是什么境界啊?当然这也培养了我们中国人爱说大话、豪言壮语的毛病,这些东西都和"诗言志"有关。

还有一个和中国诗有关的,它和西洋有很大的不同,就是个人的创造和整体的传承几乎是并存的,甚至把继承看得比创造还重。就是说你的诗不能完全看成自己的东西,它没有知识产权的观念,不但没有知识产权的观念,还要求你无一字无来历,无一字无出处,这什么意思呢?就是中国的诗词是我们整个民族的精神大树,你的一首诗一首词只是这棵树上的一个叶子或者是一朵花或者是一个小枝,所以如果你不熟悉这棵大树,你写出来的东西和这棵大树就不匹配。我现在有时候看到一些老同志写的诗词,看了之后实在替他着急,你要不写新诗,要不写快板儿都可以,但起码你背会《唐诗三百首》里的一百二十首,你有条件再写行不行?你只要背会了《唐诗三百首》里的一百二十首,你写得就不一样,因为他就可以往上添了,往这棵树上添。我再举个例子,我们不重视知识产权,他可以用别人的句子,比如说"庭院深深深几许"本来是欧阳修的,是李清照用的欧阳修的,而且不断地用,不是一首词用而是不断地用,从来没听说过欧阳修说侵权，相反，这是一种风雅，可以和，你写一首诗我和一首，按照你的思路和韵脚，包括对偶，有些内容上都要互相配合。我还可以集句，我把张三李四王麻子的都搜集起来，所以我觉得这又是一种非常新的非常不同的感悟。回头来说，我们动不动就把这个男女之情和他的complex联系起来，和他的一些经历结合起来，是个整体性的，你如果只看一首诗一首词的时候，你可能不用想，但如果你看了很多诗很多词，然后你就说这个也是那个也是，它就互相融解，我觉得这些是和西方不同的对诗的态度、看法。当然中国历史上的体悟更棒。在唐朝的时候，以诗取仕，他可以互相酬和，变成一种社交，从来没想到要出诗集，要评职称啊，完全没有这种想法。所以中国的诗学的这种"诗言志"，和这种作为民族文化的这个整体的这棵大树，这样会造成矛盾，你背的诗太多了以后，你写来写去就千篇一律了，你写的和他写的都差不多。我们国家到现在还有很多诗词，还真有些好的，用词之典雅之贴切都好得不得了，可是好到什么程度呢？好到了没有个性的程度，你不知道它是谁写的，特别是遇到喜庆事，或者一个工程完成，大家都来和诗，你把张三和的，换成李四和的、王五和的，一点问题都没有，所以现在电脑也可以写诗。在一年多以前，叶先生讲过在中国学诗词就跟学外语一样，你得背，你如果不背，你根本没法接触，这都是西方文论所没有的事情。

叶嘉莹：我想很不同的是在西方你真的要创新，要有自己的话，前人没有说过的，西方讲一个影响的焦虑，你如果写出来跟人家一样，这就不好了，所以影响总是和焦虑在一起的。最近我在温哥华有些朋友翻译西洋人的诗，西洋人的诗有一首叫《月与镜》，月亮和镜子。我觉得这个和中国很相似，中国也把月亮比作镜子，李白就曾经说过"月上飞天镜"。但是我打开一看，他说月亮在枝叶之间像个骷髅头，中国没这样说的，所以西方讲究创新，别人说过的话你最好不要说。可是中国人不是，杜甫说"别裁伪体亲风雅，转益多师是汝师"。你是多方面去学习，吸收古人的、前人的精华，然后你要介入其中再出乎其外,你要进去然后再出来。"笔落惊风雨,诗成泣鬼神",可是你要转益多师是我师,他们基本的观念是相同的。西方的联想是非常自由的,每个人都可以用自己的联想,只是你自己个人的联想,你爱怎么想就怎么想,没有关系。

您刚才说的西方弗洛伊德的性心理流行的时候,他把所有一切的文学作品都扯上密切的关系,于是乎,受了西方的影响,很多年轻人认为西方说什么就是什么。我觉得西方的理论不是不可以引用,但是你一定要把中国的传统弄清楚了以后你才能够接受西方的理论,比如说一个人,你自己是个活人有血有肉,你现在不管什么营养,你可以吸收,但是如果本身你是死的、是僵化的,任你打什么营养的针吃什么营养的药,也不发生什么作用,所以一定要熟悉自己的传统,有一个自己的鲜活的生命,你现在吸收什么都是你的、都是活的。有些青年人他自己没有基本的文化的生命,只是盲目追求西方的理念,所以当弗洛伊德的性心理盛行,就成了什么都是性,李商隐的诗"春蚕到死丝方尽,蜡炬成灰泪始干",说蜡烛是男性的象征,说是像什么器官,就说李商隐的诗都是男性的象征,哪有这样的?李商隐的诗这样?蜡烛是男性的象征,香炉就成了女性的象征,于是乎,《花间词》中"玉炉香""红蜡泪"就成了男性跟女性了,这是不可以的。所以你一定要有本身的自己的我们国家民族的文化的根基,然后你可以用人家的东西也可以吸收人家的养分,但是你一定要有自己的深厚的根基才行,没有的话你自己什么都没有一无所有,是一具僵尸是死板的是没有生命的,勉强地去跟人家这里偷窃一点那里摘取一点,那也是牵强附会,这都是盲目的,是没有正确的结果的。

所以天下所有事情都可以讲,什么事都可以做,但是这中间还有一个分寸,掌握分寸才是非常重要的做人做文的标准。中国古代的儒家说了一句话,交一个朋友"可与言",可以头头是道,但是"未可与立",你不可以没有一个持守,说可以说,可是要有"立",这个朋友好,不但说得头头是道,都是有道理的话,有道德的话,有了持守,也可以立。但是"未可与权"，权是什么，是秤的秤砣，你加上多少分量要把它调整成能够保持平衡，所以权是一种权衡。所以中国的儒家实在是很难讲，中国讲的儒家的道德，他们讲究偏执、固执、死板，为什么？因为中国儒家的道德有一种变化，所以孟子将这个圣者的修养，伯夷、叔齐是"圣之清者也"，他说武王伐纣，虽然纣是暴君，但是武王以臣伐之也是暴臣，"以暴易暴兮不知其非"，所以伯夷、叔齐就饿死在首阳山上，他们是圣人里面以一种清的品德为持守的圣人中的圣人。而伊尹他是圣人中以肩负自己的责任为主要的人生目标的，他五就汤五就桀，汤王任用了我，我就为汤王效力，拯救天下的人民。如果是夏桀用我，我就为夏桀效力，来拯救天下的人民，我要负起我的责任来，不管他是汤不管他是桀。孟子说："孔子圣之时者也。""时者"是"时中"，他知道在什么环境持有什么标准，所以儒家的标准不是一个示范。孔子回答他的学生，子路来问"闻斯行诸？"说我听到一个好道理我马上就应该实行吗？孔子说："有父兄在，如之何其闻斯行之？"你有父亲你有哥哥，你怎么可以不请教一下，自己想怎么干就怎么干？可是子路刚出去，冉有来了，又问"闻斯行诸？"孔子说"闻斯行之。"周围的学生就不明白了，两个学生问的同一个问题，子路来问"闻斯行诸？"你说："有父兄在，如之何其闻斯行之？"冉有问"闻斯行诸？"你说"闻斯行之。"所以儒家的思想不是固执的、一个僵硬的教条，教条是会杀死人的，而中间有很多持守的尺寸，而且不同的感情、不同的环境、不同的人会有不同的持守。所以这不是一个死板的教条，而是一种衡量的智慧，这种智慧是很重要的，我们都不能盲目信服任何一家的教条。我很喜欢法国的一个女学者，叫朱利亚·克里斯多娃，她写了一本书叫 *Revolution in Poetic Language*，就是"诗歌语言的革命"。她在文章里面说，我学习很多理论但是我不死板地遵守任何一种理论，所以你要多方面地学习，而且掌握的重点需要一个智慧，不是说死板地听见一就是一，听见二就是二。任何东西有它的缺点，而同样有它的优点，所以要多方地权衡，然后有一个智慧的选择。所以我觉得有些人让我去讲西方的理论就觉得很容易引起偏颇的误会，觉得西方理论一定要学习西方，不是如此，绝不是如此，而且在你不了解中国传统以前不能盲目去追求西方，否则会引起误会。

王蒙：倒不至于引起特别的误会，因为现在我们的大学里面，起码对各种西方的新名词、新理论也都是非常有兴趣的，没有特别囫囵吞枣的情景。但是我觉得刚才叶老师讲到一个非常有趣的问题，一种学派也好，一种道德操守也好，或者对一种事情的选择也好，都有从真理走向谬误的这样一种可能。比如说弗洛伊德的理论是非常伟大的，把很多说不清楚的事情都说清楚了，而且用到心理学的心理咨询也取得了很大的成绩，但是把所有的东西都这样解释的时候，不光是弗洛伊德这样解释的时候，我又牵扯到一个问题，对诗歌要有感悟也要有解释，但是把解释弄得很拘泥的时候，就把诗歌杀掉了。我曾经在晚报上看到一个对白居易"花非花"的解释，"花非花，雾非雾，夜半来，天明去。来如春梦不多时，去似朝云无觅处"。这多么好的一首词，说有一天一个人在家里念这首词，保姆说这我知道谜底，这谜底就是玻璃窗上的霜花。解释得好啊，你看霜花，"花非花"，它是花吗？不是，只有花的样子；"雾非雾"，结得像冰雪一样的霜花已经给你挡住了，像雾；"夜半来"，夜里降温，最低温度摄氏二十四度，"天明去"，天明的温度摄氏七度，天明就去了，"来如春梦不多时，去似朝云无觅处"。这个保姆是白居易的杀手，是一个聪明的、天才的杀手。通过她的确切无疑的解释，毁了一首我从小认为最美好的词。同样李商隐也是这样。李商隐的好处就在他的概括性或者叫做弥漫性，"春蚕到死丝方尽，蜡炬成灰泪始干"这是讲男女之情？思君之情？是讲报效祖国、报效社会、报效人民、报效百姓之情？还是讲朋友的友谊？这个你说不太清楚，但是让你觉得人生当中确实有这样一种执着，有这样一种投入，有这样一种悲剧，就是你还在那儿吐丝、吐丝、吐丝，你死了，或者你还在那儿发着光、发着光、发着光，最后成了灰。同样"问君能有几多愁,恰似一江春水向东流",他没有说一定是什么愁啊。蔡楚生导演的《一江春水向东流》讲的愁,是大后方沦陷区的一个妇女,在等待大后方的抗战官员的归来。而那个抗战官员回来以后已经娶了"抗战夫人",把她甩掉了。当年李后主绝不会预想到抗战时期沦陷区的一种心情,所以他是弥漫的。有时候我看到有一些学问家解释一些诗词,非得把它解释得非常清楚,我就有一种担心,我就怕那个大学问家做和那个天才保姆同样的事情。本来非常弥漫,说"沧海月明珠有泪,蓝田日暖玉生烟",这是一种极致,人生的一种极致,从沧海到月到珠,到我们把它解释成诗学的时候,这是李商隐的诗论,或者是解释成他的悼亡,或者是解释成感遇。但是我比较喜欢他后面的一个解释,有点小说化,令狐那儿有个婢女,叫锦瑟,他想念这个婢女了,beautiful(漂亮),多美好的故事,我宁愿他是最后一种解释。但是所有的这些解释都差不多,都不像那个保姆杀得那么彻底,但是起码是致残,能使李商隐的这首诗致残,变成了弹音乐、弹瑟的了,变成了适怨清和。他们一谈诗我就想起了日本的茶道,日本茶道也有四个要求,什么清、静之类的,这是技术性的要求。当然呢,犹如我说的这些话又容易为我这种不学无术的人来做托词,我用不着很大的学问,学问大了之后反而看不懂了,所以我这个话也有引向荒谬,像弗洛伊德,像张惠言,今后知识越少越好,最好连作者是谁都不知道,哪朝哪代也不用管它,你拿来爱看就看不爱看就丢了,这又纯得不食烟火了,纯得比打吊针还纯,你总还要知道一点中国、外国的文论、诗论的知识。我们虽然在讨论诗的问题,它确实牵扯到不那么呆滞,但是又不那么浮躁,同样也不那么极端的一种观点、一种解释,弄得非常极端。

所以我觉得诗词的解释本身也带有一种弥漫性,对治学、对为人,像刚才叶老师讲孔子的那些我是非常的感动。看《论语》上的东西我老觉得有一种美感,"不义而富且贵,于我如浮云"这已经是诗了,何等的美丽;"仁者乐山,智者乐水"这也是诗,这不能作学理的判断,什么叫仁者乐山？论仁与山的关系？这个写不出来,既不能做实证也不能做计算,算不出来。本来是那么活的东西,为什么被咱们中国的历代的夫子们这么一研究,就把它研究成了一个死的东西呢？研究得毫无生机,研究得毫无活气,研究得不能呼吸、喘不过气来,这样的教训实在是太多了,变成教条了,教条用来治国不行,用来治诗比治国还惨,用教条来治诗那会治成什么样子？！现今的人也仍然有很会写诗的,比如说钱锺书,完全符合对格律、对古典、对用典的要求,但他的诗是别有意趣。像他在一九五七年写的诗,"弈棋转烛事多端,饮水差知等暖寒。如膜妄心应褪净,夜来无梦过邯郸"。太清醒了,但是又太凉了,真是清醒,他说世事转来转去像下棋,事多端,但是变来变去也还差不多,喝这水喝那水都是一样的,过邯郸的时候不是有邯郸一梦嘛,他连梦都没有。这就是钱锺书。写得太好了,但是太凉了,从我个人来说宁愿有梦,宁愿品尝梦。昨天听叶先生说她常做的一个梦,回到一个大院子,进去大院子以后却进不去门,我特别有感触。因为我在成年以后老年以前常做一个梦,回到我过去住的一个院子,然后进到自己房间,一个集体宿舍,有铺盖卷,这不是我的吗？我怎么这么多年来没在这儿住过呢？谬托知己,谬托知梦吧！如果一个人做到像钱锺书这么好的诗是值得羡慕的,但是要做到像钱锺书一点梦都没有这是不值得羡慕的。我再举一个例子,就是我的老上司新疆文联的主席刘白羽的哥哥刘萧无。他在新疆期间有机会到杭州去,他就写了一首七绝,"身在闲中心未闲,十年卫国戍天山。若许梅花解然诺,二十年后管湖山"。我的理解二十年后应该是五十多了,退休以后,宁愿也回到湖山之中。后来"文化大革命"的时候这首诗差点没把他打死,"二十年后管湖山"说是二十年后推翻共产党！（叶：这比张惠言还厉害。）但是我觉得中国的古典诗词仍然有很大的魅力,很多的人包括很多的领导人,有的发表有的不发表但是一有机会就会写几句诗词,写来言志、记事、抒情。

叶嘉莹:我给您补充。有很多老一辈的思想也很先进的,搞革命的或者不搞革命的都喜欢写,有一位老先生李霁野先生,办新文学的刊物,当年追随鲁迅先生的。还有一个叫台静农的,他后来在台湾大学中文系当系主任的,他们年轻的时候都是搞白话革命的,绝不写旧诗,但是到了老年以后,台先生留下了一本旧诗集,李先生前些时候家里给他过百岁诞辰,拿了他的一本旧诗集,让我说几句话,旧诗创作的数量比新诗还多,当时都是反对旧诗的,都是写新诗的,都是搞文学革命的。所以旧诗还是很奇妙的、很有魅力的,不但是搞革命的老一辈,就是搞文学革命的老人都回来写旧诗。

王蒙: 我们这一代也有啊,像邵燕祥是写新诗的,但是现在旧诗的作品越来越多,还有臧克家的后期晚年的时候也写了大量的旧诗,老舍先生也写过。

2005 年 9 月 6 日

关于"数学与人文"的对谈[*]

数学与人文

王蒙:大家好！很早福建有一个文学评论家叫林兴宅,他提出一个观点,他说"最好的诗是数学",这句话一说,全国哗然,我当时并没有很多道理可说,但是我非常喜欢这句话。古今中外不止一个有名的文学方面的人才自嘲说:我为什么写这小说写诗,因为我从小数学不及格,汪曾祺先生就有过这样的表述。但是我跟这种类型的写作人有相当大的区别,我从小就迷于数学和语文,我为什么迷于这两样呢？我始终感到只有在数学和诗学里面,人的精神能够进入一个比较纯粹的境界,他能把对世界的认知符号化、纯粹化、提升化与激扬化,比如,你就是用数学的一些概念,用数字、数量关系,或者用形体、形状,或者其他,用这些东西来认识数学,来认识世界。而且只有在你的这个很特殊的精神世界里头,你能感觉到这种智慧的光芒,你能感觉到人类的智慧中有多少奇妙的激情与创造发现！不管你有多少不顺心的事儿,多少琐碎的事情,多少鸡毛蒜皮的事情,多少小鼻子小眼、抠抠索索的事,可是你进入这个境界以后,这些东西没有"入门证",根本进不来,你只剩下了智慧,只剩下了推理,同样也只

---

[*] 本文是作者与中国科学院院士、中国海洋大学教授冯士筰,中国海洋大学教授方奇志、徐妍的对话。

剩下了想象,最纯粹的想象。

我想作诗的感觉和解一道数学题的感觉是非常非常一样的。我年轻的时候,小的时候,上初中的时候,我就迷于这个。后来我长大一点就觉得各种数字和形状都是充满了感情的。譬如说,当我们说"一"的时候,中国人最喜欢这"一":一以贯之,"吾道一以贯之",这个人的坚决,多么鲜明,有多么忠诚;"天下定于一",所以叫"定一"的人特别多,如陆定一、符定一等;有了"一"就有了一切,"道生一,一生二,二生三,三生万物"。后来许许多多的数学现象,我觉得都是人生现象,它反映的是人生最根本的道理。譬如说,我最喜欢举的例子就是我在北戴河看到一个捉弄人的、一个带赌博性质的游戏。老板用四种不同颜色的球,比如说红、黄、蓝、白,每样五个,放在一块二十个,然后让你从里面任意抓出十个来,如果颜色的组合是5500,就送你一个莱卡照相机;如果是5410,就送你一条中华烟。然后,他反过来,有两个组合是你要给他钱:一个是3322,一个是4321,3322加在一块儿也是10,4321加在一块儿也是10。结果人到那儿一抓呢,经常是抓出来3322和4321。这个是非常容易计算的问题。很多老师,包括西安电子科技大学梁昌洪校长,他是数学家,他把整个的算草都给了我,而且他特别重视这个,他在学校里头组织了几百个学生在那儿抓,抓了一个小时,然后又在电脑里头算,结果都完全一样,就是3322和4321所占的比率最高,都能占到接近30%。而5500呢,它只是十几万分之一。为这事我还出了丑,因为我有这悟性,没这知识,我说这5500的比率和民航飞机出事故的比率是一样多的,结果民航局的朋友向我提出了严重的抗议,说民航局从来没出过这么多事故,他们不是十万分之一,可能是千万,或者更多万分之一。所以我也长了很多的知识。

这几个数字,一个是3322,一个是4321,迷住了我,我觉着这就是命运。什么叫命运?3322或者是4321就是命运,为什么5500的机会非常少,就是命运绝对拉开了的事并不常见,一面是绝对的富有，因为5是全部，某一种颜色的球全部拿出来才是5，另一个是0，这个机会非常少，十几万个人中就一个，它赶上了5500，我们也是爱莫能助了。所以说命运的特点在于：第一，它不是绝对的不公平；第二，它又绝对不是平均的。例如4321，哪一个和哪一个数都不一样，却又相互紧靠，它的比率非常之大，我觉得这个命运太伟大了，这就是上帝，这至少是上帝运算的一部分，活着让你3322，这非常接近，但是不完全一样，或者是让你4321，谁跟谁都差一点，但是也不可能完全一样，但也很少可能是5500。还有，如果你不是往外拿十个球，而是往外拿十二个球，你想拿出3333绝对平均的概率也是非常低。恰恰由于10不可能用4除尽，四种拿十个，才出现了这样美妙的结果。这就是几率、命运和上帝的关系。一次我和一个美国研究生谈起我的作品，我忽然用我的小学五年级的英语讲这初中二年级的数学，我就给他讲这math，我说这就是God。他就说"I don't like this."他很不赞成，很不喜欢我这样的分析，把伟大的上帝说成是数学。但是我不是说伟大的上帝是数学，而是说数学的规律是上帝所掌握的，和宇宙的奥秘是一样，我先说到这儿，希望得到冯院士和方院长的指导。

徐妍：数学的趣味的确无限，原因就是它和人文密切相关，更重要的是，它里面含有非常多的我们人类难以穷尽的哲学，当然是生命哲学、东方哲学，以及灵感、想象力。但是如果说我们能感受到的话，一定是有好奇心、想象力，同时还有智慧的头脑，在这点上我想也不是每个人都可以达到这种境界的。

冯士笮：我既不是数学家，也不是文学家，正好是在这两个范围以外的这么一个人。我后来再一想，我来有一个好处，有什么好处呢？我给大家算一笔账，你就会发现，我来也有我的用途：第一，在座的文学家，当然了，王蒙老师为首，是文学的一个组合，再加上数学组合，正是两家碰撞。数学组合，方院长，再加上老师和同学们，加在一块儿这又是一个组合。你们两个加在一起就是这个会议的主题，我们假设你们加在一块儿是+1，放在数轴的正的方向，算+1的话，刚才王蒙老师说的"九九归一"，1是很好的数字，我假设为+1，那么我参加有一个好处，我既不是数学家，也不是文学家，如果我是真的一点也不懂的话，你可以把我算作在这数轴上的一个负数，我们假设是-1。要是真这样的话倒挺好，我们把二者作和，即+1加-1等于0，0这个数字是非常精彩的，我猜啊，方老师可以给大家一个解释。0这个数字太美妙了，但在数学上，跟1比，甚至要超过这个数字。从中国的人文理解，"九九归一"很好，但从数学上来讲，0是很奇妙的。因此，有我在确有一个好处，把我加在数轴上，就变成0了，太完美了这个数字！当然我也不是完全不懂，我也学过小学算术、初中代数、大学微积分了。文学的话，虽然没有系统学过，但至少是高中语文的水平。我看过一些书，因此，我不是完全听不懂，我就不是一个完全的-1，而是一个负的零点几，这样一看，跟各位加在一起，就变成了一个不到1的一个小的正数，这就不圆满。另外呢，我不是一个绝对不懂的一个-1，加在一块儿更不能是0了，就更不圆满了。但是，我想不圆满，这正反映啊，我们人类的发展和社会的发展没有圆满，从哲学上看这"不圆满"要比"圆满"更圆满！我这么一想啊，好吧，我就来参加吧。

方奇志：数学本质上和王先生刚才说的是一体的，因为从其源来讲，数学是研究世界的本源的，就是说它是形而上的东西。比如我们说五个手指头、五个苹果，然后五头猪，这都是应用、现实层面的，但是你把那些单位都去掉，就只有一个"5"，那就变成了数字。从很久以前开始，人类相信数字是上帝安排给这个世界的某种模式，也就是说这个世界是按某种数学的模式运行的，这个模式可以用到很多的方面。从起源上讲，数学的所有研究、包括欧洲的数学发展，都是率先属于教会的，它是宗教的一部分。所以我们可以用一种哲学的换位来看数学。数学和文学，包括和哲学，在对人生最本质的和对世界最本质的探索方面是相通的，只是角度不同，应该都是一种我们所说的形而上的东西。

数字与人文

徐妍：听了三位老师的发言，我有一所得，也就是一个初步的认识，数学它其实是哲学，而且如果套用海德格尔的"诗与哲学是近邻"的话，我现在认识到是数学和人文是近邻。

王蒙先生说，从1到9，我们都会从1到9想到一些，但是王蒙先生提供的是这样一些内容，比如说天得一以清，天下定于一；一分为二，二心，二臣；道生一、一生二、二生三；三足鼎立，三星高照，一分为三；四时生焉，四方、四顾茫然；五行，五色；六六大顺；七巧；八面玲珑；九九归一等。从1到9，0暂时悬隔到那里，因为0实在太妙了，我们把它放在后面。

王蒙：我忽悠一下，中国人喜欢"一"，因为这整个的世界是"一"，世界是统一的，郭沫若的诗有一个非常有意思的话是"一的一切，一切的一"，现在我也没完全明白是什么意思，但是他挺棒的，天下定于"一"。中国文化最讨厌的是"二"，如二心，如果皇上说你有二心，你的脑袋就保不住了。毛泽东也喜欢数字二：一分为二，天无二日，我就当那个"二日"，这是毛泽东和柳亚子说的话，老蒋说天无二日，我偏偏再给他出一个太阳。毛泽东讨厌"三"，他也喜欢"一"，什么"一元化"领导啊，这他都喜欢。他喜欢"一"也喜欢"二"，当革命没有胜利的时候，他喜欢"二"，革命胜利了，他喜欢"一"，但是他讨厌"三"，没有第三条路线，没有中间路线，第三条路线都是假的。我怎么觉得后来，就是改革开放以后，"三"的地位有点提高，哲学家庞朴就提出来一分为三，一分为三是什么意思呢？他说，譬如说，一抓就死，一放就乱，一抓就死这是"一"，一放就乱这是"二"，但是我们追求的应该是"三"，就是抓而不死，放而不乱，就是在"一"和"二"的斗争中产生出的一点新的模式，新的思维，新的生产力，新的生产关系。"一分为三"是庞朴教授提出来的,有一定的影响,但是也没有得到普遍的响应。我个人很喜欢他这个话。你只要承认了"三",就承认了不断出现新生事物。所以老子说,"道生一",抽象的道变成了一个统一的宇宙。"一生二",这个宇宙就变成了矛盾的两个方面,矛盾的两个方面斗争的结果是会出现新的东西,既不完全是"一",也不完全是"二",那么不断地出现新的东西就生了万物,所以我个人也有点喜欢这个"三"。但是在男女关系上我不喜欢"三",我不希望第三者插足,我这一辈子也没有"三"的记录,我永远只"守一"。

徐妍:刚才王蒙先生讲,从1到9,他最喜欢哪个呢,他在书中已经说了,特别不喜欢"小葱拌豆腐"的那种一清二楚的思维方式,我也猜想可能"三"是他比较青睐的数字之一,这是在哲学上,不是在生活上。而且在这里面我的感受是虽然有着对于传统文化的追溯,但也有他个人的,或者一代人的那种伤痛的历史记忆。中国要是能够允许"三"的存在,那大概是一件非常大的不容易的事。

冯士笮:王蒙老师刚才谈得非常清楚,从1到9,谈得确实不错,我想方老师应该更有她的体会,就这九个数字,咱不谈0,0是个比较奇妙的数字,这是个基本数字。刚才王蒙老师谈到了一、二、三之间的关系,不容易啊,"一分为三",在今天我们能讨论它,这已经是不容易了,这是一个巨大的、本质性的进步,不是从文学上,也不是从哲学上来看,而是从社会上来看。在我们国家,现在能讨论一分为三了,上帝呀,这真是保佑!

在我谈之前,我先斗胆"批驳"一下王先生。您和您夫人"守一"呀,OK!但是,"三"是重要的:小孩儿!没有小孩儿,就不是一个家,就不是一个三维结构,就不是一个完满的家庭。事实上,就王蒙老师的恋爱观有一个非常重要的、最稳定的因素,"子子孙孙,无穷匮也",就是后代。我们老说n维空间,其实我们生存在一个三维空间($n=3$)中,三维空间是除了时间以外最稳定的空间。抱歉,这是补充,不能叫反驳。

"一分为三"看来可能是非常重要，至少非常有趣，大概"三"的位置是最稳定、最和谐的，也普遍存在，不管你承认不承认。我们过去看小说也好，看电影也好，都是红脸就红脸，白脸就白脸，非黑即白，没有灰色地带。我说话可能是有点僭越了，反对写中间人物，其实说白了，冒昧地说一句，在座的各位，可能咱们大多数都是中间人物。大家都知道写武侠小说最著名的作家金庸，我对金庸最佩服的一点，他书里面的主角几乎都是中间人物，这点是完全超出武侠小说的主旨和传统上的特色的。其实"三"是最稳定。还有一个特色，这个"三"，往往是一个最难处理的事情，社会之所以这么复杂，就是因为"三"。我们在不断地处理这个"三"，处理得好，我们就皆大欢喜；处理坏了，就得好好处理处理，"水能载舟，亦能覆舟"大概是这个意思。这个"三"是最普遍存在的，毛病是最多的，我们要不断处理它，这才是真正的现实社会，而不是非黑即白，灰色地带其实是挺多的。所以，"一分为三"是非常值得研讨的事情。

　　我不是哲学家，我也不懂哲学，但是我体会到这个"三"确实重要。其实这个概念王蒙老师已经提到了，咱们自古就有"一分为三"这个概念，三足鼎立，如果咱把"三足鼎立"分析分析也很有意思。他们造出这个三足鼎立的这个"鼎"来，你还要维持这个鼎不倒，老保持这个稳定三足。再有就是平衡，平衡可以是稳定的，可以是不稳定的，这两种情况都有，这是两个极端，永远的绝对平衡在社会上是不存在的，在自然界也不存在，它早晚要变。绝对不稳定也不会，你可以想办法调整它使它平衡。最好的平衡，就是随遇平衡，就是这球它总是平衡的，这就是那个"三"。所以，我理解这"三"，从数学科学到自然科学，到咱这社会，能够来讨论这"一分为三"，这本身就是一个巨大的进步。我们现在最推崇的唯物辩证法，辩证唯物主义有三个基本规律，一个是"对立统一"，一个是"量变质变"，一个是"否定之否定"，也是"一分为三"。但是，数学家可能更希望把基本规律归为更简单的，我不反对，在数学上，我们假设越少越好，才能有一个统一的、更扎实的理论基础。我们搞海洋的,我是搞物理海洋的,搞海洋就要搞海水运动,我们也是要尽量把假设减少到越少越好,不要这么一假设那么一假设,随心所欲。你要提出最基本的假设一个、两个、三个来导出你的动力学模型。这方面方老师就更有体会了,咱们中学学的那个几何上的勾股定理,那是非常精彩的。我举个例子,就像这个勾股定理,"勾三股四弦五",我们老祖宗早就发现这个事儿,这是中国人发明的,没错,这一点是绝对正确的,但是,我们为什么没有系统地发展起这个几何学来,而让希腊人发展了,从现代科学来看是很值得深思的。方老师知道,他们也有这个定理叫"毕达哥拉斯定理",他们这定理是推论出来的,证明出来的。他们首先提出几个最基本的公式,就是几何公理,然后系统地推出和证明了一系列定理,建立了"欧几里得几何大厦"。前者是"1",后者就是"2",什么是"3"？1和2都不是绝对唯一的真理。有意思的是,把这些公设改一个之后,就可以变成"非欧几何",这或许就是"3"？伟大的广义相对论就基于非欧几何构建起来。我这话什么意思呢,就是"一分为三"的这个"三",的确是值得研究的。我说真的,王蒙老师,要有兴趣研究这个哲学观点,这有利于自然科学哲学和社会科学哲学的发展。我最赞成的是胡锦涛同志倡导的"科学发展观""以人为本"为核心。谢谢！

徐妍:刚才,王蒙先生和冯老师都对"三"情有独钟,我认为,数学、数字和文化都有着深厚的各种各样形式的联系。接着我们还是请方教授以数学家的目光,或者是个人的记忆来挑选她比较喜欢的数字。

方奇志:下面我就聊一下数的发源。人类从什么时候、怎样开始识数的？现在的探险家到原始部落去,会发现几乎所有的原始部落里面用到的最大的数就是"3"。为什么呢？在数的产生过程中,先是有了"1",大家认为这是我,然后慢慢地出现了"2",因为我对面有一个人,在出现了"1""2"以后,数字停顿了很长时间,之后又出现了

"3"。"3"的发现,相当于人们发现在我、你之外,还有一个客观的第三者站在那儿。我们会看到许多与"3"有关的现象:原始部落里人们会把三个东西堆在一堆去数它们,而不会堆成四个一堆;希腊大写数字的写法,一个大Ⅰ、两个大Ⅰ、三个大Ⅰ,而4写出来的时候就变成V左边加个Ⅰ(相当于五减一),6就是V右边加个Ⅰ(相当于五加一),7就是V右边加个Ⅱ(相当于五加二),8就是V右边加个Ⅲ(相当于五加三)……因而3是一个特别基本的数字。

刚才冯院士谈到毕达哥拉斯学派,这个学派是数学里最早、也是在西方哲学和西方美学里最重要的一个具有宗教色彩的重要学派。毕达哥拉斯学派的宗旨就是万物皆数,他们认为数是万物的本质,上帝创造了数字,世界就是按照数字的各种运算、各种模式规律来构成的,然后剩下的都需要人来做、来解释。人的工作就是来发现自然的奥秘。因而这个学派主要研究的就是数。勾股定理在西方称为毕达哥拉斯定理,是因为毕达哥拉斯首先给出了这个定理的严格证明。毕达哥拉斯为了庆祝这个定理的证明杀了一百头牛,所以这个定理还有一个特别通俗的名字叫"百牛定理"。毕达哥拉斯学派对于数字有他们自己的认识,他们认为:"1"是原则、是世界万物之母,这和我们道家的讲法是一样的;"2"是对立和否定,和毛主席所讲的也基本一致;"3"则是万物的最终的形式、代表完美的形式,按照我们数学中有种讲法,"3"就是一个系统。我用家里日常的一种规律性来讲数字"3",一个孩子是要管的;两个孩子你要"拉",因为他们会经常打架;如果这家有三个孩子,父母是很好当的,只需"宏观调控"就行了。因为三个孩子,往往是两个一伙、一个落单,这落单的孩子就会想办法妥协、去沟通,三个人就会在不断的运动变化之中维持着一种平衡,家长只需要看着他们玩就行。从这个层面上讲,"3"真的是个很完美的数字。在西方哲学里面,数学的起源是与宗教在一起的。三位一体是西方哲学非常重要的模式,从这个角度看,"3"这个数字是很重要的,"3"即可成为一个系统,或者说一个系统一旦达到

"3"就稳定了。

多说一句,就是刚才冯院士所说的为什么我们的勾股定理比西方的毕达哥拉斯定理提出早好几百年,但大多数人仍然称之为毕达哥拉斯定理。我觉得一个很重要的原因就是我们没有证明,但毕达哥拉斯证明了。从本质上讲,西方的数学更多地强调认识数的本质,要通过认识数来探究世界运行的模式。在这种探究中,通过毕达哥拉斯定理发现了无理数,导致了数学史上的第一次危机。而中国的数学是从丈量田亩开始的,勾股定理是从实用出发,强调有用。所以我们并没有从勾股定理中发现无理数,因为现实生活中的度量用不到无理数。西方的数学更讲究逻辑的严密的和本源性的发展,因而发展得更为持久。这有点像哲学,如果哲学都以实用为主的话,那么就无法存在和发展了。从这个层面上来讲,数学在西方的发展要比在中国好。

徐妍:刚才方院长是从另一角度,不光是从数学的王国,而且她是从西方对数字、以数字"3"为例提供给我们另一种,我个人的理解也许有误读的地方,就是另一种"3"的存在样式,或许"3"本身作为一个数字,作为数学王国中的一分子,它可能在不同的文化环境中,不同的文化链条下,会有一个不同的存在样式。在西方呢,我想它稳定、协和,因此它能发展壮大,这个可能是两种不同的文化。我们因方院长的阐释,知道"3"在不同的文化、不同的国度有不同的样式,这是我的一个理解了。非常感谢方院长。

数学与命运

王蒙:我这个摸球的例子,大家都可以去试试,你用四种扑克牌,或者四种麻将牌都行。你会发现摸出来不是3322就是4321,这个机会多。其实就是方老师开始时讲的,这是一个形而上的东西,中国人也有这种头脑。比如说中国人说一个人的命运,有一个词,说他

"赶上点儿了",这个"点儿"是一个数学名词。有人倒霉,大家也说他赶上点儿了,有人突然发达起来了,蹭蹭直上,芝麻开花节节高,你摁都摁不住了,嫉妒也没用,告状也没用,他赶上点儿了。尤其还有一个更严重的话叫"气数",比如说这个朝代气数已尽。"数""气数""气"很抽象,你摸不清楚。"气"你可以说是他的运气,也有一个人,或者是执政集团,或者是这个朝代,或者是这个皇帝主观的自信,或者是我们所说的那种气场等等。还有就是"数",数字经过若干发展运动以后变成了"气数已尽"。这国民党啊,我这一辈子感受最深的就是国民党那时候就是气数已尽,你没办法。当然我那个时候是非常反对它的,从个人来看,现在看国民党那些人也不都是最坏的。比如说胡适现在行市也很好,现在已经被很多人所尊敬。当时根本就帮不了他,怎么弄怎么倒霉。你们看三大战役,淮海战役的时候,国民党是用装甲车、汽车来运输,人民解放军靠的就是腿,每次到一个地方都是前十五分钟,前二十分钟,或者前半天,共产党已经占领了,国民党拼了半天命,他就是差这么十几分钟、二十分钟,气数已尽。这里面是有一个数字的法则的,这个数字又和时间的运行,和你所说的"这条轴"是联系到一块儿的,到时候说不行就是真不行了。

所以说,我觉得很好玩。所以说命运。古代有算命的,算命的进行的是什么呢?基本上类似数学活动,所以叫"算命"。生辰八字这一系列的创作,包括抽签都是一个数学活动,这也是几率——你抽着上上签的可能性有多大,你抽着下下签的可能性有多大。甚至于这个"相面",相面这里面是不是也有着几何性的观察,哪儿跟哪儿的距离怎么样,哪儿跟哪儿的距离怎么样,这人人中长寿命就长,要分长短,要分大小,其实这都是数学的概念。所以数学是人类认识世界的一个最基本的方式。

爱情里面也充满了数学的那种表达,"执子之手,与子偕老",这是一个很长的一个数字,偕老,起码是几十年的一个数字。"不需要天长地久,只需要曾经拥有",这是另一种爱情观,这种爱情观要求的是瞬间,是刹那,甚至于就是偶然,是不稳定。

　　所以,我觉得数学是一个基本的认识世界的方式。顺便我也呼应一下,比如说咱们也研究这个商高定理,但是没有发展成为完备的数学。就这个问题我谈两点:一点,咱们喜欢整体性的思维,我既是为了实用丈量土地,我又是为了趣味。通过商高定理,我觉得很有趣味,3、4、5这几个数字太迷人了。他没把它抽象化,分割得很清楚,说我这要研究的就是这个数量关系。还有一个原因,咱们不重视计算,丈量计算我们不够重视,从古代就不够重视。毛主席讲实践论,他说感性认识多了,就变成了理性认识。但是这个话不完全,因为感性认识再多,本身不可能变成理性认识。毛主席本人已经认识到这一点,所以,他最初在延安提世界上的知识,一个是阶级斗争知识,一个是生产斗争知识。但是在1958年、1959年,尤其是在"大跃进"失败以后,毛主席提出来的是生产斗争、阶级斗争、科学实验。到现在为止没有一个人研究,为什么毛泽东加上了"科学实验"。我认为从背景上来说是由于"大跃进"的失败,从学理上来说,毛泽东他体会到感性认识是不可能由于数量的积累就变成理性认识,他需要通过科学实验。那么,如果我斗胆来讨论这个问题,科学实验是重要的,还有一条同样重要的就是逻辑推理与数学运算,感性认识是通过科学实验,因为科学实验也已经非常靠近逻辑推理与数学计算,这个加上以后,毛主席的实践论、认识论就比较完整了。所以,如果我们有这样一个比较完整的认识,如果我们能够更加深入地探讨中国人的大脑需要更多地强调逻辑与数学的问题,我们中国人在科学上、在数学上,也会有非常好的前途。

　　徐妍:刚才这个话题,就是"数学与命运"的话题,也是从几率和组合这样一个非常复杂与玄妙的话题,经王蒙先生的解释和体验,也可以说是从"三"生发过来的。比如说,命运是非常混沌的、未知的、无限的,没有人能说得清楚,说得明白,说得清楚的就不是命运。但是,数学呢,固然也是说不清楚的世界,但是努力明确这种混沌的世界,为什么用精确的世界来解释一个混沌的世界,这个是我特别好奇的。中国人缺乏精确的思维,像王蒙先生所讲的,我们缺乏一种科学的、严谨的、数学的思维方式。但是,这两个方式我们如何对接,我想这也可能是其奇妙的地方,也是其哲学的地方。

冯士筰：刚才王蒙老师已经谈得非常精彩了,很多话非常中肯。这里面既然谈到几率了,其中的一套数学理论待会儿就要请方老师来解决。我看到过有关几率的一首诗,王蒙老师也可能看过,方老师也可能看到过。现在有一个数学家叫安鸿志,他用概率统计研究《红楼梦》,得到一个重要的结论,就是这部《红楼梦》是骂雍正的。我很有兴趣,王蒙老师可能更感兴趣,很有意思,对错咱不说。他本身是数学家,尤其是红学家,他的院士同学写了首诗,这个同学诗写得不错,我试着背背看看,他说的实际上是"规律",他说："随机非随意,概率破玄机。"为什么随机非随意,你研究概率论就把问题给解决了。第三句呢,就是这个"无序隐有序",你看着乱七八糟,其实也有序。最后一句"统计来解谜",也就是说统计学就把谜给解开了。这首诗不愧是数学家写的,写得非常的好,没有一句废话。我想举个例子,实际上在二十世纪,现代物理学两大支柱,一个大家知道是爱因斯坦的相对论,另外一个是量子力学。量子论本身用的数学工具就是概率统计。所以说,概率统计,也就是王蒙老师刚才提出的几率,有非常大的使用价值,而且是二十世纪现代物理学两大支柱之一。不过话讲回来了,爱因斯坦是反对量子力学的,据说他说过这么句话："我就不信上帝会掷骰子！"我们不去管他的观点,现在认为两者都对,爱因斯坦也对,量子力学也对。这句话出现另外一个问题,上帝会不会掷骰子？掷骰子,这说明什么呢？人生的际遇就是掷骰子,你别看它很乱,我看是冥冥之中有一个规律在里面起作用。当然了,这里面有很大的不同,比如时代的不同,历史发展的不同,农业、工业何止是水平的不同,还有人际关系的不同,诸如此类等等。也许出了个天才,又出来一个魔王,这都可能进行一些干扰,但总体来看,我觉得真有一番规律,按照辩证唯物主义的观点,就是从马克思社会学来看。幸好历史是人民写的,这是从政治观点来看。实际上从根本上说我们尚不清楚,因为人类历史太短了,中国算长的吧,也不过就是三千来年文明史。从整个地球上的社会发展,不要说宇宙发展了,我们还摸不清楚这个规律。看来,命运是掷骰子。实际上,这里面有一个——西方人叫上帝,东方人叫老天爷——造物主可能给分配好了,按老子的讲法就是"道"。我说句可能或许完全错误的话,我看宗教和哲学是一个东西,两种表现,你把这个拟人化了,就变成宗教了;可能你要是把它看作老子说的"道"呀什么的,这就是哲学。对不起啊,我既非宗教学家,又非哲学家,我这可能完全是胡说八道,冒犯了!谢谢。

徐妍:刚才我想起两个词,我不知道是不是俗话的理解,冯院士特别有"穿越"的能力,上天入地是一种穿越,然后,超越时空,超越国别,也是一种穿越,但是无论如何穿越,他的理解是极其有逻辑性的。尤其有一个"一"的存在,这个可能就是我们说的人文修养无限好的科学家。

方奇志:数学里概率论是研究什么的呢?就是研究随机性的,明知道它不可知,仍然要努力地了解它。王先生前面提的"几率",在数学上也称为"概率",就是描述不确定性的一个概念。就像王先生所说,几率再大,就算你的几率是99.99%,可能到时候啥结果也没有,俗话说就是赶不上点儿;而即便几率再小,就是10的-100次方,事情到时候也说不定就发生了,你就赶上这个点儿了。所以,几率只是描述一种不确定性概念,而不能确定事件的结果。但是,随着不确定事件的慢慢积累、不断地重复,某种规律性就会渐渐展现出来。这些规律性,在座学过"概率论"的同学都知道可以用一个叫"大数定律"的数学定理来描述。

大数学家雅各布·贝努利从1685年起发表关于赌博游戏中输赢次数问题的论文,后来写成巨著《猜度术》,这本书在他死后八年,即1713年才得以出版。大数定理就是以他的工作为基础的定理，所描述的规律是：当一个随机的事情被无限次地做下去的时候，那么其结果的规律就有了。像扔硬币，扔一次、两次、三次，结果都正面朝上，我们是无法确定其规律性的；但是当我们不断地、无限次地扔下去，就会发现出现正面朝上的次数大概占二分之一，不会差很多，这就是规律性。贝努利在《猜度术》的结束语中说："如果我们能把一切事物永恒地观察下去，那么我们终将发现世界上的一切事物都受到因果律的支配，而我们注定会在种种极其纷杂的事物当中认识到某种必然。"这正对应着王先生所谈的几率和命运之间的关系。

有一本描述随机性的非常有意思的书，叫《醉汉的脚步》。作者用一些例子告诉我们，生活中的许多事情大致就如同刚在酒吧待了一夜的醉汉那蹒跚的脚步一般难以预测，同时也提示我们如何在一个更深层次和更正确的基础上来进行决策。算命本质上就是依赖概率，但是算命的人很聪明，他们会巧妙利用概率。像王先生说的那个摸扑克牌游戏，我们可以想象把命运的各种可能性结果组合在一起，就是扑克牌抽出的所有可能的情况。算命的人会特别清楚出现各种情况的概率大小，如出现1234的可能性就特别大、出现2233的概率也很大，但出现5500的概率就特别小。因此，算命的人绝对不会说概率特别小、也就是特极端的那种情况，而总会挑着出现的概率特别大的情况来讲。用这个摸扑克牌的例子，如果我是算命的人，我就会对每个人说"你摸到2233或1234"。大家都觉得算命算得很准呀，所以，算命的其实是懂概率的！

徐妍：命运，在一些重大的事情上我是信过的，但是一到不好的事情，我体现了传统中国人的思维，不好的时候我就不信了。我对命运是半信半疑的，东方对偶然和必然，对恒和变，可能有我们的幸福哲学，我们不信天不信地，其实我们信的是命运，我们有我们自己的哲学，所以当悲剧来临的时候，或者说人生平淡的时候，我们都会活得很满足，那么当有所灾变的时候，包括像死亡、疾病来临的时候，我们会有我们的应对,也许是天意如此,这也是我们这个民族更温顺的一个原因吧。他可能这两方面同时存在。这是我的一个体会。

数学中的0、无穷大和终极关怀的关系

王蒙:刚才听方老师说《醉汉的脚步》,这题目简直太好了,太迷人了。这是一个数学的命题,但这也是一个文学的命题,这可以是一个长诗的题目,也可以是一个小说的题目,可惜今天是听方老师说,我不好意思下次写一本书叫《醉汉的脚步》。这个"0",也是我最感兴趣的数字,我觉得这个"0"从哲学上说,就是中国人所说的"无",因为"0"是"zero","零"也就是"nothing",所以,"0"就是无,无就是万物生于有、有生于无,所以无是本源。无当然是本源,因为我们在座的每一个人都生于无,在我们被我们的母亲怀胎之前,我们就是无。中国人在这个"无"字上是很下功夫的,所以老子说无为、无欲,认为一个人能做到"无"的境界,为学日益,为道日损,以至于无为,就是要做到"无"的境界。但是,无为无不为,为什么呢?因为有生于无,无又不是都有,所以,中国古人又说,这最早出处我记不清了。中国人说的更伟大,说的什么呢?无非有,无是没有,无非无,无也不是永远无,无因为能够变成有,无非非无,但是你无也不是把无给否定了,无本身是不否定无的,无不否定无,但是无又可以变成有。为什么无能够变成有呢?有了无穷大的帮忙,无和无穷大结合起来,就有可能产生出有来,就从"0"变成了"1",有了"1"就有了一切。电脑的数字有0、1,它没有其他数字,0和1已经代表了全部数字。那么发展到最后它可以变成无穷大,当然关于无穷大,它是一个延伸的、正在进行的概念,还是一个已经完成的概念,在数学界也有极大的争论。无穷大是什么呢,0和无穷大放到一块儿就是道。刚才冯院士也讲到这个,把上帝人格化。把上帝人格化呀,非常麻烦,米兰·昆达拉的小说里就描写过欧洲的神学家曾经长期争论的一个问

题,就是耶稣进不进卫生间。人格化了就有这个问题。而伊斯兰教它并不人格化,因为它认为这是一个观念。道也有这样的特点,它是一个概念,同时它高于一切。道是没有形象的,既是规律,也是本体,取之不竭,用之不尽,"天地犹如橐龠乎",就像皮口袋的风箱一样。现在新疆也有皮口袋这个东西,动之不穷,取之不竭,就是你这么拉来拉去,永远没个完,这是特别具有无穷大的特色。所以,数学里面,一个是0,一个是1,一个是无穷大,这都是哲学,这都是人生的符号,这甚至是神学的符号。神学并不是说我们一定要相信教会,因为对于神学的真正的、经典的定义,就是终极关怀、终极眷顾,就是不可能用现世、用经验说明的一切,我们从无怎么变成了有。你如果这么说的话,这个无穷大就真的可以解释一个,我不知道我说的对不对,请方老师指导,就是说它已经超出了经验。我甚至认为这是人类预言的产物。因为我们人的经验都是有限的,没有无穷大,有0,这个经验是有的,有限是有的,不管多么大。但是呢,根据人们构造反义词的功能,我们感悟到除了有限以外还有无限。我们的经验里面只有一段段的时间,只有暂时,但是构造反义词还需要一种永恒,所以我觉得这几个词特别好,可以和最后那个问题,今天没有时间专门谈了,可以联系起来,恰恰是0和无穷大之间,有和无之间形成了各种悖论。数学悖论呢,实际上说到底它也是一个0和无穷大之间的悖论,因为既然是0,你永远是0,可是无穷大了以后它又不完全是0。数学的悖论里最基本的问题是说你如果承认有,那有没有0,有没有0啊?你既然承认有,那0也是一种有的方式,如果0变成了有的方式,就太受鼓舞了,我一想到这个,我对于岁数越活越大,到了最后乘鹤西去,上西天我都不害怕了,因为0也是一种存在的方式,0也是一个数字,0也是有。传染病的零报告同样是疫情报告吗?零疫情也是疫情啊。那么我说无,无会不会无呢?无无了,那不就变成有了吗!这不就是人生最大的悖论:无是可能无的,有也是可能无的。有当然是可能有的,但是,无可能就变成可能有的了。这一下子整个的世界都可能活了。上帝,我说的这个上帝是完全不进卫生间的终极,当有了终极以后,无、有、生、死、存在、规律、本体、抽象都激活了,真是让人感到无限的幸福。

徐妍:王蒙先生刚才的那种阐释,对无穷大、0还有悖论之间的关系的阐释是非常精彩的。为什么呢?我的感觉是我们生活在这个世界上,一定有很多和每天的阳光一样的伴随着的孤独呀,恐惧呀,也是和很多悲剧性的问题连在一起的。但是,如果我们有这种理解,这种旷达的理解,那我们可能都会得到拯救,也就是说,我们每一天都会有明天,衰老、死亡都会有美好的明天。因此,我们说,我们懂得了零,懂得了无穷大,懂得了它们之间悖论的关系,我们也懂得了中国人的幸福哲学和我们的生命。

冯士笮:王蒙老师谈得非常精彩,非常高级,也非常抽象,我几乎是无话可谈了。我既然坐在这儿,不谈我感觉过不了关,那我就跟大家说得更通俗一点,就说这个"0"或者这个"无"。0这个概念留给方老师讲。在0和无之间,0既是无又是有,"0"者,既无又有也。但是,这无是很重要的,刚才王蒙老师已经阐释了很多哲学原理了。我给大家举个例子,阐明0和无穷大。大家知道现在这个武侠小说里面,我最推崇的是金庸。改革开放以后,我才慢慢看到像金庸写的武侠小说。这里面我想说一点,结合这个"无"。凡是看过的就会发现这个人很有本领,那个很有本事,有少林派、有武当派,本领都很大。比如说那个降龙十八掌,那个独孤九剑,那都是很厉害的一些招式,最高的招式是什么呢?就是没有招式。谁?张三丰。这就对了。这就是王蒙老师讲的这个"无",这个"0"。有招式你可以得5分,你可以得10分,他可以得90分,他可以得100分。要是没有招式呢,恐怕就是超100分了,就是"无穷大"!所以,最大的本领就是无招无式,"此时无招胜有招"。我想,这就是"无"(招式)或"0"(招式)才具有"无穷大"(本领)!二者对立统一了!

无穷大,这个无穷大也很悬。这个无穷大与0一样,是既"有"

又"无"。因为无穷大你不知道它有多大,要多大有多大,看来有点"虚无","海外有仙山,山在虚无缥缈间",这就是无穷大的"无"吧,那么"有"呢?为此我们先回到"0"的有无讨论,再谈无穷,因为后者涉及一个"动态过程"。正如王蒙先生所言,0或无是既"无"且"有",有无兼得,这是哲学所云。我们举一个数学上的简单例子作为佐证或注解。任何一个有限数加上0或减去0还是该数本身,也就是说此时0不起任何作用,表明0的"无"。但当你用0去乘该数时,结果却变成了0了,表明了"0"的"有"(作用)。特别任何一个有限数的0次方都是1,此时0的"有"作用有多大呀,"九九归一"了。现在老人们碰到一块儿常说,健康才是1,其他都是0,没了健康其他都谈不上了!这表明了0既"有"且"无"的属性。如果没有这个1,其后的0都是"无";只有有了1,其后添一个0就是10,再添加一个0,就是100,再加一个0就是1000了,如此无限地添加0岂非就是无穷大了,这不仅表明了此时0的"有",同时不就也表明了无穷大的"有"吗!更有趣的是,1的存在是必须的!为了更直观、更生动地体会到无穷大的存在,多说两句。若把上述例子看作年龄,人一生几十年,最长百十来年吧,千年的高寿已是《庄子》中彭祖的年纪了,后者比前者就可以看作实际上的无穷大了,我们搞物理的常把它称为"物理上的无穷大";"上古有大椿者,以八千岁为春,八千岁为秋",这个与彭祖比又是实际上的无穷大了。反过来,"人生天地之间,若白驹过隙,忽然而已",就算彭祖的高寿,与这株上古大椿树比也不就是实际上的无穷小吗?两千多年前啊,庄子真是伟大的智者,他早已引入了"无穷"的概念:"至大无外,谓之'大一'(无穷大);至小无内,谓之'小一'(无穷小)";他又以直观之比较,生动地引入了实际上对无穷的感受:"天与地卑,山与泽平",意思是,从整个宇宙的尺度观察"天与地都是低的,山峰和湖泽都是平的",因为天空、地势、高山和湖泽的尺度与前者比较都是实际上的无穷小,当然就难以分辨其高低了。"无穷小"这个概念的引入是自然的,也是非常有用的，0不能作分母，可是无穷小行，因为无穷小和无穷大可以互为倒数，这当然是马马虎虎地讲。其实，正如王蒙先生说的，无穷首先是一个过程的经历，我们中学数学课上老师就讲过"一尺之棰，日取其半，万世不竭"，这又是庄子的至理名言，思想太超前了，它描述了一个无限逼近的过程，这根棍子无穷次地被截取（无穷大）而越变越小（无穷小）的过程，太生动了，两千多年前呀，真是"朝闻道夕死可也"！这里，正如王蒙老师所言，有三个关键符号或元素，即0、1（代表有限数）和一个无穷过程；那么，为什么无穷大是"终极关怀"呢？

我们先建立一个简单的数轴上的"人生成长轨迹模型"，可谓之"直线模型"。原点（0点）代表出生，向右循着正轴在成长，直到正无穷，这意味着一个人长生不老了，这不符合实际，这个"模型"必须抛弃。其实，为了建立一个依据王蒙老师所信仰的"人生成长轨迹模型"，只需扬弃上述由负无穷到正无穷这个无穷长的"直线模型"，而建立一个在无穷远处正、负无穷相互逼近为一个无穷远点即可，两极相合，"物极必反"，这个"人生成长轨迹模型"，可称之为"圆周模型"或"王蒙模型"。我们可以把上述无限长的数轴想象为一个半径为无穷大的圆周，故可称为"圆周模型"；我们将会看到这个"圆周模型"可以注释王蒙老师的哲学理念和主要观点，特别包括我们这一部分讨论的无穷大和终极关怀，故可称之为"王蒙模型"。请看，首先能够扬弃不合理的"直线模型"而相对合理地建立"圆周模型"的关键在于无穷远点的理念和对无穷大的处理，这不就生动表明了无穷大的"终极关怀"吗？！其次，一旦过渡到建立了"圆周模型"，无穷大已完成了它的"终极关怀"的使命，将不再显现于"人生成长轨迹的圆周"上，羽化成仙了。其实，在这个模型中，原点（0点）的位置并不重要，每个人有自己的出生原点（0点），其后循着逆时针在圆周上成长；显然，原先的负轴也多余了，可视为无穷点又与零点重合了，正如王蒙先生所言无穷就是0，"量变质变"，一个无穷长的"直线模型"羽化成了一个有限长的"圆周模型"。此时，注意：1.该模型合理地反映了人生是有限的,因为圆周的长度是有限的,乃直径与π的积;2.人生一世,绕圆一周,到驾鹤西归时,又回到了出生的原点(0点),"尘归尘,土归土",生死相依,有无同在。当然这不是一个简单地回归或归零,是"否定的否定":因为不论你这一生是"可怜无定河边骨",抑或有幸"采菊东篱下,悠然见南山",都会留下你人生的痕迹和对周围、社会甚至历史的点滴影响。请闭上眼想一想,将来弥留之际,你能不感到这是人生不幸中之大幸吗?可是若没有无穷大的"羽化"哪来的这种"终极关怀"呀!

2013年12月13日

发表于《人民政协报》2014年6月23、30日

社会主义核心价值观的践行
与优秀传统文化的弘扬[*]

王蒙：价值观的问题最近说得挺多，领导也特别重视，我说一点自己的体会。我觉得价值观的问题，不是一个特别复杂的问题。因为我们每一个人从小不管你提不提"价值观"这三个字，或者提不提"价值"这两个字，我们做什么事都还是有一个判断，有一个选择——好跟坏！譬如说我们上学时说他是一个好学生，为什么呢？首先他学习好，第二他不和同学打架，第三他不做损害学校的卫生、秩序这些事情。这说明我们认为他的行为有一种价值，爱学习是一种价值，维护应有的秩序也是一种价值。

再譬如说一个很简单的例子，传媒时代各种稀奇古怪的故事天天都有，我就收到过这种微信段子，说是一个人走在路上，看见一个老头躺在地上哼哼，他就琢磨，要不要把他扶起来？听说只要把他一扶起来，他就要讹你，说是你把他碰倒了。所以他就走过去说，我可是一个月只挣一千块钱，你看我扶你不扶你？那个老头回答说："去去去，找个挣得多的来扶我！"这个是段子，不能完全相信。虽然说法很多，但是像这样讹人的毕竟很少，非常少。说一个家长让孩子去偷东西，看哪儿没有人东西又好，揣进口袋赶紧跑，这样的还是少之

---

[*] 本文是作者与中央美术学院院长范迪安、中国社会科学院外国文学研究所研究员赵一凡、四川文化艺术学院美术学院院长王安的对话。

又少。这里有一个界限,一个什么界限呢?用孟子的话说,就是"是非之心人皆有之,恻隐之心人皆有之,羞恶之心人皆有之"。我们对于好赖、善恶、真伪、美丑是有自己的一个看法的。

关于价值观我已经说过好多次了,我在国家图书馆讲过,最近刚刚在中国纪检监察学院讲过,就在前天《人民日报》第六版上,还有我关于价值观的,由《人民日报》记者整理的一段话。可是我不能保证准能背下来价值观二十四个字,但是背不下来不等于说我对这个价值观没有了解。你要是让我说,我把它简化一下,就是你要做好人,你要有好的心肠,你要做好人、发好心、行好事。反过来就是说不要做坏人,不要发恶毒,不要有害人之心,不要做违背集体利益、社会利益的事,不要做违背个人长远利益的恶劣的、犯法的事情。这是一个总的意思,底下我们再具体分析就容易搞明白了。所以价值观的问题是一个人心的问题,是一个是非的问题,是一个选择的问题。践行价值观的关键就在于这二十四个字和我们每一个人的心都能够对接。价值观从哪来的?是从我们每一个人的心里边来的,是从中华文化里而来的,是从人类文化里而来的,而这些文化是离不开人性的。

孔子把价值的问题理解得非常简单,非常简明,甚至有些天真。譬如说他认为,从小就孝悌,将来就不会犯上作乱,就不会做坏事。实际情况要比孔子说的稍微复杂一点,因为贪官里头,据说也有孝子。中纪委的几个人对我这个说法很感兴趣说:"这个确实!我们处理过这种案子,一问他,村里面的人都说他是大孝子,再一查,受贿已经上亿了。"虽然这个事情不像孔子原来想得那么天真、那么简单,但是孔子的意思还是对的。孔子是向人性喊话,向人性发言,希望每个人把你的人性当中最美好的那一面表现出来。当然对父母有敬爱孝顺之心,对兄弟姊妹有爱护之心,然后延伸一下,既然你对父母有孝敬之心,那么你对师长就有尊敬、理解的好的心;既然对你的兄弟姊妹有友爱之心,那么对你的同事、同学、邻居等也应这样,所谓推己及人。我觉得如果我们能够从这个方面来理解，它就不是一个外来的二十四个字，它就是我们人的正常的良心，是我们应有的友好和爱心，是我们应有的对真、善、美的向往，是我们应有的对一个集体，往大里说是对一个民族、一个国家乃至于人类；往小了说起码是对一个单位、一个地区的希望，我们希望大家能够和谐地生活，希望这个地方少一点暴力，少一点战乱，少一点饥饿，少一点灾难，我觉得这是最能够被接受的东西，是和我们内心深处的东西联系在一起的。

文化很复杂，你要往复杂了说，我看网上说现在文化的定义一共有二百六十多种，就说没有二百六十多种，有一百六十多种也够你呛啊！总而言之，文化你要是不研究定义，还知道什么是文化；你要是一研究定义，就不知道什么是文化了。虽然非常复杂，但是我觉得为了人类有更好的处境，有更好的生活，也可以把它简单化，说得再简单一点、通俗一点，甚至说得有点过于简单了——希望大家都过好日子。所以我老说，文化的关键在于它的有效性，有效性表现在什么地方呢？就是使承受了、接受了这种文化的人的生活质量有所提高，不是说接受了这种文化以后，你就活不下去了。当然文化当中也有那种所谓极端的、恐怖的、分裂的，那是极其特殊的情况。有的时候由于一种仇恨、一种痛恨，一生下来就想着怎么圣战，怎么死，生下来就是要去消灭敌人！这样的文化也有它存在的理由和依据，但是一般地说它不能代表人类整体的文化倾向。整体的文化是为了使人类，使一个国家、一个民族的人更幸福，更美好，生活质量更高。这样的话，这个价值观的问题就不能停留在那几个字上，而能够和我们的人性，和我们心性，和我们的情感，和我们的生活，和我们的父母，和我们的子女，和我们的兄弟姊妹，和我们的邻居，和我们的同学、同事、朋友联系起来。我相信我们都乐于把这个价值观的问题做得更好。

那么现在为什么没完没了地提这个呢？这里有一个原因，我再稍微多说两句，就是由于中国的变化太快。譬如原来以阶级斗争为纲，现在以经济建设为纲；原来是计划经济，现在是市场经济。咱们这个国家有一种"大呼隆"的做法。一弄市场经济好像就什么都得是市场经济。治病也是市场经济，上学也是市场经济，写书也是市场经济，结婚也是市场经济，恋爱也是市场经济。以后咱们什么都定价算了，每人身上都挂个牌好不好？把品牌和价格都标在上面。这个是不行的。如果什么都市场化了，那简直就变成了一场灾难。我们在这种急剧的社会变化所谓转型的时期，恰恰要保护、要坚守我们应有的做人的品格，坚守我们价值的底线。譬如说我们应该清廉，譬如说我们不应该害人，譬如说我们应该诚信，譬如说我们不应该搞阴谋，譬如说我们应该守法、不应该破坏法律，等等，这些都是最简单的一些事情，包括在一个家里边都应该是这样。

　　我现在最反感的，就是在电视剧里头也好，在什么法制与社会频道的电视节目里也好，怎么现在男的和女的搞恋爱都是在那儿互相算计？不但互相算计，而且最后不是这个把那个杀了，就是那个把这个杀了，杀了之后还大卸八块，装到口袋里头，扔到河里头，扔到湖里头。这个东西看多了，这要人命啊！不至于啊！就是爱情上发生点问题，出了一个第三者，就非得白刀子进，红刀子出，哪儿至于呀？现在都什么年代了，我们还玩这个！爱情本来是最美丽的，爱情是我们诗歌的范畴，是我们文学管爱情，爱情不能完全变成公安、政法、罪案学的范畴。是不是？从《诗经》起，爱情写得多美啊！这方面的过于集中地宣传，我也觉得很奇怪。

　　我看过一个微型小说，我特别喜欢这个小说，作者我已经忘了。它说的是什么呢？就是一个农民老头，到城里看他上研究生的儿子，因为儿子忙不能回家过年了。他儿子事先给这个老头写了一封长信，这信上就定了二十多条规矩：不要和陌生人说话，上厕所的时候不要把箱包委托给一个陌生人给你看着，手机不能借给陌生人，当着陌生人不能掏钱，当着陌生人不能掏身份证，当着陌生人不能这不能那……反正他说了一大堆给父亲。写完信之后又打电话，打完电话之后又发短信，反复告诫，就认为你这一路上危险重重，不定哪一站你不是被抢去了所有的衣服,就是被屠杀,就是被装到麻袋扔到河里。最后这个父亲很顺利地来了,很高兴!这个儿子也很高兴就问:"你这路上没跟陌生人说话吧?"父亲说:"我怎么不说话,我两天才到这儿,不说话我就憋死了。"儿子又问,"你没有上厕所的时候托人看东西吧?""不让人帮着看东西我怎么办啊,那么大个,我带到厕所里头?带到厕所里头我都尿不出来了。"他所有的事情都没按儿子信上说的办,最后他很正常地到了,我认为这是多数情况!

你现在光看网上,就觉得哪儿都是坏人,今天咱们来这儿开会的人里头,有几个杀人犯?有几个贪污犯?有几个特务?那还行啊!所以我们对于人类是有信心的,我们对中华民族是有信心的,我们对中华文化是有信心的,我们对人类文化是有信心的。这样的话,我坚决相信,我们这二十四个字都能做到,背下来能做到!背不下来也能做到!当然你们年轻一点,你们都要背下来。下次我来的时候我也把它背下来,跟你们赛一赛。

范迪安:王蒙老师是一位语言大师,他用非常引人入胜的语言,把我们不知不觉地带到了对社会主义核心价值观要义的理解之中。当然,语言后面是思想,是对历史、对现实的一种穿透式的我们称之为"洞察"的思考。我听了王蒙老师的话很受感动,也很受启发。我想今天来到四川文化艺术学院与师生们交流,应该跟艺术的专业特点相结合,我为此做了一个课件,想讲一讲社会主义核心价值观的视觉传达,可是我带来的这个 U 盘"水土不服",到现在还没倒腾出来,这有点遗憾和抱歉。

第一,我们先分析一下社会主义核心价值观的"观"字。"观"首先是看,你怎么看?从哪个角度看?看到了什么?在座学美术的同学都知道,上来老师就教你先把观察方法掌握好了,你才能画好。观有角度,近观、远观,中国的透视还讲平远、高远、深远等不同的观看。有了观才能对这个世界,对自然、社会现象,对客观存在有你自己的一种感受,而且这种感受通常是视觉的。另一方面,"观"也是对问题的价值判断，价值观实际上就是你的判断。你对这件事情的真善美也好，假恶丑也好，有你自己认知的角度，所以"观"不仅仅是动词——看，同时也是个名词——你的判断。这个"观"字包括了你对问题的了解、认识、感受，也包含了你对问题性质的把握。

第二，社会主义核心价值观的提出有很强的针对性。刚才王蒙先生也讲了，讲文化的有效性也好，讲我们文化建设、社会建设，特别是精神文明建设的迫切需要也好，都需要在历史的坐标点上来看待，用以解决今天我们面临的问题。

历史坐标的横向是一个时间轴，远的不说，在这个时间轴上，中国社会经过了一百多年的沧桑巨变。从一八四〇年鸦片战争开始，中国遭受了外来的殖民侵略，中国人民奋起反抗，为了摸索一条正确的救国救民的道路，我们付出了巨大努力，也走了很多弯路，有宝贵的经验，也有惨痛的教训。经过三十多年的改革开放，到了二十一世纪这样一个时间的节点上，我们的国家发展到了全面建设小康社会、全面深化改革、全面依法治国、全面从严治党的重要历史时期，这就要求我们每一个公民的生活、心灵、情感、道德都要有一个全面的提升。王蒙先生的小说写了那么多的人物、那么多的人生，讲了那么多主人公的命运，我理解王蒙先生一方面是直面现实，另一方面也是饱含希冀，追寻着生活的美好、人性的美好，坚定地表达了对国家和民族美好未来的期待。社会主义核心价值观提炼出三句话，十二个词，二十四个字，从三个层面进行了概括，"富强、民主、文明、和谐"是从国家层面说的，"自由、平等、公正、法治"是从社会层面说的，"爱国、敬业、诚信、友善"是从个人层面说的。它们紧密联系，互相补充，不可分割。它吸取了几千年中华传统文化的精华，也吸取了一百多年中国人民奋斗中的正面经验和反面教训，与我们老百姓的切身利益紧密相连，与国家和民族的命运紧密相连，与实现中华民族伟大复兴的中国梦紧密相连。

历史的坐标还有一个纵向，就是中国与世界的关系。今天上午，赵一凡先生已经谈到了中国与世界的关系处在一个新的节点上，今天谈论世界离不开中国，同样谋求中国的发展也离不开世界。世界上不同文明都有自己发展的历史，都对人类文明做出了贡献。在这样一个全球信息化的时代，相互之间的交往非常频繁，怎么参照别人做得好的，在强调我们自己民族传统文化的精华和优点的同时，与世界形成一个更加良好的互动关系就显得特别重要。社会主义核心价值观的提出恰逢其时。它体现了当代中国人自己的道德标准、行为准则、情感诉求、心理追求，也体现着我们对世界的诚意。刚才王蒙先生讲价值观不是外来强加的，不能变成一个要背的书，它与世道人心紧密相连。所以我们有必要交流和讨论，结合中国和世界的发展大势，结合我们自己的思想情感，把修身和治国平天下结合起来，自觉遵循、践行社会主义核心价值观，这样，我们的讨论就有点实实在在的意义了。

我想结合美术谈点自己的体会。来到了四川文化艺术学院，正好谈美术。社会主义核心价值观需要宣传推广，需要以不同的视觉形式让整个社会来了解，而社会又是非常复杂的，有不同的地区，有不同的文化差异，也有不同的社会阶层，我觉得我们在视觉传达和传播上做得还不太够。现在我们周围有许多宣传价值观的图片、图像，但我觉得有点问题，就是看上去所有价值观的图示、图解的手法太单一。拿北京来说，很多工地的围挡上、大街上、天桥上都贴了不少宣传画、海报之类的东西，但是仔细一看，有很多问题，因为所用的艺术形式从人物造型到表现手法都太单一。许多招贴画基本上是泥人张雕塑和杨柳青年画的风格，是天桥的风格，仅用古装人物和泥塑、线描的手法，让人感到价值观是古代的事，缺乏与今天的生活、现代的生活的联系，在图像识别上与今天的审美观有所脱节，因此也就不能抓人眼球、触动人心，不能从视觉魅力上反映价值观的内涵。

我们中央美术学院从去年十月份开始，组织了设计学院的一个庞大团队，重新设计社会主义核心价值观这二十四个字的视觉传达，拿出了几十套不同的方案。当然现在没有图像，我就很难表述了，可以稍微介绍一下。譬如说我们有一套方案专门用手语来表现，因为手语就是一种形象，手是一个形象，画人难画手。中央美术学院近几年考试不是画带手的人像，而是直接考画手，因为画手比画五官、画头部还难。手是一个传达丰富表情、丰富含义的一个形象。我们师生中一个小组专门用手势做了一套价值观的视觉传达，让人感到很生动，很亲切。还有一组用中国的剪纸作为价值观的传达方式，还有用都市的景观为场景，用道路延伸的造型来进行设计。总而言之，尽量使价值观的图说形式丰富多彩。

图说这种形式看上去有点老套，但易于被大众接受。现在我们所处的生活空间里，所望之处皆是商品广告，也就是图说商品。过去政治性的标语口号多，大街小巷都是，现在则到处都是商品广告，包括高等学府也挡不住这种广告的植入，比如我们这个会场的周围就有许多小店，门口是各种各样的品牌广告。所以在市场经济的生活空间里面，加入一些直观的、明白易懂的、充满情趣的、与我们公民的精神生活密切相关的图像，还是非常有意义的。我注意到我们文化艺术学院一进门就有许多雕塑，王蒙文学艺术馆的门口也有许多雕塑作品，看来我们学院的雕塑教学很活跃。希望同学们把学到的美术技能运用到校园文化的建设中，打造我们共同的理想信念和艺术追求。校园需要它，我们整个社会也需要。

西方在历史上很长一个时期是以宗教为中心。在近两千年的发展中，教堂占据着城市的中央位置，许多的财富、许多的艺术品也都集中在教堂。教堂建筑也经过了几个阶段的变化。在公元三世纪基督教刚刚开始萌芽的时候，人们只是利用地下的墓穴做教堂，在那里画一些十字架和一些圣像，在那里做祈祷。后来慢慢地发展起来走到了地面，利用古罗马的城堡，也以古罗马那种券拱形的建筑风格设计教堂，被称为罗马式的教堂。再发展下去，到了公元十世纪，一种新的建筑体例出来了，被称为"哥特式"风格。哥特式教堂有三个因素非常重要，第一是建得高。建筑的立面和天顶像塔一样向上方发展，有的教堂布满像丛林般的尖顶，为什么呢？他们认为越高越接近上帝。那个时候没有摩天大楼的建筑技术，没有钢筋混凝土，没有升降机，靠人工一点一点地垒起来，无限地高耸入云，目的是为了接近上帝。第二，是所有哥特式教堂上面开了许多窗子，用彩色玻璃镶嵌装饰窗子。为什么用彩色玻璃呢？因为光线透过这个彩色玻璃，照射进来有五彩斑斓的迷幻感，让你进入一种比较虚幻、比较超脱的空间。哥特式教堂把物质材料转变成了视觉图像，进而转变为你的精神可以寄托的空间，这就是艺术的作用。第三，就是数。它里面所有的柱子多少根，横向多少根，竖向多少根，多少个阶梯，都跟基督教的《圣经》里面的很多数字有关。当然这种建筑的象征性中国也有，比如说天坛，祈年殿里中央四根大柱叫通天柱，代表四季，中层十二根金柱代表十二个月等。象天法地，在这方面东、西方皆然。在古代社会，从宗教建筑到世俗建筑，从宗教仪式到生活礼仪，通过视觉形象、视觉空间的营造来构筑一个精神向往的空间，成为主导你精神的一个行之有效的一个做法，这也是一种传统。

今天同学们除了学知识、学技术、学能力之外，更重要的是你要有一个精神的栖居之所。正如王蒙老师所说，我们不能把什么都市场化。这个栖居之所，应该通过我们自己的方方面面、点点滴滴来建造，让我们的精神世界更加丰富。作为艺术工作者，首先要有求真、从善、向上的思想素质，将社会主义核心价值观内化于心，做一个正直、善良的人，做一个好人；同时，用我们的知识与能力参与到价值观的社会传播中去。

赵一凡：我先说文解字，价值观这二十四个字，刚才范老师说了是十二个词，每个词两个字，又分三层或者三个段，实际上是非常精致的一套词汇。它的风格也符合我们中国古代文化传统，圣人教化民众的时候也采取这种形式。美国汉学家分析，这是中国党和政府要给老百姓一个理念，把大家团结起来，消除浮躁和各种争执，心平气和地接受一个共识。

第一层意思我们称之为富强,富强才能支持中国。一八四〇年鸦片战争至今将近一百八十年了,费正清先生说这长达一百多年的中国持续不断的革命是人类史上没有过的,目的就是为了改造古老的文明让它跟上世界,目标就是追求富强。现在中国又走到一个新的历史路口,怎么走?往哪儿走?中国这个古老文明的大国,我们不能再遭人践踏、欺凌、被人看不起。我们要和西方列强一样富强、自尊。多少革命先烈为此献出了生命。"富强"二字打头,很好!这也是我们四个现代化的要求。它就像是火车头的发动机,不管你是"左"派,还是右派,富强总领全局,大家目标一致,因为这是为国家好、人民好。

第二层意思我们称之为法治。说到自由、平等,Freedom and Equaity,我们马上会想起法国大革命,"不自由,毋宁死"的口号震撼人心。后面是公正、法治,A Fair Legal System。这是人类文明和进步的重大成果,这个东西必须进来,没有法治我们就走不下去了,所以习主席提出全面依法治国。社科院有一个清史专家,专门研究清朝特别是晚清官员的经费往来及腐败现象,他不是只研究和珅,连左宗棠、曾国藩,包括林则徐细致的流水账他都研究,每年有多少应酬?官饷银子够不够使唤?用什么办法能够补一点?我问他现在的腐败跟晚清比有什么不同?他说他总结了八条,现在又多了两条:第一条是裸官,晚清是完全没有的。第二条就是小官儿大贪,芝麻大的官儿就能弄到那么多的钱,一逃了之。我们通过国际刑警组织发布红色通缉令,简称"红通",到全世界抓捕他们,晚清有这个吗?没有。中国的人情关系网、家族势力没有法治约束是不得了的。西方的法治是可以借鉴的,把 Legal System 拿到中国来嫁接,至于什么时候能嫁接好?我最乐观的说法,需要二十年吧。我们中国缺乏法治观念的培养和训练,没有经过完整的启蒙,需要有个过程。这两天中国政府出台了"水十条",即《水污染防治行动计划》,这是继"大气十条"之后又一项重大污染防治计划。有关食品和环境保护的法律在世界上都是最严厉的。现在我们也制定了相关的法律，最重要的就看落实了。

第三层意思我们称之为诚信。中国文化里面一些好的东西必须坚持，那是我们祖上留下的财产，诚信就是其中之一。我们祖先从古代圣人开始，一向以教化为最高的本事。什么是教化？就是圣人言，教孩子好好守规矩。王蒙先生也说了，这些东西充满了理想主义，出自良好的愿望，看起来非常圆满，但它有时候管用，有时候不管用。天下大治的时候管用，天下动荡，社会不稳就不一定管用了。但爱国敬业、诚信友善的道德标准已经为中国老百姓所接受，只是在不同的时代说法有所不同。他们喜爱忠臣，厌恶奸佞；喜爱仁义和良善，厌恶不仁不义和为非作歹，这是我们非常好的文化传统，应该好好继承。

清朝前期推行"湖广填四川"的措施，把湖广的老百姓迁徙到四川是为什么？明末战争把四川的老百姓都杀得差不多了，只好大规模移民垦荒。费正清先生把中国历史上的改朝换代叫"王朝循环"，一个伟大的王朝由兴盛而衰，前后两三百年，最后天下分崩离析，战乱四起，老百姓民不聊生，把伟大的建筑、都城都毁了，然后从头再来。这个破坏是非常可怕的。现在我们看大唐的长安，没有了！北宋的汴梁，没有了！南宋的临安，也没有了！建了毁、毁了建。习主席反复地说，我们要恢复常态，中国是个正常的国家。这是什么意思？我们要抓住机遇，和平发展，如果我们不这样做就不正常了。不能没完没了地折腾。"折腾"一词把英国人、美国人都急坏了，怎么翻译呀？社会主义核心价值观包容、调和、不偏不倚，像美国宪法，又像中医的一剂良药，去毒败火，让你心平气和。

我写《中国与美国》这本书，就是想印证一下费正清先生临死前留下的一段话。他把我们中国近代史分成了三段，第一段，清朝，我们中国有两个不同的文明，一个农耕文明，一个游牧文明。当时是游牧民族入侵中原，中原以农耕为主。第二段，这种对立和矛盾到鸦片战争之后猛然一翻变成了2.0版，变成了沿海中国和内陆中国的对立。沿海都变成殖民地了，出现了租界、现代化工厂，出现了最早的工人阶级和工人阶级的政党。上海工人三次武装起义，这跟欧洲没有差别。毛主席深刻理解中国政治和社会的关键在于农民和土地，掌握了农民，动员了农民，建立农村根据地，革命成功了。

我的主业是研究美国文明，你们可以把我叫做"美国通"。中国文明是让我敬畏的，它有两个特点。第一个中国历史太长，有文字记载就四千多年，写出一个概括性的通览中国史很难，甚至根本就做不到！一辈子做明史、清史能做得像样，就不错了！第二个中国历史上有闭关自守，有的学者封闭在家里自己做自己的，不跟人交流。什么时候拿西洋史、美国史跟中国史对照一下，那才能出成果！我做的就是这个活儿，我不敢说我做得就咋地，但是我会努力。

第三段是费正清的3.0版，现在已经不是沿海中国跟内陆中国的矛盾了，现在是现代中国跟传统中国的矛盾。我想亲眼看看费先生讲的这些话对不对！我花了三年半时间，自己驾车走了六万多千米，走遍了中国西部十二个省区，五十六个民族，我大概走了五十二个。费先生讲得对！我们在沿海大城市看到将近有一亿人口，中国的中产阶级已经不是什么嗷嗷待哺了，中国的中产阶级已经成长起来了，有各种诉求。另外一边在广大的贫困农村，尤其是在边疆地区，他们的传统观念很少改变啊！陕北一个小伙子，在兰州军区当排长，我开车拉着他走了一段，他爷爷就是李有源的同村人，李有源就是唱《东方红》的那个陕北农民歌手。他说他爷爷就指望毛主席，到了他爸这一辈就是邓小平，到了他和他媳妇，就是习主席！我听了为之震撼，陕北老区的人民期待着翻身解放，期待着过上好日子，期待着国家的富强和现代化。希望大家能从我讲的这个角度想想我们的价值观，这是最大公约数，为国家好，为人民好！一旦走过了这个险滩，中国这条改革的巨船就能够进入世界现代化的主航道。

王安：刚才听了三位老师的发言，我也是深受教育。王蒙老师把核心价值观概括为就是要让我们做个好人，我就觉得这个特别好，通俗易懂，又好记，你要做个好人！在《吉光片羽》书法展里面，王蒙老师有一句话是这么说的："要相信自己有许多朋友，哪怕今天现实中你还没有，明天一定会有。"就是说你用一种善良的心态面对这个世界的时候，你会赢得友谊，赢得善意的回报。在宣传上，我们应该以正面的宣传为主，这个世界毕竟是好人多，坏人少，我们不能让负面报道弄得惶恐不安，不知所措。我有一个特别尊敬的长辈，她在看电影、看电视的时候，凡是那些凶恶的、恶心的、暴力的、血腥的场面，她就不看！她就真的背过脸去，她要保护内心的那份平静。当然必要的社会经验我们要有，警惕性也不可以少，但是不能过分渲染和夸大，把个别现象当成普遍存在。一个老头摔倒了，扶不扶都会成为问题，这太可怕了！

现在有一个话题挺热，就是习主席提出的"一带一路"的建设，得到了有关国家的积极响应，引起了全世界的关注，它和我们的社会主义核心价值观有什么联系吗？我们欢迎王蒙老师给我们做一点分析。

王蒙：刚才王安老师说的这个其实跟赵一凡老师说的是有关系的，富强在某种意义上是我们这个核心价值观里头很有现代意味的一个东西。因为比较起来，比如说像诚信、友善、敬业、和谐这些中国传统文化里头讲的还是比较多。我们讲"仁"，西方讲"爱"，加在一起就是"仁爱"，其实我们过去也就有"仁爱"这个词儿，就这么讲！但是"自由"这东西呢，中国不用这个词儿，自由表现最多的是庄子，我们用的是"逍遥"，老百姓的话叫"自在"，它没有形成自由。我现在一下子找不到根据了，把自由作为一个重要的价值观念提出来，这个词儿我觉得也是近现代才有的，而且跟日本有关系。有人研究，就是我们现在用的各种现代化的词，包括主义、理想、干部、动员、社会，百分之八九十都是中文到了日本，然后日本又用了汉字翻译拉丁文，翻译这些东西，最后变成这些词。其他的像"敬业"，孔子讲"敬"讲得非常之多。"平等"呢？中国古代平等的思想也不太发达，它更多的是讲秩序，讲究君君臣臣父父子子。但是中国传统文化里既讲秩序，又讲对秩序的挑战，因为中国往往还有另外一面就是农民起义：陈胜说"王侯将相宁有种乎"；李逵提出来"打到开封，打到东京，夺了鸟（实际上就是屌丝的屌）皇帝的位，让咱们宋江哥哥也尝尝当万岁爷的味道"。他们有造反的心理，不完全能称为平等。但是这个也有一点相通的东西，庄子讲齐物，说世界上的距离并不像我们想象的那么大，都是相对的，大小、高低、长短都是相对的。还有很多东西，它们又有能够接头的那一面，比如我有一些奇怪的想法，这些都是不成熟的：老子那么强调无为而治，我越琢磨它越和马克思主张的共产主义社会国家消亡、阶级消亡、政党消亡、法治消亡、警察消亡有相通之处，到了这"大同"一步了，到了最高理想了；世界大同就更不用说了，同就是Common，世界大同就是Common wealth，当然它跟这个也是接得上茬的。赵一凡先生你所佩服的钱锺书先生讲的"东海西海，心理攸同；南学北学，道术未裂"也是这个意思。

  但是"富强"确实是我们这二十四个字里的头两个字，这两个字包含了中国近代史百年来的痛，有中国人的血泪、痛苦、耻辱，中国任人宰割。这方面的话语孙中山说得比毛泽东说得煽情。孙中山说"人为刀俎，我为鱼肉"，这话可了不得了。孙中山提的是"我们现在面临的是亡国灭种的危险"，这又厉害了。毛主席说"中国是半封建半殖民地"。孙中山说什么呢？他说中国是"次殖民地"，还不如人家殖民地。孙中山指的是中国当时在世界上的地位还不如印度，不如伊朗，不如这个不如那个……我们是次殖民地，连人家殖民地都不如。"富强"和"爱国"关系又特别深。二十四个字实际是一个整体，第一是富强民主，文明和谐；第二是自由平等，公正法治；第三就是爱国敬业，诚信友善。三者相互联系，互为补充。

  刚才王安同志讲到"一带一路"，这都是和富强、和民主、和爱国、和现代化、和民主、和法治、和公正、和友善、和诚信分不开的。您要整个国家的人都不讲诚信,谁还敢跟你上这个带,上这个路啊?一上这个带、这个路您给人家坑了怎么办?所以我们要把这作为一个整体来考虑。我们从中看到了中国传统文化,也看到这个传统文化和世界是能接轨的,这些词都是能接轨的,没有什么特别稀奇古怪的,没有什么"宁要社会主义的草,不要资本主义的苗"那种稀奇古怪的东西。我们要把它变成我们的常识,变成我们的底线,而且把它都联系起来。如果我们国家能做到富强、民主、公正、法治,我们当然要爱这个国家。我们爱这个国家就是要让它实现这些东西。我们把它看成一个整体,我相信社会主义核心价值观就种在我们的心里。这个核心价值观千万不要把它弄得抽象化,它和每件事都有关系,和"一带一路"当然有关系。如果你国家不发展,如果不能执行正确的政策,如果你自己没有足够的软实力,没有足够的文化的魅力,你的文化没有给人民提供有效的生活质量,那么你怎么弄"一带一路"?我觉得我们生活的一切是离不开某种价值的选择的,我们办学校当然也是一种价值,传道授业解惑,建设一个文明的社会。刚才范迪安院长也讲得特别清楚,他说包括我们美术上的视觉形象,都表达了人的那种善良的、美好的、进步的一面的要求,所以我相信核心价值观经过大家的研究讨论之后,实际它是活的一种东西,是一个生根在我们心中的东西,不是外来的要硬灌进来的一种东西,这是我的体会。

2015 年 4 月 25 日

关于中国传统文化的对话[*]

王蒙:大家好!一九九四年我在纽约华美协进会讲话,有一位绅士问我,为什么中国人那么爱国?我当时半开玩笑地说,一是因为中国人都爱吃中国菜,有个中国的肚子,有个"中国腹";另外,中国人都喜欢唐诗宋词,有一个"中国心"。因而,中国人对中国的爱就是"心腹之爱"。没想到的是,后来这个说法还变成复旦大学附属中学高中入学考试的作文题目,后来该校选择里面得分最高的一些作文出了一本书。

现在,我先不说中国菜,先说中国的诗词。中国诗词和汉字的关系特别大,世界上你很难找到一种文字像汉字这样,它既表达声音,又表达形状;既表达意义,又表达结构;既表达逻辑,又表达一种先验的对它的理解和热爱。

我们曾经认为这样一个含义丰富的文字,透露的是超人间的终极智慧,透露的是永恒的真理。现在有很多人研究中国文化,一个字就够你研究一年的了。这样一种富有综合性、整体性思维方式的文字,如果没有它,就不可能有中国的统一(中国的方言之间距离有的时候非常远),就没有独具特色的中国文化,也就没有中国式的重视整体、重视"一切的一"和"一的一切"——这是郭沫若的诗歌里最喜欢用的话——这样的一种思维方式。

---

[*] 本文是作者与美国加州大学教授杜克雷(Clayton Dube)的对话。

有人说,中国人是没有宗教的,但我认为中国人有自己的信仰,有自己的宗教,有自己的文化。其宗教就是文化,就是文字,中国人对文字的信仰超过了一切。中国的文字提供给我们的是一个概念之神,即一种最高、最伟大的概念。不论是道家还是儒家,他们都很崇拜"道",认为道就是终极,就是最大的概念,也是最高的概念,所以我称之为"尚文"。我们崇拜的是文化,一个有文化的圣人是可以取得最大的权利的,圣人本身就是一个已经带有宗教性的概念。

那么,这种文化是从哪儿来的呢?中国人的解释是它是从人性中来的。你小时候在家里孝敬父母,尊重和慈爱你的兄弟姐妹,等长大以后,你就会尊重长者,就会尊重政府,这样,人心都很诚实,一切都很美好,那么社会就没有坏事了。

中国古代有一个简单的逻辑:小时候是好孩子,将来你上学的时候就是好学生,你上完了学就是一个好人,你如果做官就是一个好官,如果做皇帝就是一个好皇帝。又有好官,又有好皇帝,又有好学生,又有好孩子,这个社会你还发什么愁呢?

那么,这个善良、美德和仁爱是从哪儿来的呢?儒家说这就是天性,它从"天"那儿来的,"天"是什么?天是自然,是上帝。所以,这个逻辑好像是非常简单,但是你又想不出一个更美好的说法。天是自然,自然有天性,可是天既是自然又是超自然,又是终极,又是God,因为天给你这些美好的思想。小的时候,你爱你的母亲,爱你的父亲,爱你的兄弟姐妹,这都是天给你的,所以天既是自然的,又是形而上的。老子是讲"道"的,在他的《道德经》中,"道"一共出现了七十八次,"天"出现了九十二次。这是一个独一无二的思路,自然就是上帝,上帝就是人性,人性就是文化,文化就是道德,道德就是仁政,仁政就是理想国,就是理想的政府,就是理想的纲领。这就是"一切的一",也就是"一的一切",one 就是 all,all 就是 one。这就是中国式的天下大同、为政以德的理想,就是用道德来解决政治问题。

老子、庄子他们不太喜欢讲这么多仁义道德的说教,他们的想法就更简单。每个人按照自己的天性,按照最美好、最天真的像婴儿一样的性情来做一切事情,自然一切就都会非常好,连讲道德都用不着。这样的理想并不容易做到,我们看中国的历史,并不是大家坐在那里,高高兴兴的,只要是对爸爸好,对妈妈好,对哥哥好,对妹妹好,然后天下就太平了,事情并没有这么简单。但是,我们有这样一个理想,不得不说这是我们文化非常可爱的一部分。

其实,中国早在《礼记·礼运篇》中就提出了天下为公、世界大同的理想。"大同",如果从字面的意义来讲,很有点共产主义的味儿,虽然美国人听到共产主义觉得很可怕,大同就是"great common",这个已经沾点"communism"的味道了。这个"大同"不光是共产党讲,国民党也讲。国民党的党歌是"三民主义,吾党所宗,以建民国,以进大同"。就是说,国民党也是要建设一个大同的社会,至少其党歌是这么唱的。

中国文化的第一个特点可以称之为"尚文",就是喜欢用文化的、道德的手段来解决各种问题。第二个特点是一个哲学的特点,就是"尚同"。古代就说"尚同",那么我更愿意用的一个词是"尚一",就是崇拜"一",崇拜这种一元的思想,崇拜"一切的一",然后才崇拜"一的一切"。

这里我要再回过头来说说中国菜即"Chinese cook"。中国料理的特点之一也是"一切的一"和"一的一切"。一九九八年,我曾经在康州 Trinity College,担任 presidential fellow,那个时候教工宣布今天有中国菜,我非常兴奋,学校里边怎么还会有中餐呢?后来我一吃就知道了,所谓中国菜,就是把不同的肉,比如说牛肉、羊肉和火腿放在一起,把不同的菜,如土豆、蚕豆,还有菠菜、菜花炒在一起,所有的"一"mixed——中国菜。你越是到特别高档、特别昂贵的中国餐馆去吃饭,越会发现一个现象,在座的都是很爱吃的人,都是"老饕"。有人坐着一边吃一边在研究,吃的究竟是什么?它是肉还是豆腐,还是蘑菇?究竟是猪肉、牛肉、鸡肉、田鸡、牛蛙,还是鸭肉?还是不应该吃的捉住的一只野生的鸟?没有人能够绝对地下结论。可是这种情况你在吃法国餐的时候是绝对不会发生的。法国餐里不管什么时候红萝卜的颜色是不会变白的,无论什么时候土豆的颜色也不会变红的,不管什么时候牛肉的颜色和鸡肉的颜色、鸭肉的颜色也都是截然分开的,不是一个材料做成的。然而中国菜,比如说"佛跳墙",那是"一切的一",我不知道在座的哪位可以很准确地告诉我,一碗最标准的"佛跳墙"里边究竟包含了多少种材料。

但是中国不仅仅有"尚文"和"尚一",还有另一面,我称之为"尚化",就是变化。中国人认为什么东西都在变化,没有任何东西是绝对的、不可以变化的。早在《庄子》里就提出"与时俱化",就是所有的东西都是随着时间变化的。《尚书》提出"苟日新,日日新,又日新",就是新的东西每天都在发生。《尚书》又提出:"穷则变,变则通,通则久。"

一九八二年,我访问墨西哥,和墨西哥汉学家白佩兰女士谈话,我说中国是一个很古老的大国,所以有时候接受新的东西可能慢一点。白佩兰女士说:"我不完全赞成你的意见,你的这种说法和当年李鸿章见伊藤博文说的话是完全一样的。"但是她说:"我在中国待了很长的时间,我认为中国人非常容易接受新鲜的东西,接受好的东西,接受有用的东西,接受对他有利的东西。"

二十世纪八十年代,世界上许多社会主义国家都进行改革的时候,但是有许多西方的政要,许多的大人物,包括像美国卡特时期的国家安全顾问布热津斯基、英国的撒切尔夫人、美国的基辛格博士,他们都看好中国的改革,他们认为苏联和东欧的那些改革会造成很大的麻烦,但中国的改革极有可能取得相当的成功。著名小说家、曾经在中国镇江生活过很久的美国女作家赛珍珠(Madam Pearl),她也说过中国这个民族经历了太多的灾难,有着非常丰富的经验,中国人总是能够想出办法来,总是能够渡过一个又一个难关。

"东海西海,心理攸同;南学北学,道术未裂",这是钱锺书先生

181

的名言。就是说世界上不同的民族、不同的国家,各有各的特点,又有许多的共同性。

习近平主席强调要构建人类命运共同体,这种人类的共同体,世界的共同体,各个方面的交流理解互补是必要的,也是可能的。中华文化有过早期的辉煌,也有过由于缺少认真的与异质文化的交流与对挑战的回应而停滞了"变",现在面临着极好的机遇,使我们能够继承、弘扬,创造性地发展好我们的中华文化,贡献给自身,贡献给人类。谢谢大家!

杜克雷:朋友们,大家好。刚才王蒙先生讲到了互相学习的重要性。我一九八二年去了中国一趟,当时在中国的一个最好的朋友跟我说,你如果真想了解我们的话,你如果真想了解中国社会,有一个方法,就是要互相沟通,互相对话;另外一种方法就是要能够互相学习对方的文学作品。他就跟我介绍了几个很有名的作家,包括沈从文、老舍,当然更重要的一个就是王蒙先生。所以,今天在座的我们都是王蒙先生的学生。

非常有幸能够跟王蒙先生有这样的对话。不光是就他今天所讲的内容问一些问题,也包括他之前所讲到的一些话题,他谈到的一些东西。王蒙先生是一个思维非常广阔的人,他以前出版过许多著作,被翻译成多国语言。

我现在也讲一下"食物"这个话题。王蒙先生之前也讲过"食物"这个话题,即怎么样通过食物表现我们个人的爱国思想。我们西方也有相似的话题,相似的谈论。我们讲,怎样能反映出来这个人是不是爱国呢?真正的反映方式就是,每个人都非常喜欢他小时候吃过的那些食物。刚才我讲的就是中国和美国西方文化的一些相似之处。现在,我想言归正题,问一个问题,就是中国的儒学和道家的可持续性的能力。当然我们也提到过中国有很多的软实力,软实力是可以持续的,儒家、道家的学说也就是软实力当中的一部分。所以我的问题就是,为什么儒学能够持续存在了二十五个世纪,而且道家的学说也影响了这么多人的生活?

王蒙: 儒家和道家,有很多争论,也有很多共同点。首先,它们都强调"天道",都相信人性是善良的,都相信人性是应该往正面的方向发展的。我们都知道道家主张"无为而治",就是政府应该少做一点事情,让老百姓自己管理自己,其实儒家也是这样主张的。《论语》上记载,子曰:"无为而治者,其舜也与?夫何为哉?恭己正南面而已矣。"这就是禹最强调的无为而治了,他最伟大的地方就是冲着正南,因为南面为王,他坐得端端正正,他坐得很正经,然后所有的事情就都做好了。你说这是一个幻想也可以,但是孔子也讲无为而治。另外,儒家和道家都讲"亲民"。孟子讲:"民为贵,社稷次之,君为轻。"老子讲:"圣人无常心,以百姓之心为心。"中国的精英经常都是儒道互补的。简单地说,你掌握了权力,而且权力越来越大,你的官越做越大,你应该注意的是按儒家的教导,"仁义礼智信,恭宽信厚民,温良恭俭让",这样来做人,来做事。如果你的仕途受挫,你当不了大官了,你退休了,或者是甚至受到打击了,那怎么办?你自然而然,道法自然,无为而治,无为而无不为,你过得也很舒服。

杜克雷: "大同",可能有些美国人害怕这个概念。大同,国民党提到过,康有为也提到过这个概念。那我现在想问一下,在中国,很多学说都认为人本性是善的,但是也有一些人,比如说荀子,他就认为人本性是恶的。法家也认为人是需要被管制的,那您怎么看呢?

王蒙: 中国是一个古老的大国,相互矛盾的说法、相互矛盾的信条很多。比方说,我们讲中国人是最讲服从、讲尊敬长上的,但是民间也有一些另外的话,如"先下手为强,后下手遭殃""马无夜草不肥,人无外财不富""舍得一身剐,敢把皇帝拉下马",类似的话多了。所以,它有各种不同的,这个就是"一"的一切里头啊,它既然一切了就不可能太"一"。但是呢,从这个主流的意识形态来说呢,它又希望不要太不"一"。所以中国几千年来,就是这样度过的。

说到荀子,他们的这些观点,也有它的道理,但是始终不占主流。

因为"性善"的说法大家爱听,比方说你是一个人,说你那个人性啊本来就是很善的,我听着很好听;可你本来性更坏啊,这个就不太好听。因为这个掌握权力、掌握权威的人,认为"性善"的这个话也很好,你性善,应该善,你现在不善了,你违反了人性,这个对他的批评的作用,对他的约束的作用,也很大。所以这个"性善"的思想,一直在中国占主要的地位。到现在,一些文学批评家(因为我是写小说的)就喜欢说,哎呀,这表现了人性美。我有时候心里想,人性美?sometimes 美,Sometimes perhaps。也许有些时候它不美,还挺丑陋。但是呢,你就是这么说了,还是写得稍微美一点,人生活里都已经碰到一些不愉快了,已经碰到一些丑陋了,你写的也都是丑陋,你活得不是更难过了吗?还是多一点美是可以的。

杜克雷: 现在中国很多年轻人迷失了方向,不知道以后应该怎么样去发展。但同时我们看到很多年轻人做了义工,比如说二〇〇八年四川大地震之后,很多年轻人做义工。那现在想问的是,我们怎么能够用中国的这种文化传统影响未来,怎么能够帮助改变现在目前的一些情况,比如说污染、不平等、腐败,以及可持续性方面的问题?

王蒙: 中国的文化曾经碰到过焦虑,碰到过危机,中国人用了很大的力量来检查、反省自己文化上的不足,而且努力学习世界的、人类的、先进的文明。

但是,中国毕竟是一个有着几千年文明历史的独特国家,它的文化也有许多特点,是对全世界、对人类有参考和借鉴意义的。比如说,中国文化里有很多的劝诫:"己所不欲,勿施于人""知之为知之,不知为不知",有很多的这种劝诫性的东西。中国人的性格就和美国人很不一样。美国人基本的意思就是让你去做——do it, try it,这是美国人。遇到中国的父母,对自己的孩子就说:Don't Don't try it. It's dangerous. You should not think that. 但是呢,我想这也有它的好处。我们应该学习美国人这种积极、敢闯敢干、敢自以为是的精神。但是美国人如果在他知道能做什么的基础上,还能知道他不能做什么,他做不了什么(虽然你很伟大,虽然你很富足,虽然你full of power,但是这个事你就是办不成,例如伊拉克的事你没有办成,阿富汗的事我也不敢太乐观),也就是说,如果美国人有点中国人的精神,知道有些事自个儿不能做,知道有些事自个儿做不成,也算从中国文化里得到一点参考。

中国文化还有一个特点,就是"周而不比"。就是说我考虑得要越周到越好,但是我不可能和每一个其他的对象来比较、竞争。中国文化在很大程度上是约束竞争、劝告你不要竞争的。用老子的话就是"不争,故莫能与之争",我根本就不争,你还跟我争什么呢?但是这个事你要用到奥林匹克赛跑上就不行了,我"不争",我坐在那儿你们都跑吧,这不行。所以中国文化要克服这个竞争不够,缺少鼓励人竞争的精神的缺点。但同时对于全世界尤其是发达国家来说,对竞争有适当的约束、适当的克制,很可能是必要的。所以中国文化是古老的文化,在"不争""周而不比"这些问题上,我觉得带点后现代的味道。

杜克雷:我认为没有任何证据说中国人不想提高竞争力,实际上中国的孩子竞争力还是蛮强的,从小就要努力学习,准备高考,大家可以看到,中国的创业者们之间的竞争是非常激烈的。

实际上中国文化在西方的影响是蛮大的。首先是中国的食物在西方是受许多人欢迎的。当然还有很多美国人在练太极拳,并运用中国的风水学的知识来建筑建筑物。

另外,我想问的一个问题是,我面对的中国人之中,不管是中国台湾来的、大陆的,还是东南亚的亚裔中国人,没有一个不为自己是中国人而引以为荣的。他们对中国的成就引以为荣,也为中国对整个世界的文化贡献而引以为荣。而且,在中国的香港、台湾,很多中国人以自己能讲中国话、能够读中国的语言而非常自豪。所以在香港、在台湾的中国人,他们虽然也有中国的文化,但是在自称的时候,一般说"我是香港人,我是香港的中国人"和"我是台湾人,我是台湾的中国人",而不直接说"我是中国人"。所以我想的问题就是在国外的华人和在中国国内的比如说"我是上海人""我是东北人",他们的自我意识和自豪感有什么区别呢？这是一个自然的情况,这是一个好事情还是坏事情？

王蒙：本来这是一个非常自然的事情。因为我们每个人都有很多属性。首先我们是地球人,而且不管喜欢不喜欢,你必须承认全球化是一个事实。哪怕你很讨厌全球化,但是有什么办法呢？我们生活在一个全球化的时代。第二,我们当然没法不承认我们是中国人。中国人细分起来又有很多各种各样的差别,每个地域都是不一样的。北方人、南方人、汉族人、五十多个少数民族的人。有基督教徒、伊斯兰教徒、佛教徒、道教徒等很多的教徒,还有各种多神论的信仰,比如说信仰妈祖的人。每个人都有自己的不同,也都接受着、使用着中国的文化,这是无法否认的。现在发生了什么问题呢？实际上与文化没有关系,与血统没有关系,与其生活习惯、风俗都没有关系,与其口音也没有关系。这都是不足为奇的。但是有些地方就牵扯到某种政治势力,这种政治势力和一种特殊的政治派别不希望看到中国的统一、不希望看到中国的发展,因此也引起了社会一些方面高度的警惕。这是一个特殊的现象。我在新疆待的时间非常长。即使是在新疆,它的每一个地区、每一个城市之间都是互相开玩笑、互相起外号,比如说伊宁市的人被称作"好汉"加"牛皮大王",伊犁人称阿克苏人是"南瓜",意思就是傻瓜,阿克苏人就说喀什噶尔人嘴臭(这个嘴臭不是生理上的臭,是说他说话难听,喜欢讽刺别人)。喀什噶尔人说和田人顽固,如果给和田人一块钱,给他十张一毛钱是接受的,给两张五毛钱是不接受的。但我问和田人,他们没一个人承认,说上面说的是胡说八道,哪有这回事。所以说这个本来就是玩笑的事,毫不相干的事。他说"我是香港人",这很正常,因为香港有很长时间的不同地位。他说"我是台湾人",这也很正常。但是如果他说"我不是中国人",这就变成了政治问题了,也许比政治更政治的更严重的危险就会出现。所以说那是特殊的。这不是一个文化的问题。不愿意说自己是中国人的那些人,他们该吃馄饨、云吞和四川的抄手也是照样吃的。他该说的话即使是闽南话,闽南话更是中国话了,闽南话不是中国话那是什么话呢? OK,我会说河北的沧州话,还会说新疆的维吾尔语,这不是一个文化的问题,也不需要从文化上来解读。那是一个特殊的政治势力的存在所造成的特殊问题。

杜克雷:今天的座谈非常有意义,谢谢。

2016 年 9 月 10 日

双百方针与文化生态[*]

远方:"百花齐放、推陈出新"的方针,早在一九五一年已经提出,是针对戏曲工作而言;而"百家争鸣、厚今薄古",提出于一九五三年,是针对于史学研究。"百花齐放、百家争鸣"作为正式的发展文化艺术学术的"双百"方针来宣传,则是一九五六年了,到现在六十年,但有关问题和歧义,似乎还没有梳理好。

"双百"这个说法,既形象,又中国,又民主,又聚人气,大家都认为是一个好方针。历任领导人都不断提起,知识界文化界无人不拥护,已经成为一个是否发扬学术民主的试金石。但是贯彻过程中,出现过不少问题,还有人认为是直接导致了一九五七年的"反右"运动,乃至认为这只是一个钓鱼、引蛇出洞的阴谋或者说阳谋。想与你探讨一下这个问题。

王蒙:一九五六年,"双百"作为比较成熟的文化艺术学术方针刚一提出,就受到了广大知识分子的热烈欢迎,欣喜若狂。

当时的情况似与苏共二十大上揭露斯大林的错误有关。当时毛主席等领导人面对苏联的麻烦,是比较有信心的,提出"双百"方针的时机,显示了中国共产党的实事求是精神与宽阔包容的胸怀。毛主席强调,真理是在齐放与争鸣中形成的,马克思主义是在斗争中发展的,如果只剩下唯唯诺诺,歌颂拥戴,马克思主义就无法得到发展

---

[*] 本文是作者与《炎黄春秋》杂志记者远方的对话。

与创造了。

　　现在回过头来看,毛主席提"双百"方针的同时,他还强调要搞"小民主""小小民主",这和他当时正在形成的"正确处理人民内部矛盾"的思想理论有关。他认为"大民主"(指罢工示威、街头闹事等)是对付阶级敌人的,"小民主"是用在人民内部的。他在一九五六年八届二中全会上提出这个思想。他说要搞和风细雨,不要搞暴风骤雨,暴风骤雨就是波兰波兹南事件和匈牙利事件。"大民主"是成千上万人上街游行,动摇了社会主义根基,"小民主"是开会提意见,是学术艺术争鸣。这些话毛主席有言在先,所以简单说毛主席钓了你的鱼,未必能讲得通。

　　远方:当时的意思很清楚,但一进入执行层面,分寸就掌握不好。本来是自家人,却对立起来了,往往弄到不知道人民内部矛盾的容忍度如何界定了。

　　王蒙:说得好! 所以我们要研究,为什么一提倡"双百"方针,"大民主"就出来了,那种情况下,一些领导人就会对"双百"加以警惕与折扣,客观上闹成"引蛇出洞",以"双百"始,以打右派终,这是"双百"方针提出后碰到的第一个大问题。

　　第二个问题是"百家"还是"两家"。后来毛主席又说,百花齐放百家争鸣,其实无非是两家,资产阶级一家,无产阶级一家。在斗争尖锐的国家命运关头,我党历来否定第三条路线,否定中间状态。可以说,由"百家"进入"两家",是有它的社会矛盾尖锐化的背景的,也与中国文化源远流长的"尚同""尚一"有关。"天下定于一",战国时期的孟子,面对四分五裂、血腥厮杀、民不聊生的局面,认为只有"定于一"才有希望。"两家论"的结论当然只能是正义消灭邪恶,当然也就成了"一家论","双百"当然落实不好。

　　远方:所以改革开放前,遇到强调阶级斗争了就没有人讲"双百"了,遇到政策调整了,例如一九六一年末与一九六二年初,又谈起"双百"来了。之后再一提"千万不要忘记阶级斗争",又不怎么提

"双百"了。

除了"两家论",还有过一些说法,说"双百"方针是"阶级斗争"的方针,或者认为是一种策略,是"钓鱼"。

王蒙:百花齐放,百家争鸣,真是谈何容易啊!

第三个问题是,"双百"一提,会出现什么样的文化艺术学术生态呢?谁能保证"双百"之后作品的质量呢?当时的总政文化部部长陈沂说,"双百"就是"有话就说,有屁就放",这很现实,也代表了人们对于"双百""鸣放"的印象。不是说一提百家争鸣就出来一百家真理了,反过来可能出的是八十家直到九十八家含有某种胡说八道、片面极端、哗众取宠、大言欺世、投机取巧、迎合民粹或者市场的言论。如果认为一"百家争鸣"就到处是真理,都是思想家,孔子孟子都出来了,如果以为一"百花齐放",到处都是国色天香,个个都是鲁迅巴金,那就错了,根本不可能。肯定是上来许多低级趣味、毒花野草、抄袭模仿、趋时附势,这种情况,很容易令人对"双百"方针失望与否定。

远方:你认为你的花要放要争艳,他提出你的某某作品根本不是鲜花,也不是香花,而是毒草。周扬讲过,毒草多了,工人阶级的锄草队就要上阵了。

王蒙:这也如老子所说:"世人皆知美之为美,斯恶矣。"你要开花怒放,他就有了锄草的必要与理由;你要鸣夜莺,他就有了猎夜猫子的理由与必要。开了锄,放了收,就会出现万马齐喑的局面。

远方:一直到改革开放后,八十年代,还不断有"收了""寒流来了""下冻雨了",这样的说法。为此你还写过关于"放与收"的文章。

王蒙:对呀!还有第四个问题,"双百"方针极大程度上解放了知识分子的口与笔,解放了民众的议论纷纷。民众、知识分子,本身就不可能是思想一致、完全统一、个个顾大局、人人识大体的。不用他人,民众内部、知识分子内部先互相斗争起来了,告状信、告急信、请求行政措施的状子一份又一份,危言耸听、乱象丛生、互扣帽子,如毛主席喜欢引用的李贺诗句:"黑云压城城欲摧",如何是好?

第五个问题,你一"双百",境外的舆论、人员也都要参与介入,这个说你"解冻"了,那个说你"自由化"了,然后说反映了你内部的权力斗争了,就更闹心了。你可能踏踏实实地搞你的"双百"吗?

远方:那就是说,"双百"方针实行起来出现不力的现象是一种历史的必然啦?而只有到了今天,互联网时代,才能真正实现?

王蒙:现在网上的互骂互诬的情况,也不是省心而是操心得很。这说明,言路是应该开放的,言论质量的提高则是一个渐进的过程。

如何依法规范百家争鸣是非常重要的。清规戒律太多了不如取消,不规范又可能产生破坏性的、颠覆性的、公害性的言论和作品。依法,既是不允许这种言论撕裂社会,又是保护发言人的合法权益。当年韩少功文友说,参加百家争鸣是可以的,但起码你得够了六十分。马上有人说,谁来判定够不够六十分?你想判定某个人的论点不足六十分,他还想剥夺你的那个自以为是的八十分呢!这里就不仅是一个法治问题,还有一个水准与经验问题。尤其是学术民主,没有起码的学术辨析能力,能使"双百"生态健康地存在与发育吗?

说"双百"方针,没有一个人说不好,都拥护。但怎么坚定稳步地实行,确实需要摸索。

远方:照你这样说,真正做到百花齐放、百家争鸣,似乎还要费不少劲,你是不是太悲观了呢?

我的感觉是,不论讲不讲"双百",实际是我们现在的文化学术空间,与过去相比,已经有了很大的扩充与开拓了。

王蒙:回顾"双百"方针的提出与它的起起伏伏过程,是为了以史为鉴。我们发现,美好的"双百"方针,实行起来不无问题与歧义,关键在于,有些时候"双百"方针与文化生态、社会生态出现互相制约的情况。我们希望看到"双百"方针与文化生态能够产生良性的互动、互促、互补,我们希望看到文化事业提升到新的高度、广度、深度。那时,我们实现中华文明伟大复兴的愿望,我们实现中华文化继承、弘扬、创造性的发展与转变的心愿,我们为人类作出新的文化贡献的愿望将得以实现。

你说的完全正确。改革开放三十多年以来,我们的文化艺术学术生活已经大大扩容。我多次回忆过,三十多年前,能不能出版胡适的著作？音乐剧《猫》能不能在中国上演,会不会被批为牛鬼蛇神、群魔乱舞？尤其是中国能不能正面看待选美？能不能允许跳摇摆舞？能不能听邓丽君的歌？都有过严重的分歧。连李谷一唱的《乡恋》也被大批过,如今想起来恍如隔世。双百方针,已经深入人心,深得人心,上下左右,没有谁敢于公开否定这一正确的方针了。

执行"双百"方针,离不开整个国家的民主法治的完善与成熟,离不开公众的认知水平,离不开人们在文化、艺术、学术生态问题上起码必要的共识。

远方:现在有一种说法,上世纪八十年代是文化艺术学术的最好时期,也是"双百"方针执行得最好时期,你怎么看？

王蒙:是的,那时"文革"刚刚结束,提倡的是拨乱反正,解放思想,更新观念,人们比较尽情地批判以"四人帮"为代表的文化专制主义,是有它的积极意义的。同时,也不能太天真,以"文革"结束后的三五年为文化生活常态,那样未免一厢情愿了。历史的进程告诉我们,"双百"的方向是正确的,道路是曲折的,挑战是铺天盖地的。这是另外一个问题,我在长篇小说《青狐》里有过这方面的描述,大家可以看看。现在关于八十年代的许多说法,不无梦幻曲的性质。

远方:以谈"双百"始,以促销自己的书终,你太会利用机会了吧？

王蒙:很简单,没有"双百"方针的提出、恢复与执行,就没有王蒙的一千九百万字的作品,我是"双百"的过来人、受益者。毫无疑义,我拥护党的百花齐放、百家争鸣的方针,同时对之不做不切实际的延伸发挥。想当年,在讨论拙作《组织部来了个年轻人》时,就有英国记者讽刺,这篇小说成了"第一百零一朵花"即不受保护的百花之外的倒霉花朵了。现在这样的问题已经早就大步跨越过去了。现在我更是对"双百"充满信心。我希望"双百"方针与"二为"方向、与对于创造创新的提倡、与繁荣有中国特色的社会主义文化的总体目标,综合配套、一步一个脚印地落到实处。建国已经六十七年,我们理应拥有更加伟大辉煌的文化艺术成果,我们理应拥有更加无愧于祖宗先辈与人类期望的文化贡献。

发表于《炎黄春秋》2016年第4期

永 远 的 文 学[*]

主持人: 欢迎两位著名的嘉宾。文学是永恒的主题,首先能否请两位给文学下一个定义?

勒·克莱齐奥: 首先,我要感谢电子科技大学的邀请。我非常荣幸能来这里与王蒙交流,讨论关于文学的有意思的话题。我想做一个简短的定义,因为我不太会表达太大、太复杂的观点。我妻子建议我谈一些特别的东西。文学包含小说或者诗歌等,我们可以将文学划分为两个类别,一类可以称为开放之书(Open books),另一类可以称为封闭之书(Close books)。我的意思是,有一些书是开放的,这些书邀请我们展开旅行,邀请我们走出自我,去看不同的世界,与不同文化、不同民族相遇,与他者交流。这些就是开放之书。不同语种里有各种不同的开放之书。我自己脑中想到的开放之书的例证就是塞尔玛·拉格洛夫的《尼尔斯骑鹅旅行记》,是一本非常精彩的书。我也想举塞万提斯的《堂吉诃德》为例,一位西班牙作家。然后我想提一下中国作家,吴承恩,写了《西游记》。这些都是开放之书,因为作品写的是外在的历险,书写走出自我。其他书属于封闭之书,这些书探讨我们每个人深层的内在。或许最好的例子就是卡夫卡。卡夫卡不将读者引向外部,而是引向内部。不过很多乍一看觉得是开放之

---

[*] 本文是作者与法国作家、诺贝尔文学奖获得者勒·克莱齐奥的对谈。勒·克莱齐奥的谈话原为英文,由张璐翻译为中文。

书的作品，同时也是封闭之书。曹雪芹的作品就是一个很有意思的例子。他所呈现的东西是一场历险，比如他写爱情，写各阶层的人。但同时，他也写宝玉和黛玉之间的爱情，在某种程度上，是对内在和灵魂的探索，对人类弱点的探寻。曹雪芹通过描述梦，让我们在另一个世界、另一种想象里遨游。这样的开放之书也同时是封闭之书，有时两者可以交汇。这就是我对文学的定义，谢谢。

主持人：非常感谢。从开放之书和封闭之书这一维度来看，的确非常吸引人。在开始深入探讨这一话题之前，我们先有请王蒙先生谈一谈他对于文学的理解。

王蒙：我仅仅说一下，对我个人，文学意味着什么。第一，文学是我给这个世界写的情书。因为，这个世界很可爱。这个世界虽然不完美，但你又喜欢她，又惦记她，你觉得有很多的话想对她说。第二，文学于我而言，意味着对死神的抵抗。因为，或者长一点，或者短一点，死神终会到来。我已经八十五岁了，但是呢，我想，我还要创造另外一个"王蒙"，就是我的书。我的书呢，希望它不会太快地随着我的生命而死亡。这样，它还会和大家说话，还会有自己的声音，会有自己的遗憾，会有自己的懊悔。但是，也有自己的骄傲和快乐。第三个意义呢就是，还有这么多朋友，这么多读者，包括电子科技大学的一些学工科的同学们。我应该对你们有点贡献，我希望我的大量作品中，至少有一小部分能引起你们的兴趣。也许，能对这个世界变得更好，多少起一点作用。所以，文学对我来说，非常重要。文学，是我活下去的一个重要的理由。

主持人：非常感谢王蒙先生。您给了一个非常好的对文学的定义。您将文学提升到了生与死的层面，也正是因此，我们需要文学。您还将文学与电子科技大学的同学们联系起来，您希望自己的作品能对学生和世界都有所贡献。非常感谢。你们两位已经对文学作了两个不同定义，我们能从中看到东西方理解的差异，视野的差异。那么，让我们直接进入这个主题。勒·克莱齐奥先生和王蒙先生，今天坐在一起。我们看到两位代表东方和西方的大师坐在一起,谈他们对文学的不同理解,展现不同的维度。那么,你们是如何看待这个问题呢,我们对话的意义,也就是邀请分别来自东方和西方的两位大师,坐在一块儿分享对文学的理解。先有请勒·克莱齐奥先生。

勒·克莱齐奥:首先,我想强调东方和西方之间的差异其实参照的是地图的画面。这种差异是人为因素造成的,因为当人处在世界的某个地方,总归是在另一地点的东方或西方。东方和西方不应该只是地理概念,应该有其他含义。那么东方西方到底有何意义,我更乐意用亚洲或其他表达,用国别来区分,而不是东方和西方。因为在西方有相对的东方,在东方也有相对的西方。所以对我来说,很难给出一个什么是东方、什么是西方的定义。当然两者之间有差异,比如你在北京长大,那就会跟在伦敦长大的人完全不同,这很显然。其中有文化的差异,宗教信仰的差异,哲学思想的差异。众所周知,在亚洲,尤其是东亚,在中国、日本、韩国,哲学思想对人的生活影响颇大。然而,近来在世界的另一端,在欧洲,哲学似乎被忽视了,人们更注重物质,注重健康快乐,而非哲学。我觉得,这可能就是差异。当然,这是文化差异所导致的。中国文化强调道德,强调伦理,还有文学特质。而相对的,信仰基督教的文化注重个体性,关注人是否快乐,死后是否能上天堂。这些才是主要的问题。或许这两种文化的差异,也就是欧洲文化和亚洲文化的差异,就在于哲学对于人的生活所具有的意义。我们可以看到,在中国,哲学时至今日都在生活中具有重要的价值。这一点我非常欣赏。

主持人:非常感谢。那么,下面有请王蒙老师,来跟我们分享他对这种差异的看法。

王蒙:我听到这个题目的时候,我的第一反应,我想说,东方的和西方的,中国的和法国的,对于文学的喜爱,对于文学的理解,首先是相同的,不是不同的。莎士比亚的戏剧,在中国也曾经用京剧和黄梅戏表演过。但是,我在这儿说,没有关系。当英国女王1986年来中国访问的时候,根据我的建议,给他们演出了一段黄梅戏的《无事生非》。但是,女王的先生在看这个戏的时候睡着了。它有不同,不是因为戏的关系,不是因为文学的关系,而是因为音乐和语言的习惯有差异。再有呢,法国的那么多作品,中国人都读得很投入,比如说雨果,比如说巴尔扎克,比如说莫泊桑,比如说梅里美。尤其是雨果的《悲惨世界》,在中国"文化大革命"刚刚结束的时候,《悲惨世界》突然火了,简直是供不应求,因为大家从《悲惨世界》里的那个警察沙威身上体会到了一些和自己的经验很接近的东西,体会到世上有这种丑恶的人,中国有,法国也有。我想起我阅读《悲惨世界》是在10岁的时候,当时还是在日本占领军的控制下。我在一个小小的图书馆里,读《悲惨世界》的开头。一看这开头,就完全被迷住了。由于是冬天,当时能源供应没有保证,炉火熄灭了,屋里冷得不得了,再没有一个人在那儿读书了,就我一个人。有一个老先生,还有一个年长的女性,在那儿值班。他们就看着我,希望我早一点走,他们就可以下班。我只好提前走了。法国的作品极大地感动过中国读者的心。但是,中国的作品能不能同样也感动这些欧洲国家的读者?慢慢来,不着急。肯定会有那一天。如果我们在座的人写出好的作品来,就更好。如果你写得不好,人家不买,那也不必太在意,随他去吧。

主持人: 谢谢王蒙先生。的确,相似性是大于差异的。现在,我们想谈一谈目前文学领域中最能引起读者兴趣的话题是什么。其实,现在的读者,新生代的读者似乎并不那么容易被打动。所以,勒·克莱齐奥先生,您可以谈谈对于这个话题的看法吗?您是如何让您的作品深入新生代读者的心的呢?

勒·克莱齐奥: 这是个很有意思的问题。我不确定我能回答。答案应该在作品的通途功能上,书要有用才行。那么如何吸引年轻人读书,这很难说清楚,因为年轻人读的书可能是父母买的,而他们则具有新的生活方式,或许这些书对他们来说太老了。很多书是几百年前的作品,写下来的词语很可能非常生僻,或者还有其他原因,比如作品本身过时了。但是我们要非常清醒的是，这也算是我要传达给年轻人的讯息：哪怕在最古老的作品中，你们也可以发现一些新的东西。我认为没有什么古典作品和现代作品的区分。你们可以将李白想象成他那时的现代诗人。他并非一直被视为古典诗人。在他那个时代，他就是现代诗人。所以，我们要搞清楚什么是现代的，搞清楚古代作品向我们传达的是什么。当然，作家不能重复其他作家已经写过的东西。如果我要写闲游与饮酒，我不能直接写四言绝句，因为李白已经写过了。而且他肯定比我写的要好。所以我必须寻找其他途径去写作。我认为生活中还是有主题可写的，就像王蒙先生提到的，还有很多相同的主题。所以，我们要明白这一点，我们要寻找在旧的东西里面有什么是新的，有什么是可以与年轻人分享的。这可能是一个要向学校的教师和所有媒体提出的问题：怎样让书籍吸引年轻人，如何向他们展现书中具有魅力的东西。那么书中到底有什么是具有吸引力的呢，我觉得很可能是关于爱的讯息。我们要这样有意识地去读书。比如我读杜甫的诗，他生活在很久以前，应该是公元八世纪，你们想象一下，非常古老，那可是一千多年以前。他谈到战争，谈到战争带来的悲剧，非常可怕。任何接触过战争的人都能理解。如果你们读过《石壕吏》这首诗，就会了解这位老妇人的悲剧，她试图阻止差役将自己的丈夫捉走服役去打仗。她说，换我去吧，我可以给你们备晨炊，但是不要带走我丈夫。他是家里唯一的男人。我的儿子死在了战场上。

这首诗非常感人。现在处于战争冲突之中的人也可以写下相同的主题。如今任何人都能读懂这首诗。所以说，在文学之中有种深层的当下性，任何文学皆如此。所以，请你们读一读杜甫的诗，如果还要读其他作品，那么我推荐曹雪芹、老舍、鲁迅的作品，如果你们愿意的话，还可以读一读雨果的作品，雨果是非常现代的诗人和作家。当然，你们有时也可以读一读勒·克莱齐奥的作品。

主持人：谢谢勒·克莱齐奥先生。王蒙老师，您写了很多吸引年轻读者、吸引电子科大的年轻读者的作品。您可以跟我们谈谈您对这个问题的思考吗？您是如何用您的作品来吸引现代年轻读者的呢？

王蒙：我并不是在写作一个什么东西的时候有一种特别的计划和追求。往往是一个故事出现了，一个人物出现了，那么使我非要写它不可。至于它的意义到底是什么？在我开始写的时候，我并不了解。拿今年来说，因为今年年初呢，我已经发表了四篇中短篇小说。那几篇东西呢，我写完了以后，慢慢地意识到，我非常在乎中国正在发生的种种变化。这些变化中的一些东西，当然大家都很高兴，比如挣的钱越来越多了，住的房子越来越好了。但是，也有许许多多东西呢，它遇到了新的麻烦，遇到了新的挑战。比如说在今年《人民文学》第一期上发表的我的《生死恋》。我就是写一对从很小的时候青梅竹马相爱相结合的这样一个家庭。在他们移民到国外以后发生的新的情况，一直到为新的爱情而死，这样的一个悲剧的故事。我的另一篇作品里是写邮局的。因为在我们看到快递等各个方面，手机、电脑运用得如此方便，如此美好，如此迅捷的时候，我们想过没想过，传统的邮政事业、邮电事业都在步入黄昏产业。过去北京的象征之一就是北京电报大楼，在那个快到西单的地方，而且电报大楼要奏出这个时间钟点的声音，但是这个电报大楼已经在前年关闭了，因为不会有人再到电报大楼去发电报了。发微信比那个简单得多，快得多。有一个电报大楼的老工作人员很难过，在宣布电报结业取消的时候，他自己到电报大楼花了九块五毛钱人民币给自己发了一个电报。可能是中国，可能是北京市电信局、北京电报大楼的最后一个电报。所以从文化的角度来说，一切都在产生，一切都在逝去。"逝者如斯夫，不舍昼夜。"这如果用来写小说或者写诗都是一个好的题目。

主持人：谢谢王蒙先生。您跟我们分享了一个非常感人的故事。您提到了一个非常重要的观点。我们获得了一切，同时我们也失去了一切。如今，我们有很多新鲜事物，这些新鲜事物的存在就意味着同时我们失去了很多旧的事物。这么想还是很可怕的。那么，勒·克莱齐奥先生，您对新旧比较有什么看法？我们一面获取新鲜事物，一面抛弃传统的东西？

勒·克莱齐奥：大趋势是，我们越来越倾向于生活在同一个世界，而不是像过去那样生活在被分开的很多世界里。我还是孩子的时候，世界并非如此。我出生在战争年代，那个时候，人们并不经常出行，他们总是待在自己生活的地方。他们总是会有各种偏见，导致人们无法交流。所以，我想说，现代社会的好处，积极的一面是，我们都开始交流，我们与他人对话，文化之间、民族之间、文明之间都是如此。我不认为存在什么文化冲突。我坚信，其实恰恰相反，大趋势是良好的交流，文明之间保持平衡。而在文明的对立或对抗中，我认为中国人具有重要的文化遗产，也就是始终寻求平衡。哲学对中国来说非常重要，而中国一个重要哲学就是平衡。我们应当始终寻求平衡。今天在座的同学们，你们正展现了寻求这种平衡的需要，因为你们是理工科的学生，而你们坐在这里，倾听两位作家对谈，这两位作家对理工科估计都很不在行。因此，你们与我们分享，而我们也与你们分享。我觉得，这正是我们现如今最伟大的历险。不论是读纸质书，还是用电脑读书，其实区别不大。重要的是书写创造。众所周知，中国是第一个发明文字的文明之一。人们总谈科技，但是我们应当了解，我们如今摄影所用的相机，你们的手机里也有相机，这个相机的发明，根据传闻，与名叫墨子的人有关。公元前五世纪左右，他发明了暗室，暗室就是你们用来解释光学现象的装置。这可是不同寻常的发明。然后经过了漫长的时间，经历了各种实践运用，后来才发明了相机，camera（摄像机）一词就来源于 camera obscura（暗室）。因此，这项两千多年前的中国发明在现如今得到了运用。你们每天都在用，你们可能以为这是日本或是德国的发明。然而，这是中国的发明。因此，每种文化、各种过去使用的发明，都参与到了现代化中。而且我想说，这些发明中，很多都源于中国。中国人发明了指南针、车轮、暗室,还有农业上用的水车,还有众多在现代日常生活中我们还要用到的东西。所以,我们不能说我们可以与旧事物分离开来。我们不能说,我们生活在一个全新的世界,并非如此。我们生活的这个世界中,众多发明都发生了变化,文学就是这些发明中的其中一个。文学经历了时代的变迁也发生了改变。所以说,我对现代世界还是保持乐观态度的。

主持人:谢谢勒·克莱齐奥先生。您最后表达说,您对现代世界持乐观态度。但是,我们也看到网上有学生提问,关于新发明、新技术,在阅读的问题上,我们现在有电子书。年轻的学生现在不买书了,而是看电子版。所以,我们担心,这会不会对文学造成负面的影响?因为现在人都不读纸质书了。王蒙先生,您是如何看待这个问题的呢?

王蒙:刚才勒·克莱齐奥先生讲了他对待历史的进程、对待科学技术的发展的一个非常健康的和正面的态度。我听了以后也非常地赞成,非常地受到鼓舞。因为中国深受自己的发展程度不够,发展速度不够,相当长的时期落在后面这样的苦楚,使中国对于发展几乎是没有迟疑的。但是世界上对它的看法是不一样的。中国对于现代化的口号也是乐于接受的。但是我们确实也碰到一些说法,大约十年以前,中国已经流传一种说法,就是文学会慢慢地衰落,小说会慢慢地消失。因为新媒体和多媒体的发展,使你用不着吭哧吭哧地去看小说了。你就在手机上稍微看看,又有画面,又有唱歌,又有影像,你就很愉快很轻松地接受了。比如说《红楼梦》,一方面已经有两个电视连续剧了,将来可能有第三个第四个。另一方面,广西师范大学出版社他们做调查的结果,大家最不喜欢看的书,得票最多的就是《红楼梦》。特别吐槽啊!我一直搞不清为什么叫"吐槽(cáo)",我一直以为叫"吐糟(zāo)"呢!北京现在已经有了两三个机器人服务的餐馆了,我不知道成都有没有。全国已经有好几个机器人服务的超市了。这个从劳动效率上来讲可能是非常好的事情。但是,想起来以后去吃东西,也看不到帅小伙或者美女在那儿。你在那儿"menu？order？"反正可能我老了吧,也不知道这个社会会怎么样。另外,已经开始发表电脑写的诗了。这个是可以做到的,因为如果把各种各样的诗,成亿的,成百亿的,把各种诗句都装入数据库,然后按一定的程序加以运作。它会超过这个普通的诗人。刚才勒·克莱齐奥先生说关键在于创造。我太赞成这句话了。文学的魅力在于创造,但是吃文学饭的人真正富有创造力的,真的有我们想象的那么多么？没有模仿吗？没有抄袭吗？没有来回来去,转圈子循环的吗？所以有时候我确实也产生一种担心,就是技术的发展,会影响我们对于创造的认知和辨别的能力。其中一个建议就是少看手机多看书,看真正的文学书,不要光看电脑里的。真正的创造,真正的写作也许能延迟我们的智力下降,因为技术的发展它正在减轻一般人的智能的需要。比如说博闻强记。现在,再博闻强记,一个手机就可以和他对阵。他说什么你就查什么,你拿八个手机,肯定能把前前后后的人都打倒。所以我们普通人,作为使用人工智能产品的人,他的智力可能在下降。所以我们至少在大学里面,我希望我们不仅仅是人工智能的使用者和受益者,而且是创造者和追求者。我们一定要不受人工智能产品的过分削弱。我顺便问一下,昨天我还在网上看到,说法国教育部门已经规定说中小学上学一定不能带手机到学校去,这个是真的假的我现在都不知道。看着很多说得很准确的信息,很可能也是假的。

主持人：王蒙先生给勒·克莱齐奥先生提了一个问题,在法国的小学里确实是禁止学生带手机用手机的吗？

勒·克莱齐奥：这个我不肯定。我自己可能会说是真的,因为听起来确实像真的。我自己本人可能不会同意这种做法,因为我不知道其意义何在。总之,教师总有些奇特的想法。他们可能会觉得禁止一些什么是有用的。但是如果用手机能让学生获取信息,那就是好的。以前我也断断续续教过书,无论在美国、韩国还是中国,我都对我的学生说,你在家用电脑,是可以的。不用介意。你也可以在我说话的时候用电脑。你甚至可以查一查我说的东西,因为我一般不用电脑,不用电脑上查到的信息,但是有的时候,我在讲课,有学生就在下面查,然后跟我说,不对,不是这样的。我就说好的,不好意思,你是对的。如果你的手机告诉你我错了,那么我就错了。所以在某种程度上,用手机也是有益的。关于小学里禁用手机这件事,我不确定,也许孩子们也可以用手机学习阅读、学习书写。这就是好的。我觉得电子设备与纸质书比起来也可以是很好的学习方式。纸质书已经存在了上千年。是在中国发明的。印刷术也发明于中国,非常重要的发明。我认为,不能片面地看问题。但是,如果电子设备能让人在屏幕上读书,那也是好的。最重要的是,用电子设备读书更省钱,你不需要买书,买书有时候很贵。所以如果你们想读电子书,完全没有问题,这样很好。

主持人:好的,让我们回到王蒙老师的观点。如今,我们不再需要记忆信息,我们有电脑,有手机,你们可以在任何地方、任何时间,查取任何想知道的信息。我们的智力越来越缺乏创造力,这样看来,电子产品确实对我们的创造力产生了威胁,与此同时,书写和文学可以帮助我们重获创造力。您如何看这个问题?

勒·克莱齐奥:我完全同意王先生的看法。有的时候我觉得,小学里的小朋友太聪明了,他们真的很聪明。有时候要想跟他们用孩子气的方式讲话,他们就会抗议,因为他们知道我不是孩子。有时,人要变成孩子,变得不那么理性,必须忘掉理智的一面,必须依靠直觉。我觉得文学就可以让人重获本能直觉,不要过分相信周围的事实表象,而是相信自己的感觉。我认为,没有情感的科学会是错误的。你们做科学的时候也要依靠感觉。不过我不是科学领域的专家,所以我不会过分宣传这一观点。

主持人:那么您相信电脑可以写诗吗?勒·克莱齐奥先生?

勒·克莱齐奥:这个事情我并不感兴趣。这里面必定有人的操作。如果只是单纯电脑玩的花样,那我是不感兴趣的。但是我对写这个程序的人感兴趣。这个人一定非常聪明,不过结果对我来说没什么意思。

主持人:王老师,我们中国的对联,计算机似乎就可以生成对联。你怎么看待这种现象呢?

王蒙:其实我个人来说,对计算机的创造并没有多大的兴趣,但是说到对联,我觉得也好。现在那些不是计算机上的,而是一些晚会上的对联,还不如计算机创造的。就算计算机创造得再不像样子,也比那个好点儿。哎呀,我不多说了。因为有更坏的,所以我欢迎计算机创造的。

主持人:那么我想进一步向我们的嘉宾提问。如果说计算机生成的是文学作品呢,比如诗歌、小说呢?

勒·克莱齐奥:有种说法是讲,如果你把一台电脑给一只猴子,也有——我不知道多少——几亿分之一的概率,它能写出《圣经》来。我觉得这个说法刚好可以回答这个问题。

主持人:王老师,您觉得呢? 如果我们用电脑来做文学,比如写诗歌、对联或者其他的东西?

王蒙:文学是各式各样的,文学里面有非常好的,但是很有限,比如说刚才勒·克莱齐奥表达了对于中国文学的敬意。他说的是李白、杜甫。如果要请他说二十到三十个中国伟大的作家,未必能说得出来。你让我说法国的作家,三五个是可以的。但是,再多的话我就说不出来。说明好的作品是少数的,好的作家是少数,大部分是稍微平庸一些的,还有更差的。所以,你说算不算文学,就跟你说吃饭一样,钓鱼台或者贵宾楼的饭,当然算饭,如果是在饥饿的情况下,拿一点儿观音土,拿一点儿树叶也能把它吃了。你说算饭不算饭。不算饭你当时也得吃。所以世界上有些事儿就是这样。有些事儿为什么消灭不了它,因为它 much better than worse,它比一个最坏的还好一点儿嘛。总是还需要的嘛,所以还有大量的不是最好,但也不是最坏的东西存在。所以对于它们,我们不必要说太多。

主持人: 非常感谢王先生的回答。您说到,年轻人要多读经典的好的作品。现在,让我们进入一个重要的问题。两位嘉宾面前坐的观众,大多是电子科大的学生。你们认为,文学对年轻人的成长有什么样的特殊作用?勒·克莱齐奥先生,您可以先回答一下吗?

勒·克莱齐奥: 我觉得我们之前就提到过,本能的价值,感性的价值,还有艺术在生活中的价值。文学是一种方法,但并不是唯一的。文学让我们得以追寻这些要素。但是也有很多其他方法可以追寻,你可以借助生活,通过帮助他人,好好工作,做好父母,成为教师。文学是一个非常有效的途径,因为文学使用语言。我认为这是文学的真正价值所在,是语言构建的文学。尽管语言是每个人都掌握的,平庸的,但是这意味着我们所有人都可以分享共同的宝藏。当你们说一门语言,就是在跟所有说这门语言的人分享共同的宝藏。我们学习另一门语言的时候,我们从说另一门语言的人那里获得宝藏。文学正是获取人类语言宝藏的一种方法。想象一下,世界上有那么多不同的文明,是非常令人惊奇的事。有些民族被称为原始民族。但事实是,所有这些人都会说话,都使用语言,被称为原始民族的人不会写小说,不会写很难的有技巧的东西。但是他们构建了语言,里面有语法,有语义,也有各种当代的词汇,语言的各种要素。所以,能发现语言的宝藏,已经是非常令人惊喜的了。而文学也是发现非凡的语言宝藏的一种方式。曾经有位记者问我,中国最美的古迹是什么?我当时想,我可以说长城,或是天坛,甚至故宫或中国其他地方的古代建筑。但是我突然意识到,中国最美丽的古迹其实是文学,因为文学使用语言,用语言构建而成。而且它是永恒的,就像您在最开始提到的,文学的永恒生命。因此,或许词语会随着时代变迁而坍塌,但是文学将会永存。

主持人: 感谢您,提到了如此重要的观点。让我们回到永恒的文学这一主题。无论你是谁,无论你在哪个学业阶段,尤其对于大学生来说,还是需要上专业课的。我们的学生要上电子专业课程,但我们依然相信,阅读文学对他们来说是非常有意义的。王蒙先生,为了鼓励我们学校的学生多读文学作品,您想说些什么呢?

王蒙:由于我工作的关系,我和书籍出版行业的人打交道很多。他们告诉我,在中国如果你的书需要畅销,最好你是一个儿童文学作家。因为儿童对于书的要求占第一位。你如果希望你的书得到大量的版税的话,你要写儿童的作品。说明人小的时候对文学的接受,具有特别的重要性,那时候容易记忆。那时候很多东西对于他来说都是新鲜的。一个词,一个形容词,一句话就能够让他感动得不得了。所以说,如果问文学对于青少年,对于儿童是不是有很大的影响,当然是肯定的。拿我个人来说,许多经典的书,还是在上小学的时候看的。许多包括像《论语》《孟子》《孝经》《大学》《中庸》,都是在上小学的时候背下来的。很多的唐诗宋词也是上小学的时候背下来的。当时也不完全懂,但是都在学呀,你不懂也多认几个字,你也多知道一些词呀。所以孔夫子对他的儿子说:"不学诗,无以言。"你不会说话呀,你不学你怎么会说话呀,要不人家说话你插嘴也插不上呀,所以这一点是毫无疑问的。当然刚才勒·克莱齐奥先生说的也非常对,说到老师,说到家长,说到自己家庭的成员,生活中有些事情,比如家里长辈做的榜样,是与书里面写的不一致的,那是很麻烦,很危险的事情。但是在学生、儿童、少年、青年当中,适当地提倡让大家读一些经典的书,我觉得这是毫无疑问的。

主持人:谢谢王蒙先生。您说到您自己的经历,说到小学生背书非常有用。这里台下的都是大学生,大家都跟自己的小学生活告别了。所以今天,两位想向我们大学的同学们推荐阅读的书有哪些呢?有什么推荐吗?

勒·克莱齐奥:这件事责任重大。我觉得,同学们可以读所有能找到的书,不用特地去选经典的作品,而读所有时代的作品,翻译作品,各个国家的作品。当然,中国的作品我想推荐吴承恩,尤其表现了印度对于中国的影响；我也会推荐曹雪芹，因为对于我来说，曹雪芹的作品是最完美的作品。这就是我推荐的书。

主持人：好的。那么王蒙先生，您会给我们的学生推荐什么书呢？

王蒙：如果说给青年人推荐一些书。第一，还是那些经典。它们之所以是经典，不是偶然的。比如刚才勒·克莱齐奥先生说到曹雪芹，说到《红楼梦》。《红楼梦》慢慢地看，不要着急，《红楼梦》看多少次都会有新的发现。那么像《论语》《老子》，我觉得如果一个中国人没有看过是非常遗憾的事情。轻松的书也可以看，我参加过作家和科学家的对谈，在座的科学家都是科学院的院士。他们都说，我们也很喜欢看小说。然后开完会以后，我一一地做了调查。他们所谓的看小说都是看金庸的小说。金庸的小说在武侠小说里也是好看的。包括国外的一些通俗的书我也喜欢看，比如说《福尔摩斯探案集》《达·芬奇密码》，电影我也看过。但是更重要的，我希望你们看雨果，看托尔斯泰，看巴尔扎克，看莎士比亚。另外就是工具书，不管怎么样家里要预备齐，各种词典，百科全书，等等。词典一多，你没有学问也变得跟有学问差不多，连蒙带哄都比一般人强。所以大家千万不要舍不得钱买好词典。我的建议就这些。

主持人：我想在座的听众一定有问题想问我们的两位嘉宾。有问题的可以站起来举起手。请中间后排的这位同学提问。

听众一：两位先生你们好。很高兴在这里遇到我年轻时的偶像——王蒙老师。我是非常喜欢道家学说的。我道家学说的启蒙就是王蒙老师。《庄子的享受》这本书我读了很多遍，我注意到王老师这本书写得非常随性。我看这本书有两种描写，一种是引用庄子的话，然后说在我们的生活中怎么怎么样。写了王老先生一些生活中的体悟。另外一种方式是，引用一段话之后，王老师推断庄子是怎样的状态。我想请问一下，王老师您觉得我们阅读庄子也好，或者我喜欢的《道德经》也好，这种比较古典的文学，应该更注重生活的体悟呢？还是结合作者当时的情景去体悟他们说这段话时想表达的道理呢？

王蒙：庄子，太聪明了，他的想象力太强了。他通过想象，什么问题都解决了。但是呢，无论是庄子，还是孟子，有些最聪明的地方实际上是有窘境的，是他们陷入了窘境的结果。比如说，庄子里面有一个故事，他给学生讲一个东西没有用，这个东西才不会被人注意，才能够保存自己。但是后来他们到一个朋友家里吃饭，朋友家里有两只鹅。一只鹅管用，可以看家护院的，另一只鹅是不能看家护院的。先宰哪一只好呢？庄子说先宰不能看家的那只。于是学生就问，您不是说没有用才能保护自己吗？庄子说，我主张的是人应该处在有用和无用之间。所以说，庄子再能干，他说这话的时候已经有点勉强了。因为原来宣传无用，被逼到死角了，他才说有用和无用之间。"子非鱼安知鱼之乐"，"子非我安知我不知鱼之乐"，这也到了死角。这就跟下棋一样，最后来回循环一样。再下下去，只能算平手。为什么呢？因为接下来可以回答："子非我，安知我不知汝不知鱼之乐"，接下来是"子非我，安知我不知汝不知汝不知鱼之乐"。这完全是逻辑上的诡辩。孟子的诡辩更厉害。孟子的君主是舜，舜是最孝的，而虞舜的爸爸非常残暴，喜欢杀人。于是有人问孟子，如果虞舜的爸爸杀了人，虞舜应该怎么办。孟子笑着说，把他爸爸先抓起来，然后夜里偷偷地把监狱打开，带着他爸爸跑，不要再管天下的事情了，要尽孝，把他父亲带到一个遥远的地方一起生活，最好跑到法国去，让他爸爸在法国养老就行了。这完全是没话了才这么说，千万不要以为这是一个伟大的说法。他们都很可爱，都有一股辩论的劲儿。因为春秋战国的时候，一个个练习辩论，真不得了。所以，你把它当活人的书来看，你会觉得其乐无穷，趣味无穷。但至于你问的是不是这个问题，我也不知道。

主持人：谢谢王蒙先生，跟我们分享如此有趣的故事。我这里还有另一个关于现代技术社会的问题，是学生在微信上发过来的。这个问题是问,勒·克莱齐奥先生,在您的创作中,在您的作品里有没有对人性的失望?如果有,那么您对人类还抱有深深的爱吗?

勒·克莱齐奥:这就是我刚才说的哲学在中国非常重要的一个很好的体现。非常好。我觉得我从来没说过我对自己的作品非常满意,说我的作品是完美的。我希望有一天能写出完美的作品来。至于我与读者之间的关系,我与读者很少有联系。很长时间里,交流都是通过寄信来进行的,但是信很慢,信寄到的时候已经晚了。我跟读者的联系很少。所以我一直对自己写的信感到失望,对自己的作品感到失望,始终如此。

主持人:中国人很谦虚,您举的例子也很谦虚。

勒·克莱齐奥:中国人总是需要一种平衡。被病痛折磨的时候,总需要通过其他什么来补偿。我因为感到不满而痛苦的时候,会收到一些读者的回音而得到补偿。所以我与读者之间总是有一种平衡的话,也是很好的。

主持人:好的,谢谢。还有一些学生的留言。有人问您认为文学有门槛吗?因为文学不是任何人都可以做的。王蒙先生?

王蒙:我想我们每一个人都有自己的选择。每个人的选择都有自己一定的标准。但这标准并不是一个。比如说你喜欢一些作品是由于它令你感动,有些作品是因为情节的悬念,还有些作品呼应了你当时碰到的人生中的一些困惑,你觉得有助于你的选择。我喜欢用"选择"这个词。很难用"门槛"这个词。现在网上发表的各种各样的,也有好看的,也有很成功的,比如说《明朝那些事儿》就是网上先发表的。很多人都很感兴趣。也有极其差劲的。我认为非常差,没有人看,但是人家宁愿看网上那些大家都知道的东西,不会看王蒙的作品。所以你说"门槛"是没有用的。法律可以有门槛,比如你写的东西要负刑事责任。文学没有门槛,但是文学要有选择,除了看某些轻松愉快的作品以外,希望你们看一些真正有智慧、有情感、能动人、能不忘的作品。如果你们都去看网上的作品的话,太对不起自己的大脑和智力了。

主持人：王蒙先生对我们学校的学生评价很高。现在我们再有请现场听众提问。

听众二：我非常荣幸能够聆听两位作家的对谈。非常感谢。我问题很简短。这学期我们一直在学英国文学史。《英国文学史》当中的第一篇叙述的是史诗故事《贝奥武夫》。很自然就联想到我们自己的国家。例如黑格尔说，中国没有史诗。但是有些少数民族是有史诗的，比如藏族史诗《格萨尔王》，还有蒙古族史诗《江格尔》，还有满族史诗，叫做《尼山萨满》。我想请问二位嘉宾是否同意黑格尔的观点？如果汉族有史诗的话，有哪些史诗可以举例呢？如果没有，原因是什么呢？

勒·克莱齐奥：我完全没有料想到会要回答与《贝奥武夫》有关的问题，我觉得我读《贝奥武夫》的时候大概十六七岁，是在学校读的，而且觉得挺无聊的。当然可能我错过了有意思的东西。我们距离史诗的年代非常久远，我觉得我们没法谈汉族的史诗，这很可能早于对汉族的认识。在中国有《三国志》，虽然不像《贝奥武夫》那么古老，但是有很多不同的作品与史诗接近。有一部作品叫做格萨尔？我记得是西藏的。总之，我不是中国文学的专家。我个人很喜欢唐宋诗词，不过这跟史诗毫无关系。

王蒙：关于汉族史诗的这个问题，我知之甚少，我回答不上来。但是我可以说，有一个原因我们可以思考一下。中国的文学，由于汉字比较复杂，比较难学，所以这些文字的东西始终是靠一批知识分子、一批士大夫、靠圣贤、靠政权，甚至是靠朝廷做搜集，搜集民谣、搜集故事这一类的事。而真正的民间流行下来的能够很像模像样的传说、故事、史诗、寓言，都相对要少一点。我是觉得和咱们这个文字语言可能有关系，但也可能没那么多关系。另外中国的这个少数民族的史诗它很厉害，很多都是运用传唱性质的。比如说哈萨克族的《玛纳斯》，我们中国一直有专家不停地做这个方面的搜集整理，而且民间专门有说玛纳斯的人,他可以大量地讲玛纳斯的故事,还把它唱出来。另外蒙古族和藏族,还有一些共同的史诗。

主持人: 谢谢。四川省社科院他们最近正在整理《格萨尔王》这个作品,包括它的译介情况,这是一个很大的工程,其实也能说明这是一个重要的史诗。好的,下面继续邀请听众提问。

听众三: 我想问一下两位,我们的大作家,据我自己的观察,就是绝大部分的作家,他在创作里面会把自己的各种可能的自我,或者说多个矛盾的自我的不同层面,投射在不同的人物身上,然后一一推演,这个方向,这个矛盾体,它会朝哪个方向去发展?那么相当于作家在创作的过程当中,就是体验了几种不同的人生,并在努力地思考哪一种是自己最想要的,或者是最可能的,那我想问的是,两位作家,在您创作的人物形象当中,您自己最喜欢哪一个?为什么?

主持人: 让我们先请勒·克莱齐奥先生回答,您最喜欢您作品中的哪个人物?

勒·克莱齐奥: 我只能用母亲和孩子的故事来回答。如果您问一位母亲,您最喜欢自己的哪个孩子?她会回答,我爱他们每个人。所以这就是我的回答。

主持人: 真是印象深刻的回答,谢谢。每一个作品都是自己的孩子,都爱。咱们中国有一句话叫做手心手背都是肉。现在,有请王蒙先生回答。

王蒙: 这个呢我告诉大家,我同样有这种感受,但是当我处在一个窘境的时候,我会把话题一转。在我写的作品中,第一,女性更招我的喜欢。第二,男生里边,那个比较笨的人,比较犯糊涂的人,比较犯迷糊的人,比较无奈的人,更招我喜欢。第三,当我写到新疆的少数民族,特别是维吾尔族的时候,我的那种快乐的心情,溢于言表,谢谢大家。谢谢您的提问。

主持人: 两位嘉宾的回答都非常巧妙。现在我们有请另一位举手的同学。

听众四：谢谢二位，我是电子科大的一个老师，我想提这样一个问题，就是现在我们中国，大部分人的精神状态，包括我们的这个年轻人为了学习、工作、挣钱、买房子买车、养家糊口，我们在物质上好像追求得比较多，而且现在社会也给我们无限的可能性。像我们这种退休了，然后过二三十年就死掉了。这是普遍的一个人生状态，我想问两位文学家，就是这样的人生会损失什么，会有哪些遗憾呢？如果我们就是过这样的人生的话，就是我们看得见的这样的一种生活，它的遗憾是什么，我们没有接触到文学，我们没有精神上的升华，那么这样的人生有没有遗憾？有没有可惜，或者说它会缺乏什么？好，我的问题完了，谢谢。

主持人：我们先请王蒙先生回答？

王蒙：我是觉得人生啊，是多种多样的。每个人都不可能用自己对人生的追求，变成一个不变的普世的一个标准，这是不可能的。比如说你的具体的状况，你的身体的状况，你年龄的状况，健康的状况，学习学历的状况，不可能使你成为一个非常不凡的人，你做一个很普通的，非常正派的，在可能条件下实现自己的目的，最大程度地实现，这不是很好吗？该上学的时候你去上学，该工作的时候你工作了，该领薪水的时候你领到薪水了，该结婚的时候也结婚了，该生孩子的时候大部分也都生孩子了，这样的生活也很好，没有理由为这个而感到遗憾。但是如果你的精神能力还有很大的可能性，没有发挥出来，那肯定是有遗憾的，那么有遗憾也不要紧，因为我现在知道，咱们中国有很多，比如退休以后上成人大学的，学艺术的，老干部学书法的很多，学国画的更多了，还有学跳舞的学唱歌的，我还参加过没画过画的人的画展，就是这个人并非画家，素人画。各式各样，还有演话剧的，在北京你可以报名参加演话剧，我有亲戚就参加了，所以说也还有发展自己的精神的可能。发展精神能力不等于你能成为大明星，不成为大明星你也愿意上台演一场话剧，这都是很自然的事，个人根据个人的情况，个人根据个人的可能，使自己物质上也能有一定的保证,精神上,爱好上,兴趣上,也能得到某种满足,这就很好了,人人都快乐,人人也都有遗憾,你说没有遗憾那是不可能的,哪能有没有遗憾的人呢?即使最大最大的成功者也有遗憾,发了大财的人遗憾更多,麻烦更多,官特别大的人遗憾更多,他们都发愁。千万别以为你就差,你不差,每个人都不差,每个人都因为自己而快乐,每个人都因为自己而发展。这有点像电视台那个益智节目。

主持人: 下面有请勒·克莱齐奥先生。

勒·克莱齐奥: 我对这个美妙问题的答案是:我小的时候,会在房间里写作,那时候我跟父母住在一间贫穷的公寓里。外面的街上很是吵闹,天很热,所以窗户是开着的。我希望有人能喊我一起下楼玩耍,但是没人喊我,然后我就拿一张纸,开始写。我的回答看起来不太符合问题,但我的意思是,当生活有些枯燥的时候,人可以梦想一种生活,我的梦就写在了纸上。所以这就是我对这个美妙的问题的回答。

主持人: 我觉得这是非常棒的回答。谢谢。

主持人: 因为时间关系,我们还有最后一个听众提问的机会。我们这次请右边这一侧。

听众五: 就是关于我自己的一个见解吧,最近几十年的小说,它和以前的相比,比如说十九世纪的,会有一种哲学化的过程,不仅仅是思考现实,批判现实,小说本身有一些自己的哲学思考和抛出来的一些问题。我想问一下两位作家,你们在作品当中主要想讨论的是一些什么哲学观点? 勒·克莱齐奥先生,假如您想介绍自己的作品和小说来中国的话,那么您觉得其中最重要的哲学思想是什么?

王蒙: 我来先回答一下,在我的小说为主的作品当中,到底最想说的是什么样的哲学思想? 如果我能够回答得很清楚,那就证明我写的这个小说还不太好。我觉得文学作品呢,应该给读者留下非常大的空间,在他的作品里面,你可以从这个角度来思考,也可以从另外一个角度来思考,你可以看到他的肯定,也可以看到这个作家的无奈和无能，所以我就不想多说我在文学里要宣讲的哲学，但是另一方面呢，我又不仅仅是一个小说家，我还写了大量的关于诸子百家的书，关于老子的我有两本书，关于《论语》我有一本书，关于庄子我有四本书，关于孟子我有一本书，关于列子，今年下半年将要出一本关于列子的书，这些书里面我说的都是什么呢？如果您能抽出点时间上图书馆里找着我的书，翻那么两页，我就更加感激，衷心感谢。

主持人：谢谢，现在有请勒·克莱齐奥先生。

勒·克莱齐奥：您的问题是，我应该如何将我的作品介绍给中国人，不过我想说我写作的原因是，我在您这么大的时候，法国处在战争之中，法国人和阿尔及利亚人之间的战争。我父亲告诉我，你不能去参战，因为那是一场不公正的战争，那是殖民国家针对想要获得独立、想要获得自由的人民发起的战争，所以不要去参战。他的建议是好的，但是处在那个时期的人又能如何呢？幸运的是，我这一届学生不用去参加征兵了，不用去阿尔及利亚杀人了。正是那个时候我非常想写一部小说，那是我的第一部小说。小说讲的故事就是关于一个与你们同龄的年轻男人的回忆，讲的是当人必须履行自己的责任，但是这个责任是不公正的时候，人如何逃避，如何行事，当社会是不公正的时候，人如何抗议。唯一的抗议方式只有写小说。这是我写下第一部小说的原因。后来我一直持续写作，写的差不多是同样的小说，与看起来不公正的东西对抗，与社会上、法国社会中错误的东西对抗。你们可能会觉得法国是一个完美的国家，但事实并非如此。法国社会有很多错误，很多不义行为。所以我写作是为了表达对错误东西的抵抗。这是我的回答。

2019 年 3 月 17 日

原载《永远的文学》，2019 年

厚实的装台戏

单三娅[①]：电视剧《装台》是经人提醒才开始看的，平时不追剧的我们，热追了十几天。几年前读过陈彦的小说原著，可是一切还都是新鲜的，说明编导又有了新的角度，新的创造。

王蒙：这个现象很有趣，看《装台》，天天让你有新鲜感，原因是它不一般。写装台人的故事，没人写过。人物性格、命运、关系都不一般。首先主人公刁顺子，他既不刁也不顺，他的家庭组成，很奇特；还有同样是情敌，顺子和三皮之间耐人寻味，疤叔和八婶男友之间的关系也别有味道；在恋爱关系上，三皮与素芬的关系有悬念，二代对菊花的追求也是疙疙瘩瘩……全剧满满堂堂、沸沸汤汤，有生活，有细节，有真实感，都是别的电视剧里较少看到的。

或者换一个说法，这部电视剧比较有信息量。古今中外，很少看到这样的行业、这样的人群、这样的生活轨迹。他们非工非农、亦工亦农，非城非乡、亦城亦乡，非苦非甜、亦苦亦甜。非编（制）非非编，非文艺非非文艺。但仍然是真实的生活，是改革开放、迅速发展，是辛勤奋斗着的中国人民。要是没有陈彦此书，你做梦也梦不见这样的人、生活、故事。

单三娅：你总说好作品信息量都大，《装台》又一次证实了。追剧那几天，每天都有期待，想知道下一步怎么发展。其实它并没有有

[①] 单三娅，作者夫人，《光明日报》资深记者。

意识地全景式描写,就是围绕着装台人、舞台事儿、剧团事儿、演出事儿做文章,可是线条却不单调,让人感到伸出许多触角,写了许多人性的层次,反映了不少社会问题。刁顺子隐忍而又不能说是一个失败者;菊花怒怼穷亲人却又不是一个贪图钱财的人;蔡素芬她有隐痛想忘掉过去可阴影总是笼罩着她;刁大军他虽然虚荣却也是仁爱之人;疤叔这个人有意思,酸溜溜的,对情敌也只是嘴上刻薄而已。还有瞿团、靳导、大雀儿、二代……各具形象和性格,即便是最招人恨的铁主任,也是一个合情合理的存在。正是这些人物,勾连出几十年来的社会大舞台。陈彦能把剧团演出的日常事务,放在大社会的进展中考量,所以他既有独特视角,又有大视野。

王蒙:刁顺子简直就是一个圣人。他带着大家干下苦活挣几个饭钱,钱被克扣了把别人的给够自己少拿;媳妇跟人跑了他养着闺女,天天还得挨闺女骂;好不容易撞了个媳妇还叫别人惦记上了;大哥成了大款可是他回趟家还得自己掏钱给他还赌债;墩墩犯了禁忌自己替他去跪祠堂……那么多苦那么多难他都受了背负了,从来不亏欠别人。所有的劳动人民的好品质,吃苦耐劳、忍辱负重、责任担当、公正局气、和气生财、以退为进、坚忍不拔、谦卑自律,他都具备了,你却丝毫不觉得这个人物不真实。刁顺子甚至还有一种领导者的人格魅力。我在他身上看到了仁义礼智信、温良恭俭让、忠恕韬晦,尤其是克己复礼、天下归仁,干脆是践行了孔子的教诲。

单三娅:我觉得这部剧还隐含着这么一个意思,就是这个社会的最底层的台子,是刁顺子他们这样的人搭起来的,他们实际上就是我们这个社会的基础和支撑。

王蒙:是的,真正以人民为中心。这部剧还有不少喜剧元素,这些方面编导演都有不俗的再创作。比如墩墩与跳钢管舞美女的恋爱和成婚,比如疤叔和八婶离婚之后的来来往往还有上山修心养性,比如二代与菊花今天好明天坏的爱情,比如秦腔团那位"角儿"的架势,还有铁扣和他老婆那些损人利己的发财小算盘,甚至那个包治百病的万能医生。在这些人物的塑造中,既有善意的批判味道,又平添了困境中的苦中作乐。电视剧还大大强化了西安的生活气息,看着不闷,也不陈旧,有新事物、新体验、新笑话。

单三娅: 顺子他们活得艰苦,但并不一味辛酸,也有乐在其中。装台的同时,他们还可以蹭戏看,学到了传统戏曲文化,也见了世面,同时享受了城市生活,享受了发展。这部剧演员也不错,主要演员都是陕西人,次要演员也是各有风采,与剧中人物贴切。方言成了此剧的一大亮点,还有一些是特定人群的特定语言,他们的口语中满是生活气息,自我解闷自我逗乐,既质朴生动,也到位给力。西北人爱嘴上掐两句,但总起来说民风厚道、忍让、讲义气、讲情面,被人坑了也不大闹。让你觉得挺心疼他们,同情他们,也挺喜欢他们。

王蒙: 还得说陈彦的原著好,提供了好的故事、好的形象、好的对话、好的性格。陈彦始终与人民在一起,与生活在一起,他提供了与别人不同的活生生人物。我们社会主义现代化的发展进程是伟大的历史性的,同时,这个伟大的历史转变历史飞跃又常常是由平凡的人和事结构而成的,他们有智慧也有无知,有巨大贡献也有失落牺牲。这部电视剧让我们看到,现实生活中充满着艰难,又充满着进展与希望,真是越看越明白,有这么好的人民,中国不发展不搞好是世无天理。

单三娅: 真正有生活的作家,就不会与别人雷同。陈彦是一个彻底的现实主义者,他在剧团泡了几十年,他对这一套运作极为熟识。将近十年前我到西安采访过陈彦,那时他是陕西省戏曲研究院的院长,他创作的秦腔三部曲《迟开的玫瑰》《大树西迁》《西京故事》大受欢迎,长演不衰。他的作品之所以有新意,就在于生活根底的深厚。陈彦不是下沉到生活中,他本来就生活在这些人中,他的人物都是从厚厚的生活土壤中直接生长出来的,他又比一般作家多了一份对下苦人的关注,他对他们心存惦念。而我们常见的一些电视连续剧,有时看上几眼,就发现台词一句接一句,经常都是你我可以想得出来的,少有出乎意料之笔,剧情发展也多少猜得出来。出自概念与套路的,多于出自真实生活与真情实感的。看上几集,就想换台了。

王蒙:反映改革开放发展的电视剧不少,写改革者、管理者、创业者,写法制反腐、家庭伦理的也不少,但《装台》的主角比已有的电视剧主角都"低端"得多。他们没有正规的编制,得不到劳动法的保护保障,他们不算文艺从业者,不参加文联与所属协会,少有工会组织替他们维权,他们没有职称,没有劳保医保,没有名分,他们谁也不敢惹,但哪个舞台艺术也离不开他们,越张罗气势大的演出,越要他们的命,越缺不了他们的活儿。

这部电视剧提醒我们的社会、我们的领导,在类似打工仔、打工妹的数量巨大的群体当中,对于他们的报酬、危难,有相当的需要加强关照的方面。还有,他们对社会做出了人们不怎么了解的贡献,我们还欠缺对他们的业绩与品德的承认乃至宣扬。

比如《装台》里那么多人物的婚恋、家庭生活,并不那么圆满合意,甚至于可以说没有基本的稳定。为了生活,刁顺子结了三次婚,媳妇死了一个、跑了一个,第三个也受到各种挤对刁难,家庭岌岌可危。虽然这是个人的生活遭遇,无法由社会负全责,但它确实也是与装台人整天在收入与环境不稳定的条件下拼命,难以踏踏实实居家过日子有关。这出戏,体现了原作者与编导者对于最底层劳动人民的关爱,理应得到社会呼应。

单三娅:这部电视剧还有一个特点,就是它似乎回归了一些我们的传统认知,比如吃苦耐劳、恭宽信敏、坚忍不拔、同舟共济。尤其是它强调了,在当代社会,不管有什么先进科技,不管你再有钱再有本事,人与人之间都是相互需要的,你需要别人的关怀,同样你也需要给予别人关怀,这是人作为社会动物的一个基本需求,这是人间正道。

看完电视剧,又翻了一遍小说原著,发现电视剧还是有较大修改的。最大的改动是结局和走向。小说中最终素芬走了再没有回来,顺子四婚娶了亡友的遗孀；菊花也没有变得通情达理，而是依然怒视着父亲。电视剧改编成这样，是有一定道理的：首先是小说所提供的人物性格的依据在；其次是时代背景有了大改善；三是观剧群和读者群不同，所以说得通，观众认可。

王蒙：电视剧与小说，它们的受众相当不同。前者人多势众，学历有高有低，注意的是剧情与人物吸引力，你得不断有场面的新鲜和故事的纠葛；后者人数较少，更喜欢分析与思考，对文字更有兴趣。电视剧与小说，总的思路是一致的，有所更改，只要合乎性格线索就是自然的成功的。而且我们可以说，有深厚的生活底蕴，有真挚的对人民的热爱，有对于历史与时代的敏锐感觉，在真实感人的小说的基础上，改编成视听节目，情节也完全可以有所不同，有所延伸、发挥、调整、变化，有再创造的空间。

单三娅：有了好的文学本子，编导还得有修枝剪叶、扩展延伸的能力。难得有一部好小说，文本已经被广泛称道，再被改编成电视连续剧，还做了相当的改动，却依然不输，依然有看头。说明这种改编的可能性是有的，当然并不容易。

王蒙：如侯宝林所说：禁拉又禁拽，禁洗又禁晒！这里仍然要凭借创作者的生活积累与丰富细节，树干枝杈、花草蕾叶、飞鸟鸣虫，蓬蓬勃勃，到处都有生长点、发育点。

《装台》还有一绝，就是"下层"人物的坚持性、顽强性，不论揽活挣钱还是谈情说爱，他们是屡败屡战、百折不挠、一波未平、一波又起、咸鱼翻身、反败为胜。这既是劳动者的本色，又是对电视剧编导的要求。

电视剧的特点是连续、成本大套。追剧，可以成为一段生活的一部分，看剧的时间加上谈论温习，每天起码两个小时以上，连续十几天，印象深，难舍难分，看完最后一集，与众演员众人物分手，是离愁，别是一般滋味在心头。这是好剧。差剧呢，开头有个悬念吸引了你，越看越差劲，不看吧，可惜；接着看吧，上当。说得刻薄一些，见差停看,有腰斩感;勉强看完,有受诱被欺感。追剧是个耗时的事儿,所以得谨慎选择。

妙哉,《装台》!

发表于《中国文化报》2021 年 1 月 4 日

"当今世界的人类命运比以往任何时候都更加相互交织"*

肖连兵：新冠肺炎疫情肆虐全球已经持续一年半之多。您们如何看待这场大流行对人类社会的影响？

莫塔莱格：新冠疫情的暴发让世界突然陷入危机，对人类社会、文化和艺术的各个领域产生了前所未有的影响。虽然经历过霍乱、鼠疫、肺结核等传染病，而且几千年来这些疾病就是人类死亡的最主要原因之一，但今天，全人类的命运在此刻面临着新冠疫情的挑战，人类的生活被疫情困扰和纠缠。所有这一切已经降临到人类身上，而人类必须借鉴以往的经验和教训去应对这个挑战。新冠疫情的大流行表明，当今世界的人类命运比以往任何时候都更加相互交织，这也是对未来的警告，告诫我们：一定要重视人类社会的命运与共。换言之，全球化的交织有很多好处，而且除此别无选择，但随着全球联系的增加，必须更多地关注这一问题。大流行让我们有机会停下来反思过去和未来，以及国际社会所面临的危险；这是一次独一无二的经历。文化艺术生活也受到这场危机的影响，艺术的社会活动受到严重限制，例如世界各地的博物馆、艺术中心、美术馆和节日庆典的关闭。但是请相信，只有艺术才能将如今陷入新冠疫情的无助人类

＊ 本文是作者在"光明国际论坛"与伊朗艺术科学院院长纳穆尔·莫塔莱格、光明日报社国际交流合作与传播中心秘书长肖连兵的对话。

从对病毒的恐惧中解救出来。我们要相信,艺术将我们与多元的思想观念以及它所处的世界产生连接。

王蒙:首先,我愿意与纳穆尔·莫塔莱格先生、肖先生一道沉痛地追悼世界各国因感染新冠疫病而过世的艺术家与各界人士,他们的痛苦警示我们:世界应该变得更好,人类应该变得更好,对待他国与他人,应该变得更好、更友善。

新冠疫情给全球带来了痛苦、挑战、考验,与此同时,人们也在进行着更深层、更庄重、更敬畏、更全面与更宏大的思索。它本来是病理、医疗、预防与康复科学与事业的行业性课题,但同时它的严重性与普遍性,伤害了数亿生民,也打击了某些实力群体与人物的自以为是与咄咄逼人,显现了某些人类生活模式的顾此失彼、无计可施,诱发了政客、商人、利益集团的善与恶的想象、盘算、冒险、一厢情愿,凸显了人类面临的全球化与地域化、价值观与信仰等文化分歧和意识形态异同,以及社会发展不平衡带来的撕裂的危险。人类应该更好地反思,怎样团结起来,保护生命、保护同类、避免愚蠢与仇恨、避免偏见与野蛮、减少灾难带来的危险与痛苦,造就更好一些的未来。

我们面临的麻烦出于自然界的病毒,也出于人类自身的政治病毒。对于国际政治、世界治理的歧义,尤其是对于与自身有着不同的哲学、信仰、价值理念群体的错误认知与敌视行为,使人类的善意与德性、理解与包容、清醒与公正、智慧与文明、耐心与担当相对减少,而这些精神定力的走失,使我们缺少了应变与调整的能力和意愿,在人类的身体的呼吸、循环与免疫等系统的脆弱之上,又进一步加重了新冠病毒带来的灾难。

我们面临的共同考试题目是:人类有没有足够的精神准备、足够的道德品质与智慧、足够的合作与善意,团结起来,应对自然病毒与政治病毒、文化偏见、分裂主义、霸权主义等精神病毒的威胁。

我非常赞赏莫塔莱格先生对于人类命运交织,艺术在解救人类的恐惧中的作用的论述。艺术是精神的力量,是精神的应对,是精神的向往。我二〇〇六年访问过贵国,得以了解贵国人民在艺术追求中的奉献和追求、诚挚与匠心,那是对于精神的纯洁与美丽的坚信,那是对于人的品质与智能的提升,那是对于天地人间的奉献。我赞美贵国的诗歌、散文、书法、细密画、建筑、生产技艺与美轮美奂的精美工艺。

一个热爱文化艺术的有素养的人士或群体,面对疫情和一切灾难,会有更多的自信和明哲,会比较易于度过自然与精神病毒制造的灾难,会有一种信念:健康将战胜瘟疫,理性将战胜疯狂,科学将战胜病毒,善意将战胜仇恨。

肖连兵:您们如何看待文化艺术对抗击疫情的作用和其呈现从线下转向线上的变化?

莫塔莱格:自从新冠疫情暴发以来,最重要的改变之一是新艺术场景和新生活方式的形成。因此,艺术家正在学习适应新世界的新方法,在现有条件下通过艺术表达自己。通过连线音乐会,以及在屋顶和露台上展示艺术品,虚拟交流和情感传递减轻了大流行造成的痛苦。事实上,艺术就是在这种背景下发展起来的,并且有了新的发现;网络交流得到了发展。艺术也许不是治疗新冠病毒的科学疗法,但它却能够缓解当今社会由于恐惧而导致的灵魂和心灵压力。事实上,艺术家们治疗了人类的恐惧灵魂。伊朗艺术家也在这方面不断努力。他们通过举办视觉艺术展览、演奏网络音乐会、在线音乐、制作电影等方式,正在努力减轻这种疾病造成的痛苦。实际上,艺术家们和医生护士一道,为治愈新冠提供了很多帮助,为此付出了很多努力。伊朗艺术家也为医务人员提供情感和精神上的支持,这些艺术家尤其应该得到认可。

王蒙:是的,艺术家仍然是活跃的与温暖亲切的力量。不论瘟疫制造多少死亡,艺术仍然告诉我们,生命是珍贵的、美丽的,生活是美好的、值得的,世界在互相分裂当中,仍然有共同的面对艺术的喜悦与清明,有面对艺术的爱恋与欣喜。在抗疫斗争中,艺术家与辛劳的医务人员一起,救死扶伤,帮助与抚慰人民。一切关注人民、热爱家园、敬天积善的精英、领导人、学人、医士、匠人、诗人、艺术家、慈善家、信徒、劳动者,都是生命的守护者、爱惜者、救援者,他们的存在,能够减少苦难,增加坚定乐观和信心。

由于抗疫的坚决与行动力,疫情在中国虽有起伏变化,总体来说,获得了有效的控制与防止。但是我们还未松懈。各种文化艺术机构,如书店、画廊、景点、胜地、公园、音乐厅、影院、剧场、旅游、餐饮、博物馆、体育场馆、学校、融媒体等等活动,在不断地趋向恢复,社会文化生活的规模与气氛,接近正常。线上的文艺服务更有极大的发展进步。

考虑到我个人的经验,我还愿意特别说到语言艺术——文学。我确信,对于语言和语言艺术的认知与理解,我们会有共同思路。二〇〇三年我访问哈萨克斯坦的阿拉木图时,该国原驻华大使的夫人对我说:"我们相信语言的重要意义,语言能够通天。"中国的说法是:语言作用于人的灵魂。

我们用语言表达我们的信念、我们的热情、我们的所知所能所崇拜,表达我们的记忆、怀恋、信念与期待。不论疫情多么猖獗,我们仍然在写作与朗读诗篇,阅读、讲述、表演小说剧本,背诵经典,贡献新的激动人心的作品。

在人类的文学艺术经典与新作中,人们总是在振奋自己的精神,在纪念我们经受的苦难与考验,在用信仰与良知来表达与鼓舞自己,在拒绝威胁、轻视、欺骗、甩锅、仇恨与污辱,拒绝任何形式的抹黑、诈骗、离间与绝望。

肖连兵:在抗击新冠疫情中,一些文明古国在继续开展保护文化遗产的工作,如埃及新建成的国家博物馆开馆,引及民众参观。请您们谈谈对文化认同的见解。

莫塔莱格:文化认同与过去的历史相关联。失去文化认同的人也失去了自己的历史,反之亦然。伊朗一直为其辉煌的过去感到自豪,有无数的艺术品至今保存在伊朗和世界各地的著名博物馆中。古代伊朗和后伊斯兰时代见证了伊朗文明的伟大。在阿契美尼德和萨珊王朝以及富裕的伊斯兰黄金时代,被焚之城和吉罗夫特文明留下的遗产见证了伊朗艺术的荣耀。保护历史作品和艺术遗产是所有国家的责任。在伊朗,该国的文化遗产组织负责保护和保存众多的古迹。他们利用现有设施,让考古学家、研究人员、传统和土著艺术家一齐参与,使用最新的方法,努力保存和保护伊朗的文化和艺术遗产。

王蒙:与"比历史还要古老"(这是伊朗到处都有的一个口号)的波斯文化一样,中华文化有长久的历史,巨大的影响,令人倾心的魅力,也拥有丰富的饱受艰难挫折试炼的经验。经过近代以来的屈辱,经过艰苦卓绝的人民革命,经过改革开放,中国特色社会主义现代化的建设发展取得了举世瞩目的成就。这是弘扬优秀中华传统文化的积极性、仁义性、求实性与文明崇礼、与时俱进的结果,也是汲取消化发展人类先进文化的辩证性成果;是既继承弘扬,又实现创造性转化与创新性发展,面向现代化、面向未来、面向世界,走自己的路的成果。

疫情并没有阻碍中国的科学教育、文化艺术、书籍出版、影视传播、旅游娱乐、文物开发与保护,以及各种评奖与纪念活动的开展。两年来,中国的文化生活一直是热气腾腾,活跃多彩的。

肖连兵:为什么文化认同对一个国家的生存和发展非常重要?

莫塔莱格:文化认同确实是每个国家实力的重要组成部分。个人的社会认同是根据社会的文化认同形成的。文化认同创造了人们的集体归属感和同理心。经济、军事和政治认同也塑造一个国家的形象,带来繁荣、稳定和活力。让一个国家得以存续的是文化认同。今天,一个不保留其文化身份的国家是危险的。有些文化很容易被其他文化所淹没,而另一些文化则采取强硬路线。文化认同实际上是对历史和经历的记忆,尤其是对我们周围世界的共同感受和态度,它会给一个国家带来凝聚力、社会和谐和民族情怀。

王蒙：被人民认同的文化，是自身的与世界的花朵与瑰宝，是宇宙史、地球史、人类历史的骄傲遗产、精神资源。

我深深地尊重人类各国各民族各地域的文化，有幸接触与赞美欣赏伊朗——波斯文化，我最快乐的经验之一是用中文与乌兹别克语朗诵波斯十一世纪诗人奥玛尔·海亚姆（Umar Hayam）的《鲁拜集》（Robayet）：

> 我们是世界的期待与果实，
> 我们是智慧之目的黑眸子，
> 如果将宇宙视为一个指环，
> 我们是镶嵌在上面的宝石！

我当然更熟悉自己祖国的文化。中华文化有一种镇静与从容、正气与坚定，有一种推己及人、合情合理的思路。

我们强调的是己所不欲，勿施于人；是己欲立而立人，己欲达而达人；是见贤思齐，见不贤而内自省。是恻隐之心，人皆有之；羞恶之心，人皆有之；辞让之心，人皆有之；是非之心，人皆有之。如果全人类有这样的共识，我们的星球，会变得更加和平与幸福。

中华传统文化不是现代化的阻力，而是动力，是资源是营养。中华传统文化讲究与时俱化，苟日新、又日新、日日新，讲究穷则变、变则通、通则久。中华传统文化推动了我们的继承与坚守，又推动了改革开放发展与现代化。

我坚信，文化的价值在于它通向和平与幸福、友谊与善良、高尚与诚挚，而不是通向厮杀与霸权、苦难与绝望、仇恨与排他、卑劣与欺骗。我们有成功，就可能有挫折、有失误、有短板，但我们坚信自己的道路。中华文化已经延续了数千年，我们国家的发展进步有目共睹，我们向一切先进与有效的文化学习汲取，我们要将人类先进文化与我们的悠久传统文化结合起来，实现人类先进文化的中国化时代化大众化,推动构建人类命运共同体,让中华民族对人类文明做出应有的贡献。

肖连兵:在西方国家,"文明冲突论"是一些人的认知。您们对此如何看?

莫塔莱格:这一理论在西方世界早已有之,而且颇有市场。纵观历史,西方人总是有一种自我价值感。在今天这个地球上,不容许再有紧张冲突,不能再谋求凌驾于他国之上的霸权主义,必须在全球范围内形成一种共识。为了地球上所有人的命运,只能在不同文化、文明和国家之间进行对话,除此别无选择。在这个基础上,人类才能达到全球平衡与和谐,实现更美好的未来。伊朗一贯主张国家之间基于相互尊重和人类价值进行交流。因此,世界上每一个领域都应该开展政府、国家和文化之间的对话、交流与互动,以创造和实现世界和平。

伊朗是世界上最早提出"文明对话论"的国家之一。与美国提出的"文明冲突论"截然不同,伊朗是把不同文化之间的对话和互动上升到理论的国家之一。伊朗人民欢迎对话,欢迎双边对话,而不是支配别人。为了一个美好的未来,我们需要"文明对话论",即不同文明之间的对话与互动,这是互惠与双赢的对话,是相互尊重和保护文化认同与文化多样性的对话。如果"文明对话论"付诸实施,我们将会看到一个和平与繁荣的世界呈现在人类的未来。

王蒙:我十分欣赏伊朗领导人提出的不同文明开展对话的倡议,联合国确定二〇〇一年度为世界不同文明对话年,中国全国政协组织了这个主题的研讨活动,我参加了这个活动并作了发言。我们坚信不同的多元的文化正是人类文化的绚丽与宏伟的表现,用排他的态度对待异质文化是荒谬与愚蠢的。不同的文化完全可以平等地、善意地进行讨论和评价。对于一切外来的文化成就,一个成熟的丰富厚实的文化会有足够的选择能力与消化能力,完全可以把别人的成就学过来拿过来,使之成为本文化的一个有机部分。至于某种具体的文化选择的异同,更是可以兼收并蓄,比如中餐、法餐、伊朗餐、泰国餐、印度餐、墨西哥餐,都为我所喜爱,我完全可以对不同的餐食发表我的感受与反应。

文化是可以互相欣赏、互相借鉴、互相汲取并有所改造调整的。互相敌视恰恰是无文化、不文明、野蛮凶恶的表现。文化的美好不仅在于它可供欣赏陶醉,更在于它的有效性,即它的改善与提高接受此种文化人群的生活质量的功效。在文化问题上,各个民族国家与地域群体,选择或者不选择、改变或者坚持、讨论或者旁观,都有充分的权利,但没有借助实力打击与消灭异质文化的权力。

肖连兵:文明交流互鉴的目的之一是要促使各国之间的平等对话。您们对此有什么见解?

莫塔莱格:伊朗在革命之后,特别是遵照最高领袖的观点和意见,已经充分准备好与东方世界进行对话。在革命之前,我们只是与西方世界对话;但今天我们不光在与西方对话,尤其注重与东方对话。因为我们更接近东方,我们的历史、我们的愿景、我们的精神都与东方更接近。从别人那里学习,也给予别人;换言之,自己受益了,也让对方受益。这种关系在各个层面都必须是对等的。西方人的问题是,缔结协议的国家并没有遵守双边关系的互利原则,这就是为什么像美国这样的国家正在失去他们在世界上的地位。在双边关系中,两国应建立一种能够吸纳政府意见和民众意见的平衡互动关系,这样才有望建立持久的关系、平衡的关系,赢得人心。

王蒙:国与国之间,不但讨论文化问题的时候是平等的,而且讨论其他问题时也应该是平等的。但我们又说,"弱国无外交"。从十九世纪下半叶以来,我们已经积累了这方面的痛苦的经验。我们是古老的大国,同时又是一个新兴的发展中大国。和平与发展,是当今世界的中心课题。人类命运共同体,是多元的共同体,没有多元,也就没有构建命运共同体的历史课题。政府间与民间,文化间与经贸间,交流互鉴,互学互通,尊重差异,和而不同,追求共同利益与共同目标,是人类一切福祉的前提。

肖连兵:请您们谈谈国家文化艺术机构在文明交流互鉴中的作用?

莫塔莱格:伊朗艺术科学院的主要任务是保护和发展文化认同,通过艺术、文学、科学和医学来保护和促进国家认同。一个国家要保存和发展自己的艺术,不能忽视其他国家的东西;不了解他人,就不可能有自我认识。在真空和孤立的环境下不可能获得自我认识,第一步就是与其他文明,尤其是邻近文明进行对话。其次是艺术的发展和推广,这是艺术学院的另一项任务。艺术必须走出停滞,不可能不与其他文明对话;也不可能不与其他国家进行交流互鉴。艺术无国界,艺术也许是跨国界交流最快的形式。所以我们学院有两项工作:一是保护过去的艺术的特征和实体;二是面向未来的艺术发展。我们相信,不了解他人就无法了解自己,我们欢迎与其他文化进行对话。我们需要这种认同,我们欢迎不同文明和文化之间的对话。

王蒙:二十世纪,中国大量文艺家受到人民革命的吸引,成为革命的分子和元素。中国共产党与中国政府,不遗余力地关心与支持文化艺术的机构与活动,各种文艺团体与文艺手段,各种文艺设施与文艺人才的培育机制,都为发展文艺事业做出了贡献。一九四九年新中国成立以来,文艺事业的蓬勃发展,在中国历史上是空前的。

肖连兵:您们如何看待"一带一路"在促进文明交流互鉴中的作用?

莫塔莱格:"一带一路"让人联想到"丝绸之路",在历史上"丝绸之路"为沿线各国带来了好处,成为人们津津乐道的神话之路。现在,我们生活在新的时代,可能无法保留那条道路的物理形态,但是这条路的精神和它给世界各国带来的互利联系可以通过"一带一路"得到继承和发扬。"一带一路"需要依靠一些有影响力的国家来实现。怎样建设"丝绸之路"和"一带一路",怎样建立起国家之间,特别是东方国家之间的联系,需要我们进行深刻的思考,这些对于我们的时代非常有用,也非常必要。"文明对话论"和"文明交流互鉴"主张对推动"一带一路"沿线国家之间的相互了解将起着很重要的作用,这已经得到了广泛认同。

王蒙:我有幸访问与游历过"一带一路"周边的许多国家,特别是伊斯兰国家如伊朗、土耳其、乌兹别克斯坦、哈萨克斯坦、阿尔及利亚、摩洛哥、突尼斯、埃及、阿联酋等,我相信我们之间的文化交流是成功的,没有障碍的。

二〇一九年,包括波斯文学"四大支柱"代表著作的《汉译波斯经典文库》全集十种二十三册出齐,这是一件文化交流的盛事。萨迪、菲尔多西、海亚姆、哈菲兹、鲁达基等诗国巨人的著作获得了中国诗人与读者的喜爱。

纳赛尔丁或阿凡提的故事,为"一带一路"的许多国家所共享。诗人纳瓦衣的名声,也普及于中国新疆与中亚一带。包括神奇的坎儿井、馕、抓饭、串烤、拉面、薄皮包子等食品,既是"一带一路"许多国家族群的共享,又各具自身的鲜明特色,你中有我,我中有你,多中有一,一中有多,各不相同,又异彩各呈。这是朋友之道、文化发展之道、邻里相处之道、世界和平之道、正派比赛竞争之道。按传统中华文化的说法,这是天道,是光明大道,是幸福之道,是四海之内皆兄弟之道。

肖连兵:您们对中国和伊朗之间的文化交流有什么期待?

莫塔莱格:幸运的是,当前的形势为两国双边文化关系的发展创造了很好的条件,特别是伊朗与中国这两个亚洲伟大文明之间的艺术关系的发展,这是很好的契机。当前两国经贸和政治关系良好,文化艺术关系需要进一步加强。我们希望伊朗和中国的国家艺术机构能为两国之间更多的互动创造条件。我们有很多话要对彼此说。例如,伊朗电影就有很多可以分享的东西。同样,中国也有很多值得我们借鉴的东西。比如我们对于中国在数字艺术方面的理念和经验就非常有兴趣。为了实现这些设想,我认为应该为双方有关机构艺术家之间的对话创造条件。如为伊中两国艺术家之间交流提供"对话区",建立伊中艺术小镇,开展艺术合作,如举办联合展览。

王蒙：二〇〇六年我访问伊朗时,在伊朗对外文化联络组织的欢迎会上,我用波斯语作了部分讲话,回国后我写了《伊朗印象》一书,在上海与香港的报刊上全文发表,引起了中外读者的兴趣。其后,连同大量图片,由中国山东友谊出版社出版了单行本,后来还出版了波斯文译本。

前面我已经讲到了许多中国伊朗文化交流的美好进展,我还必须提到,如今在中国,看伊朗影片已经成为一种时尚,《天堂的孩子》与著名伊朗导演马基德·马基迪,在中国的大城市,家喻户晓。

我赞同莫塔莱格先生的想法,我认为中国伊朗两个东方文明古国的文化交流有着推进与拓展的大量空间。古老的文化有自己的深厚的魅力与前进的动力,古老的文化正在焕发新的生命,取得一个又一个突飞猛进的业绩。

原题《热爱文化艺术与战胜自然病毒和精神病毒》,
发表于《光明日报》2022年1月10日

令人向往的天地境界

徐立京[①]：您对中国文化的研究与思考达到了相当的广度、高度和深度。从当代作家、学者的视角，您怎么看待二十四节气七十二候在中国传统文化中的意义和作用？

王蒙：我早就对中华历法情有独钟。当得知它的英文译名是 lunar calendar 的时候，我不完全认同。因为中华历法并不是伊斯兰历那样的纯粹按照月球与地球的相对运动而建立的历法。中华历法绝对不仅仅是阴历、月亮历，而是极其注意并明确反映了太阳与地球的相对位置关系。二十四节气就完全是阳历元素。中华历其实是一种 lunisolar calendar——lunar 和 solar 合在一起，同时参考太阳和月亮的运行，是阴阳合历。所以，事实上，叫 Chinese calendar 即中华历最为合适。中华民族是个多民族大家庭，除了汉民族的夏历（农历），还有少数民族的自有历法如彝历、傣历、羌历、藏历等，都在使用着，直至今天。

几千年来，中华历法的发展、调整、完善，是中华民族对人类文明的一个极大的贡献。根据专家的说法，中华历法不仅兼顾阳阴日月，而且它是七曜历法，即日月二曜外，还兼顾了水、火、木、金、土五个行星与地球的位置关系。我在网上看到这么一个分析："按评价历法的两个关键指标，将中华七曜生命历法与公历对比，在与天象的符合

[①] 徐立京，《二十四艺气七十二候》一书作者。

精度方面,生命历至少与公历持平;从历法内涵方面,公历只能反映太阳一曜对人体的影响,而生命历却能反映日、月、水、金、火、木、土七曜对人体的影响,攸关天体比公历多出月、水、金、火、木、土六曜,含金量很高,成为世界上优秀的历法。"我赞成这个观点。

徐立京:您谈到了很重要的一点,就是中华历法观察宇宙世界的角度不是单一的。人们常把中华历法称为"阴历","阴"是相对于"阳"而言,会容易被归为月亮历。观察月相变化,当然是我们祖先认识宇宙世界的一种很重要的方式,但绝不仅限于此。恰恰相反,二十四节气更多是在观察太阳运动变化中而形成的。中国"二十四节气"于二〇一六年十一月三十日被联合国教科文组织正式列入人类非物质文化遗产代表作目录,其被总结为"是中国人通过观察太阳周年运动而形成的时间知识体系"。而您又进一步谈到,除了日月,中华历法还蕴含着对水、火、木、金、土五大行星运动与地球关系的观察,这反映出中华文化认识宇宙世界的角度,是多角度、立体化的,是系统性的。

王蒙:是的,中华文化认识宇宙世界的一个重要特点,就是从系统出发,从整体出发,从包罗万象中找出万事万物最本质的联系。正因如此,谈中华历法的二十四节气与七十二候,离不开中华文化传统,它与古代天文学、气象学、地理学、生物学、中医学、易学、占卜学、阴阳五行八卦、哲学、民俗、宗教、道德伦理的关系密不可分,几千年来影响着中国社会生活的方方面面,不仅在农耕时代发挥了指引人们生产生活的重要作用,而且在今天也潜移默化在中国人的生活中,成为我们文化血脉里最被熟知、最喜闻乐见的一部分。

你看,四季的划分与二十四节气的速记歌谣,是多么令人"爱不释口"!孩提时代一接触,我就喜欢上了,觉得特别有意思,背得滚瓜烂熟:"春雨惊春清谷天,夏满芒夏暑相连,秋处露秋寒霜降,冬雪雪冬小大寒。"这是春季:立春二月三到五日、雨水二月十八到二十日、惊蛰三月五到七日、春分三月二十到二十一日、清明四月四到六日、谷雨四月十九到二十一日；这是夏季：立夏五月五到七日、小满五月二十到二十二日、芒种六月五至七日、夏至六月二十一到二十二日、小暑七月六到八日、大暑七月二十二到二十四日；到了秋季：立秋八月七到九日、处暑八月二十二到二十四日、白露九月七到九日、秋分九月二十二到二十四日、寒露十月八到九日、霜降十月二十三到二十四日；到了冬季：立冬十一月七到八日、小雪十一月二十二到二十三日、大雪十二月六到八日、冬至十二月二十一到二十三、小寒一月五到七日、大寒一月二十到二十一日。如果光看阿拉伯数字的年月日，我们不会在瞬间对四季变化产生那么强烈的自然反应和丰富联想，但是一读二十四节气就不同了，马上就对季节更替有了最直观最生动的感受。二十四节气是中华历法对四时变化的缩写，也是一首简明、纯真、亲切、充满生活气息的对于天地、对于神州、对于中华民族、对于先祖、对于重农亲农的先民生活的颂歌、情歌。它的汉字运用达到了清丽质朴通达轻松的极致，流露了天人合一、道法自然、躬耕劳作、天下太平的哲学与社会理想，而它的平仄、音韵、叠字、对仗、回旋、照应也都浑然天成，顺风顺水，"春雨惊春清谷天"，这是天诗天韵天词，是全中国最普及的好诗句。

对了，七十二候，更丰富、更欢实、更蓬勃、更给力。什么鸿雁来、寒蝉鸣、蚯蚓出，什么桃始华、萍始生、禾乃登，什么水始冰、雷发声、土润溽暑，什么蝼蝈鸣、鹿角解、蜩始鸣，什么王瓜生、苦菜秀、靡草死，什么反舌无声、豺乃祭兽、征鸟厉疾……大大小小的植物、动物、高天厚土的种种自然现象，我们见过的没见过的、听过的没听过的、知道的不知道的，七十二种物候的总结描摹是那么形象那么细致那么独特，时不时让人出乎意料，又经常令人会心一笑。

当然，也有一些说法现在已经证明不符合科学与实际，比如"田鼠化为鴽"什么鸟变成了什么虫。是的，作为动物学、植物学与气象学的图表来说，七十二候的说法或有瑕疵，但是正如你的新书所言，七十二候，是天文观，是以黄河流域为依据的地理观，是季节与气候的时间观,又是农业生产、农业文明观,更是中国人的生命观,是自然观,是世界观,是宇宙观,是自古弥留的乡愁乡情,是对于中华神州大地的赞美与亲近,是对各种生命现象的关注、兴味、好奇、想象与富有好生之德的价值观。

徐立京:谢谢您对我的思考的肯定。相对于二十四节气的普及面来说,大众对七十二候的认知要少得多,当这几年我对七十二候进行了认真学习、观察和体悟之后,觉得这个文化体系真是太奇妙太有趣了,深深为我们古人观察宇宙世界变化的细致精妙所震撼。七十二候里面,有十分宏大的概括总结,比如说孟秋时节的处暑二候"天地始肃",孟冬时节的小雪二候"天气上升,地气下降",但更多的是对一些非常细小事物的变化的捕捉,像立春二候蛰虫始振、春分初候玄鸟至、夏至三候半夏生等等,很多很多,小虫小鸟小花小草在我们老祖宗眼里,都是那么可爱那么灵敏,都能代表天地万物的变化。这就让我很是感叹感动,一方面为古人体察世界的细致入微,正所谓见微知著的中华智慧;另一方面更为古人看待世界的生命观,生命无论大小,不分强弱,强悍的老虎、微小的蚯蚓,艳丽的桃花、朴素的苦菜,都是宇宙世界里重要的一分子,都能代表天地四时,这样的生命观,我觉得是极其宝贵的,对于当今的世界和人类的未来,都是具有巨大价值和意义的。如果二十四节气七十二候所代表的中华文化的价值观能被世界更多地了解,得到更广泛的传播,这个世界将会减少许多的喧嚣,增加对生命的尊重与敬畏,对宇宙万物作为一个整体的尊重与敬畏,世界将会因此而变得更美好。

王蒙:是的,感谢你的《二十四节气七十二候》一书,它使我们突然重新发现了早已具有、似乎沉睡良久、被遗忘被淡漠了上千年的精神珠玑,光芒又开始四射,重温又开始暖人心扉,生气再次洋溢,中国梦打开了又一个文化的柴扉,正在大步走在社会主义现代化道路上的我们,连接上了绵延数千年的中华历法文化。

中华历法文化反映了古圣先贤热爱生活、热爱世界的乐生主义。

你看二十四节气七十二候对天地变化的观察、举例和感受，无外乎两个角度，一个是以大观小，一个是以小见大。二十四节气是以大观小，是把对天地四时之变的大总结，体现在了一个个具体节气的确定与划分上，古人的眼光，遍及天相、季候、农事、生物、风俗各层面，都是从天地的大变化来认识这些具体事物与现象的。七十二候则是以小见大，在大千世界的无穷无尽的"物"与"相"中，古人精心选择了那些他们认为最生动、最鲜明、最能代表宏大之变的对象，成就反映节气演变的物候，贯穿着"一叶知秋"的智慧，深得"一花一世界"的精髓。而不管是从哪一个角度来观察认识宇宙世界，中华民族里那些最有智慧和贤德的先人，都充满了对天地对生命的热爱与感恩。孔子说，"天何言哉，四时行焉，万物生焉"。老子说，"道法自然，上善若水"。庄子语，"天地有大美而不言"。在二十四节气七十二候的文化结构里，我们细细品味一个个节气、一个个物候的更替与命名，追随着四季变化中生命"春生夏长秋收冬藏"的历程与不同状态，你会觉得每一个时节都有着无可替代的美丽与内涵，任何时候都应该视为是最好的安排。包括大寒大暑，也透露着世界对于你的英勇与敬畏、坚强与奋斗精神的激发启迪。

但是，对于我们每个个体来说，"任何时候都可以是最好的安排"的这个天地之道，却并不必然成为现实。为什么呢？天地的大美，天地自己是不言的，四时对万物的护佑，四时又何曾说出来呢？要靠我们自己去感悟。哲学家冯友兰把人生的境界分为四种：自然境界、功利境界、道德境界、天地境界。自然境界是缺乏觉性的，顺着本能依着习惯做事。你看七十二候里的动植物，都是这样，雨水二候候雁北，孟春了，天气开始变得暖和了，大雁开始往北飞了，到了更暖和一点的惊蛰初候桃始华，桃花就绽放了……到了时候该怎么样就怎么样，万物万生跟随着自然的本能、自然的欲望，生动着、变化着、美丽着、艰难着也流逝着。叫做逝者如斯夫，不舍昼夜。二十四节气，七十二候，不正是不舍昼夜地流逝着变化着，循环着周而复始着的吗？

但人又不一样，是有觉性的，有觉性的人又分出了三种境界：功利境界、道德境界和天地境界。

对于芸芸众生来说，道德境界已经是很高的一种境界了，多少人难以企及。但这是不是最高的境界呢？不是。最高的境界是天地境界。而在我看来，天地境界也许可以用今天的语言表达为：对大自然客观世界的亲和与理解，对天与地、阴阳与五行、天地与人生、物质本体与社会历史的统一性整体性的理解与感悟。它是天道、天命、天心、人性、人文、人的本质化（这一个化是马克思最喜欢讲的）的高度融合与统一，用庄子的话说就是道与我的合一，孔子的话则是"朝闻道夕死可也"。

中华文化的精华是通达天地境界的，讲究天人合一、师法造化、和而不同、美美与共，在二十四节气七十二候中，我们古人的目光看到了宇宙万物，每一个物候的生命都是可贵的，都和宇宙世界是一个整体、一个系统。所以，二十四节气七十二候是人类非物质文化遗产，它所蕴含的宇宙观、生命观是非常了不起的，是具有现代性乃至后现代的，放在今天以及未来，放在全球，都是很有意义的。

徐立京：谢谢您的精彩论述！也就是说，四季的转换，既是自然的，它不以人的意志为转移，但又是文化的，每一个日子、每一个季节、每一个节气、每一个物候，可以因为我们的觉性、我们的境界而变得完全不同。跟随着四季的脚步，在二十四节气七十二候的交替中感悟生命，这其实是一个悟道的过程。这种悟道，体现在艺术上，产生了大量的文学作品。我觉得二十四节气七十二候文化体系中有两大类作品特别典型：一类是大量的农谚，可以说是极其丰富多彩、活色生香的民间文学；一类是文人的诗词歌赋，也是绚丽多姿、美不胜收。唐诗宋词里，和节气有关的作品很多，我们熟悉的诗人杜甫、陆游等等，写了不少由节气生发开来的诗作，唐朝的元稹写全了二十四节气诗。作为文学家，您怎么看这些节气诗词作品？

王蒙：中华历法的天地境界可以媲美于尚书中的《卿云歌》，并与之互通互文。"卿云烂兮，糺缦缦兮，日月光华，旦复旦兮"，令人爱恋崇拜。家喻户晓的"清明时节雨纷纷，路上行人欲断魂"，是节气与季候的文学性的显证。"爆竹声中一岁除，春风送暖入屠苏""独在异乡为异客，每逢佳节倍思亲""东风夜放花千树，更吹落、星如雨""玉露中秋夜，金波碧落开"……虽然不是直接写节气季候，但都是出自中华历的时序感与岁月感、天地感。有趣的更是杜甫的名句"露从今夜白，月是故乡明"，令人不能不想到阳历九月初的白露节气与大体十月份的中秋节，而苏东坡的"明月几时有，把酒问青天"句，虽不是专门写中秋节的，却已经成为中秋诗词的不二选择。

节气与季候的诸多说法，惊蛰、谷雨、小满、寒露、鸿雁、寒蝉，都是诗语，都可以直接入诗，而所有的传统节日，从"一元复始万象更新，到上元、清明、端午、七夕、中秋、重阳……都浸透了中华传统文化、中华历的对于天地的深情与深思，浸透了汉字的诗意诗韵。

发表于《人民教育》2022年第7期

与金庸话人生[*]

金庸：王蒙先生比我小十岁,我一九二四年出生,他一九三四年出生。我现在浙江大学任人文学院院长,我在我们学院的七个系讲课,中文系历史系讲得比较多。有学生问我:查老师,你觉得中国古诗词中,你最喜欢哪几句?我说我最喜欢《论语》的开头几句:"学而时习之,不亦乐乎?"还有一句:"人不知而不愠,不亦君子乎?"

王蒙先生最近出版的《王蒙自述:我的人生哲学》,我用五个字概括就是:快乐的君子。首先,君子就一定是快乐的,老是忧忧郁郁、愁眉苦脸的就不是君子。其次,心里老是妒忌人家,打击人家,想打小报告的,心里不会快乐。心里老是希望打败人家,幸灾乐祸的,希望人家垮台,也快乐不起来。一个人一生的目标无非是如何做人啊,如何希望幸福啊,如何幸福,快乐就是幸福。你虽然很有钱,可是心里老是不快乐也没有用。

我想起中国的传统,从《论语》、老子以来,中国这些很有智慧的哲学家就是讲做人怎么个做法。人家不知道你,不了解你,对你有误解,这个时候你没有什么不开心的。人家误解你误会你,你能够做到没有不开心是很难的。人家误会就误会好了,我不在乎,这就是一个真正的君子了。我的学生问我了,王朔写文章来骂你,你是不是就用这句话来"人不知而不愠,不亦君子乎"。我希望自己能做到你不了

---

* 原题为《王蒙金庸香江话人生》。

解我、误会我、骂我,我也不生气。虽然我还不算是君子,但我向君子走近了一步也好。

王蒙:我在书中一开始先谈学习的问题,实际上我是回避了一种价值的歧义,因为中国和整个世界都处在激烈的变化之中,你认为有价值的东西,他也许认为不那么有价值。这个时候我就想在所谓人生感悟当中来寻找一个最大的公约数。就是不管你是经商的、当干部的、做老师的,或者你是政治活动家,但是你总有一个共同的东西,可以焕发你的精神,可以让你安身立命,可以让你在身处逆境的时候保持一个心态的基本的健康。

金庸:王先生提到大事情知止而静,你知道什么地方不能再走下去,再走就要掉下去了。所以走路有止境,做什么事都要有分寸。中国人现在也会用民谚来劝诫人家,什么身体健康呀,吃饭要吃到六分饱,不要吃到八分九分,什么事情都不要走到极端。这一点,我和王先生不谋而合。打人也不要用全力。我最近修改《射雕英雄传》,把洪七公的降龙十八掌的亢龙有悔详细解释一下。降龙十八掌最厉害的一掌就是亢龙有悔,它的力量就是发出来一分力,保留九分,把力全部都发出来,这个武功就不太好了,最大的力气要保存在后面。做人也要这样,不要走极端,你骂人也不要骂到狗血淋头,不要过分,适可而止,点他一下,让他知道自己过分了,就可以了。

我想各位在考试时,不要把全部力气花在最难的题目。等到容易的题目都做好了,难的就放在后面做,做不出来就算了,也可以拿八十分九十分。做很难的题目花了很大的力气,最后做出来也不过得个十分二十分,不及格的。

王蒙:刚才查先生说只发一分力,这个我还做不到,我书中提出来的是发三分力。我也不是什么都不争,因为你什么都不争,别人就可以老欺负你,欺负到一定程度,你要看准机会,"啪"地一抓就抓住了,对他回击,但是只发三分力,回击以后你就干别的事去,不要跟他纠缠。因为很简单的原因,你没有时间啊,我说只发三分力,而且只花七十二小时,最多七十二小时。就是三天之内,你可以对这个人表示你的不满,但是到第四天就不再表示不满了,我忘了,忘记了。我有这个时间不就能多写一本书了,收获多大啊!

金庸:王蒙先生讲得实际一点,我的那个理想一点。

王蒙:我常常提倡低调的原则,就是你做什么事情不要把调子唱得太高,唱得太高了会吊起人家过高的期望值、过高的胃口,但你实际上不一定能做得到。你的调子过高还会容易变成一个靶子,变成一个目标。有些写作的人是非常在乎自己的作品发在什么刊物上,是大的刊物,还是小的刊物;是登在头题,还是二题、三题,还是最后一题;是得了奖,还是没有得奖。我有时候恰恰相反,我有意识地把作品放在一个不太起眼的刊物上,而且我嘱咐它你往后放,千万不要放头题。因为如果你发头题,人家对你的要求,对你的衡量,拿的那个尺啊,就是个比较严格的尺。如果他一看呢,是在一个小刊物上,发在第七篇,前面有六篇,那么我的就比较容易混过去。

金庸:做君子总是要受到小人的欺负、小人不公正的攻击、不公道的对待。

王蒙:我说君子并不等于傻子。君子该有的功夫也还该有,要有亢龙有悔的这种功夫,这是第一点。第二点就是有时候君子和坏人在一起呀,坏人的武器比较多。比如说坏人可以造谣,好人不能造谣,既然他给我造谣我也给他造谣好了,能不能?他说我偷了一千块钱,我说他偷了两万块钱。这个就不可以了。这样的话你就趋同了,也变成坏人了。但是我相信从长远来说,虽然你没有坏人用的武器那么多,但是你的剑法呀,还是应该更高一筹。

2003 年 11 月 24 日

只要能用得上的,我都不拒绝*

宋炳辉: 王蒙先生,我最近读过您的自传第一部和第二部,第三部也快问世了吧?不过,从前两部中我就已经感受到,这不仅是一部您回顾自己半个多世纪创作历程的历史,同时也将是一部中国当代文学的见证史。我想,这不仅在于您的文学实践所产生的持久而重大的影响,更取决于您在整个当代文学的发展中,特别是自新时期以来的文学发展中所处的特殊位置。关于您的三部自传,一定会引起文坛和读者们的极大兴趣,一定会引出许多话题来。

我首先注意到一点,您对于自己在上个世纪五十年代初的创作,用了一个特别的表达词,就是"青春期的写作",从五十年代中期开始,中间隔了那么多年,直到七十年代末回归文坛时,就进入了"中年写作"。我想,您的这种创作历程是比较特殊的,在中国同代作家中又是非常具有代表性的。这样的曲折起伏的经历,对您的创作有什么优势吗?

王蒙: 上世纪五十年代的写作,为我后来的创作打上了一个底色,这个底色是比较阳光、比较光明的,因为它正处在新中国刚刚成立的欣欣向荣的历史时期。当然,现在看来,这里面也有很多幼稚,有很多理想和现实的脱节,甚至也有某种简单、片面和极"左"倾向的东西。譬如说在小说《青春万岁》里,我曾批评里面的一个角色,

---

* 本文是作者与上海外国语大学教授宋炳辉的对话。

就是那个叫做李春的中学生。现在已有评论家提出,李春是不该被批评的,她无非是自己做自己的功课,不想参加班里的活动。她有权利做出这样的选择,说不定这种选择恰恰是正确的,至少她算不上一个落后的、转变的典型。现在看来,也是一个角度。而我当年的义正词严,可能就是我当初简单和幼稚的某种表现吧。

然后呢,二十多年间我处于被封杀的情境中。不过,我的写作虽被封杀,但我的生活和从实际中学习的劲头并没有减少。这期间,我在北京郊区、在新疆地区参加劳动,尤其是从作为政治文化中心的北京一下子跑到边远的新疆,对地方工作的特色、对广大农民,还有那种异质文化,也就是维吾尔族的、伊斯兰文化的影响等等,对我也有很大的充实。但我有一个特点是,在我的生活有了一个改变之后,我不会就把过去完全否定,我并不认为我到新疆农村劳动了,回想起五十年代初期对革命、对新中国的向往,就认为那时候像梦幻一样。我知道,它确确实实存在着,不管历史怎么变动,我们用不着以今天来否定昨天,再用明天来否定今天。

到了"后文革"时代,我处于一个比较正常的,甚至是充满激情的写作新阶段。我消化了那种青春的写作,也消化了被封杀的、沉默的状态,但同时,也认真地思考着自己这样一种生活经验。我觉得我是抱着这样一个态度:对我的经历,我并不是一种近乎纯然的怀念、歌唱,也不纯然是牢骚、怨恨,而更从一个历史的和人生的必然性上来看待这一切变化。我觉得,对一个人来说,他有青春的经验,有被折磨的、碰壁的经验,有被封杀的经验,有被打入社会底层的经验,也有恢复了自己原来的社会地位等等具有很多可能性的经验,这些经验都是可贵的,都值得认真记取,认真回顾和反思。所以在某种意义上说,我是一个经验主义者,虽然我也读书,但更多的是靠我人生的经验,是靠我所读的人生这本大书。

宋炳辉:我记得八十年代初我进入大学读书的时候,您刚从新疆回到北京不久,当时您用了"故国八千里,风云三十年"这样一句话来概括自己的复杂经历和创作立足点与视野。我觉得您是想在这样广阔的空间和时间里，集中表现这样一种经历、感受和思考。在七十年代末、八十年代初的短短几年里，您集中推出了一批中短篇小说，它们所叙述的故事，它们所包含的激情和理性，包括艺术手法上的探索，在当时反响极大。

沿着刚才所说的问题，我在考虑您的创作与同时代的其他作家还有一个不完全一样的地方：一般作家的写作，在文体的驾驭上是从"小"到"大"，先从篇幅较小的诗歌或者短篇小说入手，然后尝试长篇小说的创作，但您给一般读者的印象是，一开始就是大部头，您是从长篇小说《青春万岁》开始自己的写作旅程的，然后，在七十年代末、八十年代初，确立您在文坛地位的倒是一批中短篇作品，我觉得这也是一种比较特殊的情况。

王蒙：从小到大是一般规律，但也有很多特殊的个案。我当时一上来就选择长篇，现在回想起来，其中有一个具体原因。因为我的写法比较特别，我的风格和五十年代中国的作家相比也不一样。我的作品中，贯穿了一种情绪。具体地说，如果我的作品没有一定的规模，我认为它可能就是站不住的，如果我用那种方式写一个短篇的话，可能很快就被否定掉了，或者不会引起大家的注意，因为我的作品故事性不强，情节也并不吸引人。

宋炳辉：在您的自传中，您曾用了一个词是"情绪"，来说明您早期的写作。

王蒙：是的。在写作中，我所倾吐的、最最激动本人的莫过于情绪的表达了，说成书写激情也行。所以陆文夫一直喜欢说：王蒙首先是诗人。你刚才说的一开始就写长篇作品，我觉得就和这个原因有关。

比较有趣的是《青春万岁》，从文艺界对它的评价来说，并不特别高，但我从一九五三年开始写作，一九五六年定稿，到一九七九年才正式出书，历时二十五年。而从问世以来，至今每隔两三年都会重印一次。在当代文学作品中,我不知道还有没有别的书有类似的情况。比如五十年代许多曾受到非常高的评价的书,现在可能只有研究者因为研究才去读它,一般读者不会再去买了。现在也更不会每隔两年印一次《红岩》,或每隔三年印一次《青春之歌》,或每隔三年印那些认为写得比较好的,比如赵树理的、孙犁的小说。但《青春万岁》确实是到今天为止,仍然在不断的印行过程中,哪怕是印上两千册、一千五百册,但它隔几年就需要印一次,说明它总还是有相当的读者群的,这是很有趣的现象。而我真正所谓成名、造成影响的则是短篇小说《组织部来了个年轻人》,一九五六年发表,弄出很大的动静来。(笑)至于"文革"后,这段写作没有停止过,一直还都是延续下来了。

宋炳辉: 我记得我读小说《青春万岁》和看电影《青春万岁》几乎是同时的,那时刚刚步入大学校园。这样的阅读经验也许混同了电影和小说两种不同的文类,但对我个人的感受而言,却使您小说中的人物一个个都有了具体可感的容貌特征,也更直接地激发了我的审美情感。我觉得不管是小说还是电影,里面都贯注了一种理想和激情,而且对我这一代在六十年代出生,七十年代初开始上学读书的正在成长阶段的青年人有一种特别的感染力。我实在是流着泪看完《青春万岁》的,里面有很多台词,比如序诗的开头几句:"所有的日子,所有的日子都来吧,/让我编织你们,用青春的金线,/和幸福的璎珞,编织你们。"那个时候很容易激发起我的情感。现在可能会带着一些理性的东西去读这个作品,但当时是非常的投入,所以我想它能够不断地重印,一直拥有它的读者,还是和这个有关系,青春总是充满蓬勃的热情和希望,年少的一代需要这样的情感释放。

我记得您和郜元宝的对话中用了一对名词,就是"前革命时代"和"后革命时代"。我觉得"前革命时代"和"后革命时代"最大的区别就在于,在后者中,理想因素被正面描述、叙说、陈述可能比较少了,一般人都不大愿意这样做,这可能和社会复杂多元的现状有关,那种理想的正面表述容易导致某种伤害,常常被称作"冒傻气",所以人们不大敢正面说、正面表现。但事实上我觉得,不管社会和文化环境有怎样的变化,理想和激情的正面叙述还是人性中健康的、自然的一部分,它应该受到起码的尊重。

另外,我还有一些问题,因为我是做比较文学研究的,我平时考虑比较多的一个问题,就是中国作家的创作资源,而外来资源就是其中非常重要的一翼。自近代以来,中国的外来文学和文化资源是异常丰富的,特别是二十世纪初期以来,自文艺复兴以来西方各个时期的诸多思想和文学都有大量的介绍,五四新文化时期是一个西风东渐的高峰时代,之外还有来自日本、俄国和印度等其他民族的文化和文学。总之,历时几个世纪的外国文化思潮同时被推到一个平面上,加以引进,这是一笔令人眼花缭乱的精神财富。只是到了二十世纪五十年代,本来丰富的资源趋于相对单一,发展到"文革"时期,几近于封闭,直到七十年代末,对外之门才重新次第开启,而您的创作实践和人生经历,正见证了自五十年代以来中外文化和文学关系的重大变迁。像您这样一位有代表性的中国当代作家,在我们当代中国这样一个特殊的文化空间里,一步一步地展开创作,取得了今天这样的重大成就,那些外国的文学、文化、思想资源,肯定是起了一个很大的,又是较为特殊的作用吧?

王蒙:我接触外国文学,曾经也非常投入。譬如说俄苏文学,包括那个俄罗斯文学最辉煌的年代,像屠格涅夫的《贵族之家》《前夜》,我读得是如醉如痴;托尔斯泰的《安娜·卡列尼娜》《复活》;契诃夫的小说,尤其是他的戏剧,我十分沉迷。我说过,在五十年代的政治运动中,在我处境最坏的时候,我没完没了地读狄更斯的作品,我从他笔下人物命运的大沉大浮、大开大合中,多少获得一些人生的启示。古典的当然像巴尔扎克、雨果,像梅里美、惠特曼,像歌德的《少年维特之烦恼》和《浮士德》,等等,这些都使我曾经激动过。后来,我读陀思妥耶夫斯基,他就特别能够扭住一个人的灵魂,他的那种滔滔不绝……我后来看过他妻子写的回忆录,陀思妥耶夫斯基好赌,欠了债,当出版商要起诉他的时候,他就没日没夜地口述,像疯了一样在房间里来回走着口述,他老婆本来就是他的速记员,飞快地打出来,太可怕了,像疯了一样,所以陀思妥耶夫斯基的书有时候一连二十页不分段,就像连珠炮、机关枪,像山洪泛滥一样,给我特别深的印象。现在我接触的比较多了,我觉得美国的约翰·契弗、杜鲁门·卡波特,还有约翰·厄普代克,他们的作品风格相对简练一点,他们擅长用一种非正规的比喻,脱离了我们过去在修辞上所能理解的那种比喻和语言的表达方式,对我的影响也还是有的。但是,说老实话,外国文学对我的影响其实还比不上中国古典的唐诗宋词。

宋炳辉: 对于创作来说,我也是这么考虑的,文学资源只是其发生的必要条件,但不是充分条件。对于一个中国作家而言,你不可能用他所阅读和了解的外国文学作品来解释他的创作,这是做不到的,勉强做出一些解释也不充分,只能说明他的一部分创作资源。而且中国当代作家,特别是像您这一代作家,因为共和国成立以后,整个文化和政治的特殊性,中外文化的交往体现出一个明显的阶段性。解放初期向苏联、东欧社会主义国家的"一边倒",文学的交往也是这样的;然后,中间的"文革"时期几乎可以说是相对封闭的;再到开放以后达成比较正常的一种对外文化和文学交往。阶段性比较明显。这种阶段性,在不同年龄、不同经历的中国现当代作家身上,在他们的知识结构、文化素养、审美倾向等方面,形成了比较明显的代际和群体差异。所以,对您的同时代作家,包括年纪比您还大一点的作家来说,只要是在解放区,不是在三十年代或者二十年代的氛围下成长起来的,在对外来文化和文学的知识结构上,多多少少都会有某种限制,所以这个关系也是比较复杂的。当然个人的情况并不完全一样,有的后来不断地拓展自己,获得了开阔的世界文学视野,比如您。

八十年代,您从新疆回到北京以后,先后在作家协会、文化部担任了一些行政职务。您在一开始也谈到您的生活阅历,我想这一部分工作实践也是一种重要阅历,因为从我主观来考虑,您担任一定的行政职务,您所做的事情,所接触的事务,包括整个国家的、世界的,资讯是不一样的。您获得这样的资讯,对社会、对现实的判断就会和别的作家不一样。这个问题,您在其他地方也说到过,我想请您再说说,在这样一个双重身份的情况之下,您觉得行政方面的工作与您的创作是一种什么样的关系?或者说,您的行政方面的经历对创作有什么帮助?

王蒙:我觉得是这样,因为通常作家和官员之间往往有较大的隔膜,也很难做到很好的沟通和交流。但是,我从小、从少年时代起就选择了政治,现在想再回过头去,想重新选择是不可能的,我就这样介入了国家的政治生活。但同时,我又确实是用一种文学的激情来从事创作,我不但用文学的激情来从事创作,而且也用文学的激情来接受、理解、批评我们的政治生活。你看了我的第一部自传《半生多事》,就会体会到这一点,我觉得这也是我在五十年代受挫的原因之一。当你用文学化的眼光来看待政治的时候,你肯定会倒霉;如果你就事论事,我当时其实已经是一个挺有经验的干部了,我根本不会犯林震那种错误,可是当把他文学化以后呢,我就变成林震了。但实际生活中我并不是林震,我也不是一个爱到处提意见的人,我甚至是相反的一种人。可是,我也没有反过来,用文学的观点把政治生活、把领导事务、把那种官员的生活全盘否定,因为我接触到的官员和我接触到的作家一样,都是和你我一样的人,他们不是神仙,没有那么伟大,但也不是妖魔鬼怪,他们也有喜怒哀乐,也有为很不起眼的一点人事生半天气,他们也有口误、笔误,突然发发脾气,等等。所以在某种意义上,我确实是以一种文人的心态来接受这些经验的。对于文学来说,譬如我参与的这些领导工作的经验,不但是政治的经验、社会的经验,同样也是文学的经验,它是一种心灵的经验、内心的经验。当你看到人们用另一种语言,高高在上地或者居高临下地,或者他首先考虑到政治的利益、政治的稳定性,考虑到权力运作的那种语言在研究一些问题的时候,其实你同样可以从文学的角度去体会他、观察他。我相信胡风的那句话:"到处有生活",生活和生活不一样,当妓女和当警察是两种不同的经验,但这都是生活,这是事实。

宋炳辉:您在《半生多事》中回忆写作《青春万岁》的时候说到您当年的一个感觉,您说:"写一个长篇,需要的是一种类似当'领导人'的品质:胸襟、境界、才能和手段。"

王蒙:对,就是这个意思吧。我说这个话仅限于作品的组织结构,无他意。另外,我和别人稍微有点不同呢,就是我考虑一个问题,往往从这个角度说完以后,又从另一个角度说一说,譬如某件事,那些作家都很高兴、都很兴奋,但我又从另一方面看到这里面埋伏的一些问题,我把两面、三面的话都说到了,这并不是我生性圆滑、面面俱到,而是我本身有这个条件,我既从这方面考虑到,也从那方面考虑到,这样我对生活的感受就比较立体,我觉得,就这些方面来说,我完全承认,我的政治经验,我担任各种社会职务的经验,同样是我写作的重要资源,既是精神的资源,又是生活经验的资源。

宋炳辉:刚才说到外国文化和文学资源。我看过您的《苏联祭》一书,其实当年在读您八十年代的几个中短篇,包括《布礼》《蝴蝶》《如歌的行板》《相见时难》等作品的时候,有个感受非常强烈,那就是您对苏联文化的情结非常深。而且我的感觉是,在您的同代作家中间,在当时对外来文化的接受过程中,这种外国文化的养料实际上是比较普遍的情况。但是在您的作品中,包括作品之外您的其他文字中间,这么坦率的、密度比较高的表达这种"苏联情结",倒是不多见。

王蒙:我在《苏联祭》中曾说过,"青春、爱情、文学和苏联对我来说是四而一、一而四的东西",这里头也有决定着我命运的东西。因为中国有中国的情况,中国和苏联不管是从文化传统,一直到政治运作,它并不完全一样。一个人太钟情于苏联的话,他在中国这个环境中容易受挫，所以最好是不要进一步去研究、去解释。但是话又说回来了，当时真实的苏联我其实并不了解，我所说的苏联也不是一个真实的苏联，而是经过了一个年轻的、才十几岁的小革命者所美化的、大大文学化了的那个苏联。那个苏联是王蒙的苏联、是文学的苏联，并不是具体的那个北方大国。

宋炳辉：后来自斯大林时代过去之后，中苏关系逐渐产生一些重大的变化，作为两个国家实体，其在国际关系上的摩擦、冲突及其负面影响，一直到政治上的对立都相继反映出来了。因此是不是可以这么说，您所理解和表达的苏联，只是一个个体所面对的一个国家形象，或者是一个国家的一种文学形象。对于文学创作而言，不同文化的接触和碰撞，确实可以激发起某种表达和表现的冲动。对您而言，您除了有苏联文化的体验和想象之外，还有美国等西方国家和其他国家的出访体验，还有长期在新疆维吾尔族生活的经验。我想，这些经验都是您创作的宝贵资源。我读您的第二部自传《大块文章》时，注意到一个细节，这在我做研究时也注意到了。那就是，您在美国衣阿华访问期间，在衣阿华河畔的"五月花"公寓里，写作《杂色》的经过，您用的标题也很有意思，叫做《在美国思念新疆草原》。一种看起来纯粹是中国经验，或者是边疆少数民族的地域生存经验，却在完全异域的文化场景中被激发出来，这是颇值得注意的一种现象。这个写作情景，好像当年的评论家并没有过多的注意。这倒令我想起另外一个类似的情景，就是王安忆的《小鲍庄》，那个曾经被批评家当做寻根小说代表作之一的作品，同样是她第一次出访美国之后才突然找到表达的感觉的。我认为这种现象值得进一步研究。

这里有一个小问题，王蒙先生，据说您的维吾尔语是非常好的，是吧？

王蒙：是。

宋炳辉：这在当代汉族作家中间，可能是绝无仅有的吧。您维吾尔语的听、读、写都没问题吧？

王蒙:我自己要用维吾尔语写文章呢,有点困难,因为有时候它的拼写记不太清。

宋炳辉:英文呢?

王蒙:英文后来学过,可以写一点,也翻译过一些东西。

宋炳辉:这对您来说,又多了一种文化视野。我是考虑到这个情况,总体而言,当代作家和现代作家在这点上是有一些不同的。现代作家的外文底子相对都比较好,他们一般都能够读懂一两种原文作品,甚至,有许多人比如鲁迅、周作人、郭沫若、茅盾、巴金等都是翻译家。现当代作家在总体上的这一差异,多少也反映在他们的创作风格的差异中。那么,我为什么考虑到这个问题呢,其中的特殊性也在这里体现出来了。

新时期的作家,特别是比您更年轻的这一辈作家,外国文学作为一种写作资源,对他们来说,曾经是最最投入的、浸润非常深的一种资源。对他们来说,往往那些一开始确立其文坛地位的作品,都和外国文学特别是西方文学有密切的关系。但是,他们对外国文学的了解和熟悉,恰恰又是通过翻译文本来读的,这个问题在当代中国也应该说是比较特殊的情况。因为在讨论中国文学与外国文学关系的时候,往往简单地用"影响"去概括和描述,但事实上,仅就对外国文学的了解而言,直接阅读原文和借助于翻译文本是两种不同的方式,特别是假如一个作家主要是通过翻译去了解外国文学,这里涉及的问题就更加复杂一些。

而您与外国文学的接触则同时包含了两种方式,借您的说法,是比别人多出一条"命"来。我看您在传记里提到,在读翻译文本的时候,您说外国文学作品时包括语法、构词和造句的方式等等,包括您提到您的小说《风筝飘带》的写作和杜鲁门·卡波特的《灾星》之间的关联,这都不能简单地用"影响"这个词来概括,它只能说像一种催化剂促发了您的某种创作冲动。您能不能简单谈谈,如果具体地说,外国文学的作品在哪些层面上可能对您的创作产生影响?

王蒙：我有一个观点就是，翻译语言也是一个民族的语言资源之一。我认为，中国现在的文学语言资源有这么几个方面，一个就是古文，包括文言文。譬如鲁迅的文章中有很多语汇是从文言文那儿来的，李敖认为这是鲁迅的一个很大的缺欠，我认为这是鲁迅的一个特色，这同样是一种资源。第二个就是古代的白话，我觉得这也非常多，譬如很多研究者认为《儿女英雄传》虽然内容写得并不很精彩，但与北京话运用得非常好的《红楼梦》里的语言，与《儒林外史》的语言、《三言二拍》的语言，都是古代白话的一种优秀文本，这也是一个资源。第三个资源就是当代的口语。比如王朔都用当代的口语写作。第四个就是"五四"时期所形成的亦文亦白、亦中亦西的那种语言，尤其是那些比较典型的写散文的作家，这已经形成了一个习惯，比如朱自清、徐志摩、落华生、刘半农等等。最后一个资源就是翻译语言，翻译语言已经深深地影响了我们。现在上海文艺出版社正在编新时期以来的《中国新文学大系》，我是主编，我就建议这个《新文学大系》起码要包括翻译文学作品的目录，你可能不收入具体的文本，但起码要在目录上反映出来。因为在这一个时期所翻译的大量作品，比如《追忆似水年华》在中国曾经很热，这些对中国本身的文学是起了作用的。王小波就很强调自己是受翻译文学影响的。而且，有些翻译家，他们的语言也很漂亮，有自己的魅力。就我个人来说，当然也受这方面影响。比如我现在注意到，有时候我写的文字中，常有"……的"的结构，用的也比较多，这都是受翻译作品影响的一种表现吧。

宋炳辉：现在的学术界，对这个问题倒是已经引起重视了。因为我做比较文学研究，对外国文学研究和中国文学研究这两个领域，多少都会涉足一点。到目前为止，中国近代以来的翻译文学史，外国文学的学者在做，中国文学研究者——比如社科院文学研究所的杨义教授等等，他们也在做，都在重视这一领域。因此，不管是中国近代以来的文学史的研究，还是外国文学研究，大家都开始认真地涉及这一领域了。其实一般所谓"外国文学",说到底,是外国人并不认可的"外国文学",而是由中国人用汉语转述和翻译的"外国文学",这个问题非常有意思。我们的莎士比亚,是朱生豪的莎士比亚,不是英文背景之下的莎士比亚,实际上也就是我们中国人的莎士比亚。现在,这些问题及其背后所包含的诸多问题的研究,在比较文学领域是一个非常重要的课题。

王蒙:这的确是个很有意思的课题。

宋炳辉:您刚才提到您主编的《新文学大系》的编辑方针。使我想起九十年代初,施蛰存和我的导师贾植芳先生主编的《中国近代文学大系》,他们在当时的编辑中,就已专门设立了"翻译卷",施先生还专门写了一篇比较长的序文,其中明确地提出了这个观点,就像您刚才所说的,翻译文学就是现代文学的一部分。朱自清先生在最早的"新文学讲稿"里头——这可能是现在看得到的最早的关于新文学的讲稿了,是在上世纪三十年代初——其中有一讲就是关于翻译文学的,可惜当时很多作家和学者对此都不够重视。后来,就像您刚才提到的那种对苏联的看法一样,把它看成是一个本体,而不是去追究我们所看到的真实内容。

刚才我们说到的中国作家的创作和外国文学的关系,您是非常具有代表性的现象,一方面通过阅读,阅读外国作家的创作文本,通过文字性的信息,获得一种资源,受到一种启发;另外一方面,如您在工作中,在文化交往活动中,直接和外国的接触,包括您去外国旅行、访问等等,同样是一种资源,一种重要的激发机制。我觉得对当代作家来说,这些部分都是非常重要的。我前段时间在讨论王安忆的创作时,就提出了这个问题,王安忆第一次和她母亲出国的经历,和她创作上的明显转变实际上有着非常直接的关系,这与阅读外国文学文本还不一样,它是给作家一个完整的、经验上的变化,您在《大块文章》中也提到,您第一次去德国的感受。

王蒙:我和郜元宝通信的时候,他就提到过一点。他说我写的游记特别多，实际上数量确实非常多，写美国，写苏联，写墨西哥，写非洲，写印度，还有最近写伊朗的，等等。但我个人的看法是，我其实不是在写游记，我写的是一种对世界的观点，中国人长期的处境使我们对世界的了解还是太少了。人对许多事情的看法都和他在地球上的生存经验有关。

譬如说关于人文精神的讨论，为什么在当时我形成了相对孤立的、和多数"文友"不一致的观点呢？这就和我在国外的经验有很大的关系。我在第三部自传《九命七羊》里写到了，因为我在八十年代后期去过波兰和匈牙利，这是东欧的两个社会主义国家，我还去过摩洛哥——摩洛哥是一个第三世界的新兴国家——对这三个国家文化的了解，都与我对批评西方发达国家人文精神缺失的理解有关。所以我对世界的了解、对世界的观念、对人的现代性表现的理解是，你不光要了解自己的民族、自己的土地，同时，你也应从世界上得到另外一些信息。所以说《灾星》《多雪的冬天》和《蝴蝶》的某些相似，这些都比较简单，某一情节有类似，或者受某种启发，或者是巧合，我觉得这都没有什么关系，用不着下大功夫去分析它。值得注意的倒是，它更多地表现了我认识问题的一种角度、一种胸襟，为什么我和有些人的看法不一样，就因为我知道许多其他的情况，包括一些看起来很小、很琐屑的事情。我举个简单的例子，比如中国民航局所搞的"飞机误点赔偿"，我就觉得不易行通，它造成了许多不良的后果：中国乘客在法国闹事，造成了很多不良后果。因为我坐过许多国家的飞机航线，加在一块儿的话非常多，各种误点的情形都碰到过，最严重的是在美国，有误过一天的，有误过两天的，哪可能赔偿呀？顶多给你提供一个十美元的饭卡，还有一个住宿的地方而已，美国相对更周到一些，它还给你提供一笔打长途电话的费用，别的就再没有赔偿了。所以，我就认为，除了个别特殊情况外，一般的误点赔偿，只会挑起民航乘客和机场、和航空公司闹矛盾。

宋炳辉：文本经验和生活经验的确不能等同。另外，我再问一个关于写作的具体问题。您在您的传记里提到您的写作状态,我也颇感兴趣。您提到七十年代末、八十年代初的写作生活的时候,您用一个很幽默的词,说您的创作是"不摆谱"的,不一定要四平八稳地坐下来,您在写作中还喜欢站起来捅捅煤炉什么的……我觉得,这种写作状态比较特殊,至少与一般读者的想象差异较大,这是一点。另外,我在读您的自传时,有一个很强烈的感受,您在回顾和描述半个多世纪的写作和生活时,里面有许多细节都非常清楚、非常具体。虽然我想,作家一般都有非同常人的记忆力,但有的作家同时通过日记来保存和磨砺他对生活细节的记忆。因此我还是很好奇,您平时有没有写日记的习惯?

王蒙: 我在九十年代以前从来不写日记,这和政治运动有关,在政治运动里边,日记和书信都是危险的东西。再一个,我太迷信自己的记忆了,但是后来事实也证明,我现在也有许多记错的地方。我的自传里面,我故意说假话是没有的,但是有些也的确是记错了,比如把某一年的事儿记成另一年了,或者把张三的事儿记到李四身上,这都有可能。但即使这样,我还得不谦虚地说我的记忆力还是比较好的,尤其那些给我印象深的东西,我永远能够想起他(她)的音容笑貌等等。至于我写作的状态,我曾自己跟自己开玩笑说,这和我二十多年的复杂经历也有关,所以你没权利一定要求一个书房,不能被打扰,你家里的事儿,你不管谁管呢?我妻子每天要去上课,她有很多的课,那是很紧张的。冬天的时候,那有蒸锅,我在这边写东西,写着写着,我还得去管那个蒸锅,所以我自称我自己是"全天候"的写作人。

宋炳辉: 这种状态其实是挺好的,把写作和生活融为一体了。我再问您一个大一些的问题,刚才也已经提到过,就是关于写作资源的问题。您写过许多有关中国古典文学的文章,包括《红楼梦》,包括李商隐的诗,如果没有记错的话,您还是李商隐研究会的名誉会长吧。您能不能谈谈您的写作资源中古典的、传统的部分?

王蒙：我受古典文学影响最深的是古典诗词。对中国古典诗词，我当然没有什么深厚的研究，我这是讲老实话，别人笑我也不要紧。我对唐诗的理解基本上就是《唐诗三百首》的水平，但《唐诗三百首》却是多次读过，而且其中大量的诗我都能够背诵，我觉得从里面得到很多的滋养。宋词里头读得最多的是苏轼和辛弃疾的词，相反，柳永的词就没有特别地感动我。这里边有一个特别的就是李商隐，从一个创作人的心态看，我觉得李商隐的东西特别值得去咀嚼，而我们如果想从"本事"上加以考证地解说，有时是徒劳的，或者是排他性的。比如有的学者认为，某个诗句、某个意象应该是这样，就不许解释成那样，可我恰恰认为这些解说都可以成立，但都不构成所谓"本事"，因为"本事"不是一个文学评论的范畴，而是一个史学考证的东西，你不能用考证和史学来代替对诗的理解。李商隐的许多东西对我作品的情调是起作用的，比如我的《蝴蝶》，既和庄子有某种关系，也和李商隐的那种"此情可待成追忆，只是当时已惘然"的情调有关。《相见时难》那个中篇小说，就连题目用的都是李商隐的诗。还有李白等等。我最投入、最称颂不已的还是《红楼梦》，可是我写的小说和《红楼梦》的写法是不一样的，我缺少那种非常生动的大场面的描写。所以，我想这种影响有时候不是最直接的，它是对你的情绪、情调或者对人生的体会都有某种影响。有人还说我的《青春万岁》，里头有一段写杨蔷云在春夜的晚上，去公园里玩，回来晚了，就跳过院墙进来……说这里头都有《红楼梦》的影子，我觉得这个太牵强了。我觉得所谓影响，就和你吃了牛奶变成了营养一样，不是说你吃了牛奶就一定长牛肉。

宋炳辉：对，即便是对作家创作资源的合理分析，只不过有助于我们对其创作整体的理解，但并不足以说明他的独创性内涵。不过，如果从您自己的感受而言，除了您说的情绪或者情调之外，您在创作语言的运用上和古典资源之间，有哪些比较突出的关联呢？比如意境，比如修辞方式或者语汇等等。

王蒙: 我觉得我在语言上总的来说是不拘一格的。有少量的翻译文体的味道,尤其是在写论文的时候。里头同样也不拒绝北京话,你看了我的作品,发现我这里头既有比较幽默的、比较荒诞的,好像在那儿胡侃的文章、文体也是有的;也有相对比较抒情的、比较矜持的。我尽量做到不拘一格,只要是能用得上的,我都不拒绝。

宋炳辉: 王蒙先生,您从一九五三年十九岁开始写作《青春万岁》至今,已经历了半个多世纪的岁月,至今还保持着这么充沛的创作激情,最近刚刚完成了一百多万字的长篇自传,听说马上又有关于《老子》的著作出版。半个多世纪以来,你的写作和文学活动贯穿和见证了整个当代文学史。您不仅有如此大量的创作文字,而且还深深地参与了新中国的政治生活。即便仅从您的写作实践来看,除了小说写作之外,您还广泛涉猎了散文、自由体诗和旧体诗、文学和文化批评、文学翻译,甚至是古典文化和文学经典的研究等领域,为此您获得了无数的读者,也引起了海内外的普遍关注,是中国当代文学无法绕过去的,具有标志性的作家。回顾这半个多世纪的创作历程,您一定有许多感慨,这些您在自传中当然已经有非常系统的表述了。在这里,您是否还有进一步的表述?或者某种概述?

王蒙: 我已多次讲过,"每条狗都有自己的时间段。"(英谚:Every dog has its period.)从一九五三年到现在,我写作的时间跨度已经超过了五十五年,从二十一年前,就不断有人宣告王某过时或江郎才尽,早该尽啦,那是当然。这让我想起一些哥们儿对于瓦尔德内尔何时退休的着迷与关怀。急什么,这位杰出的运动员不是歇了吗?着急的朋友可以安慰自己,老王秋后的蚂蚱,蹦跶不多久了,该歇菜就歇菜,该嗝儿屁就嗝儿屁,何足道哉?

2006 年 6 月 6 日
发表于《扬子江评论》2011 年第 4 期

学问、事业与人生[*]

王蒙：上一次在"科学·人文·未来论坛"上，有一个很短暂的机会可以瞻仰秦院士的风姿和聆听给人启发的议论，一直是"一见钟情"，我一直希望有一个机会能有更多的时间学习。其中原因之一，就是我本人并没有受过良好的教育，我正式的学历只能算上到高中，而秦院士呢，科学家，人家是一步一个脚印，实打实地走到今天。第一个使我感兴趣的，是像秦院士这样的受过严格教育的学者，如何还保持着一对社会、对人生、对政治、对党的事业的这样一种关注、兴趣，他的这样一个胸怀，而且是相对仍然是比较灵活的……怎么说呢……一个具有充分精神空间的这样一种想象力和思辨力，不是一个只重复已有的结论的人，这是第一个我比较感兴趣的问题。

第二个问题呢，我也非常想知道，秦院士是怎么样树立了对国家、对民族、对人民、对老百姓的这样一种关心，这样一种责任感，这样一种使命感。我相信秦院士跟我个人的人生道路非常不一样，我的特点应该可以说是不幸，我的童年是不幸的，我有不幸的童年……

秦伯益：奋斗的青年，辉煌的中年，腐化的老年，堕落的老年，最后还得吃一点苦，当然还没有发展到那个程度。

王蒙：我很早就是团的干部，我在十四岁的时候已经是地下的共产党员，十五岁的时候已经是团的干部。秦院士是兄长，他比我年长

---

[*] 本文是作者与中国工程院院士秦伯益的对话。

二十四个月,两岁,所以他是我学习的榜样。我们也希望跟年轻人能有心的交流,所以在我们的对话之中,如果哪位同学想参加进来跟我们混战,那最为欢迎不过,现在我想请秦院士对小弟进行教诲。

秦伯益:本以为王蒙先生先发言,让我借这么一个机会可以先思考一下,没想到是一种策略,先发制人,转移目标,把我推在前面。我本来已经很忐忑不安了,现在加重了这种心情。

先自我介绍一下,为什么王蒙先生两次邀请我都如期而至呢?我本人是做医学研究工作的,那么我呢,说实在的,钟情于医学在后,钟情于文学早一点。任何人首先接触的是语文、社会、人文、人际关系。尤其我呢,是江苏无锡的,秦氏是名门望族,书香门第,追溯到祖上是北宋词人秦观,出了很多人才。乾隆六次下江南,四次入住秦家花园。妹妹是音乐教授,对文学爱好很浓。我学医学是因为当时动荡,所有人要看病,生存需要。但兴趣是文学,因此需要有这方面的活动,或者参与,来感受、学习。今天这个会是大姑娘出嫁——头一回。我做过报告,上千人的报告我也不怯场,也做过小型座谈会,但两个人对话,对象又是王蒙先生,主人身份,所以有点胆怯。我的老家还有一句老话:"大姑娘不必生完孩子再出嫁,嫁过去自然会生孩子。"好,这作为开场白吧。

王蒙:我刚才听了秦院士讲了以后,我也非常感动,他果然是无锡秦氏的后代,谈起我们的那些诗词啊,那些文学内幕啊,是很熟悉的。

这几天我也想到了一个问题,比如说一个热爱文史、热爱文学的人,他学的科学,他学了医学,他成为医学方面的专家,我个人是非常佩服的,我觉得这是一件好事,因为这个文学啊,它有一个群众性,它的吸引力,它对青年人那种魅惑的力量,任何一门科学都赶不上。它那种浮想联翩的思维,那种浪漫、广度、深度、自由度,相对来说,比科学要自由一些,都是非常细的。在我的生活中碰到这样一件事情,就是在有一年我收到了一个年轻人的来信,她是一个即将毕业的高中女生,她写了好些诗,她的诗受到了好评,她听说上了大学就写不成诗了,大学是培养不出诗人的,所以她准备毕业以后不考大学,自己到生活里面去闯荡。信是这样。我的回答呢,意思就是,我说你对诗、对文学有一种献身的精神,有一种青春的热度,这非常好,但同时我认为呢,不管任何人,他写诗也好,写小说也好,写散文也好,如果你能够在今天的社会上,不放弃你的学业,不放弃你的学历,不放弃你能够自食其力的职业的话,有一份固定的职业,同时热爱文学,这是最好的。

我们当然可以讲很多的例子。两星期以前,我在俄罗斯的喀山,参观了高尔基曾经在里面打工的博物馆,我还用当年高尔基用过的铲子比画了一下……我在那摆了一个姿势,虽然作品赶不上高尔基,但是那个形象也是仿照着高尔基的形象,高尔基就是高尔基。但是,由于高尔基的社会地位,他被大学拒之门外,高尔基在《我的大学》里就写到他在喀山企图上那个大学的不成功经历。所以我觉得,秦教授又热爱文学,又有自己过硬的专业,真是令人羡慕啊! 这里,我又想出来一个问题,就是您在这种自己的专业当中,能不能找到您当初对文学的那种向往,比如说它的智慧,比如您在您的专业当中,您的那种新的药理的发现、药物的制造,很有想象力,因为我个人有这种体会,我那个生物、医学、物理、化学都一般般,但是从小我的语文学得不错。还有呢,我和很多作家不同的,我的数学学得很好,我对数学有一种特别亲近的感觉,我觉得数学和文学同样是一种人的智慧,而且我觉得一个头脑呆板的人学不了数学,有时候为了证明一个题啊,按照那个顺序我找不出证明的方法来的话,我就先从结果考虑。在哪些情况之下会有这种结果,找出这几个前提,那么就在哪些情况下会有这样的结果,我的所谓正向的思维、逆向的思维、侧向的思维,我觉得那种快乐和写作是一样的,互相之间完全是相通的。数学还有一个好处,就是它把你的精神完全吸引住,在一个数学题没有解决之前,那种如饥似渴、如醉如痴、纠缠不休甚至进入梦魇,这和写一首诗是一样的。所以我相信,虽然业务不相同,您是药理学也好,"乐理学"也好,数学也好,诗学也好,史学也好,我觉得它们当中应该有某些能够启发人的心智,启发这种胸怀。非常希望能够得到秦院士这方面的见解。

秦伯益:前面的话可以接受,后面的话攻击得太厉害了吧?中国传统上有医国、医人,下有医病,分工不同。医国,靠政治家;医人,靠文学家、教育家;医病,靠的是医学家、医药家。为什么医国的问题、医人的问题、医病的问题都可以用"医"表达呢?这贯穿其中的是人文精神。关怀人的身体健康叫"医病",关怀人的思想健康叫"医人",关怀人的生存环境叫"医国"。医学家从医病的层次进而开始医人的典型是鲁迅、郭沫若,新文学运动。也有从医病的层面开始进而医国的,如孙中山,医国良医。从前讲的是小而又小,现在是大而又大了。搞医学,现在开始与国家大事有关,从良相到良医,搞医学的人成为关心人的人。如果你只是盯着一个手术做给自己看,只是一个架子,不是一个医师,什么人都可以学的。第二个使命,医学也好,文学也好,都是科学,自然科学、社会科学,尽管时代可能不同,但都必须符合人的需要、社会的需要,都要展现真、善、美。

现在改革开放中有许多我们要关心的东西,医学家要靠文学家启发思路,首先有很多东西是想入非非的,这就有文学的因素,引人思考。这和从小受应试教育长大的孩子是不一样的。悬磁浮是怎么发明出来的?大学生住在铁路旁边,吵得不行,要快就要摩擦,不摩擦便没有动力,摩擦会有声音。如何解决这个问题,让它在轨道上飞行,只有引擎的声音,没有摩擦的声音,这种想象力是不同于应试教育下的孩子们的,他们只去想这种题我怎么答。有很多问题是靠文学的想象力的,思维想象。我自己也会有这种思维很活跃的情况,我也很享受这个过程,我很喜欢文学这个过程。我倒想问问王蒙先生,最近怎么总是和科学家交朋友?你已经是功成名就的人了……

王蒙:我先回答这个问题。科学是我的弱点,根据我太太的说法,说王蒙这人"不懂科学爱科学",我想这种不懂之爱是一种非常好的爱,就像不懂生孩子要结婚一样,不懂女性爱女性……我不懂,这恰恰是我的弱点。我上次就说我非常清醒地知道自己的许多遗憾、许多弱点。我死活要把冯骥才请来,就是起码要让大家看到作家队伍里的庞然大物,身高一点九二米,体重一百公斤——不要以为都是我这样的不堪一击、弱不禁风。

我愿意和科学家对谈,也是我觉得和科学家对谈,取得了很多知识。而像秦院士这样的,他不是一般的科学家,他还没讲那个……这是非常有趣的话,所谓"不为良相便为良医",所谓"医国、医人、医病",这非常重要的,是非常中国式的自立方式。相反,外国人呢,我觉得不是这样,他们是干什么就弄什么,外国讲分析,他比较讲这种严格的行业之分。这种外国的思维方式是他技术发达的一大条件。但是呢,我觉得也有对他不利的地方,他分得很清楚、太清楚了,比如说,把这个治病、治国和治人联系起来,在国外很少有这种思维方式。同样,您刚才讲的那种行为,这也是一个值得讨论的问题,就是有许多著名的作家——这个事您已经讲过好几次了——像郭沫若,像鲁迅,还有契诃夫——契诃夫也是医生。从这里我想到一个就是……高尔基也有一个著名的说法,他说"文学就是人学"。上海华东师大有一个非常著名的文学理论方面的教授,钱谷融先生,他在上世纪六十年代写过《论"文学是人学"》,为这件事后来还莫名其妙地被批判了一下。

我想文学啊,文学就是人学,可能这样说是对的,但是人学可不仅仅是文学,以人为本的学问起码应该包括医学,当然兽医也是医学,兽医学里面还有"天人合一"这一面。医学对人的研究很重要。后来为什么毕淑敏女士对戒毒、反毒感兴趣,她本身也是有执照的心理医生。我听她讲过,如果她做心理治疗的话,她的经济效益比今天多很多,而且她也出了一些书。我听毕淑敏讲,就有人——当然是大款啊,坐飞机来这就是为了和她谈话,然后一个小时交多少钱。这个医学对人的精神也是重要的——因为它对人的身体,对人的细胞的这种研究也会牵扯到对人的精神、对人的心理产生影响。

还有,我早就说过,在一些场合我也说过,我认为体育是人学,体育不管是通过球啊、棍儿啊、杆儿啊、线啊、绳啊……不管怎么样,都是人和人的事,汽车驾驶则还要借助一种高科技,挑战人的意志、能力、本领、智慧、反应的能力。政治呢,里面有很大一部分,这是人学。甚至军事,军事在很大程度上是靠人与人的斗争,人和人之间的对抗,这是军事。现在军事又讲软实力,就是把文化这些都放到这里面来,从国家实力这个角度来下结论进行考察。

"人学",确实是一个非常大的概念。我个人呢,我始终认为……我喜欢说的一句话,我说,文学并不能够产生人学,而是人学产生文学。就是说,你从小就喜欢文学,一味文学未必是好办法……我当时在首都师范学院执教的时候,有一个同学酷爱文学,从小就喜欢文学,你搞一辈子文学,这样的人呢有时候他很难在创作上做出什么,相反,一个关注人生、关注农业、关注工业、关注城市、关注医疗、关注官场、关注这个文场、关注生活的各个方面,比较有可能得到文学的启发。就说这种文学的启发呢,很大一部分是来自实践,来自生活,所以我常常公开声明,我说,我喜欢读书,但是我更要借助于实践,居于实践中。所以我也特别想知道秦院士在这个生活、实践和学问、读书这方面的关系上,有些什么样的见解,或者说有些什么样的忠告。

秦伯益:学问、事业、人生的关系,我觉得如果没有深厚的学问,很难做出重大的事业,没有深厚的学问和重大的事业,不大会有轰轰烈烈的人生。我认为学问是支撑。我记得胡耀邦同志在纪念马克思诞辰一百周年时的讲话,学问是为了自己,爱好也是学问,但爱好必须付诸实践成为一个事业。有了这两样东西,人生就会丰富多彩。这二者的关系我认为学问是基础,事业是追求,人生是最终目标,贯穿一生,尤其是晚年。

年轻的时候,我曾经被国民党的学校开除过两次,我曾经被共产党的组织处理过两次,但我还是我,世界这么大,总有我的位置。"此地不留爷,自有留爷处。"搞运动的时候,我是对象,因为我话说得多;要搞建设的时候,又把我提出来,因为我干事多。我的复出不是个人问题,是社会的原因,党让我干啥我就干啥,我个人荣辱无所谓,有了这种心态以后,我认为我的晚年过得很愉快。

王蒙:讲得那么完满,我还说什么呢？已经无懈可击了。刚才讲到人生的一些浮沉呐,也不完全是个人的事。有许多人呢,就是特别禁不住挫折。我个人觉得,除了其他的许许多多的道理、许多的说法以外,我还有一个——其实我在很多书里面也讲到——我还有一个看家的本领,就是学习。我把一切挫折看成是用来学习的良好时机。

刚才我听那个……可乐了,就是一搞运动……你只要一想搞建设,咱们也还是有用之才。总之,这也证明一个信息,实际上是对自己充满敬意,表面上看,秦教授、王某人,都还是儒雅谦虚的样子,但是内心深处是有一份自信的,这份自信是不可动摇的。(热烈鼓掌)而且在受到某种挫折的时候,这个时候你可以读书,你可以去钻一些比较偏僻深奥的学问,这个时候医国、医人的事你少说,但是咱们可以钻一些学问,可以补足你平常恰恰缺少的这些知识。而且,在这种情况之下,会让自己越来越客观。最近,我写自传的第三部,我就说,有时候说起来我过去有一些曲折的道路,我也始终有一种比较快乐的心态。有人问你在新疆干什么？我回答说我在新疆是维吾尔语博士后。我在新疆待了十六年,我两年预科,五年本科,两年硕士,然后呢,是两年实习,然后是两年博士,然后再念博士后,一共十六年。现在是新疆维吾尔语博士后。咱们在座的,可惜没有新疆维吾尔族的,不然我们还可以上来进行维吾尔语的对谈。别人就说,说你怎么说得这么轻松啊？我说我没有不轻松的权利,我没有不乐观的权利。如果我不乐观,我就无缘到著名的中国海洋大学来,来这儿混一口饭吃,我就无缘向秦院士、向这个学问家来讨教。所以乐观是我唯一的选择,自信是我唯一的选择,学习是我唯一的选择,努力奋斗是我唯一的选择。我希望我们的同学们将来在自己的人生道路上,也能够抱着这种乐观、学习、前进、奋斗的态度,都会比王某人强得多!(热烈鼓掌)

秦伯益:刚才王蒙先生的话引起了我很多的共鸣。现在看来我们有许多共同的经历,有共同点:乐观、奋斗、自信。你看看世界上各个成功的人都是非常乐观的。卓别林沿街讨饭的时候还仍相信他会成为最优秀的演员。有许多这样的大人物,科学家当中更多了,受尽了磨难,最终成功。三百六十行,没有一行是科学研究,科学研究是自己自发的研究,靠自己。

对我们而言,外面的世界多么精彩,它为我们而存在,我们不玩谁玩?我们不存在谁存在?我相信天生我才必有用,不管这才是真是假,都可以发挥作用,自强、乐观,在困难时也能适应变化。一切代替不了勤奋,世界上许多大的科学,尤其是我们医学科学,更需要经验的积累、实践的积累。文学有天才,医学很少有天才,文学同样需要勤奋,他也有他努力的过程。同时,机遇很重要,机遇不同,有些积累很晚才出来。这几点是成材不可缺少的,互不可分的。

王蒙:刚才秦院士讲到一个观点,学问、事业、人生,他认为学问是最重要的,没有学问就不能够在事业中成功,就没有丰富的人生。这点呢,我到现在我还在想这个,因为如果别人要是问我,说学问、事业、人生你是怎么看的,在此之前呢,我有可能回答,我说人生是前提,生存权,人权首先是生存权嘛,我必须生存,我有生存的权利,你不能剥夺我生存的权利,这是第一点。第二点,一切的学问应该是有利于个体的、集体的、民族的、人类的生存,而不是让人生存得更困难,不是让你不生存,没完没了地教育你,对这个我是不赞成的。

同时,您把这个学问放在首要的地位,我觉得这样讲确实也非常好,因为特别是现在的社会上,这种急功近利的人越来越多,很多人已经不珍视学问,读书无用论,其实今天也仍然有,也仍然认为人生中有最好的那一个捷径,最好通过那个捷径,能够得到意想不到的结果。我想,这样的例子,这样的人,这样的事,肯定是有的,古今中外都有。两个人同样是非常努力,一个人努力了半天,没有什么结果,另外一个人呢,阴差阳错,走对了,一下子获得了极大的成功。所谓成功呢,无非是指或者是社会地位,或者是金钱,或者是其他的世俗上追求的那些。但是在这种情况之下,我听到秦院士的强调学识,强调知识,强调学问,而且把学问看作人生中最重要的,我非常感动,我还愿意进一步地思考。还有就是,我也非常感兴趣,你比如……如果仅仅致力于您那个药理啊,医学专业,那么一个人他喜欢文学,对文学有兴趣,和对文学没有兴趣,对药理研究有关系?有作用?

秦伯益:没有直接关系。但也有一定关系。没有兴趣的人,要做成一件事情是不可能的。文学与医学的关系是不同的世界观、人生观、对文学的看法的关系。有些人受不了了,放弃不干了。学问不只是读书得到学问,我认为中国医学全是学问。古代、现代,有两个极端,古代把有学问的人叫"士";关心国家大事、治国平天下的人,管理的、做官的,叫知识分子;能工巧匠叫匠人。而现在则相反,能工巧匠越来越发展,专业的、某一领域的专家,不管是工程师也好,医生也好,都是古代能工巧匠的发展,因为从前靠自己的手艺、脑子讲话,这就叫技术。

但在科技发展以后,能工巧匠变成各行各业的专家。我们医学里头分工越来越细,内外科分布不同,眼科医生有的拨一下你的眼皮,有的病人眼睛看完了,说:"大夫,你接着帮我把疖子处理一下吧。""唉,对不起,那个我不会,你去找别的大夫处理吧。"因此,有的大夫一辈子看肾脏,有的一辈子看心脏,有的一辈子看屁眼儿……(笑)分工这么细,这就是能工巧匠。还要分析一下,以前我们进行检查,全方面检查就一次,现在就可能一个而分两个方面的人来"关心"。现在把这些认为是知识分子,现在关心国家大事的也是知识分子。事业不一定做到高位,而是要有利于人、社会。人生不是光有财富、子孙满堂就好,身心健康是很重要的事。这是一种人生态度。现在有许多人其实活得很累,尽管他很有财富、很有地位。应该懂得人生是需要学问的。我为什么要高攀达官贵人啊?这些与我无关。

王蒙:我非常赞成刚才秦院士讲的这些。从这个意义上,学问它可能包括了能力,包括了处理一些实际事务的能力在内。同时,学问它本身会影响一个人的精神境界、精神品质、精神的强度,所以有时候我有一个理想,我是希望爱文学的人越多越好。一个国家不可能有很多人都在钻研文学。一个有文学修养的人,他有一种"前不见古人,后不见来者。念天地之悠悠,独怆然而涕下"的这样一种境界,那么,他对个人的一些蝇头小利、荣辱得失会看开了,就是说,他精神的强度是很强的,他耐高温、耐高压,耐受性是很强的。

有时候我觉得我们国家童话啊、神话啊,这些东西都不够发达,我不知道我们"海大"是怎样一种情况……有一个故事就是,这个兔子种萝卜,萝卜丰收了,这个兔子拔不下来,于是就把兔妈妈、兔爸爸、兔哥哥、兔姐姐、兔弟弟、兔妹妹、兔儿子、兔孙子都找来,然后贫下中农就说萝卜明明就是我们贫下中农种的,作者却说是兔子种的,这不是睁着眼说瞎话吗?这是我在"五七干校"时读到的批判材料。连童话都受到批评!这反映一种什么样的……还有没有一点灵活性?甚至还有没有点趣味?别的不说,你活得有点趣味,比一个完全没有趣味的人呢——我也是开玩笑地说,我说一个男人而没有趣味,一个男人而没有幽默感,那这个人完了。女性的趣味差一点,如果容貌特别好,也还是可行的。但是男人而无趣味,在座的女生你们将来千万不要嫁给一个毫无趣味的男人。我相信,你要从这个意义上来说,文学的爱好,文学的涉猎,精神的境界,对任何一个专业都不是无关紧要的,不管你研究什么。

听众:刚才秦院士说的,有很多的共鸣。今天非常有幸,能够听到两位先生的讲座,今天我有很多的共鸣和感受。从工作的经历来讲,学问、事业和人生这三点,我想到了一些事情,当时我们来的时候,也非常有幸地听到了毕淑敏先生的讲座,她最后一个问题是我问的。我问的这个问题是个人的爱好和工作——那时我还没有想到事业——工作和人生的关系。当时毕淑敏先生给了一个故事,一个小女孩的故事,可能是因为没有这个工作的经历,说实话,当时我费了很大的劲也没有彻底地理解。现在结合着个人的经历,结合刚才王先生和秦先生的讲话,我觉得理解更深了。在这个过程中,说实话,学问真的是很重要。还有一个,就像刚才王先生说的,"天人合一"的那种感觉,因为知识和人之间有很多方面是互通的,之间有一种契合点。还有就是,我觉得学问、事业之间的关系,包括和人生的关系很大程度是通用的。另外一点,我觉得秦先生是一个既出世又入世的人。

秦伯益:刚刚讲那个出世入世……我是以出世的心态写入世的文章,我的朋友就说你要写入世的文章就绝不可能出世,只不过想尽量超脱自己,这很难。你不关心世上的事,就写不了入世的文章,怎么样摆脱世事的纠缠和世俗的评价非常重要。

你刚才提到兴趣和工作的问题,要完全没有自己的兴趣去搞工作,这并不容易。这一点王蒙先生也有体验。做文学的一般应有兴趣,没有兴趣,工作是很难做下去的。而我们第一位的兴趣未必是我们原来的专业,做了这个专业,更不一定是选择了自己的兴趣,这要符合时代社会发展的需要。军队、人生也是如此,要符合军队中各种需要,但是这种情况下,投入进去会产生新的兴趣,不是原始的,是第二重兴趣,因为任何事情要你钻进去,都会有兴趣。第二次的兴趣是没有第一次的强烈,但也可以让你全身心地投入。"文化大革命"时,做扫把、干活、种地、搞活动,都认认真真。现在玩也是认认真真地玩,这样才能玩到点子上。如果只是玩玩而已,那玩本身也玩不出感情来。我的观点是,做什么事情都要全身心投入,才能够产生乐趣,这是快乐的原因。实现第一兴趣是一辈子的需要。即便是搞文学,艺术的也很喜欢,毕竟不都是很有天赋,没有好的作品出来。你说那些好的运动员、体育艺术家、画家,累得不得了,一年到头也很苦,这就只能摆正自己的位置,尽力了就好。人生未必总是以自己的第一兴趣为主。

王蒙:我刚刚听见这个同学提的问题和自己的见解,我也有一些临时感想。对于一般的我们所说的有作为的青年来说,我们提倡他把学问和事业放在人生最重要的位置上,但是这个也不能说……比如,这些所谓事业型人才,甚至有的人为事业牺牲了自己,这种献身型的、事业型的……比如说,我就举这样的例子,有一些有伟大的成就的人呢,比如胡志明,革命领袖;甘地……这是一种类型的,是非常值得尊重的人。但是,我也理解一种非事业型的人生,他的事业就是没有什么特别突出的,为了谋生,为了生存,我这个既没有兴趣也谈不上说是学问,但是我没有得到一个机会去充分地发展自己的才能。但是我总要自食其力嘛,我总要过日子嘛,因此我是一个奉公守法的、基本上按部就班的一个人。我觉得这样的人生也不必遗憾。还有,甚至那种游戏型的,事业的成就不高,这样的人我可以举出很多,现实中有很多,我不能随便说人家的名字,他就是自己个人的一些乐趣,一点小小的乐趣,为这种乐趣我不惜花钱。比如说票友,我为这个戏我可以投入很多,我也成不了一个艺术家,也成不了梅兰芳……我觉得这样的人呢,也是一种人生。人和人,人生和人生是不一样的,我们不能拿自己作尺度去衡量别人,也不能拿别人作尺度来衡量自己。

还有一个就是,刚刚那个同学讲的……我觉得讲得非常对。一个人有了成绩,他也要看到原有的那个基础。你如果放在另外一种情况之下,包括在这个各种天灾人祸当中,遭遇横祸,谁知道他有什么命运?每个人和每个人的机遇是不一样的。但是这个机遇呢,又有它大致的一个规律。有少数人有特别幸运的机遇,有少数人有特别不幸的机遇,比如说他坐飞机,他坐一次就失事了。这个没有道理可讲。你有学问也没有用,你乐观也没有用,你自信也没有用……反过来说呢,当你做出小小的成就的时候,更应该想到,这可能是机遇,不要以为自己……你不就是干成点什么嘛,换另外的时候,你可能不但得不到这种结果,反倒可能是另外一种结果。机遇来了,您学问一点没有,那机遇白来了。

听众:我很喜欢看"百家讲坛"这个节目。您刚才讲到机遇的问题,我想到刘心武先生谈《红楼梦》。我想请问两位先生,你们在看这部书的时候自己的宗旨是什么?自己想象的起步是什么?从中得到一些什么?

秦伯益:说实在的,我对《红楼梦》谈不上研究。我小时候对《三国演义》《西游记》《水浒传》感兴趣,认为《红楼梦》婆婆妈妈的。到后来,大学毕业后工作,中年时,慢慢改变了看法。现在很多人在研究《红楼梦》,对我而言,是了解,说不上研究。《红楼梦》作为当时时代的百科全书,当时读到,确实了不起。我看过两遍《红楼梦》,第二遍比第一遍要懂一点儿,但第三遍没有时间读了,我所看的就这么多。

王蒙:秦院士讲的他年轻的时候对《红楼梦》的态度,和冰心是一样的。冰心跟我讲过,因为冰心是个女孩,她的作品里讲过,她小时候受到男孩那样的待遇,要习武,要保卫祖国,要战胜对我们当时心怀叵测的日本侵略者,她对《红楼梦》表示不感兴趣。我呢,就比较没有出息,比较喜欢看《红楼梦》。

刘心武先生啊,他聊《红楼梦》啊,实际上,他继承的是"索隐派"的理论,索隐是什么意思呢?这个索隐,就是说《红楼梦》的文本后边有许多当时无法告诉别人的事情,就用《红楼梦》这样一个小说的形式表现出来。那么他致力于什么呢?就是把背后的一些背景,而且这里有一个词儿,这个词儿是中国文学上有,外国文学好像没有……叫做"本事"。就是这个小说是这样的,这个小说有"本事",有原来的事,谁谁谁的故事,原本的故事,这叫做"本事"。他来考证,通过文本,把文本在某种意义上当密码,然后从里头来找这个

"本事",一直致力于从《红楼梦》来寻找清朝的宫廷斗争的各种故事。他做的这个呢,这种寻找"本事"的方法,在读书上,是非常引人入胜的细读方式。但这个东西它是靠不住的,因为无法证明,现在谁有这种本事?一家之言。

对于我个人来说,我不是索隐,我也不完全相信一部这么好的小说后面还有一个玄秘的故事。我认为如果有"本事"的话,也可能有这个人的故事,也可能有那个人的故事。就像昨天叶辛先生,他讲他的《蹉跎岁月》,讲他的《孽债》,如果说"本事"的话,里边的"本事"他那天也讲了,更多的是从里边来体会人生的、社会的,既体会男女之情的——因为男女之情也是一种非常重要的故事。要体会尤其是里边的一些人情世故。《红楼梦》里边讲的"世事洞明皆学问,人情练达即文章"。有的人特别反感这个,世事洞明,人情练达,搞文学就不能懂世事,搞文学就不能搞人情。搞文学又懂得世事又懂得人情,那这个人就俗了,完蛋了。这是比较绝对的思路。我觉得一个人的清纯、浪漫、美丽并不是建立在无知的基础上,相反,你又有知识,又懂世事,又懂人情,你仍然有你的浪漫,仍然有这样一种理想,仍然有清纯,仍然有你的激情,这样的人岂不更好?这是我读这个书想到的。

听众:刚才王蒙先生和秦先生讲到这个第一兴趣,我想请问两位的第一兴趣是什么,包括现在两位已经取得这么大的成就,和以前的第一兴趣相差到底多大?还有你们怎样看待这种差距?还有一个就是,我想问一下,当代大学生到底应该抱着一种什么样的人生观?

秦伯益:我其实刚刚开始已经说了,我的第一兴趣是学历史,后来学医学,但我对文学、历史的兴趣一直没有放弃,当我的医学告一段落,学生培养起来了,退休了,我会重新回归我的第一兴趣,重新寻找我的"初恋对象"。现在我觉得生活很愉快。

科学研究有三种动力,一种是好奇心产生,就是第一兴趣。古代科学家都是好奇心产生,没有人逼他干什么。第二层是责任心,是国家使命的要求。不是哪个科学家要研究原子弹,是国家让你研究原子弹,国家将科学家召集到一起,暂时放下自己原来的事情。这个过程产生的兴趣,毕竟不如第一次产生的兴趣。欧洲中世纪的宗教改革迫害了许多科学家。中国"文革"也死了很多知识分子,绝大部分不是因为兴趣的原因而是别的原因。去年北京电视台采访我,问我"文革"下放到"五七干校"的三年是如何看待科学研究的,我说我没想到评价,因为到军事研究所是党让我去的,不是自己研究的,现在党不让我研究了,我还研究什么呀!好奇心永远有,过去有,现在有,今后还会有,是我们的第一兴趣,责任心今后也会有,但限于大项目,大量的是功利性的目的,科学现在是分工下的奴隶,这种事情到底是好是坏,功利性其实无所谓好坏,过去我们只强调阶级性,不强调人性是极大的错误,人性是人类进化过程中形成的最基本的秉性,不能轻易扔掉。阶级性是人在特定历史时期决定的对历史进程的态度,是多层面的,可以转化的,不是太稳定。在功利性为主的时候,我们应研究如何使人性向善,而不是向恶。这就随着社会契约,能多做到善有善报,恶有恶报,自然分明,这才是社会发展的原动力。我们国家在很多问题上存在缺乏社会进步的机制,应该多学点。不学马克思主义,不知道什么是社会主义;不学卢梭的《社会契约论》,就不知如何构建和谐社会。

王蒙: 关于第一兴趣的问题,我在美国听一个美国人讲过,他说一千个人当中一般只有一个人知道自己真正的兴趣是什么,而这个知道了自己真正的兴趣是什么的人,一千个人当中只有一个实践自己的兴趣。他说得很悲观,因为一千乘以一千等于一百万,就是一个人知道自己的兴趣是什么又做实了的只占百万分之一。

我倒可以说一下我个人的第一兴趣。不管现在做什么,关于后世的证明我也不知道,只知道我自己的兴趣。我上小学的时候,我第一个想到的兴趣是练武功,当然这方面没有成功,到三年级以后呢,我当时的兴趣是文学,但是后来到了高年级,上了初中以后,我就特别热衷于数学,我甚至想我将来一定要学数学。但是后来又很快呢,我接受了革命的宣传、革命的道路,于是文学、数学对我来说,都不在话下,我想做的是一个职业革命家,尤其我对地下革命工作非常有兴趣,我身上带着传单,然后用各种不同的面貌,在敌人的刺刀下活动,随时玩一手活儿,玩一手绝活,我觉得真好。然后到五十年代初期,我已经是新民主主义青年团的一个干部了。那个时候呢,全国第一个五年计划开始,叫做"大规模、有计划的建设"。我觉得我应该投身建设,我当时在北京打了一个报告,我要考北京大学的建筑系,这和我看的苏联的安东诺夫的小说《第一个职务》有关,写一个建筑学院毕业的人,当时我挺喜欢。我要上建筑系。但是领导拒绝了我,说"你应该安心工作",这样我觉得我考建筑系没有希望啊,没有办法只好考虑文学了,就开始写小说。那么一直到一九五七年我受挫了,二十三岁,还是二十几岁,一九五七年、一九五八年我受挫了。我当时还这么想,我说我现在第一兴趣是能够到火车上当一个列车员,我以为火车还不停在一个地方,它总跑,总开,然后是山,然后是河……我觉得这种人生太伟大了,太有魅力了,太有意义了。最后呢,还是写作。我觉得文学啊,算我的第一兴趣,也是符合实际的,但中间也有种种天真的、可笑的过程。

听众:我可不可以问两位老师,我认为老师是和学生距离最近的人,刚才我很荣幸地听到老师说,幽默感对一个男人是非常重要的,有很多女生比较喜欢有幽默感的男生,我觉得我是一个不怎么具有幽默感的人,我就想问一下两位老师,提高幽默感的方式?

王蒙:这个……很有意地、故意地制造幽默感啊,是相声演员;而认为自己毫无幽默感却引起了各位这么多欢快的笑声的这位同学,说明他是非常天才的。你自信嘛,一定会有很多女生追你的!

秦伯益:其实幽默是一种品位。幽默是不容易的,大环境应有自由的空气。个人做到幽默是需要自信的,有丰富的学问,能够触类旁通。如果夫妻间没有幽默,总是相敬如宾的,就不好了。

听众：我想请问两位先生，作为大学生，刚进入社会吧，还有的要考研，对那个学问、事业、人生的理解还很模糊。您觉得我们在这关键的四年当中应该培养什么素质，才能使我们为今后的人生、事业打下基础？

秦伯益：现在的大学生当得不容易，因为我们的教育是应试的，大学毕业后我们仍然要面对应试，工作、读研，都需要经过"应试"，一路应试。我曾经讲过，应试教育抹杀了个性，应试科研抹杀了个性。我认为现在的大学生应试是敲门砖，应试过了的前提下，拓展自己的知识，进行多方位的积累，培养多方面的兴趣，选择合适的目标发展自己。回过头来说，如果现在连应试都应付不了，你就老老实实地多进行学习，积累知识。我女儿当时考人大附中，很难考，我就对女儿说："你要知道，从重点出来的人有两类，一类是人才，一类是蠢材。把书学活了，是人才；如果读书把你学死了，书读僵了，你就是蠢材。所以要劳逸结合。"现在女儿在美国十六年，在纽约大学当教授，工资比我高好几倍。说明我们主动掌握自己的命运，知道现在的教育制度的利弊，正确地驾驭自己，将决定你未来的成功。

听众：今天是中秋节，我同学刚才说今天有人请她吃饭，我说今天我们有王蒙先生给我们组织了这样一个对谈，我要比你们幸福，因为我们享受的是精神大餐，比你们要高级。谢谢你们的到来！刚才你们幽默、精彩的对谈中，我们感受到了你们的丰富和风度。你们说的学问、事业、人生的重要性，我非常认同，但是现在，我们之中有很多人都爱好文学，但是也有一部分人，他们不理解文学。那么，怎么样推广文学，让人文的空气能够扩散到更广阔的空间，我想这是作家的责任。在我们在座的同学当中，我想今后肯定会有很多人步入文坛，那么，朝着这个目标，怎么样付出努力？我想请王蒙先生谈一下您的想法。

王蒙：首先我非常赞美这个提问者的嗓子，他在后排，但是声音仍然很清晰，我建议你起码业余应该学声乐，学唱歌。另外，对文学啊,就是……爱好和不爱好是很自然的,有人爱好文学,有人麻木。爱好文学呢,完全说是跟文学没有一点关系,这种事也不大可能,因为你说话,这里面也有一定的文学的因素,如果你一点文学兴趣都没有,第一呢,会影响你写情书,影响你写情书就影响你在个人上的成功;第二呢,它影响你有时候办点什么事,在特殊情况下,不得不写一些检讨啊,在这些地方文学都是很有用的。所以完全的……跟文学毫不相干是不可能的事情。这个从事文学事业,我刚才已经说了,我认为文学的来源确实是生活、是人生。先做一个在人生当中奋进的……奋斗者,然后得到真正属于自己的那一份人生的滋味。

听众:王先生、秦先生好!我是一个比较脆弱的人,我也很想变得坚强、变得有力量。我最近很喜欢一个女作家,就是简·奥斯汀。她终身未婚,但是她很坚强。我想能更加勇敢。我性格的弱点,我该怎么克服呢?

王蒙:我想这样……任何人呢,他的性格锻炼得更加坚强一些,都是能够做到的,如果说聚集在这个过程当中,曲折,暴露了自己性格当中的弱点,暴露了性格中过分的情感,或者是过分的脆弱,也不要伤心,也不要灰心,能够把一切生活中碰到的挫折和事后对自己的表现不畏惧,予以正视,予以反省,就是好的。这是迎接挑战。这种脆弱当中也有可取的地方,脆弱有时候和敏感是联系起来的,如果一个非常不敏感的人,他就不脆弱。我想这些方面,你还年轻嘛,你的未来是美好的,要勇敢。

听众:我记得我在初中的时候,我曾问我的同学和老师,问他们为什么活着。他们有很多很多的回答,有的说为了父母,有的说为了事业,有的说为了爱情……有很多很多的答案。其实呢,一直以来,我一直在思考,我的看法也一直在变化着。我想问问王先生和秦先生,你们走过这么多风风雨雨,当你们再回首过去的日子的时候,你们是怎样看待你们的人生的?你们认为你们真正获得了什么?你们一生中最大的遗憾是什么呢?假如能够给你们再活一次,你们会怎样度过呢？

秦伯益：同学们，你们有没有想过，你为什么活着？你想成为怎样的人？你怎么成为你所希望成为的人？对过去的事情，我们就把它作为一种磨炼、一种经验和智慧的获得。我之所以成为今天我这样的人呢，是因为我过去做了，我也努力了。我也知道我的一生应该做的一些事情。至于让我重新再活一辈子，只能见机行事了。

王蒙：我想是这样，考虑人生为什么活着的时候，它的前提是已经活了。如果你根本就没有出生，或者你已经去世了，那你也就不考虑为什么了。活着，已经是一个存在了，已经是一个前提，在这种前提之下，我希望自己活得很好。而活得很好呢，首先不是指我吃得很好，而是指自己对于历史、对于社会、对于家庭，也包括对于个人。觉得自己还没有做很多自己不想做的事情，或者做了很多对不起自己良心的事情，对不起自己的家人，对不起自己的国家，对不起历史。历史所能给我的机遇，我能做的就做；历史没有给我的，我也用不着特别地羡慕。所以我越是年龄比较大，回顾往事的时候，相对来说，就越轻松一些。遗憾当然是有的，但是我心里想，如果过一辈子，连点遗憾都没有，这不更白活了吗？

2007 年 9 月 25 日

人·革命·历史[*]

王蒙：上次研讨会上，山东师大的一个老师，自提了一个关于人生拐点的问题，我至今都没有想过，但他说得还有点意思。我的童年，基本上按一个好学生形象来塑造自己，听老师的话，能考个全班最优秀，能得到奖学金……突然被政治所吸引。第一，参加政治生活，过早地离开了学校……后来很快又解放了，成为团的干部，还算一帆风顺，基本上算一帆风顺。这种志向突然会走上文学道路，文学一上来也还行，然后，运动结束以后——也没结束，只是稍稍平息一点——我到现在的首都师范大学工作，工作也安定下来。可又出来了一个新疆，我也没想到。其实，说来说去，我觉得这个所谓拐点无非是在政治和文学之间，在这个涉及读书和个人奋斗之间，必须是这样，必须服从，这是与自行选择的矛盾。六十年代我在大学里有个差事不错，但是我还想个人奋斗，还想出……喜别人之所不喜、不敢喜，跑到新疆去了。在中规中矩和与人不同之间，从文体到风格到手法，到内容的调侃性……但是从大的框架来说，又不失中规中矩。对这个社会潮流的认同，既是认同，又是不同，又是合潮流，又是非潮流。不管是政治的潮流，官员的潮流，还是民间的潮流，在认同和不同，在政治间拐来拐去，总之，值得一说、一写。

郭宝亮：你的自传，我非常喜欢读，你的小说，应该说是最具有自

---

[*] 本文是作者与河北师范大学教授郭宝亮、中国海洋大学教授温奉桥的对话。

传性的小说；而你的自传，又是最具有文学的自传。而且我觉得你这一生最有资格写自传，因为你这一生非常具有传奇性，大起大落，大起大飞，都经历了，你始终在风口浪尖上。王蒙先生跟其他人不一样，他真正走向社会的时候正赶上解放，而且是作为一个革命家——年轻的老革命家，进入这个舞台。解放以前，作为地下党员，解放以后，应该说是以主人翁的身份进入到我们新的政权来，而且前途是非常被看好的。刚才王蒙先生也讲了这一生的拐点，就说他走下来，可以说一直在共和国的历史下，始终在中心。我觉得，尽管说有个上下波动，但和整个我们中华人民共和国的历史，应该也是同步。所以说，你写这个自传，自己就应说是一本小说，一种文学，所以这个自传（我感觉）写起来，我读的时候感到别有一番意味。而且读的过程中，我觉得因为它本身带有一种很强的文献性，同时也很有文学性，所以经常有些段落，有些篇章，我就觉得跟读小说是一样的，它带有很强的故事性。读自传的时候再读作品，或者说读作品，再读自传，它有互相印证的作用。所以它里面很多事件，在小说里面，成了小说中的一种情节，或者人物，或者时间的一些东西的影子。所以这个里面，不仅可以研究我们共和国的历史，特别是知识分子的历史，同时也对研究这个文学有很好的作用。所以我带着很浓厚的兴趣，一般不仅是为了研究这个，实在是作为一个普通的读者且有很强烈的兴趣来读这个。

  在这个书里，我的感受，其中包含着这样一些东西，一个就是你的历史主义态度，再一个就是强烈反思精神贯穿在这个书里。我说历史主义态度，王蒙先生对历史的态度，是比较客观的，尊重历史，不回避历史。那么在这个历史中，他把自己和整个时代结合起来，也没有完全突出自己，他把整个时代和自己个人的经历糅合在一起。那么对历史中出现的问题，带着一种平常心，可以说到了这个岁数，王蒙先生应该在七十高龄，对过往的事，带有非常强烈的超越或者超脱，或者站在一个非常高的地方回望我们所走过的道路。我读起来，感觉到,王蒙先生的心态是非常平衡的。应该说是经历这么多事以后,这样一种通透,或者说这样一种心态。对历史不是一个简单的态度,而是一个带有复杂的,或者是全面的一个态度,我觉得这是非常难能可贵的。同时里面贯穿很多反思的精神。这个反思精神,我觉得,对王蒙先生来说,对我们中国人来说,有时候是很难得的。所以我觉得王蒙先生在写这个自传的时候,就贯穿着这种反思精神,非常可贵。那么对我们整个历史,包括我们每个人对自己的这种家事,甚至是人事,都能达到一种反思效果。我觉得写得是非常深刻,和你的小说应该是一致的。这个精神是一致的。那么就是他把这整个……刚才我觉得的这个反思精神,包括很多,包括对传统的继承,那种秉笔直书的传统。不讳饰,不隐讳,把对人事,包括对自己的家庭、对自己的父辈那种深刻的……也是带有反思精神,这些东西。我觉得读了以后既让人深思,又让人感动。整个作品充满了这样的精神。而且,包括对自己,写到自己得意的时候,突然,王蒙先生就反思,感觉到自己有点那个什么了——就是说从过来人的角度,反观自己所走过的道路。在我们这个民族,我觉得也是非常可贵的。

温奉桥: 的确,在当代作家中王蒙先生是最具有自传价值的,这源于王先生丰富的人生阅历,特别是刚才谈到的人生的诸多"拐点",其实也是社会和时代的"拐点"。王蒙先生是共和国文学的见证者,也是引领者,甚至是弄潮者。在当代文坛上,王蒙在某种意义上就是文坛的"风向标",是一个独特的"个案"。在二十世纪中国文学的发展历程中,真正具有思想家特质的作家并不是很多,王蒙是一个。甚至可以认为,王蒙的真正魅力在于他比任何同时代的其他作家都更为集中地体现了某种新思想的矛盾性和时代性特征,更具有某种社会史特别是思想史的价值,这是王蒙自传的魅力和意义所在。去年,有两部自传引起了巨大关注,一部是德国著名作家、诺贝尔文学奖获得者君特·格拉斯的《剥洋葱》;另一部就是王蒙的《半生多事》。这两部自传,都在各自国家内引起了巨大的轰动,《剥洋葱》更是在世界范围内引发了争论。这是很有意思的事。通过王蒙自传，我们的确能够从一个作家的独特视角来认识一个时代，它已经不是王蒙的"个人记忆"，而是共和国的"精神自传"，因此，《王蒙自传》被称为一个人的"国家日记"，一个国家的"个人机密"。《王蒙自传》既是一部个体心灵的隐曲，更是一部时代的浩歌。

中国具有悠久的史传传统，也产生了许多著名的传记文学作品。虽然司马迁的《史记》所体现出来的"实录"品格成为中国史传的楷模，但这更多的是传记文学的一种理想境界，事实上，"虚美隐恶"，为亲者、尊者、逝者讳，对传主不自觉的"理想化"，已经成为传统文化的一部分，似乎也已经成为传记的"自然"伦理，我们的许多传记都或多或少地带有某种"圣徒"色彩，这其实是传记的一个伦理困境。特别是在我们这样一个对历史深怀敬畏又具有某种文字崇拜的民族，这种伦理困境尤显突出。真诚本质上不仅仅是对人的良知、意志的挑战，当你力图逼近所谓真实的自我或某种历史"真相"的时候，所需要的是意志的力量，真诚同时也构成了对读者和时代的审美承受能力、理解能力的挑战，因为，对一个生活在精神虚幻中的人而言，真实、真相、真诚是可怕的。从这个意义而言，无论是君特·格拉斯的《剥洋葱》还是王蒙的《半生多事》，它们注定要引起争议。因为它们面对的是几千年的文化传统和某种道德以及审美定式。

王蒙：哈哈哈……写到自己的往事，我看到最多的是两种，一种是谈自己的成就，第二种就是哭天抢地型，就是我说的苦主型，认为历史亏待自己，环境亏待自己，社会亏待自己，体制亏待自己，生不逢时，带有怨恨；至少是洗清自己，自我辩驳。我觉得这个也是可以理解的，人生就有这么多不平之事。可是我始终认为，人对历史、对环境有一点责任。这个责任呢，当然，我们不是国家领导人，不是政策的制定者，也不是事件的发动者。但是有一种责任。中国有一种情况，当哪个事件到来的时候，很少有人敢抵制，哪怕是消极抵制，而是跟着起哄乃至加码。然后等事情过去以后，大家都成了被牺牲者。

到现在为止,说起来很可笑的,写到"文革",存在一点自我批评精神的,就是巴金的《随想录》,很少见的一个例子。我举两个例子,一九五七年、一九五八年被划为右派的人各式各样,有民主党派的高级人士。从我们来说,我记得我在这个自传里面也写到,在那么低龄少年的情况下,参加了革命,立即就取得了胜利,然后就以为自己以革命的名义可以否定一切,可以推翻一切;认为历史啊,过去的人都没有历史,历史是从今天才开始的,甚至认为自己可以颐指气使起来。这是当时的一种写照。有时候感觉政治上有些东西,带有一种抱负的行为。从我个人来说,我对一九五七、一九五八年的落难,就是少年气盛,就自以为自己靠"革命"二字可以打遍天下无敌手,那样一种锐气,一种抱负。还有一个,到现在为止,我在全中国都没有发现这样一个例子,就是承认被打成右派,自己有一定的责任。但是我知道的这一类事多了,这我不知道是一种什么心理,一种自虐狂还是什么,就是自己向党交心,交心的时候自己为自己扣一大堆帽子,暴露一大堆反动思想,然后最后被划成右派。当然作为领导,一般来说这样做也是不合适的,把一个人的自我思想检查当成一个人反动的依据,这是毫无道理的。

温奉桥:真正的"自传"是自我内心的故事,其实本质是借助时间,在对回忆——自我经验——重新建构的基础上,完成对自我的重新认知和界定,是对过去之我的反思、审视,这是一切严肃自传的精神品质。在王蒙自传中,所体现出来的反思意识、反思力量,超出了读者所可能接受的能力。如何认识自己,反思自己,审视自己,其实并不仅仅是个人的事,从历史的角度,它代表着时代所可能达到的思想的程度。王蒙在回顾反思自己被划为右派的原因时,得出了不同的结论,他认为自己之所以被划为右派,并非思想上的"右",实与自己"见杆就爬,疯狂检讨,东拉西扯,啥都认下来"的"一套实为极'左'的观念、习惯与思维定式"以及"离奇的文学式的自责忏悔"有极大关系,王蒙承认"最后一根压垮驴子的稻草,是王蒙自己添加上去的"，是"王蒙自己把自己打成右派"，这些都是以前此类文章中所没有的。这实际上赋予了这部自传相当的思想性品格。

王蒙：在"文革"当中还发生过这样的事情，上海电影制片厂一个老演员，"文化大革命"开始以后，很长——快一年都过去了，没有他的什么事，他受不了了，天天批这个斗那个，怎么把我给忘记了，宁可挨斗，也不愿意被人给忘记了。人的这种心理，他开始自己偷自己的财产，因为他是老演员，国民党的时候演过电影，日伪时期，也跑过龙套，试演过群众角色。当地是把他当反革命给揪出来，批斗一番……这个事我到现在都没忘记，我不知道你们相信不相信有这样的事。但是我这个情况又不一样，但我非常明确无误地讲，在"文革"的时候，自己把自己……我讲这是最后一根稻草，自己把自己放上边去，事后我听人这么讲这样一个情况，最后中央在中宣部主持一个会，北京市委的人也参加，市委的文教书记坚决反对把王蒙划为右派：这么年轻的一个人……这个时候那个负责我这专案的团市委宣传部长——这个人也很可怜，"文革"一开始他就自杀了——他就在这个会上据理力争。这里有个客观原因，团市委当时揪出来一人是毫无道理的，团市委感觉就是一个"极左"的儿童团，哪里懂革命，都是一些大学生、中学生，都是二十几，十九岁的年龄都不算小的，有十八岁的。二十二岁的当然算年龄大的了。所以他感觉到如果王蒙再不划右派，这个活动就没法进行下去了，我想这是一个原因。除了个人心理上那种……那些事都是真的，那个负责整我的人刚刚离过婚，他作为一个男性，个人的隐私，那个情绪是极端的阴暗，心理非常的阴暗，这些都是真的。然后他的论据就是你看你自己都写出检讨了，这样的人再不划为右派，还划什么呀？所以我就说，实际上任何一个人在任何一个事变当中，或者是因为胆小怕事，或者是因为迎合潮流，或者是由于人云亦云，甚至是由于表现自己——因为他觉得寂寞，觉得这个运动和他毫无关系，这种寂寞在作祟，比被枪决还恐怖。说起来好像不可思议，但是我亲眼看到这些，是事实。或者由于自己的思想上同样有一种寂寞的东西,这种我在小说里也写过。我就设想,比如咱们俩换一个个儿,现在是上边通知我了,说这个老 W 有问题,你现在负责解决他这个问题,我比他心会软一点,这点我可以肯定,我心会软一点。我会谈着谈着就自己有点犹豫,自己有点困惑,不会就非把他搞定,非把他钉在柱子上,才算完事。

温奉桥:这是否就是历史对人的挟裹,对人的"格式化"处理?我们经常说历史的洪流如何滚滚向前,历史在很多时候形成了对个体的遮蔽或去个体化,历史就像搅拌机,作为个体的人是石子。你刚才谈到那个电影演员,我读到这一段的时候我也觉得是……实际上,我感觉我能理解。不用说是在"文革"的疯狂年代,被"革命"所冷落,你无法领受,就是放在我们今天,一个非常热闹的场合,我们都在参与,你被冷落在一边,你仿佛不存在,是个无,那心里也是不好受的。我似乎感觉到,有一些人,他被那种革命的狂热所冷落,他不存在了,他心里无法承受这种失落感,他宁愿给自己找一点事,让别人闹闹自己,批判批判,也总比让人感觉是个不存在的强。你的"季节小说"也写到,"文革"中的那种铁的逻辑,真理在握,高屋建瓴,不容置疑,你就是一加一等于二,他也把你分析成坏蛋,我感觉也是一种人性的异化。其实这更是一种时代的原因。

王蒙:是,你也可以这么说,但是我觉得这个是……我看过一个推理电影《尼罗河上的惨案》,它里面最后总结,它说里面最大的愿望就是被关注,就是看你怎么理解,起码是吸引别人吧,我觉得它说得很好,可以概括起来,人的最大愿望之一是被关注。为什么一个人需要随时证明自己,这个从心理学上来说是生理本身的一个孤独感、不确定感。

温奉桥:人有的时候需要被确认。

王蒙:人对自己的生命有一种不确认,我是不是真的活着?没人理、没人管……

郭宝亮:"文革"呢,我还是赶上了,童年是在"文革"期间度过的。你刚才讲的"文革"这些事,我也有这个体验。小时候我就感觉到大人喜欢经常开会,几乎每天都有会,当然这跟那个政治形势有关系。当然呢,开会的时候,我们这些小孩啊,也喜欢到会上去玩,我记得还很好看。他不是开批斗会,就是开讲用会,批斗会的时候,就好看了,经常有人说把谁揪上来,就把人揪上来,然后女的戴上破鞋,然后他专讲这个女性和谁有什么关系,很多人喜欢听这个,而且反复地让这个女性讲自己的经历。大家听了就非常快乐,非常高兴。然后这个讲的人呢,她可能一开始觉得糗,后来讲惯了,不让讲,她不高兴了,以后大家觉得这什么意思啊,她就讲这个?你讲的"狂欢"两字,我觉得用得非常好,"文化大革命"期间这个状态,就是全民狂欢的状态。大家都在那儿没事干,也可能经常政治学习。你的作品里面谈到毕淑敏的时候说,有时候政治消解生活,生活同时也消解了政治,你说这个当老百姓批斗这个人的时候,不断讲男女关系的事,而作为一个乐子的时候,政治就没了,像游戏。所以有时候,我们觉得这个也是很快乐的一件事,当然这个时候也很残酷,残酷的快乐,感觉到那个时候也有游戏。所以有时候想起来确实很残酷,但从另一个角度来看,那个年代的那种游戏,或者说是一种全民的狂欢,从某种意义上来说,确实有关人性,人性,这种孤独、不确定性使他感觉到需要有人关注他,在一个不正常年代的关注,可能就是这种方式。

王蒙: 越是弱者,越不能够过一个真正个人的生活。中国缺少一种严肃的个人主义的传统,这是一个原因。像你刚刚说的那个大会,一大堆人啊,一起喊口号啊,一个弱者是没法活下去的。

郭宝亮: 这实际上就是说的这个强人专政、强人独裁那种……随大溜,就是海德格尔提到的人的生存状态那个叫"非本真的存在"状态,也就是一种消解在众人当中的这种东西,他自己就跟着大家走。

王蒙: 集体主义是很有力量很有魅力的。就是自己不但是一个人,而是一个群体,有群体器重自己,认同自己,而且这个群体有一个领袖,带领我们走向胜利,这对一个知识分子来说,有时候他是梦寐以求的。就是这种群体,他和群体,和历史的意志、历史的客观规律的融合,从而把个人完全控制,这样的境界,几千年来也有很多知识分子追求。我在"狂欢季节"里面还有一个歌,叫《一江春水向东流》,抗战期间的,"来来来来,你来我来他来,大家来,一起来,来唱歌,一个人唱歌多寂寞,多寂寞,一群人唱歌多快活,多快活,大姑娘唱歌,小伙子唱歌……"我就说我们那个时候很多会议。一开头你心里没有特别的那个……这个也拥护,那个也拥护,你也很激动,你拥护得比前面三个还拥护,当你说完以后,你也变成真拥护了,而且你的拥护反过来又带动了大家,真起作用啊,这种群体性的发动……还有,你刚才说的也有道理,你说是革命也好,我宁可说是历史,我们解放以后并不怎么宣传上帝,我们不搞这个东西,我们也不宣传天道。但是我们宣传历史,历史的发展规律,灭亡,你就说是历史发展规律注定灭亡的,谁违背历史的规律……反过来说,当你自信你的背后是历史,是客观发展规律,就开始颐指气使,可是这些东西——我现在回到这个话题来——中国啊,几乎没有人反思自己对待历史、对待环境,对一种错误的形成起了什么作用。都是受害者。所以中国问题永远不会有顶好的进步,问题在这儿。德国那个顾彬跑到青岛来,来海洋大学讲课,他先以德国人的名义向中国人致歉,向青岛人致歉,他说他看了当年德国的总督府,感觉德国在青岛,把殖民主义的手掌伸到青岛来,对中国人犯下了罪行。而且这里我也提到,我也对别人采取过某些不恰当的言行、态度,甚至给别人造成不好的后果。所以你说这个反思,我也愿意承认,你如果不反思的话,那现在更没法写回忆录了,都说成是别人的责任。我想我们应该想清楚自己做了哪些缺德事。

温奉桥:其实您刚才所说的中国人的历史观是一种文化传统。真正的"自传"是自我内心的故事,其实质是借助时间,在对回忆——自我经验——重新建构的基础上,完成对自我的重新认知和界定,自传是对过去之我的反思、审视甚至忏悔。这是一切严肃自传的精神品质。《半生多事》带有强烈的反思意识，与那种传统自传中的"圣徒"意识不同，在这部作品中既体现了一种"忏悔"意识——灵魂的自我拷问，更体现了一种严肃的反思精神——一种真正的历史的理性精神。

所谓"忏悔"，源于宗教的"原罪"说，我们这里所说的忏悔主要是指既面对自我同时也面对时代的反思，就是对原有价值原则、价值标准的重新探索和"认定"，也是对"自我"的重新认定。自传在一定意义上都可以看作是"忏悔录"，是自我真相的呈露过程，但是，由于特殊的文化传统和道德观念，与西方文学的"忏悔"意识和文学的忏悔主题相比较，我们的忏悔意识并不明显，也不自觉，这是否也与我们的宗教传统和宗教意识的稀薄有关？反思高于忏悔，忏悔面对的是自己的灵魂，而反思面对的是历史，是未来，王蒙在其自传中所体现的自觉的反思意识和勇于面对自我、面对时代的反思精神无疑更有意义，更为重大。奥古斯汀和卢梭在他们各自的《忏悔录》中，忏悔最多的是着眼于"个人品质"方面，是一种个体性的道德自我完善，而王蒙的"忏悔"则与之不同，并非完全指向自己，指向个体，而是指向一个群体，一个时代，甚至一种文化传统，体现了一种更为宏大的价值取向和更为坚定的理性精神，因而，常有更多的思想者的勇气和风度。

郭宝亮：对。王先生刚才讲这个，我感觉到，就是他说的这个反思精神，提到的那些事，实际上，我觉得作为一个知识分子，你所有的题材，所有提到的人物，无论是《活动变人形》也好，还是《青狐》也好，大部分都是知识分子。作为一个知识分子，在中国来说，他可能和这个传统有很大的关系，我们古代儒家讲要"吾日三省吾身"，也讲这种反省意识，也讲自我的修养，但是从整体上来讲，我们这个民族的反思，作为现代意义上的反思，好像还是不够的，并不是特别突出。这种传统可能给我们带来很多。比如说在古代，古代的知识分子，大部分应该算官僚阶级，他得先当官，经过十年寒窗，经过科举，最后到了官僚阶层,他就成了一个官僚知识分子,官僚知识分子在古代还是有自己的自主意识,对皇帝那种为帝王师的精神,但是总体上他遵守的是儒家的一种,就是他真正的自我意识,作为真正的现代意义上的自由人,基本上是没有的。那么,到了"五四"这一代,应该说是进入了一种少有的人生自主意识,就是现代意义上的自由知识分子,应该说在"五四"之际还是有这个短暂的历史时代。那个时代正好是科举没有了,科举制度废除,没有这种晋升官僚的手段,但是他还有另外两个途径,一个是到高校,到大学里面当老师,一个是办报。通过这两个途径,他可以把自己的这种观点也好,或者其他也好,表达出来。在大学他可以讲自己的学说,在报纸上可以宣扬自己的观点,这样的话,他就也把自己作为一个知识分子阶层的这个意志表达出来,而那个时候,恰恰是高校和报业对官僚的依附在当时还是比较少的,所以那个时候,还是有点个人的意味的。但是很短时间内,到三十年代,或是二十年代末,革命文学兴起,革命文学兴起以后,我们的知识分子马上就有了一个要寻找阶级归属的愿望,包括我们的语言,我们的用语也要向劳工靠拢,和劳工靠拢以后我们才有出路,也就是自己找到自己的阶级归属,这么一个归属感的东西。那马上又开始了,这样的话,知识分子又回到了集体主义这种状况。就是说,它需要有一个组织性的,或者全民动员的那样一个状态,大概也符合历史的这种潮流和合理性,那么个体在这种情况下就更多地觉得自己应该更和潮流走在一起,应该和历史走在一起。否则很可能就会一事无成,就像你在《活动变人形》中写到那个主人公的父辈,他们这一代,有一些这样的知识分子,他游走在潮流之外,结果一生一事无成,甚至处在不被接纳这种状态。

这可能导致了我们的抗战以后,革命近似胜利后,又重新找到了一个新的阶级归属,集体归属,你看你在作品中写,就是你说你在少年的时候——你说你没有童年,那个时候呢,你的家庭的这种……父母的感情啊,其他方面的原因,如贫寒啊,导致你觉得自己很早熟,当然早熟这里面,和生活的环境有关,另一方面和你的资质也有关,但是这种早熟,也是革命的直接动因,家庭父母关系不和,这很简单的一个动因,那么你认为新社会来了以后,就会把这些都改变了,革命可以解决一切问题,所以对革命的这种信赖,使你们这一代人渐趋走向集体中来。后来解放以后,你参加了共产党,参加了团的工作,我觉得你这个时候寻找一个新的价值,集体主义的价值,也寻找到一个新的父亲,就是我们的党,应该说你当时表现得非常真诚,也是你们这代人的一种真诚,但是在这整个的发展中,我都感觉到,你们这代人,我们这些人,比你们更年轻,应该算你们的子一辈,或者再小一点,这里面当然包括建国以后一九四九年出生在文学上……在一九四九年出现的那一代人,那些所谓知青作家,再往后呢就是五十年代末、六十年代初出现的这一代人,那么这一代人呢,我看你的自传上面曾经写到过,说你们这代人是相信的一代,相信这个,相信那个,相信很多,特别对党,对整个我们的社会,对我们的历史,有一种相信,很虔诚的那种,对革命充满了高度的信仰;但是下边的这些人,应该来说,像北岛这一代,包括朦胧诗派,包括我们这个年龄的这一代人,应该说是不相信的一代,"我不相信"。

王蒙:我爱说的一句话,我说这是一种革命的惯性,因为现在我们回想起来,抗日战争以后三年,革命取得了胜利,这样一个发展超出所有人的估计,超出蒋介石的估计,超出了国民党的估计,也超出了毛泽东的估计。毛泽东也按照他的计划行事,他也没有想到……忽然国民党就变得不堪一击,这是他完全没有想到的。这种革命的胜利,使已经在战斗或者正在战斗的新中国一代,或者说革命的这一代产生了这种相信:就是自己什么都做得到,过往的历史根本不算历史,现在的历史才是开始,那个时候……我特别欣赏,只有到了马列主义……变成历史唯物主义,认识历史的主人,我觉得这个在某种意义上是革命的关键。革命已经取得成功了,可能还停不下来,它还要等,还要高叫。高叫、喊叫,这个是革命时期,经济建设没有这么多喊叫,经济建设只需要发展科技,发展科技不用高叫、喊叫,发展文化也不用高叫、喊叫。而且越是执政者,越不能高叫、喊叫,因为你高叫、喊叫完了以后,你将了你自己的军,你说你要三年改变面貌,五年超过美国,你要是在野党,你可以这样,执政党不要给自己出这个难题。我觉得这里也有关系。

现在谈这个自传,我觉得这对我来说,既是一种特殊的幸运,也是一种不幸,我说过一句话,我是中华人民共和国国史的一个见证者、一个参与者,不能说都是处在中心位置,但我仍然是在参与着,在观察着,在见证着,在体验着。中国还有一个特点,除了刚才我们提到的,中国实际上,这五六十年来,变化是迅速的。蒋子丹的一个小说里说,昨天已是古老的。我现在回想起来,我冒着傻气能够把这个恋爱的季节……这个愉快的季节、这个踌躇的季节和狂欢的季节,像编年史一样地写下来。从文学本身,从阅读本身,轻便舒适来说,中国的这些大事,你最多是作为背景。但是,我总觉得,我得把我所看到的东西写下来。人们很容易接受一个东西,或者不接受一个东西,这是非常简单的。比如说写"土改",你看过去写"土改"的小说,写地主一个个都像魔鬼一样,吃人的魔鬼,而农民的正义斗争天翻地覆啊,那是血泪仇。

温奉桥: 这其实是一种历史的责任感。传记被认为是"认识人类本性最迷人的秘密的机会"。长期以来,我们习惯了某种简单化思维方式和价值判断,与真正的理性判断相比,我们更习惯于某种道德化;与真正的自我审视相比,我们更愿意把一切的过错归于某个特定的时代或某一个、几个特定的人,一切都变得黑白分明,清清楚楚。然而,真实的情况、各个个体的具体情形果真是这样的吗?例如,"反右""文革"之后,每个人都认为自己是特殊年代的无辜"受害者""被冤枉者",把自己打扮成"苦主",一味地控诉、批判时代的罪愆,忽略了或者更正确地说不敢正视自己当时真实的内心世界。事实上当时许多人确是如巴金所说的"死心塌地的奴隶精神",究竟有几个人真正怀疑过这场运动的"正义性"？在中国文化中，我们在个体"私德"方面不乏反思精神，如"吾日三省吾身""正心诚意"等，但是在许多历史的大事件中，往往更习惯于"成者为王败者寇"的思维，更习惯于道德评判，而不是理性认知。

您对"反右""文革"的反思令人警醒。如果我们问一句"反右""文革"由何而来？在特定意义上，源于我们自身，但是对此我们至今缺乏有深度的理性的反思。这种反思和忏悔，需要的不仅仅是道德力量，更需要一种历史责任感和理性精神。如果说奥古斯汀和卢梭曾经说出了某种个人的真相，那么，您的对"反右""文革"的反思和"忏悔"，则说出了一种至今我们还不能真正正视的时代的真相，文化甚或人性的真相。

王蒙：你看现在凡是写到"土改"，我是说某些人，还是比较强调"土改"的残酷的，蛮不讲道理，没法活了。山东的"土改"大概是很厉害，它有翻过来倒过去这种情况……郭老师也说过，我是用一种立体的思维，就是从各个方面，你说当时是残酷的，当时残酷还有当时残酷的正义感。我记得我在"反右"斗争的时候，还有一个很雄辩的理论：工人、农民，尤其是中国农民，已经几千年了，还被压迫在生活的最底层，做牛做马，流血流汗。现在你们几个狗屁知识分子，让你们他妈劳动五年，跟农民干活干上五年……让你真的知道这农民日子是怎么过的，有何不可？有一种政治性，你不能说这里头没有政治性，左翼的思潮，社会革命的思潮，包括社会主义和共产主义的思潮，甚至包括社会民主主义的思潮，包括工人运动的思潮，它都有……也就是说，我们社会最底层，我们被压迫了几千年，有很多特别富有煽情性的说法，盖房子的人没有房子住，种粮食的人吃不饱饭，你要说现在这些人，盖什么住什么这是不可能的，盖这个星级宾馆的能去住吗？造飞机场的人一律坐波音747吗？根本就做不到。这个世界上的事就是这样。

从咱们文学的大局来说，我觉得现在比过去立体多了，莫言写过一个三十年前举行的没有进行完的长跑比赛……他以一个农民的孩子写"反右",他说"反右"什么意思呢?就说我们村突然来了一群人,据说都是右派,一看见右派,大家都羡慕,全长得漂亮,比这个农民长得漂亮得多了。女右派越漂亮越能干,这个农村妇女看见,嘿,一个个眉毛眼睛长得……他们无所不知,无所不晓。你问他关于季节问题,气候问题,工业、农业问题,医药问题,财经问题,地球、太阳……无所不知。而且虽然降了很多工资,都比农民一个个生活得好,戴手表的戴手表,插钢笔的插钢笔。替右派喊冤的那种,那个当然也可以写,但是莫言那就让人觉得哭笑不得……从农民来说——我不记得我写没写——我在农村里头劳动都有过,农民问我,说你一个月挣多少钱?我说八十多块——那么多啊?!当时那个农民说给我八十块啊,我全家都当右派!当时农民一个月才挣八块钱,人民公社化那个时候,我还记得,每个人一年大概是分三块六,除去吃饭,每个人就三块六,当时农民也嫌少,他一听说我一个月挣八十块钱,那不得了,当右派怕什么呀?要当就当吧,不当我当去,你不愿当我当去。可是你要了解中国国情啊,你要不把这好几面都想到……

郭宝亮:实际上,我觉得你刚刚说到反思意识的时候,我觉得你这个里面就是……王蒙先生可贵的地方,是他在反思的时候,他自己谈到这个责任,每个人都应该对历史负责,是每个人的事,也不是毛泽东的事,也不是"四人帮"这几个人的事。毛泽东肯定也有责任,但是有时候毛泽东也左右不了,你那个《组织部来了个年轻人》,毛泽东发表了五次谈话,对这个小说进行肯定,话说得还非常的厉害;但是就这样一个情况,也左右不了几个月。可见历史的惯性,把大家裹起来。还是讲到人的沉沦这个问题,大家都有一个随大溜这个想法,在这个情况下,你不得不跟着历史走,但是在跟历史走的时候,你把这个责任推给谁呢,每一个人在这个里面,包括中国的运动,一直到"文化大革命",甚至到眼下,我觉得这个惯性还是存在,因为眼下我们在搞商品经济,一搞,全都一块儿来了,各种各样的问题,这个过程中惯性依然存在。所以在这个惯性过程中,每个人……在你这个反省当中,我觉得,知识分子尽管在政治上当时是受到打压,各方面的问题,但是这个问题,最重要的打压,可能还不尽是外在的,甚至还有个人的事,实际上就是说,受压迫者实际上参与了压迫者对自己的压迫,也就是说,思想的被控制者,也参与了控制者对自己的控制,就是你本身是主动地控制你自己,那么你认同了那个给你施压的人,那么最后你对自己这样做……就是你说的,你不认为自己是反党,但是在那种情况下,你又得承认自己是反党。如果不承认自己反党,那就说明你更反党,承认了自己反党呢,那就真的是反党。这里面就是你讲的,《二十二条军规》里面讲的,这是一件很荒谬的事情,但是你这个荒谬呢就是那个逻辑。所以这样的话,每个人、每个知识分子,对自己的这种状态确实需要负责。在这个过程中,我觉得王蒙先生这个自传,在整个作品里面,是体现了。你刚才讲的几个型,俘虏型啊,哭天抢地型啊,在我们早期的乡土文学、反思文学中大量存在,就是把自己打扮成一个苦难的、落难的这么一个书生,然后遇到了什么什么问题,自己就是一个受难者,所有人都欠了他的情。那种怨恨情绪。

  那么在这种情况下,自己的责任,我们有时候就看不见了,看不见他自己承担什么。所以说,我觉得这个自传本身,不仅仅是一个一般的回忆录,或者说是一个传记,它实际上是一个具有很多的思想意识,包括你的各种各样东西的一个——我称作"王氏百科全书",它里面包括很多东西,读了以后,不仅有这样的历史主义态度,反思精神啊,各种各样的东西,文献的意义是非常明显的,但另外它谈到了很多包括你的文艺思想,你对事物的一些分析看法啊,特别是到了这个老年以后,作为一个智者的这种形象,在这书里面,也不时地出现。我们从里面可以看到很多东西,对于研究文学创作,对研究我们的社会历史的这个状态,对研究我们民风民俗等各个方面都可以找到这样的一些东西。第二册,那里面正好是八十年代以后,你又回到了这个风口浪尖上,把知识分子的这个状态,你所接触到的,包括高层领导,各种各样的文坛的这些面向都写出来了,和你那个《青狐》可以相互参照着看。从这个自传里面,我看到了《青狐》,我觉得这里面有好多东西都是相通的,能增加理解。

但是我觉得,你在反省的时候,你的作品,包括写到人、事,都是心态。这不是说,像过去一样有些作品,比如说写到坏人,比如说你写到这个 W,把他写成一个彻底的坏人,就是道德上的问题,或者一个什么样的问题的这样的一个人,但作品里面我总觉得是留有余地,这个所谓留有余地呢,并不是说你下不去手,而是你带有很强烈的历史的客观的态度,对这个人的总体的、立体的评价。所以这个人在我们眼下就不是一个完全的坏人,而他自己本身呢,包括对你被打成右派啊,各种各样的做法,可能也有他自己的道理。就是你在思考这些问题的时候,可能是站在另一个角度,在为这个人设想,这个设想呢,我就认为体现了王蒙先生的一种思想,这种看问题排除绝对化的,而是带有相对性的或者带有全面的、复杂的,这样一种看事的方法。你的这种处境呀,一方面你是这样理解的,但是另一方面呢,好多人并不这么理解,就造成了你自己一种尴尬的处境。你不断提到的桥梁、界碑呀,就是这样一个作用,我在论文里面也谈到了这个桥梁和界碑的问题,就是说你在做这个问题的时候,你不断地这样考虑问题,你是这样一种思考方式,不是一个——很多人就是说,认为你是做人的……好像是一种讨巧,但是实际上你和你整个的哲学思想,和你做人的,从整体上的这种东西是有关系的。但是对我们国人来讲,也有很多这样的考虑问题,就是说容易走偏,偏激的这种思考,要不就把他彻底地打垮,要不就把他变得特别好,而没有多方面的考虑,包括我们这代人,我觉得有时候很容易这样,但是呢,读了你的自传后,你年轻的时候,恐怕也有这样类似的东西。所以到了这个年龄以后,再回头看,我觉得是这样一种体悟。

温奉桥:我感觉整个自传,给我们的启发是多方面的。王蒙自传展现了一种新的历史观,而这种对历史的新的态度,对我们传统的传记写法,对我们原来的传记伦理,形成了挑战。外国人就说你们中国历史很发达,但你们中国不懂得历史观念,你们的自传都说"好好好,是是是",就是自我表扬,他这句话当然有些偏激,他实际上涉及了我们自传伦理的问题,我们在什么样的程度上,才能接受真实,才能承认真实。如果没有一种真正的历史精神、理性精神,实际上就是一种对历史理解的心态,王先生有一句话,"理解比爱更高"。实际上,只要具有一种真正的历史精神,其实是无所畏惧的。

我们谈到大量的反思意识,在这件事当中,反思意识也是一种历史理性的表现,也是一种多元价值观的表现,就是你对这个事情,回到一种立体的、多维的角度来看它,不是从一个管道、一点来评论它。这从一方面体现了一种非常严肃的反思精神,另一方面恰恰反衬了这个社会,我们的文化当中缺乏的一种意识。我们也讲"吾日三省吾身",讲"慎独",这是在思想上面的要求,要求我们思想上要自律。但是真正在文化传统上,我们是非常害怕反思的。因为一反思、两反思可能就把我们思想的尾巴露出来了,自己现了原形。与真正的反思相比,我们更喜欢"成者为王,败者寇"的简单化思维。我们把一切复杂的问题都简单化了,其实历史真是那样的吗?不是的。例如"反右",我们当时很多人是诚心诚意地认识到自己需要改造,真心地承认自己有缺点,是自己把自己弄到那种程度,我觉得这个东西是一个非常新鲜的东西,外国人当中,比较多的是忏悔意识,这个忏悔和反思是不一样的,反思比忏悔要高,反思是一种理性,忏悔有时候是一种情感,甚至忏悔这种情态啊,是非常有意思的,忏悔完后非常骄傲,你看那个卢梭,说你们哪一个人敢在上帝面前说你比我还真实,你看他这个心态,多么的骄傲!他这种骄傲的心态走向了这种忏悔的反面……

郭宝亮: 卢梭的《忏悔录》就是有一种炫耀的口吻。

温奉桥: 有这种东西。

郭宝亮:炫耀地讲,讲自己过去的事,包括他讲的那个曾经偷过丝带那件事,结果他把这个事推到那个女佣身上,说丝带是女佣给我的……现在回头来想,是想通过这种方式,把这种愧疚甩掉。

温奉桥:是。你看现在好多外国人,光这个《忏悔录》就有好多部。这可能是和他的宗教文化有关,就是,我忏悔了以后,我那个见不得人的事情……我就解脱了,我在上帝面前……他有这方面的宗教感,我们可能缺乏这种忏悔意识,一种宗教文化的稀缺。我觉得我们对这个历史的态度好像过于简单化。我有时候切实地感觉到我们这个历史本来是非常非常复杂的,这个事情过去以后,对也好,错也好,我们从各个角度、各个方面来解释它。"成者为王败者寇",这种心态,这最简单了,最省事了,这错全是你的。这就让我们逃避了对自己的一种反思,也逃避了对历史真正的总结。其实这当中还有更为真实的一些情况,在"文革"当中,我们有意无意地回避那一方面的表现,从这个意义上讲,我感觉自传体现出一种严肃的历史观,这种历史态度,给人很多方面的启发和警示。

王先生这个经历,几乎与我们半个多世纪以来,特别是建国以来的大事,息息相关,是同步的。从这个自传上,确实能够来反思,来看到我们曾经走过的半个世纪的历程和社会的演变,更看到对"文革"当中人性的描写。从这个意义上讲,是有相当的深度。对人性的这种拷问,对历史的审问,对自我的反思,非常具有思想性、理性,与我们看到的很多,我们现当代以来这些作家写的传记很不一样。

王蒙:我们不断地……其实中国并不注重历史,但是历史有时候随着潮流不断地被改写,我举一个例子,过去吧,认为这个左翼的作家都是最高尚的作家,非左翼的作家就都是渺小的、猥琐的,在那个时候是唯周扬的马首是瞻。改革开放以后,流行一种新的潮流,这种新的潮流实际上是以夏志清教授的论点为论点,中国最伟大的现代作家有两个,一个沈从文,一个张爱玲,而且沈从文被改写成一个孤独的英雄,一个抵抗主流意识形态的英雄。可是历史告诉我们,可能不是这样。因为我对沈从文没有一个更多的了解，沈从文看到丁玲受到了冷遇以后，他曾经割自己的手腕，原因就是他想参军，他非常地欢呼这个革命的潮流，他想参与，但是他没有想到丁玲对他是那样的态度。

还有一个就是，我看到一个史料，讲萧乾和沈从文的过节，六十年代初期的事了，或者五十年代一个什么时期，萧乾看到沈从文的住房太差，给上面写了一个报告，要求改善沈从文的住房。沈从文大怒，说我正在申请入党呢，你现在弄那些个我的私人问题去分散组织的注意力，对我实际上是帮倒忙、是破坏。而且因为沈从文是比较收缩的，萧乾相对热情一点，所以萧乾被划成右派了，沈从文并没有被划成右派。在批萧乾的时候，沈从文也是比较激烈的。沈从文是一个非常值得尊敬的人，他在古代服装研究上取得了非常辉煌的成就；但是沈从文也有另一面，就是他追求革命、追求新生活、追求新中国，这是一种追求。他的寂寞与其说是他自己的一个选择，不如说是历史对他一个无情对待的结果。这样和有些人说的就不完全一样，我个人的见闻毕竟是非常有限的。韦君宜，我前前后后都讲了，我说她全家都是我的恩师、恩人、恩友，因为杨述从头就反对我戴右派帽子。但是在"文革"当中，我们在新疆见面的情景，就如我所说的，大吃一惊，她是最真诚地反思的一个人，我说的确实是事实。就我个人来说，我现在还是非常地怀念她——你说感恩也可以，感谢也可以，这样直爽老实的人已经不多了。"文革"中有些人一边嘴里大喊划清界限，一边做点小动作，这种人多得很。还有，我尽量对任何人，都不用强烈的褒贬或者鞭挞这种态度。有些呢，我是用正面的语言，但实际上我是不赞成的。所以有些读者呢，他们认可了这些东西，包括我知道那些对我并不是很友善的人，他们也很注意我的书，说我这个人太聪明了，他是从技巧的角度、从操作的角度说。但是我觉得呢，我除了技巧、操作的层面以外，我还有一份心怀，这个心怀，就是与人为善，就是推己及人，就是能理解别人。恕就是宽容的心，恕就是能理解别人，能理解自己，能理解与自己不一致的人，能理解老是瞅着我别扭的人，对我恨不得除之而后快的人，因为他们有他们的一些想法，或者是个人利益也好，或是什么也好。我觉得在这个层面来说，反正我是这样努力做的，完全百分之百地做到，这是不可能的。世界上的事没有百分之百，你说这个语言环境也好，很多东西也好，但是起码我没有扯谎，起码该提到的我提到了，有的话本来可以说得更直接一点，我现在说得比较隐讳。本来我是想批评这件事情，但是我选择了一个中性，甚至偏于褒义的词。这些事情，我承认我也有，我觉得我也在回答呀，一个问题，因为我在文学界是个案，都是特例。

有人说王蒙当官。这个当官的问题，个人有个人的情况，我恰恰是早就入了党，早就当了干部了，早就有一点职务了，科级也好，处级也好，我二十多岁的时候，已经有这个职务了，我的工资在北京——当时我十九岁——已经有八十七块五了，可是当年这八十七块五，那个感觉跟现在，跟现在的六千元也差不多。所以，我"以文学为敲门砖，去谋求官职"，实际上在我身上是不合适的。因为我恰恰是从事文学活动影响了我的仕途，这不是很明显的事吗？否则的话，那就是另外一种情景。把它完全看成一个技巧问题，我觉得这里头他没有看到，我是相当有入世的经验，尽可能少做蠢事和不做蠢事，但是不等于我拒绝付出代价，我仍然有我做人的底线，仍然有我冒傻气的地方。譬如包括我保护一些作家，我尽我的力量保护一些作家，甚至也许你保护的那个人，那个人反过来咬你一口，那么这样的例子我也可以举很多。但是我并不后悔，我觉得我是在做我应该做的事情，我无法替别人做他所应该做的事情。而且我一直宣传，比如曹操是"宁可我负天下人，不可天下人负我"的，我干脆反过来，宁可天下人负我，当然，谈不到天下人负我——夸我，帮助我的，伸出援助之手的，有很多——我绝不辜负一个人。还有一个，就是整天讲的那个东郭先生、中山狼，我宁可当东郭先生，我不当中山狼，虽然东郭先生有点蠢，但心里踏实，我不咬人，我被别人咬，而且在社会比较正常的情况下,想咬你也没有那么容易,我也没有那么容易就让你咬。

郭宝亮:我看你专门有一章写到刘宾雁,包括你对他的一些看法,我觉得你在写这个的时候,我看你是掂量了一阵子,而且我感觉到,当然这个说法并不一定是完全准确的,比如在《青狐》里面,塑造的一些人物,也有一些影子在里面,在这个问题上,因为过去,比如我小时候,那时候我还比较小,但我知道文坛上,一个是王蒙,一个是刘宾雁,都是当时比较著名的作家,最后写到了……老觉得你们两个有很多地方,当时不知道,就觉得两个人差不多,应该是一样。但是后来,经过认真阅读你的作品,再读他的作品,这个区别是相当明显。你在谈到这个问题的时候,我把这个想法讲出来,也没有别的考虑。

王蒙:我觉得是这样,我对刘宾雁个人呢,也无意再做什么评论,他已经去世了,走的完全是另外一个道路。尤其在一九八九年以后,一直在国外生活,在国内的影响实际很小。但是我觉得一个是我们国人看什么问题,还是太简单,这是第一点。最可笑的是,我们两个几篇比较有反响的作品,都是在一九五六年。刘宾雁好像是在二月和四月,我那个是在九月。而当时呢,恰恰是"左"的评论者认为刘宾雁是健康的,我是不健康的,什么原因呢? 就是因为刘宾雁符合这个非好即坏……好人胜利,坏人失败,符合这个原则;而我不符合这个原则,连上边都要批评,说反对官僚主义写得很好,但是反过来,正面人物没写出来。而刘宾雁写的正面人物,都是猛打猛冲,猛打猛冲才能取得胜利。而我觉得就是这句话,如果我这句话不说,再没人说了,谁替王守信说?

温奉桥:在文学史上,刘宾雁的名字是经常与王蒙联系在一块儿的。在读到自传《一位先生与他的大方向》一节时,我有些震惊。因为以前没有考虑过这个问题。其实,说到底仍旧是个时代的问题,刘宾雁在《人妖之间》的"简明二分法"的思维方式是符合时代的那个"大方向"的,也符合当时的主流意识形态。问题就在这里,恰恰就是这样各方面都相当"主流"的作品,制造了王守信事件,并最终导致了王守信的被处决,其中所暴露出来的问题是令人沉思的。

郭宝亮:我现在不太理解,不明白他是写了作品之后,执行的死刑,还是死刑之前就写过的?……

王蒙:他是出了这个作品以后,压力很大,半年后被处决了……我就觉得这里的人们呀,习惯于简单化,习惯于"极左"的思想,习惯于人和妖的问题。当时每搞一次运动,都让大家来阅读《聊斋》,每搞一次运动,蒲松龄都变成了老师,都在看《画皮》呀,你周围的那些人……小温是不是画皮,老郭是不是画皮,摘下来一看是个白骨精。所以我觉得这个恰恰是,作为一代人呀,由不得……他那个思维方式,那种简单化的判断,那种语言的专制,那种语言的杀手、语言的暴动,和他所反对的是一样的。

我早就明白了。有时候双方不断地斗争,斗来斗去,趋同。那最简单的就是,你看一个家庭,到婚姻纠纷,我们假设一开头,女方就说——这个,女方文雅一点,高明一点;男方流氓一点,市井无赖一点——可是只要斗起来,最后两人绝对是一样。你想想,这男的反过来,这女的一样反过来,这男的动粗,那个女方也开始回过来,然后男的就去打探消息,找女方的领导,女的就去找男方的领导。最后就……这个文艺界的笔墨官司也是这样,一开头是一个显得高明,一个显得比较低级,但是呢,三骂两骂,最后都火了以后,就抓辫子,抓小辫,怎么死怎么来,怎么狠怎么来。所以我觉得我们的老百姓所知道的真相离事实相距很远,我认为老百姓知道的王守信,这肯定是一个假象,我认为老百姓知道的刘宾雁,也是一个假象。甚至我们所知道的,我所敬爱的,或者说感恩的,这里头有过一些非常好的人,我也都讲到了他们的弱点。比如说在这个第二册里头,我写到冯牧,冯牧批这个现代派,批得跟得了病一样,这究竟是怎么回事? 我现在也解释不清楚。这里头完全不牵扯到对人的评价,冯牧,你要说起来,现在作协再没有这样的人了,他每天晚上都看新作品,他的特点就是,一张双人床,一半是他,一半是书,他一晚上看几十本厚书,每天晚上看这么多书,这样的人你上哪儿找去?现在的作协谁这样看书呀?这个人生啊,本来就是社会、人生……尤其是文艺,是那个多姿多彩啊,千变万化。但是老百姓接受的就是……

郭宝亮: 这个大部分人啊,包括现在好多人,欣赏的知识分子是那种更偏执的,就是说,我干什么都是黑白,就是要走到底,永远不妥协,这种人反而更有市场。

王蒙: 一种温和的、理性的见解,更强调和谐,而不是强调拼命的,更强调恕道的……我有时候也觉得哭笑不得呀,因为有这种鲁迅研究专家编书说,谁谁向鲁迅挑战,把我也弄进去。费厄泼赖,而且鲁迅说的是"缓行"啊,是在国民党统治时期"缓行"啊,他没说新中国成立六十年以后还得"缓行"。所以这个没有办法,中国的这种激进主义和那种愚昧的简单化,愚昧的想当然,和那个用煽情来代替理性,用诅咒来代替分析一样害人。为什么我越来越不喜欢像"人妖之间"这个问题呢?因为"人妖之间"的命题就带有极端主义、封建主义、恐怖主义的色彩。那就是靠语言恐怖,一件很普通的事,说一个人动了手术了,给别人看一看,我肚子上哪来了这么大一个口子。这种事我在新疆看到的更多,新疆人最喜欢,新疆人最怕动手术,他用维吾尔语说,哎呀,我的肚子吃了刀子啦,你看看,我怎么办?我活不了多久啦。实际上,就是因为你本来很普通的一件事,他这么一写,别人不敢说了呀,谁敢说呀,这么坏的人呀,这是妖啊!

温奉桥: 人和妖是我们长期以来形成的一种价值方式,更是一种思维方式。简单化、极端化,这是一种激进主义思想的产物,非此即彼,非黑即白,非敌即友,你死我活,不是东风压倒西风,就是西风压倒东风。实际上,这与我们长期的革命背景有关,是一种革命化思维和价值判断,比如革命它不要你这种仔细的缜密的分辨、研究,人、妖的思维方式和价值判断方式其实代表了二十世纪中国革命的一大遗产。整个二十世纪都是革命与意识形态剧烈震荡的一个时期,在这种激进主义文化思潮的掌控下,改良主义、保守主义在二十世纪中国文化思潮中一直处于边缘化位置。二十世纪中国文化中缺乏包容性、自由性的思想资源。在极端情绪的氛围中,真正富有建设意义的思想反而很难被认真听取和重视,甚至有的时候,建设性由于缺乏刺激性、极端性而丧失其魅惑性。

王蒙:就像胡适呀,梁实秋呀,甚至林语堂啊,他们都有一些建设性的深度,但是他们的思路是在革命的高潮之中,他们确实就变成了这个……螳臂当车,是不是?而中国的这场革命呢,又是——我认为是——不可避免的,有它的正义性。中国革命这出大戏呀,你想不上演是不可能的。我记得在那个《狂欢的季节》,我说中国几千年来,一大堆啊,存天理、灭人欲,这个不许,那个不许,压了几千年,这个新思想一来,他不大闹一场?他不大闹一场,是无天理,他就认为,我也真诚地相信中国就要翻一个个儿,这个有些台湾背景的人,极端"反共"的人也不得不说,说毛泽东完成了一件事,这件事太伟大了,他把中国的旧社会翻了一个个儿,正是因为翻了一个个儿,大家可以看到,哪些你可以翻,哪些你不能翻,你还得翻回去。尊重读书人,你还得翻回去,温良恭俭让,革命高潮当中,不能够温良恭俭让,革命不是请客吃饭,我觉得那个说得也有点道理。

另外一方面呢,中国的这种简单化和几千年的专制体制始终有关系。我没找到出处啊,西方有一种观点,极权主义,这个"极"不是"集中"的"集",而是"极端"的"极"。极权主义的一大特点就是不承认中间状态,哎呀,我觉得我们这个不承认中间状态呀,自古以来就有。因为我们自古以来就封建主义,它就是这样,或者忠或者奸,不承认中间状态,不允许你有其他的选择。其实你要说那种极端的情绪,你看"九一一"事件,美国在这个事件之后,你瞧这布什的言论就是这样,不支持美国进行反恐战争,就会参加恐怖主义,他就是这个意思,他不允许你有中间状态。其实全世界都有这方面,就是有的时候有些表现得更厉害。要想提高全体人民的这种思维能力,这是一个很遥远的事情,我觉得。而且我这个里头也谈到马克思一个名言,说理论掌握了群众,就变成物质的力量。这句话绝对是正确的。但是,理论掌握了群众的另一面,或者群众掌握了理论,那和那个最初的精英提出理论来肯定开始变形了。这个变形里头有发展的理论,创造的理论,也有歪曲的理论,简化的理论,所以你可以想想,不管多么伟大的理论,一旦变成老百姓的口头禅了,基本上这个理论就要出事了。人人都搞"文化大革命",人人张口就是捍卫毛泽东思想,张口就是捍卫毛主席革命路线,这个革命路线被糟蹋成什么样了?

郭宝亮:实际上说到控制,现在谁在控制我们?原来是政治或者是什么在控制,现在变成娱乐了,像金钱,全都娱乐化了,大家都在娱乐。《美丽新世界》描写的那个大家都在娱乐……那个状态到现在可能真是这样的,最后大家都在那高兴,然后娱乐之中,走向死亡,可能会这样,就是讲这个。就是人的这种状态,要是真正反思起来,确实我觉得这里面有好多东西。

我阅读你的作品的时候,我觉得你的作品应该说政治性是很强的,这是肯定的,哪个作品不写政治?有的时候,我们不写政治,我们就写永恒的人性,但是政治也是人性当中的一种,哪个人不在政治之中?但是政治性是很强烈的一种,所以你的政治性,没有在政治的表面上,而是往下走,走到哪,就走到人性当中去了。通过政治性折射的是人性,这样的话,人性的状态,你看我读你的《青狐》的时候,我就曾经读完以后感受到,老年的王蒙,语言上,内在的劲道,那种劲头,我就是有种感觉,这简直就是新《儒林外史》!但是呢,新《儒林外史》与吴敬梓的《儒林外史》又不一样,吴敬梓的《儒林外史》是站在外边来看这些人,你是站在里面来看,你把自己摆在这些人里面,那么在观察这些人的时候,那就多侧面、多角度,这样的话,就包括你讲的恕道,就是你在写到人的时候,把他写的,我感觉就是立体。所以我就觉得整体上,也就是说包括你的所有作品还有自传,具有这样的东西。

2008 年 6 月

对话《闷与狂》*

主持人：各位来宾，各位朋友，早上好！这本书有一个很特别的名字，《闷与狂》，更特别的是它是著名作家王蒙先生近十年来创作的第一部长篇小说。台上就座的有分别成长于四十年代、五十年代、六十年代、七十年代和八十年代的中国代表性作家。还有权威级、重量级的文学评论家，从昨天到今天，中国当代文学界的精华就在台上了，请允许我一一介绍他们。首先是今天的主角，作家王蒙先生、作家刘震云先生、作家麦家先生、中山大学教授评论家谢有顺先生，以及两位年轻的女作家盛可以女士、张悦然女士。欢迎各位的光临。

下面想请问王老一个问题，在我们这本书上市之前，我们给少数的评论家寄过样本，请问您如何看待他们的评价——北京大学和复旦大学两位教授都给过您很高的评价，以及关于这本书您有什么样的创作感想可以和我们大家进行分享？

王蒙：我感谢他们对这本书有一定的兴趣。从我个人来说，跟过去写的不一样的地方就是，某些章节在文学刊物上发表的时候，责任编辑告诉我说，我感觉您已经写疯了，已经疯癫了，是一种癫狂的体验。

主持人：有人说《闷与狂》是一部文学与时代碰撞的史诗，关于

---

* 本文是作者在2014北京国际图书节与作家刘震云、麦家、盛可以、张悦然，评论家谢有顺的对话。

这部作品，让我们有请谢有顺先生开始我们跨时代的对话。谢谢！

谢有顺：刚才王老师把自己的创作说得很简约，但是他用了一个词——有一种"癫狂"的体验。这是让我好奇的，他这么一个年龄，这么一个充沛的精力和语言恣肆的才华，我们私下交流都非常地佩服。而且王老师写这样一本书，对他个人的生命史肯定有一种特殊的回忆和特殊的技术，所以我还是想听王老师自己再简单地说一下这个创作，或者再解读一下"闷与狂"这三个字背后的深意。

王蒙：因为我年事比较高了，经历比较多，这些经历、这些沧桑、这些历史、这些事情已经写了很多了，也在其他各式各样的作品里面，但是这些东西堆积到一块儿以后，除了生活，除了沧桑，除了历史，除了时代，它还有一大堆感受——主观的生命的切肤的酸甜苦辣、疼痛、舒适——这些东西堆在一块儿，我觉得它有一种潜在的能量，这种能量始终没有发挥出来，这种潜能就好比是"闷"。二〇一二年的冬天，由于我的妻子是和我同龄的，结婚五十五年，相识快六十年，她去世对我精神的刺激太大了（王蒙亡妻崔瑞芳，二〇一二年因病去世，享年八十岁）。我当时是作为一个短篇小说写的——《明年我将衰老》，这个写的时候我就觉得自己的世界、经历已经都可以退去了，我要写我的感受，就是我的情绪，就是我的悲哀，就是我悲哀中有的豁达和理解。

这个写完了以后，我觉得我一下子回到了非常陌生的写法。回到什么写法呢？类似风格的作品我还写过一篇，是一九九〇年写的，在《收获》上发表的——《我又梦见了你》。一九九〇年我的生活也处在一个节点上，《我又梦见了你》里面也是略去了、隐藏了一切的人物、故事、情节、生活经验，但是充满了各种各样的情感。这个结果又使我想写一个童年最早的，最无法写的，生命第一个自我意识究竟是什么？这大概没有几个人能说得清楚，我们自己也说不清楚。但这是我最有兴趣的一个问题，我的出现对于我自己来说是一种什么样的体验。这就是为什么是这样的写法，用的是我三岁的感觉，我自己三岁的事记不得了,但还记得模模糊糊的一两点,在这一两点当中我有一种追寻,就像在黑暗里寻找一直不存在的,或者也可能存在的黑洞一样。我写完了这个以后,又觉得我底下还有很多东西可以用这种方法写,用一种反小说的方法来写——因为小说最重要的因素是人物、故事、环境,有时候再加上时间、地点——我偏偏不这样写,但是我把我内心里最深处的那些东西,就是把这种情感、记忆、印象、感受的反应堆点燃了,点燃了以后发生了一种狂烈的撞击,我把一九九〇年的《我又梦见了你》、二〇一二年的《明年我将衰老》、二〇一三年的《为什么是两只猫》,这些都组合起来,又把前前后后、左左右右的很多东西组织进去,就变成了这个书,就变成了这么一大堆语言的狂妄,变成能量淋漓的释放。当然这种写法能不能被接受,我不知道,但是我过去没有这样写过一本大的书,今后这么写也并非易事,我现在把它写下来了。我特别感谢我的一些同行,震云、麦家、可以、悦然——这个话很好听,又有顺,也会顺,也感谢磨铁浩波老板的支持。

谢有顺:谢谢,我特别喜欢王老师那句话——"我偏偏不这样写",一个老作家是多么的豪迈,在座年轻的作家真得学一点我们王老师的这种气派,这样一种要跟这个时代,要跟潮流拧着来的那一股劲儿。一个作家如果身上没有这种劲儿,他写作要创新是很难的。在座的几位也都读过了王老师以前的作品,包括最近的新作,我想请各位先简单来谈一下,我们后面再来往前走。刘老师,你觉得王老师反小说的这种写法(如何)?

刘震云:其实王老师这种"闷与狂"的写法,在他二十年前、三十年前的作品里面还是有线索可寻的。因为王老师是一个伟大的作家,一个作家的伟大之处在于他开创过,首先开创过别人没写过的领域,另外从写作的手法上他开创过小说另外写法的样式。当时我看第一眼,我马上能想起我在上大学的时候读王老师的作品,包括《我又梦见了你》,包括《春之声》《风筝飘带》《济南》等等,这种意识流的写法，特别是在意识流主观情绪的渲染、扩大，王老师曾经开过一代先河。当然王老师有另外一些作品的写法，比如像他一些作品的写法同时有主观意识，主观跟世界之间的关系，关系变形的写法我也非常的赞赏。这本书读得我夜不能眠，因为我也写过这种写法，但是我没有像王老师这样写过。主要的特点，注重的不是一个故事，不是这个世界的整体，而是这个世界的某些细节和碎片，特别是记忆的细节和碎片，在这个按到作品里放大到极致的情况下会是什么样子，这个对作家是非常非常过瘾的，对于读者也是非常非常过瘾的。

但是对于读者有另外一个过瘾，就是阅读挑战的过瘾。如果你稍微分散一下精力的话，就跟不上作者想往哪儿去了。因为《组织部新来的年轻人》，是整体的像一个大鸟在天空中飞过，像群鸟在湖面上略过，湖光山色，这种写法非常考验人的精力，也非常考验人的体力。我看这本书不像八十一岁人写的，像十八岁人写的。但是我觉得王老师您是最不喜欢吹捧的，但是我还得说一句，这本书比《春之声》，包括《风筝飘带》的时候还是要成熟很多，心还是那个心。

麦家：像子弹上膛，让它引而不发也是挺难受的。王蒙老师这个作品我最早的印象，《两只猫》是发在《人民文学》的，我当时在《人民文学》上看的时候真是非常惊讶，我看作品你说好像很挑战，当时真的完全是顺流而下，一下子看完了，看完了我说是不是我弄错了，这个王蒙是不是那个王蒙？难道是八十岁高龄的人还能如此恣意汪洋？我就分析，我回想我以前看的小说，还是以前已经有一些端倪，像《蝴蝶》，像《坚硬的稀粥》，还是有端倪在前，《蝴蝶》是特别明显，我想最后我还证明了。

去年我在浙江碰到王蒙老师，我问他秘书，我说那个是吗？他说那个是王老师。这本书的第一章这次又从头到尾看了一遍，我还是觉得一点不像王老师。不知道说什么，看了语言本身有一种诱惑你话赶话地往下看，看了以后我有一种什么感觉，有些小说像一棵树一样很挺拔，一片森林一样非常挺拔，云杉、灌木、还有草坪。这个小说我整体看的时候有一种很怪的印象,我想到海上红树林,整个一片大海、一片绿色,我在海上看过红树林,整个海上灌木把海吃掉了,几乎没有树枝,我从空中看起来,就是海上的一个草坪面那种效果。我觉得这个小说整体给我这种感觉,虽然没有那种非常强烈的情节,没有人物的性格,但我觉得遍地都是树叶,遍地都是王老师那种别的作家无法可比的语言的才能。我看的时候,我想王老师是打破了吉尼斯世界纪录,王蒙老师是世界上用排比句最多的一个作家。

谢有顺:这句话可以做媒体标题——王老师是用排比句最多的作家。

盛可以:大家刚刚都说到,王蒙老师的语言就是那种蓬勃的生命力和一种非常饱满的激情,我也非常赞同。我花了两天看完王蒙老师这个小说,开始看的时候我在想这是小说,但我看到第二页、第三页的时候我就产生了怀疑,我觉得这是散文,特别抒情的散文,然后再往后看,你又产生了质疑,就是一直在这样的一种疑问当中,到底是什么,我觉得我没有办法去确定它是小说还是散文,也就是说王蒙老师他不但在创作上给自己一个创新,给自己一个难题,同时好像也给了读者这样的一个难题。其实作为一个读者来说,这本书到底是小说或者还是散文,其实我觉得并不重要,重要的是他用强烈的情感把你带入到浩瀚的人生当中,这个就是这本书给你带来的一种近乎"旅途"的收获和享受。

刚才刘震云老师也说了,不像八十一岁的老人写的,而像十八岁,我也有这样的感觉,不是老人追溯年华,反而是一位十八岁少年的遐想。因为里面还有很多比较浪漫的,比较天真的,比较单纯的情感在里面,我当然觉得挺惊讶的。另外还有很多很陌生的东西在里面,比如说换了我,我这个年代、这样的社会背景,我会不会用这样的语言和这样的方式来写——因为我是一个职业作家,我肯定在阅读前辈作品的时候会有所思考。王蒙老师的书叫《闷与狂》,我想到情感上既奔放又节制,这是不是一种"闷"呢,网络上有一种语言叫"闷

307

骚",好多搞文艺的人内心情感丰富,他在语言上奔放,情感上那么节制,但是越节制越觉得他特别有冲击力。给我带来的感觉就是,读完之后就像惊涛拍岸,像麦家老师说的无数的排比,还有非常饱满的词汇一起涌向你,你会有一种夜海当中惊涛拍岸的余味。

张悦然:首先王蒙老师写这本书的时候实在是状态太好了,这种状态让作家同行都会很羡慕,很嫉妒,就是会很由衷地觉得他在写这本书的时候应该是非常非常幸福的状态,可以读得出来,会觉得是感官整个全部是打开的,好像身体的每一个毛孔都是打开的,感官完全接触到周围,捕捉所有的细节,这个状态对作家来说是非常难得的,我是达不到,王蒙老师能达到这个状态,让人非常羡慕。刚才大家都说像十八岁的状态,我觉得这也是从简到繁,然后又从繁回到简的过程。回忆一下,最初写作的时候我可能也是这样一种以抒情为主的状态,后来才开始编织故事,有更多更多复杂的构想,或者说更多的野心。但是当你到了王蒙老师的这种境界,就抛弃掉了所有的野心,这些复杂的构想,又回到最简单、最初创作的状态。而也正是因为这样一种简单,所以才能够达到这样一种感官全部打开的状态,能够写出如此饱满的作品。

还有一点我跟其他的作家意见不太一致的地方,我会觉得不是没有故事,我会觉得有很多的故事在这本书里面,好像每一个章节,每一段落里面都潜藏了很多小的故事。也许是因为这里面讲的很多故事离我很远,所以对我来说很陌生,我会有更多的这样一种捕捉到它的愿望,我会觉得这里面充满了故事,我会希望把文字底下潜泳的故事"打捞"出来,里面有非常丰富的故事,很多细节是很让人难忘的,这些故事是需要读者自己去发现,需要读者自己把它连接在一起,把它编织起来这样一个过程。

谢有顺:每个作家都对王老师做出了解读,我觉得确实各有各的角度。王老师这部作品肯定像陈晓明所说的——在他的写作史上是非常特别,卓尔不群的。其实究竟是小说还是散文这不重要,因为这恰恰包含着王老师写作的那样一种"我偏偏不这样写"的雄心,它超越了文体的限制。刚才震云老师也讲,一个作家伟大不伟大在于他有没有创作新的文学的样式。我们熟悉新时期文学的人都知道,王老师是最早把一些西方现代派的写作技法应用到当代小说的创作中的,而且确实给我们贡献了一批完全崭新的文本,这个让我们印象特别深刻。我特别感兴趣王老师刚才讲的,也许他不把故事、人物放在重要的位置,关键是要说出生命的感慨、生命的这种看法。我觉得这是一个很有意思的话题。我记得一个外国作家讲过,作家是既写事实也写看法,他说看法是会过时的,事实永远不会过时。我个人并不完全同意这样一个观点,我觉得王老师的写作恰恰可以证明,有些看法也是不过时的,而且这个看法可能也建立在事实经验的基础上,所以刚才悦然讲的我很同意,里面潜藏着很多有意思的小故事,但是没有传统意义上故事的环环相扣的东西,但有一个东西是贯穿始终的,叙述着"我",王老师本人的这样一个口吻,我觉得成了这个小说最大的主角。

如果我们要说这部小说它的主角,除了"我",我觉得还有一个主角,也许特别要提醒大家,语言本身是主角。有一种小说,有一种文学是让你在语言当中能找到阅读的快乐,语言当中让你找到特别新鲜的经验。所以像王老师这样的作品,真的不能够太分心、太松散地阅读。如果很集中地读,会发现里面的神思,里面的妙语,包括里面所潜藏的信息量都是非常大的。在中国当代的作家当中,我觉得王老师的人生经历,或者人生的一些感慨,确实是别的作家很难与之相比的,他把这一份财富都变成了这种写作的方式,这样一部书的确是提供了很新的经验,不同的经验。尤其是他从童年,最早有的意识开始写,写到明年我将衰老,特别写到很小的时候有失眠的经验……这些是我在其他文学作品里面所没有见过的,所以这确实让我认识到另外一个王老师,也让我对王老师这一代人的成长,以及他们人生背后的艰难、困苦、快乐,包括有不失望的那样一种意志(有所了解）——确实有一种特别有冲击力的东西。

刚才讲到这个话题，我觉得一代人有一代人的文学经验，一代人有一代人的这种文学的写法，王老师是提供了一个很好的榜样，完全不同于别人的那样一种做法。

刘老师，像你这一代人，比起王老师这代人，你觉得最特殊的文学经验会是些什么？

刘震云：其实我们都跟王老师生活在一个时代，对于时代的划分我觉得是人为的，是三十年代、四十年代、五十年代，或者是这个世纪，另外一个世纪，或者其他的世纪——当然这种春夏秋冬，包括岁月轮替的这种感受和感伤，在王老师这本书里已经集中地体现了。但是我觉得从先秦孔子开始一直到现在，其实我们都生活在一个时代。物质世界的变化是非常快的，但是人性的变化有时候是一千年都前进不到一厘米。刚才谢老师有一句话我觉得说得特别的好，就是看法是永远不会过时的，但是物质的东西一定是客观存在的，正是不以人的意志，人的看法能够移动。王老师这本书里跟普鲁斯特有一点是共同的，对于时间的感觉、感触、感受、感伤，克服和不克服，屈服和不屈服，所谓这种混杂的情绪都有。

但是刚才悦然说的，里面确实有许多潜藏的故事，有一些故事可能还非常的隐秘。我看最后一章有一个记者给王老师提出来特别好的问题，说你是不是有"洛丽塔"的这种情结？我看王老师整本书写的是非常坚决的，唯一写到这个的时候有点儿含糊，有点儿藏而不露，王老师你有这种情绪是正常的，你有，麦家也有，张悦然也有，谢有顺更有，我倒不一定有。如果"洛丽塔"是一个人，王老师有"洛丽塔"的情结，王老师的情结一定是非常非常深的，从潜意识讲，为什么八十一岁的人能够写出十八岁的这种感受和狂妄，我觉得主要是"洛丽塔"情结所导致的。

谢有顺：你就把这一代的经验概括为是"洛丽塔"情结，是用迂回的方式。

刘震云：不单我这一代，孔子、司马迁也一样。司马迁的《报任安书》我觉得写的也是这样一种东西。

谢有顺：但是我觉得刘老师说这个话真的很新鲜，也很深刻。其实从孔子以来，也许我们都是一个时代，我记得前一段时间崔健说过一句更直白，他说只要天安门城楼还挂着毛主席的像，我们就是一代人。他是从一个时代的划分来讲的，别以为你们说几句骂娘的话，说几句看起来出格的话，以为你就跟我是不同时代的人了，我们都在一个时代。我们骨子里面可能还是在一种情结、一种语言体系里面，我觉得这是另外一个话题。

我们不要把时间拉得那么长，就王老师的个人生命史来讲，他确实跨越了好几个不同的、小小的时代。这个可能是他这样一个作家特殊的一种经验。但是王老师这种写作方式，确实既狂放又节制，既大胆又隐忍，包括语言里面充满着矛盾对立的、"闷与狂"的东西，他把这种人生的经验完全汇聚在一起，而且尤其是打破了我们过去认为小说应该有的这种时间叙事，或者说线性时间的这样一种阅读的习惯。其实每一章里面都把自己几十年的人生揉碎在一起写，所以我们只能进入王老师的体验当中，可能我们很难去拎出一条——王老师试图讲述的那条故事的主线。但是我觉得这就够了，如果我们能够分享，能够感受王老师这样一种人生的体验，这本身我觉得就是非常难得的事情。所以从这一代人里面，我们可以说是一代人，从这个角度，我们这一代人之间还是有这种细微的差异，我想各位是不是也讲一讲，你觉得自己还是跟王老师有一些差异的地方。悦然最年轻，也许这种差异最大。

张悦然：我觉得王老师是有一种力量让他跟年轻人搏击一样，他会让你觉得很吃惊，因为他和你交流的时候，没有什么是只有你知道而他不知道的事情，他的知识结构，包括网络语言，所有的这些他都知道，所以我真的不敢说有什么是我们这代特别的。

特别说到语言，在这本书我也感觉到，王老师的语言也是非常新的语言,虽然王老师有一贯的特点,有可能很澎湃的句式,但是你也会感觉到很多的词语,很多的用法也都是非常新的用法。所以我觉得他也是一直都在更新着自己的语言,自己的词库,这一点是特别值得学习的。因为可能对于一个年轻的读者来说,他能不能读进去一本老作家的书,最重要的就是语言是不是能够进入他的视野,能够被他接纳,在这一点上来说,我觉得王蒙老师是完全没有问题的。

麦家:面对有顺刚才提的问题,我觉得一代一代之间的差异是次要的,甚至可以是割裂的。这里只有人与人的差异,因为作家完全是以个体存在的,我觉得王蒙老师和我们这代人,甚至和我们最大的差异,他身上的那种才气,他是天才。我觉得作家需要天赋,就是一个有天赋性的作家,对语言的那种敏感,对语言的接纳、抛弃,或者"革命"的那种能力——肯定不是学的,一方面是与生俱来,另外一方面是写作本身赋予他的。他写了那么多年,就像练武功的人,每天站桩,身上的体力也好,经络贯通的能力也好,各方面都已经是卓尔不群,各方面都已经超出常人。首先王蒙是上帝给了他别人没有的一份财富;另外一方面,这么多年来他一直爱惜自己的财富,一直让自己的刀磨得极其锋利,是削铁如泥,这个我想是我们一辈子做不到的,"六〇后"还是有很多作家做到的,我个人肯定是做不到。

谢有顺:"削铁如泥",这个词好。

盛可以:我比较赞同我们是同一个时代,这个潜在的意思是我们在同一个体制之下。其实我也不赞同说我们在同一个时代,因为每一个时代的人,他经历的社会背景,他们当时的政治状况,他们的意识形态都是完全不一样的。这一些都给这个人的精神上,或者心灵上,包括在语言上的体现都会是非常明显的。就这一点来说,我觉得有非常非常大的差异。王蒙老师有一个非常丰富和睿智的人生,这是我非常羡慕的,而且我想如果我能写到八十岁,如果还能像王蒙老师有这么蓬勃的生命力,有这么清晰的思维,还有这么旺盛创作的激情,还能保持这么天真单纯和真诚的一种心态,这是我的一个美好的向往,至少我能够保持创作的激情,这是我特别羡慕的。

我也不敢去评断王蒙老师这部作品会产生什么样的流派,但是他在里面运用的非常多的意识流的东西,我觉得这股意识流就像泥石流一样,它能把你淹没、覆盖,也能让你感到有某一种窒息,这种窒息来自于他的那个时代带给人的精神上的东西。

说到语言的话,王蒙老师的这种语言,我在想我可能不会特别地接受。这个就是一种差异吧,或者我不会用这样的语句来写,因为我觉得太强烈了,太浓烈了。我现在觉得我以前的小说会非常尖锐,但是现在我回到了一个非常平淡和温和的境界,我觉得我特别老了。

谢有顺:王老师,您觉得您和大家是一代人吗?

王蒙:差别不是特别大,《中国青年报》的记者访问我的时候,我就打过一个比喻,现在要让人们说起来是耄耋之年,是青春垒得太多了,青春很厚就是耄耋之年,什么是青春呢?把耄耋之年切成薄片让它透明一点,又恢复了青春。我开过这么一个玩笑。

谢有顺:刚才麦家老师说的是对的,一代一代的差距不重要,关键是人与人的差异,尤其写作是个体的劳动,每个人都不同。但是就我一个评论者和研究者来说,我读这么多的作家的作品,我还是觉得王老师身上有一点东西是很多作家所没有的。这里我想起有一对母女也写作,她的女儿还很年轻,有一天她跟她妈妈就很认真地说,妈妈我看了你所有的小说,我发现有一个特点,你不爱这个时代。你们发现没有,其实中国有好几代的作家,他们的写作普遍有这么一个调子,不爱这个时代。所以这样的一个调子背后的写作,我曾经称之为"中国写黑暗写得好的作家太多了,心狠手辣的作家太多了"。但是能写出那种温暖、亮光、希望、宽大的这种作家太少了。也就是说,通过阅读让我能感觉到这个时代真是汹涌澎湃,这个时代真是让我值得投身于其间,这个时代能够带来希望或者未来让我不绝望的这种作家,其实是非常少。不光是中国,二十世纪以来写得最好的作家,都是关于黑暗、焦虑、恐惧和绝望的叙述,很少有作家能够让希望、温暖的东西写得让我们觉得真实。我觉得王老师身上有这样一种亮光，有这样一种不屈服的，要奋斗的，希望一直在前方的，永远对这个时代怀着一份特殊的爱，哪怕这个爱是爱得很难的，我觉得这个，可能真的在中国作家身上是非常罕见的。我尤其喜欢王老师这部书结尾那一节，"明年我将衰老"。这个让我想起很多很多年前读过的一本捷克作家的书，里面讲到集中营里面有一个孩子叫莫泰利，写了一句"明天我将悲伤，不是今天，也许明天有邪恶的风，会有死亡，会有黑暗，但是明天我将悲伤，不是今天"，反复地强调，这是一种希望的力量。明天我将衰老，今天我依然有青春，如此的有活力，如此的爱与被爱，如此的付出、拥有，我觉得这个确实是让人非常感动的，也让我非常难以释怀的。这样一个作家，王老师一直以来有对时代不同于别人的那种情结，无论他受了多少的苦难，他在苦难中依然有欢乐。我们读他在新近的那些作品，他把新疆写成了一个幸福、欢乐、充满生活情趣的新疆，不像别的被流放、被下放的人都是苦难的，巴不得哪一天逃离的地方。他在任何时候如此热爱生活，如此热爱这个时代，我们不要去做这个意识形态的解读，好像有什么意识形态，不是，这就是王老师对生活的那一份爱，或者说他能够找到和生活和解的力量，他永远不会失去对生活的信心，他永远对活下去有着无穷的这样一种憧憬。我们这些年轻人可能都没有，都远远没有王老师这么昂扬的东西，生命意识如此的坚强，如此的能够感染人的，我觉得这个可能是王老师给我一个很深的印象，或者他区别于其他作家的一个很大的特点。

刘震云：我顺着谢老师的话说，一个作品到底跟时代有多大的关系，这个是可以讨论的。一个作家未必热爱这个时代，但他一定热爱生活中具体的人。热爱这个时代里、生活里具体的人和热爱这个时代是两个概念，这是一点。另外一点，作为一个作家，作品里的人物也未必是生活中的人物，热爱作品里这个人物、这种人性的温暖体现和对于生活的态度，我觉得又是两回事。但是我赞同谢老师的说法，就是中国这种描写黑暗,心狠手辣,利用黑暗,利用心狠手辣达到自己作品目的的这种机会主义作家确实是太多了。他们在批判一个东西的时候最感谢这个东西,如果这个东西没了,这些作家应该怎么活,但是确实这些作家得到的利益是最多的。因为一个人站在街头,酒瓶子砸到自己头上获得的效果和说书人讲一个特别感人的故事,它的效果是非常非常不一样的。我不知道王蒙老师他喜欢不喜欢这个时代,我看未必都喜欢,他一定是喜欢生活中的细节,生活中具体的人,包括作品中的对于一花一草,对于一家人住在一个房子里各种的气息、味道、环境这样的喜欢,我觉得是一定的。但是也可能在生活中未必是喜欢的,但是到创作的时候他一定是喜欢的,比如讲他特别喜欢伙食出来的感觉,棒子碴粥的味道。王老师的新疆作品谈到对维吾尔族朋友的感觉,他当过生产队的副大队长,他说他喝酒喝得最好的时候,是买买提赶集回来,俩人碰到了,新买了一瓶酒。王副大队长新买了一辆自行车,两人坐在路上喝一盅,喝酒没有工具,自行车有一个铃盖,把这个卸下来,你喝一下我喝一下,这个没有非常具体的,就是生活的温暖,这个温暖在加勒比海有,在哪儿都有,你是不是有这个感受,这个作家到底达到什么程度的重要的标准。

谢有顺:王老师的喜爱具体化,他是会生活,尤其对生活中的人和细节的爱,这确实是可能理解王老师非常重要的东西。他相信生活的力量,相信生活本身能焕发出来的东西,能够遮盖、驱散内心所有的阴霾。尤其是他对生活细节的爱,我很多年前听王老师的太太跟我说,王老师很喜欢看天气预报,没有一个人能想象,王老师在观看电视里的天气预报,上网看天气预报,打电话咨询天气预报,还看手机的天气预报。他喜欢看天气预报到什么程度?他太太告诉我,如果天气预报说今天是晴天,即便看到外面下雨他也不带伞,他对生活多么热爱。我还举另外一个例子,王老师曾经看过外国的小说,里面描写女郎走过来,高跟鞋踩地板的声音就像勺敲冰激凌玻璃杯的声音,为了证实这个细节真实与否,他到不同的地方买冰激凌,甚至敲咖啡杯,试图敲出美女走过来的声音。

王蒙:我找了二十多年,我在武汉找到了,武汉大学的杯子一敲真像高跟鞋走的,哪儿都不行,什么好杯子都不行。武汉有,希望你们大家注意买武汉的玻璃杯,可是也没有人给我发广告费。

谢有顺:我讲的这两个细节能看得出来,王老师对生活的那种爱跟执着,那种投入是如此具体。

刘震云:杯子肯定跟美女联系在一起,跟美女的高跟鞋联系在一起,让王老师敲杯子敲了二十多年。如果是阿Q的脚步走过去,让王老师找阿Q这个声音的杯子是永远不可能。

谢有顺:我知道很多的作家都比较重视细节,麦家你也说一点细节对你,或者所诠释出来的关于生活、写作的这种意义?

麦家:话说到这个地方越来越文学,越来越抽象。我觉得你们刚才谈到王老师对生活的爱在小说里面有非常充分的体现,包括谈到了一些他生活当中的具体的事情,我也经常会听到有关王老师的一些传言,就看他怎么热爱生活,跟生活的关系是怎么甜蜜,我很羡慕,这种生活我觉得难道是他的修养吗?是上帝赐予他的。有些人上帝给予他很多,他依然跟生活格格不入。王老师一生确实是历尽坎坷,受尽不公,但是他依然如此热爱生活。这种能力我还是认为是与生俱来的,不是修炼来的,也不是受了某种教育。归根到底,对生活的热爱,对错爱的那种无所谓,包括文字上,他的小说里的才华,我觉得都是上帝赐予他的。上帝塑造了他,我们只能看着他,仰慕他,欣赏他,拜倒他。我也许有一个方式接近他,吸毒,吸了毒以后忘乎所以,这个半真半假,我只能仰视他,如果我要接近你,我只有自我毁灭。

谢有顺:麦家是开了一个玩笑,但是他用这个词表达王老师进入语言狂放之后那种忘我的、得意的感觉,确实让人印象深刻。

麦家:包括他这么善待生活的能力,在贫瘠生活面前依然如此温暖,那种感觉像我这种心态的人是做不到的,正常情况下做不到的,只能在非正常的情况下。

盛可以：刚才说的两个细节，自行车铃盖喝酒和敲玻璃杯类似于女生高跟鞋声音，这两个细节让我一下子对王老师更加喜爱，真的。我觉得这才是文学的，这种细节是小细节，但是是大才华。而且一个作家花二十年来寻找这种感觉来对应，这是多么执着的一种创作精神。对于王老师我用"正能量"这三个字，因为他相信爱，相信很多东西是宽容的、善良的，这是非常非常积极的。这也是一种能力，比如说爱的能力，对一切信任的能力。我觉得我恰恰没有这种能力，我觉得我怀疑，我是一个非常多疑的人，是怀疑主义者。我对很多充满好奇心，同时也对很多充满怀疑态度。

张悦然：确实，刚才两个细节很动人。我觉得王蒙老师可能会有很多很多这样的细节让他去寻找、去记忆，我看到这本书有一个细节，之前看王蒙老师文章的时候有提到，他去雅尔塔的时候，因为他很喜欢一本小说《领着狗的女人》，他去雅尔塔的雕像回忆这个小说的细节，想到很多的细节，他说和当时读小说的感觉会有不一样。所以他很多的细节都是用很多年的时间去寻找，去一遍遍修正自己的感受，去重新体验。所以这种细节，我觉得确实是像麦家老师说的一样，是一种天生的能力，你确实没有任何办法去获得。我觉得到了我们这代人，在物质的体验上会比王老师丰富很多，但是可能那种幸福感真的是差很多，我觉得这确实是每个人的个体差异的不同。刚才盛可以说到的，关于温暖的东西，王蒙老师确实写出了让人幸福的、温暖的感觉，不知道为什么，我们这代人不仅是喜欢写黑暗的东西，还不喜欢看别人写温暖的东西，看到别人写温暖的东西的时候常常会觉得有一种假，或者觉得非常抵触的这样一种感觉。但是我觉得在读王蒙老师作品的时候，我们会觉得有一种令人幸福、能够真正沉浸进去的这样一种温暖的感觉，这个对我来说是非常难得的一种体验。也确实是因为王蒙老师有那么丰富的经验，他在这样一个丰富的经验的基础上，去把这个温暖的东西指给你看，好像指给你一条路的感觉，真的有心悦诚服的感觉。

王蒙：我说一下为什么我会相对地来说，或者我还有许多温暖和美好的感觉。一个还确实跟我的年龄有关，我的少年时代、青年时代正好赶上了历史的那么一个大的变化，那么一个大的碰撞，在这种大的变化里就树立了一个希望，哪怕这个希望在现在看来有很多很幼稚的东西，有很多希望后来碰了壁了，后来还会碰到许多的坎坷，许多的麻烦，但是毕竟这个希望曾经在身上把自己照耀得那么兴奋、那么幸福，太深了，这个光明的底色太深了。

再一个，我觉得我特别幸运的地方，不是说上帝让我天生地就快乐，我老有人疼，有人爱我，我也一直有人爱，我也疼很多人，尤其是疼自己的情人，自己的妻子。所以我怎么那么幸运呢，比如我小时候的家里，我父母互相都是经常全武行的，很可怕的，非常可怕的，可是他们在疼爱我这一点上绝对没有任何的隐讳。在我自己最困难的时候，我也得到的是爱，所以在这方面，我只能说我非常幸运。我怎么老碰到好人呢?！我特别反感的，就是咱们老是传播婚恋中上当的故事，上当的结果，女的被男的杀了，男的被女的给捅了。这个你说什么不行，说点儿别的坏事，别说"爱"的坏话，别说一男一女都拉上手了，都搂在一块儿了，却一刀捅过去了，我觉得这个事无论如何我是最不能够接受的。我想说的一个话，叫小说，叫散文，本来毫无关系，但是我宁愿管它叫小说呢，我觉得散文的背后是生活、学问和自己的思想感情，这个大东西、二十八万字左右的背后的是小说，不是直接从生活当中来的，而是一个已经夸张了、已经戏剧化了的、已经文学化了的、已经情结化了的、已经人物化了的小说，所以我光说了它是"反小说"这是不对的——这个词我到现在认不清楚，"浅浮"，我怕人说是浅薄的小说——绝对是浅层的小说，表层揭过去是长篇小说，是文学的东西为基础，上面再变成现代的，这是我自己的一个想法。别人看你不算小说，反正算嘛是嘛，反正吃嘛嘛香。

谢有顺：听了王老师的话，确实也很有感慨。其实我觉得，我们不爱生活，不是说生活没有乐趣，不是生活中没有温暖，真的是缺乏王老师那份感觉,那份发现的眼光。我记得纪德的《人间粮食》说过,"你永远不知道,为了让我自己对生活发生兴趣,我付出了多大的努力"。其实有很多的人都是这么一种感觉,为了让自己对生活发生兴趣,真的付出巨大的努力,但是确实文学史上有一类作家,他和生活的关系我概括为是"不共戴天"的,比如卡夫卡这种作家,他永远无法被生活消化,也消化不了生活,他好像是生活中的一根刺一样,活着就是生活中的一根刺。也有一种作家跟生活过分甜蜜,甜蜜到失去警觉,失去批判,失去距离感。我觉得那种作家也让人生烦。像王老师身上有着对生活的温暖的、爱的、宽大的、带着希望的,有暖意的东西,这一方面跟性格有关系,比如他善于去捕捉、珍惜,把这些片断、细碎的东西、我们过去可能很容易在指缝间就漏掉的东西积攒起来,积存起来,慢慢慢慢就多起来了,所以它是一点一点累积起来的,这是一方面。

另外一个方面,没有想到有另外一种和生活和解的方式,就是他的幽默。其实幽默作为一种品格,也是中国作家比较匮乏的。虽然我们也有一些人,像林语堂专门写过文章,证明中国人也很幽默。但是普遍给人的感觉,就是中国人好像活得比较沉重,缺乏自我调侃,缺乏这种幽默的能力,因为幽默的一个很重要的特点,就是你要善于调侃自己,甚至是践踏自己,甚至是不把自己当人看,这是对生活的一种和解也好,或者是对生活的一种反击也好。但在中国当代里面具有幽默才能,能够把一些事物通过幽默的方式,找到另外一种出口的作家很少。我觉得我能记住的就是几位,在座的就坐了两位,一个是王老师,还有一个是刘震云老师,其他几个有点幽默感的作品就是,我印象中王朔,像贾平凹,少数一些人具有这种才能。幽默当然是一种性格,也是一种智慧,正是有这种对生活的、"爱"的这样一种碎片的积攒能力,具有幽默的、智慧的这样一种看法,使得王老师对于自己生活有一整套不同于别人的观察,以及他能够在——在我们看来非常之虚假的、非常之高蹈的、非常没有意思的生活当中能看到乐趣,能够享受这一份生活给他带来的那种看起来很幽默的那些乐趣。这种能力确实是非常惊人的,是很多作家所没有的,这个也是王老师所不同于别的作家的一些特质。

刘震云:刚才谢老师对幽默的评价很不够,幽默是一种智慧,它不够,我觉得它是智慧里面的一个光明的、同时也是一个苦难的一个方向。因为大家一开始可能对于幽默的理解,这个人的文字很幽默,这个人在小说中,在文字中叙述的语言很幽默,而且讲的故事很幽默。我觉得这些都不是真正的幽默,真正的幽默是一种生活的态度。我曾经说过,其实好的戏剧不是说笑话,真正好的幽默是产生于苦难中,比如对新疆的理解可以有很多的理解,但是他可以说是自行车铃盖里的酒,这个故事叙述的口气未必是幽默的,但是这个事本身是很幽默的。最后是对生活的一个态度。

我记得二十多年前,王蒙老师,包括五十年前,他有一个很大的特点,他可以很快,如果说年龄层的话,可以很快跟不同年龄层的朋友成为很好的朋友,跟不同年龄层的作家,当然主要是女作家,也能很快地成为特别好的朋友。这是心态年轻和幽默的一部分。王老师从来不会板起脸来面对生活,我觉得这是最大的幽默,未必觉得这个生活是不严峻的,而是这个严峻到底对于世界有多大的意义,这是最幽默的东西。一个人或者一个利益集团说自己开创了一个时代,所有人都会这么说,康熙上来也是这么说的,但他很快在时间面前就没有了,严峻的东西,如果你钻到里面,一定是刚才谢老师说的那些,写得特别阴暗,写得特别心狠手辣,证明他写的东西是在同一个通道上,证明他的眼界一定是不开阔的。

另外人年轻还是不年轻,有的人已经老了,但依然年轻,有的人还很年轻,但已然老了。这个话您怎么看?

王蒙:不表态。老就是老了,想年轻年轻不起来了。

谢有顺:但是王老师的书里面关于年轻和老,有一句话很幽默,他说年轻怎么好,年轻奔放,年轻有活力,年轻怎么样,你老过吗?谁没有年轻过,你老过吗?这个话最早是王朔说的,一帮牛哄哄的记者,你们一直年轻,年轻有什么了不起,你有老过吗?这个话特别像王老师身上的气派,年轻是资本,老也是一个资本,无论是年轻和老对他都不构成限制,那不是个事儿。这是王老师"老王"的那种胆识、气魄。刚才震云老师讲的王老师幽默,幽默是种生活态度,这个观点我同意。但是我就发现一个特点,当你在调侃王老师的时候,后来我也在研究王老师的时候——固然王老师幽默,但是幽默有不同的层面,有一些幽默变成油腔滑调,或者全部是变成滑稽的,或者周星驰似的,但有一种幽默背后依然有很庄重的东西。我是很看重像你们所说幽默背后郑重、庄重的东西。王老师的幽默跟周星驰式的幽默不一样,很郑重的幽默。举个很简单的例子,王老师对感情、爱真的从来没调侃过,有一个东西我可以说给大家听,王老师是中国当代硕果仅存的没有绯闻的作家,王老师你承认吗?

王蒙:有一次在青岛的讨论会上,是张锲说王蒙是没有绯闻的,马上年轻的女作家就说张贤亮说了,明天开会要批判你,一个写小说的人连绯闻都没有,他哪配写小说呢,给我通信让我做好准备,当然开玩笑了,不需要准备。然后张贤亮第二天就发言了,刚才张锲说王蒙没有绯闻,他不需要绯闻,他已经把全世界最好的女人搞到手里了,他还需要什么绯闻呢?如果一个男作家没有找到这样的女人,他被冷淡、被抛弃、被疏远,再不许有点儿绯闻,让他怎么活下去,说得非常悲壮,后来全场给他鼓掌,觉得好像最值得同情的是不是属于那一种。底下我就说一句,我现在也看到这样一种用痛骂的口气,把整个中国全骂一遍,看着也特过瘾,也是现在网上很受欢迎的。我遇到这种东西,我只有一个问题,就是哥们儿您怎么样?中国十三亿人,十三亿坏蛋,那你是不是那一个好人?你是十三亿分之一唯一的一个好人?你说的那些坏毛病,中国人有的你有没有?诚信不够你有没有?溜须拍马你有没有?人前一面,背后一面你有没有?利用一点小权力、小职务马上对自己有利,你有没有?凡是不把自己摆进去的,你骂得再痛快,无非就是骂别人。所以凡是不把自己摆进去,我都不信。至于说哪个里面你写得尖锐一点儿,厉害一点儿当然可以,你写得神经病一点儿也没有关系。神经病干别的不合适,写小说合适。陀思妥耶夫斯基如果没有得神经病,就没有那么伟大的成就,陀思妥耶夫斯基给我的感觉超过卡夫卡,他干什么都不合适,让他参加我们的活动也不合适,可是他写出的小说跟别人没法比,不是上帝对他的钟爱,而是上帝对他的摧残,那种摧残体现为他疯了,他简直不知道怎么骂才好。他写的是一种呕吐感,是这样人生只能让我呕吐。我觉得这样写小说可以,但是你要发文章骂整个十三亿人的话,我希望你哪怕在这个文章里用三行骂一骂你自己,你才再有权利骂别人。

谢有顺:其实王老师说的升华一下,其实就是鲁迅的这句话,鲁迅最伟大的地方,我觉得不在于他写了绝望,他是带着绝望生活,他最伟大的不是批判别人,他更重要的是批判自己,他从来没有把自己从他所批判的对象、经历里面摘除出去。所以鲁迅曾经有一个比喻说,如果你是吃人的人,我就是那个帮助的人,他讲到我或许吃了人,这确实是一种自我批判,是批判的一个起点,不是终点。首先是自我批判,你才能获得这个批判的立场,你才有机会批判全世界。所以我个人也赞成王老师,也包括刚才盛可以说到这个年龄突然变得平和,很多人不理解这种平和,他觉得你很有锋芒的,怎么失去锐气了,好像平和是锐气的失去,这何尝不是对生活另外一种洞察。比如我搞批评的,现在大家认为批评的良心就是横扫一切,所有人都批判过去,你一定被誉为中国批评界的良师。但是就像王老师说的,把所有有成就的作家都踩在脚下的时候,你告诉我究竟要读什么书,究竟还有什么书值得我读,还有哪个作家值得我珍惜?如果你提不出一个有希望的名单,你就是横扫一切的批判,否定一切太容易了,"文革"的时候就否定过一切。你点开任何一个网络文学的论坛,基本都是否定一切的样子,还要大家做什么?很多时候"批判"是一方面,但是"发现"是另外一方面,既要"批判"可能也要"发现",既要否定也要肯定。其实在中国当代,我觉得"肯定"有的时候比"否定"更需要勇气。否定现在很安全,否定谁都很安全,你在网络上否定王老师,否定刘震云都是很安全的,你要肯定王蒙老师倒有可能会被挨骂,"肯定"反而需要有勇气。你要发现好的东西,并且要把这个好的东西证明为它真的好,这反而需要有勇气。所以我觉得在这一点上,确实像王老师说的,我们一方面批判,不能把自己摘除出去,另外一个我们总还是要发现一些有价值的、亮光的东西。

盛可以:从幽默又说到批判,跨度很大。从作家的写作到批评家的立场,我还是说幽默吧,刚才说到中国人缺乏幽默,事实上的确是,因为每个人基本上都吭哧吭哧地生活,还哪里来的幽默,每个人差不多都有一张比较苦难的面孔。王蒙老师为什么这么豁达,这么宽容,这么乐观,正是因为他读了很多咱们中国古典哲学的《老子》《庄子》之类的,所以他的个人修养达到了这样一个境界,他可以把他那么苦难的人生以幽默的这种语言去化解。我觉得这是非常难得的一种品质。刚才谢有顺老师也说了,我这个人没有幽默感,我真的比较承认,而且我觉得我挺闷的。但是我不太赞同他说周星驰的是滑稽,我特别不赞同,因为周星驰的幽默真的是非常深刻的,是建立在贫苦的、非常艰难人生当中的幽默。他的幽默常常能让我热泪盈眶,是让人泪下的幽默。我觉得我最推崇的表演艺术家就是周星驰,我觉得他的幽默,他对人生的理解太深刻了。包括后来大陆的黄渤的表演,当然也非常出色,但是我个人觉得是远远地不及周星驰。如果一定要说幽默的话,我觉得周星驰真的是幽默大师。

我们中国作家,我觉得还有一个幽默非常高的作家就是王小波。王小波的幽默完全是综合了他的学识,他的人生的见解,我觉得阅读他的小说必须有乐趣、趣味,他就表现出这个很重要的元素,就是趣味性。我以后多努力,希望能增强我的幽默感,向王蒙老师学习,多读一读《老子》,读一读《庄子》,能多豁达、多飘逸一些,别那么沉重。

张悦然:我没什么想说的,我也没这个命,也没有幽默感。还是应该让在座两个有幽默感的人多说说话,这样观众也喜欢听。

谢有顺:两个幽默大师做一点总结性的发言。

刘震云:今天是近一段我参加过的最有趣味的一个研讨会。王老师红光满面,你看上去非常年轻。其实幽默不光是对写作特别有好处的事,对养生也是特别有好处的事。你如果用幽默的态度来看待这个世界,你会发现很多幽默,世界不是缺少幽默,是缺少发现。祝王老师年轻,其实王老师有时候说话真的话中有话,说"明年我将衰老",其实这句话本身是什么呢,就是现在我依然年轻。

王蒙:每个人的自我感觉都这么好,所以这样的话,我的自我感觉就更好了,我感谢他们,也感谢今天,尤其是感谢麦家文友、张悦然文友和盛可以文友还有谢教授,还有这位虽然态度非常好,但是时不时有些虚构的刘震云文友,非常地感谢。我只再提一个情况,我热爱研究天气预报传出去了,以至于发生什么情况呢,我突然接到一个电话,说今天下午下雨不下雨。我说你怎么问我,你问12121,他说12121没有你说的仔细。因为我要说的话,会告诉他手机上怎么说的,昨天晚上的电视是怎么说的,还有网上是怎么说的,网上的有一个专门问天气的 t7 是怎么说的,还有中长期是怎么说的,有时候还有凤凰网上是怎么说的,因为它的信息来源又不完全一样。

我再给大家讲一个最有意思的故事,每年夏天我喜欢在作协北戴河那儿游泳和写文章,秦皇岛每晚天气预报最有趣的事就是,天气预报说"万世长城,秦皇贡酒迎客来",先来一段酒的广告——开始讲邓小平理论的时候就是这个广告,后来讲"三个代表"的时候也是这个广告,后来讲科学发展观的时候还是这个广告——我们指导思想的提法重点都有变化了,但是它这个广告在坚持性上不变。有一次我问食堂管理员,我说这个秦皇贡酒到底怎么回事,很敏感,他立刻脸就红了,他以为我想喝秦皇贡酒没有给我拿来,其实茅台都拿来过,他赶紧拿来了。现在没有了,不要钱的广告已经没有了,必须打96121,还得交很多的钱,我忽然一阵吝啬。这一方面的研究有了缺陷。否则的话,我相信在全国,我的研究天气预报,包括研究秦皇贡酒上我的贡献,是别人达不到的。

谢有顺:谢谢,今天真的是一个轻松,但是我觉得也是谈论了很多有意思话题的聚会。我们刚才说了很多的结论都值得大家记住,像刘震云说王蒙老师的作品是很好的作品,麦家老师说王蒙老师的作品是世界上用排比句最多的作品,盛可以说是王老师是硕果仅存的没有绯闻的作家,张悦然说王老师是可望而不可即的作家等等,也说到对生活的热爱,说到幽默是一种态度,说到只有好人才能碰到好人等等。虽然看起来很散,但能够感觉到王老师那种生命的气场,他对文学,对生活,对人,对我们这些年轻朋友的那样一种友爱是跃然纸上。我想起有一次跟王老师到青岛讲课,路过一个地方吃饭的时候,有一个草地上刚好有一个雕塑,两只羊雕得特别逼真、好看,我们就讨论这个雕塑肯定要花很多的钱,请一个有名的雕塑家,雕两只羊放在那儿。王老师就来了一句,那还不如直接养两只羊在那儿。我越想越觉得这不仅是幽默,这未尝不是城市景观的方式,花那么多钱请雕塑师雕得为了像羊,还不如养两只羊,成本更低,反正有草给它吃,养两只羊更有趣味。我们看再逼真的雕塑,也不如看真实的羊,这也说出王老师的幽默,也令我想起也许各位都可能读过很多王老师的书,真不如今天来现场看看真实的王老师,听一席王老师真实的话。您就是真实的羊,比雕塑有价值多了,您活着本身比书有价值多了,所以祝您永远年轻,最少活一百二十岁。谢谢大家!谢谢王蒙老师。

提问:您年少时的理想是什么?现在的理想是什么?有没有变?

王蒙:小的时候,我看世界名人小传,我最佩服的是那些科学家,我老想着发明点儿什么东西,但是这个因为各种原因没有做到。其后我想做职业革命家,最有意思的是后面跟着一大堆的人,一会儿化装成刘震云,一会儿化装成麦家,一会儿化装成盛可以,谁都抓不到我,我突然到一个地方,突然一撒传单,说"起来吧"。后来北京一解放,我觉得我年龄特别小,组织上一定会派我去台湾,我到台湾他们不会防备我,我才十四五岁,谁防备我?后来就是想写小说,想写作,我写作很多都实现了,就不算理想了,我没实现的一个是我写过相声,也没人发表,也没人说,还有我写过话剧,也彻底地失败。

提问:王老师您好,我是"九〇后",我第一次认识您的时候是看从维熙老师的书,他的书给我的印象是隐忍的、冷静的,因为那时候是受大环境所限,您收敛才气,也不谈文学,当时是给我这样一个印象。我今天来翻开您这本书,却是自由奔放的形象,我想知道您前后为什么有这种反差。

王蒙:这个问题太好了,我要说就是这样。说到差异,我不但和各位文友之间必然有非常明显的差异,谁也不可能照着谁的模子来做,我特别希望自己跟自己也拉开距离。比如说我写的,因为前面说近十年来唯一的一部长篇小说,这个事还存疑,因为去年发表过《这边风景》,初稿的时间是"文革"当中,第二稿的时间是"文革"刚刚结束,最后第三稿的时间是二〇一二和二〇一三年,《这边风景》是有七十万字的长篇小说,和这个是完全两种,用的是最古典的现实主义,再加上"文革"当中的一些文艺的说法,但是主要的是靠特别老实的现实主义。还有这段时间写的《尴尬风流》,《尴尬风流》可以理解成一二百个微型小说,但是当时的作家出版社拼命地想造成一个那就是长篇小说的印象,那个写得特别平静。我不是一写都这一个样儿,我不赞成一个人把自己的风格弄得很窄,王安忆有一句名言,她说"我并不特别强调风格,原因在于没有比风格更容易模仿的"。所以有人看着我写这个东西是这样,有人看着我写的东西是那样。澳大利亚有一个人,他特别喜欢读我的作品,他给我写了一封信,他说他对王蒙作品的印象就是,如果王蒙说到眼泪别人会笑起来,如果王蒙说到爱别人会吓一跳。他认为我就专门逗哏的作家,这个也很好,大家可以从各个不同的层面来看。我压根儿不是一个样儿,我好几个样儿。

提问：我不知道您是怎么看待我们这群年轻人，您觉得我们现在的年轻人应该怎么看待这样一个世界，这样一个时代？

王蒙：年轻人各式各样的，有的特别的成功，特别有知识，特别有才华的，也有的是自以为自己特别成功，特别幸运的，也有的认为过去的事情都应该全部埋葬的。我小时候就这样，我认为我是生活在新中国的，我再一看我的父亲、母亲，这一代的人我就觉得他们都白活了。我觉得他们活着还有什么意思，非得活下去不可？！当然我也没有伤害他们的计划。（笑）我相信现在年轻人肯定也有这样的，从八十年代就已经有文坛上著名的年轻人宣布王蒙已经过时了，每隔两三年宣布一次，这使我想起马克·吐温的一句名言，他说"没有比戒烟更容易的了，我每年都戒好几次"。

提问：王蒙老师您好，我想问一个关于这本书的问题，您刚才最开始说这本书是您的一个经历之外感情的一个宣泄，但是这本书又是一本小说，这本书又是以第一人称的"我"来写的，最后一句话是"我永远爱你"。我想问这个书里的"我"是您啊，或者是谁呢？或者这个书经常提到的"你"是谁？

王蒙：这个书里用得最多的人称不是"我"，是"你"，是第二人称，而一般的小说是不怎么用第二人称的，但是我特别喜欢用第二人称，这个"我"和"你"有时候是一个人，因为我觉得一个写作人的特点，就是自己是自己的主体，同时自己又是自己的对象，所以有时候又是自己，又是对象，但是因为我说了这是小说，所以这里的"我"和"你"就都有虚构。所以我又不能说这个就是我，就是我虚构的那部分我也有从别处来的，有从刘震云先生来的，你们看里面凡是最招人讨厌的地方，都是我从刘震云的特点上寻找到的，所以不能说一定是我，或者一定不是我。

对谈长篇小说《笑的风》

写不出大时间、大空间、大变化的小说,怎么对得起吾国吾民

单三娅:作为一个八十六岁的写作人,你这次又发挥了优势,《笑的风》竖跨六十年,横扫大半球,让人一路回顾感慨。从主人公傅大成、白甜美、杜小鹃的爱情,从家庭婚姻角度来看中国、看世界,或者反之,这个视角你在《生死恋》里也尝试过,这次又发挥到淋漓尽致。

王蒙:历史的成果是有代价的,新生活的兴高采烈的另一面,是老习惯老家当老念想的失落。小说人会全面细腻地温习与咀嚼我们的生活进程。起笔时线条较单一,写起来以后,才越来越明白我的故事有多大的潜力。活生生的生活,正在成为历史,成为"故"事。它吸引了我,引领了我,小说的格局扩大着,运用了年事高者的全部优势,各种记忆、经验、信息、感慨,全来了。

我努力去接农村的地气,大城市的牛气,还有全世界的大气、洋气、怪气,更要让这些材料通气:通上新时代、新时期、历史机遇、飞跃发展、全面小康、创业维艰、焕然一新、现代乃至后现代的种种。我们所经历的最有趣、最热闹、最难忘,也没少发愁的一切的一切。所有的日子,所有的兴奋,所有的困惑,所有的艰难,所有的获得与失落,所有的挑战与和解,都来了,都在那里开锅沸腾,都在

这里聚集、冲突、选择,拼出一脉风光……写不出大时间、大空间、大变化的小说来,怎么对得起师友读者?怎么对得起吾国吾民、此时此代?

单三娅:你这是一种风格,大时代大背景。也还有其他路数,而且似乎越来越普遍,就是地域化的写作。有的作者喜欢完全抹去时代,有的作者喜欢弱化大背景,也不能不说他们都写出了时代的一种风貌。

王蒙:地域特点在一部分作家中很重要,比如老舍、赵树理、福克纳、果戈理。在另一些作家中则视具体作品而异,如巴金的《激流三部曲》并不突出四川或者某个地理环境,鲁迅的《阿Q正传》有显然的浙江绍兴吴越特色,但是更重要十倍的特色不在地域,而在中国,在国民性。托尔斯泰的《哈泽·穆拉特》当然极富地方特色,但他的三部巨著并非如此。

我的《这边风景》干脆是新疆伊犁特色,《活动变人形》甚至还有河北沧州味儿,而《笑的风》中鱼鳖村不无东北特色,Z城是边疆小城特色,然后至少还写到了京、沪、广与当年的欧洲。地域特色,也可以是多点的地球村特色。《笑的风》的特色在于其广阔性、全球化,这样的视野与写法,是改革开放的产物。世界大不一样了,中国大不一样了,文学描写的疆域怎能没有拓展呢?

生活的符号、历史的符号令人怀念,钟情无限

单三娅:《笑的风》读下来,有几个递进。第一章至第七章,主人公傅大成在日军占领下的东北出生,"大跃进"时代上了高中、娶妻生子,大学时期已为人父,改革开放初期成了著名作家。第八章至第十五章,傅作家遇到文学知音杜小鹃,他们乘改革开放之风驰骋于中外文坛,这段信息叠加,目不暇接。第十六章到第十八章,写的是傅白婚姻的转折,从犹豫不决到庭审、闹婚、离婚,可以看出这是你下笔

最痛快淋漓的篇章,有思辨,有紧张度,把想辩护的想抨击的想唾弃的都倒出来了。后十一章,二次婚姻走向淡漠,傅大成走向老年,陷入回顾与反思。他甚至像一个旁观者这样来总结自己的过往:"对不起,所有哭天抹泪、怨天尤人的家伙那里,有几个人配说自己的生活是悲剧呢?不是丑剧闹剧已经难能了。""请把陈旧的大成、甜美、小鹃的爱情悲欢,让位给新新人类的故事吧。"……从这些段落,我不知怎么咀嚼出作者你自己内心深处的一种过客感、匆匆感。

王蒙:近一二百年,中国是个赶紧向前走的国家,好像是在补几千年超稳定带来的发展欠缺的债。停滞是痛苦与颓丧的,超速发展也引起了种种病症。所以傅大成患了晕眩症,我们的社会也患上了浮躁症,二十世纪八十年代已经有所谓"各领风骚"三五天的戏言。傅大成回忆过去,有了一种已无需多言的感觉,这就是一代一代的递进。后浪推着前浪,历史不断前行;当新的后浪追过来了,于是后浪又成了前浪;每个人都是后浪,也都成了前浪。"此情可待成追忆,只是当时已惘然",每当写作的时候,我不是只追忆他人的沧桑,也惘然于自己的必然沧桑啊!正因为是匆匆过客,才不愿意放过。

单三娅:现代性是你在写作中一直探讨的一个话题,《活动变人形》中就有涉及,后来《生死恋》就更加明晰,而且大多是从恋爱婚姻这个角度来谈的。现代化这个课题,中国人实践了百多年,讨论了百多年,思想家、作家也大声疾呼了百多年,到现在,在谈论恋爱婚姻时还需要讨论这个话题吗?或者说,傅大成、杜小鹃们的选择不是相对自由的吗?他们幸福了、失落了、悲剧了,难道不是他们自己选择的结果吗?

王蒙:作为一个古老、自足、曾经自信、当真具有博大精深的文化传统、又尝够了近现代落后挨打滋味,直到如孙中山所说的面临"亡国灭种"的危难的中国,怎样既维护民族的传统,又实现创造性转化与创新性发展,成为一个有中国特色的现代国家,这一直是一八四〇年以来,国家民族家庭个人,从领袖志士到知识界到人民大众所面临的中心课题。这不仅是发展学、社会学、政治经济学与科学技术的重大命题,而且包含了老老少少、男男女女、城城乡乡的追求与发展、成功与失败、梦想与现实,改变了不知多少人、多少家庭的命运,应该写出多少小说来啊!

小说小说,特色以小见大。中国文化认为家庭是社会的细胞,齐家是从正心修身到治国平天下的桥梁。《笑的风》的最初构思,来自一个婚恋的否定之否定的未终结故事,而一写起来,时代、沧桑、变化、再变化、欣喜、困惑、期盼、失落、奋进、发展……迎面扑来,汹涌澎湃。既个人,又社会;既琐屑,又巨大;既欢欣,又两难。得而后知不得,富而后知未足,摆脱之后知空荡,二度青春之后知世事维艰。写傅大成、白甜美、杜小鹃之间的婚恋纠葛,更要写鱼鳖村、Z城、京、沪、广;写三十年代与当时的流行歌曲,还要写欧洲,包括希腊、爱尔兰、匈牙利;写到二战与柏林墙、东西德、苏联与社会主义阵营,也写到史翠珊的名曲《回首当年》,还有交响乐与克拉拉的爱情,以及中国作家会见当代联邦德国作家君特?格拉斯的情景。从六十年代、十一届三中全会,一直写到二〇一九年。

单三娅:你这么一说,我就明白了。读的时候,老觉得你扯得太远,有显摆之嫌。这么说,那些人名、事件、歌曲,都是某个时代的符号,是历史印记,公认的,只要一提起来,那个时代也就呈现出来了。你的人物,总是在大时代中。

我们都是从改革开放一路走过来的。记得一九八八年我第一次去到世界上最发达的国家,当时的感觉是处处不如人。这几十年的中国,身在其中觉得是渐变,回首却发现其实是突变。历史长河一瞬间,地球上十几亿人口的大国命运,就翻天覆地地变了。改革开放初期,一首歌曲,就能引起争议,一场与科威特的足球赛,都是国人最大的兴奋点,更不要说你写到的傅大成采访咱们女排第一次获得世界冠军了。有些人红过之后归隐了,有些事轰动之后平息了,可是在书中一回放,哪怕只是些许片段,都让人想笑想哭。我感觉你又一次在挽留时代,就像当年写《青春万岁》一样。只要你生活过,你就不会放过!你用那么多篇幅写到外国,提到东德总理格罗提渥,回溯匈牙利事件、著名马克思主义学者卢卡契,现在的青年人已经不大知道这些名字了。看似闲笔,流露了你对于历史的多情回忆。

王蒙:当然。有人强调文学与时代政治背景不相容,有人说王蒙太政治。但这就是我。生活的符号、历史的符号令我怀念,钟情无限。这比显摆不显摆重要一百倍。

二十世纪的中国,政治、历史、时代、爱国救亡、人民革命、抗美援朝、社会主义、改革开放,在社会大变动中,家庭个人,能不受到浸染吗?能不呈现拐点、提供种种命运和故事情节吗?杯水风波、小桥流水、偏居一隅,可以写,当然;但同时写了大江东去、逝者如斯、风云飞扬、日行千里的男女主人公,为此,难道有谦逊退让的必要吗?

要在小说中念叨念叨她们,这是小说人的良心

单三娅:你从来都是一个为女性说话的人,甚至有年轻作家说,你是她见过的"从'五四'到现在最彻底的女权主义者"。《笑的风》里,你倾注了一贯的这种情感,把没有文化的白甜美写得有能力、有气度、有眼光,有在大潮中弄潮的一切本事,唯一搞不定的却是她的男人傅大成,她用多么惊人的业绩也换不来傅大成安分的心。你的立场、感情显然是倾注在白甜美一边的。但是对于杜小鹃,同样是女性,她充其量就是破坏了白甜美的婚姻,而这个过程中她还不断在纠结,最后又放走了傅大成,她还有优雅知性的一面。她也同样有情感的需要,你却没有给她那么多的同情。是不是因为她是插足者、打破者?可不可以说,这表明你还是一个现有婚姻秩序的维护者?或者说是弱者的同情者?

王蒙:可以说我对白甜美是喜爱的,但我对杜小鹃也充满了正面的情愫,写作中并没有陷入二者择一的苦恼。怎么办更好呢?我答

不上来,人类也还没有做出万无一失的答案。一夫一妻的婚姻制度是人类文明的成果。傅大成只能在白甜美与杜小鹃之间选择一个,没有一个万全的办法。小说的意义不在于解套有术,但是可以告诉读者:要爱你的妻儿老小配偶,要同情和体贴他们。我从来提倡"爱妻主义",当然也讲"爱夫主义",这包含着责任感。你有权利追求个人的幸福,你也有对家庭成员、亲人的责任。至少要明白,你带给对方的痛苦,恰恰就是对你自己的伤害,就是杜小鹃诗里写下的"报应"。人生不满百,不要伤害谁,想想未负心,耄耋犹安慰。

我其实是同情所有百多年来中国现代化进程中付出了终生代价的妇女们,我想着她们。我特别同情那些原来被包办嫁给某个男性、生儿育女的女性,两代男性人物融入时代大潮,甩掉了封建包办婚姻的包袱,有的还成为高士名家要人,他们的"原配"与"亲娘"女性倒成为封建符号,而她们自己只能向隅而泣。她们当中有我的母辈,还有白甜美这样的姐妹。但不等于我要为封建婚姻唱赞歌,我也没有阻止她们的原配丈夫建立新生活的意思。只是说,现代化是要付出代价的,会把处于旧轨道上的同胞尤其是女同胞甩将出来,许多女性承受了痛苦,被做出了奉献。我要在我的小说中念叨念叨她们,这是小说人的良心。

无论如何,杜小鹃赶上了新时代新潮流,她本人受过良好教育,充满文化自信。我的一位朋友说,在婚恋分裂中杜小鹃胜白甜美是"胜之不武"。好了,有这句话,小说作者就可以祭白氏的亡灵,包括为她那样的同命运人物,洒一掬同情之泪了!白甜美个人材料极佳,但在家里她充满文化自卑,我同情。我还要强调,杜小鹃是善良的,她的名诗与唱词是"要不,你还是回去吧",这的确是她心里有过的一种想法,绝无虚伪,但与此同时,她又确实毁了白甜美的家。有什么办法呢?这就是生活啊。

单三娅:我想,对于这些最弱势女性的痛切的同情,最早在你心里种下种子的,应该是你的母亲、姨妈和姥姥的痛苦经历,她们是你在长篇小说《活动变人形》里三位主要女性的原型。但是在《笑的风》里，你不愿意让你的女主人公那么悲惨，而且要为她扬眉吐气。所以白甜美虽然被迫离婚，但因为能够与时俱进，她的命运并不悲惨，经济独立、社会承认、儿女孝顺，她活得相当精彩了！

王蒙：她们确实是弱势个体。对几千年的封建包办，不唱赞歌，但也不等于向昨天前天望去，只有痛斥和冷漠，那也得算是历史虚无主义！现代生活中，仍有父母干涉子女，子女干涉父母，传统的疤痕加上了现代的尴尬。对了，咱们从央视法治频道上，看到了多少与婚恋有关的刑事案件，金钱、门第、交易、欺诈，我们能仅仅是冷眼旁观，甚至是看热闹吗？我们也许难以从家庭维护与司法、民政的角度施以援手，但至少可以在小说里说几句温暖的、体贴的话。对传统，有一点挽歌风，应该是可能的，也许是必要的。

大浪是水滴构成的，水滴的情态千差万别

单三娅：咱们回到一个永远也说不清、写不完的话题，就是个人与历史的关系。如果把个人比作水滴，把历史比作大浪，那么从现象来看，水滴只能随大浪涌动。而文学家们，却总是想把那一滴滴的水珠打捞上来，审视、掂量、诉说，告诉人们，它们被忽略了、淹没了、歪曲了、改变了，有些文学写作甚至使人怀疑历史的方向。文学的这类关注确实重要，尤其是在越来越关注个体生命的现代文明社会，文学打捞出更多的历史侧面、个人命运，功不可没。但是，"纵化大浪中，不喜亦不惧"。历史滚滚向前，说无情一点不假。你是所谓的"和解"派，这种"和解"意味着什么呢？这是我们应该主动选择还是被动接受的呢？正如你在书中所问："人生是谁的构思呢？"这个"谁"是内在的还是外在的？是异己的还是自己的？是人自己决定的？还是历史替他决定的？

王蒙：大浪大潮决定方向，所以当然，傅大成与杜小鹃，白甜美与

老郑,他们的命运离不开中国的社会主义现代化,中国的改革开放发展。大成与小鹃的成就、名声、婚恋、游历,是一代中国知识分子命运的例证。他们并没有在大浪潮中被忽略、被委曲,他们即使不算弄潮儿也得算冲浪者,是勇者与泳者,是经历者、书写者、歌唱者与见证者。

而同时,个人的命运、个人的特殊遭遇,也提供了许多叫人嗟叹、叫人同感、叫人顿足,又叫人喝彩的故事与细节。这些又与他们个人的出身、处境、性格有关。大浪的伟大在于它构建了一滴滴水珠的命运,它让鱼鳖村的傅家有了新的气象,而且傅大成还要更高的追求,还要追求新的事业与新的情感契合。历史的迅速发展为难了白甜美这样包办婚姻的"残余妻室",但同时她是社会激流中拼搏奋斗的佼佼者。

大浪也是水滴构成的,而水滴的情态千差万别。爱情婚恋的悲欢离合并非全部由社会制度婚姻习俗决定。自由的、富裕的、现代性充分的人,照样会有失败的婚恋家庭生活。文学关心到这一层面,对历史是一种补充,对每个人的品性与选择,是一种审视与掬诚相告。

单三娅:你说得没错。大浪和水珠,个人与时代,单独拿出,各说各事,都有其理,但显然还都不是本质与全面,或者说还不够全面丰富。所以不可截然分开。我赞成把个人命运放到历史大潮之中,当水珠融进了大浪,它的沉浮,也就有了原动力和大意义。

王蒙:这个问题有时牵涉对文学作品的评价,这是由写作人和读者双方共同完成的。比如说《红楼梦》,胡适从中看到的是"自然主义""琐屑",他认为宝玉衔玉而生,证明曹雪芹没有受过良好的教育,他还认为《红楼梦》比不上《儒林外史》。冰心告诉我,她年轻时,深受甲午战争的刺激,所以不爱读《红楼梦》,她喜欢读的是救亡与尚武的书。

高明的作者也许不直接写大时代。毛泽东说《红楼梦》是写阶级斗争的,是四大家族的兴亡史。他还说过,中国地大物博,人口众多，历史悠久，在文学上有部《红楼梦》。那么，《红楼梦》究竟是写了大浪还是写了水滴呢？

历史大潮是强大的，鱼龙混杂、泥沙俱下、一刀切。铭心刻骨的与具有深远活力的文学，往往是让你在大浪中看得到、关怀到的滴滴水珠的情态；是能从水珠的轨迹中感受山雨欲来、大浪滔天。是"于无声处听惊雷"，还是从挤出的眼泪里看到某种无病呻吟？有种种层次的文学，也有远远突破了文学小壳子的涛声滚滚、雷声轰轰，还有"我以我血荐轩辕"。

让内心的磅礴激情变成语言的火山

单三娅：你的独特的王蒙式的语言风格，已有许多论者叙述过，我就不重复了。但是从你这几年的小说写作风格看，似乎在喷薄的语言之中，越来越多地夹带作者自己直接的感受，有时简直分不清是人物的心理活动还是你作者自己的心理活动？是人物的发问还是你作者自己在发问？人称的转换也是随时随地、不受限制，有时简直分不清是褒是贬，是庄是谐，是他（她）是你。好像各色人等，都急着挤着要从一个小门里出来。你给了自己更多的语言上的松绑，颠覆了教科书的规范。

王蒙：这里最大的动力是激情。包括回忆与想象之情、感慨与爱憎之情、改天换地之情，也有留恋之情、珍重之情、嗟叹之情、梦想与追求之情、倾诉与歌唱之情。过去的七八十年，尤其是近三四十年，当回忆的触角触到了仍然生动、仍然鲜活、仍然亲切的往人往事的时候，我就心情激动。经过的一切，那么伟大，那么艰难，那么争论，那么嘶哑，又那么"不争论"地干起来再说，错了再改。我们是那样抢得了先机，那么急忙，那么追赶，有时候又是那样窘迫。所有的故事，包括高亢兴奋与沮丧无奈，哪个故事不够我们喝一壶的？有多少梦想变成了现实？又有多少新的考验在等待着我们？

对一个小说人、文学人来说,我们能不表现这样的激情于一二吗?又怎么可能不把这种激情变成语言火山喷薄爆发,变成语言巨浪冲决闸门呢?生活的激情、人间的激情、历史的激情、社会的激情,包括今年抗疫的激情,推动着小说人。我们没有做出更直接的贡献,难道在这样的人物与故事日新百出的时代,还不好好写出几篇小说吗?

但类似《生死恋》与《笑的风》的语言爆炸的写法,并不是我的唯一。我是有几套笔墨的,比如《尴尬风流》,比如《青春万岁》,比如《这边风景》,都是另外的路子。《生死恋》与《笑的风》,也反映了某些老年写作的特点,好像急于诉说点什么:回忆、联想、念头,风风雨雨、电闪雷鸣般地涌来,信息库存膨胀着,写起来左右逢源,揽月捉鳖,天花乱坠,八面来风,太幸福了!当然,不可能老这样,也许下一篇老僧入定,拙朴简洁。谁知道呢?

一代代的中国人将生活得更加清醒、自如

单三娅:再说说生活与个人的关系。《笑的风》中,说得最多的一句话是"假如生活欺骗了你"。正说也罢,调侃也罢,人们常常用普希金的这句译诗来自怨自艾,有时是顾影自怜,有时是自我安慰。但是生活,真的会欺骗人吗?以傅大成为例,他不是从生活中得到了许多吗?为什么又觉得受了欺骗呢?

王蒙:诗人自有诗人的气质和角度,诗是好诗,诗句动人,但未必科学,权且自我安慰。对于这个问题,我在书中已有回答。当傅大成回顾自己人生时,他对自己说,生活又如何可能欺骗自己呢?是自己常常过高估计了自己,那不是自己在欺骗自己吗?人生有高有低,有喜有悲,有聚有散,有兴有灭。你能不承认你不喜欢的一切吗?你能从不仅是正面的而且是侧面的反面的一切中,认识人生的魅力与庄重,也认识历史吗?

在书的结尾我们看到，傅大成对自己的过往有了忏悔，有了思考，他必须接受所有的后果，几十年的一切得失，终于成为他人生财富的全部，这就是我的态度。当人们悔恨时、掌握命运力不从心时，常常会发出"假如生活欺骗了你"这样的感慨。但说欺骗也罢，生活也注定恩惠了你，抚慰了你。

单三娅：改革开放是中国的一个非常特殊的历史时期，十年动乱结束之后，赶超世界。正如你所说，"这是一个突然明白了那么多，又增加了那么多新的困惑与苦恼的时代"。现在看来，这几十年的机会我们抓住了，中国到达了一个新的高度，中国人的眼界视野角度都不是几十年前了，中国人的自省性、自律性、自愈性、自信心都比过去高了。你也暗示，后面一代代的中国人将生活得更加清醒而且自如。这让人想到，一个古老宏大的民族，经过改革开放以后这四十余年的发展，更加成长了成熟了。这么一分析，小小长篇小说《笑的风》，它的含意还有点挖掘头儿呢。

原题《王蒙、单三娅伉俪对谈长篇小说〈笑的风〉》，

发表于《光明日报》2020年6月10日

与时代同频共振的青春岁月

何向阳①:王蒙老师,您好!首先,祝贺您在新中国成立七十周年之际获得"人民艺术家"这一国家荣誉称号。二〇一九年九月二十九日,从央视直播中看到习近平主席为您亲自颁发国家荣誉奖章时,我想,这份荣誉固然是对您个人成就的肯定表彰,同时也是对您所代表的共和国培养的第一代作家的奖掖,以及对共和国成立之后成长起来的几代作家的激励。作为一个与时代同行、与祖国共命运的作家,从二十世纪三十年代开始到二十一世纪二十年代的今天,您经历了中国社会的巨大变化与进步,其间几乎每个历史阶段在您作品中都留下了印记,您如何看待作家、艺术家个体创作与他所处的大历史之间的关系?

王蒙:谢谢您!我们那时候习惯的说法是"(上世纪)五十年代开始写作的作家",刚才你说到"共和国第一代作家",这个词过去我还没听说过,对我也是一种使命和鞭策。新中国的建立跟文学界、文学人的努力是分不开的,一九四九年十月一日以前,中国有一大批优秀的老作家,比如鲁、郭、茅、巴、老、曹、冰心、叶圣陶、丁玲、艾青、欧阳山、草明、赵树理、康濯、马烽,等等,作家的阵容特别强大,而且当时我们文化界、文学界的情况跟苏联还不一样。在刚刚成立的新中国,大量作家回归内地、回到大陆来写作,关于这件事情,舒乙讲过,

---

① 何向阳,中国作协创研部主任。

他说老舍就说过，一九四九年中国有百分之九十的写作者都是欢欣鼓舞地进到北京，迎接新中国成立的。就说我自己吧，我的青年时期，甚至是少年时期，就是在这样的氛围里度过的。我入党很早，大概十四岁的时候，只是符合了共产主义青年团的入团年龄。我所处的那个时期正好赶上时代的大变迁，这给予了这一代人激励、激情，也为我们提供了亲眼为历史作证的机会，这是我们这一代人、这一代作家的幸运，也在以后变成了我们写作中共同的一个文学的主题或者说是母题。

何向阳：您的第一部长篇小说，写于新中国成立初期的《青春万岁》，入选"新中国70年70部长篇小说典藏"书单，这部小说影响了一代代的读者。二〇一九年，我在中央党校第四十六期中青班学习，我们毕业前的一次会上还有一位老师高声朗诵这部作品中的"序诗"："所有的日子，所有的日子都来吧/让我编织你们，用青春的金线/和幸福的璎珞，编织你们。"当这首诗被朗诵出来时，我感觉身上的血都热了。对于《青春万岁》不同年代的读者的阅读记忆是不同的，二〇一八年在青岛，在"改革开放四十年最有影响力的四十部小说"发布会上，我们坐在台下聆听了您和一群中小学生一起朗诵。那次倾听让我和许多人都流下了泪水。一部作品活在一代代人的心里，是多么美好的一件事。《青春万岁》给一代代读者留下了难以磨灭的记忆，的确是一部跨越了许多岁月的不朽作品，从一九五七年这部长篇小说的部分章节在《文汇报》上发表，到一九七九年人民文学出版社出版长篇，再到一九八三年黄蜀芹导演的同名电影，后来，二〇〇五年国家话剧院一度要把它改编成话剧，再到二〇一九年《故事里的中国》节目中，它以舞台剧的演绎形式得以呈现，可以说它影响了一代代的读者。而对于您来讲，它的意义更是不同，您个人的青春年代与共和国的青春是同频共振的，而且这种"同频共振"的关系在您的创作中一直贯穿始终。

王蒙：你刚才说的这个词——"同频共振"，我特别喜欢，也特别感动,我们这代人如果说幸运,就是我们的生命、我们的年龄和这个国家的历史发生了共振。那些小至十三四岁、大至十八九岁的青少年,他们赶上了革命的胜利,国家命运再造的进程,这是多么难得。一九四七年,毛泽东主席作了《目前形势和我们的任务》的报告,他当时都没想到胜利来得这么快。然后,你看到的一切都是新的思想,人们唱着新的歌,用的词也都不一样了,人的作风也都不一样了。我写的书恰恰就有这样一种想法,把这些记录下来,把它们挽留住。因为人不可能天天处在这样一种激奋状态,看什么都新鲜:听一次讲话就热泪盈眶,看一个苏联电影也是热泪盈眶,你要当时不记录下来,可能以后就很难再体会那种心情了。

一九四九年,中华人民共和国成立以后,每天都在发展,都有好的事情发生,比如说北京刚一解放的时候,垃圾堆特别多,当时整个东单广场全是堆得高高的垃圾,臭得不行。国民党政府的时候根本没人管,后来共产党来了以后,用了两三天时间清理干净。之后一年之内就开始在交道口建电影院,在新街口建电影院,在什刹海开辟游泳场,万事万物都百废俱兴。一九五三年十一月,我开始写《青春万岁》,确实也是一种勇敢的对于这个大时代的记录和应答,我想尽到自己的历史责任。《青春万岁》现在仍然不断地以各种形式在重版,二〇二〇年也有新版,不止一个版本,我很受鼓舞。因为《青春万岁》是一九五三年开始写的,一九五六年我获得了半年的创作假,基本写完了这部作品,这部小说的序诗,就是您刚刚讲的"所有的日子都来吧"。当时我特别崇拜的诗人是邵燕祥,我就把序诗寄给邵燕祥,后来他都忘了,但我记得非常清楚,因为那时我是他的"粉丝",当时他给我回了封信说"序诗是诗,而且是好诗",这话很有师长的味道。诗一上来有两句话,为了整齐他给我改了,本来是:"所有的日子,所有的日子都来吧,让我编织你们。"最后他改成了"用青春的金线和幸福的璎珞,编织你们"。

何向阳:在自传、自述写作中,您多次提到许多作家的文学作品对您最初写作的影响，比如列夫·托尔斯泰、屠格涅夫、陀思妥耶夫斯基、契诃夫等，您在《王蒙八十自述》中写道："一九五二年的深秋与初冬我在阅读巴尔扎克中度过。"您还说："超越一切的是法捷耶夫的《青年近卫军》，他能写出一代社会主义工农国家的青年人的灵魂，绝不教条，绝不老套，绝不投合，然而，它是最绚丽、最丰富，也最进步、最革命、最正确的。"能够以这样热情的文字写一位作家，足见《青年近卫军》对您写作初始时期的影响，少年时代对俄苏文学的阅读和接近，构成了您作品最初的理想主义底色。

一代作家的成长离不开大的时代环境。一九五六年，由中国作协与团中央联合召开的第一次青创会，汇聚了新中国的青年作家英才，听家父说你们当时住在新侨饭店，会议开得生机勃勃，周恩来总理专门到会上来看望你们，可以想见那次青创会的盛况。长篇小说《青春万岁》与中篇小说《组织部来了个年轻人》的写作同属一个时间段，它们之间也有主人公生活的连续性，一个即将走出校园，一个刚刚走进机关，主人公的精神实质是一致的，但人们往往对林震这个"新人"的理解与郑波、杨蔷云等"新人"又有所不同。林震这个"新人"形象的确是与众不同的，小说似乎在批判向度上将现实主义的文学精神引入了深层，林震"这一个"人物在当代文学史上的地位即在于他将信仰视为生命，并在工作中一以贯之，不懦弱，不妥协，他坚持坚守的东西真的是贵比千金。但无论当时还是现在，对"这一个""新人"形象的研究仍是不够的。什么是您最希望在林震这位主人公身上得到表达的？

王蒙：法捷耶夫是一位长满了革命者的神经与浪漫的艺术细胞的作家，他的革命理想、艺术理想、文学激情融合在了一起。他写的苏联卫国战争中的青年近卫军成员，单纯而又丰富，勇敢而又坚忍，忘我而又个性化。十六岁的队长奥列格，冷静周到，有着领导人的素质。净如水莲的乌丽娅，深沉矜持。而泼辣靓丽的柳巴，玩弄法西斯如入无人之境。险中取胜的丘列宁，是孤胆英雄。他们与另一种空虚的、颓废的、自私的哼哼唧唧的人生是怎样的不同啊。即使苏联最后解体了,法捷耶夫也早已自杀,他写青年英雄人物,他的追求,他的理想,他的新生活与新人梦,他对于美好的青年、美好的人生的向往,仍然永在。我当时是新民主主义青年团的工作人员,我们那时每天讨论的都是培育全面发展的社会主义新人。

至于林震,他不是英雄,他有追求,也有幼稚和困惑。即使是笃诚的现实主义写作,也因为作品的浪漫与激情而渲染着梦想与现实的碰撞,有火花,也有泪痕,有宏伟雄奇,也有天真烂漫和脆弱。现实而又梦想,生活而又文学,世俗而又升华,多情而又那么多成熟的人情世故:这也许正是文学的魅力吧。

第一次青创会,我们是在北京饭店与周总理见面的。

何向阳:我注意到您的创作有几次大的起伏,或者说是有过几次创作高峰期,比如二十世纪五十年代、八十年代、二十一世纪的今天,也可以说是新中国成立初期、改革开放初期、新时代,您的创作均处于"突飞猛进"的爆发期,三个时期各有代表作,从《青春万岁》到《活动变人形》到《笑的风》,各个阶段的中、短篇也极为精彩,比如《组织部来了个年轻人》,比如《蝴蝶》《布礼》《如歌的行板》《明年我将衰老》《生死恋》等。但同时我也注意到一个现象,就是您的创作不惧低谷状态,文学创作能够最终以另一种方式得以完成,比如《青春万岁》,其由人民文学出版社正式出版是在一九七九年,而那时已是完成它的二十五年之后了;而获得茅盾文学奖的《这边风景》,写作于一九七四年,出版于二〇一三年,从四十岁到七十九岁,其间整整相隔三十九年。二十五年、三十九年,无论岁月如何流逝,您一直以文字在与岁月与时间博弈,当然最终您是胜者,同时也可以说这两部作品都经历了漫长的时间考验,也见证了您创作的两个最重要的人生阶段,我想知道的是,您是如何在时间或经历可能要拿走您的文字的时候,而紧紧地抓住它从不放手的?这样的状况好像在一个作家身上并不多见。对于早期作品的修订与创造,其实对于一个作家而言是一项比原初的创作更艰难也更具挑战的工作,您是怎样在漫长的岁月中一直保持着这样一种特别昂扬的创造力的?

王蒙:我自己也说不清楚,当然,对于一个写作者来说,这也可以说是一件幸运的事。我们现在可以设想一下,如果《青春万岁》不是一九七九年第一次出版,而是上世纪五十年代就出版了,当时获得的反应可能比后来还强烈很多。但是从另外一个角度安慰自己,这也算是对我的写作的一个考验,一部作品毕竟经历了这么长的时间的、历史的考验。《青春万岁》经过了四分之一个世纪,《这边风景》大致上是经历了四十年才出版的,当代文学中有许许多多远比它们更重要的更有文学史意义的作品,经过二十五年或者四十五年以后,您再看那些作品,它可能会是一个重要的里程碑,但已经不在读者的书桌上,更不在青年的案头上了。这也是很遗憾的事。所以,我觉得《青春万岁》近七十年后还红火着,真是幸福啊。你记得吗?国庆七十周年,群众游行的一个方队就命名为"青春万岁",而方队的群体自行车队,是多么接近黄蜀芹导演的《青春万岁》影片场面啊!这也是我的幸运,尤其我没想到,在邵燕祥的帮助下改出来的序诗,现在还有点儿家喻户晓的劲儿。你上网上查一查,有很多版本,有青年学生、著名演员、广播员、艺术大家演绎的不同朗诵视频版本,各有各的味道。

何向阳:这首诗在不同年龄段的人群中都能引起共鸣。它跟您的许多作品一样,就是总会有一个非常光明的底色在里面,有一种乐观的、不顾一切而向前走的精神,我个人觉得您的作品一直有一种追光感,或者说是一种趋光性,一种向前的行动,它是追光而行的,哪怕在个人创作不是很顺畅的时期,或者是坎坷、曲折的人生段落里,您的作品,包括您本人也一直给人以一种追光的感觉。

王蒙:我是觉得不管怎么说,在我已有的八十多年人生历程里,一个始终有目标、有太多的热度与活计的人生是幸运的,它是光明的人生,是幸福的人生,是一个足实与成功的人生。人一旦老了,往往有些遗憾和后悔,觉得这个事情想干没干,那个地方想去没去过,年轻的时候想唱歌也没唱好,后来想跳舞也不会跳……可我这样的遗憾比较少,我八十六岁了,没闲着,不必蹉跎踌躇,这绝对是一种真实的心情。我也觉得环境对我来说仍然产生了正面的影响,我开玩笑说,人这一辈子跟打篮球一样,上半场你输得比较多,十五比六十八落后,可是下半场你打得优秀一点儿,反败为胜了,大比分超出,还发什么牢骚,还吭吭唧唧什么呢?

这是从个人角度,从社会、国家的角度来说,我这辈子经历了别人几辈子的事,原来咱们吃喝拉撒睡是什么样的,现在又是什么样?我小时候出生三年最大的事就是卢沟桥事变,日本占领了我们的国土,当时我是在沦陷区也叫占领区。我们那儿离阜成门很近,到处都站着日军,男女老幼从他们面前经过都得鞠躬。小学里有个日本教官,一上课全体老师学生都得站起来先说日语,那是什么滋味?我这一辈子经历了太多事儿了,当然,自己也会有各种各样的反应。我自己也参加了,也争取了,也冒险了,也奋斗了,付出了不可以不付出的代价。看到新中国的建立,有这么一个光明的底色。再说我虽然小,但党的政治生活参加得非常多,从最早在天安门广场参加腰鼓队,到后来"三反""五反"的时候斗资本家,各种事见多了。当然,我也有懊恼,也觉得自己肯定有错误、有缺点、有需要纠正的地方,但是少有遗憾。

何向阳:您经历了新中国的成立、建设、改革开放、新时代这样一个完整的历史时期,作为一个作家,对这一完整的历史时期的社会发展,您是最好的观察者、参与者同时也是最有发言权的书写者,作为一位作家,您的作品也忠实记录了共和国的发展历程,当然,其中也有曲折和弯路,但您在作品中表达的情绪一直是昂扬的、乐观的、向前的,即使在面对困难时也毫不晦涩灰暗,您一直相信,一种对生活的信念在您作品中一直"活着",就像《布礼》中凌雪对钟亦成所说的"物质不灭和能量守恒的法则","人民的愿望、正义的信念、忠诚",

作为您作品中的底气,哪怕是在杂色的生活中,您的写作所传达出来的东西也总是光明、温暖而坚定的。

王蒙:对,非常坚定,尤其没有绝望的念头。我总是觉得,事情总会往好的方面发展,即便不发展也坏不到哪儿去。为什么呢?我去新疆从事了很多体力劳动,但是劳动不好吗?我父亲跟我说过苏联的心理学家巴甫洛夫的一句话,原文我记不清了,大意是说——我爱劳动,我爱脑力劳动和体力劳动,但是我更爱体力劳动。你也可以说这是自我安慰,但是为什么人不可以自我安慰?你不自我安慰,自己折腾自己,自己折磨自己,我觉得不是好的选择。

何向阳:特别喜欢您这种乐观的态度,总是很欢乐地去拥抱生活,这其实体现了您的人生信念,包括对生活的信念,对文学的信念,对人的信念,这是一个底子。有这个底子,才能够坦然面对所经历的一切,才能够纵浪大化中、不忧不惧。刚才您说到新疆,新疆之于您的创作与人生的重要性而言,是不可替代的。从一九六三年到一九七九年您在新疆度过了十六个春秋。一九六三年您还不到三十岁,这十六年是您从二十九岁到四十五岁的岁月,也可以说是一个人从青年到壮年的最好的时候。您的《你好,新疆》一书开始一句就是:"我天天想着新疆!"您在回忆新疆时期的文字中写这十六年对您的一生"极其重要",您"受到了边疆巍巍天山、茫茫戈壁、锦绣绿洲、缤纷农舍的洗礼",您"更开阔也更坚强了",您对外国朋友说,您这十六年"在修维吾尔学的博士后。预科二年,本科五年,实习三年,硕士研究生二年,博士研究生二年,博士后二年,共十六年整"。您说,"越是年长,我越为我在新疆的经历,为我在新疆交出的答卷而骄傲"。七十万字的《这边风景》作为一份长长的答卷,足见新疆在您生命中的分量,足见这段生活对您产生了怎样至关重要的影响。

王蒙:这里我要说明一点,我在新疆十六年间参加体力劳动的时间大概是八年,并不是全部的时间。因为我在伊犁,户口和家都安在伊犁,但我是在农村参加劳动,有六年时间在农村参加劳动,还在

"五七干校"待了两年多。另外八年是在编辑部,当时叫创作研究室,帮助当地排话剧写稿子。我确实是喜欢新的事物,对世界充满了好奇心。我为什么愿意去新疆呢?原因之一就是毛主席号召知识分子要经风雨,见世面。他说,应该经风雨、见世面;这个风雨,就是群众斗争的大风雨,这个世面,就是群众斗争的大世面。而且我认为毛主席特别关注中国的农民。所以,我就去了新疆,我在北京待的时间太久了,那时候我已经快要三十岁了。

何向阳:所以,您二十九岁选择了去新疆。

王蒙:对啊,我已经快要三十岁了,这里头绝大部分时间都是在北京,除了三岁以前模模糊糊的记忆是生活在河北南皮。一个人光在北京生活是绝对不够的。还有一个,我现在想起来也特别幸运,就是我当时在北京找不着感觉,因为上世纪六十年代的社会生活复杂多变,我也没办法预料和判断未来的生活和前景会怎样,一直到现在,我在回忆我这一生的时候,都认为当时自己做出了一个关乎生死存亡的智慧选择,那就是去新疆。去新疆我救了自己,也获得了更阔大的世界。

世界这么大,尤其是新疆,不到新疆你能知道伟大的祖国有多大吗?一到新疆,我立马就服了,那出一趟差到伊犁得三天三夜才能到地方,到喀什得六天六夜才能到,到和田需要九天九夜。在新疆,人对于空间和时间的观念都发生了变化。此外,当然还有文化观念的变化。新疆是伟大祖国不可分割的一部分,每个民族各有自己的特色,南疆和北疆也不同,即便同样是南疆,喀什噶尔跟阿克苏、和田也不一样,和北京当然更是不一样的,就像俄国思想家萨尔蒂科夫·谢德林专门写过一本书《外省散记》,如今,一个写作人在首都与在"外省"也各有特色,各有长短。我觉得我的心胸、观念在当时有了很大的扩展,这扩展也不容易,这种可能性可以说在当时的中国也是很难做到的。这也是我人生里一个非常重要的阶段,而且我还必须说明,在这个阶段我得到了很多人的帮助。我只能说,我的选择是一个自然的正面的选择。我没有因为去新疆而悲观失望,而是越来越有希望。

何向阳: 新疆对于一位作家的滋养,是让您接了地气。原来是一个青年,回来就是一个壮年了,而且您是带着整个人生的新疆的大风景回来的。到了上世纪七八十年代,也就是一九七九年到一九八六年,您的创作呈现出一种"井喷"的状态,那时候一打开文学刊物全是王蒙的新作,而且风格各异,有现实主义的、有现代派的、有先锋的,让读者有"眼花缭乱""目不暇接"之感,《蝴蝶》《春之声》《海的梦》,新作之多,真的是让评论家们追也追不上。这种创作的"井喷"状态,是不是也有新疆生活对您的激发?一下子就把您的这个气给提起来了。

王蒙: 新疆提供了一个特别好的,和我的城市生活互相参照的一个参照物。当我写到城市特别是干部和知识分子,脑子里浮现的仍然是新疆农民的音容笑貌,当我写到新疆的这些事情,也有城市的干部、知识分子、工人,以他们的存在来比较,这大概可以叫做比较地理学。刚才您提到一些作品,但是还有一个作品您没有提到,它对我个人的意义非常大,就是《夜的眼》。《夜的眼》写得非常早。那是一九七九年十月我写出来的,十一月刊登在《光明日报》,而且《光明日报》发了一个整版。《夜的眼》的读者可能没从中看到新疆,但实际上有新疆,说到原来我待的这个地方去搭便车,手里头抓着一个羊腿。这种场面是属于新疆的,可爱,可悲。后来我写了一组收到《在伊犁》里,都是跟新疆有关系的作品,甚至其中某些还带有非虚构色彩,这些作品有的翻译成了日语,有些翻译成了英语。

何向阳: 上海文艺出版社曾出版过一部《王蒙和他笔下的新疆》,图文并茂,其中的文字就选自您的《在伊犁》系列小说,记得有《哦,穆罕默德·阿麦德》《淡灰色的眼珠》《好汉子依斯麻尔》《虚掩的土屋小院》《爱弥拉姑娘的爱情》等。的确如您所言,新疆作为您的第二故乡,"是她在最困难的时候给了我快乐和安慰,在最匮乏的时候给了我以丰富和享受,在最软弱的时候给了我粗犷和坚强,在最迷茫的时候给了我以永远的乐观和力量"。有时候我想,一个地方与一个作家很多时候是一种相互找到。新疆与您就是这么一种情形。如您诗中所写——"我变了吗?所有的经过/都没有经过,我还是/你的。"还是那个"戴眼镜的巴彦岱"。同时,我也注意到,几十年来,您一直保持着旺盛的生命力和蓬勃的创作活力,无怨无悔,真的是——所有的经过/都没有经过,这种超越能力,只有天真而深邃的爱才能做到。记得一次从广州开会回来,在飞机上读花城出版社出版的您的《明年我将衰老》,竟读得哭出了声,打动我的不止语言,更是那种化解不开的深情。近年,您的《生死恋》《笑的风》出版,作为您的忠实读者,二〇二〇年十月,我还在《人民文学》上读到您的短篇小说《夏天的奇遇》,而二〇一九年一月的《人民文学》《上海文学》都以您的小说打头。就在二〇二〇年初,人民文学出版社出版了您的五十卷《王蒙文集》。记得《王蒙文选》一九八三年出版时是四卷,一九九三年是十卷,《王蒙文存》二〇〇三年出版时是二十三卷,《王蒙文集》二〇一四年出版时是四十五卷,时隔十年,您的作品从数量上来讲几乎翻番,而距二〇一四年短短五年之后,新版《王蒙文集》已达五十卷,二〇二〇年新发表的作品还没有收进去呢。从数量上看,呈几何级数增长,从时间上看,它还一直在不断"生长"和"可持续发展"着。我个人感觉您的创作在新时代又迎来了一个巅峰期,这个巅峰期,让我想到改革开放新时期伊始,您的一系列中、短篇,如"集束手榴弹"在中国文坛造成的威力。这样的文学创造力,即便对正处于盛年的很多中青年作家而言,也都难以达到,为您旺盛的创造力感到惊喜和敬佩。您的这种创作动力,似乎一直未有停顿,这些年,就像改革开放初期一样,您的创作又迎来了新的井喷。

王蒙:大致是一九五七年底在《人民文学》发表了一个两千字的短篇小说叫《冬雨》,这个作品后来翻译成了捷克文、斯洛伐克文和英文,在捷克出版的三种文字的文学刊物,都把它发表了。从那以后一直到一九七八年，我基本上都没写过什么东西。这其中有二十年的时间是沉默着，也不能说没有发表过，好像一九六二年发表过两篇，但有相当长时间基本上写作是中断的。一旦能写作，就有很多很多东西可以写，就叫厚积薄发吧，因为歇菜二十年了。我对写作的最大的动力，还是对生活的热爱，这个热爱可以表现为兴趣，也可以成为热烈与坚忍的期盼。它是一种激情，你甚至也可以说是一种爱恋。

何向阳：也是一种深情。相比于小说家的冷峻分析，您的作品常常透露出的是一种诗人气质。单纯、浪漫，也很独特、果断。

王蒙：是一种对生活的爱恋吧。对于我来说，写小说我很少先想到故事，而是先想到这个事儿、这个人必须要写。这种感觉必须要写，某种倒霉的感觉一定要写出来。而且不光是倒霉，更重要的是从倒霉变成好的感觉，都是从感觉出发的，这种对生活的热爱和恋恋不舍，构成了我写作的动力。可以说，我对于生命、活着的感觉就在这里。

何向阳：几年前我曾在绵阳一次关于您创作的全国研讨会的发言中，引用了您的一句话，讲您的作品是写给世界的"情书"，您八十岁了，但仍在爱着。二〇二〇年一月参加北京全国图书订货会，人民文学出版社为您新版五十卷文集召开了首发式，当时我望着满满当当两大箱子您的五十卷文集，不能不再次感叹，这得对这个世界有多爱，才能写出这么沉甸甸的足分量的"情书"啊！

王蒙：哈哈！真是这样，这里面包括对生命的珍惜。人老了，现在八十六岁了，您不能说"明年"再衰老了，但是我没有疲倦感，也有很多朋友跟我年龄差不多的，现在记忆力不行了，一想到写作烦得要死。我也很同情人家，我相信他说的话，而且人家也有可能烦你，你没完没了地写也有可能造成审美疲劳。但是我仍然珍惜我的生命，珍惜我的老年，起码我最近这三年写起文章来词儿就特别不一样，绝对跟过去不一样。大致上，从一九九六年到二〇一二年，我这十几年正经写的很少，只写了《尴尬风流》，就是那种带有自嘲性的小短篇，要把超短小说都加在一块，也算个长篇了。我国有一个说法叫做"青春作赋，皓首穷经"，那几年我主要在研究孔孟老庄，后来还加上荀子，一共写了大概十本书，占据了我主要的时间，但每年还会写十几二十篇的《尴尬风流》。二〇一二年以后，我进入了一个新的人生阶段，因为我生活上、情感上有了更大的变化和刺激，一个是和我同甘共苦半个多世纪的爱人瑞芳去世了，后来我跟单三娅有了新的结合，我在生活当中所经历的各种个人和情感的变化，同社会生活剧烈迅猛的发展结合在一起了，我又开始中短长各种作品都写起来了。

何向阳：二〇一二年，对您个人来说是一个转折点。您个人生活情感的变化与社会生活的变化再一次结合在一起，二〇一二年之前，您有一阶段的创作多集中于对老子、庄子的文化解读上，好像从二〇一二年以后，您又开始大量写小说了。

王蒙：对，也可以说是一次新的"井喷"，其中有历史的背景，有个人的生活，自己的内心世界的变化，所以，我的创作确实又掀起了一个实际的高潮。二〇一八年，《人民文学》《中国作家》《上海文学》都在四月刊发了我的作品，对我来说确实算进入一个新的阶段。甚至于我还要说这里头也有文化的变化，因为那一段找我谈文化问题的人也特别多，有文学的话题，有语言的话题，我一进入那个语言圈里就欲罢不能，光这些词就把你给点燃了。我最近又开始写新的小说，当然，我不能向读者保证说我还能再写多少年，但是目前，说起文学创作、小说创作，我仍然在兴奋之中，不管你写多少论文，多少诸子百家的研究文章，一写起小说，每一个细胞都在跳动，每一根神经都在抖擞。我想说嘚瑟，后来改成抖擞，其实，我心里想的也可能是哆嗦。

何向阳：这个状态太好了，就是舞蹈的状态，这种跳舞的状态，就是所有细胞都调动起来的状态，是作家写作中最活跃最投入也最忘我的一种状态。

王蒙：说得太棒了，确实是跳舞的感受，是发狂的感受，我从来没有感到写作是这样动感,是在满场飞地跳动。

何向阳:最近读您的《笑的风》,您把中篇改写成了一个长篇,里面还有一些诗歌,这些诗都是您原创的吗?您的诗集我读过。相比而言,您的小说的抒情性越来越强。我是说这太有意思了,是一种叙事和诗意相互交织的状态。

王蒙:这是我从《红楼梦》里学的。中国人对我们平常说的五言、七言诗非常有兴趣,吃喝拉撒睡、会客、游戏、娱乐、喝酒都要写诗。曹雪芹动不动在小说里就来一段儿。中国古代有一个成见,小说、戏曲,还有词(实际上是唱词)都是低俗的,文章和诗才是高雅的。曹雪芹当时潦倒不堪地写小说,同时,他提醒读者,他也会写很好的诗。《红楼梦》写元妃省亲的时候全是歌颂的诗,连林黛玉写的都是歌颂的,"盛世无饥馁,何用耕织忙"。但这不是林黛玉写的,而是曹雪芹写的。我的文集里,最早的作品就是十岁作的第一首古体诗《题画马》,那时候我每天都在学画马,可是我绘画没有任何才能,却写了"千里追风谁能敌,长途跋涉不觉劳,只因伯乐无从觅,化作神龙上九霄"。我当时十岁怎么就想出这种诗了,而且摆出一副怀才不遇的架势,现在我也想不明白。

何向阳:您这番话让我想起,您在上世纪八十年代提出一个观点,就是作家的学者化问题。我以为这也是一个对于作家的精神资源的建设问题,这一问题当时一经提出就引起文学界的关注。在作家学者化问题上,您一直是您理论的实践者,可以说在这一方面您一直身体力行,您关于庄子的作品就至少写了三部,《庄子的享受》《庄子的快活》《庄子的奔腾》,而且都是在一两年内完成的。还有《老子的帮助》,从"孔孟老庄"一直到李商隐的注疏、《红楼梦》的解读,今年您又刚刚完成了历时四年写作的荀子的研究著作。您在大量的小说创作间歇,还兴致勃勃地写下了甚至在某一时间段就体积与容量而言都比小说创作本身大得多的文化随笔、研究著作,又出版了《王蒙讲孔孟老庄》青少年版,二○二○年六月还用了二十七天,一天三集,一集三十分钟,几乎是一口气录完了八十集的《红楼梦》讲解视频,从中可以看出您对中华传统文化的真心热爱。您关于中华文化的写作,从先秦开始一直到唐代,又跨越到清代,好像历史上大的文化脉络全部贯穿起来了,也是一种对传统文化的自觉传承,这种写作您是有意为之,还是一种兴之所至?抑或在历史文化与现实创作中找到一种特有的交替互融的书写方式?看得出您对这些与古典文化有关的写作都非常快乐。

王蒙:是这样的。一九七九年,第四次文代会、第三次作代会时,我在大会发言时已经提到我们的作家需要提高文化知识水平。作家不要求都是学者,因为作家和学者是两个路子,但是越来越非学者化真的是一个问题。您可以想想鲁、郭、茅、巴、老、曹,他们的教育程度、学历知识程度、对外语的掌握,对他们的写作产生了怎样的影响。我们都是知识分子,当然,我们也有我们的优势,下过乡、扛过枪、种过地,参与过社会生活、政治生活、党的生活,等等。但是,我觉得一个作家要面对写作,学识还是必要的。我是爱学习的一个人,我就是一个学生。现在包括对外语,再难只要有机会我都愿意去学,但是严格的达标并没有做到。今天的学习范围更大了,特别是对于一个作家的学习而言,不能满足于光从网上看到的信息。

何向阳:还是要读书,要阅读。对一位作家而言,学习是多向度的,也几乎是无止境的。

王蒙:现在从我们国家层面来说,党中央、政府对于学习的提倡不遗余力,我们说建设学习型政党,政协也在建设学习型组织,各单位也都特别重视学习,个人也都注意增长自己的知识,说得夸张一点儿,这个重视程度是空前的。对于学习而言,我个人一直有这个爱好和愿望。

何向阳:记得二〇〇〇年中国作家代表团出访印度,您是我们团长,在印度举办的中国电影节的开幕式上,您做了半小时的英语演讲,言及中国电影、中国文学、中国文化以及中、印文化间的学习与交流。语言表达在您来讲,很多时候都可以信手拈来,好像在语言方面,您有着过人的天赋。听说您四十七岁开始学习英语,每天要记忆的词汇量都是一定的。

王蒙:其实,我英语语言的能力还远远不过关。那次有个特殊的原因,就是CCTV-9当时找我做一个英语的关于中国作家和中国文学的对谈,后来我就被迫恶补,那会儿十几天,天天在写中文的稿子,请中国翻译协会的领导黄友义先生帮我翻译成英文,我连哪个重音都注上,一边查着字典,一边每天从早念到晚,念了十几天,后来,谈得还挺好。这也是我的一个乐趣,当然有显摆的成分。记得有一次,日中友好协会欢迎我带的一个代表团,我在欢迎活动上用日语致辞。在伊朗的一个对外文化活动上,我用波斯语讲了十五分钟。后来二〇一〇年在哈佛大学举行中美作家主旨演讲,我是用英语讲的。二〇二〇年底,在哈萨克斯坦驻华大使馆举行的艾克拜尔·米吉提翻译的《阿拜》首发式,我是用哈萨克文讲的话。在土耳其的安卡拉,我当时还当着文化部部长,在参加一个官方欢迎会时用土耳其语发言。我还访问过阿拉木图,在活动上讲哈萨克语。我可不是说这些都懂,好些都不懂,但是我把拼音写上,我说的那些语言都和我学习维吾尔语有关系,波斯语、哈萨克语、土耳其语,在莫斯科获得博士学位的时候也用俄语致过答词。我也算是有志于促进各民族与中外的文学语言相互亲近和理解。对不起,这有点儿中国式的说法,叫做"老要张狂"了。

何向阳:语言的学习其实也是一位作家对别的国家、别的民族,不同文化、不同文明的尊重。语言最基础,也最根本,是文化的最小细胞。这方面的融会贯通会带来不一样的视野。当然,每一代作家都有他那一代的文化使命,从对您作品的阅读中一直获得这样一种强烈的感觉,就是您的叙述中有一种坚不可摧又游刃有余的文化自信,坚定与幽默共在的这种表达方式,令人阅读时能获得一种智慧的享受。

王蒙:中国的文化传统有这么一个思路:期待圣贤。圣人是什么意思呢?首推孔子,他能够给人民教化,叫做"天不生仲尼,万古如长夜",让大家知道人应该怎样、不应该怎样,这样才能安居乐业。孔子是最重视文化的,重视文学艺术,尤其是重视诗。他是《诗经》的责任编辑,而且他认为要从《诗经》看出世道人心,要培养人的精神上的格局。加上《孟子》,总体来说就是"怨而不怒、哀而不伤、乐而不淫",或者是"思无邪"。诗的作用一个是"不读诗,无以言",另一种是要通过读诗"多识鸟兽草木之名",他们把文学的责任讲得很清楚。历史文学也是他编辑的,包括孔子删改编辑《春秋》,其实,那个时候文学和历史是不分的。您看司马迁的《史记》可以算历史记忆,但非常文学,很多篇章都充满小说性,《鸿门宴》《霸王别姬》是写得多好的小说。而且这种文化追求、文学追求,正是权力的依据,我们所称颂的是"内圣外王",对于个人的修养来说,他是一个圣人,"外王"就是他对社会所做的事情,取得了起码是带动、影响、发展的作用。中国的传统文化又喜欢讲人格,"格"和"境界",不管是诗词也好,文章也好,戏曲也好。中国还有一个说法,叫"不关风化体,纵好也枉然",风化也是对人的作用,就是有利于树立好的社会风气,有利于树立或者推动人民的教化、老百姓的教化,有利于推动社会文明、政治文明,经济、生态方方面面的文明。

何向阳:中国一直有"文以载道"的传统。可以说中国历史上一代代的文学书写也多得益于这一传统。

王蒙:对,文以载道,当然,我认为文学人、写作人,有些个人的一己的考虑,这也不足为奇。我开始写作的时候,看到富尔曼诺夫写《夏伯阳》的故事,他以日记的形式,说"成名的思想已经让我昏了头了,我现在激动得感到写出来以后非成名不可,我简直受不了了",这样的个人化的想法也无可厚非。你有成名的思想,这也算不了什么,但这跟作品对社会的作用、对道德的启示、对风化的启示,与作家真正的内心世界,是没办法比的。这是一种作家人格,所谓责任心,是对中国文化的责任，对有利于社会、有利于风化、有利于发展的责任。

何向阳：十分辩证。您刚才提到"人格"一词，我非常感兴趣。这也是一个作家在创作中必然会遭遇也必须要解决的问题。可惜的是这一问题尚未引起理论界的更多关注。我二〇一一年出版的《人格论》里曾试图谈论这个问题。人格，当然从学术上讲是一个"拿来"的概念，中国古代文化思想中虽没有提出"人格"这个明确的概念，但一以贯之的文化对于人的内在修为一直是有其要求和指向的。以中国倾向于形象描述而不擅长定义的习惯，明代思想家胡敬斋在其文集中曾有这样对"圣人"境界的比喻，"屹乎若太山之高，浩乎若沧溟之深，纬乎若日星之炳"，相对于"万世之师"的圣人，"君子"由其现实性所获得的群体性几千年来超越了单一的历史或单独的学派，作为一种理想人格典范，推动着中国文化思想的发展。从这个角度讲，它树立了一种做人的标准，同时也是我们在经验世界里的重要参照，它的无所不在显示了中国文化的强大，我们的人格存在，是对于这一文化事实的提取和发展，所以，人格于我们而言是"活"的，它是敞开的，带有强烈的实践性，人是"人格"的一个"半成品"，而"成人"，则显示了人格的不断调适而臻于完善的过程。这样看，文化传统、社会环境以及个人经历铸就作家人格，而作家在自己的作品中塑造文学形象及人格精神，经过作家铸造的文化人格又进一步影响和铸造着成千上万一代代读者的社会人格。所以，人格无小事，作家的"立言"，从大的方面来讲也是"立人"。作家的人格——作为"灵魂工程师"的灵魂，对于社会心理、文化演进负有责任，它直接参与了人类精神的创造和提升。在您的作品中，我刚才讲到了趋光性，还有就是向善性，您的小说的人物身上——无论是知识分子，还是普通劳动者，无论他们在生活中遭遇了什么样的困难，都有一种将事情向好处想的乐观和豁达，也可以说是不屈服于命运的自信，在任何命运给出的戏本中，他们都能以最真实的面目、最善良的本质对待生活。这也是一种很了不起的"君子人格"。文学的书写其实是把自己的心交给读者、交给社会、交给文化漫长的历程,所以作为主体的人的"心"特别重要。这里当然也有一个表达的问题。在社会的发展进程当中,每一个时代都存在一个艺术表达的尺度问题,您怎么看待这个问题?

王蒙：古今中外甭管是说起哪个著名的人的作品,您脑子里都会出现作者的形象,他对人民有着深切的爱恋。比如说李白,你能想象他大概是什么样的,但是又没法很具体,杜甫跟李白就不一样,曹雪芹跟李白、杜甫也不一样,吴敬梓又跟曹雪芹、李白、杜甫、屈原不同,屈原有另外一股劲儿,屈原的责任感太强了,因为他是三闾大夫,不是一般人,他对楚国的责任始终在那里,所以在这方面他会有所选择,但更重要的还是对生活的深刻理解,对老百姓、对人民的这种深切的爱。

我最近在看电视剧《装台》,这个电视剧由陈彦的小说改编,这部作品还被评为当年的中国好书。陈彦写了很多生活中的老百姓、小人物,有好人,也有无知的、不讲理的、坑害老百姓的人,像铁主任就专门坑害装台的工人,装台的工人很可怜,要编制没编制,要合同也没有合同,家庭教育也有很多问题。一些人的婚恋也有遗憾,都离真正的爱情和互助有很大差距,甚至都不完全符合《婚姻法》,这其中刁顺子的闺女也是很让人受不了。另外,它恰恰写出了在中国社会物质和精神水准相对低一点儿的群体中,甚至在半文盲、文盲式的人物里面,仍然有中国传统文化、中国民间文化的一些美好品质在起作用。比如责任、敬业、团结、互助、与人为善。这个作品受到了观众的热烈欢迎,收视率非常高,就是因为其中可以看见老百姓的生活,作家是以人民为中心的,这个电视剧之所以取得成功,我觉得关键就是它跟那种概念化的戏剧不一样,它让你感觉到非常强的生活质感,内容驳杂,杂而不乱,方言、饮食、戏剧、生活琐屑,一应俱全。里面的爱情不是知识分子的爱情,不是干部的爱情,也不完全是过去那种老农民的爱情，也不能说是商业性的爱情，你看刁菊花那个人，脾气再坏但有自己的尊严和气节——你越有钱我越给你拿糖，有钱有什么了不起的？

如果你对生活有着真情实感，有深切体验，你对人民有大爱，写起来就得心应手，既不发生尺度的问题也不会发生文思枯竭的问题，怎么写怎么对。你要有生活，有爱心，有充足的经验，才能不显出捉襟见肘。我觉得，咱们都应该琢磨琢磨《装台》，这对于咱们树立写作的信心、文学的信心、语言的信心有裨益。电视剧再调整改编，毕竟也是跟文字有关系的，所以，文学仍然是基础，是艺术的母本。比如您要听一个音乐，听一部交响乐，怕大家听不懂，先每人发一则说明书，那等于用文字来解释，所以，从事文学的人是有重要的责任的，在自身之外还要给整个文艺创作提供各种各样的脚本和参考。

何向阳：的确如此。作家不但要有代际传承的文化责任，同时也要有对于同时代其他艺术门类创作思想引领的一份文化责任。就是说，在我们的文化与时代中，对于作家的要求其实是很高的。说到代际方面的文化责任，这也是一种作家必须承担的历史使命。一部作品的诞生有时也不只是作家一个人的事，尤其在一位青年作家的成长期。您在多个场合讲到过一些老作家对您创作最初的帮助，比如您提到过一九五五年，在中国作协青年工作委员会的萧殷同志，给您开介绍信，为您提供了半年的创作假。中国作协二〇二〇年年初又重新恢复成立了青年工作委员会，办事机构设在创作研究部，中国作协青年工作委员会今年在抗击新冠肺炎疫情任务很重的情况下仍然坚持围绕作协中心工作和重点工作，协调、组织作协各业务部门和社会力量开展面向青年作家和读者的文学活动，先后在广西、西藏召开青年作家创作会议，团结、凝聚青年作家包括新文学群体的力量，发挥他们在文学创作中的巨大潜力。推动更新一代人的创作，也是已经取得成就的每一位作家的责任。作为"人民艺术家"，您于二〇二〇年捐赠款项，在中华文学基金会设立了王蒙青年文学专项基金，用于奖掖四十岁以下的青年作家的创作,作出这样的决定和举措您是基于什么样的考虑?

王蒙:因为我必须面对现实,我已经八十六岁零三个月了,和《青春万岁》那本书里不同,我已经耄耋之年而且走向鲐背之年了,而文学的希望、文化的希望在青年身上。毛泽东主席曾经说过,"世界是我们的,也是你们的",我还想说,"世界是我们的,也是你们的,归根结底,是他们的",是比你们和我们更年轻的一代。

我从来不轻视网络文学作品,我有时候看网上的一些小说,一类是小资类型的,还可以;一类是知识型的也挺好,比如《明朝那些事儿》还是一位高级领导介绍给我的,把书寄给我了。另外,我也看到了网上有一些相当穷极无聊的、低俗的作品,每当看到这些的时候我就觉得我们的一些文学青年的创作偏弱,青年作者、青年作家、青年诗人、青年演员、青年编辑的队伍还可以增强,我希望在我日渐老去的日子里同时也能够表示出自己的一份心愿,就是希望我们国家有更多的文学业绩、更多的文学瑰宝。

新中国成立已经七十多年了,我们可以想一想,一九一九年五四运动到一九四九年新中国成立,这中间经历了三十年,这三十年间有鲁、郭、茅、巴、老、曹,有胡适、徐志摩、张爱玲,当然还有丁玲、艾青、赵树理、欧阳山等等革命的文学家。那我们呢?我们也要给子孙后代、给历史留下文学经典和文学的业绩。英国人有个说法很惊人,"英国可以没有英伦三岛,不能没有莎士比亚",实际上英伦三岛不能没有啊,要是这没有了他们就没有国土了,这个说得比较夸张,但是说出狠劲儿来了。文学的责任是"狠"的责任,是对子孙后代的责任,是对历史的责任,是对中华民族的责任,我们的文学完全应该有更好的经典,更辉煌的经典,更对得起未来的经典作品。

何向阳:记得二〇一七年八月十五日您发表于《人民日报》的《旧邦维新的文化自信》一文中,讲到一次在开封清明上河园听以辛弃疾《青玉案·元夕》为歌词的合唱:"东风夜放花千树。更吹落、星如雨。宝马雕车香满路。凤箫声动,玉壶光转,一夜鱼龙舞。"您说您感动得热泪盈眶,并在文中称:"哪怕仅仅为了欣赏辛弃疾的诗词,下一辈子,下下辈子,仍然要做中国人。"足见您对中华文化的深爱。前不久,党的十九届五中全会通过了《中共中央关于制定国民经济和社会发展第十四个五年规划和二〇三五年远景目标的建议》,提出到二〇三五年建成社会主义文化强国,强调要把文化建设放在全局工作的突出位置,把文化建设提升到一个新的历史高度。您认为文学在满足人民文化需求、增强人民精神力量方面应发挥什么样的作用?您对二〇三五年有什么愿景和期待?

王蒙:这个问题很有意思,《人民日报》还约我写了一篇短语,一百五十字的对新的征程中建设文化强国的一些想法。新中国成立七十多年来,改革开放四十多年来,中国共产党马上迎来建党一百周年,中国的发展变化,包括个人的精神生活、私人生活、家庭生活轨迹,其中有很多故事很多事情还远远没有在文学作品中体现出来。当我们概括一个时期或者一个阶段的历史任务的时候,我们抓的往往是"纲领"荦荦大端,但是文学恰恰是以小见大,在表现春天的时候还要把枝枝叶叶、点点滴滴、花蕊花瓣、蛙虫,都表现出来,而这个生活之丰富是历史上非常少见的。有获得就有失落,这很简单。我从一九九一年开始就用电脑了,最早是从"286"开始,可是回过头再想起用蘸水钢笔写作的年代,也很有意思,我开始写《青春万岁》的时候,不知道为什么非得用蘸水钢笔写,用英雄牌的自来水笔都写不出来,更早些时候鲁迅是用毛笔写的,茅盾是用毛笔写,管桦是用毛笔写的,起码人家都留下了很多的手稿,现在都没手稿了,所以,我觉得各种事情应该有历史感。手机给咱们提供的便捷、快乐真是不可想象,现在我们都是"无一日不可无手机",甚至"每小时不可无手机",进一个饭馆,先想知道的不是菜谱,而是Wi-Fi密码。可是反过来说,现在有多少人沉浸在手机、沉浸在浏览里,而深度的阅读反倒不如过去了。我经常在报纸上看到,现在在全世界的统计中中国人的阅读量不在前列,没有以色列、韩国、意大利、法国人阅读量多,这也是个大问题。我们对文化的期待、对文学的期待,离彻底落实贯彻下来还有很大的距离,还需要艰苦奋斗,还得苦干,我们对语言文字的运用,对生活的理解、表现和把握,对历史的理解和认知,这里面的学问还大着呢,活儿还重得多,其间既有迅速的发展,又有对古老传统的继承。就像咱们刚才说到的《装台》,其中既有中国文化的老实、本分、耐性、忍辱负重,也有不断追求新的标准、新的方式、对艺术的把握,就连刁顺子时间长了也有点儿艺术细胞了。人的快乐、困惑、收获、失落、艰难、喜悦都是交织在一起的。我们对这些的感悟,对于建设文化强国的理解还需要深化、研究和部署,这确实是一个大学问,而且也是一个责任如山的任务。

何向阳: 谢谢您王蒙老师。祝您新年快乐!期望新的一年读到您更新更多的作品,也期望您健康长寿幸福。等到二〇三五年,您一百零一岁时,希望我们还在一起畅谈文学、畅谈未来。

王蒙: 谢谢!悄悄告诉您一句,有位老朋友前些日子来看我,对我的要求是,一定要活到二〇四九年,也就是中华人民共和国成立一百周年。我还差得远啦。谢谢朋友们的祝愿。新年好!谢谢!

发表于《文艺报》2021 年 1 月 27 日

王　蒙　说[*]（锵锵三人行）

一九四九年我参加了开国大典

窦文涛：王蒙老师、许子东老师，今天我给你们出一个题目：恍若隔世六十年。你看一九七六年的《水浒传》小人书，先是印毛主席语录：这部书好就好在投降，做反面教材，使人民都知道投降派。人民美术出版社编辑部写的前言很有意思，说"《水浒》里的宋江是一个地主阶级的忠臣孝子，篡改晁盖的革命路线。过去我们对《水浒》这部小说和宋江这个人物的认识根本是错误的，不是把他当反面教材，而是当做歌颂农民起义的进步作品。'文革'前，我社出版的《水浒》故事连环画就是在这种错误路线指导下编汇出版的，在广大读者中造成了很坏的影响。我们现在深刻吸取这一教训，认真学习毛主席关于评论《水浒》的重要指示，又出一本新的……"就把宋江画成这个鸟样子，反面人物的样子。（王蒙笑）当时小人书还有《霓虹灯下的哨兵》那样的，不是画。

王蒙：是电影。

许子东：《霓虹灯下的哨兵》前两年在上海还重新演出了。

窦文涛：小人书里我印象深刻的是高尔基的《童年》，当年看到外祖父打小高尔基，高尔基晚上趴在床上疼……看到这里真的心里疼啊。

---

[*] 本文是作者在凤凰卫视《锵锵三人行》栏目与主持人和其他嘉宾的对话（有删节）。

王蒙:您这些都不是一个时代的东西,我对六十年前的记忆跟您不可能一样。

窦文涛:那当然了。

王蒙:我"痴"长了好多岁。(文涛笑)六十年前我参加了开国大典,当时我是中央团校学员,而且是腰鼓队员,穿一身彩绸衣服。

窦文涛:您会打腰鼓?

王蒙:会,咚吧咚吧咚咚吧咚吧……

窦文涛:嘿,这节奏感。您记得当年参加的心情吗?

王蒙:心情那是非常的兴奋,就等着看毛主席。虽然天安门上人非常多,但哪个都不想看,就想看毛主席。

窦文涛:好像今天的粉丝要看刘德华一样。

许子东:不一样。

王蒙:(笑)比那个要严肃多了。而且毛主席讲话那种湖南味儿,我到现在还记得。底下人家没完没了地喊"毛主席万岁,毛主席万岁",然后毛主席说"人民万岁"。(模仿毛泽东)

窦文涛:学得真像,您能当回周立波了。

王蒙:我没看过《童年》的小人书,但我立刻想到什么?苏联电影。那时候看电影是相当高级的享受。

窦文涛:为什么叫高级,一般人看不到吗?

王蒙:不是。楼上最好的、最贵的座位是三毛,其次是两毛五,楼下比较差的是两毛,应该说不算特别贵。但您买不着票,得排队,票房可是太好了。而且大家看起来那个热劲……

许子东:当时什么叫好电影?

王蒙:没看过《攻克柏林》①?《攻克柏林》我看了七遍。和我一块儿在团区委工作的一个人,号称看了十二遍,没完没了地看。还有

---

① 《攻克柏林》(*The Battle of Berlin*,1949年),一九四一年,德军占领炼钢工人伊凡洛夫的故乡,掠走他的爱人娜塔莎,伊凡洛夫因此参加红军,走上战场。该片以大规模和大气势来描述苏联红军卫国战争的全景以及斯大林的高大形象。

《斯大林格勒大血战》，那净打仗。《攻克柏林》颜色好，里面斯大林穿着一身白色的军服，娜塔莎也漂亮得不得了。另外，在苏联电影《童年》里，主题歌是《卡马河上一座城》，"卡马河上一座城，在哪儿也说不清啊"，当时大家都学着唱。那时候连看电影都有一种神圣感。

窦文涛：是吗？

王蒙：当然，觉得这可是苏联的电影，开玩笑！而且当时苏联电影，至少在我的脑子里，立刻就把美国电影打下去了。

许子东：美国电影你看过吗？

窦文涛：那会儿有美国电影吗？

王蒙：解放以后起码一年才有。那时还放什么芙蓉——《出水芙蓉》，芙蓉姐姐那时候可没有。美国电影也有好的，《魂断蓝桥》那些都在北京演过。

许子东：你要是跟王元化这辈儿，或比他们再年长一点的四十年代在交大读书、搞学运、搞地下党的聊，他们最喜欢的还是《魂断蓝桥》那批。音乐、电影是跟青春连在一起的。

王蒙：你讲得非常好。

许子东：每一代人都唱自己青春的歌。对于有些人来说，阿庆嫂就是他们最神圣的阶段，因为那时候他们才十三四岁。再后来是《我的祖国》，直到奥运会开幕式听到《我的祖国》，我血管里那种（冲动）还跟童年记忆里似的。

王蒙：所以我完全理解有些当过红卫兵的人，到现在为止，你要想他把"文革"彻底否掉，很难！因为他一唱起"抬头望见北斗星，心中想念毛泽东"，心中立刻有了一种神圣感。

窦文涛：对。我有几位五十几岁的老师朋友，到现在为止，每次唱卡拉OK，临走的时候哥几个一定要一块儿唱"月亮在白莲花般的云朵里穿行"。

王蒙：《听妈妈讲那过去的事情》。为什么这些歌容易保存下来,而且你对它的感情会非常深?因为不管歌词内容是个人迷信,还是不合时宜,哪怕是打倒走资派,它都得作曲,你光念歌不行,一作曲就……

窦文涛:朗朗上口。

许子东:词进到你脑子里去,曲进到你的血液中去。

王蒙:作曲家听到这话,非得给许子东发奖。

窦文涛:真是到血液里。像我爸炒回锅肉的时候,哼什么"没有共产党就没有新中国",真是渗透到血液里了。

王蒙:太有意思了!我有一个恰恰相反的经历。我很早就参加革命,而且是新民主主义青年团的干部。有一次在区委,我突然就哼出句"蔷薇蔷薇处处开"。刚哼哼出这句来,我们书记立刻说,什么歌?什么歌!这就是毛主席说的从重庆的防空洞里刮出来的阴风!把我给吓坏了。

窦文涛:是您解放前听熟的。

王蒙:解放前听熟的,其实没什么政治含义,我完全是无意识的。但他们说我在回忆,或者我在想念什么什么。其实没那么重要,就是随口哼出来的。

窦文涛:有人说汉民族现在没什么音乐细胞,但我觉得曾经有几十年,好像整个国家到处都在唱歌。我记得我们学校每次开个什么会,会前唱歌,会后唱歌,军训的时候也唱歌,走在路上都在哼歌。

王蒙:一九四九年给我的第一个记忆,就是"哗啦"一下子,比钱塘江海潮都厉害——全是歌!《没有共产党就没有新中国》……

许子东:《解放区的天是明朗的天》。

王蒙:《妇女自由歌》《翻身道情》。

窦文涛:《游击队之歌》。

王蒙:然后是所有的陕北民歌、东北民歌改编的革命歌曲。革命歌曲简直就像浪涛一样……

窦文涛:那时候我们还背口号,叫"石油工人一声吼,地球也要抖三抖"。

王蒙：口号那多了。我听说老区一些歌唱家聚会吃饭，酒过三巡以后，一哥们儿起来把桌子一拍，说中国革命怎么胜利的？首先是靠我们唱歌，从我们这儿开始胜利的。后来我跟台湾诗人痖弦说起这事，你猜痖弦怎么着？他说王蒙先生，你讲的我完全同意，为什么呢？当时我们台湾最苦的就是无歌可唱啊。春游的时候唱一个歌，刚唱一句，说不许唱，这是共产党的歌，贺绿汀的；再唱一个歌，说这也不行，这是田汉的；再唱一个歌，吕骥的；再唱一个歌，冼星海的；再唱一个歌，聂耳的。所以台湾没有歌可唱。

窦文涛：文宣还是共产党厉害。

许子东：但是最近台湾广泛报道，说大陆网民做一个调查，影响最深刻的歌唱家排名第一位——邓丽君。

王蒙：不好意思，那是后来。

窦文涛：郭兰英、王昆，然后到李谷一，再到后来，邓丽君、罗大佑才出来。

王蒙：咱不说六十年前嘛。我觉得很有意思，中国文化有一条，说一个人失败了，怎么形容他？四面楚歌。这歌都让人家给唱了啊。

窦文涛：没错儿！

王蒙：当然你说邓丽君也怪了，她怎么会起那么大的作用呢？一九七九年、一九八〇年这两年，走到哪儿去，都把邓丽君当偶像，到一九八一年就已经慢慢地没有原来那么热烈了。

许子东：在我看来这完全是相通的。邓丽君的流行是对革命歌曲的一个反拨。之前太昂扬了，到了新时代，人们疲倦了，所以感兴趣邓丽君了。反拨嘛，过一阵子也就不热了。

王蒙：当时还有香港人嘲笑大陆人，说你们对邓丽君那么热干什么啊，邓丽君在我们这儿都已经过时了。大陆才不会按你香港的节拍走呢！

窦文涛：没错儿。

王蒙:她不但没过时,她刚被听见。

窦文涛:当年香港四大天王还没火遍大陆,先是张明敏火遍大陆了——《我的中国心》。

许子东:多少年都一直唱这首歌。

王蒙:但这不光是中国,搞社会主义的、叫共产党的都重视唱歌,为什么苏联歌曲到现在动不动还能发行?《莫斯科郊外的晚上》,是不是?《喀秋莎》,是啊!我第一次接受所谓共产主义的意识形态,就是《喀秋莎》。一个地下党员对我进行教育,教我唱《喀秋莎》,一声《喀秋莎》我就服了,就冲这歌词,"歌声好像明媚的春光"。

许子东:美女的形象。

王蒙:还有国统区时期的《三轮车上的小姐真美丽》,"西装裤子短大衣,眼睛大来眉毛细,张开了小嘴笑嘻嘻,浅浅的酒窝叫人迷"……你看这些革命歌曲的歌词,当然觉得共产党的歌好。

许子东:后来有一次折子戏,革命歌剧《红珊瑚》《洪湖赤卫队》《江姐》几个戏的主要唱段一起演,我才发现一个基本规律——最主要的唱段,共产党员都是女的;都是在要行刑前,由一个主要的坏人审问她。其实这道理跟我们一贯的艺术手法很像,就是一个美好的女性被一个丑恶的男性摧毁,要倒过来是个男烈士,就没那么感动了。基本上是这么个模式。

王蒙:你说得完全正确。女烈士就义,形象特别可爱。另外,妇女受压迫,也很有动员力。像白毛女被压迫,她没就义,就是诉苦,但也有煽动性,因为每个地方都有类似白毛女的故事。没有这些,就没有中国革命。

窦文涛:都是最苦的人。

王蒙:它有一种号召你反抗的力量。

窦文涛:咱们小时候唱的歌都不一样,我那时候是唱《中国少年先锋队队歌》,"我们是共产主义接班人……"

许子东:这歌很好听。

窦文涛:对啊,那时候戴红领巾,我们都是红小兵。

王蒙:红小兵是"文革"当中的词儿。

窦文涛:对啊,我当过红小兵,戴着红领巾,整天喊口号。我喊过一九七六年打倒邓小平的口号,当时我们上街游行,我领着大家喊"反击右倾翻案风"!

许子东:我当年喊口号的时候自己都觉得好笑,现在想起来也好笑。"文革"期间最新指示一下达,连夜就要上街游行。有一条指示是"一个人有动脉静脉"。

王蒙:吐故纳新①。

许子东:我记得大家都在大街上,有人带头喊"一个人——"大家就喊"一个人——";"有动脉——""有动脉——";"有静脉——""有静脉——"。简直太可笑了!

王蒙:你们这个年龄不知道,原来还有跟苏联学的,每年五一、十一节,由共产党中央发布口号,前面是"庆祝五一国际劳动节",后面是"全世界人民大团结"。随着口号的不同,代表了中央意志的转变,后来还加上"彻底批判修正主义"。最后连喊哪几个"万岁"都有规定,比如"中国人民大团结万岁""中华人民共和国万岁""中国共产党万岁""毛主席万岁万岁万万岁"。

许子东:出版社应该把这些年官方规定的口号出书,这书得多有政治意义,多有商业价值啊。

窦文涛:现在的口号是"少生孩子多养猪,少生孩子多种树"!好像现在我们喊口号的场合越来越少了,当时你们一般是什么情况下喊口号?

王蒙:都是集会。一种是典礼,比如五一、十一;还有一种是批斗,"敌人不投降,就让他灭亡""两条道路由你挑""打倒三反分子某

---

① 毛主席这个最新指示为:"一个人有动脉、静脉,经过心脏进行血液循环,还要通过肺部进行呼吸。呼出二氧化碳,吸进新鲜氧气,这就是吐故纳新。一个无产阶级的党也要吐故纳新,才能朝气蓬勃。"

某某"……

窦文涛:说那时候俩人商量结婚,女的说"一万年太久,只争朝夕",今儿就登记吧。(齐笑)

王蒙:那是相声!两个人恋爱,说我们从五湖四海走到一起来,这都是相声。至于打电话的时候先说一句口号,这个有。

窦文涛:您也这么说过?

王蒙:没有,我舍不得打电话,我家里没电话。

许子东:写信绝对有,那时候我哥哥写给我的信,上面得写"万寿无疆"什么的。

王蒙:说到写信,我得谈一谈新疆。我认识维吾尔文,有个不识字的农民收到一封来自喀什噶尔的家信,让我给他读,一念把我乐死了。一上来就是"生活在伟大的祖国的新疆南部的喀什噶尔河旁边的美丽的农村的阿卜都赛迪克,向他的亲爱的哥哥,生活在反修防修的前沿的天山脚下的四季如春的在无产阶级革命的路线指导下奋勇前进的伊犁的巴彦岱公社四大队五小队的买买提,致以什么问候。"

窦文涛:(鼓掌)哎哟,这个念得好!

王蒙:这叫贯口,我要是能把这封信念下来,连姜昆同志都得服我!比如这封信三张纸,前边两张半全是贯口,到最后剩下两行,才说咱们舅妈于一个月前不幸逝世了,您要有什么表示您告诉我一声,没有别的表示,寄个三五十块钱来也行。(齐笑)那还不是他写的,肯定是请了个秀才。

许子东:是当时流行的一种文体。

王蒙:流行的文体,而且很豪华。

窦文涛:许老师,您是研究文学的,我记得当年印象特别深的一种散文体叫"杨朔体"。比如《荔枝蜜》就是先抑后扬的,一开始听说蜜蜂会蜇人,心里就疙里疙瘩的;后来怎么着看到蜜蜂很勤劳,就想到蜜蜂不就是我们的工人农民吗?最后那天夜里,我梦见我变成了一只小蜜蜂。(笑)再比如冰心的《小橘灯》,"我提着这灵巧的小橘灯,慢慢地在黑暗潮湿的山路上走着。这朦胧的橘红的光,实在照不了多远,但这小姑娘的镇定、勇敢、乐观的精神鼓舞了我,我似乎觉得眼前有无限光明!"还有茅盾的《白杨礼赞》,"那就是白杨树,西北极普通的一种树,然而绝不是平凡的树……难道你就不想到它的朴质、严肃、坚强不屈,至少也象征了北方的农民?"往往都是把一个东西象征成一种品质,或者象征成劳动者、建设者这么个套路。后来我们写作文都这么写。

许子东:散文历来是要象征的,问题是你象征什么。我曾经写过一篇论文研究所有散文笔下的动物,后来发现"五四"时候的作家喜欢写猫,写老鼠,写狗,都是一些日常闲情。到了五十年代,写猫、狗、老鼠的传统到台湾去了,大陆只剩下两种动物,其中一种就是蜜蜂。

为什么要歌颂蜜蜂呢?因为它象征劳动人民,勤勤恳恳,无私奉献,很容易成为集体主义的社会理想。《白杨礼赞》是一样的道理,它普通,但是它奉献,它整齐。你不能搞像贾平凹后来写的奇山怪石,那你宣传什么?

王蒙:《白杨礼赞》比较早,中华人民共和国还没成立呢。但有一条,大家都信奉散文的"因小见大"。鲁迅的《一件小事》是作为小说收录的,说的是一个非常平凡的劳动者,但我看见他那小的身影越来越大,而自己的身影越来越小了。

窦文涛:当时为什么要把杨朔、魏巍、《为了六十一个阶级弟兄》这些作为典范啊?好像我们当时看不到别的选择。

许子东:当时有几个主要的散文家,为什么选杨朔?因为他好学。杨朔无非就是一个风景或者一样东西,然后来了一个好人,他代表了这道风景,我要向他学习,这么一套抒情模式。看上去还是美文,语文老师给分也高,但我认为,对于中学生的作文构思,杨朔模式危害极大。

王蒙:我略有一点不同的看法。我觉得杨朔自己这么写文章无可厚非,问题是我们应该有更多的风格,更多的思路,更自由的艺术想象和创造,这样才不会只跟着一个路子走。连唐宋还有八大家呢,如果唐宋只有苏东坡一家,大家都按苏东坡的走,那也不对嘛!

许子东:但不知道为什么,每个时代社会都有"羊群心理"。

王蒙:就是这个问题。当然这不能完全由杨朔来负责。刘白羽的散文当时也受到很高的评价,但你学不了啊!他动不动就"我捧着一轮太阳……"(文涛、许子东笑)这你学不了,你没那个气魄,也没那个壮阔。

许子东:也没那么多太阳可捧。

王蒙:这是其一。其二,魏巍有些题材你也学不了,因为他写战争,而杨朔写的都非常日常。从范例上说,毛泽东文集也比杨朔高多了,但你也学不了啊,谁敢学着毛泽东那样写文章啊?你敢不敢写"其心又何其毒也""司马昭之心,路人皆知",你敢那么带头批判人吗?八十年代初南京出现过一个人,宣称自己有速成散文培训法,说你按我的七步法还是八步法来写,学完以后回去写散文,都能在报刊上登出来。不管写得好写得坏,登出来有稿费啊,那时候稿费比工资要高得多了。现在是反过来,您光靠稿费吃不饱饭,得有固定的工资。而他的七步法,基本上还是按杨朔模式,仍然不敢按刘白羽模式,或者毛泽东文集模式。

窦文涛:后来的小学语文课本出现了贾平凹的《丑石》,好像可以开始去歌颂一个丑的东西了,而不是通常看起来美的东西。

王蒙:贾平凹啊,他的作品非常风格化,非常个人化——不是我自己的真情实感,不是我自己的独特感受,我不写。说他这是优点也好,特点也好,反正他不接受社会上主流或者提倡的某种时尚,所以他写的东西一开始就被人觉得另类。当时陕西有一些老作家一直想帮他,但是帮他很难,一个作家到了贾平凹这份儿上,让他接受谁的帮助相当困难。

窦文涛:我记得九十年代,陕西一下推出好几部长篇小说,包括《白鹿原》《最后一个匈奴》。在我的印象中,那是中国长篇小说

371

"火"的最后一个时期,打那儿之后,谁还提什么长篇小说啊。

王蒙:咱们广东很年轻、很有为的文学教授谢有顺说过,现在他所知道的唯独剩下陕西,人们还以当作家为荣,还以当作家容易找对象,而且自己不是作家还要吹嘘自己是。现在别的地方没人冒充作家了,我冒充是大款冒充是大官,但没有人冒充作家。池莉写过一篇文章《你以为你是谁》,说叶兆言为了托人办个事儿,去找有关管事者。当敲门砖吧,带着自己好几本书,一到那儿就把书给送上。结果小领导一看,就这个?往桌上一扔,说这一天不知道给我送多少。叶兆言是叶圣陶的孙子,还算有来历,连这么有来历的作家都……

窦文涛:斯文扫地。

王蒙:现在稍微上点年纪的人,往往回忆的都是一九五九年到一九六五年间出的很多脍炙人口的长篇小说,比如《青春之歌》《林海雪原》《红旗谱》《红岩》。

窦文涛:《苦菜花》。

王蒙:《红日》《李自成》《铁道游击队》《野火春风斗古城》《烈火金钢》,还有《晋阳秋》……好多这样的长篇小说,现在人家还能说得出来。其实现在的长篇小说不知道比那时候多多少,但被大家传诵的?没有。

窦文涛:为什么呢?

王蒙:我也说不太明白。一九六二年最困难的时候《红岩》出来了,我到现在还记得,当时买《红岩》的人在王府井新华书店排队,一直排到东单。那时候谁能买到《红岩》,是你热爱革命、积极进步,而且是相当有办法的表现,就跟现在能开上宝马700一样。一九七九年出版业开始恢复,人民文学出版社出了《基度山恩仇记》,一抢而光,后来送《基度山恩仇记》成了托人办事的重要礼物,跟现在送两箱茅台一样的概念。

窦文涛:我很好奇你们二十多岁的时候,男女关系是什么样的?办公室里大家讲两性之间的笑话吗?

王蒙:没有,而且我们认为谁要是比较露骨地讲所谓涉黄的笑话,就是流氓,是一种对女性非常不尊重的表现。《钢铁是怎样炼成的》有一段描写,当保尔听到一个人用比较粗鲁的话说一位女性的时候,他打了那个人,表示这是布尔什维克所不能够允许的。

窦文涛:布尔什维克相当尊重女性。

许子东:那时候有一个非常重要的背景是,共产党把自己组织里边的纪律扩散成全社会的道德标准。什么叫作风问题?干部才有"作风"嘛。

王蒙:还有一个原因是,那种高度的政治化和革命化使你不可以随随便便地谈性,为什么呢?因为不管是哪一个女性,跟你睡过觉也好,没睡过也好,你想跟人家睡也好,或者压根就不想也好,你们首先都是革命同志,都是阶级弟兄,都准备着一块儿为共产主义事业而牺牲。你怎么能够谈到比如女人的三点,那你成了什么人了?你就是流氓!

窦文涛:当时内心深处没有人本能的欲望吗?

王蒙:有,当然有了。

窦文涛:看见女性,心里没有骚动吗?

许子东:那就通过别的形式。

窦文涛:什么形式?

王蒙:第一,要把这个引导成一种革命要求——既然你喜欢这个女孩子,你就要追求进步。像苏联作家协会第一书记苏尔科夫的公式,说一个男孩向一个女孩求爱,女孩说你求爱可以,你还缺一样东西,什么东西呢?劳动勋章。什么时候你戴上了劳动勋章,我就把我的一切全给你。

许子东:今天这个模式变成什么情况呢?就是你求爱可以,但是你还缺一样东西——房产证。(笑)

窦文涛:哈哈,太棒了!所以你看这个变化,当年是劳动勋章,到八十年代开始讲究物质了,讲"四十八条腿"(家具)。

王蒙：“三转一响”①。

许子东：你别看它怎么恍若隔世，怎么变化，背后"性"这个动力是始终存在的。

王蒙：当然存在了。

许子东：在人类文明社会进步中，性作为一个杠杆，始终存在。

王蒙：但是害羞，绝对羞于谈这个。我参加过那种非常革命化的婚礼，我们一块儿做团工作的一位女性，她和她母亲同时结婚。她母亲是再婚，而且据说一直受到封建主义的迫害，是由于解放，由于共产党的到来，才争得了自己的尊严。她母亲参加了妇联，成了妇联干部，她是青年干部，两人同时结婚。结婚的时候，区委书记参加了，而且在会议上讲抗美援朝的形势——当时正是抗美援朝的高潮，连我参加这个会——不是会，婚礼会，都激动得不得了，就觉得没有共产党的领导，怎么可能娘俩儿一块儿结婚呢？是不是？

许子东：这就是国家嘛，没有国哪来家呢？

王蒙：中国很厉害的，五十年代初期的时候，讲男女平等，谁要讲"性"，谁就是侮辱女人。

窦文涛：我还听过一种观点，说不知道是不是受布尔什维克的影响，共产党最初在男女关系方面有点清教徒主义。

王蒙：当时苏联也批判过"杯水主义"②嘛，说男女关系很不严肃。但是如果你读过马克思的文章，会发现他曾经说过，现在德国的工人有了进步，他们敢于公开地讨论性问题了。

窦文涛：嘿，马克思我喜欢。

王蒙：说明马克思是正视人的性欲望的。

---

① 指手表、自行车、缝纫机和收音机。
② 又称一杯水主义，起源于俄国的一种性道德理论。认为在共产主义社会，满足性欲的需要就像喝一杯水那样简单和平常。该理论引起一些青年思想混乱，并导致性生活放纵。列宁指出："我认为这个出名的杯水主义完全不是马克思主义，甚至是反社会的。"

许子东：现在很多年轻人对婚姻失去兴趣，基本上不相信人一辈子就这一个男的或一个女的。但是对他们来说，最严峻的榜样是他们的父母。所以现在的青年人很困惑，一辈子的婚姻到底是特定时期畸形社会的畸形产物，还是那个时代美好的、合理的东西，而现在正在丧失？

王蒙：专一性是另外一个问题。我觉得每个人都有不同的情况。有人结过几次婚，有人恋过几次爱，还有人有些风流的故事。但是也有人没有，我就没有，绝对没有，绝对一个，我们金婚已经过了。

窦文涛：您是怎么抗拒腐蚀永不沾的呢？（王蒙笑）

王蒙：感情专一的问题，每个人有每个人的情况。

许子东：我们只是想讨论这个普遍现象跟五十年代整个社会的军事化、革命化有没有关系？

王蒙：感情专一和五十年代并没有关系，五十年代也不断出事儿啊！

窦文涛：是吗？那时候有风流传闻吗？

王蒙：太多了，有的还受了处分。孔厥①为什么被开除作家协会会籍？本来是孔厥和袁静两人合写《新儿女英雄传》，后来说孔厥缺少共产主义道德（就取消了他的著作权）。老舍先生也在《人民日报》上写过一篇文章，叫《反对文人无行》，你不能说老舍是由于革命意识形态造成的，他就是认为一个人应该在男女关系上有道德。

许子东：反正到"文化大革命"的时候，我们突然从大字报上看到，刘少奇原来有好几个女的，后来又惊讶地知道毛主席也有。我们当时大吃一惊。

---

① 孔厥（1914—1966），作家。一九五二年因生活作风问题开除党籍，一九五五年因"玩弄妇女，道德败坏，屡教不改"被开除出作协。一九五七年划成"右派"，与妻子袁静（1914—1999）离婚。"文革"中遭迫害，一九六六年劳改回京后于陶然亭湖投水自尽。一九八〇年被平反。

窦文涛：当年"五四"很大一个特点是婚姻自由、恋爱自由，但到了六七十年代，男女关系反而变成——甚至是无性的关系。

王蒙：对！"五四"的时候，《莎菲女士的日记》①多开放。丁玲同志到鲁迅文学院去讲，你们整天讲思想解放，你们有什么解放的？我们那时候一男一女，高兴就住到一块儿就是了，哪像你们这么啰唆。下边鲁迅文学院的学员就给她热烈鼓掌。回过头来，无性化确实在"文革"中达到了极点。你看《海港》里头，那个主角叫……

许子东：方海珍。

王蒙：方海珍的动作都是老生的动作，唱腔也往男人方向发展。当时我一外甥看完《沙家浜》，老学胡传魁说话："阿庆嫂，阿庆呢？"家里人都批评他，怎么能说这种流氓话呢？

窦文涛："阿庆"就是流氓话了？

王蒙：人家阿庆嫂是有主儿的，明媒正娶的。至于阿庆上哪儿去了，你管得着吗？你脑子往这方面想，就是走上了邪路。中国几千年文化的特点之一，就是，把人际关系高度地道德化，所谓"一日夫妻百日恩"。其实陈世美，孤立地说，无非就是一个第三者的问题嘛。

窦文涛：对，婚外恋。

王蒙：罪不至死。但你要是看了那个戏，就觉得非杀了他不可，因为他杀妻灭子啊。作者因为怕你同情他，所以写陈世美不光休了糟糠之妻，而且派韩琪去杀他的妻儿，这就丧失人性了。作者把它高度地道德化了，而不考虑人有没有欲望。但反过来我还有一个故事，和现在解放的思想完全不一致，我一说起来就很激动。

窦文涛：什么故事？

王蒙：我有一位女性同事，家里一共六个兄弟姊妹：一个大哥，女的为多。她父母双亡，父母临死前跟大哥说，这几个弟弟妹妹就全靠

---

① 丁玲日记体小说《莎菲女士的日记》描写了"五四"浪潮中痛恨蔑视一切的叛逆女性冲出旧家庭，大胆追求爱情、追求自我的辛酸足迹。

你了。后来她大哥一个人打几份工,把他们全都供养得上了大学,有了工作,结了婚。这时她大哥已经五十好几了,而且特显老,就把五个弟弟妹妹找来,说大哥今天给你们说个事儿,我想结婚了,然后这五个弟弟妹妹全跪那儿了。要是从解放的、人权的、个性的,甚至法律的观点来看,大哥并没有抚养弟妹的义务。您查查《民法》,父母有这个义务,大哥没这个义务,大哥可以把他们送到孤儿院去,自己早早结婚。但是您听完这个故事,觉得她这个大哥傻吗?

窦文涛:这是中华民族的东西。

王蒙:所以性的问题,你别给它定规矩,说凡是放纵自己的就是解放,凡是对自己有所要求的就是不解放。因为在性的问题上,我或许会考虑到我对家族、父母、妻子,甚至于兄妹的某些责任。

窦文涛:所以中国人讲什么?有情有义。

王蒙:性也有恩与义啊,为什么说"一夜夫妻百日恩"呢,是不是?

许子东:完全没有恩与义,只顾欢与爱,那性就不完整了。

王蒙:性是一种享乐,但在享乐当中,你难道对一个跟自己关系如此密切的人没有一种真正的喜爱吗?甚至于还产生一种责任感吗?美国人也讲责任感啊,什么都讲 responsibility 啊。

许子东:只要是发自内心的,就是好的。

王蒙:特殊情况有。比如我听说有一批老战士到新疆的兵团工作,年龄都相当大,兵团领导很操心,说这么多男光棍怎么办?就从某省——那个省因为在战争中伤亡的男性比较多——运了一大批妇女来。这批妇女到得比较晚,老兵就在等,等到了以后,都跟疯了一样,每个人上去抱了就往家里带。

窦文涛:啊?都成抢了?(齐笑)

王蒙:详情我不在场,我还没到新疆就听说了,所以说组织上的安排是有的……

特殊年代里告密的人和事

窦文涛：每次王老师来，我跟查老师都语词潮涌，但最近王老师突然学了一个词，说你们"设计"我。

王蒙：我觉得这词儿挺好，"算计"太露骨了，"设计"是一个很冠冕堂皇的词儿。

查建英：而且挺新潮的。

窦文涛：而且跟今天咱们聊的有关。上世纪五十年代有一场"反右"运动，很多人被打成"右派"，粉碎"四人帮"以后，绝大多数人都平反了。当年的大文化人聂绀弩，先是被打成"右派"，去了北大荒劳改农场；六十年代初回到北京，一九六七年又给抓进监狱，判了无期徒刑，这回是"反革命"罪。但据寓真写的《聂绀弩刑事档案》说，原来把他送进去的既不是红卫兵，也不是警察，而可能是他当时身边最好的朋友。这个朋友负有某种任务，天天提着酒瓶子找他喝酒、交谈，然后聊些什么天写些什么诗，全向某部报告，另外，章诒和在《南方周末》上说，让她最意想不到的是现在还健在的、咱们很敬重的一位文化老人，当年写了很多聂绀弩的秘密材料。章诒和还有一篇文章说，冯亦代晚年出书《悔余日录》，以一种忏悔的态度，把当年做卧底、告密的事都写出来了。她看这本书是泪下如雨，大汗不止，万万想不到当年天天到家里吃喝玩乐的好朋友、好叔叔会告父亲的密。

王蒙：这个话题，说大也大，说小也小。最近我正好在看电视剧《潜伏》，孙红雷小眼，但是很壮实、很精神。他先是为了抗日参加了国民党军统的情报机构，后来思想发生了变化，参加了共产党。我觉得他演得相当好，不动声色地处理各种危险事情。

窦文涛：他那张脸就叫"不动声色"。（齐笑）

王蒙：他的脸有点不动声色。《潜伏》的剧情和咱们刚才说的那些情况有些不一样,主角一上来的身份是国民党军统特务,后来追随了共产党,等着上解放区过光明幸福的生活。可让人哭笑不得的是,快解放时领导告诉他,我给你的任务是继续潜伏,潜伏到台湾去。哎哟,这人一辈子潜伏啊。

窦文涛:刚才说到的当事人您认识吗?

王蒙:冯亦代很熟悉,其他的不认识。章诒和的文章我没看,但是写聂绀弩的很长的报告文学我看了。里头牵扯到很具体的人,在没有得到充分的查证以前,我不愿意说什么。

查建英:据说作者在法院工作了很多年,完全抄下来的审讯记录。但也只有他一个人知道。

王蒙:其实他也没有谈具体的名字。他说的是他在政法部门看到了聂绀弩写给×××的几首诗,他原来想问问×××是不是有这种情况,但后来因为老人家已经九十好几了,住在医院,就没有去问。

查建英:我觉得这件事情和刚才说的国共时期的特务不一样,比如冯亦代,他在"反右"中下去了,这时候党出来说,你要是做这个工作,党是不会忘记你的……

窦文涛:您当年不也被打成"右派"了吗?有没有人告过您的密,或者您有没有揭发过别人?

王蒙:当然有,我明确地说。请看我写的小说《失态的季节》和《踌躇的季节》,主人公叫钱文,在对他进行批判最尖锐的时候,有一天中午他突然跑到欧美同学会吃了一顿西餐。这实际上是我自己的经历,因为心情非常压抑,想躲开一下被批判的环境。好在没有人盯梢,也没有人跟踪我。要知道,跑到欧美同学会吃西餐,那在五十年代算是……

查建英:不得了的。

王蒙:然后钱文碰到一位儿童文学女作家,就一起吃饭,但他回去之后,觉得两人很多话都说得不合适,就自己坦白交代、汇报(这里是虚构的,我是一个人吃完那顿饭的)。其中我写到钱文内心的苦恼,一会儿觉得这样做是正确的,一会儿又觉得这样做可能会害了别人。那时对这一类问题的看法是,碰到这种问题,我们首先要在理论上区分两类不同性质的矛盾——敌我矛盾还是人民内部矛盾。如果是敌我矛盾,过去一贯的认识认为,我们采取什么手段并不重要,关键是我要削弱你,我要打击你,是不是?所以我必须说明,从我个人来说,我不接受洗脑的说法。谁能洗我脑子?把我脑子拿过去洗洗,我让他洗!(齐笑)那些老作家,更是哪一个都不会接受洗脑。他们年龄都比我大得多,他们都是在旧中国已经有了一定的地位、有了一定的财产、有了正当职业的人,但是他们选择冒死给共产党工作,为什么?是因为洗了脑?怎么洗?那时候政权还在蒋先生手里啊!

窦文涛:那就是信仰选择。

王蒙:不搞告密活动这个观念,其实在"文革"之后又树立起来了。批判"四人帮"的时候,一个很有说服力的词儿叫"小报告",打小报告是为人所不齿的。我想起美国获奥斯卡奖的一部电影《女人香》①,讲只要你是告密者,不管你告什么,都是抬不起头来的。

窦文涛:有个新闻说,一所学校为了促进学生互相进步,每个礼拜选一名学生监督另一名学生的言行,但是不告诉他是谁在监督他。

查建英:这不就是告密吗?

王蒙:这种事,道德上有悖论。譬如说刑事案件,你是警察或者检察官,你就希望该告的密全告了,这案子就破了,是不是?咱们眼前例子多得很,比如贩毒集团、贪污集团,你说他是应该"死都不说"好,还是干脆"我犯不着,是他贩毒,我是被掐着脖子运了一次,我当然应该坦白"。回过头来说当年,现在我也挺瘆得慌。比如当年苏

---

① 《女人香》(Scent of a Woman,1992年),生性腼腆的学生查理,因目睹同学的恶作剧而被校长威逼利诱告密,原本平静的求学之路顿起波澜;退伍军官弗兰肯丧失了光明,同时也丧失了对人性的信任和生活的勇气。一次意外的邂逅,使两人用相异的手法彼此缝合对方的伤疤。

联树立过一个少先队员的榜样,怎么回事呢?他父亲是富农,他去汇报父亲对党的不满,最后被祖父给杀了。当然他祖父的行为,无论如何这底线也够呛。最后他就被树立为全国少先队员模范。可是美国人听完这个故事,吓得面无人色。

窦文涛:毛骨悚然。

王蒙:是啊,世界上怎么能有这种事呢?怎么能宣传这种事呢?那已经是八十年代了,美国人说起苏联少先队员的事,仍然激动得浑身哆嗦。(文涛笑)

窦文涛:其实我很好奇,当时你们心里是怎么想的?比如最好的哥们朋友喝酒聊天,私下里谈话说什么都行啊,但是他把你逐条逐条汇报上去,遇到这种事情,你心里怎么想?或者有一天你也给关到牛棚里,关到监狱里去了,被审讯的时候人家让你(王蒙)说,哪天在哪儿和查建英吃饭时聊了什么,你心里没有挣扎吗?

王蒙:刚才说到敌我矛盾和人民内部矛盾,这是一种政治的说法,并不是道德的说法。但是对待敌人有没有道德可言?我觉得仍然有道德可言。敌人没有的事,我们不能随便给他栽,是不是?还有一条,优待俘虏,对俘虏不应该肉体折磨,这几乎是全人类的共识。所以不能够用政治的东西取代道德,更不能够用政治的东西取代法律。你犯的是什么罪就是什么罪,不能因为是敌我矛盾就枪毙你,化成人民内部矛盾就无罪释放,那叫什么事儿啊?这是一个经验,但这个经验并不是一开始就有的。当时毛主席能分出敌我矛盾和人民内部矛盾,已经是很大的进步了,因为斯大林只承认敌我矛盾,只讲阶级斗争。

窦文涛:分开讲了。

王蒙:还有,不管哪种矛盾,要知道当时革命那种总的形势——当时一个口号叫什么?把一切献给党啊!把一切献给党,你知道一点秘密情况,能不献吗?

窦文涛:连自己的隐私、朋友的交情都要献给党。

王蒙：我把自己的日记都交出去了,把自己没有发表的小说都交出去了啊！张弦①,写《被爱情遗忘的角落》那个作家,本来定"右派"没他的事儿,他只是因为发表的一篇小说在反省,最后他没事儿把自个儿写的一个中篇也上交了,结果……

窦文涛：我就不明白了,你把自己的一切,包括思想、隐私献给党,党要它干什么呢？

王蒙：当时的想法是,你认为你能够得到党的教育,得到党的理解,得到党的最正确的判断。但是这种情况到了"文革"已经乱套了,整我的、捧我的全完蛋,一锅端了。

我看那篇文章(《聂绀弩刑事档案》),聂绀弩有些旧诗写得可真好,像一个锥子似的,能扎到你心里去。到现在我一说起都激动的有两句,叫"文章信口雌黄易",写文章批判谁很容易；"思想锥心坦白难",我的思想就像锥子一样,我怎么坦白啊,是不是？我是拥护革命的,是不是？我是反蒋反国民政府的,是不是？你让我怎么坦白？你让我怎么交代？两句诗,字字千斤。我从来没有见过聂绀弩先生,但我知道胡乔木关心他、帮助他,报告文学里也讲了大量这方面的事实。但是有一条,我当年作为一个文学青年,在《人民日报》上阅读过聂绀弩批判胡风的文章。

窦文涛：当年不是说他跟胡风一个集团吗？

王蒙：但是在批判胡风的时候,他也被动员了吧,被教育了吧。他写了批判胡风的文章,而且写得非常的损,因为他是文人。他写的大概意思说,胡风就像神汉一样,他那一套"论主观"是在那儿跳大神。再举一例子,当年我被通知参加批判丁玲、陈企霞的大会,会上我听过巴金的发言、曹禺的发言、老舍的发言、茅盾的发言、许广平的发言,而且我本人也有发言。所以呢,这些事都不能离开当时的历史

---

① 张弦(1934—1997),原名张新华,杭州人,作家。一九五八年因一篇未发表的小说《苦恼的青春》被划为"右派",下放到工厂、农村"监督劳动",辍笔二十一年。著有《锦绣年华》《甲方代表》《被爱情遗忘的角落》等。

条件,但是呢,每个人仍然有自己的个性。

窦文涛:你们那时候的发言是违心的还是真这么想?

王蒙:许子东提过一个很有意思、很有价值的观点,他说"信服",在那个时期,"信"和"服"是高度结合的,第一你是真服,不服不行。

查建英:第二你真相信了。

王蒙:又信又服。

窦文涛:那是一个特殊的年代,大家都泥沙俱下;可是有一类人是忏悔的。比如有一个叫戴浩的也密告过聂绀弩,但是聂绀弩放出来的时候,他亲自去监狱接他,一路上把当年说过什么全跟他说了。包括巴金晚年不也忏悔嘛。但是也有一类人,当年告了密,可直到现在写文章都没有丝毫忏悔、坦白之意。您觉得该怎么看这种心态呢?

王蒙:我也说不好。但我想到一个事儿,即使是在大的政治运动当中,在又信又服当中,每个人的个性还是不一样的。譬如我永远难忘老舍批判丁玲的发言,内容还是按照大家批判的调子,但是他坚持一条,一定要说"您"。丁玲同志,"您"的思想是反动的,"您"的行动是不符合党的利益的。(齐笑)你说你没有自由吗?你没有选择的可能吗?你让我说他是敌人可以,你们都说他是敌人,这事儿不归我管,我可以说他是敌人;但你让我说"你",不行,挺生的一个人,怎么能说"你"呢,得说"您"。

查建英:君子革命派。

王蒙:原来有一个电视英语教学片 *Follow Me*,里头讲在伦敦,警察抓住一个小偷,要把他带走,说"This way(走这边)"。小偷"啪"这样(叉腰),警察马上明白了:"This way, please(请走这边)."

查建英:就跟着走了?

王蒙:刚见面,你就给我下令?你枪毙我,我都不去!(齐笑)是不是?你必须说"please",这可以。所以老舍这种北京人,哪怕我要执行枪决你,"现在我该枪毙'您'了"。(齐笑)说到底线,你认为不

383

告密是底线,他认为不能随便对别人说"你",不能随便指指画画,不侮辱别人,是底线。

查建英:还有一个问题,我们说"信服",一大批人都是又信又服。我们从来没有一个传统,可以理解并且尊重忠诚的反对派,就是说,我信,但是我不服;我给你提意见,但我是忠诚的。这个概念是不存在的。

王蒙:得反过来说,我服,但是我不信。因为权力在你手里,我必须服。我老举一个例子,交通警说,站住!你得站住,你心里头骂"这王八蛋",你也得站住。我认为你对我的处罚是不合理的,但我也不想跟你捣乱,否则我走不了,交一百就交一百吧。

查建英:文怀沙当年也揭发过吴祖光,说他是西门庆,玩戏子——因为他娶了新凤霞嘛。实际上据说文老先生自己就一直色眯眯的。但这些事儿都上纲到了革命大批判的立场。

王蒙:我们不必特别注意文怀沙对待男女关系的问题,因为国家有法律,如果他对未成年少女有不当行为,我相信法律不会漏掉他,这方面他也吃过亏。至于造假,有时候我也叹息,叹息什么呢?现在社会对文化的判断力有待提高。比如他是不是大师,不应该由社会来讨论,是不是?李先生说他是,他就是了?王先生说他不是,他就不是了?我甚至于想到,社会的执牛耳者,有一定的权力、有一定的地位、有一定的影响的这批人,他们有没有足够的文化判断力?如果没有足够的文化判断力,会发生两种情况:一是打击了不应该打击的人,他有一些创造有一些探索,结果你把人家压下去了;二是捧了一些根本不应该捧的人。我这话说得有点像"乌有之乡(捍卫毛泽东思想的左倾政经评论网站)"了,我就想,如果毛主席在,如果胡乔木在,像文老这样的根本闹不上来,哪至于成个事儿啊!

窦文涛:就是说要有一定的文化判断力,判断你是真东西、假东西、好东西、坏东西……

王蒙:比如我在武汉看过一块石碑,把毛泽东当年在师范学校的作业——小楷书法的《楚辞》凿刻上去了。可是现在有一些执牛耳的人,对于《楚辞》很可能不如毛泽东那么熟悉。这样的话,很容易看到一个老头,年龄很大,又有胡子……

查建英:美髯飘飘。

窦文涛:有一百岁。

王蒙:还能讲几句文言文。结果就以为,哎哟,他的学问可了不得了。

窦文涛:现在真是捡起一块砖头都能砸一个大师。(齐笑)因为中国有一个成语叫"寿则多辱"嘛。

王蒙:讲得好,历史并不是那么细心的。我曾经说过两句话,都是我的"小说家言":面对历史也如面对现实,要能战栗,能不战栗。为什么能战栗?因为历史上有过很严峻的或者很刺心的经验,面对这些,你得敢于看到这些沉重的记录,有过一些事后想起来非常难过的经历。但同时要能不战栗,不能意气用事,不能感情用事,干脆全骂一顿,那叫什么事儿啊?历史就是这么发展过来的,它是有阶段、有过程的。你需要很理性地判断,而且不能够用二〇一〇年的观点回过头去分析一九五几年、一九六几年的事情。我倾向于在中国提倡一种面对精神。英美人不是爱说一句话嘛,"Let's face it."你要 face 它,但是中国文化有时候让你不去 face 它。

查建英:我们习惯含蓄、回避。

窦文涛:最近凤凰拍了一部《淮海战役》的纪录片,其中一集专门讲情报工作,我看了之后很感慨。你知道国民党为什么失败吗?我的天啊,我算明白了,国民党国防部的作战厅厅长郭汝瑰①,淮海战役国民党方面的作战部署是由他制定的,可他就是中共地下党员!他前脚制定完计划,后脚就把计划给董必武了,你说这仗怎么打?包

---

① 郭汝瑰(1907—1997),原名郭汝桂,四川人。黄埔军校第五期学员,一九二八年加入中国共产党,抗战时期立有战功。解放战争期间受中共指派在蒋介石身边工作,提供国民党军队的重要情报。

括几个前线起义的当年都是共产党的啊。

查建英:真够厉害的。

王蒙:情报方面,类似的故事多了。当时北平最高的国民党将领是华北剿总司令傅作义,但是傅作义的女儿傅冬菊是地下党。傅作义每天的情绪、状况都在共产党的监控之下。

窦文涛:当时您不也是北平地下党吗?

王蒙:是是是,我们都是佘涤清①等领导下的。但我是做群众工作的,没有搞过情报,也没锄过奸。地下工作分三部分,不能互相掺和。

窦文涛:哪三部分?

王蒙:一个是群众工作,搞群众工作的人不搞情报,因为他的形象就是"正义",对这个有批评,对那个不满意,鼓动大家上街和国民政府或者别的敌人作对。再一个是情报工作,搞情报工作的人永远不会说一句进步的话、一句革命的话;如果搞情报工作的人说革命的话,等于是不打自招。第三个是搞行动的,我要炸这个桥,我要除掉这个人。

窦文涛:锄奸。

王蒙:这在我党的地下工作者里占的比例相当小,内战的时候多一点,越到后来越少。其实蒋先生最机要的秘书陈布雷,他女儿陈琏②就是地下党。而且陈琏在北京和袁永熙先生结婚的时候,搞了最大规模的宴会,那个宴会也是地下党安排的,来的都是国民党的人。共产党的情报工作太厉害了!

查建英:有一个说法是,因为国民党情报工作的最大头子戴笠太

---

① 佘涤清,一九一七年生,河北人。一九三六年加入中国共产党。曾任华北联合大学组织科副科长、党委委员,中共北平地下党学委书记。

② 陈琏(1919—1967),陈布雷幺女。一九三九年加入中国共产党,同年考入西南联大并认识丈夫袁永熙。一九五七年袁永熙被划为"右派",两人被迫离婚。"文革"中陈琏被指控为叛徒,一九六七年自杀身亡。一九七九年平反。

早飞机失事了,如果他不死,可能有一拼。

王蒙:我倒觉得关键是人心,表面上看是情报,反映的是人心的向背……

毛泽东、奥巴马与文人的语言魅力

窦文涛:王老师是名作家,咱不能不聊聊文学。在文学方面,我注意到王老师的优点是宽容,缺点呢是太宽容了!

王蒙:也许。(笑)

窦文涛:网上有人说,这个王大叔,难道什么都可以允许它存在吗?像八〇后、九〇后的作家,有的剽窃,有的抄袭,难道您也说他好吗?

王蒙:我没有说过剽窃好,是不是?具体每个人的优点、缺点,或者哪件事做得好,哪件事做得不好,该什么样就什么样。我说的是一个总体的态度。比方我说,这个人不错,别人就说,他抽烟抽太多,你是不是提倡他抽烟?我可没管他抽烟多少的问题。

窦文涛:没错儿。我觉得好像许多人看人,习惯于一棍子打死。其实人是一百个方面的嘛,你承认他这百分之五十是对的,不等于他另外百分之五十也是对的啊。反过来也一样嘛。

王蒙:其实作家对整个人群所起的作用,是不是像我们想的那么大?就拿语言来说吧,语言首先不是作家制造出来的,语言是整个民族十几亿人口天天都在那儿说的。这种活的语言是最根本的,如果离开这种活的语言,然后说有作家的语言,有老的语言,有新的语言,我觉得好像有点离开本源似的。

窦文涛:这倒让我想起跟陈丹青和许子东老师聊白话文,我从他们那儿学到一个理解,是不是说现在的文学是一些激进派从"五四"时候硬生生提倡出来的一种白话文?比如张恨水的"鸳鸯蝴蝶派",上溯《红楼梦》《西游记》,这些也是白话呀。是不是说这种白话其实延续了一种中国文字的味道,但后来革命或者政治一度把语言和文学给绑架了?胡适说过一句话,他说共产党里白话文写得最好的还是毛泽东。有人说这句话表明了胡适对于当年他们走的这一路白话文的一种理解。

王蒙:我觉得这问题挺好玩的。白话首先是话,中国早就有白话,任何人制造不出来。白话是什么?就是口语。哪有一个国家没有口语,只有书面语的?中国人说的中国话是白话,这难道是新闻吗?咱们一见面,说老窦,今儿咱们接着锵锵还是怎么的?我不可能说,窦兄,吾可言乎?不可言乎?可欲言而未言乎?那除非我有毛病,是不是?(齐笑)你到农村里去,更是这样。这种语言有什么新鲜的,这算新发现?哎哟,说中国人会说白话,这不开玩笑嘛。

查建英:文涛说的应该是白话进入书写的时候采用哪种形式。

王蒙:那更是从古代就有了,否则他们哪知道白话呀?

查建英:比如小说,至少要推到宋代的话本,什么叫话本?就是说话的本子嘛,为了方便说书人讲故事,先记下来,然后照着本子说,当然用的是口语。

王蒙:《可兰经》是阿拉伯语中比较特殊的书面语言,而且是经文,所以在伊斯兰世界人们要上经文学校单独学习。但是阿拉伯口语从来都是存在的,他们的口语和经文,就像我们的白话文和文言文似的,之间既有非常密切的关系,又有区别。我们从小读的所谓老文言,《十大才子书》①……哪个不是老白话?哪个是"五四"造出来的呀?认为"五四"能造出一种语言来,我觉得这是臆想。

窦文涛:但是当年丁玲的小说,确实跟张恨水的"鸳鸯蝴蝶"不一样啊。

---

① 元明清三代"世情小说"(鲁迅语)的精萃合集,从一六五八年(顺治十五年)起陆续编定刊行。其中有一些流传已久,尽人皆知,有《三国演义》《水浒传》《西厢记》《琵琶记》;也有些作品今人稍觉陌生,有《好逑传》《玉娇梨》《平山冷燕》《花笺记》《捉鬼传》《驻春园》。

王蒙：丁玲的当然不一样啊，鲁迅的和丁玲的也不一样啊。鲁迅的和张恨水的也完全不一样，是不是？当然了，鲁迅的语言里头吸收了很多日语的介词、日语的语法。鲁迅的文言文修养非常好，实际他是把文言文用到了白话里。其实我不能理解的是这个——刚才建英提到宋朝的话本，明朝的三言二拍，中国哪个念过书的人不知道？《卖油郎独占花魁》您知道不知道？《杜十娘怒沉百宝箱》您知道不知道？《况太守断死孩儿》您知道不知道？所有这些都是白话啊，谁没有看过呀？我看只有那些完全脱离了中国国情的人不知道，还以为有什么新发明，开玩笑！

窦文涛：但是为什么后来"左翼"文人老是骂写旧演义小说的人呢？

王蒙：这又错了。"五四"时期主要批评的是不能够再死着用文言文，在这一点"左翼""右翼"是一致的，胡适是这么提倡的，陈独秀也是这么提倡的。胡适和陈独秀，或者和鲁迅之间的文体的差别、语体的差别，远远要小于他们和当时死守文言文、反对白话的人的差别，比如林纾。

窦文涛：林琴南。

王蒙：林纾是很伟大的，但是他太钟爱文言文了，他要保守的是文言文。另一种是所谓老白话，比如《儿女英雄传》，内容相当一般，但是它在表现老北京话上是非常杰出的。还有《老残游记》，语言的功力也超过了它的所谓社会批评。

查建英：而且语言是流动的活水，你不能把它隔成新白话、旧白话、文言文，因为它吸收了文言文里的东西。今天说文化"断裂"这个词，我觉得用得也有点儿泛了。

王蒙：这都是开玩笑，任意胡说。我先不给你（文涛）说话权，得让我把这话说完了。（查建英笑）咱们在五十年代啊，曾经花很大力气推出扬州一个评书专家，叫王少堂。他光讲武松就讲了一百几十万字，很厚的一本卷子，全部是扬州官话，也是白话，非常生动。所以

389

白话和文言完全没必要划分开啊！如果说"五四"是解放语言的革命,那赵树理呢？孙犁呢？赵树理的农民话跟"五四"才没有关系呢,是不是？毛泽东的例子也很好,毛泽东是最不带洋腔的,他最烦洋腔了。

窦文涛：但是毛泽东的文字好像跟演义小说完全是两个味道。

王蒙：他接不上。毛泽东的文字来源不在于演义小说,不在于张恨水,也不在于苏联,而在于什么呢？湖南农村。他努力地运用所谓的群众语言,另外,他不受什么限制。

查建英：对,他其实杂糅了很多种东西,糅出一种他的文体来。说实话他糅得很不错,因为你真能感觉到这是活的语言。可能有人觉得它霸道,比如"凡是敌人拥护的我们就要反对"。

王蒙："凡是敌人反对的我们就要拥护"。

查建英：这话完全过了。但它有一种韵律,有一种节奏。

王蒙：它很刺激,而且让你一下子就……噢！敌人拥护的我都得反对。

窦文涛：我觉得"断裂说"主要是说建国后,好像我们的文学受政治要求的影响,跟以往中国文化传统割裂了。

王蒙：这是一种一厢情愿的论断。内容上咱们另说,就说语言,赵树理的语言受谁的影响了？孙犁的语言,受谁的影响了？现在的活人贾平凹的语言,受谁的影响了？贾平凹的语言就是他自己的。

窦文涛：但是比如"文革"中大字报的语言呢？

王蒙：要举那种例子当然多了,是不是？但我不明白怎么回事,好像说中国内地的语言是受了"毛文体"的影响？谈何容易啊！你想受毛文体的影响？你学学,你试试,你学得了毛文体吗？到现在为止,我发现最不受毛文体影响的就是毛泽东。因为毛泽东根本是放开的,想怎么说就怎么说,是不是？他才没有一个固定的模式呢！

查建英：但是确实有一种腔调,可能被模仿者比较拙劣地使用着,有些内容引起很多人的反感。

窦文涛:口号型的,今天网上很多人都是大批判的语言方式。

王蒙:这与其说是毛文体,不如说是红卫兵文体——越扯越复杂了。我上"五七"干校的时候,发了一本"反面教材",是费正清①写的《美国与中国》。他说,中国为什么科学不发达呢?因为它不讲逻辑。比如中国人讲"修身能齐家,齐家能治国,治国能平天下",这种特有的逻辑实际是不符合逻辑的,这叫做无限上纲法。你反对一个积极分子就是反对一个党员,你反对一个党员就是反对党支部,你反对党支部就是反对省委,你反对省委就是反对中国共产党,是这种逻辑!但是我最近突然发现,奥巴马总统也有这种大逻辑。(齐笑)

窦文涛:也是这路子。

王蒙:他有一段很有名的竞选的话:One voicec can change a room. And if one voice can change a room, it can change a city. And if it can change a city, it can change a state. And if it can change a state, it can change a nation. And if it can change a nation, it can change the world. Your voice can change the world.

王蒙:你的声音,能够改变一间屋;改变完一间屋,就能改变一座城;既然能改变一座城,就能改变一个州;既然能改变一个州,就能改变一个国家;既然能改变一个国家,就能改变全世界。因此你的声音改变了全世界。

窦文涛:看来这种逻辑是一种忽悠的逻辑。

王蒙:忽悠!哈哈哈。

窦文涛:用于宣传、用于斗争的时候,显得相当有力。

王蒙:不,奥巴马不是啊!我们就谈论语言的问题,不要用政治的东西把语言划分得那么生硬。仅仅因为丁玲是共产党员,所以丁

---

① 费正清,John King Fairbank(1907—1991),"头号中国通"。美国最负盛名的中国问题观察家,哈佛大学东亚研究中心创始人。《美国与中国》提纲挈领地介绍了中国的自然环境、历史演变、社会结构、文化传统、生活方式及中美关系的过去和现状。

玲的语言就一定跟张恨水的不一样?

窦文涛:是不一样啊。

王蒙:要这么说,谁跟谁都不一样。作家跟作家要都一样了,作家的书就卖不出去了。

窦文涛:当年国共两党淮海战役的时候,怎么国民党的宣传就比不上共产党的宣传?说国民党就输在宣传上。

王蒙:我去过几次台湾,也常常见到一些有国民党背景的台湾人,他们都承认一条:语言我们败了,宣传我们败了,我们不是共产党的个儿。很简单,你比较一下,最能代表国民党的就是蒋先生的《中国之命运》,用的那些词儿,让你感觉到那种有气无力,那种半言半白……

王蒙:同时你看共产党的词儿,又泼辣,又生动——有冤的报冤,有仇的报仇,(齐笑)翻身解放!

窦文涛:但是这种语言有文学的美吗?

王蒙:这是另外一个问题,咱们现在说的是宣传。

窦文涛:前一阵不还发生争论嘛,有人说巴金、茅盾文笔不行,引起轩然大波。

王蒙:巴金的作品有一种非常诚挚的、倾诉的调子,他的感情相当的澎湃。尤其在当时,他反封建,要求青年人能够掌握自己的命运……

窦文涛:私奔。

王蒙:自由恋爱。他用最诚恳的语言,不断地说,青春是美丽的,青春是美丽的……

窦文涛:但这不算一种幼稚的学生腔吗?

王蒙:如果巴金这辈子就写了六个字——青春是美丽的,您爱说什么说什么。(文涛大笑)如果巴金写了两千万字,您说他是学生腔,我就觉得您说得不对。

查建英:比如还有人就看不上冰心,说那不就是儿童文学吗?

王蒙:冰心起码有三大贡献。我就不知道那些批评她的人,知道不知道她这三大贡献?如果知道了,再批评,我就听;如果连知道都不知道,就没有批评的资格。

窦文涛:什么贡献?

王蒙:第一呢,冰心早期的《寄小读者》不知道打动了多少人,包括我父母那一辈,我兄长那一辈。第二呢,冰心不仅读过郑振铎翻译的泰戈尔,她自己也翻译了泰戈尔,《飞鸟集》《吉檀迦利》。尤其是她把纪伯伦①的《沙与沫》,像格言一样地介绍到中国来。纪伯伦是黎巴嫩著名作家,黎巴嫩的总统曾委托黎巴嫩驻华大使在北京医院的病房里给冰心授予最高级的黎巴嫩勋章。否则的话,我们就不知道纪伯伦,不知道《沙与沫》这么美好的语言。第三是冰心的新诗,在当时来说应该是起着开创作用的。如果这些都知道了,我们再来责备冰心,还有哪些地方做得不够。就说语文课本,你想想,给小学生选的既不是冰心翻译的《沙与沫》、泰戈尔,也不是她的新诗,而是她写的《小橘灯》,类似写好人好事,新社会新人新事的。结果有人看了以后说,就这个呀?

窦文涛:小学生作文的水准。

王蒙:但是你不能光从语文课本里看一个人。茅盾的情况也复杂,茅盾是什么呢?他是一个非常冷静的剖析社会、剖析历史、剖析时代的作家。在他的语言里,灵气的、动人的东西相对少,但是他冷静的策划就像一个导演,把社会的各个方面都写上一番。这是茅盾的特长,也是他的贡献。之所以对茅盾一直有争议,是因为每个人都有自己的偏好,有的人更偏好从语言、情调、细节上看,有的人更多地从宏观、反映现实和历史上看,会得出不同的结论。

查建英:也有人挑现代派诗人李金发的毛病,说你不就是学波德

---

① 卡里·纪伯伦,Kahlil Gibran(1883—1931),黎巴嫩阿拉伯诗人、作家、画家。二十世纪阿拉伯新文学道路的开拓者之一,作品蕴含丰富的东方精神。《沙与沫》(*Sand and Foam*)是一部格言集,与泰戈尔的《飞鸟集》合称双璧。

莱尔①吗?

窦文涛: 那为什么有些作品是大家公认的人类财富呢?有没有一个标准?

王蒙: 这个标准不是"一个"标准。比如泰戈尔,光看他写的内容,也是歌颂母爱、歌颂少女、歌颂儿童、歌颂爱情,但是呢,泰戈尔的诗里有一种对神的献身和赞美。

查建英: 他有一句诗,"天空中没有翅膀的痕迹,而我已经飞过"。非常简单,意思太深了。

王蒙: 这又牵扯到语言问题了。有人说泰戈尔之所以成功,就是因为印度式英语。英语被印度吸收进来以后,带有自己的特点,这种印度式的英语,使所谓纯粹的英语——无非就是英国和美国的英语,你愿意加上加拿大和澳大利亚也随便——为之惊叹。王小波有一个观点,他认为语言的问题不要搞得那么死,好像这个是正宗的,那个是邪道的,那个是被劫持的。语言啊!你劫持一个作家可以,劫持八个作家也可以,劫持十三亿人你劫持得了吗?劫持六亿农民你劫持得了吗?人家农民怎么说话,你能劫持?王小波甚至说——他也很"各",我学语言,就从翻译文章开始学。翻译也是资源啊,翻译成汉语以后就是汉语了。对不起,你不能老查三代,说不行,这词儿是从英国来的,不能用,用它,语言就断裂了。有病啊你?

窦文涛: 但是咱们的简化字,不算是政府力量硬性推行的一种文字吗?

王蒙: 简化字是谁开始搞的?是国民政府开始搞的。它早就有简化的要求,自古以来就有简化的要求。至于简化的哪些字成功,哪些字不成功,咱们另说。但这事儿,你要是把它完全看成官方行为就

---

① 夏尔·皮埃尔·波德莱尔,Charles Pierre Baudelaire(1821—1867),法国十九世纪著名现代派诗人,象征派诗歌先驱。长期过着波希米亚式浪荡生活。针对浪漫主义的重情感,他提出重灵性思想,代表作有《恶之花》。

是糊涂。在没有正式搞简化字以前,老百姓当中有多少简化字啊,是不是?我最痛心疾首的——我当年在团委当一个小领导,给下属改稿子,"工作已经完毕"的"毕"①,我还批评他,不可以乱简化。

窦文涛:现在不就是这么写的吗?

王蒙:是啊,要不说我痛心疾首呢?我刚给他改完半年以后,得!正式公布了,就这么简化。他对了,我错了。所以简化字第一个来源是民间,第二个是古字,比如树叶的叶②,一个口字一个十字,早就有。

窦文涛:王老师有过一个比方,"大河没水小河干"。有些人觉得,中国文化自古以来似乎有那么一线文脉,因为近代的政治动荡,似乎给断绝了,没水了。中国文字当然要吸收很多支流,可是最后支流变成了主流,主流反而没有了。

王蒙:太夸张了。最近台湾的陈菊市长来大陆访问,去看望了她一个朋友苏小姐的坟墓,苏小姐的父亲原来是台湾共产党的领导人。别人问陈菊,去看这个墓有什么意义?她说,生活里有那么多意义吗?我看她因为她是我的私交,不一定有什么政治意义。语言也一样,最不受政治影响的实际是语言。当然语言里会加入一些新名词,但是基本词汇、基本语法、基本书写方式、基本拼音方法、发音方法,最不受政治影响。否则的话,为什么我听吴伯雄先生的讲话也是很标准的国语啊,是不是?个别词儿不一样,这有什么大的关系啊?

查建英:其实就因为"五四"从文学改革出发,最后变成了一场群众运动、政治运动。战争来了,启蒙运动因此变成了另外一种形式。这是一种命。

窦文涛:所以不要讲文脉,应该讲文命。

王蒙:文脉不是单一的。刚才咱们说泰戈尔好,但泰戈尔就是标

---

① 繁体字为"畢"。
② 繁体字为"葉"。

准吗？全世界必须和泰戈尔搭得上边的文学作品才被承认？哪有这事儿啊！莎士比亚和泰戈尔差老鼻子远了，是不是？陀思妥耶夫斯基连坐下来写都不干，他是欠钱欠得太多，最后剩半个月，才雇一个速记员，自个儿抓着头在那儿来回走着，"哗啦哗啦哗啦"，话都乱得不成了。但是像这样的天才，世界几千年也只出一个。如果把文脉当做一个管道，没进这个管道的就在文脉之外，这不是灾难吗？是不是？

窦文涛：王老师，现在我们进入网络生活了，也出现了网络文体，您这位学有所成的大作家怎么看这事儿？

王蒙：网络文体啊，有一些稀奇古怪的写法。我知道的也非常有限，譬如把"东西"，说成是"东东"。

窦文涛：现在网络文体里有一种"脑残体"，使用一些奇怪的，比如日文汉字、繁体汉字、拼音字母、自造字、生僻字，有时候还夹杂一大堆乱码。咱们说有些体学不了，有人还真能学《红楼梦》的体。一位"红楼梦中人"的选手在博客写了一段："一个女孩悄悄告诉我，人家这会子——《红楼梦》的语言——都听李玟、张惠妹，独你这样不入流，总听这些悲悲切切的音乐，扰了大家的兴致，往后还是改了罢，到底还是合群些的好，姐妹们好兴致。"

王蒙：有点《红楼梦》性质。（笑）

窦文涛："我不过去了一会子，这楼就盖这么高了，还开坛作起诗来了。我也不懂什么湿了干的，勉强胡诌了一首，胡乱对付了几句，不过大家一起乐和乐和，笑一会子罢了。"

查建英：这不是宝玉挨打后劝林黛玉那一段吗？

王蒙：我今天第一次看，即时感受是，这里头多半是文字游戏。其实用别字来文字娱乐，早已有之。

窦文涛：古人有文字游戏？

王蒙：古人有，鄙人就有。鄙人在一九九三年写过一篇很短的小说，叫《白先生的梦》，里头都是白字。我当时已经"人五人六"

了——但是这篇"白字"被某个我很尊敬的杂志主编给退稿了。说王先生,您这个,我们不太喜欢。当然我也好办,在另一处又把它发表了。所以第一呢,这没有什么了不起;第二呢,早已有之;第三,它更多是文字游戏;第四,它永远成不了文体,最后咱们都变成写这种字了?

八〇后作家真的那么小资吗

窦文涛:王老师,您算是几〇后的作家呢?

王蒙:我是三〇后的。(笑)

窦文涛:您这个三〇后作家,那天跟一个八〇后作家聊天。首先您觉得八〇后作家的文笔有很多可以给您启发的,但是也有一点,八〇后写的东西一方面好像没有昨天,再一方面感觉像是个什么瑞士作家或者卢森堡作家写的,他写的地儿有点飘零模糊的感觉。

王蒙:我觉得一个作家可以选择写历史感很强、时代感很强,乃至于国家、民族、地域感都很强的作品,但也可以选择把这些都写得相对让人看不出来。我就是飘飘然的,过着我自己的或者是个人的,或者是青春的,或者是反性别的生活,这是完全可以的。但同时呢,我在看了一批这样的作品以后,又觉得有点自个儿糊弄自个儿,说哎哟,咱们这么多作家都已经过着那么高雅、那么小资的生活了,已经和在日内瓦一样了,已经和在威尼斯一样了,已经和在萨尔斯堡一样了。我就觉得,真的吗?有那么舒服吗?

窦文涛:所以就有讨论,改革开放三十年,我们获得了很多,但我们失落了什么?有人说,就是人文精神。

王蒙:要是说一改革开放,人文精神就失落了——这么说有点抬死杠——那是不是您认为不改革开放,人文精神就充沛、就舒服?最近咱们一位社会学家讲到深圳的牛仔裤工厂,说你看这些女工,她们有的在这儿干了三年了,有的干了五年了,有的干了八年了,她们的青春和美貌就在制造牛仔裤中消失了,这就是全球化对中国人的压榨,这就是全球化对中国女人美丽的剥夺。(查建英笑)我怎么听不懂这个事儿啊?他意思是让她们都回山区去?

查建英:回到土地上去。

王蒙:都回到土地上去,她们的青春就永存了?她们不被美国人压榨,被谁压榨?被她婆婆压榨?(齐笑)那就是婆婆压榨可以,丈夫压榨可以,美国人压榨就不可以。

窦文涛:王老师真是在农村里劳动过的人。

王蒙:很多农民最感谢的,您猜是什么?当然"包产到户"这些都很好,但真正救了他们命的是进城打工。他们说,你只要允许我进城打工,我生活差不到哪儿去,我饿不着,我细粮也吃上了,我房子也盖了,我儿子也能娶上媳妇儿了。

窦文涛:照您的意思,这些农民打工挣点钱已经很高兴了,他不觉得被剥削、被剥夺。

王蒙:劳动条件应该改善,工资应该慢慢提高,这我不反对。

查建英:工厂要向规范靠拢,这没问题。但是回到刚才说的,要有历史的观点,知道他曾经过的是什么日子

王蒙:就是要知道昨天哪。有人说昨天的人文精神好啊,您觉得是"文革"的时候好,还是日本时期好?今天有今天的毛病,这是肯定的,而且到了一百年二百年以后,社会仍然会有很多矛盾和问题。但是你不能因为今天看到了某些毛病,就用一种浪漫的方法来想念昨天,我觉得那是很可笑的。比如农民上深圳打工,假定他有不好的待遇,有少给工资的,有被侮辱的各种故事;我们可以写弱势群体怎么受糟践,替他们说话,这是应该的,但反过来说,如果不许他出来打工又会是什么情景呢?人文精神能不能够离开生活的提高?能不能够离开生产的发展?其实一说这话,我最受攻击,说你堂堂一个作家,应该强调文学是最主要的,不吃饭都应该一天看三本小说。

窦文涛:灵魂嘛。(齐笑)

王蒙:但是我不行啊,我少吃一顿饭我就饿啊。

查建英:其实不光中国,西方也有"左翼"作家,也会质疑现代性,质疑现代化。但是如果你有更多的历史感、更广的人性关怀,其实你会看出来,现代化和反现代化是可以同时进行的,而且是大潮流。

王蒙:这话说得好极了!我觉得灵与肉本身就不应该对立起来,过分地对立,我不知道是大脑太发达了还是太不发达了。我宁愿相信"健康的精神寓于健康的身体",这比说"我可以不要肉体,我只要灵魂,我有精神原子弹"好多了。我不相信精神原子弹,我因为精神原子弹吃亏吃得太多了。

查建英:以前说贾岛苦吟,我就感觉他肯定是个瘦子,所以他怎么苦吟,出来诗也那样。

王蒙:我早就有一个想法,没敢特公开地说,后来你猜谁给我做主了?饶宗颐,香港中文大学的大国学家。他说那个"僧推月下门""僧敲月下门",有什么可琢磨的?哪儿有那么大意义啊?还推敲推敲。但是"推敲"这个词儿用着很可爱。

窦文涛:王老师对李商隐也有研究,说他代表了中国文人的一种性格。

王蒙:文人性格,我觉得实际上就是一种弱者心态。他非常希望自己有所作为,但又没有得到机会,或者碰到某些挫折,他就叫苦连天,是吧?"忍剪凌云一寸心",那时候李商隐非常年轻,大概二十挂零,有一次科举考试考得不成功,他就说"忍剪凌云一寸心",说我本来是……

窦文涛:凌云之志。

王蒙:他写一首诗咏竹,本来竹笋可以"噌"一下长一万八千丈,现在二寸就"啪啪"剪了。但是我想,他这也太悲哀了吧,二十几岁还可以继续练短跑呢,照样凌云!(齐笑)再比如,"浪笑榴花不及春,先期零落更愁人"。因为石榴花开得晚,阴历五月才开,赶不上春天；可是赶上春天的那些花，先期寥落，早早已经落了。

查建英：怀才不遇。

王蒙：太不健康了，他就缺少体育精神。要有体育精神的话，要更高、更快、更强。（齐笑）

窦文涛：但是我们传统上认为这不是一种美吗？

王蒙：美确实是美。这又说上李商隐了——说李商隐也是改革开放三十年的事儿，要不然也没人敢像我这么说李商隐，都要从政治上来说，说他(李商隐)因为参加了两党斗争，在斗争中受了坏人迫害……

窦文涛：过去都是这么研究历史的？

王蒙：都这么研究。说他把一种消极负面的情绪纯美化以后，是一种无害化处理。

查建英：咱看先秦时候的文人，好多都是文武双全的，那时候的贵族讲"六艺"，又要会赶马车，又要会射箭，后来还有比武等等，一直都重视文武之间的平衡。可后来好像越来越走向文人化了。

王蒙：对，这和封建社会有关。就是说，一个社会，给文人也好，给武人也好，留没留下个人奋斗的空间。在李商隐的时期，人根本没有个人奋斗的空间。就跟孔乙己一样老考不中，考不中你就是一个废物，你一点儿办法没有。所以我上绍兴咸亨酒店吃饭，让我给题字，我题的就是"怀念孔乙己学长"。（齐笑）

窦文涛：绕回来说八〇后，包括我自己在内，跟你们那一代老革命真是有一个特别不一样的地方，什么呢？工作是工作，但是在生活里觉得这个社会跟我无关。

王蒙：改革开放三十年以后，已经有了更多的个人奋斗的空间。比如现在有一种说法——尽管不太科学，说你可以走红道，就是做公务员，做执政党员；也可以走黑道，可不是说黑手党，是说做学问，博士帽是黑的；还可以走黄道，就是赚钱。

窦文涛：黄金白银。

王蒙：现在有的人仍然在走红道，每次国家招公务员，报考的人多极了,说明公务员仍然是一个被欣赏、被追求的职业。

查建英: 但是至少还有一些别的了。就说八〇后作家,我个人比较欣赏韩寒。

王蒙: 我有一次接触了张悦然,她现在就靠写作,没有任何地方给她发工资。她原来是新加坡大学学电脑的,后来觉得没劲,就不学了。郭敬明呢,现在既是一个作家,又是一个文化经营出版家,他的杂志《最小说》发行量非常之大,然后和长江文艺社结合起来搞青年作者征文,非常红火。所以连文人也各式各样的了。

窦文涛: 王老师,前阵子您在德国法兰克福书展上说,中国文学正处于最好的时期,网上马上有人写文章反对。哎哟,就这句话,您可招骂了。

王蒙: 我只能对我写的文章负责,但刚才你引用的这句话来自于媒体报道,媒体报道有一个前因后果、针对性的问题。我认为,从文学作品来说,没有什么最好的时候、最坏的时候可言。中国最好的小说是《红楼梦》,但能说雍正乾隆时期是中国小说最好的时候?

窦文涛: 那时候还闹文字狱呢。

王蒙: 有这么说话的吗?没这么说话的。俄罗斯文学最好的时候是托尔斯泰的时期,那时候俄罗斯沙皇尼古拉二世对这些作家的最大贡献,是把他们流放到西伯利亚去。(齐笑)

所以我觉得这句话本身是没有意义的。我说的最好,是从中国历史来说,从作家的生活环境和工作条件来说。在一篇谈赵本山的文章里我说过,几位文艺界的领导在那儿议论,说自古有楚辞、汉赋、唐诗、宋词、元曲、明清小说,到了咱们这儿该怎么办?一位领导说,咱们现在有小品和短信。

查建英: 这领导!

王蒙: 所以我觉得,你仅仅是看到报纸的一个报道就开始表示愤怒,这个愤怒不是特别有价值。

窦文涛: 网络的特点是听见风就是雨。现在也在讨论,所谓的网

401

络文学算不算文学?

王蒙:网络是一种新的载体,在网上你能更多地看到来自民间的舆论。文学也一样,有些年轻人特别喜欢网络文学。最近白烨写的一篇文章说,过去文学就一块,主流作家在文学期刊上写作品;现在文学分三块:主流作家在文学期刊上写作品,畅销书作家把作品拿给出版社出版,青少年作家在网络上写。舆论也不是一块,有些非常严肃的报刊,把他们网站上的舆论也放宽了一点,可是言论自由的结果——其实我二十多年前就说过,肯定是言论的贬值。因为你不能要求每个人说出的话都经过深思熟虑,必然会有各种不经之论,任意胡说的,骂骂咧咧的,各种粗口脏口流露出来。遇到这种情况,您说怎么办呢?既希望网络能够反映舆情,又希望网民能够变得文明一点,有教养一点。有一篇文章论网络的作用,提出一条,什么叫奴隶性?奴隶性就是,一旦没人管了,你的痞子、流氓那些比较下等的东西,就都暴露出来了。而在一个真正的公民社会,每一个人对自己负责,对自己的教养是有要求的。

窦文涛:您刚才说泥沙俱下,我脑子里就冒出很多事情。比如前两年出现的"罗彩霞事件"①,还有"巴东烈女"邓玉娇②……现在几乎形成一个模式,事件在网络放大,引起政府重视,然后问题解决。但在此过程中,也伴随着很多真假莫辨,或者说宁可错杀三千,不可放过一个……这才真叫泥沙俱下。

王蒙:其实我们没有权力责备旁人,说网友的自律性不够,素质不高。你要这么给人家扣帽子,人家就更反感了,而且本身你自己也

---

① 罗彩霞,湖南邵阳人,因二〇〇四年被同学王佳俊冒名顶替上大学成为热议话题。她被迫复读一年后考取天津师范大学,毕业时又面临因身份证被盗用而被取消教师资格证等问题。事件曝光后,一审以伪造国家机关证件罪判处王佳俊的父亲王峥嵘(原湖南省隆回县公安局干警)有期徒刑四年。

② 邓玉娇,湖北恩施巴东县野三关镇人。二〇〇九年在该镇"雄风宾馆"做服务员时,基于自卫刺死镇政府人员邓贵大,引起轰动。案发后《烈女邓玉娇传》等网文,纷纷偏向邓玉娇。

未必站得住脚。我觉得应该提倡一种冷静的、理性的态度,不要过分情绪化。再一个,提倡弄清事实。我老开玩笑说,咱们不喜欢认知判断,但是喜欢价值判断。

窦文涛:没错儿。

王蒙:还不知道他是谁呢,就先判断我是爱他,还是恨他。爱吧,我爱得死去活来;恨吧,我恨得咬牙切齿。可是到底是不是你想的那个玩意儿,不知道。再举一个例子,北大教授李零写了一本关于孔子的书《丧家狗》,得了文津图书奖。可是网民一听,怎么能管孔子叫做丧家狗呢? 一通臭骂,骂教授你才是狗。这有点和咱们几千年文明古国的形象不太相称,你得先弄清楚是怎么回事。

窦文涛:我不知道是不是太多人在自己的生活里,觉得被侮辱、被欺骗、被打压,或者觉得有志难伸,活得不满意,于是在网上——反正也没人查到他,匿名跟着骂一通。

王蒙:这是其中一面——他自己处于弱势,有压抑感,所以要宣泄。但我觉得还有另一面,就是所谓多数人的暴政。他一看整个舆论都向着某人某事来了,就赶紧搜索,骂呀,批呀。这两方面也不矛盾,他自个儿本来是被压制的,现在忽然发现网上出来一个二百五,这个二百五犯了众怒,人人都可以骂,他就觉得自己一下变成可以压迫别人的人了,马上成了正义的化身,然后在那儿上纲上线,深揭猛批,把你批臭批倒,永世不得翻身。这也正是奴隶性的表现。奴隶性有两个特点:一是他自己被压迫的时候,什么事儿都卑躬屈节;二是只要他有机会压迫别人,他可能会觉得非常过瘾。

窦文涛:我觉得多数人的暴政是人性里的一个东西,就是找到一个替罪羊,大家都可以……

王蒙:把各种不快的……

查建英:阴暗的、抑郁的东西发泄出去。

窦文涛:陈寅恪讲"独立之人格,自由之思想"。一件事情,哪怕你们99%的人都这么讲,我不会跟着你们这么讲,我要自己搞清事实,而且我不会把自己生活的不如意,扣屎盆子一样发泄到别人身上,参与多数人的暴政。这本来是很基本的要求。

王蒙:你讲得非常好。从正面意义来说,网络言论自由是对我们言论权的训练。一般情况下,你说点走板的话,说点极端的话,只要不涉及所谓最重大、最核心的问题,在网上也能留存很长时间。越是这种情况,我们越不妨来讨论,怎样能使自己在网上的发言权得到最好的运用?另一方面,网上这么说的有,那么说的也有,痛骂的也有,允许各种声音,也就见怪不怪了,最后这事情该怎么办还怎么办。过去我们老说百家争鸣,现在网上岂止是百家争鸣?千家、万家、亿家都在那儿争鸣。既然都在争鸣,我们也不必少见多怪,也不必听到一个怪说法,立刻就晕菜。

查建英:而且你都晕不过来,一浪接一浪,热点太多了,全分散了。

王蒙:从这里我们能学到一样东西,什么呢?群体有一种自然的平衡。多数人的暴政是不好的,但有不同的意见卡在那儿了,平衡了。

窦文涛:对冲。这是言论自由的真义。其实我觉得网络上的种种,不管你满意还是不满意,都启发我们想到网络之外。比方,为什么网络有时候能把一些贪官拉下马?

王蒙:网络对于中国是一个新的现象,能够有那么多人上网,而且相对有比较大的空间,已非易事。空间大了,自然就不能要求人人说出来的都是真理;如果只有真理能上网,那咱们网络全得关了。我觉得要让人知道并习惯会有一些非真理的、偏激的,甚至是胡说八道的东西在网上出现,这会使我们的社会更成熟一点。

当心"国学热"走火入魔

窦文涛:王老师,咱聊聊您的本行——文化。国学现在成了某些监狱的必修课,比如佛山监狱现在早餐后集体念《三字经》,每周背一首唐诗,还有的监狱念《弟子规》。甚至不光监狱了,公司都这样。

最近我看一位国学研究家写的文章,说这叫国学虚火上升,(王蒙大笑)说那是国学吗？是不是所有小学生每天早上背《三字经》,就算跟传统文化接上了？

王蒙：九月一号的时候,不止一个省,不止一个小学,全体师生都穿着古装上学,他们说那叫"汉服",可那帽子我怎么看着像大清国的圆帽子。成都有朋友跟我说,九月一号那天很热,最高温三十度左右,小学生穿着汉服,全都汗流浃背,然后集体朗诵《三字经》,我觉得有点儿过了。说句严重的话,我比"虚火上升"说得还难听一点,有点儿走火入魔了,全民都这么搞起来啊……

查建英：又成搞运动了。

王蒙：至于企业里让大家都学《弟子规》,这可以。你在这儿学徒,你在这儿干活,你得守规矩,得听老板的话。但老板学什么呢？

窦文涛：老板学"修齐治平"啊,修身、齐家、治国、平天下。

王蒙：《弟子规》我重新看了一遍,内容有很多容易记容易背,也还合理的。譬如说"出必告,返必面",要是出门你得跟父母说一声,说我上哪个街坊或者哪个同学那儿玩儿。

查建英：还有"冬则温,夏则清"。说有小孩看了"冬则温"后,冬天给爸爸妈妈暖被窝,然后老爸老妈感动得直流眼泪,说要是不读《弟子规》,他哪干这事儿,都是小皇帝。它也有好处。

王蒙：有好处,里头绝对有合理的东西。这东西在中国深入人心,批判了九十年了,不但没断,一弄起来还热火一团。但是里头也有一些很明显是非现代的东西,比如对于中国儿童最缺少的……

查建英：游戏。

王蒙：游戏、锻炼身体、想象力、创造性、维权意识……《三字经》可不敢讲这些。当年国家领导人批过多少次关于减负的问题。《弟子规》也一样,弟子当然应该守规矩,但还需要《劳动法》《工会法》好多东西,是不是？因为最后还是要跟现代化接轨。当然现代化也不是十全十美,咱们不老有一些"很有才"的同志在那儿说,现代化有什么好的？是！但是老不现代化不是更糟吗？

窦文涛：机场就有很多卖国学书和录像带的，我觉得那个个都是大仙。其中一个印象很深，他说："我跟你讲，谁说儒家不懂市场经济？'儒'这个字，左边一个人，右边一个需，满足人的需要，我们儒家早就搞市场了。"（齐笑）

王蒙：这叫忽悠，您让小沈阳去表演就行了。

窦文涛：他们更像是一个演说家，有一种催眠的气场，不具备基本理性常识的人听了之后神魂颠倒，跟搞传销似的。

王蒙：国学吧，到现在为止，我不认为它是自上而下灌输的。为什么呢？因为最正经的中央文件、国务院文件里，基本上没见过"国学"二字，是什么字呢？"弘扬传统文化"或者"弘扬先进的、精华的传统文化"。从毛泽东时代就喜欢讲，有精华就有糟粕，要吸收民主性的精华，剔除封建性的糟粕。我对弘扬传统文化也有兴趣，我又聊《红楼梦》又聊李商隐，还聊老子庄子，可是我很少用"国学"这词儿，因为你弄不清楚，到底吗叫国学？我查字典，《词源》里的"国学"是"由国家建立的学校"，古代管国子监叫国学；《辞海》上一个是"由国家建立的学校"，一个是"中国的固有文化"。一说"固有"，我有点犯嘀咕，因为文化的特点是你中有我，我中有你，汉语里就连词语都不可能都是固有的。所以它一强调固有，我有点儿底虚。

查建英：北大的李零教授有一个俏皮说法，说什么是国学？其实就是"国将不国之学"。当西方文化入侵的时候，中国的士大夫阶层突然感到危机，觉得我们的文化要灭亡了，我们要保卫"国学"——这个词儿就突然出现了。

窦文涛：我还听过一种理由，说中国人现在价值真空，出现很多道德沦丧的事情，比如见死不救，比如牛奶放毒，一个民族没有精神价值支柱怎么能行？因此"国学热"风行了起来。

王蒙：自古以来，中国都非常重视道德。孔子讲"天下为有德者居之"，统治的合法性不在于法律程序，也不在于票选，而在于你有没有道德。后来所谓道德沦丧了,但这并不是由于现代化或者革命造成的——既不是辛亥革命造成的,也不是人民革命造成的,而是因为孔子有些说法确实比较片面,被解释得就更加片面了。孔子这人不讲平等,他认为人本来就是不平等的,君臣能平等吗?父子能平等吗?夫妻也不能平等,师生也不能平等,都是有主有次的,只有朋友算是相对平等的。他希望你怎么着呢?能够让这种不平等合情合理一点。"三年无改于父之道,可谓孝矣"①,他并不要求你爹死了你什么都得按你爹教的办,但你保持三年;你别忒急了,老爹刚死,就把老爹的规矩全改了,给人的印象不好。

查建英: 孔子是力求合情合理的。

王蒙: 但问题不出在孔子这儿,孔子是外国人最承认的中国人。我一九八〇年去美国的时候,电视上弄一帮人做知识测验,每个人说四个中国人,最后得票最多的是孔子,后面是毛泽东和李小龙,第四是陈查理,一个虚构人物(美国作家厄尔·德尔·比格斯笔下的一名华人探长)。我刚从澳大利亚悉尼的孔子学院讲话回来,世界的孔子学院我已经讲演过好几个地方了。所以现在的"国学热"跟孔子没关系,孔子没让你搞"国学热","五四"的时候也没让你搞打倒"孔家店",没让你骂"孔老二",是不是?都不是孔子的事儿,是咱们的事儿。说白了其实就是重新阅读古代经典,把我们冷处理几十年的东西重新拿出来热炒一下子。现在您上西单图书大厦,连《鬼谷子》②都好几种版本了。

查建英: 要不说于丹一本书,把中华书局多少年的亏损都翻过来了。

---

① 《论语·学而》子曰:"父在,观其志;父没,观其行;三年无改于父之道,可谓孝矣。"父亲在世的时候,要观察他的志向;父亲去世后,要反思他的行为;若长期遵从父亲的品行不改变,可以说是尽到孝了。

② 鬼谷子,诸子百家之"纵横家"的鼻祖,著有《鬼谷子》及《本经阴符七术》。《鬼谷子》是一部治人兵法,专门研究社会政治斗争谋略权术。

王蒙：我也许有点杞人忧天，国学一热，都一块出来骂"五四"，好像是"五四"把我们伟大的国学给断绝了。要没有"五四"，你现在有资格谈国学吗？是不是？没有"五四"以后中国的变化，您现在还处在鸦片战争时期、八国联军时期、英法联军时期，男人还梳着长辫子，女人还裹着小脚，一见皇上赶紧先跪下，中国还有任何希望吗？我恰恰认为"五四"是给所谓国学的一场洗礼，是要让咱们清醒清醒，明白明白，光靠重复古人那一套不管用。中国已经到了亡国灭种的边缘，赶紧自救吧，赶紧好好学习世界上一切先进的东西和观念吧。

查建英：其实"五四"的时候，胡适那些文人提倡的是要用现代的观念来重新整理经典，"打倒孔家店，救出孔夫子"，并不是反对孔夫子。可是到了今天，我们就不要再只许讲儒家了，都穿汉服，我不赞成；小孩都得背经，凭什么啊？有的小孩可以，他好这个，其他小孩可能要学别的，所有的选择都应该有平等的空间。

王蒙：其实教育部挺清醒的，大概两年前，上海开了一所"读经学校"，但教育部立刻表示不承认"读经学校"的学历。我觉得咱们喜欢一样东西不等于要以贬斥别的为代价。比如现在电视上净有错别字或者把成语用倒，我说咱们不能这样，网上马上就说，王蒙要抢救汉语，而且抨击学英语。这就错了！必须不会说汉话才能学好英语吗？钱锺书英语那么好，钱锺书汉话说得差了？季羡林德语、印地语、梵语都好，他中文不成吗？你自己中文不好，就赖自己，甭赖人家，说我学英文学的。英文好同时中文好的，有的是。

窦文涛：其实你有兴趣看外国书，就看外国书，有兴趣看《庄子》，就看《庄子》，都很有道理。为什么非得占山头插大旗……

王蒙：文化最大的特点是容量大。物质的东西有限，比如我家就八十平方米，物质东西太多了，装不下。但是学问的东西无限，你又懂中国传统文化，又懂黑格尔、康德、罗素，又懂阿拉伯的《一千零一夜》，又懂伊斯兰教，这有什么不好啊？

窦文涛：中国现在有很多所谓的"大儒"，忧心如焚，奔走呼号，说我们民族现在道德沦亡，人心大坏，儒学是我们立身处世的根本，要把儒学找回来。

王蒙：这里头反映了我们需要更多的精神资源。我们走向现代化了，兜里头有钱了，生活水平也提高了，于是开始需要精神资源，而最容易接受的精神资源恰恰是传统文化。我知道《三字经》可不光一个版本，近十五年来不止一个地方邀请作家编写新《三字经》，把"爱人民、爱科学、拥护党"，全都弄进去，但是群众不接受。张口一讲，还是"人之初，性本善。性相近，习相远……"

窦文涛：有人说老中国人比现在的中国人好，人与人之间温暖、亲善。

王蒙：越老中国的道德越好？你怎么解释《红楼梦》？怎么解释《金瓶梅》？《红楼梦》里焦大的话，除了那俩石头狮子以外，全是肮脏的。《红楼梦》里谁坚持儒学了？只有贾政像是在坚持儒学，但他官儿做得并不好，也得睁一只眼闭一只眼。这是孙中山搞的吗？是辛亥革命造成的吗？是因为共产党领导人民革命搞土改吗？都不是，儒学本身已经满足不了社会的发展。虽然儒学的道理很好，但它在实践上——王熙凤最成功，当然后来也失败了。（文涛笑）贾宝玉烦儒学，更不用说《金瓶梅》里那哥儿几个了。巴金给人影响最大的作品是《家》，《家》里头最坏的人物是冯乐山。冯乐山也不过五十多岁，但当时都认为他是一个老不死的。他要娶鸣凤当妾，逼得鸣凤自杀了，恨死人了吧？冯乐山什么身份？孔教会会长。

查建英：我最近去了趟陕西，看了法门寺。法门寺原本只是一座塔，现在旁边修了一个广场，是除了天安门广场以外我生平见过的最巨大的广场。门票首先要一百二十块，进去以后，处处是陷阱，到哪儿都得花钱。

王蒙：类似的经验我也有，我非常矛盾。我个人并不是宗教信徒，但是我对所有的宗教都很尊敬，甭管你是佛教、天主教、基督教、道教、伊斯兰教……所以当我毕恭毕敬地去看佛寺,导游讲着讲着就让我花钱,我觉得我敬仰了半天,收入又不低,好像不应该这么抠,在佛爷面前还算计。可等我花完钱以后,多多少少又有被做局的感觉。

查建英:我又联想到陕西之行,说晚上没事,大家去听听秦腔吧。我们三个朋友一块儿刚进去,从楼下上来好几个唱秦腔的。我们说怎么付钱啊?他们叫"挂红",就是拿着大红丝带,要是喜欢谁唱的,就给他挂红,挂一条红二十块钱。上去第一个,锣鼓敲响了,没唱两句,下来了,下一个又上去了,等着你挂下一个红。最后我朋友说,这完全是做局!什么秦腔啊?跟叫小姐一样。

王蒙:可能瞅着你有钱。但我也有相反的经验。我在欧洲许多国家进过天主教教堂,进去以后,心情是很严肃的。我在那里听过风琴演奏,还听过合唱,没有一个人跟我要钱。我都有点说不出口,好像我舍不得给佛寺钱似的,但如果你要收点费用,你也别这么急切,这么粗鄙,这么"赤果果"呀。(齐笑)

窦文涛:就奔着钱去了。

王蒙:全乱套了。过去我最喜欢的一些名山名刹,现在再进去连呼吸都没法呼吸了,全是香火。我不知道香火多是好是坏,看着好像是佛事发达的表现,但又使这些名山名刹变成了光咳嗽的地儿,让人再也不敢去了。

窦文涛:搞得乌烟瘴气。

王蒙:北京西山八大处现在是北京佛教协会所在地,佛事之盛就不用说了,我过去最喜欢这个地方。但是现在的八大处,我再也不敢进了。呛得慌。

查建英:全是烟火。

王蒙:很有意思,八大处是佛教的地方,里头有一幅二十四孝浮雕图。佛学主张六根清净,看破红尘,父母、妻子都不算在内,四大皆空。二十四孝,第一和佛教不沾边,第二是鲁迅最最不能接受的,因为里边净宣传什么呢?比如说蚊帐里头有蚊子,弄不干净,为了尽孝,孝子进去先喂,把蚊子喂饱了以后,再请父母来睡。

查建英:咱们庙里一般什么都有,孔夫子、关公、佛、道……

王蒙:这是非常可爱的。我还见过山西二郎山供奉的贾宝玉。我想了半天,贾宝玉后来不是被皇上封了文妙真人嘛,真人是道教的说法,也算是亦佛亦道吧。另外,还供孙悟空,孙悟空也对,斗战胜佛嘛。

查建英:中国人现在最信的就是钱,有时候真觉得挺惭愧的。

王蒙:现在不常说一个词儿嘛,浮躁。我只能说,再等等好不好?连浮躁都不能等,不是显得你比浮躁还浮躁?(齐笑)

查建英:风物长宜放眼量,都是必经的过程。不能过于责备商业化现象,换一个角度理解,等把钱挣足了以后,自然就不这样了。

王蒙:很简单嘛,咱们穷太久了。等到情况慢慢好一点,反过来一想会觉得,光有钱那叫吗啊!

窦文涛:所以得慢慢来,等到二〇一二嘛。(齐笑)现在老有人讲核心价值。有人问,中国强大后输出了什么价值观?中国人相信什么神圣的东西?

王蒙:这牵扯到中国的思维方式。民间的宗教信仰是实用的、多样的,比如您没小孩,要拜送子观音;有慢性病,得拜药王菩萨;为了家里火烛平安,得拜灶王爷;要是小孩出天花,得拜花娘娘。而古代的精英、诸子百家尤其是道家,追求的是一个概念神,他们把世界万物存在的本源和规律当成最高的神。我们必须承认,中国人对于家庭的重视,对于种族的重视,对于族群的重视,是挺严重的。

查建英:凝聚力所在。

王蒙:否则怎么会有"不孝有三,无后为大"?有一年在美国纽约的China Institute(华美协进社),很多美国人说,中国人最爱国了,张口闭口中国中国中国,除了中国他们对别的事情没那么大兴趣。这说得不假,我当时就解释,一个是中国人都爱吃中餐,一个是中国人都爱背唐诗宋词,所以他对族群重视,对后代重视,对接续香火重视,对血统重视。

查建英:海外华人也都认为自己是中国人。

窦文涛:咱说说老子,最近王老师到处讲老子,我尾随其后,发现老子是中国最早的防疫专家。我研究了一下各种流感乃至瘟疫的爆发,科学家都说了嘛,咱们的流行病是从人类开始大规模聚居才出现的。老子说"鸡犬之声相闻,民至老死不相往来",就是最好的防御方法。而且我还发现,老子最早提出废除死刑。

查建英:啊?

窦文涛:"若使民常畏死,而为奇者,吾得执而杀之,孰敢?""常有司杀者杀",司杀者就是老天爷,管杀人的,"夫代司杀者杀,是谓代大匠斫。夫代大匠斫者,希有不伤其手矣"。意思说,要人的一条命,这是老天爷管的事儿,如果你代天杀人,很少有不伤到自己的。这算不算最早关于死刑的讨论?

王蒙:这段啊也有另外的解释,就是说,君王不要轻易地去杀人,杀人让专门的机构去干,或者专门的司法机构,或者专门的锄奸机构。

窦文涛:锄奸,哈哈。

王蒙:反正老子现在也无法对证了。你讲的防疫专家那个观点挺有意思,老子那时候不可能对甲型H1N1流感有什么预见,但是他的有些说法,在客观上有一种后现代文化批判主义的味儿。意思是说,不要把文化发展、生产发展、社会发展完全看成正面的东西。有些东西不发展还挺好,是不是?就过着原始的生活,朴素的生活,虽有"舟车之力",但我不用;虽有"十百之器",我也不用;我就用手,过手工业和农业的自然经济的生产生活,这样的话,什么矛盾也没有。

窦文涛:哎,有点儿意思。

王蒙:他这话,客观上是做不到的,但在某种意义上,跟现在批判全球化有相似之处。比如一开什么G8会议……

查建英:就有人抗议嘛。

王蒙:所以老子有点像在讨论,文化发展真有那么好吗?"不贵难得之货",生产发展那么多珍稀商品、挥霍商品有什么好处?他既反对人发展自己的欲望,又反对使用机器。但有人就顺着这个想法,说咱们要是不改革开放,咱们就没有流感……就算不改革开放流感没有了,但是您的落后、您的封闭,后果可能比流感还厉害。

窦文涛:一般人好像不太关心终极问题,老是发展发展,到底要干什么呢?英国有个脑袋很聪明的人叫罗素,他曾经在中国住过一段时间,回去后写了一本关于中国的书,说中国人有一个习惯,一旦挣够差不多钱,就开始悠闲地过日子。他说,如果西方不用科学技术去跟中国人争强,他也想不出这样有什么不好。比如全世界都没有汽车开,那有什么不好?如果是为了方便,方便到最后你要怎么着呢?

查建英:"难得之货令人行妨"①。

王蒙:使行动脱离了正规,脱离了规范。您没完没了地发展,最后到底要干什么呀?这是个问题,现在全世界没有几个人能回答得上来。还有一个问题,科技极其迅猛地发展,给人带来的准是幸福吗?那为什么不丹最幸福啊,是不是?

查建英:有调查说不丹的幸福指数最高。

王蒙:那地方连狗都是文明的,你踩到它尾巴以后,它稍稍地出一声,连怪声儿都没有,这么幸福!(文涛、查建英笑)但是即便宣传再多,也阻挡不住全世界绝大多数主流国家发展科技啊!全球化贸易,追求新产品,挡不住!所以我非常赞成有一批学者在那儿给大家泼点冷水,说你们别死乞白赖地只认识 GDP。

查建英:撤撤火。

---

① 《老子》第十二章:"五色令人目盲;五音令人耳聋;五味令人口爽;驰骋畋猎令人心发狂;难得之货令人行妨。"意思是五色乱目,能令目明失;五音乱耳,能令耳失聪;五味浊口,能令口味败;纵情猎物,能令人心情狂乱;难得财货,能诱人行为不端。

王蒙：老子也说，自个儿能高高兴兴过日子就好。"无为而无不为"，那些领导人啊大人物啊，干活干得越少，大家就自然然发展得越好。当然这也是乌托邦。

窦文涛：对。现在网友说了嘛，老子哲学，你别那么牛，你叫强者不得好死，弱者不得好活；名人过不了自己的日子，贫民过不了别人的生活。

王蒙：老子说"物壮则老"①，太强壮了，说明你开始老了，这是事实，所以人不应该太牛。但是我也要抬杠，反过来说，物弱没准老得更快呢。您从小就弱，儿童时期缺钙，青年时期缺蛋白，老年时期缺维他命，您不老得更快了？（文涛笑）

查建英：所以都有一个度。

王蒙：物壮则老，物弱而亡；与其物弱而亡，还不如我壮完了再亡呢，是不是？

窦文涛：去马尔代夫，当地的土人早上起来爬到树上摘个香蕉吃，就开始跳舞，玩儿一上午；中午呢？再挖个什么东西吃……他们大部分时间都在玩儿。可是现在我们为了支付生活，已经……

王蒙：幸福指数的问题啊，谁也说不清楚。一个人需要为生存忙碌，可能是一种不幸；但一个人不需要为生存忙碌，可能是更大的不幸。连生存都不用操心，您说他一天除了吸毒还能干什么？

窦文涛：哈哈，他可以干文学艺术啊。

王蒙：为生存操心的时候呢，生活的内容有一种充实性。这也是马克思对于共产主义的一种设想，等到实现共产主义以后，劳动已经不仅是谋生的手段，而且是乐生的要素。当然我们现在还无法讨论共产主义，但是难道咱们把忙碌去掉，就能够快乐吗？

窦文涛：可以看书啊，写小说啊。

---

① 《老子》第五十五章："物壮则老，谓之不道，不道早已。"客观事物过分发展会导致"衰老"，这不合乎自然规律，必定会走向灭亡。所以（统治者）必须改变做法、改变态度、改变工作作风，走到"益生"的唯一正确道路上来。

王蒙：道理很简单。我现在七十六岁，工龄从十四岁开始算，我已经工作六十二年了。在这六十二年里，有过粮票不够的经历，不过我的生存并不成问题；但恰恰是在很长的时间里，不可以做任何事，那是最痛苦的。相反，有很多事儿可做的时候——你说人为什么有这种心理呢——他是比较高兴的，他愿意做事。所以如果我们不用为生存操心，也不用为职业的未来规划，不见得高兴。

窦文涛：说回老子，老子提倡"无为"，其实后边还有半句，"无不为"。阿城有一篇文章说，一般人都侧重于看老子的"无为"，实际上它背后的含义是要认识规律，之后才能"无所不为"。

王蒙：这是一种解释。但我认为，老子主要还是针对统治者、诸侯以及所谓圣人，至少也是士，建议他们在搞行政的时候不要做事太多，妨碍老百姓各安其业。老子认为行政分四种境界，第一种境界，"太上，不知有之"，政权与百姓互不相扰，政权该干什么干什么，百姓该种地的种地，该做豆腐的做豆腐，该养小鸡的养小鸡。"其次，亲而誉之"，百姓很拥护政权，而且净歌颂它。要咱们看，亲而誉之是最好的，但老子说不，为什么呢？因为亲而誉之起码有两个问题：第一，可能有假誉，拍马屁的；第二，可能导致期望太高，什么事都等着，肚子疼也期望有领导关心，跟伴侣分手也希望领导介入，领导他管不了那么多。

查建英：用现在的话说，第一等的是小政府，第二等的是大政府。

王蒙：行政的第三等，"畏之"。

查建英：就是专制？

王蒙：不是，行政管理你也得有点怕啊。比如开车超速，看见有交通警，你得赶紧把速度降下来，不降下来，他收你本儿啊，是不是？不管你心里服不服都得怕他，你不怕他，没法管理呀！最坏的是什么呢？"侮之"，互相侮辱，管人的人不尊重老百姓，老百姓反过来也不会尊重你的管理权。

窦文涛：那就不是和谐社会了。

王蒙：这麻烦了。

窦文涛：我也想起老子说，"治大国若烹小鲜"，像翻小鱼儿一样，不能老搅和。

王蒙：治大国，烹小鲜，起码这种精神状态听着挺绝，是不是？法国前总理德斯坦曾经到中国来——那时候中国还没有十三亿人呢，他说法国七千万人口就折腾得他们像热锅上的蚂蚁，我一想到中国有十几亿人口啊……

窦文涛：我的天啊！

王蒙：所以从法国总理的观点来看，治大国若小鱼儿，被烹。（齐笑）

赵本山发动了一场"文化革命"

窦文涛：现在咱百姓的文化生活很丰富，也出现了一些文化现象的讨论热潮。听说您在《读书》上写了一篇赵本山？

王蒙：关于赵本山的"文化革命"。

窦文涛：好家伙，把赵本山当"文化革命"了？

王蒙：小文化，文化小革命。

窦文涛：有人批评您，说王老师写的这篇东西，也算是"我注六经"，不是"六经注我"。怎么叫"我注六经"呢？比如小品《不差钱》最后说"我姥爷也姓毕"，王老师就给人家胡乱联想，说这个"毕"得加括号——"枪毙"的"毙"，"关闭"的"闭"，赵本山是不是想起他的小品总被毙啊？说王老师这不是您自己瞎掰嘛。

王蒙：这是"六经注我"。我拿人家赵本山的故事说我的想法，因为我觉得赵本山的民间二人转和主流媒体舆论导向的要求，既不是截然对立的，又不是天生一致的。有时候会有摩擦，有时候会被毙掉，赵本山自个儿都说好几回了。

窦文涛：关于赵本山、春晚和小沈阳有一些争论。有的人觉得开心,但也有人忧心如焚,说这是什么导向啊?

王蒙:我也梳理不了,我知道的也有限。但是我们得承认,现在我们的文化生活,包括欣赏的对象,不是一块,而是分成好多块。比如赵本山基本上是为电视观众服务的,而电视呢,必须追求收视率,这您比我更熟悉。

窦文涛:害苦(我们)了。

王蒙:我觉得赵本山的可爱之处在于他虽然进入了主流媒体,却始终保持着东北农民文化的趣味、语言、动作以至于一些观念。

窦文涛:观念?

王蒙:因为春晚在我们国家收视率特别的高,同时政治性也相当的强。比如二〇〇九年春晚,就得把二〇〇八年的大事奥运会、汶川地震、宇宙太空飞行……

查建英:都得糊弄到一起。

王蒙:春晚是很注意政治的。您注意看,连京剧唱的都很有政治内容。甭管是花脸还是须生,一唱出来,不是和谐社会,就是奔小康,"奔——小——康"。(模仿京剧唱腔)

窦文涛:哈哈哈,奔小康。

王蒙:可是赵本山和他主导的节目呢,相对忽悠一点儿,相对亲和一点儿,相对通俗一点儿,说点儿小人物的、老百姓的话。小沈阳说,你说人最痛苦的是什么呀?就是人死了,钱没花完;赵本山说,我认为人最痛苦的是人没死,钱全花完了。(齐笑)他是农民的语言、市井的语言、老百姓的语言,是不是?有一次他跟宋丹丹、崔永元演《实话实说》,本来是一个歌颂盛世的小品,等都谈完了,最后结尾——这绝对是赵本山的主意——说来回火车票谁给我报了?要说他思想有多么高大,他也不高大,但是他增加了春晚的亲和力,现在不是讲"三贴近"嘛。

窦文涛:贴近群众,贴近生活,贴近实际。

王蒙:这是他的合作……

窦文涛：跟谁合作？

王蒙：跟主流意识形态。他把他的野路子搂住了。要在沈阳的话……我看过他们在沈阳刘老根大舞台的演出，好像是九点前演一场，比较雅一点；九点到十一二点那场，稍稍放一点儿，但它也有底线，属于主管部门能够容忍的范围。

查建英：它真分层次，我在北京保利剧院看的二人转，比春晚不知道黄哪儿去了。

王蒙：中国有句话，"素谜荤猜"，我说的都是素的话，不涉及荤的内容，但是里头有某些暗示，让你可以往那方面想。有一位评书大家——我就不说是谁了，有一年碰到一个以描写大胆著称的作者，结果评书家说，老H，你写的那些，我们评书都能说，而且一个脏字儿没有，说得比你还厉害！后来真说得老H直翻眼儿。

窦文涛：前一阵儿本山大叔领着他的"绿色二人转"在北京开了刘老根大舞台，我跟王老师都是观众。最后赵本山出来，说我给大家拉个二胡，拉什么呢？《二泉映月》。我就想起他老被毙，他也有民间艺人的酸甜苦辣哪。

王蒙：所以说中国的通俗文化有它自己一套办法，可是赵本山又不仅限于这些，他没有荤段子。

窦文涛：在中央台哪能弄这个呢。

王蒙：他的能耐在于他对现实里头的某些东西有所嘲弄，有所讽刺，有所鞭挞。我觉得赵本山的经典小品是《卖拐》，范伟在那儿骑车，赵本山忽然说，下来下来，你的腿有毛病。范伟说，我腿怎么有毛病？赵本山说，你自己不知道吗？你的毛病大了。然后赵本山自己一瘸一拐在前头带着走，范伟也就跟着走，走了一会儿，范伟也不会走道了，越看越觉得自个儿腿有毛病。

窦文涛：给带偏了。

查建英：心理暗示。

王蒙：说那怎么办呢？这副拐多少钱，你买去，能治好。范伟很高兴。高秀敏就在旁边阻止赵本山,说你别别别。可范伟跟高秀敏急了,说大哥要治我的病,你老碍手碍脚的干吗呀?就把拐买了。我觉得内容挺深刻的。

窦文涛:也有文化人写评论说《卖拐》是坑蒙拐骗,是农民当中的人性恶,把这东西大行其道?全国人民就看这个?

王蒙:其实你要看赵本山全部的小品,正面的东西也不少,尤其有很多注重亲情、注重乡情、注重夫妻之道的部分,而且他实话实说,反对忽悠。但是包括我一些好朋友,譬如魏明伦老弟,就说赵本山低俗。我觉得用不着这么说人家,赵本山满足的是大众传媒的要求,同时对现实中某些坑蒙拐骗现象予以讽刺。现实中坑蒙拐骗的现象比《卖拐》少啊?这赖赵本山啊?三鹿奶粉是不是因为看赵本山的小品学坏的啊?

窦文涛:我觉得我们有一种敌情观念,一个东西一旦火了,就说这在教老百姓干什么呢?这会有什么样的影响?

王蒙:但这是不可能的。一个健康社会的文化生活包括各个方面,是不是?比如大学有各种讲座,不可能人人都在这儿谈赵本山啊。我老王谈赵本山,也是很偶然的一篇文章。我关心的事儿多了,我写的东西多了,哪可能我从此就变成赵本山精神上的徒弟了?这可能吗?

查建英:您谈赵本山那篇文章也提到,我们应该宽容各种各样的花开放,但是好像我们这些年来,没有把比较高雅、高尚、深刻的东西提供出来啊,这为什么呢?

王蒙:我也提过这种观点,咱们缺少更高雅的东西,起码光有电视小品不行啊,我们得有点正经的话剧、歌剧,是不是?

窦文涛:但它不火呢?

王蒙:不火是你写得不好,那我怎么办啊。

查建英:其实也不是没有,比如前阵子我还看了《赤壁》改编的新京剧,挺好啊!

王蒙：前不久我去天津，在一个剧场听曲艺、古书，因为我上小学的时候就爱听梅花大鼓、京韵大鼓、单弦儿、牌子曲儿一类的东西。唱古书的是一批特别优秀的演员，但是剧场的人数很有限，四百人的剧场，票价二三十元，可能还不到二百人看。这给人一种感觉，古雅文艺的处境不是特别好。其中一个原因，我觉得是咱们的古书非常规范、非常雅，原来可能还有活泼一点的段子，一九四九年以后越来越往高雅走，包括手的动作都……

窦文涛：程式化了。

王蒙：对，而且很自我控制，与二人转的情况恰恰形成对比。不知是不是因为现在的观众受歌星影响，受 disco 影响，都希望有一种更尽兴的、更淋漓尽致的、劲爆的、即兴发挥的东西。虽然古书很美，但是它的动作，几十年都没有变过。这倒给人启发——现代剧场艺术要求爆炸。当然要从高雅艺术的观点来看，二人转您也忒使劲了，又跺脚又咬牙切齿的，也上不去档次。但是它混个热闹啊。

窦文涛：近两年出了个"上海小沈阳"周立波，讲的是上海话脱口秀，一个人说两三个钟头，场场爆满。风格自成一派，命名为什么呢？海派清口。

王蒙：我感觉幽默感和方言关系很大，和地域关系也很大。比如周立波，要让北京人像上海人一样的痴迷，不容易，因为话跟话不一样。比如不同语种、民族的人在那儿说笑话，他们笑得简直肚子都疼了，然后你问，说什么呢？等他翻译完，你觉得这有什么好笑的？我在新疆就是，汉族人在开玩笑，维吾尔族人说你们笑啥，我给他说一遍，他翻翻眼儿，这有什么好笑的？

查建英：方言的腔调里带有它风俗习惯的含义。美国九十年代有一出特别火爆的情景喜剧 *Seinfeld*，愣是翻译不过来！

王蒙：憨豆的表演也是这样，我们没有英国人觉得好笑。上海有些特殊的词儿，北方人不见得完全能接受。比如当某件事办得没有质量的时候，他们喜欢说"大兴"，你听过这词儿吗？

窦文涛：大兴？北京郊区啊。（齐笑）

王蒙：不是。他说的是在"大跃进",五十年代后期和六十年代初期,我们国家经常有什么大兴养猪之风,大兴"土法上马",大兴积肥,什么都叫"大兴"。这其实有一定政治意义,就是凡是靠"大兴",不按正常节奏、正常规律来办的东西都靠不住。譬如你买一件衬衫,一看,质量不好,这"大兴"出来的！你买一双鞋,说是意大利的,穿上一感觉,"大兴"的鞋啊。可不是说北京的大兴区啊！（齐笑）

查建英：说了这么多,我觉得说赵本山独霸天下是不公平的。

王蒙：不可能独霸天下。我问你,有哪个比较成熟的作家,感觉到赵本山对他有威胁？有哪个有一定地位的演员,比如濮存昕,感觉这可不行,赵本山火了,我以后没戏演了。谁这么思考问题他有病。我们有一种思维的方式,最荒谬不过了,就是说"都这样会怎么样"。

窦文涛：没错儿,领导经常这么跟我说。

王蒙：比如一个学生在课堂上咳嗽了一声,班主任不高兴了,说咳嗽什么,全班五十二个人,一人咳嗽一声,五十二声咳嗽,咱还上不上课了？但是这逻辑是不成立的,怎么可能大家都这样呢？

查建英：伪命题。

王蒙：说王朔胡写八写,乱开玩笑,中国这么多作家要都这么写,那怎么行呢？后来我为了抬杠,说都是王朔当然不行,都是鲁迅也不行啊。

窦文涛：那更可怕。

王蒙：坏了,以为我有反鲁迅倾向,但我不是那个意思。比如不可能英国的作家都是莎士比亚,是不是？不可能美国的歌手都是迈克尔·杰克逊。那是灾难啊！

窦文涛：但是现在有人用同样的思维方式讲小沈阳男扮女装的跨性别表演,说要是咱们的孩子都这样,那还行吗？

王蒙：不可能都这样。作家不会受小沈阳和赵本山的威胁,那交响乐团能受赵本山的威胁？由于二人转的普及，以后没人听交响乐了？二人转和交响乐各行其路，各有各的观众，各有各的舞台，不同的表演方法，谁也碍不着谁。

查建英：而且也不是绝对分开，一个人不可能一天到晚吃一样的菜，我可不可以又欣赏赵本山又欣赏歌剧啊？

王蒙：对啊。比如我现在一把年纪了，儿孙满堂，春节晚上就跟儿子孙子一块儿看赵本山吧。我不可能突然要求说，不行，咱不能看赵本山，咱们听卡拉扬，但卡拉扬有的孩子听，有的孩子不听，你有什么办法？而且赵本山丝毫不妨碍我欣赏卡拉扬，也不妨碍我念文言文，我不是还研究老子吗？这都是跟赵本山不搭界的事儿啊，是不是？

窦文涛：似乎觉得小沈阳浅薄，您怎么看？

王蒙：要从内容意义上说，小沈阳的确不如赵本山，赵本山多少对现实联系一些，沾点边儿。小沈阳一是逗着大家玩儿，另一个和老子有关系。

窦文涛：嘿！

王蒙：小沈阳之所以招人喜欢，是因为他摆出一副为大家服务的姿态，为天下之谿，为天下之谷①，为天下之牝②。

窦文涛：身段儿放得比谁都低。

王蒙：说句稍微陈旧点的话——我伺候各位，让你们乐一乐，你们能够说我一句"好"，我谢谢你们。他从头到尾都是这个态度，他出点声都是为了哄大伙，跟孩子对待父母一样。你说他完全没有意

---

① 《老子》第二十八章："知其雄，守其雌，为天下谿""知其荣，守其辱，为天下谷"意思是虽知阳刚的显要，却能坚守阴雌，就像溪涧般甘于柔弱；虽知光明的鲜亮，却能安守阴暗之处，如此能称天下之楷模；虽知荣耀的尊贵，却能怀谦卑之心，虚怀若谷。提倡荣辱对应，不争功诿过的人，虚怀若谷的人，可容纳天下。

② 语出《文子·守弱》："弗强，故能成其王，为天下牝，故能神不死。""牝"是雌性动物，意即阴柔的力量。

义吗？也不是。小品《不差钱》里，在所谓铁岭最贵的餐馆，他的话不反映老百姓的心理吗？一碗卤面七十八块，七十八块治农民啊！是不是？甚至连那句话我都觉得有意义，他说我的中文名字是小沈阳，我的英文名字 Xiao～shen～yang～。

查建英：讽刺假洋鬼子。

王蒙：他不见得完全对，但他代表农民的观点。不过小沈阳有一个很致命的弱点，让我甚至想到中华文化的一些问题。他说，我的名言是"走别人的路，让别人无路走"，就是我今天模仿这个，明天模仿那个。

查建英：山寨版，让正版都比不了。

王蒙：这使我想起秦始皇出巡的时候，刘邦、项羽看到他的威风，一个说"大丈夫当如是"，一个说"彼可取而代之"。后一种思维方式是有点缺陷的，因为取而代之无非是你掌完权我掌，我掌完权你掌，没有一个思想——我要做得比秦始皇好。

窦文涛：要进步。

王蒙：我要把天下治理得更好，让我的百姓更幸福，可是没有这种思想。我喜欢小沈阳，我个人希望他走出自己的路来，而且要走得比别人更好，他不是不可能做到。

查建英：我觉得学习是必要的，甚至模仿都是必要的，没出师之前，徒弟先要学师父。

王蒙：你还得有创造，有发展，有变革，奥巴马不说 Change 嘛，你有 Change 就好了。

窦文涛：但是 Change 是不是也有个度？

王蒙：前一阵儿许子东联合着哈佛的王德威、复旦的陈思和，搞了一个六十年文学的讨论会。他一上来就有一个设计，让男作家聊"文学与社会"，让女作家聊"男人与女人"，立刻受到女作家的强烈反对。（齐笑）他从善如流，立刻颠倒过来，男作家谈"男人和女人"，女作家谈"文学和社会"。男人和女人，其实是文学里非常重要的原动力,包括许多号召革命的作品,都跟争取婚姻和爱情自由有关。《青春之歌》林道静怎么走向革命的呀?逃婚逃出来的,是不是?巴金的《家》《春》《秋》,在客观上也鼓励人们去参加革命。尽管巴金不是共产主义者,但很多人是看完了《家》去的延安啊。

窦文涛:奔着恋爱婚姻自由去的。

王蒙:一九四九年以后有一首歌,唱得人真是热泪盈眶,什么歌呢?《妇女自由歌》。"旧社会,好比那黑咕隆咚枯井万丈深……"听得我热泪盈眶。

窦文涛:您是男的,怎么也这样?

王蒙:这就是革命的力量啊。听完这歌不掉眼泪,我觉得他就不是人,甭管男的女的——这有点过了哈。(笑)还有一种,是女革命家对于革命青年的吸引力。巴金的小说《夜未央》里,没完没了地说俄罗斯的虚无主义——不是共产主义,不是布尔什维克,也不是孟什维克,而是一个虚无主义派革命家的故事。当然按现在观点看,那有点像恐怖袭击了。怎么回事呢?一个革命男青年是一个女革命家的情人,他怀里揣上炸弹,要用人体炸弹去炸沙皇的一个最反动的总督,谁给他打信号呢?女革命家。女革命家潜伏到楼上,看着总督来,然后"啪"一个东西打下去,他那儿就拔响炸弹。很显然,男青年也就死了。这个女革命家是典型的俄罗斯苏菲亚①式的人物,法捷耶夫《青年近卫军》里的柳芭·舍夫佐娃②也是;革命之所以有吸引力,就是因为革命队伍里有无数个苏菲亚和柳芭。

窦文涛:生命诚可贵,爱情价更高。若为自由故,二者皆可抛。

---

① 苏菲亚·利沃夫娜·佩罗夫思卡娅(1853—1881),俄国民粹派女革命家,出生于彼得堡贵族世家,曾数次和战友化装成夫妻刺杀沙皇亚历山大二世,于一八八一年终于成功,旋即被捕,判处绞刑。梁启超、廖仲恺等人均撰文介绍过她。

② 柳芭·舍夫佐娃,《青年近卫军》中富有浪漫主义色彩的女英雄形象。活泼乐观,能歌善舞,原本幻想当演员,后来以表演才能在反法西斯卫国战争中把德寇弄得狼狈不堪,出色地完成战斗任务。

王蒙：辛亥革命的英雄人物非常多，什么黄花岗七十二烈士，但在文学上影响最大的是秋瑾，秋瑾近乎女侠。她本身是女性的形象，却如此之刚烈。但是没有人说如果都按秋瑾树榜样的话，将来我们的女子怎么办？毛主席也说，"中华儿女多奇志，不爱红装爱武装"。我觉得一个很有趣的问题是，女人身上如果带了男气，大家不认为是问题，也没人操心。

查建英：像超女李宇春嘛。

王蒙：解放战争时期有过一个"花木兰"叫郭俊卿，女扮男装，长期和解放军一块儿打仗，后来被评为战斗英雄。类似的事还有很多，比如河北一位女作家刘真，从小当八路，送情报，一直到十五六岁都推着光头当男孩子，因为这样方便，不会碰到一些轻薄的事情。我们从来不发愁女扮男装，但怎么见着一个男的稍微有点往女性方向发展，就一个一个那么危机啊？是不是中国男的本来就没自信啊？

查建英：电影《鬼子来了》里的女性还是比较刚烈的，但男的好多很懦弱。后来我跟一个朋友聊起，他是军队子弟，特别沉痛地说，我觉得啊，中国这么多年出了问题，主要是咱中国男人出了问题。

王蒙：是的，我没有想到社会政治上去，但是我觉得你说的是显然的，现在全世界仍然以男性为中心，不管做多少事情，同工同酬也好，设立妇女节也好——设立妇女节更说明有这方面问题。

查建英：就是！怎么没有男人节。

王蒙：包括小沈阳一边穿着女性的衣服，一边强调"我是纯爷们儿"！演戏归演戏，我是哄着各位大爷、叔叔、大哥玩儿，但我是纯爷们。

查建英：另外，在东西方关系上，好像中国人扮演的是女的，西方人扮演男的，所以处于弱势的人老要强调，我不弱，我是男的，你们别把我当女的。

王蒙：这样的故事多了。比如电影描写中国人娶了欧美女孩当老婆,老百姓都觉得很舒服,但如果是中国美女嫁给白种人,哎哟,晚上觉都睡不好!

王蒙:一九八〇年我第一次去美国,在爱荷华大学待了四个多月,那里有一些欧洲来的作家,我就觉得怎么欧洲作家一个个说话都像大姑娘似的,动作也扭扭捏捏的,后来才知道这叫 gentleman。

窦文涛:绅士。

王蒙:gentle 就是轻柔的嘛,绅士说话、做事儿,举动都很轻柔;如果绅士一举动都这劲儿的,那就成流氓了。

窦文涛:没错儿,我在卢浮宫听一男一女看画讲画,觉得那叫一个好听啊,体贴、轻柔。

王蒙:所以我们对于所谓的男子汉,也不要用一种很草莽、很山寨的观点看。

查建英:而且说实话,我倒觉得小沈阳这种敢承认自己阴性一面的男人,其实是有自信的,他不怕。

王蒙:我觉得啊,世界上没有统一的标准。有苏菲亚、柳芭式的革命女性,也有另外式样的,比如相对文静的,不愿意参加政治斗争、社会斗争,更不要说武装斗争的。

查建英:一听就知道您说的是谁,崔老师啊!

窦文涛:说的是太太。

王蒙:那倒不一定。我认为世界上的事是多种多样的,不能拿一个东西当标准去衡量。咱们曾经说聂绀弩很好,但你不能拿聂绀弩当标尺,说你怎么不像聂绀弩啊?

窦文涛:怎么不铁骨铮铮啊?

王蒙:怎么没坐那么长时间监狱呢?你肯定不如聂绀弩好。这种思想方法,基本属于智力上有一些障碍。(文涛笑)女性也是各式各样的,比如麦当娜式的,咱看节目就喜欢她啊,但是你请她到家里来,你不一定招待得起她啊!

五十年代就处理过同性恋问题

窦文涛：查老师、王老师，今天咱们聊聊爱情和性。

查建英：这话题王老师在行。我记得几年前在山东开文学会，有人挑张贤亮的刺儿，说他不管在文学观上还是在行事上，都很风流嘛；但是你看人家王蒙，对太太多一往情深啊。王蒙就非常大度地说，各种各样的都可以有嘛。最后张贤亮亲自上台表了个白，说"那当然了，人家王蒙碰到了最好的女人，所以他没有我这样的问题"。

王蒙：那是二〇〇三年在青岛举行的我的作品的讨论会，张锲先生发言说，王蒙是一个没有绯闻的名人。

窦文涛：我就没找到您的绯闻！

王蒙：张贤亮很猖狂啊，听了以后，当着一大堆年轻女作家的面说，没有绯闻怎么行！没有绯闻还能写小说？我要批判他！别人跟我"告密"，说张贤亮扬言要批判你。我说，欢迎欢迎，有人批判更热闹了嘛。可发言的时候他改了，说王蒙不需要绯闻，因为他有最好的女人；但如果一个男作家被女性所冷淡、所抛弃、所背叛，再没点绯闻，你们还让不让他活了？（文涛大笑）他变得悲情万种……

查建英：因为我们这一代人，性观念经过了好多变化，都认为"喜新厌旧"也是人性。我也经常反省，但也只能从"喜新厌旧"改造到"喜新不厌旧"。您是运气好还是怎么着，怎么能一碰就准，感情一直这么好呢？

王蒙：这是由于不同的文化、不同的条件，甚至不同的运气造成的。我个人非常欣赏"一见钟情，白头偕老"这种爱情。一见钟情，说明互相有足够的吸引力；白头偕老，说明彼此能够携手度过人生。不过，现在的婚姻恋爱多种多样，我这只算其中一种。在北欧人家根本不结婚，就同居，后来连住都不一块儿住了，见个面，吃个饭，拥个抱，做个爱，完了就走，觉得这样彼此之间不会发生矛盾。

窦文涛:给对方留空间。

王蒙:对,而且在金钱上很注意。有一个在东欧做导游的华人,和一个东欧女性同居了很久,最后因为很多事情彼此接受不了分了手,还是娶了咱 Chinese 老婆。我说你有什么接受不了的?他说,她来我这儿,亲热完了抽我两棵烟,然后给我撂下一欧元……

查建英:天哪!算账算到这份儿上了。

窦文涛:我发现所有女人内心深处都有对于"执子之手,与子偕老"的感动和梦想,可实际上它存在一个保鲜问题。您跟崔老师怎么保鲜呢?

王蒙:(笑)我不想谈我个人的事儿,不管你们怎么抬举我,怎么设计我——我不推广经验,推广了也没用,因为每个人有每个人的情况,是不是啊?他俩正打离婚呢,我去推广就信我了?不可能的事儿。我又不跟他一块儿睡觉,我哪儿知道他们什么情况啊。前一阵儿美国把 Amy Tam① 的《喜福会》拍成电影,里头一个中国女人嫁给一个美国男人,每月他们要一块儿清账,讽刺美国小男人那副斤斤计较的样子。

查建英:哎哟,败兴透顶。

王蒙:最妙的是什么?他说冰箱里的东西不能全部按一比一分摊,因为你喜欢吃冰淇淋,但我从来不吃;你算一下买了几盒,那个我一分钱不给。

窦文涛:那他们相爱吗?我觉得不相爱吧。

王蒙:咱不懂嘛。现在有一种观点,就是不承认有爱情。《参考消息》上有欧美心理学家认为,爱情是一种神经病的现象,因为爱情当中的很多反应都和精神病人一致。

---

① 谭恩美,一九五二年生,美籍华裔女作家。一九八七年根据外婆和母亲的经历写成小说《喜福会》(The Joy Luck Club),描写了四对母女之间的微妙感情。后被好莱坞拍成电影,创下极高票房。

查建英：启蒙时期培根①有一篇著名文章说，爱情使人的智商降到最低，在爱情中人丧失了判断力，爱得如痴如醉，根本就是一个傻子。

王蒙：我觉得婚姻和文化、和传统、和具体的条件、和运气都有关系，清官难断家务事啊。但是我们也可以明显判断出我们不喜欢的情况，比如把情爱关系变成一种投资、一种手段，在爱情中掺和进去忒多非人性的东西，会让你非常烦。

查建英：另外，不同文化传统对于钱和情的关系，男和女的地位也有不同。比如男人跟女人吃饭算账，这在东方人看来是很败兴、很不风雅的一件事。所以你看《小团圆》里写的，到最后是张爱玲给了胡兰成好多钱，我觉得张爱玲其实挺有男子气的，最后她还养她的美国作家丈夫。反倒胡兰成是小女人心理，提着裤子就跑。

王蒙：你讲得挺有意思的，但是我对此发言权非常少。我已经下了很多次决心要认真阅读一下张爱玲的小说，但每个人都有自己的局限性，我的经历包括我的阅读经验，使我接受起张爱玲来有一定困难。就看不下去，宁愿看丁玲，或者看一个女性怎么革命，怎么受冤枉，怎么抗日……

窦文涛：您受革命文学影响太深。

王蒙：不是革命文学的问题，沈从文我能接受啊，古代文学我也能接受，福尔摩斯我也能接受，对不对？张爱玲的写法不是我所喜欢的，譬如没完没了地写几个人在那儿说话。到现在为止，我还没有在她的作品中找到特别深透的、带有发现性的人生哲理。我相信她有，但我还没看到。

查建英：您是不是觉得这不是细致，是琐碎啊？

---

① 弗兰西斯·培根，Francis Bacon（1561—1626），英国哲学家、思想家、作家和科学家。被马克思称为"英国唯物主义和整个现代实验科学的真正始祖"。竭力倡导"读史使人明智，读诗使人灵秀，数学使人精密，哲理使人深刻，伦理学使人有修养，逻辑修辞学使人善辩"。

王蒙：有这方面的问题。

窦文涛：我看完《小团圆》对张爱玲有了更多了解。她写《小团圆》就是想写出点真实的感受，想写出爱情没有那么美好，有很多私心杂念在里头。她捅破窗户纸告诉胡兰成，男人乱搞之后，她心里的醋意和所有女人都一样。

查建英：我也是女人，我承认她的心理描写很真实，但是她没有走出去，没有看到更广阔的视野，她写不出《战争与和平》。同时期的其他女作家，包括丁玲等人也是大小姐出身，也受过感情的痛苦，但是后来她们走出去了。

王蒙：鲁迅有句话叫"爱情要有所附丽"，爱情本身不单纯是性关系，爱情总是和生活有关，往往和金钱联系在一起。至于张爱玲的爱情，当然不会和革命联系起来，也未必和反革命联系起来，也不会和金钱联系起来，因为她本身就不存在"嫁汉嫁汉，穿衣吃饭"的问题。

查建英：就像大时代中的一口小天井，但是它雕得细腻。

王蒙：这东西并不等于文学的价值判断。要说价值判断，《红楼梦》写什么特别大的事儿了？《红楼梦》哪儿有《三国演义》的场面大啊，哪有《水浒传》的场面大啊，人家当土匪还杀个痛快呢。

窦文涛：就是一个大观园。

王蒙：对啊，几个小女孩和一个小白脸。（文涛笑）其实就算你写的事情很小，也可以有它的深刻性，可以有它的哲理性。比如"执子之手，与子偕老"是最感动我的爱情诗之一，我念起这八个字来，有时候真能落泪，为什么呢？这里头没有革命，也没有反革命；没有地主，也没有佃农；没有经济，也没有市场……但有什么呢？生命历程啊。从生到老，谁能对这事儿不感动呢？您现在还没有七十六岁，等您七十六的时候，还能拉着心上人的手感慨，原来我们年轻的时候一块儿蹦蹦跳跳过啊。

窦文涛：还有一类爱情——同性恋，我不知道您七十几岁的人对这话题有兴趣吗？

王蒙:可以,七十几岁那不是还没死呢嘛。(笑)同性恋我从小就知道有这事儿,一是书上有描写,而且写得挺风雅,比如断袖之癖;二是我二十岁做团工作时发现过个别团员有同性恋的行为或企图。

窦文涛:那是什么年代？

王蒙:五十年代初期。当时认为这种行为很不端正,应该给予处分。

窦文涛:觉得这种事算耍流氓？

王蒙:接近,就是不道德,不清洁。

窦文涛:不清洁？影响公共卫生？(笑)

王蒙:影响个人卫生。后来给了他警告处分,劝他今后不要再搞这些玩意儿了。所以我对这种事丝毫没有新鲜感。《红楼梦》里那些公子哥儿不也个个如此,贾宝玉已经够俊的了,但一见秦钟那么漂亮,就觉得自个儿跟泥猪癞狗一般。贾琏也是,薛蟠更是了。为什么薛蟠挨柳湘莲揍？因为他想把柳湘莲发展成同性恋性伴侣。后来薛蟠也抗议,说愿意就愿意,不愿意就不愿意,你揍我干什么呀。说明什么呢？柳湘莲认为你不仅拿我当同性恋——有称同性恋较男性的一方为1,较女性的一方为0——你还把我当0,这是对我的侮辱,所以把薛蟠往死里打。

窦文涛:古代的中国和希腊,宣扬的都是爱上美少年。但薛蟠这种,多半是一种玩弄。

王蒙:而且中国的问题是,我们往往会把疾病和政治联系在一块儿,和道德联系在一块儿,和意识形态联系在一块儿。你有别的病没关系,说得了艾滋病了,立刻——形象就垮了。

窦文涛:不敢说。

王蒙:包括地方管事儿的头也不敢说。比如某县发现艾滋病了,地方头儿就想,这病可不能往上报,人家那么多县都没艾滋病,就我这儿出俩艾滋病,说明我们道德败坏,社会风气混乱,先等等吧,看上面什么政策。

窦文涛：甲流呢？

王蒙：自从SARS以来，中国在流行病报告方面有了很大进步。但是我听说，有的省规定一个县市如果一天有三人得甲流，要作为重大疫情报告。但是地方不想报怎么办呢？比如今天发现四个，灵活处理，我今天报俩，明天再报俩不就完了嘛。（齐笑）

窦文涛：中国人最会算账了。

查建英：其实从二〇〇九年艾滋病报告可以看出，中国的态度已经好太多了。

王蒙：咱们老认为中国人保守，确实有保守的一面，但也有与时俱进的时候。

中国人生活总有一种高潮化趋势

窦文涛：王老师今天穿了一件粉衣裳，真像七十六岁的年轻人！

王蒙：十六七岁。

窦文涛：那得脱了才是十六七岁。（齐笑）刚才王老师秀了一下胸肌，比我强啊。

王蒙：我喜欢游泳，一到夏天净游泳了。

窦文涛：您好像每年夏天都到北戴河养精蓄锐，提供新一年的动力，真有成效。

王蒙：是。一是为了身体健康，一是为了写作。作协在那儿有一个"创作之家"。上午写小说，下午游泳，这对我来说已经达到顶峰了，因为我没有其他的要求，也没有其他的爱好。

窦文涛：奥运期间您在《人民日报》发表文章，觉得中国运动员漂亮了。难道以前不好看吗？

王蒙：是这样的，我和我老伴儿看电视，看到举重，过去都认为举重的矮、粗，而且有时候愣愣的。可这一次不啊，张湘祥帅哥一个啊，好多少女粉丝都已经被夺去了芳心啦!我特别喜欢射箭选手张娟娟,别人没特别注意她,可能我独具慧眼。(文涛笑)她不仅形象特别好,而且还有一种帅气,一种潇洒。

窦文涛:您说中国运动员现在漂亮了……

查建英:意思是以前的不太漂亮。

王蒙:不是。我立刻联想到一件事。一九八〇年我已经四十多岁了,开始有到国外去的经验。六月去德国,九月去美国,回来以后,一看在国外照的照片,观感上比在国内照的照片好很多。

窦文涛:您的意思是外国的月亮比中国的圆?(查建英笑)

王蒙:不是,当然和照相机什么的有关系,但更重要的是精神状态。我在国外比较注意形象,因为我是中华人民共和国的一员,起码不能让自己显得猥琐或者挺财主,那都有点给咱伟大祖国丢人。

窦文涛:您在外头得为国争光啊。

王蒙:起码我得有尊严、有自信、有快乐,在这种情况下照出来的照片就好。在国内,我有另一方面的考虑,所以一定要谦虚谨慎,要夹紧尾巴做人。人家有的是领导,有的是老师,有的是长辈,你呢,还犯过什么什么错误。

窦文涛:这事儿还惦记着。

王蒙:所以在国内照相的时候,就显得有点逊,有点晦气。这一次我特别高兴,看见奥运会上咱们运动员、咱们观众都挺漂亮的,这和穿衣有关,和美容有关,和发式有关,更重要的是和尊严、信心、乐观有关。

窦文涛:我觉得跟思想解放有关。

查建英:还有打乒乓球的小伙子王浩,染个发也很自然。

王蒙:连观众的表现也很让人兴奋——这点我特别高兴,甚至在某种意义上不亚于金牌数量带给人的惊喜——观众释放自己的感情、欢呼、狂叫、哈哈大笑,都比较自然。没有一种拘拘谨谨、畏畏缩缩的劲儿,这对中国人太重要了。

433

窦文涛：刚才说到游泳，我就想起毛主席。听说您父亲当年游泳有点类似强迫症吧，天天非得游多长时间。

王蒙：游泳对于中国人民来说曾经非常重要，它是"五四"精神的一部分，是中国鸦片战争以后希望自立于民族之林，希望和世界接轨，希望实现几个现代化的一部分。因为中国过去没有"游泳"一词，我们叫凫水。《水浒传》里的阮小七、浪里白条张顺才游泳，那都是强人，其他很少游泳的。游泳和别的运动相比，一个很大不同是身体暴露得比较多。另外，游泳跟国防关系特别重要，当海军要是不会游泳，掉水里头就沉底。

查建英：我记得毛主席早年在《新青年》上发表过一篇《体育之研究》，署名"二十八画生"。文章提到整个"五四"对身体的重视和现代化的关系，叫做"欲文明其精神，必先野蛮其体魄"。

王蒙：我觉得体育的发达实际上也是"五四"以来现代文明启蒙的一部分。

窦文涛：从身体开始启蒙。

王蒙：我在自传里写过，我父亲强调两件事，一是游泳，一是洗澡。他跟我母亲关系不好，别的事都不管，但是他写一封信，说你们一定要每天洗澡，最好夏天的时候一天洗两次。但那时候北京没有洗澡设备，改革开放以前家里能洗澡的是很少数。

窦文涛：没错儿，我小时候在北方，人也懒，一个月才到工厂里的大澡堂子洗一回。

王蒙：我在新疆伊犁的时候，全市只有一个澡堂子，有时候还不营业，只能自己想办法。强调洗澡有一种普及对身体的清洁卫生，加强体力体能的意义。从这个意义上看，奥运会还挺让人欣慰的。

查建英："五四"整个的倾向好像是说，生命的本质在于运动，要竞争；但中国传统文化认为生命的本质在于静止，要练内功，要打坐，凡事不要着急，不要较劲。

王蒙：这点鲁迅最清楚，他为什么不赞成青年人读很多古书呢？

因为这些书看完以后让人心里变得很静。你嘛也甭干了,就坐那儿。其实有时候人真的什么都不需要干,但同时要想把中国推向现代化,又必须引进"动"的概念,尤其是竞争的概念。在传统文化里,我们一直认为竞争是不好的。现在既强调竞争,又强调和谐,算是比较全面。刚才建英说中国观众看田径,没有中国运动员也兴奋得不得了,这就更进了一步。

窦文涛:怎么讲?

王蒙:有世界的观念了。我写过一篇文章叫《与世界共舞》,本来中国是世界的一部分,但由于种种历史原因,中国和世界又有点互为另类的意思:有时候世界瞅着中国别扭,找中国的麻烦;有时候中国也瞅着世界不放心,是不是要颠覆我,不让我发展,要遏制我?不管怎样,这次奥运会中国算是与世界共舞了。

查建英:与世界共舞是不是需要追溯到从您父亲开始到您这一代追求现代化、重视体育运动、强调竞争的努力?

王蒙:是一个过程。有一次我听任继愈教授说,要想表达重要的观念,总还是需要有点本钱。比如你赢了几次,讲一讲"输赢是次要的,不要以成败论英雄",人家就爱听;但如果你从来就进不了预赛,然后讲"输赢有什么关系?我风度很好嘛"……

窦文涛:我倒觉得您父亲坚持游泳是心里有辛酸哪,等于是一腔改天换地、卫国救民的理想得不到舒展,于是寄情于游泳。

王蒙:游泳是他唯一实现了的,别的他都没有实现。他对爱情的追求没有实现,对事业的追求没有实现——当然他个人也有责任,不能把责任全归给历史。他对出国非常向往,对所谓发达的现代文明也非常向往,但除了日本留学的三年以外,他哪里都没去过。最后他能够实现的追求现代化、追求文明的实践,就剩游泳了,游泳是他的精神寄托啊。

窦文涛:我的天啊!怪不得现在王老师七十多岁,在北戴河还游一千米远呢。

查建英：把您父亲没游完的全给补上。

王蒙：您知道原来把出国看得多大，多了不起？当时出国在我的心目中就跟买彩票中特等奖一样！

窦文涛：怎么我觉得您自传里整天在出国啊？

王蒙：我一个学工业的亲戚，也是八十年代初期出的国，被派到澳大利亚学习电力三年。回来的时候一进中国境内，眼前一片破烂，他就哭起来。相比人家澳大利亚，房子都是好看的。我有些搞外事的朋友出国带回来的是一种各式塑料袋，花花绿绿的，中国那时候还没见过这种商品塑料袋。另一种你就想不到了——易拉罐，那时候中国没有易拉罐，飞机上喝矿泉水的易拉罐颜色挺好看的。拿回来大家一看，说哎哟，鬼子喝水都用这个！

窦文涛：我爸头一回出国是去澳大利亚，他同行的领导压根儿不敢坐飞机——就没坐过飞机。然后我爸跟我说，人家澳大利亚那叫干净，就是苍蝇多，浑身爬满了，可是你不觉得脏，连苍蝇都是干净的。

王蒙：我八十年代去美国时就发现，大陆的留学生比台湾和香港的留学生能说，中国的作家也比外国的作家能说。

查建英：表达的能力极强。

王蒙：这是因为中国开会多，开会绝对训练口才。而且有时候开会处于逆境，别人对你有误解，你需要有所解释，还不能解释太多，否则显得不虚心。

查建英：那时候有演讲训练吗？

王蒙：中国共产党在取得政权以前主要的工作就是动员群众，你都得有两下子。如果到了群众中间，你连句话都说不清楚，谁跟你走啊？

窦文涛：没错儿。我见过一个台湾老知识分子深有感触地说，国民党当年就输在宣传，共产党的宣传厉害。

王蒙：有一个说法，毛主席说过，周总理也说过，叫做"高屋建瓴,势如破竹",它传达了一种力量。但要什么事儿都"高屋建瓴,势如破竹"也未必好,也有一些事儿需要慢慢商量、慢慢摸索。比如"摸着石头过河"已经不是"高屋建瓴,势如破竹"的气概了,身段放低了。但是对于经济建设来说,"摸着石头过河"比"高屋建瓴,势如破竹"更靠得住。

窦文涛:我在王老师的书里发现,"高屋建瓴,势如破竹"容易带来什么副作用呢? 简单粗暴。关于人生经验,凡是有人跟你把复杂的问题像小葱拌豆腐一样,没两句话就说明白了,你可千万别相信。

王蒙:改革开放也一样。转变观念没错,但您要是以为转变观念就跟拧电门似的,把原来的电门顺时针方向调一百八十度,"啪",事儿就这么发展了,不可能!

窦文涛:但是您的这些经验会被人批评,说您八面玲珑啊。

王蒙:其实说我八面玲珑的少,都说我是"捣糨糊"。因为我又这么说,又那么说。比如体育,我说中国体育的成绩非常伟大,但是我又老琢磨足球,因为中国足球不伟大,足球不伟大肯定有它不伟大的原因,是不是? 您以为转变观念了,或者纠正作风了,球就能踢进去? 不一定。

窦文涛:您对中国足球什么感受?

王蒙:需要基本功。巴尔扎克说,培养一个贵族需要三代人的努力。

窦文涛:三代幻想。

王蒙:中国足球也准备三代,我希望我孙子在他六七十岁的时候,能够看到中国足球进入世界前十二名。(文涛笑)

查建英:时间那么长! 不是一般的悲观。

王蒙:咱中国人吃亏就吃在一个"急"字上。一九四九年以后,什么事儿都急,恨不得一天变成全世界前几名。改革开放同样有这种急,老觉得可以一步登天,一步就扭转过来。

窦文涛:现在评论不是说,改革开放后,我们二十年做了外国二百年才能做到的事情嘛!

王蒙:但与此同时,肯定积累了一些深层次的问题。

查建英:跟别的国家比,咱们改革开放三十年确实发生了翻天覆地的变化。咱们这儿铺路,建机场,非常伟大,非常迅速,连美国人都说,你们中国人建高速公路的速度真是让人叹为观止,可这中间存在着时间差。

王蒙:美国的发展变化和中国的发展变化难以比较,因为根本不在一个起点上,也不在一个传统上。有人还愿意那么说,我们盛唐时期,美国什么样?

查建英:那时候还在树上呢。(齐笑)

王蒙:也有比较现在的,说美国的人均收入是中国的几十倍,这是事实,用不着整天比。但好玩儿的是什么呢?我多次去过美国的几大城市,它的标志性建筑都没变,比如纽约的摩天大楼——当然被炸了一个,波士顿查里斯河旁边贝聿铭设计的银行。但我就摸不清北京和上海的标志性建筑是什么?人民大会堂?天安门?鸟巢?

窦文涛:鸟巢算得上标志性建筑吗?

王蒙:说不定,因为别国没有啊。还有中国人的精神面貌、语言形式的变化也让人摸不清。我老爱开玩笑说,中国人戏路子特别广,那会儿论证自己是贫下中农出身的时候,一走出来全是贫下中农;过几年又说出国留学,结果都有海外关系,而且都有资助。

查建英:有一阵儿兴满族,说汉族不行了,我周围就冒出一堆人有满族血统。

王蒙:我做出版工作的时候,有一人是工宣队的,你们还记得工宣队吗?就是"文化大革命"当中派来占领文化机构的工人,这个工宣队的人在编辑部干什么呢,又不会看稿子,改错字也不会。但刚一提倡有文凭,"啪"拿出文凭来了——劳动人民文化宫工人夜校,相当于大学本科毕业;你还得落实政策,给人家分配工作。这就说明了中国"咸与维新(指一切除旧更新)"向前发展的劲儿。我在文章里写过,去墨西哥的时候,跟白佩兰(墨西哥女汉学家)说,中国很大,改革不能着急,慢慢来。她说,算了吧,你这套话和当年李鸿章见日本首相伊藤博文的话一样。她说,我看中国人啊,特别求新,特别喜欢时髦。但中国人有他保守的一面,几千年不变的一面——八十年代初,美国拍了一部纪录片 *Looking for Mao*①,意思说中国改革开放以后,已经找不着"毛"的痕迹了。

查建英:怎么可能?

王蒙:这是美国人的肤浅性。他们不了解在深层次上毛与我们同在。毛泽东不是一个个人问题,他代表了一种风格、一种情绪……外国人对中国人的了解,常常只看见一个方面。改革开放好,就认为中国已经告别了毛泽东时代,认为中国人跟他们一样了?不可能!

窦文涛:您觉得中国人血液里还是跟他们不一样?

王蒙:不是。我意思是,二十年做了二百年的事情,这是事物的一面;另外还有一面,就是你二百年也完成不了别人二十年发生的变化。这里头没有价值判断,不是说必须越快越好,很多事儿不能忒快了。

查建英:关于奥运开幕式,也有两种截然不同的看法。一种说,哎呀,华丽、雄伟,充分表现出中国传统文化和世界融为一体了;另一种觉得,唉,完全就是表面包装嘛,内容和以前一样,没有什么变化。

王蒙:所以外国人给中国下判断,不是判断这头忘了那头,就是判断那头忘了这头。开幕式其实是一个大 show,但中国没有这词儿,我们说是文艺演出。如果按文艺演出来要求它,你会有很多不满,比如里头看不到演员的主体性。但开幕式是 show,show 是什么呢?是展示,是炫耀。

窦文涛:"秀"嘛。

王蒙:所以演员不是主体,制作人、老板——在中国叫领导,才是

---

① 《寻找毛泽东》,一九八三年美国公共电视台 Frontline 栏目系列纪录片。

主体,导演让你上哪儿你就上哪儿。十一万人看一个 show,能够和一千二百人,甚至小剧场一百五十人看演出的要求一样吗?不可能。就要热闹、宏大,当然要人海战术了,中国别的没有,还没有人吗?

窦文涛:咱们就这个多。

王蒙:中国什么东西都缺,就是不缺人;中国什么东西都缺,就是不缺热闹。中国人的生活老有一种高潮化的趋势。

查建英:我记得十年前您跟我说过,中国什么问题都有,就是没有一个问题——无聊,因为中国人太爱热闹了。

窦文涛:没错儿。中国人爱热闹爱到忘记自身安危的程度了。(齐笑)奥运期间,股票大跌,不管了! 奥运完再说!

王蒙:说起忘了自身安危,最突出的是钱塘江观潮。让那些人走,都不走,说我们看着正热闹呢!

窦文涛:我觉得您性格特别好,跟任何人都开放、张扬,跟外国人也能聊。

查建英:而且特别乐观。

王蒙:你们夸得我怪不好意思的,骄傲使人落后,谦虚使人进步。跟外国人当然聊啊,因为有时候他们对于中国的判断往往失之于简单,是不是?譬如一九八三年做了关于城市经济体制改革的决定,很快就有美国朋友寄来一份画报,其中有一张画画着邓小平在撕马克思的书。

窦文涛:啊?

王蒙:就说中国要搞市场经济体制改革,所以要告别马克思主义和社会主义了。当时能够比较清醒地断定,中国不会走英美式或者西欧式道路,仍然要走自己道路的外国人也有,但大部分外国人还是习惯把你的事情纳入他的概念和轨道。刚才说到高速公路,我也有感慨。譬如俄罗斯,多伟大的一个国家啊! 俄罗斯的艺术,对人类来说都是宝贵的财富,当然它也发生过愚蠢、残酷、负面的事情。但是我不知道你们注意到没有,到现在为止俄罗斯没有高速公路。

窦文涛:啊?真的吗?

王蒙:不知道最近开始修了没有①,反正我二〇〇四年去的时候,它的交通太困难了。我跟俄国朋友说,你们起码从国际机场到莫斯科市郊修一条高速公路怎么样?要是没人修,我给你拉点儿资本。

窦文涛:啊?

王蒙:你猜他说什么,他说不要修。原因很简单,世界上所有高速公路都是收费的,可是在俄罗斯你要想收费是做不到的。老百姓认定了公路是政府的事,修完了以后我只管用。他说为什么俄罗斯变化这么大,社会仍然稳定?就因为有些东西没有变,比如开车是不收费的。最早我到美国,发现开车行路要收费,还觉得可算抓到一个资本主义腐朽的例子了。(文涛、查建英笑)哪儿有开着车,这儿收一回钱,那儿收一回钱的?就俩钢镚儿也得往里扔一下。俄罗斯走的是另外一种道路,尽管九十年代改革有些地方很激烈,但是它具体的生活方式很多都没有改变。还有印度,印度接受英国式的民主政治观念,但印度也只有几段很短的几公里的高速公路。

查建英:我这两年去了两趟印度,发现同样一个民主制度在不同文化传统里会发生变形,在印度就发生了很有趣的变形。比如民主讲程序,要讨论,你修一条路,盖一批房子,不能一下令就盖,得要所有牵涉的开发商、业主、政府等验证,经常一讨论就是十年,在那儿扯皮,最后路也没修,房子也没盖,贫民窟照样。

王蒙:八十年代改革开放初期,中国和印度的国民生产总值差不多,现在中国是它的两倍多。印度前驻华大使梅农先生说,他最烦西方老把中国和印度做比较。你叙述两个国家的情况行,但是不要以为我们在比赛;中国搞自己的建设,也未必是为了和印度比赛。

窦文涛:对,就是想把自个儿日子过好了。

---

① 俄罗斯第一条收费高速公路计划于二〇一一年建成。公路全长四十九公里,将连接圣彼得堡港口和该市通往波罗的海国家的主要交通干道,总投资两千一百二十亿卢布(1美元约合23.5卢布)。

王蒙：虽然中国的发展这么快，实际上也有一个过程，发展阶段是不能超越的。现在回想一些改革开放初期的事，仍历历在目。一九八三年我去保定的时候，当地作家韩映山（笔名杜鹃）跟我讲，他儿子弄了一副框比较大的墨镜，把他给气得，拿锤子去砸，可能是塑料的吧，砸了半天砸不碎。他说，只要我活一天你就甭想戴这个眼镜。

窦文涛：为什么呢？

王蒙：西方资本主义啊。

窦文涛：就是那蛤蟆镜，上边还带一商标的？

王蒙：连香港都跟着讨论，说大陆太土了，眼镜还带商标！还有录音机，小年轻手里拎着卡带录音机到处转悠。

窦文涛：您性格乐天，好像到哪个国家都能跟人聊嘛。

王蒙：我尽量理解人家，我很少觉得别人陌生。比如到非洲，我觉得黑人真是太漂亮了，皮肤多棒啊，体形多棒啊。我到泰国，觉得泰国可爱到什么程度——不是说深圳出了大贪污犯跑到泰国去了嘛，咱们找着他了，但是根据泰国的法律，晚间十一点到第二天天亮以前不能抓人，因为人要睡觉。（齐笑）

查建英：我有一次亲眼看到王蒙在意大利开会，周围全是西方人，他那种态度永远让大家觉得舒服。他还要用英语发言，我认识的中国作家，您这年龄段的，好像还真没哪个对外语这么热情。

王蒙：我的英语到现在也不过关，这是我人生的遗憾之一。但是你要不往前努着点儿，就更不行了。起码有时候你忽然用英语开个玩笑，人家立刻就觉得跟你的距离近了。

窦文涛：但是我更关心的是您跟他们聊开之后，他们对于中国的看法。

王蒙：应该说改革开放以后，竹幕基本上不存在了；而且随着网络的发展，从技术上来说，我不认为封闭是可能的。有美国人说，你们中国每一本图书都要经过政府审查。我说是有送审制度，譬如牵扯到民族问题、高级领导、宗教信仰等敏感话题,确实需要送审,但每本书都由政府审查,做不到!为什么呢?因为中国现在一年出的新书有二十多万种,要是每一本书都由政府审查的话,那么我们的外交部、公安部的所有工作人员,从早到晚都得在读书。这样的话,中华人民共和国国务院应该改名为什么呢? Reading Club,中华人民共和国读书俱乐部。(文涛笑)世界上最有幻想力的国家,也达不到这样的乌托邦。

窦文涛:但我觉得会不会一本书出来,每个环节上的每个人,他脑子里其实已经渗透了政府的意识形态呢?写书的人知道哪些东西不要写,编辑也知道某些东西不能出。

王蒙:出版业有没有继续开放的空间?我相信肯定有。但也有一种看法,一位老作家说现在口子开得太大了。

查建英:原来我们都在麻袋里边呢!(笑)

王蒙:他用浇水来形容,说水"哗啦哗啦"从口子里流。我也不认为口子开得太大,但是在大部分情况下,我并不感觉现在出书有多大困难。就拿我来说,我写的书里头也有棱角啊,也有刺儿啊,但是我都有机会讲。有时候书里不方便说的,还可以在网上讲,网络的作用还是很大的。

窦文涛:在有互联网的国家,封锁真的是很难的。

王蒙:有一次我跟美国前驻华大使芮效俭(J. Stapleton Roy)说,我们都用电脑,都用网络。他说美国有一种观点,一个允许老百姓上网的国家,不能算极权国家。他还说,不管你对中国有多少看法,中国进入了近代史以来发展得最好的阶段。

查建英:现在有这种看法的人越来越多了。

王蒙:要批评中国太容易了,用不着他们万里而来批评,我们从早到晚都可以批评。但换句话说,我们得回想一下中国是怎么发展过来的。就我个人来说,我出生三年日本人打进来了,整个小学阶段都在日军的控制下,没事儿突然让我们背"第四次治安强化运动"的口号。

窦文涛：我头一回听说。

王蒙：一九四五年日本投降了，然后是内战；一九四九年解放以后，有几年特别高兴，然后是运动、运动、运动、运动……你什么时候过过一个连续二三十年相对比较平稳而且是向上的日子？

窦文涛：过去似乎有个规律，强调个人主义的国度，往往经济比较发达；强调集体主义的国家呢，经济一般不太发达。但是改革开放三十年间，中国这个重视集体主义的国家，在经济上实现了飞跃，这时候西方人会有一种错愕。

王蒙：错愕是因为中国太大，人特别多。我很早的时候在美国，美国人议论说，中国十好几亿人呢，十好几亿人都 work，这怎么得了啊？我就说，要十好几亿人都不 work，这不更不得了吗？这不麻烦了吗？（齐笑）

窦文涛：全世界人也养活不起。

王蒙：中国太大了。中国虽然是整体主义，但这只是思维方式的问题。比如中国人喜欢讲"大河没水小河干"，其实呢，小河没水，大河也干，发挥个人的能量非常重要。改革开放以来，恰恰是因为发挥了个人的能量。比如包产到户，为什么中国一包产到户，粮食产量"唰"就上去了？可是俄罗斯包产到户，粮食"唰"就下去了，什么原因？香港中文大学研究俄国的陈方正教授给我讲，中国从古代就有家庭经营的传统，一家子整天琢磨怎么多挣钱、多挣钱、多挣钱，这是中国文化造成的。俄罗斯什么情况呢？俄罗斯一直是农奴制，听老爷的，老爷说让上工就上工，说要栽菜就栽菜，说拔草就拔草，俄国没有家庭经营的传统。原来集体农庄是敲钟上工的，你不上工算懒汉，弄不好能送你劳改去；现在，嘿！解放了，再一看，家里粮食也挺多，伏特加酒有好几罐子，喝吧！（查建英笑）他的心情跟你完全不一样，所以包产到户后，俄罗斯的粮食反而下去了。直到二〇〇四年，他们说俄罗斯的粮食产量还没有恢复到沙皇时期的最高水平。

窦文涛:我还听过一种说法,说印度人也穷,但是穷得有尊严;中国穷得底儿掉的人,怎么就穷得没尊严。

王蒙:这是一个发展过程。我在喀麦隆和西德看过同一个版本的故事,说一个人在那儿打鱼,一个小伙子在树底下睡觉,打鱼的人说,过来过来,帮我打鱼。小伙子说,帮你打鱼干什么?挣钱。挣钱干什么?可以享受。小伙子说,我现在正享受着呢,你不让我享受,让我跟你去打鱼,有什么必要啊?一九八一年我从杭州坐火车去上海,坐在边儿上的是一位汉语说得很好的英国留学生,他说中国人现在对物质的东西看得太重了,什么电视机啊,电冰箱啊,这算什么东西啊?中国人为什么看得那么重呢?现在中国没人提电视机、电冰箱了。原因是,他有了。您没有的时候您想要,您真有了呢,就觉得不值一提。现在见面儿,谁还问你们家彩电多少寸?不能那么土。(齐笑)

查建英:这是不同的阶段。事儿走到极端了,都物极必反。六十年代过后接着是七十年代的保守,嬉皮(Hippie)变成了雅皮(Yuppie),又回头了。

王蒙:作为个人来说,不要那么重视物质,不要那么重视钱,这是绝对对的。比如甘地,人家身上就一片布。可是作为治国来说,不能够说我们这十三亿人变成十三亿甘地啊!

窦文涛:那也很可怕。

王蒙:那很恐怖的。相反,你得让这十三亿人吃饱饭,有好房子住,有家用电器使。与此同时,再希望他们也能够学文学、学哲学,不就是这点事儿吗?这很合理。

查建英:甘地的影响在印度市场化了以后也在下降,但很多印度人就算到新德里住了一代两代,还是觉得原来那个穷田园才是精神家园。

王蒙:我觉得这作为一个想法是非常美好的,譬如我遐想的精神家园是周口店。这多么美好啊,是不是?我没事儿就到周口店去逛一逛,甚至于高兴的时候,在那儿搭一个帐篷睡两宿。如果我有这么一记录,咱这三人行就更"锵锵"了。

窦文涛:山顶洞三人行。(笑)

王蒙:我有时候跟我的作家同行们不太一样——挨骂也是在这儿。我搞写作,应该强调文学重要,是不是?应该说饭可以不吃,房子可以不住,但你要看那些伟大的作品。可是我又老觉得——可能和我这几十年的农村劳动也有关系,让中华民族吃饱太重要了。

窦文涛:现在都吃得滥饱了。

王蒙:不都是啊,起码还有几千万人没有解决温饱问题。

查建英:几千万哪?

王蒙:有!改革开放初期说还有两亿人没解决温饱问题,数量相当大。设想一下,要把这两亿人成立一个"饥饿国",恐怖不恐怖?

窦文涛:哎哟。

王蒙:所以我觉得应该让人吃饱,应该让人有最起码的消费,而且这些东西和你的精神生活、文学爱好,和你写诗,和你浪漫,不是矛盾的。怎么吃饱了就写不出诗来呢?

查建英:实际上很多伟大的文学恰恰是吃得很饱的人甚至是贵族作家写的。

王蒙:他一边吃饱,一边贬低自己的物质生活,这是可以理解的,托尔斯泰就是例子。

查建英:托尔斯泰越到后期越这样。

王蒙:他越来越觉得物质不能满足他的精神要求,解决的只是肚子的要求。甘地也是这样,我去过甘地墓,墓上那两句英文让我很感动,"Simple Living, High Thinking",高深的思想,俭朴的生活。高深的思想当然没问题,但是忒高深也有问题,你跟老百姓多多少少得有能够沟通的地方。

窦文涛:道不远人。

王蒙:而且什么叫俭朴的生活?譬如我有两件衬衫,算不算俭朴？我有二十件衬衫，算不算俭朴？我不知道你们有没有印象，"文化大革命"时期报纸公开著文批判巴金，说巴金有四个半导体收音机。

窦文涛：呵呵，这叫生活腐败。

王蒙："文革"初期，中国作协还举行过"谢冰心的资产阶级生活方式展览会"，展览了她大概有十几双丝袜子。

查建英：哎哟。

王蒙：后来出国，我看见好看的丝袜子就赶紧给太太买，包装得那么漂亮，见都没见过呀。心想这才是真正对太太表达爱情，表达忠心呢。

查建英：我觉得王蒙的很多体悟，真的是从自己生活中体验出来的。岔开说，我从没见过一个中国作家永远是和太太同行的，对太太非常关照和体贴，非常平等。

窦文涛：王老师跟国际接轨呢，还是伉俪情深呢？

王蒙：也是咱的幸福，咱的快乐，咱的福气，对不对？

查建英：一辈子只爱过一个人！您在很多方面都有一种健康的心态。

窦文涛：整个就是乐观向上。

王蒙：也有另一面，自己情绪不好的事儿就不在这儿说了。

窦文涛：我听说有一次人家把你跟王朔放一块儿批判，叫"二王"。因为王老师写过一篇文章谈王朔，题目叫《躲避崇高》，那家伙，一石激起千层浪。

王蒙：我说的是王朔躲避崇高，他们就认为我是在号召全民躲避崇高，简直开玩笑嘛！

窦文涛：在你们这圈儿里，"躲避崇高"是很不得了的罪名吗？

王蒙：这里头有一个背景，就是中国一直处在革命高潮时期。革命已经胜利了，但仍然在不断地掀起新高潮，比如"整风"高潮，"反右"高潮，"大跃进"高潮，"文化大革命"高潮……高潮时期的文风特点，就是

"高屋建瓴,势如破竹",(齐念、齐笑)那种逻辑,那种精神上的昂扬。

查建英:但我觉得其实到现在,您的文风还是带着那种痕迹,喜欢用非常澎湃的排比句……

王蒙:我也是那个时代的人哪。不过改革开放以来,我们的高潮化正在向正常化过渡。当然不是说现在没有高潮了,奥运会本身就是一个大高潮,抗震救灾也是高潮,但是和当年的政治高潮不一样了……

印度哲学是既禁欲又纵欲

窦文涛:咱今天又欢欣鼓舞地迎来了王老师,人家说王老师聊天达到了什么人都能听的程度。

查建英:就是上边听了高兴,下边听了也高兴,左边听了高兴,右边听了还高兴。

窦文涛:就说他的职业履历,做过文化部长,做过农民,还周游列国……所以我要请王老师,聊一个挺火的国家——印度,恰恰您跟现任印度驻华大使拉奥夫人(Nirupama Rao)很熟。

王蒙:拉奥夫人本身是一个诗人,我给她翻译过八首诗。

窦文涛:都说中国是一个很文学化的国度,您觉得印度是不是也有点儿呢?

王蒙:当然。它的领导人瓦杰帕伊①就是诗人。

窦文涛:有人说诗人当领导有浪漫的一面,也有危险的一面。

王蒙:是,但是诗人跟诗人也不一样。近百年来印度最著名的作家是泰戈尔,他的诗里全是爱、和平、少女、母亲、儿童,写得太好了;而中国同时期的是鲁迅,他是悲愤的、深沉的、严峻的,让人觉得他背

---

① 阿塔尔·比哈里·瓦杰帕伊(Atal Bihari Vajpayee),一九二四年生于印度中央邦。曾三次出任印度总理。年轻时因参加政治活动辍学,后遭牢狱之灾。一九八○年退出人民党,成立印度人民党。亦为诗人、作家。

负了不知道多少压力。

王蒙:可有时候你也觉得泰戈尔写得忒美好了。因为他老家是加尔各答,那儿的垃圾堆非常多,公共汽车上人都是挂票。

窦文涛:什么叫挂票?

王蒙:就是人太多了,进不去,只能抓住窗户上的一根棍儿,这么挂在上头。

窦文涛:人的身体在外头啊?

王蒙:在外头。车就开走了,而且不用买票了。

窦文涛:这倒让我想起茅于轼先生写的一本书,他讲换位思考,就举公共汽车的例子。说中国人挤公共汽车,已经进不去人了,后面还要上来一人,扒住两边车门,使劲一上,"再挤一个,再挤一个"。"咣"——他一进去,马上立场就变了,说"不让上人了,不让上人了"……

王蒙:侯宝林有一相声,叫《变心板儿》,就是你的脚踩上公共汽车以后……

窦文涛:一踩就变心。

王蒙:你没踩上去以前,是"往里点儿,往里点儿,里头空地多着呢";刚一踩上去,就是"等下一趟,等下一趟,挤什么"。

查建英:好像印度朋友到中国来,经常会觉得中国人火气太大了。就说街上打架的事儿,两个人就算最后没真动起手,那叫喊声已经非常激烈了。印度虽然也有特别拥挤的贫民窟,生活也非常贫穷,但相对来说这种暴躁的场景要少一些。

王蒙:我也早听人家说过。八十年代初期,有英国和德国的汉学家问我,中国要发展经济,要现代化很好,但干吗那么着急啊?我们有个词儿叫"紧迫感"。从好的方面来说,中国有一股子要拼、要争、只争朝夕、天行健自强不息的劲儿。印度呢,有一股子乐天知命的劲儿,随它去吧,有就有,没有就没有,一切听从命运。

窦文涛:看出来了,(笑)印度那边儿发生恐怖袭击,反恐部队九个半小时后才慢悠悠赶到现场。

王蒙：我听过一个西方民间传说，比较欧洲人、中国人和印度人。说下雨房子漏了，中国人会马上想办法，或者撑一把伞，或者躲到角落里，然后你下你的雨，我睡我的觉。如果是印度人，一看房子漏了，太高兴了。敲着盆儿在那儿跳上舞了，水都冲到身上来了。

窦文涛：这就叫穷开心。

王蒙：如果是欧洲人，房子漏了怎么能睡觉啊？扒了，给我都扒了，咱今天不睡了，明天天晴了重新盖。我也不懂了，中国人这种急切劲儿啊，相对来说是不是也是一种动力，一个优点？

查建英：马克思提过"亚细亚生产方式"，它既是东方专制的基础，又是保持国家稳定、农业文明繁荣的基础。实行这种生产方式的社会不着急，发展缓慢，而且眼光是朝内的，没有创新、冒险的冲动。但是中国在鸦片战争以后好像发生了变化，激烈地推翻皇权，然后共和，又战争，然后建立革命，越来越快——这才形成了急躁的传统。

王蒙：你说得也对。鸦片战争以后，中国文化那种受伤的感觉，比亚洲许多地方都严重。

窦文涛：受什么伤啊？

王蒙：原来以为自己的文化非常好，自己的国家非常伟大，结果跟欧洲列强一碰，不堪一击，丧权辱国呀，只能赔人家钱哪。这种受伤的感觉，简直就活不下去了。

查建英：印度出身的奈保尔有一本书叫《受伤的文明》，他是在英国受的教育，成年后回去印度寻根，就觉得那是一个受伤的文明。中国也是受伤的文明。

王蒙：是不是比较起来，中国文化的抵抗性、反抗性、自尊心要比亚洲许多国家都厉害？印度我说不太清，菲律宾最明显，西班牙人统治的时候就跟着西班牙走了，连人的名字都是西班牙式的，冈萨雷斯那一类的，一听就是 Spain 的名字。

窦文涛:咱们呢?

王蒙:中国很难被变成一个真正的殖民地,中国在文化上拒绝被控制。考察一下亚洲国家,在所谓被列强控制、欺负、殖民化的过程中,中国人的反抗比较激烈。

查建英:我听一个意大利学者讲过,西方历史上很少见到中国历史上这么暴烈的而且层出不穷的农民起义。中国的士大夫阶层,从道统上有一种不能屈服的精神,比如明朝反抗多少年就是不认这个账。还有民国时期的章太炎,他这名字是从顾炎武那儿来的嘛,他崇拜顾炎武不屈的反清心态。他说我们如果被殖民就变成印度那样了,印度多么被奴役啊!

窦文涛:听二位聊,我得出一个印象,中国和印度是"急惊风碰见慢郎中",一个是暴脾气,另一个好像挺能忍。

王蒙:中国人一直有一种……比如提到旧中国处境的时候,动不动就提出"亡国灭种"啊。

窦文涛:危机感。

王蒙:这种危机感呢,别的国家不一定有。我们到现在都唱"中华民族到了最危急的时候",你别出事儿,一出事儿,这种悲情,这种对耻辱的记忆,这种要斗争、要和外敌拼到底的精神又都呼唤出来了。

查建英:血肉之躯筑长城啊,每次听到这句,我头皮都要立起来。

王蒙:中国人有一种对中华文化的自豪感,当然这种自豪感里也包含对世界了解得还不够。但是另一方面,它确实给中国人增加了一种骨气,就是我有我的章程,我有我的方法,我要赶上去,甚至于还要想办法超过你。

窦文涛:超英赶美。

王蒙:而且中国有五十六个民族,但是汉族是主体,占的比例特别大。印度不一样,印度光语言和文字就统一不起来,为语言问题都出过人命。印度人好像很平和,他是自个儿跟自个儿平和,他要遇到种性啊……

窦文涛：宗教啊……

王蒙：还有族群的矛盾，他就不平和了。

窦文涛：还真是挺复杂的。回过头来说泰戈尔……

王蒙：泰戈尔的哲学绝了，自古以来诗人墨客都吟咏生命的短暂。李白说，"天地者，万物之逆旅；光阴者，百代之过客"。

窦文涛："生年不满百，常怀千岁忧"。

王蒙：唯独泰戈尔的达观令我折服。他说生命是什么呢？你有一个小小的酒杯，上苍把生命的酒倒在你的杯子里，杯子满了，就把酒倒出去；又倒了一杯酒，又倒出去；又倒了一杯……这就是生命。这么平和，这么自然，把一切都归于上苍。

查建英：印度有一部史诗叫《罗摩衍那》①，它是怎么写河流和生命的呢？它说，印度教有一个大神叫湿婆，湿婆和另外一个女神乌玛交媾，然后做爱一次就一百年。

王蒙：我的知识非常肤浅，据我所知印度教崇拜三个神：一个是生命之神，一个是保护之神，还有一个毁灭之神，就是湿婆。他把毁灭看成人生当中一种值得赞颂的神性表现，这也绝了，反正我在别处没听说过。中国只有"大德曰生"，我们从来不歌颂死，死是阎王爷管的事儿。

窦文涛：印度现在的国民大部分有宗教信仰吗？

查建英：我也不知道，只是通过非常肤浅的观察和听一些印度朋友讲过。印度教②的信徒算是最多的，至于穆斯林占人口的百分之

---

① 《罗摩衍那》，意为"罗摩的历险经历"，与《摩诃婆罗多》并称印度两大史诗。史诗以阿逾陀国王子罗摩和妻子悉多的故事为主线，展现印度古代宫廷内部和列国之间的斗争，其间穿插不少神话传说。不仅在印度文学史上占据崇高的地位，而且对南亚地区的宗教产生深远影响。中国文学作品《西游记》也受其影响。

② 印度教源于古印度韦陀教及婆罗门教，乃印度本土宗教、哲学、文化和社会习俗的综合称谓。信仰观点复杂多样，提倡以"梵"为宇宙之体，信仰多神，拥有超过十亿信徒。

十五百分之十七吧。

王蒙:数量相当大了。

查建英:佛教徒也有,但是佛教在经历十世纪左右的一次穆斯林进攻以后,就衰落了,印度也有基督教,还有各种波斯传来的宗教。我跟印度朋友说中国问题很复杂时,他们老觉得,嗐,我们这儿才复杂呢,我们的宗教、种族、语言多么复杂啊。

王蒙:是啊。

查建英:确实,自从雅利安人从喜马拉雅山旁边的兴都库什山口进来,印度源源不断地进来各种人,突厥人、波斯人、希腊人,一浪一浪的,混了多少种啊!

王蒙:这个里头复杂呢,有些事儿特别有意思。印度的朋友跟我讲,他也把被英国殖民多年当做耻辱,但是印度这么多民族,这么多语言,现在给他们带来耻辱的英语反倒成了全国的沟通工具。你讲印地语吧,孟加拉人听不懂;孟买又是一种语言,和新德里话不一样。所以英语带给他们的既有耻辱,也有方便;另外,印度人接受了英语以后,就变成有印度特色的 English 了。印度人英语说得特漂亮。为什么泰戈尔能够得诺贝尔奖啊?因为他很大一部分著作是用英语写出来的。就跟爱尔兰人的英语比英格兰英语在某些方面还棒一样,萧伯纳就是爱尔兰人。

窦文涛:我觉得英语能够大行其道流行全世界,在于它宽容。这让我联想起普通话,我们也应该允许有点儿广东腔的普通话,有点上海腔的普通话,这样更有助于普通话流通。

王蒙:你说的完全对。贾平凹有一句名言,说普通话那是普通人说的嘛。(齐笑)真正能干的人,都不讲普通话呀。

窦文涛:没错儿,大领导们都不讲。

王蒙:毛主席不讲普通话呀,是不是?

窦文涛:我没去过印度,所以我没法想象它的种姓制度。他们真的就认为某种人很低贱,而低贱的人也认为自己很低贱吗?

王蒙：我也不明白。一方面呢，他们确实吸收了许多西方的政治、社会观念，讲民主、自由这些东西；但另一方面，他们又有非常明确的种姓的、阶级的规定和区别。

窦文涛：现在中国冒出一种观点——有人开始怀念封建王朝时代，说那时候仆人就是做仆人的，主子就是做主子的，那种有等级的社会，每人各安其分，反倒有一种稳定，不会像今天这样，整天打来打去，社会不和谐。

王蒙：可是中国自古就有农民起义，"王侯将相，宁有种乎"？从陈胜吴广就开始了。

窦文涛：李自成。

王蒙：到后边更多。农民起义的意识，从好的方面讲，代表了人民的反抗精神，不接受无道的统治；但另一面，暴力行为太多，对生产发展也有影响。另外，这种不断地改朝换代，使中国形成了一种动不动就自我作古的意识。凡事都从这一朝开始算，前边的不算。这种意识到了二十世纪，就和人民革命意识、社会革命意识、共产革命意识、无产阶级革命意识结合起来了，当然更要把前面的全部推翻！为什么毛主席利用各种机会宣扬农民起义，造反有理？他批武训，你光读圣贤书，越读社会越稳定，怎么可能推翻无道昏君呢？但是现在咱们提倡和谐社会，也需要相对稳定、分工明确、重视自己责任的一面。您老折腾也不行，是不是？

窦文涛：折腾够了，永无宁日了。所以现在有人提出一种观点说，也甭讲什么主人仆人的，应该首倡职业道德。我要是服务员呢，在我的八小时之内，一定给您服务好。但同时呢，你打的，除了付给出租车司机车钱之外，最好也说声"谢谢"。

王蒙：对人家劳动的尊重。

查建英：有印度朋友认为，革命虽然对中国传统文化造成了极大破坏，但是对人与人之间的平等还是有好处的。他观察说，你们的首长和助手，或者资深研究员和小年轻，可以坐在一个圆桌旁边同时发言,在我们那儿不可想象。种姓意识还是在印度人思想里埋伏着,人与人之间的平等还无法完全实现。

窦文涛:日本人也这样,通过语言就知道你是什么身份,该怎么跟你聊天。

王蒙:日本我现在还得不出结论来,但是日本人有一个优点,他们在工作上的尊卑分得非常厉害。你跟他说什么事儿,他两眼瞪着你,然后在那儿听着,"嗨、嗨、嗨",跟拍电影一样。可是下班以后一块儿喝酒的时候,绝对平等。老板、雇员一块儿开玩笑,你捅我一下,我逗你一下都没关系,日本人有这好处。

窦文涛:那东南亚呢?

王蒙:东南亚不一样。泰国、柬埔寨的尊卑长幼都分得非常清楚。假设咱们仨官大一点儿,现在有一个官小点儿的经过,他得弯着腰甚至半蹲着过去,像咱们川剧里练矮子功的,绝对不敢直腰走过去。

王蒙:中国有一点全世界都给予好评的,就是中国革命革完了以后,相对来说男女平等。外国人都很惊讶,说孩子可以姓父亲的姓,也可以姓母亲的姓?全世界没几个国家能做到。

查建英:而且男的也下厨房。印度除非是大城市的知识阶层有点男女平等意识,否则你要问一个印度男人,你们家谁做饭啊?他觉得你在羞辱他,因为男人是根本不进厨房的。而且他们来北京,听说有按摩的地方,觉得不可思议,在他们那儿没有,不可能女的给男的按摩,因为男女有别。

窦文涛:女的给男的按摩,不是伺候男的吗?(笑)

查建英:不行,他们男尊女卑,认为女的不能碰男人的身体。

王蒙:我觉得恐怕不是从尊卑上,还是从禁欲上。因为男女的身体接触可能会有各种麻烦。印度电影里头凡有和男女之情乃至于和性爱有关的场面,都把它歌舞化,里头充满了性,但又充满了美感。他们不弄那种很直接或者半体操式的器官行为,没有。

455

窦文涛：没错儿。

王蒙：其实印度比我们西化得多，英语比我们普及得多，尤其政治层面接受了英国那一套。但是从文化上来说，比如在男女问题上，他们比中国人保守，比中国人含蓄，比中国人还不接受西方的东西。中国在某些方面，百无禁忌。您别以为中国接受新事物慢，中国接受起来快着呢。有时候你都不知道怎么回事儿，"呼啦"一下子，观念就变过来了。我觉得像印度、中国这样的大国，同时又是文化古国，很难按照一个预想的模式，把它装到框子里。

查建英：其实印度是又禁欲又纵欲，印度教有很多男欢女爱。比如印度教神庙里的欢喜佛，各种性交的姿势，栩栩如生。

窦文涛：都宗教化了。

查建英：他一方面讲苦行，要避世，但是男欢女爱又代表着精神升华的最高境界。

王蒙：一种是我刚才说的把性意识艺术化，变成歌舞，变成诗歌；还有一种就是您讲的把性意识神化，变成宗教，变成形而上。我在印度也真开了眼，它寺庙里的生殖器崇拜——尤其男性生殖器，做得非常引人注目。最有趣的是，男性生殖器崇拜，女性拜得最多。

窦文涛：其实咱们聊印度，跟一个更大的话题有关系——全球化。有很多人是全球化激烈的反对者，他们觉得全球化到最后是不是就是英美化呢？慢慢地渗透到东方国家之后，原有的生活方式、文化艺术会不会逐渐凋零，到最后变成大家都一样了？

王蒙：这种担心不是没有道理。不用全球化，全国化都让人担心。譬如到一些自治区去，我特别想吃那儿的地方特产，但是他们为了表示对我的热情礼遇，端上来头一盘是基围虾，第二盘是大鲍翅。意思是你别以为我这儿落后，虽然我这儿是西部少数民族地区，但香港能吃上的，我这儿都能吃上。

窦文涛：哈哈。

王蒙：再比如地方戏曲本来各有各的特点，现在都来学京剧的一些做法。这么下去,最后山东馆、四川馆、广东馆、潮州馆全吃一样的菜,您说恐怖不恐怖?

查建英:我听中央美院的潘院长——他是杭州人嘛——说,杭州农民有钱以后盖的房子是什么?家家别墅上有一个埃菲尔小铁塔。(文涛笑)一定得有,没有显得你不时髦。

王蒙:还有一种是圆拱。我一看以为是穆斯林呢。你说的那埃菲尔铁塔,是不是跟安装避雷针有关系?(文涛笑)反感全球化,害怕文化被吃掉或者被统一,我觉得完全是有道理的。但是事物也有另一方面,全球化了半天,印度又殖民,又教英语,又用英国的制度来规范,但最后印度文化仍然是印度文化,印度人仍然是印度人。中国更是这样,中国要发展,要盖洋房,要学习别的好东西——更邪门的事也可以学,但是你想从根本上改变中国文化,想让中国按照西方思想家的路子来一步一步迈进……

查建英:没门儿。

窦文涛:中国文化的将来是谁也说不准的事儿。它会在吸收外来影响中自己生长变化。

王蒙:我的小学同学、美国威斯康星大学的哲学系教授林毓生提出,中国文化需要一种创造性的转化,既不是不要传统,也不是照搬传统。中国文化本身有这个能力,你看当年"五四"时期大家痛心疾首地骂孔家店,把线装书都扔茅厕去了……

查建英:还有说根本不要讲汉语的。

王蒙:那是钱玄同,要求废除汉语。

窦文涛:比如现在很多年轻人,中国文化在他身上的痕迹是什么呢?

王蒙:年轻人也会有。像现在孩子上幼儿园,老师肯定也教给他"床前明月光,疑是地上霜"。

窦文涛:现在发的段子是"床前明月光,地上鞋两双"。(齐笑)

王蒙:这也是中国文化,把严肃的东西调侃化了。"日照香炉生紫烟,眼前来到烤鸭店。口水直下三千尺,摸摸口袋没有钱"。(齐笑)把李白的诗和当今市场经济下的平民感受结合起来。你不能说这是外国的吧。

查建英:我觉得印度好多左翼知识分子很抵触全球化,举一个小例子,印度是产棉大国,前些年出了一种转基因棉花,可以抗虫、抗灾、抗冻,长得特快,而且省农药。这本来是西方的技术,咱们这儿马上接受,马上使用,而且很快自己也科研出适合的棉花种子,马上产量上升,成本下降。但是印度就很抵制,争论半天好不容易接受了,结果有一年来了虫灾,转基因棉花却不抗本地那种虫,死了好多。有些棉农就欠债了,自杀了,马上引起一大批愤怒的印度知识分子说,你看看,这就是全球化给印度农民带来的灾害。

王蒙:我立刻想到中国一个例子,八十年代初期,我们非常权威的报纸上登过一篇既是领导又是学者的文章,讲什么呢?提倡吃面包。说馒头含的水分太大,容易坏,而且不好消化。总而言之是希望在中国普及面包。八十年代后期我还听过高级领导同志在考虑,我们是不是应该用刀叉,因为筷子不容易消毒。

窦文涛:细菌顺杆爬。

王蒙:都是不锈钢的,拿药水泡也不怕呀,是不是?冲干净就能用。这样的事儿,我觉得很可爱,这说明我们的领导有时候也有一种非常天真的、美好的"见先进就学""从善如流"的精神。这些也没人反对,因为它实现不了。您一家吃面包好办;您一天吃三顿面包也没人管;您让中国十三亿人,说不蒸馒头了,烤面包,光成本得多少啊?

查建英:而且文化上最坚定、最保守的部位是胃,一个民族的饮食结构是最后的堡垒。

王蒙:用筷子也不好改变。筷子优点多啊,用起来方便,还训练手指头。你看意大利人吃面条,拿个叉子在那儿转啊,我觉得这是自找麻烦。所以对待全球化,需要有两方面心胸,一方面要真是好东西就学,学了就归你,是不是？电影最早是哪个国家传来的,谁说得清啊？反正现在我们看的是中国电影。另一方面呢,你也甭以为这个能学,那个也能学;有的能学,有的根本不可能学到,再过一百年也学不到。印度大使拉奥夫人有一首诗很感动我,写的是她对乌兹别克斯坦的撒马尔罕的感觉。她说我们都是被历史的烤面包机(Toast Machine)烤着不同部位的面包片,同样都要迎接历史的挑战,都要迎接历史的温度,不管这种炽热是好的热,还是凶恶的热……

窦文涛：甭管烤的是胸脯,还是大腿。

王蒙：您那边可能把脑袋烤煳了,我这边脚丫子给烤上了;我们有很多相通的地方,又有很多不同的地方。这说法挺有意思的。

窦文涛：但也有批评说,印度反应慢,跟现代化效率不太吻合,很多东西接轨不上。与此恰成对照的是德国,都认为德国人干活靠谱。

王蒙：龙应台原来的先生是德国人。刚改革开放的时候,她和先生到大陆来,发现某县招待所的床是来回摇晃的。德国人觉得很恐怖,说这床怎么能够睡人呢？摇着掉地下怎么办？于是就把招待所所长叫来,所长说这事好办,出去搬了三块砖就进来了,这儿添一块,那儿添一块。

窦文涛：哈哈,不晃了？

王蒙：不晃了。德国人傻了,说这叫什么事儿啊？搬砖来干什么？说搬砖是因为床晃啊。德国人认为砖是垒墙的就应该垒墙;打酱油的只能打酱油,不能打醋。龙应台在家里也一样,哪个东西有点晃,找本不太有用的厚书往那儿一塞,立刻顶住了。她先生又傻了,说书是阅读的,怎么能塞在那儿呢？

窦文涛：用北京话说,德国人"轴"啊！

王蒙：但中国进口的医疗器材和药品属德国最多,冲这事儿您不"轴"点,回头一灵活……

查建英：只要是德国进口的,你都觉得质量保险。

王蒙:有一年我去日本访问,第二天要离开东京,日本负责人要求我们把需要托运的行李都给他。他认为所有包装都不合格,然后一夜不睡,重新用绳子封条包装好,做到万无一失,不管里面有没有好东西。他说哪能这样交运呢?这对自己不负责,对机场也不负责。但凡事都有另一面,中国人大气,抓主要的就行了。

窦文涛:纲举目张。

王蒙:中国历史悠久,见过的世面比较多,有一种满不在乎的劲儿。意大利人也有这种劲儿,跟他们在一块儿,怎么都好说。比如你们二位是意大利人,我忽然有点懒,说要不咱今儿不"锵锵"了,改吃炸酱面得了,意大利人绝对接受。德国人绝对不接受,他眼睛能瞪这么大。有一次我到德国城市杜林,发现街上有呕吐物,就跟德国朋友说——我也不能老夸你们,向你们致敬,都快变成德国迷了——我可没想到在你们德国,呕吐物就在街上搁着,也没人管。他说真的吗?德国人进步了,德国不会出现法西斯了!他也觉得德国人太"轴"了。(齐笑)

窦文涛:不知道中国是从来就有"大而化小"的传统,还是时代原因导致粗线条的人太多呢?

王蒙:古老国家都有这个劲儿,过于成熟,什么事都不放在眼里,觉得不需要抠抠缩缩的。一个日本朋友说,那是因为中国人的智商高。但中国人智商再高,也不会比日本人高很多;而且中国人办事儿没有日本人认真,这点应该学。毛泽东也说过,世界上怕就怕"认真"二字,可现在我们有些事,尤其是法制规则没有讲认真。

查建英:阿玛蒂亚·森①有个词儿总结得好,叫 Argumentative Indian——好辩的印度人。中国同事和印度同事一起开讨论会,永远是印度人滔滔不绝,争论不休,中国人发言很少。但中国人执行能

---

① 阿玛蒂亚·森(Amartya Sen),一九三三年生于印度孟加拉湾,其名为泰戈尔所取,意为"永生"。英国剑桥大学博士,先后任教印度、英国和美国,获一九九八年诺贝尔经济学奖。虽长时间在西方国家工作,但仍保留印度国籍。著有论文集《惯于争鸣的印度人》等。

力强,说规划一个城市,全部按点交活——质量高低咱另说;印度讨论十年还在讨论,倒是很全面,但有时缺少点行动。

王蒙:是不是越是第三世界的国家越喜欢谈哲学?我在印度强烈感觉,人人要和你谈哲学。去吃饭,他谈哲学;看跳舞,他谈舞蹈背后的哲学。甘地讲哲学,毛泽东也讲哲学,甚至现在伊朗总统内贾德①,一张口也是哲学。我不知道是哲学偏爱发展中国家或亚洲国家,还是亚洲国家偏爱哲学?

查建英:尤其在宗教发达的地方。

王蒙:因为GDP、人均收入、环境指标什么的都太现实,有时候成功,有时候失败。但哲学你只要自个儿给自个儿弄通了,则永无失败之日。有一种满足感,仿佛建构了一个精神世界。回过头说印度人不如中国人急,和哲学多少有关系。

查建英:印度人有优越感,觉得你们物质文明是比我们发达,但我们精神文明比你们高尚。

王蒙:其实在鸦片战争时期,中国人也死守精神文明的阵地。一直到梁漱溟时期都是如此。

窦文涛:但为什么中国现在有往食品里放毒的事情呢?有论调说,因为中国人头上没有神明,否则不会干那么下贱的事。

王蒙:也不见得中国人没有信仰,所谓"天网恢恢,疏而不漏",做坏事一定会有报应,不见得非得佛教、道教、基督教或伊斯兰教才叫信仰。但不管以哪种形式,必须在人的内心里建立起核心价值。当然光相信道德也是不合理的,要有法制。刚才说认真,中国最不应该不认真的就是法制,如果法制再不认真,这国家没戏了……

---

① 马哈茂德·艾哈迈迪-内贾德(Mahmoud Ahmadi-Nejad),一九五六年生于伊朗德黑兰的平民家庭。现任伊朗总统,对西方立场强硬。两伊战争期间曾服役伊朗革命卫队。近年因在哥伦比亚大学演讲时称"伊朗既无核武器,也没有同性恋"引起国际讨论。

世博会不是经贸奥运会

窦文涛：王老师，最近世博会开幕放烟花，"哗哗哗"，放得比奥运会还长呢。

王蒙：说实在的，我对世博会也不是特别了解，主观上觉得它跟经贸的关系比较大吧，就是各国把自己最好的产品展示出来，对旅游、全球化都有推动。

窦文涛：说是经贸版的奥运会。

王蒙：让我感动的是，丹麦把他们的国宝——小美人鱼（雕塑）运到中国来了，这太让人感动了。因为在所有的爱情故事里——甭管现在是把爱情和住房结合起来，和官员的潜规则结合起来，还是和得金牌结合起来——我始终认为《海的女儿》是我读过的爱情圣经。

窦文涛：评价这么高啊！

王蒙：因为在《海的女儿》里，你看到的是为爱献身。小美人鱼因为爱上了王子，牺牲了自己几百年的生命，牺牲了自己的舌头——由海中女巫给她做手术，让她能够到人间去。

窦文涛：有了脚。

王蒙：她什么都牺牲了，可最后王子却认为是另一位公主救了他，但她不能说话，不能告诉王子是她救了他，最后太阳出来，她变成了泡沫。我觉得咱活一辈子，知道这世界上不但有爱情，还有欺骗、犯罪、变态，甚至强暴——我什么没见过？就是为了知道世界上还有《海的女儿》这样的爱情，虽然不是真的，但这一辈子也值了！

梁文道：从这个角度看丹麦很有意思，一个北欧强国最大的象征居然是一个童话爱情故事。

王蒙：这也反映出丹麦很把上海世博会当回事儿，把看家的玩意儿拿出来了，是不是？我的比喻不一定恰当啊，这等于是中国上丹麦参加世博会,把天安门前那俩华表挖下来运过去。

梁文道:那不行,成卖国汉奸了。(笑)

王蒙:全中国都得乱套。可丹麦敢这么干!另外,法国也把奥赛博物馆的七幅名作运过来了,这可了不得!想到这儿我就急着去上海。这七幅名作看不看还没关系,但是美人鱼我一想起来就激动,又恢复了自己的……

窦文涛:青春!老夫聊发少年狂啊。

王蒙:我觉得美人鱼文化里贯穿的是一种基督教精神。北欧几个国家国旗最突出的特点是十字架,说明他们把基督教视作精神支柱。我们起码在美人鱼的故事里能够感受基督教里最可爱、最美好的东西。

窦文涛:您说中国的爱情故事是什么情怀呢?《梁山伯与祝英台》《孔雀东南飞》……

王蒙:但是你在中国馆里能闻到李白的味道吗?能闻到《红楼梦》的味道吗?表现绘画和建筑还好办,但表现文学,除了丹麦,别的国家都没有办到。

窦文涛:我觉得现在中国特别需要文学艺术,咱在很多事情上真是没有美感,比如有些领导把真正不可复制的古迹拆了,然后花大钱盖个什么迪斯尼乐园。

王蒙:咱的旅游事业都有粗鄙化倾向。一个快人快语的地方领导同志说,现在有些地方搞旅游,"先造谣,后造庙"。(齐笑)说这是孙悟空的故乡,这是唐僧娶媳妇的地方,然后修起一个庙,客人就都来了。

梁文道:然后还展示唐僧洞房的情景。(笑)

王蒙:所以欧洲好些东西真是值得我们借鉴的。比如丹麦宣传美人鱼,维也纳每年举办施特劳斯音乐会,都显出了文化的档次。

梁文道:我们有春晚啊,赵本山加小沈阳嘛。(笑)

王蒙：我们现在正在走一条文艺和市场相结合、和文化消费、娱乐圈相结合的路子。好处是社会氛围轻松，大家神经不那么紧张；坏处是文艺完全大众化了以后，不容易产生经典。

梁文道：当然咱们也不能跟欧洲比，中国人才刚刚吃饱肚子，也不用想那些太玄虚的事儿。但是我去巴黎，还是觉得那个艺术气氛真美啊。

王蒙：这跟教育程度有关，跟心态也有关系。中国人心态浮躁的劲儿还没过，还在急着买房买股票，这种气氛压倒了一切！我也在想，为什么有些学者都习惯于"单打一"的思想，认为发展经贸和发展人文是两回事儿，而且越发展经贸，人文就越差。可是经贸能离开人的需求和审美吗？您买一个手机，不单考虑它的使用价值，还要考虑形状、颜色、手感、包装，这里头充满了感情，充满了情怀，整个加起来才是人生的快乐。

梁文道：前一阵子我在杭州，正是最好的季节，看了很多古代的好东西。然后再回头看旅游团指导游客旅行的方式，真的感觉到中国人的审美能力在退化。

王蒙：这方面我也有体会，比如杭州，先甭说风景和建筑，光名字就起得那么好，什么曲院风荷、柳浪闻莺、三潭印月、花港观鱼……但有一条，过去懂得审美、能留下好东西的也是少数士大夫，苏堤、白堤那也是苏东坡和白居易留下来的故事，引车卖浆者流绝对不懂欣赏，也不会题对联。所以这里头有个很大的矛盾，你说文学应该是人民的吗？是大众的吗？是少数人的吗？

窦文涛：说到旅游，王老师，听说您这个老共产党员最近又踏上了台湾的土地？

王蒙：我最早一九九三年去过，最近又去了一趟。这次我到了台南、台中、南投，还有日月潭……文道对台湾比较熟悉，您觉得台湾最可爱的是什么？

梁文道：我觉得是人情，街上随处可见。

王蒙:我也觉得。我特别喜欢鹿港小镇①,在那儿买了些零碎的东西,有做成小人样的刮痧木很可爱。其中最感动我的是卖东西的人态度之良好,待人之友善。有一个从香港传来的词儿,我过去最不喜欢了,叫温馨,可当我去完鹿港小镇跟日月潭以后,觉得真是温馨啊!而且越到小地方,越感觉温馨。台北毕竟是国际城市,和北京、上海、香港,甚至纽约、伦敦更相像。可在台南,人的笑容都不一样。我觉得大陆最温馨的地方是云南,云南人说话声音很好听,不管买东西的人怎么刁难,他老是软绵绵地说话。另外,台湾电视的特点也是温馨,说得不好听——我本身没有贬义,就是琐碎。

梁文道:特别家长里短。

王蒙:对。二〇〇九年正值中华人民共和国成立六十周年,加上电视剧《潜伏》的成功,一下子大陆各电视台都在热播国共两党互派特务斗争的戏。但那段历史不是台湾的胜利,所以台湾电视就不提了。但是台湾朋友如果看到大陆电视,一定会觉得诧异,怎么还在跟国民党斗啊?

窦文涛:台湾人说,你别看电视上打得厉害,那只是政党之间,但底层社会人与人之间的人情往来是不失和谐的。譬如王老师作为大陆人去了台南,那可是深入到绿营的根据地了啊!

王蒙:人家台南人民都过自个儿生活呢。现在大陆游客多得不得了,得来回排八个"S"的队才能办过境手续。

窦文涛:二〇〇九年到台湾旅游的大陆游客突破了一百万人次。

王蒙:说到新闻,我觉得台湾看不到太多国际新闻,可能和它的国际处境有关,不那么热心报道;另外,和钱也有关系,要用BBC的消息得花钱,用半岛电视台的更得花钱。

窦文涛:跟市民的趣味也有关,得讲收视率啊。比如凤凰卫视在

---

① 鹿港小镇,位于台湾中部西海岸。人口八万,寺庙古迹密集,有"繁华犹似小泉州"的美名。

465

台湾就不一定能生存下去，得顺应市民的趣味，弄些家长里短的。

我听当年跑到台湾的北京人说，再回现在的北京，早已经跟当年不一样了。当年的老北京，你进了一个店，就算不买东西，店老板也会给你泡杯茶，离开时说声"您好走"！

王蒙：现在美国是这样，很多超市都有自助咖啡；在银行办点事儿，也会立刻请你坐下，倒上咖啡，连饼干都送上来了。

梁文道：去了纽约觉得回北京了，哈哈。

王蒙：但是中国做不到，人口太多。银行没茶也没饼干，动不动还要排号一小时，医院更是如此。

窦文涛：最近江西一个旅行团在台湾旅游，由于大雾飞机折返，旅客在飞机里等了八小时，最后拒绝下飞机了，搞得台湾方面很难办。

王蒙：听说拒绝下飞机是违反国际航空法的。

梁文道：很奇怪，全世界我只见过中国乘客喜欢来"拒绝下飞机"这一套。

王蒙：我觉得和咱们国家民航方面误导有关。七八年前民航出台一个政策，说由于民航的原因造成飞机误点的，可以给乘客一些赔偿。我当时吓了一跳，全世界没这么赔的，因为造成飞机误点的各种因素多了，赔得了吗？美国飞机也常误点，误得一塌糊涂……

梁文道：尤其美国内陆航班经常误点。

王蒙：我还住过美国机场临时安排的酒店，和"文革"期间的县招待所一样！（文道大笑）门的下半部分全烂掉了，钉一块三合板。我多少年没见过这样的酒店了。而且机场也没赔钱，其实赔一点钱也很合理，比如给十美元当做午餐费，三美元当做长途电话费——你得告诉接你的人不能按时到达啊。但在中国呢，赔偿也变味儿了，要求赔偿是因为你耽误了我的事儿。

梁文道：在美国航班延误了，一般都会解释为大雪大雾。但是很奇怪，内地航班延误经常解释为航空管制。一说航空管制，我身边很多朋友就说,一定是哪位领导要怎么样了……越这么想就越激愤。

王蒙:由于领导原因的航空管制肯定有,但有时候就是为了调节,比如有架飞机正等着降落,肯定得先让人家降下来啊。还有因为气候的,这些情况我都相信。

梁文道:但老百姓还是喜欢往不好的方面联想。

王蒙:平常缺少调节渠道和空间,所以借机闹一下。但我这回去台湾略感欣慰,几百名游客排队办过境手续,个个都笑容可掬,不是一肚子委屈的样儿——要是一肚子委屈,他也不去台湾了。

窦文涛:王老师,您经常周游四海,对大陆部分游客在国外的举止有见闻吗?

王蒙:当然!有大陆游客发明了打电话的方法,就是把硬币塞进投币孔,再提溜出来,再投进去,再提溜出来,最后提溜走了,白打电话!当然也有外国游客在中国贩毒让咱们给毙了的,英国一个,日本毙了仁。

窦文涛:咱一般都罪不至死。(笑)

王蒙:中国人脑子忒灵活了。

窦文涛:你给一条缝,他撑开一片天。而且这种精明从小就开始了。有一部纪录片叫《幼儿园》,讲现在的小孩受社会沾染,在思想上有成年化的痕迹。

王蒙:《幼儿园》其实不新鲜了,社会的一切在儿童身上都有反映。五十年代我听老干部做报告,说在延安就有小孩互相攀比的情况:一个说我爸有警卫员,另一个说我爸没警卫员,但他有一匹马,上哪儿都骑马。

窦文涛:现在都是比"宝马"。

王蒙:做报告的人非常愤慨,说小孩怎么能有这种思想呢?我们都是共产主义者,应该无条件地为人民服务,应该大公无私,这帮小兔崽子怎么能议论这些呢?就连小小一个班里也有班干部,有少先队队长,已经开始有类似的潜规则。他必须赢得班主任的好感,才有希望评"三好生"。而且最可怕的是,儿童现在越来越没有游戏了。现在还有一个说法——反正我挺害怕的,说要开发学前儿童的智力,还要成立研究所。孩子刚五岁啊,就开发他的智力?如果孩子有权利,我认为他最大的权利就是玩。

窦文涛:最近湖北一儿童文学作家去当小学生作文竞赛的评委,结果批改出一身汗来!这些小孩都不屑于写小孩的事儿,而专挑隐私写:有的写大人婚外恋;有的自曝丑史,写有人给我一块钱让我咬同学的屁股;还有的写情话,"他低头走进车厢,木质的地板发出呻吟""只有这时候,她才能贪婪地看着他""男孩给心仪的女孩写情书,然后一起在挣扎中甜蜜,然后她忘记了自己美不美,忘记了自己可不可爱,忘记了一切,却忘不了他,他已经成为她心中的一切"。

王蒙:如果这孩子六岁八岁,我会稍微一愣,觉得他怎么有点早熟;但如果十一二岁,就很正常了。就说我自己吧,我初中写过一篇作文叫《春天的心》。

窦文涛:哎哟,春心!(笑)

王蒙:当时我十二三岁,也学着大人写,"青年男女携手依偎着坐在公园里,他们沉醉在爱的迷梦里",现在看我自个儿都觉得奇怪,怎么会把爱说成迷梦呢?

窦文涛:太早熟了吧!

王蒙:但我写完之后很得意,觉得自己很会写作文,一个初中男孩哪能写出这样的文字呢,证明我阅读过好多"五四"时期的散文,刘半农、刘大白、俞平伯……

窦文涛:徐志摩……

王蒙:徐志摩就更甭说了。但我写的时候真想到什么了吗?没有,就是跟他们学。

窦文涛:学的时候,知道爱情是怎么一回事吗?

王蒙:不能说很知道,但是觉得男女在一块儿一定挺有意思的。

窦文涛：已经神往了。（笑）

王蒙：当时我看电影《金粉世家》一男一女亲嘴，后来女的肚子就大了，我就认为，俩人别瞎亲嘴，一亲嘴肚子大。（文道大笑）

窦文涛：据《中国青年报》报道，二〇〇三年上海市青少年的性成熟年龄已经提前到十二岁，正是入读初中的年纪，而这个数字在三年前是十四岁左右，三年提前了两岁！

王蒙：一九八〇年我第一次去美国，正巧一台湾画家的女儿过九岁生日，旁边的华人说，九岁是大姑娘了，可以交男朋友了。我当时听了有点诧异。他们认为，九岁的小孩和异性小孩一块儿玩非常自然，但如果老是臭小子跟臭小子一块儿，小辫子跟小辫子一块儿，反而不正常了。"乒乓球外交"时期美国人到中国来，一看照相馆里不是俩解放军战士搂着就是俩姊妹搂着，脸贴得近近地照相，都说中国太开放了，在这儿展览同性恋呢！（笑）

窦文涛：其实八九岁小孩常说结婚的事儿，家长一般都当笑话看，可为什么落在作文上，咱就不安了呢？是不是我们习惯认为小学生作文应该永远不涉及"性"？

王蒙：其实真值得担心的倒不是这些，而是什么呢？——小孩作文已经有套路了，而且屡试不爽。一上来先写风景，然后写劳动人民怎么辛苦，最后联系到自己功课不好，将来不能为祖国效劳……这更可怕！

梁文道：我非常赞同王老师的观点，套路式作文才可怕。我经常去不同的学校演讲，发现学生主持人很有意思，他们必然会说的话是什么呢？"非常感谢梁老师今天为我们带来一场精彩的思想的盛宴……""思想的盛宴"五个字必然出现。

王蒙：没准儿跟凤凰卫视学的。（齐笑）

湖南文艺出版社 2010 年出版

睡不着觉？*

前 言

我身边的人，包括写作的同行、共事过的党政干部以及我个人的亲友，都有各种睡眠的问题。有苦于长期睡不好觉的；有从睡不好觉开始，后来发展为躁狂加抑郁甚至精神病症的；也有自称失眠，声称自己如何可悲可怖，但实际身体与精神都还不差的；有昼夜颠倒，写作经夜，清晨才上床的；有因为熬夜拼命，加班加点而受到表扬与擢升的；有积劳成疾、艰苦奋斗的；也有极其会睡、能睡的。请注意，我说的这些人中，最棒的是这些"睡眠成功人士"——他们不在少数，他们告诉我，只要一躺下就能睡着，只要一睡着就七八个小时后才起床，而且不管去地球的哪个角落，天黑就能睡，天亮就上班，需要加班就加班，想补觉就补觉，从不知什么叫时差，什么叫睡不着。既能连续加班少睡，也能一口气睡它十几个小时，把缺少的觉都补回来，他们更是对失眠一词儿十足反感、纳闷并且完全无法理解。这最后一种人，应该授予他们"睡神"的称号，至少也是"睡眠大师"。他们都是有名有姓，有头有脸的人物，只是我不敢轻易地点他们的名而已。与他们相比，我的睡好与好睡，也只是小巫见大巫。

我少年时代经受过睡不好觉的痛苦，此后多年，又享受着爱睡、

---

* 本文是作者与北京朝阳医院睡眠呼吸中心主任郭兮恒的对话。

能睡、善睡的红利——享受着睡眠给我带来的平安健康与头脑清晰、生活和谐与节奏轻松以及可以让我精力集中地去工作。

睡眠是本能,也是一个生理学、医学、中医学、养生学共同关注的领域,同时睡眠也是一种心理现象。不仅是一种精神强度的表现,是一种精神面貌,还是精神能力与精神修养、精神功能好坏与否的试金石。睡眠多少也体现了价值观、世界观、人生观这"三观"。睡眠是决定生活质量、生命状况的一个重要因素。睡眠还是个人、社会群体的治与乱、盛与衰、强与弱、有道与无道的标志之一。

聊聊睡觉的事,是我酝酿了三十年的一个话题,这次能与睡眠医学专家郭兮恒主任一起求教切磋,实是幸事,获益匪浅。出版家金丽红、传媒工作者郝迪(本次对谈主持人)等友人,也都提出了各有特色与趣味的知识与见解,编辑维维下了大功夫,在保持随机与原生的谈话状态下,将闲谈记录整理编辑成文。睡好觉,谈好睡觉,编好书,帮助读者睡眠好、精神好、身体好,乐莫大焉,功在其中矣!

少年失眠,老来善睡

郭兮恒:王蒙老师您好,咱们是头回见面。您这精气神儿可真不像八十多岁的人,一看就是睡眠充足、心态好。

王蒙:郭主任您好!我知道您是咱们中国睡眠这个医学领域里的专家,您是朝阳医院的睡眠中心主任,是睡觉的引领者与校正者,我觉得咱们一起来聊聊睡眠这个话题会非常有意思。我呢,是一个少年失眠、后来喜睡善睡嗜瑟睡的人,有很多关于睡眠的个人经验,对睡眠所涉及的心理学啊,社会学啊,文学啊这些角度——现在时兴叫"维度"啦,也都有些自己的小见解,虽然不知道对不对,不过说出来也算个趣谈。您呢,就从科学的角度帮我分析一下。

郭兮恒:太好了王蒙老师,我作为呼吸睡眠科的临床医生,接触了很多有关睡眠问题的临床案例,我也可以结合生动的案例和您分享一下目前对人类睡眠前沿问题的科学探讨。虽然我说的都是大白话,听起来跟故事似的,但在科学的严谨性上我是能打包票的。

王蒙:那我就先给您讲一个我的故事。许多年前有一次我一大早起来,就跟老伴嘀咕:"茉莉花茶太厉害了,喝多了,我这一晚上都没睡着,一分钟都没睡着。"谁知道我老伴说:"您一分钟都没睡着?您可别逗了,您还打呼噜呢!""我打呼噜了? 不可能,就算我打呼噜了,也是没睡着。顶多就是哼哼两声。"她问我:"您就不承认吧。那您回答我,我昨天晚上起了几次夜? 我夜里都干什么去了?"她一下子就把我唬住了,因为我真的一点印象都没有啊,我就老实交代:"夜里我什么都没听见啊。"她说:"告诉您吧,我昨天起了两次,咱们家的窗户那儿总是传来奇怪的声音。"这可把我吓坏了,我就问她:"怎么回事啊? 家里来小偷了?"她说:"不是,是睡觉之前窗户没关严,我去关了窗户才回来接着睡,回来以后您还呼噜着呢。"

这就让我特别费解,难不成真有贼,从窗户进来跑到我床前,把我的睡眠给偷走了吗? 当然了,我相信我老伴说的都是真实的,她也不会为了安慰我而撒谎,因为我没有失眠症,我是自嘲自己烧包,过量饮茶导致伤神。所以我就觉得像我这种睡眠不稳定而又认为自己失眠的情况肯定在很多人身上都有。这让我感到困惑。郭主任,您觉得发生这种现象的原因是什么呢?

郭兮恒:哈哈,王蒙老师,您别着急,您这个问题啊,是因为人的心理分好多层次。比如在这个层次上,您因故因事,或者因身体不适,就会觉得一直不舒服,所以认为自己一夜没睡。可另外还有很多其他的层次,您已经看不见也听不见周围发生的一切了,而且您的脉搏可能比平常缓慢,其实您确实已经睡着了,但是您仍然没感觉到,认为您自己没睡着。

在临床当中我们经常跟病人纠结这个事,病人说:"郭大夫我没睡着,我一晚上都没睡着。"我就问他爱人,真的是这样吗? 他爱人说:"他晚上睡着了,我看他睡着了,他还打呼噜了,他经常这样不承认自己睡着。"这个病人对睡觉的感受就存在他主观上的误判,在睡眠的问题上,主观的判断和实际的状况本身误差就比较大。

其实"睡觉"跟"睡觉的感觉"是两回事儿,有的人就容易对睡觉的感觉出现错误的判断。这个误判,我认为非常容易理解,为什么呢？比如说现在我要等一个人来跟我一起讨论。可是这个人十分钟没来,半个小时没来,两个小时还没来。我等得比较着急,感觉等他的时间简直太漫长了,甚至每一分每一秒我都感到难熬。但是当你睡觉的时候,眼睛一闭一睁就到第二天早晨了。虽然好几个小时,但这过程就很快,你感觉不到经历了这么长时间。在临床当中恰恰是有些所谓失眠的病人,总认为自己睡得不够,总认为睡得不多,甚至是认为自己没有睡,其实很多都是错觉。他们的实际睡眠时间比他们的感受要长得多。

我们曾做过一个研究,就是晚上给失眠的病人做睡眠脑电图监测。第二天再与患者主观感受作对比,我就问其中一位患者："昨晚你睡没睡着觉？"他说："我昨天晚上根本没睡着啊。"我告诉他："根据我们精密仪器的监测,你睡了三小时。"他不相信。我就把昨晚记录他睡觉的脑电波图形和分析结果拿给他看。他这才相信他确实睡过几个小时。

所以对于睡眠来说,睡着的时间和对睡着的感受是两个概念,刚刚王老师您讲的就是对睡眠的感受,这样的感受经常误导我们医生对患者睡眠时间以及状态的判断。有的人总是觉得自己整晚都没睡着,也经常会因此感到焦虑。他就会想：我昨晚一夜都没睡,今天我怎么工作啊？怎么学习啊？把这种对睡眠的错误感受转变成一种焦虑的情绪。

短暂失眠史,原因何在？

王蒙：我过早地体会到失眠的滋味,现在我又特别擅睡。关于睡眠的两个面，我自己一人就全占了。

一九四八年，我十四岁，考上了河北高中，就是现在的地安门中学。在这以前，我都是在家里住的，到了河北高中后才开始住宿舍。其实学校离我家倒是不远，完全可以回家住，但是我当时不是刚刚加入了中国共产党嘛，并且成了"地下党"。我既然是党员，就得做群众工作，鼓动大伙反对当时的国民党反动派啊！所以为了伟大的事业我就住校了。当时一个宿舍一共十二个人，都是小伙子，这晚上睡觉可热闹了——一会儿这个开始磨牙，一会儿那个开始说梦话，还有打呼噜的、放屁的……第一天住宿舍我真的是一宿没睡。第二天第三天也是一样，就这么过了几天，脸色变得十分难看。

后来有一天上课，老师见我这脸色不好，就问我："王蒙，你是不是得肺结核了？"您可知道在当时那个年代，一听"肺结核"这三个字就够让人闻风丧胆的了。我就特别害怕，跑去医院检查，我知道自己肯定不是肺结核啊，于是挂了精神科，跟大夫说我失眠。大夫一看我这么年轻，直接跟我说："你才多大啊你就失眠？！去去去，别在这瞎耽误工夫，去好好查查该查的。"这么着，我就被这大夫善意地轰出来了。

打那时候起，我就特重视睡眠。我觉得睡眠对一个人的工作、体力、成长、发育，到精神面貌，智力发挥，再到三观建设与充实强化，影响真是太大了。我最重要的养生经验可以说是：以睡为纲，身心健康，以睡为大，睡不着也不怕。我自己分析我这短暂的失眠史，其实就是因为在集体宿舍不舒服，我得坦白，我当时虽然已经是党员了，非常光荣、自豪，可我还是个小孩，在家住久了，突然住宿舍，身边没有老娘，姐姐也不在，我不舒服啊。当时我不好意思承认是因为想家想得睡不着觉，虽然地下党员没带手榴弹之类的武器吧，但承认因为想家而失眠，那还怎么做群众工作啊？那不得让群众笑话嘛。

郭兮恒： 那您后来是怎么在宿舍里睡着觉的呢？

王蒙： 后来每天都过集体生活，我也参加工作了，跟以前不一样，我已经是大人了,住宿舍习惯了,睡眠就好多了。

您看我精神这么好,跟我始终睡眠好有关系,我年轻的时候身体非常不好,我们当时的区委书记都指着我说:"这孩子活不长。"当时看我身体状况那区委书记估计我都活不过三十岁。因为——我在这儿说您也不会怀疑我借机自吹吧——我就是太聪明了,他说:"这么聪明的孩子活到三十多也就到头了。"可是我听着都要被吓死了。三十就死了,您别价呀,这忒冤了,来这人世一趟三十就走了?所以打那以后我对睡眠、对健康,没有不在意的地方。

郭兮恒:王老您这就是典型的因为睡眠环境改变导致睡眠出现问题的情况。十二个人睡在一个房间,干扰因素太多了,那就看谁扛得住谁扛不住。按您当时那个状态来说就是医学上讲的"睡眠障碍"。

我经常跟我的病人说,我在地上铺张报纸都能睡着觉。我记得在学生时代坐火车、走长途的时候没地儿待怎么办?就弄张报纸铺在火车车厢那个过道的地方,躺着睡一觉。所以环境对年轻人一般影响不太大。

但是王蒙老师讲的经历说明:第一,还是有相当一部分人,对睡眠环境要求是比较高的,他需要一个相对好的环境才能睡觉,而且是能够获得高质量的睡眠。第二,对于睡不好觉的人来说,对环境的要求就更高了。第三,如果把睡眠环境的话题延伸开来,老年人对睡眠环境的要求那就更加苛刻了。

王蒙:是这样的,尽量改善睡眠环境,但是与此同时,一定要告诉自己,不要挑剔睡眠的环境,因为你总会有特殊的情况,比如你出差啊,装修房子啊,等等。所以如果你挑剔太厉害了,也是自个儿害自个儿,你不能允许自己说"今天环境不好,我没法睡",这种语言必须革除。就是靠着墙、靠着旮旯儿,让你睡一会儿,你也得想办法睡一会儿,是不是?"老革命"告诉我,战争年代急行军里,战士们走路都能睡着,等到首长一叫停,后排的人一个个撞前排的人。

郭兮恒：没错，就像如今困倦的人，站在地铁里拉着扶手都能睡着。

王蒙：我感受太深了，因为我得过"缠腰龙"，就是带状疱疹。太痛苦了，我没法躺下睡觉，一躺下就疼得不得了，我就在躺椅上半斜倚着，这样可以歪一点。因为我有睡眠之功，我在躺椅上也能呼呼地睡一觉。所以到现在我还有一个习惯，就是中午我不上床睡觉——如果穿着衣服睡觉，把床都弄脏了，脱衣睡又太麻烦，中午睡大发了也不是好事，所以我就在椅子上斜靠着睡。

当然还有一种是很适合人们睡觉的、能晃悠的那种竹藤椅子，我在那种椅子上也能睡着。睡午觉的时候有这么一把椅子非常方便，也不用脱衣、穿衣，尤其冬天脱衣服穿衣服多麻烦啊！啰里啰唆的！所以一个人既要选择好的环境、好的枕头，享受睡眠，又要随遇而安。

中国的传统文化，特别强调人的心理平衡。可鲁迅为什么批评中国的老书呢？他说外国的书是激励你的，而中国的书，它让你静下来，让你别闹。我们现在从睡眠的角度来说呢，静下来是必要的，但是您不能一天二十四个小时在那儿静着，不然您肯定就有问题。所以我们就要改善自己的心理状态，改善自己的精神状态，我觉得这个对大家来说好处极大，而且是无价之宝。

"失眠"疑似伪概念

王蒙：郭主任，我觉得您说的"睡眠障碍"这个概念很有意思。现代、后现代的文化论说中，有一种比较时髦的说法，就是说语言的发达与异化，会使语言反过来控制生活，乃至歪曲了现实，或者说由于语言的概念，造成了人生的歪曲、痛苦与麻烦。少年时期失眠这件事对我来说最大的收获是：千万不要轻易说自己失眠。光是"失眠"一词儿就活活害死人。我甚至认为"失眠"这两个字，这个词儿，给人们造成的痛苦比睡眠机制失调本身还要多。

"失眠"一词，神经兮兮，嘀嘀咕咕，迷迷糊糊，是个毒素超标的词。在过去，常常是小资产阶级知识分子和有闲阶级以及吃饱了没事干的人才懂这个词儿，工人与贫下中农绝对没有人谈什么失眠，他们关于睡眠的痛苦是既没有足够的时间也没有适宜的环境去睡觉。说实在的，披星戴月、辛劳终日的人，哪有什么失眠的？

医生也千万别轻易对病人说"你有失眠症"，这就害死人了。很多说法都比失眠这个词好。尤其您用到"睡眠障碍"这些专业用语。有的人只是睡眠障碍，干吗非要自己说成失眠呢？就像吃饭也会有吃饭障碍一样，可能我咬着舌头了，又或者之前吃得太饱了，到了吃饭的时候我就不想再吃了，这不都算吃饭障碍嘛！可这并不是"失食""失饮""厌食"啊。顺便说一下，我对"厌食"一词也有极大的怀疑，这也是个害人的酸词儿。要是能去掉"失眠"这俩字，您可以承认您睡眠出现了障碍，最多费点吹灰之力，克服一下，这个障碍也就跨过去了，这听上去多舒心。

郭兮恒：没错，虽然失眠症归属睡眠疾病中的一种，在临床上，泛指的失眠也可能是一种表现，专业的睡眠医生应该把失眠现象与睡眠障碍区分开来，这才更有利于帮助病人理解失眠困扰，解决睡眠问题。

王蒙：关于失眠这个词，我有这么个小故事得跟您说说：我之前的秘书是个年轻人，他的睡眠有时也会出现问题，但是他有他自己的新式应对武器。他根本不承认自己失眠，他认为失眠本身就是一个伪概念——失眠在一定程度上也是睡眠的一种形式。他说尽管这个想法有点牵强，但是它有心理治疗的作用。当他睡不着的时候，他就暗示他自己，这其实就是在睡觉时自己梦见自己睡不着了。我觉得他这种想法太棒了。人家庄子早就提出这个问题了——梦见自己化为蝴蝶，翩翩飞舞，醒了以后庄子问自己：究竟是庄生梦见自己成了蝴蝶了呢，还是蝴蝶梦见自己成了庄生了呢？一时睡不着觉也是同样的道理呀。就好比你急着做梦吃肉包，但是没吃到，那么这是入梦不成功才吃不上肉包呢,还是你已经入梦,但是没吃到肉包,所以你干脆以为自己小资兮兮地失起什么眠来了?其实,两个方面的因素都有,问题是梦里您知道您有肉包,但是您何必那么急、那么慌着去吃呢?

我现在也有睡不好的时候,但是我睡不好的时候,我在那儿歇着,您问我想什么呢?对不起,我什么都没想。因为这时候想的东西就根本没进入我深层思考的范畴。睡觉的本质是休息,一时睡不着,但躺着、眯着,都是休息。已睡、未睡、正在睡、刚睡、半睡,这些状态是互相流动、互相畅通的,你中有我,我中有你。如果说什么失眠,那么一定是失中有睡有梦,梦中有睡有失。我不仅没有进入深层的睡眠,我的胡思乱想也没有进入我深层的思考。所以我认为,人的失眠状态往往是一种半睡眠状态。

郭兮恒:王老师这是在战略上藐视"敌人"的做法,值得点赞!

王蒙:我相信,所谓失眠症患者中有一大半睡得不好的人,是自己夸大"军情",是精神脆弱、娇嫩、自我撒娇的结果。他们所谓的失眠,不一定靠得住。甚至于,我认为我们应该向失眠这个不科学、不准确、不全面、不好听的词儿宣战。不承认什么失眠不失眠,只承认有时睡得好些深些,有时睡得差些浅些,如此而已。就咱们刚才的这些讨论啊,我想出了一首小诗:

> 失眠一说坑死人,睡得不实又有甚?
> 打着呼噜睁着眼,照样睡梦昏沉沉。
> 翻身一夜能好睡,梦话一车笑得勤。
> 还有梦游去外地,锁上家门再开门。
> 睡成啥样随它去,睡法睡道花样新。
> 愁家愁业愁收入,只有愁觉最无伦。
> 开车睡觉应罚款,躺而不睡也养神。
> 强气强体强睡觉,睡有天助自开心!

我的意思是,我们都追求深睡眠,但也不妨浅睡眠,半睡不睡歇歇腰腿,也是靠拢睡眠的调节休憩,也是保养,反正死活不给自己戴失眠的帽子。

郭兮恒:好诗!"躺而不睡也养神",这种心态对有睡眠障碍的人来说是非常关键的。

为什么有的人容易发生睡眠障碍,有的人不容易发生睡眠障碍?这里跟心理是否强大有关系,也跟心理暗示有很大关系。当你的心理形成一个不良的暗示时就容易造成睡眠障碍。

王蒙:我从另一面来分析,因为我有这种经验,就是有时候其他的疾病影响着我的睡眠。虽然我现在挺能睡,挺会睡的,真不算是吹,但是并不等于我每天睡得都是同样的程度。

我有过什么情况呢?有天晚上睡觉,我就来回地翻身,反复地起夜,比如平常我夜里起一两次,而那天就起了六七次,基本上一个小时我就要起来一次。第二天就开始发烧了,结果是怎么回事?其实就是呼吸道感染。可是呼吸道感染发作以前呢,我身上燥得慌,又咳嗽又打喷嚏,一会儿觉得热,一会儿又觉得凉;一会儿加一床薄被,一会儿又把这个薄被踢了。闹腾了一宿,第二天绝对感冒,一感冒马上就能大睡,睡到什么程度呢?因为头天夜里也没睡好,第二天我从十点就睡,睡到夜里头两三点,这才踏实过来,基本上病也好了觉也补回来了。所以睡眠和你总体的健康状况也有密切的关系,我琢磨着也有由于睡眠不好影响身体其他功能的情况。

反过来说你有别的方面的毛病也会影响你睡觉的质量,因为你睡着不舒服,你躺那儿老难受,但是如果睡眠状态特别好,在火车上缩在椅子上我也能睡俩钟头。

郭兮恒:王老师说的是非常重要的问题。失眠是什么?失眠在睡眠疾病分类中是一种疾病,叫"失眠症";同时失眠也指一种症状。刚才王老师讲的情况,睡不着觉是因为身体不舒服导致的,在这个时候它就是一种症状,是一种伴随症状,也就是继发性失眠。比如说有人有呼吸系统疾病，他就会因为呼吸困难而睡不好觉，那就不能定义为失眠，只能说是有原发呼吸疾病，同时由于呼吸疾病造成睡眠不好；还有的人患有甲状腺功能亢进症，多数甲亢患者都睡不好觉。所以有些甲亢患者，心慌气短，最后变得性情烦躁，大冬天开窗户，穿得不能太多，燥热，当然也睡不好觉，怎么办？可能有人就说吃安眠药吧。其实这样解决就更麻烦了，因为这样并没有解决影响睡眠的根本问题。如果我们把甲亢控制住了，睡眠自然就会改善了。类似情况还会发生在心脏病患者的身上，他们常常睡不好觉。心脏病本身造成的痛苦以及对心脏病的恐惧都会严重影响患者的睡眠。其实我觉得在临床当中不要一睡不好觉，就认为是失眠症，不要误认为只要是睡不好觉，就得靠吃药解决睡眠问题。需要特别注意的是有一些中老年人，容易出现各种身体不舒服的现象，不舒服的问题反映出来的结果就可能影响睡眠。所以要注意查找病因，弄清楚是原发性的失眠症，还是继发性的睡不着。

王蒙：您的这个说法对我大有启发，所谓的失眠，有时候并不是一种多么顽固难医的疾病，而是另外某种疾病的一种表现。就是您说的没睡好觉，与头疼、脑热、头晕、口臭等一样，都只是"症状"，任何带来疼痛、折磨、痛苦的疾病，都是对睡眠的扰乱，都是破坏睡眠的。

四十年不睡觉的人

郭兮恒：早些年，我参与录制中央台的一个科学节目，是说河南省有一个妇人，她四十年来从不睡觉。我当时听了就很诧异，因为正常人超过一周不睡觉，就会有生命危险，更何况是四十年呢！节目组当时把她带到我诊室，我对她进行了一些初步的询问后得知，她自诩已经四十年没睡过觉了，而且她的爱人和邻居们都可以作证。于是在得到当事人同意的前提下，我们决定给她"治病"。我们在一个独立的睡眠监测房间内，通过科学仪器对她进行全方位的睡眠和行为监测。监测的第一个二十四小时,也许是她刻意地不睡觉,我们通过连续观察发现她的脑电图真的没有呈现睡眠脑电波。等观察到了第二天和第三天,我发现,她的脑电波在告诉我们,她在睡觉。这样的脑电波虽然持续的时间不长,但是却频繁地出现。后来,我把她陆陆续续出现的关于睡眠的信息累加起来,按照观察时间再进行统计计算,最后得出这样一个结论——她平均每天的睡眠时长达到六到七个小时。也就是说,她不是不睡觉,而是她和我们常人睡觉的方式不一样。我们常人的睡眠具有节律性和连续性,而她把这个连续的过程分散成了很多片段。并且她自己也没有意识到她发生过睡眠,观察结果证实这种碎片式的睡眠,就是她的睡眠方式。这就不难理解为什么在所有人眼里,她是不睡觉的人。

郝迪:(本次对谈主持人):还有这样睡觉的人? 真是头回听说。在睡眠方面人类还是比不过海豚。有人见过海豚睡觉吗? 肯定没有,它总是游来游去的。

王蒙:不同的生物有不同的睡眠习惯,我觉得这个很有趣。我感觉猫是最能睡的,在我熟悉的宠物里没有比猫睡得多的,狗也没有猫睡得多。据说猫一天有十六个小时都在睡觉。没事它就睡,也不影响它的灵活、它的反应,对它捉老鼠也没有不良影响。

郭兮恒:动物的睡眠形式是与物种的生活方式有密切关系的。根据生存需要,各种动物的睡眠时机、睡眠时长和睡眠姿势都是不相同的。比如马、大象、牛和鹿可以站着睡;树懒和某些蝙蝠是头朝下挂着睡;很多食肉动物都蜷缩着身子睡。有的动物在晚上睡,有的在白天睡,也有白天晚上都睡觉的。树懒的睡眠时间为二十小时,蝙蝠是十九小时;猫、猪和小家鼠要十三小时;人类的睡眠需要七到八小时;牛和豚鼠七小时;长颈鹿和大象只需要四个小时。海豚几乎一直在游泳好像从不睡觉,其实海豚也需要睡觉,只是采用半个大脑在睡觉,另外半个大脑处于清醒状态,海豚是双侧大脑交替工作和睡眠。

郝迪:熊为什么冬眠? 因为冬天的熊不冬眠就活不下去了。在冬天它是得不到食物的，只能用一个最有效的保护自己的方式，也是节能的方式。

郭兮恒：这是熊冬眠的第一个原因。第二个原因是熊在冬眠期间同时也在养育后代。如果在那么寒冷的冬天，它不睡觉，还要去到处走的话，它的婴儿就活不了。因为刚生下来的小熊是没有任何的自我保护能力的，没有持续的保暖很快就会被冻死。

人的生活方式不一样，白天人们需要工作，需要活动，晚间可以休息，人类复杂的保护行为使得人即使在冬天也可以养育后代。在北极这种严酷的环境下，能够存活的生物就非常少。北极有猴子吗？没有了，可能最早是有的，但是已经被冻死了。但是只有人类这种生物能适应各种环境。比如老鼠，在夜间活动，白天却很少活动，因为它太弱小了，白天活动就被其他生物吃掉！它靠夜色来保护自己，这都跟它的行为方式有关系。不同物种的睡眠时间也不一样。比如说大猩猩、猴子这类灵长类动物跟人睡眠时间是比较接近的，但是又不一样。

睡眠当中的快速眼动期睡眠，也就是我常常说的做梦的睡眠，是哺乳动物才有的一种睡眠形式。猩猩猴子都会做梦，都会有梦境内容的，我们虽然不知道它们梦的内容，但是我们通过脑电图发现它们会有快速动眼期睡眠，也就是伴有梦境的睡眠。

回笼觉，好梦长留

郝迪：最近我看了一本书，那本书大概是讲作为一个人，你和五十万年前的你自己有什么区别。五十万年演化过来，我们的 DNA 变化并不大。远古时期，有的时候你要放弃狩猎，冒着被动物吃掉的风险，放弃交配的机会，而要睡八小时一定是有道理的。就像人们为什么喜欢吃薯片？远古时期人类靠吃昆虫来获得蛋白质。那时人们吃昆虫时候嘎巴一声，获得了蛋白质，和我们现在吃薯片的快感是一样的。

王蒙：这个说法有趣。五十万年前我们想获得食物不被吃掉其实是很难的事情，但那时候的人二十四个小时里有八个小时在睡觉；到现在我们更容易获得食物，有更多的夜生活了，但还恪守那八个小时的睡眠。所以说五十万年前的人类跟你的 DNA 差别非常小。

郭兮恒：所以说为什么有的生物是夜间活动，有的生物是白天活动，这就跟它的生活习性、生理特点有关系，也就形成了各个物种不同的生物节律。

王蒙：我有时候自然而然地就醒了，等到又困了的时候就睡个回笼觉。而且睡回笼觉的时候梦特别多，而且特别清晰，还不觉得累，挺舒服的，该梦到的、想梦到的都梦到了。

像我这种爱好睡眠的人，能多睡一个小时我绝不少睡一小时。有时候我睡得特足，到凌晨三四点钟就已经睡了六七个小时了，醒了就起身打开电脑，改一段稿子，过一会儿，困劲儿上来了，又回被窝里睡一小时回笼觉，再起来更精神了，就觉得赚到了。

郭兮恒：您讲得太对了，这是生理上很重要的现象。回笼觉一般发生在后半夜甚至清晨，后半夜的睡眠就处于容易做梦的睡眠阶段。您有时候可能还觉得整夜的睡眠过程中并没有梦，其实您没有梦的感觉并不意味着您没做梦。由于回笼觉经常发生在后半夜或者是早晨，因此常常要经历做梦的睡眠，在做梦的过程中觉醒就会使您对梦境的感觉特别清晰。

睡眠是生命生活本身的一个内容，一个元素，一个方式

王蒙：对于睡觉这项科学来说，我是个外行，因为我没学过这个。但就您刚才说的，我想谈谈人类需要睡眠的看法。如果我说得不对了，郭主任就赶紧帮我纠正补充。

生物为何有睡眠？我认为这就是因为身体的器官都需要休息，

但是有的器官休息非常明显。比如吃饭,假如说您一天吃两顿、三顿甚至四顿,在饭后的三个小时,就是肠胃的消化过程,我认为虽然肠胃还在动,但它起码舒服了,这就是休息。

四肢的休息相比肠胃就更清晰了。您在劳动过后歇着的时候,或者锻炼后歇着的时候,都是四肢休息的表现。可是中枢神经这一部分,就是所谓的大脑皮层、大脑皮质这一部分,就只能靠睡觉休息。就算您坐在那儿一动不动,您不睡觉,在那儿胡思乱想,您的这个脑袋也很沉重。我对睡眠的理解,您觉得可以吗?

郭兮恒:我认为您理解得很重要,但是我觉得您说的只是一部分,还有一些其他的方面。因为生物的活动存在一种节律性。

首先,就睡眠来说,我们大家都容易理解的或者都容易想到的就是休息。它的功能表面看上去好像就是一个休息的过程。我们为什么要睡觉?首先我觉得这跟我们人类的行为方式有关系,人的生活方式,就是有一段时间需要活动,还有一段时间需要休息。我们人类选择夜间的时间休息,因为人到了夜间就什么也看不清楚了,如果这时候出去打猎,什么也看不见,那怎么办?就得找个安全的地方去休息。这个行为方式就决定了人类的生物节律。有些动物就不一样,比如狮子,白天睡觉,它晚上干吗?去捕杀猎物。它的眼睛在黑天也可以看得很清楚,它可以看清猎物,而它的猎物却看不到它。

同时我们也要看到,人类的休息形式有两种,都是非常重要的。第一种是我们体力活动的休息,第二种是我们脑力活动的休息。完成脑力活动和体力活动的休息在睡眠当中的体现形式是不一样的。比如出版社今天要搬家,从十九层搬到二十四层,我们都要搬东西,这个时候您知道消耗的是什么?主要是肌肉的活动和体力,搬完了累得要"死",但是搬上去以后办公用具摆哪去,那就不需要我们操心了,由领导来安排,我不需要动脑筋了,因此这个过程主要消耗的是体力。那么这种体力上的疲劳,晚间如何通过睡觉来修复呢?您就发现,在这个晚间的睡觉过程中,不做梦的睡眠就变多了,因为不做梦的睡眠是恢复体力的主要形式。再比如领导催促王老师尽快完成书稿,王老师就要不停地动脑,写提纲,整理资料,整天坐在那全神贯注地工作,大脑一直在飞速运转,那么您忙了一天,同样会感觉非常疲劳,这说明王老师的脑力活动已经透支了。那么接下来晚间的睡眠,做梦的睡眠就变得比较多,您是通过延长做梦的睡眠来恢复脑力的消耗和强化记忆的。

我要强调的是睡觉的过程很复杂。如果仅仅是把睡觉理解成为单纯的被动休息,可能是不全面的,这只是睡眠的一小部分功能。真实完整的睡眠活动是一系列积极主动的复杂过程,是需要完成很多重要生理活动,执行多种机体功能的过程,这就是王老师所强调的,睡眠是非常重要的,不能被忽略的原因。

有的人可能认为自己睡了,而且睡的时间好像也不短,但是可能你睡眠的这个过程并没有完成你所谓的休息。比如说您写了一天的稿子,动了一天的脑筋,可是晚上睡觉的时候做梦的睡眠又特别少,那第二天您的脑力就没有得到充分的恢复,脑子是混沌的。脑力要想恢复,就必须要通过做梦的睡眠来实现。不过还要强调一下,我说的主要是指成人。

王蒙:儿童还没有脑力劳动呢,那儿童睡觉做不做梦呢?

郭兮恒:儿童成长的过程有两个方面。你看那小孩在嬉笑玩闹的时候很幼稚,他的幼稚行为是与他的年龄相匹配的,要是他三十岁了还是做出像小孩一样的行为举止,您就觉得不可思议了,为什么?孩子需要经历成长发育的过程,包括脑力发育、智力发育和身体发育的过程,健康的睡眠对于这些生理发育过程是非常非常重要的。在睡眠过程当中有不做梦的睡眠,不做梦睡眠当中有深睡眠,我这么说有点绕,但是绝对准确。孩子在不做梦的睡眠当中的深睡眠时,生长激素会大量释放!生长激素是作用于整个机体,对蛋白质合成、糖代谢、调节肾功能和水代谢都有作用,因而可促进骨骼、肌肉和器官的生长。

您想象一下,如果一个孩子的深睡眠时间不够长的话,生长激素分泌就少，成长发育和代谢都会受到影响，那这孩子个子就长不高。所以说要保证孩子的睡眠太重要了。

睡眠当中的做梦的睡眠，叫快速眼动期睡眠，快速眼动期睡眠时眼球会发生快速移动。大脑的神经元的活动与清醒的时候类似。

这种睡眠对于儿童的神经智力发育非常重要。如果一个人在幼儿时期做梦睡眠不足，日后就会产生行为偏差、失眠以及大脑缩小等后遗症，并会造成非正常数量的神经细胞死亡。因此做梦的睡眠对于健康的中枢神经系统是非常重要的。我经常会讲一个极端的例子，如果我们观察智力障碍患者的脑电波，就会发现他的做梦睡眠特别少甚至阙如。如果想让孩子聪明，智力发育好，学习成绩也好，老师讲的课程都能容易记住的话，那么就必须保证充分的做梦的睡眠。

睡眠为什么这么重要？就是因为它的功能太多了，无论是人的休息，人的发育，以及内分泌代谢的调节，还是很多神经系统、消化系统方面的功能，都跟夜间睡眠有密切的关系。夜间睡眠的时候，我们的迷走神经功能兴奋，那么我们的胃肠蠕动就会加快，促进食物的消化。睡得好就吃得好，睡得好就消化得好，营养状态也会好，这都跟睡眠是有关系的。

看似睡觉，实则干事

王蒙：睡眠这件事真是太有趣了，能让我们从人类的大历史聊到个人成长的小历史。

郭兮恒：睡眠既是人们的基本生理需要，又是个非常复杂的生理过程，它不是一个简单的休息问题。这点特别重要，您觉得躺在床上睡觉，什么也不干，其实在这个过程您干的事儿太多了。都干了什么呢？我们在白天讨论的问题、遇到的人、学习的东西，怎么才能记住啊？就得靠经历睡觉的过程才能记住。我们平时上课学到的东西，大脑就会把它放在一个临时的储藏室存放起来,如果您不去强化它,这个事物您就记不住,这个临时储藏室就很快被大脑丢掉。问题的关键是,我们要想记住我们学习的东西,就需要大脑把临时的储藏信息转移到永久保存的地方,而这个过程一定要经过睡眠,所以睡觉是我们形成长期记忆的关键步骤。您知道人类跟其他动物不太一样,人类是高智商动物,既往的进化过程和当前的生活行为,都是离不开学习和记忆的,所以睡眠对人类来说就非常非常重要。

其次是人的身体在一天的工作和生活过程中经历了很多事情,也会发生相应的变化。随着疲劳程度的加重和能量的消耗以及代谢产物的堆积,总之,在诸多的条件积累和促进下,人体睡眠的欲望逐渐增强,最后不可避免就要发生睡眠。其实这个调节机制非常复杂,包括随着生物钟的节律变化,人体内很多激素的水平都会发生相应变化,这也是促进我们发生睡眠的内源动力。健康的睡眠是顺应生物钟节律发生和结束的,这也是为什么我特别强调生物钟的重要作用。比如说我们到了晚间褪黑素的分泌就会升高,这时候我们的睡觉意愿就增强了。到了早晨的时候,肾上腺皮质激素就逐渐升高,这时候我们就觉醒了,而且精神饱满、精力充沛。那么如果您到晚上肾上腺皮质激素高了,那就会造成您晚上没有困意了,就睡不着了。每天我们都是在这么多条件共同作用下,才能使得我们发生睡眠和觉醒。睡眠状态良好的晚上,您一躺下就睡着了,第二天早上睡够了,也就自然醒了。这些现象都是人体顺其自然发生的,睡眠健康的人根本不需要为此担忧和付出额外努力,这就是一个生理的行为过程。

所谓达·芬奇睡眠法

郝迪:有一个非常出名的球星,葡萄牙的 C 罗,我有一次就看见一则采访说:睡眠对一个运动员的比赛状态起很大的作用,有的足球运动员会有睡眠辅助师。C罗的睡眠辅助师监测他的睡眠时,看他进入深度睡眠后就把他叫醒,让他多次进入深度睡眠,据说这样有利于恢复体力。

还有一种所谓的达·芬奇睡眠法(Da Vinci sleep),据称是一种将人类习惯的睡眠过渡分散成多个睡眠周期,以达成减少睡眠时间的睡眠方式,还叫多阶段睡眠或多相睡眠。这是不是和您说的那位看起来四十年不睡觉的妇女的睡眠是一样的节奏了?这种方法对C罗踢球的状态发挥到底有没有帮助呢?

郭兮恒:人类的睡眠习惯是在优胜劣汰的自然法则下进化而来的。我们现在的睡眠规律是自然优化后形成的习惯。人类的睡眠是在特定时间内的连续过程,你睡第一个小时是为第二个小时做准备,第二小时是为第三小时做准备。你有第一小时睡眠才会有第二小时的睡眠状态,如果你要把睡眠的节奏打破了,就不会有完整的正常睡眠过程。开始发生睡眠时,我们首先进入到浅睡眠,再由浅睡眠过渡到深睡眠,然后由深睡眠再回到浅睡眠,最后进入到做梦的睡眠,这个过程叫做一个睡眠周期。健康成年人每晚完整的睡眠大约都会经历四到五个睡眠周期,但是每个睡眠周期都是不一样的,不是对前一个睡眠周期的重复,而是不断在变化。前半夜的睡眠周期中深睡眠是比较多的,后半夜的睡眠周期中做梦的睡眠是逐渐增多的。前夜和后夜的睡眠是有因果关系的,你只睡前半夜的觉就不能称之为健康睡眠,你也不能不睡够或者直接跨过前半程的睡眠,直接进入后半程的睡眠。你即使在后半夜睡眠,首先发生的仍然是第一个睡眠周期,人类的进化就要求我们每晚必须连续完成四到五个睡眠周期。我们通常把整夜的睡眠变化过程叫做"睡眠结构"。睡眠结构正常才是真正意义上的健康睡眠。所谓的"达·芬奇式睡眠"的方式我肯定不赞同,这是违背自然规律的睡眠形式,也许有某种需要不断防御的动物有这样的睡眠行为。想象一下,我把您的睡眠规定成六十分钟一段,在二十四小时内分七次进行,结果会怎么样?

王蒙:那我跟你急!

郭兮恒:很多人,特别是老年人在睡眠时被叫醒,再入睡就困难了。

王蒙:不仅困难,我还生气呢!

在睡眠当中,人的整个的生理、心理的作用到底是怎么回事,我闹不清,听您的解释我就明白了。虽然我不是专家,但是您要说体会,我就想到起码睡眠对消化有很大的作用。睡得好的人,第二天嘴都不那么臭,是不是?您要是睡不好的话,自己都能感觉到自己口腔的异味,这就是睡眠不规律的恶果。让我想到二〇一七年的诺贝尔生理学或医学奖颁发给三位研究者,就是因为他们发现了控制昼夜节律的分子机制。

郭兮恒:对,"生物节律"就像是有机生命的内部时钟一样。我给您举一个实际的例子:现在年轻人的睡眠问题比较突出,观察他们睡眠问题的特点,您就会发现晚睡的人特别多,而早睡的人特别少。您仔细观察一下周围的人是不是这样?睡得晚了或者睡不着了,有人就会把这定义为"失眠"。请问大家是否思考过这样的问题:为什么睡眠障碍人群中晚睡的人居多呢?这就和人体的生物节律特性密切相关。除了动物以外,植物也是有生物节律的,比如一盆花,太阳一出来花就舒展开了;太阳一落,花叶就蔫下来了。如果把这盆花放在地下室,或者其他没有日光的环境下,等到了太阳出来的时候花还是会挺直起来,太阳落时它还是会蔫下来。这就是固化在植物体内的生物节律在发挥作用,但节律容易受环境影响并做调节。如果植物长时间不在有太阳的环境下,它就不知道什么时候该舒展了,逐渐地,花叶的舒展时间与太阳的起落时间就脱节了,不一致了。人也有固有的生物节律,我们的节律和大自然的昼夜是保持一致的,天一亮就觉醒,天一黑就睡觉。我们都知道自然界的昼夜节律是二十四小时,而人类固有的生物节律要比二十四小时长。没有想到吧?也就是说我们的"表"总是要慢一些,为什么还能这么准确呢?我们每天都要根据大自然昼夜来"校准"。因此我们实际上还是过"二十四小时节律"的生活。如果您放任生物节律的周期变化，最容易发生的改变就是生物节律被"延长"。这就是为什么在生活中晚睡的人远远多于早睡的人的原因。临床上失眠的患者也是睡眠疾病中发病率最高的类型。

当然不同的个体之间睡眠时长和生物节律也有很大差异。可能有一位和王蒙老师年纪相仿的人，他的睡眠时长就可能和您差很多。这个根本原因在于每个人对睡眠的生理需求量不同。打个比方，睡眠时间和饭量一样，有的人饭量大，有的人饭量小，只要吃饱了就都是正常的。其次，每个人的睡眠质量也不一样。我经常说：有的人睡觉像吃肉一样，吃得不多，很容易饱，还不容易饿。有的人睡觉像喝汤一样，虽然汤喝多了也能饱，但质量肯定不高，很快又饿了。睡眠质量低的和睡眠效率差的人，往往需要通过延长睡眠时间来解决睡眠不足的问题，因此会觉得总是睡不够。有的人却睡四五个小时就够了，这是因为在睡眠过程中，他的深睡眠时间比例很高，睡眠效率、睡眠质量都好，他睡四五个小时就相当于别人睡七八个小时。生活中这类人还是少数，我们大多数人还都是"正常吃饭吃菜"的人。

王蒙：您讲的这个很好，早睡早起的人很少有关于睡不好的哀鸣，睡得早的人躺下半个小时，因故或者无故还没有睡着，他也不会着急，离天亮还远着呢。中医讲的子午觉，也有节律的意思。还有睡觉对于每个人来说各有不同，这个说法也特别好。有的人一躺下就能睡着，有的人过一会儿才睡，有的人不断翻身，有的人不多动弹，有的人起夜若干次，有的人一觉睡到天明。这都不足为虑，就跟吃饭一样，有时荤一点，有时素一点，有时多一点，有时少一点，大致规律，随时调整，顺其自然，无为而治。睡眠与喘气、出汗一样，是最自然的事，是生命的必然，也是福气。在各种动物中，我觉得人的睡眠还是比较有节律的，有完整性与体面性的，是对生命的良性的自我调整。

郭兮恒：临床当中还有的人是也能睡着，睡的时间也够长，但是他入睡的时间总是不对。晚上到了该睡觉的时候他睡不着，可在不该睡的时候，他困了，也睡着了，睡的时间也不短。这就是睡眠的时间段不合适，我们医学上称这类睡眠障碍叫"睡眠时相异常"。比如有的人很早就困了，我们称之为"睡眠时相前移"。有的人很晚的时候才想睡觉，我们称之为"睡眠时相延迟"。这类病人不能被误诊为"失眠"，这说明他们的生物节律的"期相"出现了问题。有的人不明白我为什么总要早睡，或者为什么总要晚睡？为什么和别人的昼夜节律不一致？有的人就长期误认为自己是失眠症患者，甚至被诊断为失眠症而被错误地治疗。比如咱们在座的几个人在夜晚到来时就要睡觉了，我们都睡着了，可是您根本不困，根本睡不着。您的生物钟入睡的时间节点不是在这时候睡觉，而是在凌晨两点。你无法抗拒内在生物钟的控制，你只能等待您的睡眠时间的来临。这不是失眠，而是睡眠时相延迟，也是一种非常容易误诊的睡眠疾病。

面对这种情况怎么办呢？我们能不能把他的睡眠时间给拉回正常轨道呢？这就需要我们采取特殊手段了，我可以把他的生物钟重新矫正过来。那怎么调整？就要靠光。人的生物节律是需要校准的，太阳光线是最重要的标准钟。发生这样的问题主要是您的校准过程出现了故障，您对标准钟的反应时间出现了问题，或者是您不能够经常规律地获得标准钟的信息。就以睡眠时相延迟为例，他的表现是睡得晚，醒得也晚。比如他凌晨两点入睡，上午要睡到九至十点才醒，在早晨七点根本不能自然睡醒。我采用的方法就是在他自然觉醒之前，提前半个小时至一个小时把他唤醒，然后在他的面前摆放特殊的灯光照射，这个亮度会显著消除他的困意，保持白天清醒的状态，晚间睡觉时，再比之前的睡觉时间早睡半个小时。通过医学灯光照射逐渐调节他的生物钟，就可以把他的生物钟一点一点往前提。一般需要三天至一周的时间才能调整半个小时，有人还会更慢，需要数月时间才能调整过来。一般的台灯没有这样的作用强度,而且可能有损害视力的风险,这种方法需要借助专业的医用照明灯箱。

剥夺睡眠小心癌细胞胡来

郝迪:网络上有一份中国人搜索"失眠"这一词的大数据整理。一看数据吓我一跳,说每一百位失眠患者中就有四十个(百分之三十九点五二)是年轻人,其中十八岁到二十五岁的人群竟然是失眠患者的"主力军"。二十六到三十岁占了百分之二十三,三十一到三十五岁占了百分之十六,三十六到四十岁占了百分之八。总之是年龄越大失眠比例反而越递减。

我分析啊,造成各类人群失眠的原因肯定是不一样的。青年人失眠比例最高,有可能是生活不稳定,欲望不能被满足造成的;中老年是由于竞争,或者人生阅历丰富了,身上的担子也重,需要思考、掂量、推敲的事太多;男性失眠是因为竞争压力大;女性失眠是因为心思缜密、更敏感、更焦虑。

郭兮恒:您所描述的这些数据确实能反应很多问题。我认为所谓年轻人失眠比例高,可能是因为网上调查的结果把"失眠"概念混淆了。

之前我们聊过,晚间不睡觉和失眠症的概念是不一样的。很多年轻人晚上该睡觉的时候不睡,去交朋友,去唱歌,去刷视频、玩游戏……他们有睡觉的条件,也到了睡觉的时间,其实让他们睡也能睡着,但是他们就是不想睡!这种行为不能叫失眠。失眠是在睡眠的时间,有睡眠的条件,也有睡眠的愿望,就是睡不着。不愿意睡觉和睡不着必须区分开来。刚才我们提到,在医学概念上,年轻人这种该睡觉不睡觉的行为叫做"睡眠剥夺"。年轻人按时上床睡觉而睡不着,导致睡眠时间绝对缩短,那是真失眠。我想大部分年轻人是抗拒睡觉,在床上玩手机,自认为时间还有很多,常常拖到后半夜才想睡觉,这就是睡眠剥夺了。通过我的临床观察发现年轻人的睡眠剥夺比例非常高。

影响这份调查结果的很可能还有一个客观因素:年轻人使用网络多,对失眠问题的搜索量多,所以参与到数据统计中的数量就多;中老年人可能失眠的数量不少,但大多不会经常使用网络去寻找解决办法。所以更多的睡眠剥夺行为被融进了这份网络调查中,许多人对于失眠和睡眠剥夺的概念混为一谈,调查的结果难免就会出现偏差,自然失眠的统计结果就会年轻群体偏多了。

王蒙:因为工作原因我去美国的次数比较多,我感觉美国人就普遍属于睡眠剥夺的群体。可能是他们肉食吃得多,精力就比较旺盛,发泄不出去的精力就在体内闹腾。他们平均睡眠时间应该比中国人少,早上被闹钟叫醒急急忙忙出门,手里离不开咖啡,到了晚上就打电话、玩手机,也不睡觉。不光是他们,放眼全世界,城市生活、密集型的生活、越来越丰富的生活,对人们的睡眠产生了很大的干扰。而稍稍放松一点、辽阔一点,竞争与个人欲望都适当节制一点,还有接近大自然一点的农牧业劳动,草原上、大海边、森林里的生活,对睡眠非常有利。

郭兮恒:很多年轻人白天的时间被工作和学习占据,他们会觉得,晚上才是属于自己的私人时间,我得把属于我的时间尽可能延长。特别明显的一个现象:为什么周五的晚上对于很多人来说都是一个"狂欢之夜"?因为第二天是周末,不用上学或上班了,可以在家里补觉了,也就是睡眠的周末效应。

六、七、八小时,该睡多少?

王蒙:古时候人的睡眠应该比现代人好。一是古代的照明情况没现在好,灯油里点一捻儿,能有什么夜生活?农村的生活节奏和自然界的节奏靠得近。很简单的一个说法:日出而作,日入而息。如果太阳一落就睡觉,那睡眠时间可大发了,不可能少睡了,这其实才是人最合理的生活节奏。可是由于城市的发达、照明的发达,对人的引诱就更大了。本来晚上已经吃得很饱了,又遇到恋人、好友,喝喝咖啡,喝喝小酒,那就甭睡了。

为什么说城市里有剥夺睡眠的情况呢?就是心静不下来。心静不下来,除了之前说到的消费享受这个原因外,还有一种情况是忙碌型的人。比如撒切尔夫人,一生中平均每天只睡四个小时。

说到这儿,郭主任您觉得睡眠时间到底需要多长才合适?

郭兮恒: 睡眠时间是我在电视媒体上经常讲到的话题。大约十五年到二十年之前,我讲的成年人的睡眠时间正常应该是六到八小时。后来我发现,现代人睡眠时间越来越短,睡眠时间过短往往是更加突出的睡眠问题。我说睡够六小时属于正常,有人就敢睡五个小时。近几年我做节目宣教,就调整了策略,就说合理的睡眠时间是七到八小时。同时,这些年也有很多研究数据支持这样的说法。

有项实验,把受试者分成不同睡眠时间组,让他们每晚睡四小时、五小时……直到九小时。一年后,再看他们的身体状况。结果显示,每晚睡七个小时的那一组人最健康,这个健康数据包括体重在内的各种生理指标,睡得少的和睡得多的人都会发生不健康问题。

王蒙: 我们的睡眠时间在趋向缩短,而且这种缩短太快了,人的进化是个漫长的过程,人为什么要睡到六到八小时?那是通过多少万年的不断进化才形成的这样睡眠的规律,而这几年睡眠时间趋向变短,人的身体跟不上这种缩短的时间变化,那就会出问题。我觉得这里说的睡眠时间趋短化的进化,不是达尔文讲的那种生物性的进化,而是一种后天的文化型的变化,它与生命本身的需要不一定一致。

睡不着、睡不醒、睡不好

郭兮恒: 我们经常说的睡眠障碍种类很多,按照国际疾病分类有八十九种之多。不过如果按照疾病特点来划分主要涉及三种情况：睡不着的、睡不醒的和睡不好的。

睡不着的，或者换句话说，睡得过少的，是现在临床当中最常见的，发病率最高的。像年轻人晚上不睡觉玩手机的，入睡时间过晚，早上还没睡够就爬起来上班，这势必造成客观睡眠时间变短，出现睡眠不足的大问题。

王蒙：首先就是第二天白天精神状态不好。

郭兮恒：这是必然的。其次也是更重要的是，人体免疫监视功能也下降了。医学研究已经证明，睡眠对我们的免疫功能有重要的调节和促进作用。我们的免疫功能分为细胞免疫和体液免疫这么两种功能。而睡眠的好与坏，对这种免疫功能的调节作用的影响是非常明显的。当你睡眠缺失、睡眠不足或者长期睡眠紊乱的时候，你的免疫功能就会下降，抗病能力下降、抗感染的能力也会下降。免疫功能就像警察一样，警察要维持社会治安的稳定。当警察出现两种情况时会使社会的治安出现紊乱：一种是警察的工作能力下降，只是坐在沙发上睡觉，不干活了，屋里进了十个小偷，他也不管，这叫免疫功能的低下；第二种情况就是这警察分不清好人坏人，坏人他也打，好人他也打，这叫免疫功能紊乱。当睡眠出现障碍后，会造成免疫功能的下降和免疫功能的紊乱。这样会出现什么问题呢？免疫能力下降就会容易出现感冒、呼吸道感染、消化功能紊乱等症状。免疫功能与人体肿瘤的发生发展关系也非常密切，如果长期睡眠不好，睡眠质量差会造成我们免疫功能，特别是对肿瘤细胞的监视功能下降。健全的免疫监视系统能够及时发现、识别和杀灭体内突变的肿瘤细胞。长期睡眠不足的话，机体免疫功能就会下降，癌细胞就开始有机会肆意生长，那么人就容易得恶性肿瘤。这种病人非常容易恶化、容易转移，而且预后也不好。当人们一旦患病，机体出现的症状之一就是容易困倦和嗜睡，出现睡眠时间延长，这可能是机体自我保护所做出的反应。通过延长睡眠时间来增加免疫功能，提高抗病和抗感染能力，充足的睡眠有利于疾病的改善和康复。通常情况下，人们情绪出现问题容易导致入睡困难甚至是失眠。同时临床上也发现许多长期失眠的患者会发生情绪、精神的障碍，包括焦虑和抑郁。睡眠不好引起的情绪问题还有可能对社会造成影响，成为社会不稳定因素。所以说睡眠的问题不仅是健康的问题，还可能是社会的问题。社会化的生活方式改变又趋向于减少我们的睡眠，这些应该引起有关方面的关注。

先睡心，后睡眼

郭兮恒：睡眠是由我们的神经系统调配的，是神经精神层面活动的特殊形式。人们日常有两种状态：一种是我们要面对工作、学习，赶火车，做体力劳动，或者跟王老师聊天，统称为清醒活动状态；另一种状态是睡觉。前者是交感神经兴奋为主，后者是迷走神经兴奋占主导地位。有的人上床后交感神经还兴奋，强烈地抑制了迷走神经兴奋状态，使人难以平静下来，这就造成睡不着和睡不好。做到心平气和就是能够主动地调整交感和迷走神经的自然节律。

郝迪：欸，您说到这儿我就想到了中国古代哲学中的睡眠理论。唐朝名医孙思邈曾在《千金方》中提出"能息心，自瞑目"；南宋理学家蔡元定在《睡诀铭》中写道："先睡心，后睡眼。"以前朱熹就常失眠，尝试了"先睡心，后睡眼"后睡眠就真的得到改善了。

郭兮恒：古人很有智慧。您从哲学的意义上用"睡眼"和"睡心"概括他们的智慧。我从医学的角度来理解，无论从中医还是西医的角度来讲，我们的睡眠都不只是简单的休息，"先睡心，后睡眼"这个过程标志着我们的很多生理活动都是在睡眠中完成的。"睡眼"表明您在休息，"睡心"则是调整您的心理状态。人体的内分泌以及各项功能都是在睡觉中完成优化的，甚至在睡眠过程中人的记忆力也得到强化和巩固。有睡不着的病人坐在我对面描述他睡不好的时候,我知道他的心已经乱了。可能情绪已经变得非常糟糕,对生活失去信心,最严重的人甚至想自杀。他认为睡不好觉以后对一切都失去了兴趣,所以睡觉其实就是养心,要先养心再养眼。

王蒙:中国古代的士大夫都注意心的问题。庄子有个观念,叫"心斋",吃斋,是管控吃喝,戒除胡吃海喝;心斋呢,是管控心灵心理精神,戒除胡思乱想负面情绪,不焦虑,不急躁,不忌妒,不恐惧,不悲观也不狂躁,这和睡眠关系大了。我们日常说的斋是食物上的斋,不吃肉不喝酒,不吃葱蒜辣椒生姜,这都属于吃斋的范畴。心斋是去除心里不该有的波动、杂念、焦虑,让心吃斋、把斋、守斋。你对一个人反感、羡慕嫉妒恨,都会影响你的情绪,食不甘味,睡不安寝。让你的心"吃点儿斋"不就得了吗?世上最恶劣的就是嫉妒心,害人心,他有他的条件,你嫉妒也没用。一个人应该有意识地心斋,闲暇的时候干点儿自己有兴趣的事,不羡慕发财的人,告诉自己你该得的你也得到了。他一个月赚三百万,你一个月赚三千,但你也没吃亏啊。

道家讲"静心",讲"虚静"。儒家讲"正心",《礼记·大学》讲"心正而后身修",也讲"意诚而后心正",还讲"静而后能安,安而后能虑,虑而后能得"。王国维又名静安,就是这么来的。又静又安,当然睡得好,心理健康,决策正确了。这就是说,让你的心没有歪的邪的,对睡眠也有帮助。

郭兮恒:这就是我常讲的影响睡眠的精神和心理因素。目前认为精神和心理是引起失眠症的首要因素,在失眠病人的发病原因中占百分之六十以上。临床看病时我经常询问病人的话是:"你睡不着是什么原因呢?有多长时间睡不好觉了?"病人会给你讲各种各样的与他得病相关的故事,很多人是解不开内心的症结,很多都是二十年前或者是三十年的经历。可想而知,这样的人做不到拿得起、放得下。纠结的心理活动就会容易导致他发生睡眠障碍。

记得有位患者,我问她睡眠障碍有多长时间了,她说:"十年零三个月零三天。"我说:"这怎么可能?你记得太精确了,连三天都能算出来。你怎么能记这么清楚?有必要记得这么清楚吗?"她回答我说:"因为那一天我离婚。"您看,十年前的事她到现在还在纠结、接受不了,还在为此耿耿于怀。她的睡眠障碍不是生物节律的问题,而是心理状态不健康,缺乏自我调整的能力。

王蒙: 您得让她下点儿"心斋"的功夫。心里充满正能量,起码焦虑少一点儿。还有一个观念叫"心平",像手里端着一碗水一样,碗平衡了水就不来回晃荡了。我们的辩证法强调动,庄子、孟子强调静,水静的时候你可以把水面当成镜子,但是水动的时候你永远看不到水里的自己什么样。心静了对自然的看法就少产生疑虑、恐惧。适当地掌握自己的心态,对睡眠就好。

要睡好,吃心斋

郭兮恒: 我还有一位特殊的失眠患者对我讲:"我那邻居就是跟我过不去。我住一层,他住二层,天天晚间拿东西敲地板,半夜两点还一直敲地。"我说:"不可能吧,难道他自己不睡觉?"他说:"他家就是和我过不去,后来我索性把房子卖了,买个顶层的房子,结果发现新的邻居家持续敲墙!"他天天跟邻居吵架,后来实在没有办法,只好又换小区,为此前后搬了三次家,睡眠障碍的问题还是得不到解决。他坚信还是邻居针对他的故意行为。万般无奈之际,到医院找我,希望我能帮助他解决睡眠问题。我对他说:"您仔细想想,你过去曾和邻居有过矛盾吗?"他说:"没有啊,我们根本不认识啊!但一到了晚上他们就是敲啊,不让我睡觉!"

王蒙: 他这种情况属于心理过于敏感吧。除了对环境高度敏感外,对别人的理解肯定也都往坏里理解。这种人就需要给他服用一剂"心斋丸"。

郭兮恒: 没错,所以我就耐心地开导他,他是位极度敏感的人,对睡眠环境周围的事物和声音高度敏感,甚至在夜里还要主动仔细倾听细微的噪声。我适量给他用了诱导睡眠的药,消除他紧张焦虑的情绪,让他在睡觉时不再关注无关的声音,解除心理上的障碍,睡眠自然也就改善了。

这种不良的情绪往往是影响睡眠的最直接原因,可能会立即导致入睡困难和睡眠质量下降。患者有可能认识到其中的原因,也可能根本意识不到本质的原因。所以许多患者常常回答:"郭大夫,我没有觉得有什么原因影响我的睡眠。"甚至有的患者还强调:"我一切都很好,家庭幸福、收入也无忧、孩子也很优秀。就是睡不着!"其实他的潜意识当中还是有焦虑情绪的影响,特别是那种追求完美的人更是如此。或许就是因为一件小事儿,就会让他睡不好觉了。影响睡眠的第一情感因素,就是焦虑。表现为左思右想、忧心忡忡。很多找我看病的睡眠障碍的病人,当他们一进诊室,我就知道他存在焦虑的倾向。这样的病人带来很厚的好多家医院的病历资料,在不同医院重复进行类似同样项目的化验检查,你知道吗? X 光片有特别厚的一沓子,几大兜子的资料就往你桌子上那么一放,你就知道他焦虑。你想象一下,如果不焦虑的话,怎么可能在短时间内进行这么多次的相同检查? 好多遍啊!先在协和医院做检查,查完没问题他不相信,再到同仁医院做检查,最后到朝阳医院做检查,这种就医的行为就是焦虑一种表现。所以他到我这里一坐,我心里明白了,又是一位焦虑的患者。

"郭大夫您帮我看看这些片子。"他拿出那好几十张片子。在我仔细阅读他的肺部 CT,确认没有问题后安抚他。我还是要阅读每一张片子,尽管都是在短时间地重复检查。详细向他解释确实没有发现问题证据,劝导他近期不要再检查了。他仍然执着地说:"不行呀,万一哪个医院没有查出来,给我误诊了呢?"

王蒙:这种焦虑的情绪会让他没有安全感,所以产生睡眠障碍了吧? 焦虑到一定程度以后得不到释放,就难免抑郁,难免产生很多负面的想法,甚至对生活失去信心,是不是?

郭兮恒：您说的这种现象我出诊经常会遇到。更加夸张的是我有一次是在外地开会讲课，有上百人在听课，当我讲到一半的时候，有个电话打到我的手机，一看是个不熟悉的号码，我就给挂断了，不一会儿又来电话，反复几次，我就觉得这可能是一个非常重要的事。没办法了，我就跟听课的医生解释说："对不起，有个电话总在打，可能有什么急事。"因为是医生嘛，总想着可能病人有事，我给他回电话，他接起来说郭大夫我是谁谁。我一听名字好像是我以前的病人，我也记不清他是谁了。他再说了一句话把我吓一跳，他说："郭大夫，我今天是要跟你道别的，我不想活了。因为最近又睡不着了，实在太痛苦了。"你说我那时候正讲课呢，怎么办啊？我是中断讲课来跟他谈话呢，还是先继续讲课？我就解释说："我现在没在北京，现在正在讲课，我还有半个小时讲完了。你等半个小时，咱俩再聊一聊行不行？"他说："行，郭教授你对我特别好，我很感激你，我觉得我临死之前，总要跟你道个别。"我说请等我讲完课以后，我会赶快回电话。其实问题很简单，就是睡不好觉，导致他精神崩溃，出现严重抑郁。从最初的入睡困难到焦虑状态，最后到严重抑郁，就是这样一个发展过程。如果这个问题没有及早进行干预，不能够改善他的焦虑抑郁情绪的话，对他的危害可不亚于癌症，也不亚于任何其他的严重疾病。

对这些病人来说，越早解决他的问题越好，可能越早解决他预后越好。经过及时调整治疗方案，这位患者的情绪障碍得到了显著缓解，睡眠状况也得到满意的改善。然而他还需要维持用药来巩固疗效。睡眠障碍的危害包括对病人的身体的摧残，对精神上的影响都是巨大的。

睡觉可以自救

王蒙：您说的睡眠对情绪的影响，我也有比较深的经验和体会，我以前从我父母的生活中观察出一些问题。我幼年时期的家庭,父母不和,情况吓死人。我父亲有很多奇怪的地方,他情绪很差的时候就会发挥他的看家绝门长技,他的优点——当他碰到问题也好、困难也好,甚至遇到那种让人丧失活下去的动力的事件时,他忽然就睡着了。我父亲用睡觉救了自个儿。

比如他跟我母亲打起来了,已经打到了不可开交的程度,我母亲还有她这边的亲戚,我姥姥跟我姨妈他们助阵,这时候我父亲肯定处于劣势,要是外人听着看看,我父亲这个人就没法再活了,应该跳楼了。可是这时候我父亲他把门锁上,往那儿一躺,开始睡觉,饭也不吃了,厕所也不上了。他能睡七八个甚至十一二个小时,等他醒过来以后,您猜他第一个反应是什么?"昨天因为什么跟我媳妇吵起来了?"他都忘了。所以想起我父亲的这种状况,我就觉得睡眠它还有一些非常奇妙的作用,对不好的事物的消化的作用、积淀的作用、冷静的作用,反正是一种非常重要的自我调节,知识分子叫做自我救赎的伟大作用。

包括你在工作生活里边碰到一些令你极其不愉快的事,你已经很失望很悲观了。这时候如果你有能力,在这种情况下您不如好好地睡觉,很可能睡醒了以后你就有了转机,有了从悲观走向乐观的转变,好死不如赖活着。我先干吗?先弄碗豆浆喝了、吃点烧饼,我再说别的事,整个精神上都会有很大的转变。

郭兮恒:您这个例子太好了!但是像您父亲这样的人太少了。睡眠的一个很重要的作用就是安抚情绪,控制情绪。通过睡眠的行为平复情绪的剧烈波动,也会缓解人际关系的紧张状态。临床上我们就有病人是因为睡眠不足引起情绪上的焦虑、暴躁、愤怒,或者更严重的躁狂症状,不安的情绪又会使睡眠的状况更加恶化。

我们处理过类似的病例:在面对极端状况情绪激动的时候,有的人情绪糟糕到了不可控,就可能出现两种后续的结果。一种就像您父亲那样,通过睡眠缓解激动的情绪,也防止了事态进一步发展,或者使事情又回到原点。还有一种人就会表现为睡不着了,成为更加顽固的失眠患者。当缓解失眠的努力无效的时候,你就发现小小的情绪波动对他来说都可能成为大浪,最后他就变成了一个严重失眠的患者,继而发展成严重的焦虑,最后成为严重抑郁或者双向情感障碍,有人甚至产生暴力、发生犯罪行为。如果能够通过睡眠行为有效安抚你的情绪,那就说明在不依赖药物的情况下你的情绪是可控的、相对稳定的,或者仅短暂药物干预就可以有效。如果以更加严重失眠为主要表现的类型,可能长期药物治疗就不可避免,特别是干预情绪的药物。比如说当病人情绪比较差的时候,或者是不可控的时候,我们怎么做?我们就用点类似于镇静剂的药物让他睡觉。当这个人醒来后,你会发现,这个人的情绪状态和睡觉之前相比有很大改善,所以这类病人我们常常鼓励要用药物干预了。

睡眠,向农村看齐

王蒙:我没有查过统计数据,但了解一种普遍共识:至少在我的少年时代,和城市人相比,农村人的睡眠时间和熟睡的程度都优于城里人。农村人没听说过谁睡不好的,可能生活条件好的想的事儿多了,有睡不好的,穷困的人,为了生计,一天要工作十几个小时,还得再干五个小时才能赚够维持生命和还债的钱,根本没工夫睡觉。他能活下去了,才去想赶紧睡觉吧,还没躺好呢就已经睡着了。很多城里人所谓的失眠,在他们看来特别不能理解。

郭兮恒:从流行病学调查的情况看也是这样的。睡不着的情况普遍存在,但发生的概率在不同人群中是不一样的。城市里睡不着的人群确实比农村多,白领人群中睡不着的比蓝领人群中的多,追求完美的、比较优秀的人有睡眠障碍的也偏多,女性失眠的患者要比男性的多。导致睡眠的城乡差异有两个原因:一是与时间的掌控力有关,城市人对时间的控制是身不由己的,比如城里人都是按照规定的时间上班，不能睡懒觉，否则迟到了收入就会受影响；农村人对时间的控制相对自由，八点锄地还是十点收割，自己控制就可以，务农在时间上有较大的活动空间。

二是与生活压力有关。农村人的压力相对较小，最多也就是跟邻居比比收成。而城里人竞争压力太大，和同事比，和比他优秀的人比，和很多人比，肯定会造成焦虑，而焦虑也会干扰睡眠。而这也就是我们平时所说的睡眠障碍的根源所在。

王蒙：我觉得睡觉的时间可以长，但也别太长，睡醒了就要投入工作，我们提倡的是自食其力，还有不劳动者不得食，不爱劳动的懒惰者，那叫寄生虫。你得能够自己养活自己，否则你连吃饭都没资格。我相信很多大人物、高级领导没有每天睡够八小时的，这是因为他们为人民服务了。我们得向他们致敬，但我想他们也不必为睡得少而难过，人是可以适当睡得少一点的。睡眠是因时、因地、因人而异的。我说我今儿睡得不好，那就对我不好吗？我今儿睡得不好明儿不就睡得好吗？您今天要是睡得过足了，第二天您就来回折腾吧。我呢，平时睡得很好，但是一出国我就得备上安眠药或者褪黑素了，因为出国有时差。

郭兮恒：严格按照生物节律生活的人往往时差反应特别强烈，生活不规律的人到另一个地方时差反应就弱一点。有的人以为在中国过着昼夜颠倒的生活，到美国有十二个小时的时差就正好昼夜作息正常了。可是他同样有时差，只是和当地时间冲突不大。

我有一个朋友也是我的病人，一到晚上九十点就精神了，直到早上七八点，别人起床了他该睡觉了。睡到下午两三点，晚上又开始精神了。我说你这个状态既不好也好，你是不是到美国就没时差了？他说我到美国又调过来了，还是到晚上精神，太阳亮时我就想睡觉。他经常中国和加拿大两地来回飞，调时差也费劲。

王蒙：说到时差，我跟您说一个我自个儿的例子。去年五月份我去古巴，因为古巴太远了，我是先到加拿大的蒙特利尔转机，结果在那儿又多等了五个半小时，古巴机场也出现一些问题，我到那儿以后已经离我从北京出发近三十个小时了，我困得不得了，进了旅馆就准备睡觉。担心睡不好，我就先吃了半片安眠药。但是我觉得才睡了十分钟就醒了，感觉药效太小，就又吃了半片。其实我已经睡了五个小时，已经到了早晨了。我跟我老伴说我抓紧睡一会儿，到点儿了你叫我。实际上我这还真睡不着了，就起来了。

差不多早上七点钟，我们一块儿出去吃早饭，打算吃完饭就去参加古巴作协召开的会。可是我这刚下去吃饭，药就开始发挥作用了，我完全是一种梦游的感觉，后来发生了什么都不记得了。等到我再清醒的时候是感觉到一个人在摸我的胳膊，我一看是古巴的医生，与我同行的同事都认为我出事了。我就问古巴大夫我怎么了，他说："你有什么不舒服吗？"我还用英语回答他说："I'm fine."我以为我还没吃饭，我老伴和同行的人都一起做证说我吃了香肠、喝了牛奶……然后就听他们说古巴作协已经把会取消了。我说："怎么能取消？马上开会。"起身就出发了。后来在会上我说得还挺好，主持会议的人开场说："王蒙先生由于身体不适，刚才我们建议取消了会议，但是王先生还是坚持来了。"我说："我不是不舒服，我无非是想以一个最好的状态和大家见面。"台下就开始鼓掌。你们看，吃多了安眠药，进入梦游状态了，过了这个劲儿，照样清清楚楚，啥事没有。无论在什么情况下，都要自信，都要掌握自己。

思睡也是睡

王蒙：我是医学的门外汉，之前我们就谈论到我认为医学应该研究制定一些介于睡眠和失眠之间的概念。譬如说"半睡眠"，譬如说中国口语里头或者文化里的一些概念就很适合，比如说我个人最喜欢的——"闭目养神"，你随时可以"闭目"，你"闭目"就养好了神，这是多么棒的词语啊！对于缺少足够的质与量的睡眠的人，闭目养神万岁！你说闭目养神是睡着了吗？没睡着对不对？但是我确实闭目养神了，今天我感觉比较累，但是我觉得时间太早，还不能睡觉，那我就这么坐一会儿，或者半躺下歇会儿。这都是一类自救处安的处置。

郭兮恒：王老师我觉得您真是个睡眠大师，实际上您讲到了很多我们睡眠方面非常重要的概念，就您说的这个状态，我们早就有这个概念："思睡"。您说的就是思睡，思睡就是处在一个睡跟不睡中间的状态。这个概念是为了让所有为失眠问题痛苦的人知道，思睡也可以让人得到休息。

王蒙：太可爱了！我早晚要作一篇以"思睡"为题的诗、散文或者小说！平常我们看球赛的时候，运动员在比赛中场休息的时候，休息几分钟，擦擦汗、喝点水，这也叫休息，对不对？

郭兮恒：这个肯定是休息的一种形式，思睡也是休息，闭目养神也是休息。

王蒙：我还想到一个形式就是静坐，静坐的时候你肯定没睡着，但是静坐是不是也可以起到一部分休息的作用呢？我们之前谈到失眠这个词的时候，我就提到过闭目养神这个词。这样的词听起来让人觉得不存在睡不着的问题。我只要眼睛一闭，养神也好，打个盹儿也好，这都是好的。我还想起一个好词，就是老北京话说的"忍会儿"，意思是在没有特别好的睡眠条件下，随便找个地方就蔫了一会儿。这个就是"忍会儿"。

为什么说忍？我有时候会有这种情况。因为人年龄大了以后，有时候随时会有"盹儿意"，比如吃饭的时候，血液就会往肠胃集中，人就容易犯困。在没有任何适合睡觉的条件下，甚至靠在硬椅子上我就睡着了。当然这和一口气睡一大觉就不一样了，这时候我可以小睡三分钟，也有的时候，我可以盹儿二十多分钟，但是就感觉像睡了一大觉一样。有时候家人看着我怎么睡成这样，就把我叫醒了。被叫醒的我感到特别遗憾，我的睡相看起来虽然不好，但是我需要的就是"忍会儿"的那段惬意。忍会儿归根结底就是说我在睡眠条件困难的情况下,没有很好的、促进我入睡的环境,没有很好的地面,更没有席梦思,什么都没有,甚至于连温度都让我感到不是很舒服,但是我还是舒舒服服地睡着了。像您说的,在地铁站,靠着墙,也能睡着。这是一种情况。

从我个人的角度来说,还有另外一种情况——坐车。车在行驶时那种颠簸感,特别容易让我打盹,我觉得这也算好习惯,您说路上要是堵车您还着急,您要能玩俩盹儿该多棒啊!时间过得也快。还有就是坐飞机的时候,我坐飞机出行的时候有一个习惯,就是当飞机起飞的时候,会有很大的噪声,但是这个噪声准能让我睡着,飞机是如何飞起来的,我永远不知道。等再过一会儿,等我睡醒了的时候,我会特别惊讶,原来飞机已经飞这么高了,空乘人员都已经开始提供送餐送饮料的服务了。我觉得在路上小睡这也是一种情况。

最后一种情况就是看电视,说起来不是很出彩的事情。到了晚上,我一般不喜欢参加活动,也不爱出去,我也不可能去蹦迪,去唱卡拉OK,喝酒我也不敢,喝多了我也不舒服。所以在家看电视的时候比较多,有时候一边看一边就睡着了。可是这样就造成一个什么情况呢?就是你别叫我,你也别关这电视,只要电视被家人关掉,听不见电视的声音了,我马上就会惊醒。觉得怎么突然没声音了?家人说我睡着了。但是我对他们把电视关掉还是耿耿于怀,就让我边"看"电视边睡呗,多开会儿电视,也费不了多少电费。所以我认为像这种零零碎碎的睡眠,对调节一个人的心态有好处,让人及时得到休息,甚至会让人感觉到入睡是件容易的事,随时就能打起小呼噜来。

顺心随意,说睡就睡

郭兮恒:王老师您这样小睡有没有可能会影响晚上那一大觉呢?

王蒙：有可能会影响。可是这里就又牵扯到一个问题——入睡可以有各种不同的方式。我经常有这些情况，比如前一分钟还在和家人说话，躺下还不到两分钟，家人还正跟我说着话呢，我就睡着了，已经听不见了，也不回答了，这是一种情况。

还有一种情况就是躺在床上翻好多次身，基本都是半个小时左右，甚至于更长时间，最长时可以达到一个小时都还没睡着。但我觉得这个不是问题，这叫什么问题？这说明我有福气，我虽然没有睡着，但是我想躺会儿了，我累了，毕竟本老人已经耄耋之年了嘛。两分钟就能入睡肯定有好处，我也经常这样，但是躺下一个小时以后才睡着也很正常，是吧？假如两口子躺在床上聊会天，又或者是跟朋友赶在一个房间或者一个场合谈谈心聊聊家常，这不都是合理的吗？

郭兮恒：王老师聊的就是让人感到顺心的睡眠，讲究的是随遇而安。

王蒙：对，您给总结得非常好。尤其有过失眠这种不愉快的经历的朋友，不要把入睡当成难事，睡眠不是圣殿，不要票，不要入门资格，睡眠是生命自带的能个儿，自带的干粮，自带的家伙什儿，是与生俱来的自己身上长得好好的功能软件，为我所用，为我所享，自动升级，自动修复。有人就是两分钟入睡，有人二十分钟入睡，有人半个小时才能入睡，也有人用一个多小时享受平心静气地歇着的乐趣，这说明我们的生活水平越来越好，我们享受了《中华人民共和国宪法》上规定的公民的休息权。那您着什么急呢？

郭兮恒：王老师说得特别好，您讲这几个方面问题说明：睡眠是有多种形式的，不仅仅是局限于晚上睡觉这一种形式，平时的打盹休息、找个地方忍一会儿，这都是不同的休息形式。这些形式同样能起到休息的作用。那么这种休息形式，如果在时间场合合适的情况下，就能很好地起到类似睡眠的作用。如果昨晚睡觉不充足，今天白天就可以通过这种形式补点觉嘛！有个沙发，或者是有个椅子，而且手头又没有十分紧急的工作，稍微休息一下，就在一定程度上能缓解我们的睡眠压力，另外也能舒缓我们身心上的疲惫，同时也有利于完成我们接下来即将面对的工作，我觉得这是对的。其实这样的休息就像我们平时按时间吃正餐，但是时间没到我们就饿了，那怎么办？那就先吃点零食缓解一下饥饿感。

王蒙：对，就是这个意思，我觉得这比喻特别好。总有人觉得睡眠需要有仪式感，必须得在规定的地点规定的时间必须得睡着。但其实睡觉跟吃饭一样，没吃饱的话那您就随便再吃点东西。

郭兮恒：睡觉是自然而然的过程。大多数人睡眠质量都很好，所以他们睡觉的时候没有什么压力，一躺下就睡着了，他会认为睡觉是世界上最简单的事情。但对于睡不好觉的人来说，他们就会觉得躺下就必须睡着，睡不着就是出现问题了，这就反而使得他们更睡不着觉。他们过分地强调这种仪式感，过分地强调"规定时间入睡"的概念，反倒使他们的睡眠出现了问题。

还要强调一点，每个人的生活方式是不一样的，你会发现有些人中午必须睡午觉。有些人就没有睡午觉的习惯和愿望，因人而异。你有睡午觉习惯的话，你就保持睡午觉的习惯，这样能够帮助你保持一天的正常睡眠状态。如果你没有睡午觉的习惯，你不用刻意去追求。

在给病人看病时，我经常会问失眠病人一句话："你睡不睡午觉？"他说："中午睡啊，还睡了一大觉。"有可能是他的过长的午觉影响了他晚间的睡眠。所以对于这种失眠的病人，我首先建议他中午尽量不睡，把觉留到晚上睡。因为中午不睡不会感到有多痛苦，但是晚上睡不着却十分痛苦。中午不睡觉，玩会儿手机，聊聊天逛逛商场都可以。而晚间睡不着就会感到长夜漫漫，心力交瘁。所以说对于失眠病人，我首先是这样建议的。但是有的患者会说："郭大夫，即使我中午不睡，晚上也睡不着。"像这种病人，他的睡眠时间肯定就不够了，那怎么办？那就让他中午睡吧。就像到吃饭时间你吃不下，那就在饿了的时候吃点零食，反正都能够让他额外完成每天的一部分睡觉任务，所以我会建议他睡午觉。

优秀者大都少眠,少眠者未必优秀

王蒙:电影《铁娘子》讲述的是撒切尔夫人的生平故事,其中有个细节我印象很深,是她晚年检查身体时,对医生说自己每天只睡四个小时,但感觉很好。

拿破仑平常也只睡四五个小时,越到关键时刻他越能掌握睡眠时间。有个典故说大战在即,他看了下钟表,再过四十分钟要发起总攻,就告诉勤务官说自己要睡一会儿,总攻前叫醒他。说完不到两分钟,就打上呼噜了,还差三分钟总攻时,他"啪"一下就起来了,他能做到睡眠自控。

还有我们的周总理,他也睡得很少,肯定也算睡眠剥夺型的人。他们是名人、优秀的人,他们是别人的榜样。但不是因为他们睡得少所以很优秀,抛开这些优秀的人,别人睡得少就一定也会优秀吗?显然不一定,而那些优秀的人他们的正常睡眠可能也需要六到八小时,正因为优秀而承担了更多的繁杂的工作导致没有时间多睡。不是说他们睡得少就是正常的。

郭兮恒:周恩来总理睡眠时间少,他是伟大的,但是他的身体构造上跟我们一样也是普通人。我曾经在一个分析睡眠问题的会上讨论过周恩来总理的例子,我认为周恩来总理睡眠时间短是由于工作压力造成的,我判断如果有时间他一定会多睡半小时,可能是由于工作太繁重了,很多事情让他太操心了,或者是他当时也存在着很多焦虑的问题,因为这么多事压在一个人身上,能不焦虑吗?当时我们的国家面临着种种困难,国内外形势都很严峻。如果说他的睡眠短或者更确切地说是他的睡眠时间不够,我认为这才是更切合实际的解释。那他会不会是我们曾经讲过的高效率睡眠的人呢?他的深睡眠很多,占总睡眠时间比例很高,所以睡眠时间就是短?如果他是过着悠闲的自我生活,这可能解释得通。可事实上,他每天需要思考的问题和处理的事情堆积如山,我们不要忘记睡眠的功能,他的负荷就会使得他应该需要更多的睡眠。在睡眠问题上,周恩来总理不会是位超人,他睡四个小时也不会比我们睡八小时更好,大家也不要尝试每天只睡四个小时。

撒切尔夫人说她最多睡四个小时,但我觉得这是病态睡眠。撒切尔夫人每天的四个小时睡眠是绝对睡眠不足的。我判断她的说法有两个可能性,一个就是撒切尔夫人她实际上每天要睡八个小时,她为了故意表现表现自己多么勤奋,才故意标榜只有四个小时的睡眠。另一种情况就是撒切尔夫人有可能因为工作的繁重存在睡眠剥夺的问题,可能工作习惯造成她睡眠时间过短。或者她实际就是一位失眠患者。你知道撒切尔夫人后来怎么样了?撒切尔夫人后来得了很严重的老年痴呆,那么睿智的女性怎么会老年痴呆呢?我认为跟她长期睡眠不足是有关系的。

王蒙:她没读咱们这书,要读咱们这书就不会那样了,哈哈。这些优秀的人,在他们专攻的领域做出过杰出的贡献,我们要向他们致敬,但是我想就健康来说,他们的睡眠时间、睡眠习惯绝对不是大家学习的榜样。他们不是因为少眠才优秀,而是因为太优秀而不得不少眠。

郭兮恒:对,我还是要强调大家每天一定要满足七到八小时的睡眠时间。我发现一种现象,如果想要说明一个人如何伟大,经常会提及睡眠的问题:他与平常人不一样,他每天睡眠时间如何如何短等等,就好像他是个神仙一样。可事实并不是这样!就拿历史上的拿破仑来说,他每天的夜间睡眠时间确实很少,晚间只睡三到四小时,他经常在清晨三点钟起床对秘书口授文稿,说明他是位失眠患者。但是他又经常利用白天的空闲时间休息,有时在两次接见的五分钟间隔里,也要打个盹儿,说明他有白天嗜睡现象,经常发生片段睡眠。普鲁士的弗里德希大帝也具有这种速睡的能力,被接见的人刚走出门槛,他就已经打起呼噜来。说明他存在白天嗜睡的症状。美国发明家爱迪生每晚只睡四到五个小时。年轻时他有时连续工作几个昼夜不睡觉。我判断他存在睡眠问题，高度怀疑是失眠和焦虑。大家是否思考过这样的问题：有些人为什么会那么优秀？为什么有的优秀者往往睡眠时间比较少？根据我三十六年的临床经验，我的观点是：有些优秀的人由于焦虑才更加优秀，由于焦虑又影响了他的睡眠。甚至也有这样的患者误认为睡得少一点，就有更多的时间做事。能够说明什么重要的实验很多，比如我们想方设法让受试者几天不睡觉，结果所有人都会说有头昏脑涨，不能专注，判断力和记忆力明显减退，情绪烦躁不安，易怒，表情呆滞迷惘，有时甚至出现沮丧、多疑和幻觉。有些症状就和精神病非常类似。这就是睡眠剥夺的试验。一旦允许受试者睡觉，他们很快就进入沉睡，由浅睡眠进入到深睡眠，而且比平时更加快地进入做梦的睡眠，做梦的睡眠出现的次数和维持的时间都比平时多和长。说明睡眠被剥夺后，做梦的睡眠补偿的要求最为强烈，这也证明做梦的睡眠对于我们特别重要。任何做梦睡眠剥夺都会产生强烈的补偿和反跳。虽然拿破仑总希望从睡眠中节省时间，甚至曾经强迫自己连续两到三晚不睡觉，但结果却事与愿违，因为他抵挡不住"瞌睡虫"的侵袭，经常在白天办公时间沉入梦乡，而且整天头昏脑涨，记忆力差，办事效率下降。

因此，不论多么优秀的人，他的生理解剖和平凡的人都是一样的。

三十六年前我就开始做睡眠的临床和研究工作，做睡眠的研究就意味着我要在患者睡觉的时候工作，我不得不在夜间剥夺睡眠，然后白天再补觉。这样的工作一做就几十年。那我的睡眠怎么样呢？幸好我自身的睡眠调节能力比较强，我又能及时利用空闲时间补觉，直到现在我的睡眠还是非常好。我在出诊前，如果还有十五分钟空闲，我就可以美美地睡一觉。等到还有两分钟出诊，我就醒了，都不需要人叫我。

二十世纪八十年代我在读研究生时，一个宿舍六个人，有室友说凌晨三点半要去火车站接人,让我夜里叫醒他。我三点钟就醒了,起来叫醒室友后,翻身我就又睡了。有趣的是曾有一次我已经叫醒他了,他一翻身又继续睡了,我也回到床上继续睡了,第二天他说我忘记叫醒他了。我就询问大家说:"谁听见我叫他了?"有人就说:"我做证,我听见郭兮恒昨晚叫过你了。"我就跟那位同学说:"你看吧,我确实叫过你了,但是你并没有完全醒来,又继续睡了。我的问题是没有做到让你觉醒的时间足够长。"这说明在睡眠期间,如果发生觉醒时间过短,少于三十秒,你可能难以维持觉醒的状态,甚至不记得曾经觉醒的经历。

我这个年龄的婴儿般睡眠

郭兮恒:睡觉还跟什么有关系呢?跟年龄有关系。我们看到刚出生的孩子,他睡眠时间特别长,睁开眼睛了不是喝奶就是大小便,然后马上就又睡着了。所以他的睡眠状态是很长的,醒的时间是比较短的,而且这一天二十四小时当中可以睡很多次。这是婴儿的睡眠形式。随着他慢慢长大,睡眠时间会逐渐缩短,醒的时间越来越长了,夜里连续睡眠之间可能会觉醒一到两次,白天还会发生睡眠一到两次,就变成这样的形式了。等他再长大你发现又变了,晚上开始睡长觉了,中午或下午睡一觉,等于二十四小时内睡两觉了。在十几岁这个年龄段对睡眠的需求量还是比较大的,入睡快、抗干扰能力相对也强。等到了成年,到我这个年纪,就是晚上睡一大觉,白天一天不睡觉都没关系,这就是成年人的睡眠规律。等进入老年阶段,到了像王老师这样的年纪,睡眠规律又发生改变,这时候发生什么改变呢?夜间可能是连续或不连续睡眠,睡眠比较浅,中间容易出现觉醒,睡觉的时间长度与中年时期类似,但入睡时间和起床时间都可能会前移,也就是经常早睡早起。在中午和下午的时候常常想小睡一会儿,打个小盹儿。睡眠障碍出现的比率会越来越高。年轻人的深睡眠多,做梦的睡眠时间也长,抗干扰能力强,不容易觉醒。老年人睡着了有点动静就醒,这属于正常的现象,这就是老年人睡眠的特点。

婴儿和儿童的睡眠,在二十四小时内发生多次,我称之为多相性睡眠,老年人睡眠也常会发生多次,除了夜间,还会在午间或者晚饭后发生,因此也是多相性睡眠。老年人的睡眠形式似乎又变回到类似儿童时期的睡眠形式,当然中间成年人时期常常是单相性睡眠。这就是睡眠形式的变化周期:儿童(多相性睡眠)—成人(单相性睡眠)—老年人(多相性睡眠)。解读您的睡眠形式,分析您的睡眠特点,如果与您所处的年龄段是一致的,就不是病态,我觉得这样就算正常。当然老年人的多相性睡眠与儿童的多相性睡眠的睡眠结构和睡眠质量可能完全不一样了。老化的结果也会体现为睡眠质量的下降。我们对老年人进行夜间睡眠呼吸监测也会通过脑电波看到,老年人的脑电波信号变弱了、起伏变小了、很难看到宽大起伏的深睡眠脑电波了,睡眠的周期性变化不鲜明,或者说趋向紊乱了。因此,我评价一个人的睡眠是否健康一定要首先比对他的睡眠过程是否符合他的年龄的睡眠形式。不同的年龄阶段发生睡眠的时机在变化,不同年龄段的睡眠周期也变化了;不同年龄段你的睡眠结构也变化了。一个人从儿童到成年和从成年到老年,他的睡眠形式都在变化,逐渐老化了。这是自然衰老变化的结果,不能称之为病。

比如以王蒙老师为例,王老三十岁时睡七个小时和现在睡七个小时,那是完全不一样的睡眠。年轻时睡七个小时,深睡眠和快速眼动期睡眠的比例就比较高;现在年龄大了,深睡眠就少了,浅睡眠多了,所以夜里会更加容易觉醒。

在门诊,曾有位七十多岁的老人找我看病,对我说:"郭大夫,我是外地的,专门来找你看病来了。"我说:"老人家您怎么了?"他说:"我睡眠特别不好,我年轻的时候躺下随时都能睡着,睡得可好了,打雷都叫不醒我。可现在怎么周围有一点动静我就醒了,白天我还经常打盹儿,总像睡眠不够似的。"经过我详细询问他的睡眠行为细节,结合特殊的评价方法,我判断他的睡眠没有明显异常问题。我就跟他说:"老先生,您的年龄比较大了,您这种睡眠形式很正常,并不需要治疗,这是正常情况。"我对他进行了详细的解释,消除了他对睡眠问题的担忧。对于睡眠的需求量来讲,是因人而异的。就像每个人的饭量,都不一样。再就是还要注意,人们在不同年龄段睡眠的行为方式都是不一样的。别跟自己的身体和年龄较劲,要接受年龄变化的现实,睡眠就是这样。

王蒙:我有的时候跟您这位八十岁的病人差不多,我吃完饭以后过上二十分钟,肯定会打个盹儿,我觉得就是消化系统集中的血液太多了,脑子供血不足,您说这是普遍的吗?

郭兮恒:成年人典型的睡眠有这样一个特点:要在特定的阶段发生。比如说二十四小时当中的白天我们是不睡觉的,到了晚间我们就开始想要睡眠,到了夜里我们就进入了梦乡,就要睡到第二天早晨。这就是我们正常的睡眠过程,叫连续的完整睡眠。当然中间可以有觉醒。当人在年龄大了以后,睡眠的完整性就开始变化了,到了老年晚间的睡眠连续性变差,白天也容易发生片段性睡眠,打盹儿的睡眠就属于片段性睡眠。经常发生在吃完饭以后,疲劳以后,甚至在没有太多的兴奋的刺激的情况下就容易发生。这种打盹式的片段睡眠容易发生在不该睡觉的时候,在夜间睡觉的时候,也容易出现,表现就是反复短睡,反复觉醒,这也是片段睡眠。在老年人身上发生片段睡眠一般不需要特殊干预,如果有明确的病因的话,也可以对因处理。片段睡眠本身就是老年人睡眠的一个特点。是人体为了应付老化身体所做出的代偿反应。

但是如果片段睡眠经常发生在年轻人身上,年轻人在睡觉时如果反复醒,或者白天经常发生困倦的现象,这是不行的。这说明这个年轻人的睡眠肯定有问题了,这个年龄段就不应该经常发生片段性睡眠。白天的片段睡眠跟谁有关系?跟我们夜间睡眠剥夺有关系,特别是年轻人整天晚上不睡觉,白天必然会出现片段性睡眠。白天的片段性睡眠是一种补觉形式。如果年轻人夜间能够进行完整的睡眠,白天就不应该经常发生片段睡眠。

所以我常说老年人可以通过白天的片段睡眠来弥补睡眠、改善睡眠。老年人的片段睡眠既是一种生活方式,又是一种缓解疲劳的方法。有些老年人会把中午的午睡看得非常重要,中午哪怕让我睡五分钟,那下午咱们聊多长时间都可以,或者至少让我躺一会儿;如果中午这段时间不让我休息,那下午我什么都干不了。老年人生活行为中就有这样一个特点,这是人体老化以后产生的现象,所以您问我这是不是普遍现象,我说对老年人来说这种情况的确比较普遍。

"春困秋乏夏打盹儿"

王蒙:咱们有句老话:"春困秋乏夏打盹儿,睡不醒的冬三月。"这个有没有什么科学依据呢?

郭兮恒:咱们就讨论一下这句大家常说的话的缘由。大家为什么这样说?首先你会发现这个说法里面都是以季节为单位,强调的是季节的转换。在季节变换过程中人体的感受就会不一样。我举个例子,冬天晚上六点钟的时候,外面天就已经黑了。早晨七点天也没完全亮。这就是冬季的特点,这个时节黑天时间很长,黑暗的环境会让人感觉想睡觉、想休息,因为天还是黑的啊,还是睡觉的时间,我还能睡觉,是这感觉吗?冬季长夜就是暗示你可以睡得时间长些。天不亮啊,睡之有理。同样的道理,白天的长度每个季节都有变化的。白天就会让人兴奋,在光的照射下人的精神状态就会好。这也是为什么临床上用灯光治疗失眠和睡眠时相异常的病人,用灯光就可以调节睡眠时间,纠正睡眠节律紊乱的问题。比如从冬天向春天转换,春天的白天时间越来越长,可是之前你已经好几个月都适应冬天的夜间时间,在春天由于黑夜时间逐渐缩短,每天睡觉时间比冬季逐渐缩短了。本来我在冬季能睡七八个小时,现在天亮了我只能睡到六个小时了。那么这个过程就会让你感觉到困倦疲惫，所以所谓"春困秋乏夏打盹，睡不醒的冬三月"这个说法实际上就是您的睡眠时间长短和您所处的季节的昼夜差异影响，这种不一致的变化给您带来睡眠和困倦的暗示。

王蒙：我这儿还有一个问题，我这是越外行越敢瞎想瞎说，有一种说法就是春天的时候新陈代谢比较快。这个我可是深有体会，我这可是真的。每年快到春节的时候，一直到春分为止，一年中因各种疾病去世的人这个时候最多。不信您检查，许多许多人都是在这个时候永远地离开了。所以我说是不是和人在季节交换的时候，产生的新陈代谢变化有关，我甚至还有个想法，"春困秋乏"还有什么原因呢？就是春天和秋天的时候，睡眠的情况反倒比较舒服，不过冷也不过热，是吧？夏天的时候很多人睡不好，不仅是因为天长，白昼光照的暗示如您所说，是不利于睡眠的。再一个他热，一直出汗出汗出汗，我觉得也有关系。冬天我家里头供热挺好，但是，供热再好，后半夜跟前半夜的室内温度都是不一样的，有时候啊我还不想醒，还觉着挺困难，开始觉得有点凉，等一旦被凉醒了以后就不想再睡了。所以我觉得跟这些客观的条件也有关系。

能睡觉的人生能力非常重要，您想他能睡得着觉，说明什么？他能调节自己。好事也好坏事也好，要从心理学来说呀，好事过于兴奋和坏事过于沮丧，对人的身心理的摧毁作用是一样的。凉一点热一点，要有盖被子方面的拉上褪下的调剂的便利，也要有身体自我调剂的能力。睡眠也是生活能力。

吃字儿饭，睡字儿觉

郭兮恒：醒和睡是人们生存的两种状态，在清醒时，我们要面对日常工作、学习、赶火车、教学、看病，或者跟王老师聊天，都是处于清醒的活动状态；还有一种形式是睡觉休息。清醒时我们是以交感神经兴奋占优势,睡觉时是以迷走神经活动占优势。您在交感神经特别兴奋的时候上床睡觉,脑神经活动难以转换为睡眠状态,肯定会表现为入睡困难。睡眠前的心理状态就是影响醒和睡这两种状态转换的重要砝码。

王蒙:那郭老师,您的睡眠怎么样呢?

郭兮恒:我的睡眠非常好,调节睡眠的能力比较强。即使在白天,只要我想睡就能睡得着。有一次在电视台录节目,有一个环节就是让我现场在白天演示说睡就睡的功夫。为了用客观指标证明我醒或睡的状态,我让睡眠技师给我连接了睡眠脑电图,在摄像机记录下,实时监测我的睡眠过程。开始计时后,我闭目不到三分钟就睡着了,在脑电图上,相继出现一期睡眠和二期睡眠脑电波特征。我怎么做到的呢?其实,我也不知道我为什么会有这个能力,但是我认为睡前心静如止水是特别重要的因素。我们医疗工作人员工作时间非常繁忙,在门诊,每位进来的患者都是一道考题,我不知道这个考题是什么,患者就是要来找答案的,而且需要立即回答。所以医生的脑子处在高度兴奋状态,思维还要快速切换,甚至亢奋。等到下班回家了,极度的透支让你感觉到筋疲力尽,但是大脑还沉浸在亢奋状态。这时候我都要转换思维内容。在您用新的内容替换白天的内容之后,亢奋的状态得到了抑制。心情获得了放松,在我睡觉前,我已经把医院工作的内容基本清空了。回到家就简单面对家里的事。让自己的心做到心平、心静。随后的入睡就变得自然而然了。睡前清空杂念的做法是快速入睡的秘笈。

王蒙:呦!您这个厉害,您给讲讲怎么清空呢?

郭兮恒:有时我上床后和爱人说句话,比如随便和她聊件事儿,在她回答我时我就已经睡着了。第二天早上她就说,我和你说话时,你连听都不听就睡着了。我认为这就是您讲的心平、心静。睡前的心态平和就能把交感神经的兴奋度降下来。给睡眠障碍患者看病时,我问得最多的问题是:"您在睡不着觉的时候都在干什么呢?是不是脑子会胡思乱想？"他们往往都会说："对,白天想不起来的事都想起来了。"这就让他们的兴奋度又提高了。可见睡眠障碍患者在睡前要做到心静如止水是多难啊！如何让自己在睡觉时能控制住自己的思绪,不要胡思乱想呢？有一个方法就是数羊。所谓数羊的概念,是从英语来的。英语睡眠的读音是 sleep,羊的读音是 sheep。这是用谐音转移你的注意力。用数羊的行为替代您不可克制的思绪。您想想数羊这件事是多么单调无聊啊！数羊的过程您就暂时忘记了纠结的烦事,使您容易放松,自然就睡着了。记得在我女儿小的时候,睡前让我给她讲故事,我讲得越精彩她越兴奋,后来实在没有办法,我就背化学元素周期表给她听,她听不懂,觉得非常无聊,一会儿就睡着了。以后这个方法就成为我哄孩子睡眠的法宝了。

王蒙：我也有个类似的经验。晚上跟爱人正说着话呢,聊着聊着我就睡着了。第二天说起这事,她问我说："你为什么不听人讲话就睡着了？"有一次我灵机一动说："是因为你说的我都同意！怎么说得这么对呀！想的跟我都一样,我还搭什么话茬儿啊？真是知我者莫过我老伴也！"

睡不着的时候,我有个小技巧和您不一样。我是写作的人,吃"字儿饭"的,词儿多,我就先想一个字,然后再找一个必须和之前想的那个字毫无关系的另外一个字。比如想到"张"字,下个字想到"小",就可能是"张小二",有关系,"小"字就不行；那"大"呢？可能是"张大哥",还是不行,那就再想"树",这字和"张"没什么关系,就是它了。这个办法我想着不费劲,又不至于让我更兴奋,尽量在我能控制的很小规模下进行。

因为睡得好,圆了太空梦

王蒙：当年咱们国家的第一次实现载人航天的英雄是杨利伟。当时报上是这么公布的——航天飞船发射之前有三位备选的宇航员,其中就数杨利伟睡得最踏实,跟什么事没有一样,该怎么睡还怎么睡。所以最终是他代表我们人类去了太空。

郭兮恒:当时我们国家第一次载人航天的备选宇航员的"种子选手"有三个人。杨利伟就是三号,前两位宇航员的各方面条件特别好,都优于杨利伟。您说这个时候杨利伟他是什么心态?一般的第三名都会想:"肯定是一号上,假如一号不行就是二号,我三号肯定没戏。"我揣测他是这样的心理状态。如果杨利伟是一号的话我估计他也得紧张,一号二号都是经过心理测试后,显示结果都相当好的。可是面对这么重大的时间谁的心理都会出现起伏。发射前几天的睡眠监测结果显示,他们的睡眠都发生某些变化。我们通过特殊的无干扰的睡眠监测设备实时观察他们的睡眠、心率和呼吸等生理指标。比较他们睡眠连续性和睡眠质量,杨利伟睡眠质量特别占优势。综合评估后认为三号在"大战"前睡得最好。而这一点对于完成如此艰巨的任务又非常重要。因为升空后几乎没有睡眠的时间。这样三号就脱颖而出获得这次首航机会。我国培养的宇航员,别说一号二号了,甚至到往后十号都是特别优秀的人才,彼此的差异微乎其微。能够拉开距离的可能就是心理状态和睡眠质量了。这个事例也说明有时心理的问题超越了身体的问题。心理状态是影响睡眠的第一大要素。

考前可否吃安定?

王蒙:在我们生活中经常碰到的一些情况,比如说高考前夜,很多学子平时都能睡得很好,就到那两晚睡不好觉。除了这些考生,就我们平常人,谁要是第二天有什么事,头一晚上都容易睡不好。郭主任您说这种情况正常吗?

郭兮恒:人是有思想的高级动物,每个人情绪都可能会受到心理因素影响,这本身是一个正常的反应。比如说有人跟您吵架了,您会生气、会着急。如果您遇到一件极度悲伤的事情,您又会哭,哭泣的行为就是您悲痛情绪的反应。如果大家都面对同样的突发事件，可能都会有类似的情绪变化。也就是情绪要与环境是一致的，这应该是正常的。如果考生第二天要高考了，前一天就睡不着了，您要理解这种反应是正常反应，这不是病态反应。

王蒙：应该是一九五二年，我那时候已经在区里的团委工作，有一次我骑一辆破自行车去参加会议——其实我是个爱睡觉的人，但是那天的会开得我兴致起来了！一直到夜里一点半快两点才开完会，我骑车回去，我骑着自行车，脚还在这儿蹬着，您猜猜我怎么了？骑着骑着我都要倒了，我睡着了！我睡了可能有十秒甚至一分钟，才判断出来，马上清醒过来。所以我就想告诉那些苦于失眠的人，一定要相信在这个世界上其实睡觉是一件很简单的事，甚至骑着车也能睡一觉。

郭兮恒：我再举个例子，有一位睡眠障碍患者，年龄只有二十六七岁。也是睡不着觉，我说你这么年轻怎么会睡不着觉呢？经了解，是因为她把睡觉当做一个重大的任务，她睡不着时觉得特别痛苦和恐惧。后来我给她辅助药物的调整方案。选择最适宜她的药物。后来她睡觉感觉很好。在复诊时她又顾虑重重地问我："郭大夫，我要吃多长时间药？我是不是不能离开药了？"我问她结婚了吗，有孩子了吗，她说结婚了但还没有孩子，但是她马上计划要孩子了。我说你别着急，等你开始带孩子的时候，保证你的觉就不够睡了。后来她生过孩子再来复诊时说："郭大夫，甭说吃药了，我现在抱着孩子，他不睡觉我都能睡着。"

在经历高考的那几天，很多考生可能都睡不好觉，越临近高考的时候越睡不好觉，我们来分析两种情况：有的人认为自己考不上什么名牌大学，他会想反正我也考不上，什么北大清华跟我没关系，我也没这想法，反倒轻松了，可能还睡好了，有可能还超水平发挥了；另外有一类考生非常容易忧心忡忡，预先把负面的结果想得过多，天下的万物万事有各种各样的规律，也有各种各样的运气。负面的情绪会影响您的睡眠,更加会影响您的现场发挥。临门一脚却倒在睡眠的坎上。

王蒙:我岁数越大越知道,你忧虑管什么用?你盼望管什么用?谁都希望自己的生活顺利,但是你要让它顺利的话,你自己一定要有一个健康的身心,健康的心理状态。其实高考那么多考生,大家都有压力,但绝对不会都睡不好觉,只有一部分睡不好。

郭兮恒:没错,我们说人体的调节能力或者是这种调节的弹性空间是很大的。比如战争的时候需要上战场打仗,战斗可能会持续两天、三天。战斗的场景可能不容许你睡觉,那怎么办?我们有两个办法:第一个办法,打仗前好好睡,战争打了两天,之前睡好觉的战士打起仗来还是精力充沛、英勇威武的。交感神经的过度兴奋又可以抵抗困倦的来袭。但是还是有人非常困倦,不睡觉就根本睁不开眼睛了,怎么办?这第二个办法,我们有一种特殊的药,你吃上后不感觉困了,作用可以持续两三天不需要睡觉。战士的战斗力就会大大加强。

再说一个我临床的病例。这个病人不是因为高考紧张睡不着觉,而是由于他太想睡觉了。他平时在教室考试答题的时候都想睡觉,甚至答着题的时候都能睡着,完全控制不了睡眠。这孩子的家人就来找我求助:"郭大夫,我的孩子连考试答题时都能睡着,这马上高考了,您说怎么办啊?我也不能进考场去叫醒他。"我一检查发现这个孩子确实特别爱睡觉,就是你让他玩游戏他都要睡觉,吃饭时也能睡。我还见过一个病人炒菜的时候睡着了,把脸贴在炒菜锅里。这是一种嗜睡症病人的表现,需要治疗。高考对于每个考生那是人生的最关键时刻。我跟这位家长说:"你放心,我给你想办法!"我给他开了几片特殊药,"高考这几天,早晨考试之前,吃一片药,可以保证保持一天的清醒状态。"那位家长后来告诉我,他的孩子出乎意料地全程不睡,顺利地完成考试,也被一所理想的大学录取了。

王蒙:古时候科举考试我觉得才惨哪!他们那时候就只能忍一

会儿，第一天考完了以后第二天还得接着考，吃喝拉撒都在那一个小小的考生间里。

我想跟您请教一个问题，也是我感兴趣的一个话题，比如孩子平常的学习不错，但是这两天马上考试了，这孩子显示出一种过分不踏实的情况，这时候给他吃半片安定行不行？

郭兮恒：有一种状态，就是我们平时所说运动员的竞技状态，也就是学生临场发挥的能力。有的孩子可能存在这个问题，就是临场发挥不好。原因是他在考试的时候，调用大脑原来的知识的时候，可能存在紊乱问题，不能有序调阅，本来他说这个题自己都会做，但是思维出现混乱，现在一紧张忘了，这样会影响他的发挥，那怎么办？可以考虑服用半片睡觉药，虽然可以吃，还要看在什么时机吃。如果他的睡眠本身就不好，那么就让他在考试前的半个月或一个月的时候吃。这样可以通过药物来提高他的睡眠水平，有利于强化他的记忆力。

有人做过实验：把几个孩子分成两组，同时教他们二十个单词，从早上起来开始教，但是 A 组的孩子教完他们单词就让他们玩去，B 组的孩子去睡午觉。到了下午开始考试，结果发现 B 组记得特别多，不睡觉的这组记不住几个单词。所以睡眠对孩子的学习能力和记忆力是非常重要的。

"请勿疲劳驾驶"的催眠效果

郝迪：《三联生活周刊》曾做了一个跟睡眠有关的征文，征到了好多文章，但是呢，这些征到的读者写的文章我不敢看，讲的都是怎么失眠的，我就没敢点进去看，怕看了以后我学会失眠了。

王蒙：这个绝对有暗示作用。不光是看这些失眠的文章会起到暗示作用，就咱们有些交通安全的那个标志，我都觉得特别傻，就比如说"请勿疲劳驾驶"，然后他画的那个人呢，就是开着车的时候睡着了。我就觉得一个司机要是这一路上多次看到的都是这种宣传画的话,非睡着了不可。你应该画一个精精神神的人,说这个人从来不疲劳驾驶,这多好!我不是心理学家,也不是病理医生,但是我就觉得有些公益宣传有点奇怪,因为看多了我都觉得困。

郝迪:这两天我还关注一个问题,就是在手机使用过程中里面有一些跟睡眠相关的软件。有一个专门帮助睡眠的软件上线以后,几天之内就有七十多万的下载用户,短期内就变几百万了,就证明这个睡眠在当代年轻人中存在很大的问题,然后它那里面说的辅助睡眠的东西,有白噪声、风声、雨声、人声。有些声音是能够帮助你去睡眠的,能够催眠的。

郭兮恒:现实生活中每个人的个性其实都不一样。有的人是外向型性格,有的人是内向型性格。其实针对睡眠来说,暗示作用也是很强大的。失眠的病人常有的表现就是他特别容易被暗示,因此而更容易发生失眠。这样的人容易对某种事物特别关注。比如说咱们现在讨论喝茶的问题,喝茶对身体有很多很多好处。可是茶叶也有可能还有一些农药残留,不过只要质量的检测合格,其含量和影响可能微乎其微,它就不会成为问题。但失眠的人就会非常留意这个负面危害,会夸大农药残留的影响和感受,而恰恰这种对特别信息的关注度就会造成他交感神经过度兴奋,然后睡不着觉。失眠的病人容易接受暗示,或者更容易受负面信息暗示,就更容易影响睡眠,出现失眠的问题。

临床上我们也会利用睡眠障碍者容易被暗示的特点,采用暗示的方式来帮助他、治疗他。我曾有这样一个病人:"郭大夫,我睡不好觉,常常吃睡觉药都睡不着。"我说:"那你今晚到我们睡眠中心来,我给你做一个监测,我看看你晚上睡觉到底怎么样,查查什么原因睡不着。"晚间他在睡眠中心翻来覆去睡不着觉。夜里他就按病房床头前的呼叫器,我就带着我们的医生护士来到他的床前。他说他根本睡不着。我说:"那我给您吃一片睡觉药吧。"我就跟我的助手使了个眼色,说:"你去把我那个最好的睡觉药给他拿一片。"我的助手明白我的意思,说:"郭老师,这个好药已经没几片了。"意思就是他舍不得拿,我俩就演戏,我说:"那也不行,这个药效果特别好,特别适合他的情况,得给他吃,今天晚上必须保证他睡着觉。"这就是暗示,这位病人在拿到药之前,就对这个药产生了很大的期待了。到了第二天早上,他去找我说:"郭大夫真行,够意思,这一晚上我睡得好极了,郭大夫,你这什么药啊?比我原来吃的药的效果都好,我要吃郭大夫的这个药。"

其实我夜里给他的这个药就不是什么睡觉药,但是我就利用了暗示作用起到了比安眠药更好的作用。我还要说明一下,对于不容易被暗示的人呢,单纯用这种做法的作用也许就不大了。他该睡不着还是睡不着。

暗示疗法治失眠

王蒙:有人说风声、雨声这种自然声有助于睡眠,我在耳朵背了以后,睡觉的时候,赶上这天有点什么原因,睡得不够好,我有意识地让自己快睡的时候,正因为耳朵背了,我就想,欸?我现在能听到点什么声音没有?是不是外边有点声,是不是还有人说话的声音传过来呀?这样的话就分散自己的注意力,过一会儿我也忘了我听见什么声音,还是没听见什么声音,但是就睡着了,真是有这种情形。耳背的话,你又想听到某种声音。因为您要知道我是写小说的,有时候我还想象。哎呀,我听到了一个布谷鸟的声音,我听到了一出戏,我听到了那个假嗓儿在那哼哈地唱,这样的话它的好处就在于分散自己的注意力。

郭兮恒:王老师讲的这个问题就真正讲到刚才提的这个方法的治疗作用,也谈到了发生失眠的一些原因。第一,为什么这些所谓的风声、雨声或者是自然界的声音能影响睡眠呢?为什么这样呢?我发现失眠的病人有个最大的特点，就是在他辗转反侧睡不着觉的时候，特别容易胡思乱想。想想这个，想想那个，想的事情有的时候他是控制不了的，无法克制地去想，而思虑的过程就会使他变得更加兴奋，就难以平静下来进入睡眠，这常常是睡不着觉的一个很重要的原因。那这种情况下，我们就要利用一些特殊手段和方法转移他的注意力。让他从纠结的思虑中解脱出来。就像王老师讲的那样，你就要设计出一种新的场景，让他去关注这件事，不要关注那件事。如果天天想你的房贷到底是交没交完，想到这个事就让你心里产生七上八下的波动，就会让你兴奋，不能入睡。人们都非常熟悉自然界的声音，这种平和、单调的声音肯定和失眠者的纠结没有任何关联，当你用心去听的时候，就会抑制你平时的胡思乱想，有可能产生和你现实生活无关的宁静的浮想，本质就是让你把注意力转移到其他方面。当脱离了现实的纠结和不可克制的思虑之后，您可能就安静地睡着了。

　　第二，非常重要的条件，就是应该转移到哪个方面最好。比如说让你去看个电影，太兴奋了，这电影打枪啊，主角好看啊，电影特别吸引人啊，也不行。除非电影特别单调。你想想，风声、雨声和自然界的其他声音是什么声音呢？它是一种重复的、单调的、无聊的、没有刺激性的声音。比如说有的人跟你说，我爱你。哎呀你很兴奋，爱我多好啊，但是要是一直在说"我爱你"呢？我说一百遍一万遍，你可能听到跟没听到一样，就是这样的一个道理。那雨声和风声呢，这种声音首先是一个本身就没什么内容的声音，又确实存在声音吸引你的注意力，但是又不会引起你兴奋，所以它才产生了一个让你去平静下来、又不兴奋的作用，其实就间接地起到了助眠的作用。

　　王蒙：你刚才说的这个，让我想起来我有一个对我来说，能让我临时打盹儿睡觉最有效的交通工具的声音。汽车发动机一转，我就开始打盹，飞机起飞我也开始打盹。这个对我太有利了，你说是吧？因为在路上你不睡觉，你也穷极无聊，你在路上看报纸还毁眼睛，结果它让你打盹儿呢,这样一下飞机或者一下汽车或者下了火车,你精神状态挺好,你马上就可以进入最佳状态。

郭兮恒: 我觉得您利用了可以休息的时间去充分地休息。当困倦的时候做什么事情效率都很低的,那就正好休息,人的体质和睡眠习惯不一样,王蒙老师可以睡,有的人是一上汽车就睡不着了。当疲乏了、困倦了,你需要休息就寻求机会睡觉。这时候往往睡得还挺舒坦,不是说非得在席梦思上才能睡好。在飞机上爱睡觉的人是居多的。

王蒙: 居多是吧?因为人上去就犯困,它那个噪音强,他不可能让你有很清醒的思维。你看那个早晨起来坐班车的,上了班车以后,你看很少有人在那儿看报纸啊、聊天啊,在干吗?都在打盹。晚上下班的时候就都在聊天。其实早上他们没完全从那种睡眠状态下解脱出来。

驾照应设睡眠评估

郭兮恒: 王老师讲的小睡非常重要。临床医生讲话特别严谨,小睡一定要看条件是否允许。您坐车、坐飞机可以小睡,但是开车的司机和飞机驾驶员睡着了可不行。所以从事一些特殊行业工作以及在特殊的场合下,是不能随便打盹儿的。开车需要集中精神,实在困得不行了,您再找一个合法合理的地方停车睡一会儿。我有一位来自山东的患者,十五年来经常白天困倦嗜睡,一直不以为然,经历三次交通事故之后,他再也不敢开车了。在我们呼吸睡眠中心检查后证实,白天嗜睡的元凶是打鼾与睡眠呼吸暂停。三次事故均因白天开车时不自觉入睡,发生交通事故后才寻求睡眠医学专家的帮助。这样的病例已经不是寻常的小睡,是属于严重的白天嗜睡。还有一位记者,经常在对别人采访时就发生不可克制的嗜睡,经过我的检查后,确诊为典型的发作性睡病。我建议他不要申请驾照了。我们现在强调绝对不许酒驾,可是睡眠不足同样可能造成类似酒驾的后果。有研究表明,对于开车的人来说,十七个小时不睡觉就相当于血液中包含了千分之零点五的酒精。现在很多年轻人晚间晚睡或者少睡,也会出现白天嗜睡的症状,给他们的学习和生活带来很多麻烦,开车打盹屡见不鲜。美国有统计显示,在美国所有的交通事故中,百分之三十七的事故是因为睡眠障碍引发的。

王蒙:这么高的比例?那差不多有三成人缺少睡眠,我总觉得美国人太缺少睡眠了。

郭兮恒:这只是其中一个数据,还有第二个数据:在恶性交通事故中——即在车毁人亡的特别严重的交通事故中,有百分之八十七是因为睡眠障碍引发的。也就是说,绝大多数严重的、恶性的交通事故,往往跟睡眠障碍有关。这种睡眠障碍在咱们国家不叫睡眠障碍,常常被称为疲劳驾驶。为什么会发生疲劳驾驶?因为累了,因为没有得到充分的休息或者睡眠不足。这时候,缓解疲劳的最有效方式就是打盹儿,疲劳驾驶的本质就包含了睡眠障碍的问题。对他们来说,及时充分的休息,就是保证交通安全的前提。

我还有一位病人是职业司机,据他自己讲,有一次领导因为什么事情批评了他,当天下午他就把单位的车给撞了;没过两天他把单位第二辆车也撞了,大家都觉得有点奇怪了,觉得他可能是故意的,但是也都不好意思说他;等又过几天,他把单位的第三辆车也撞了。单位领导找他说:"你这是什么意思?闹情绪能这么闹?你有什么意见就说出来,你这样给单位造成多大的损失!"他赶紧解释不是闹情绪,因为夜里休息不好,开车时候睡着了。为什么休息不好呢?因为领导那天批评他了,他晚上回去睡不着觉,精神特别紧张,结果第二天更困,开车的时候打盹儿,导致撞车。再加上几年来还有睡眠打鼾的习惯,平时白天经常没有精神。所以跟领导请假,到北京朝阳医院来找我看病。我分析了他的精神状态、睡眠质量和呼吸情况,确定他有睡眠呼吸暂停和焦虑倾向,告诫他现在真的不能开车了。

美国和加拿大等国家有一项法律规定，像我这样的睡眠医生，如果病人来找我看病，我不但要诊断和治疗他的睡眠疾病，同时还要评估他与交通安全相关的警觉能力和判断能力。如果因为睡眠障碍来看病，一旦发现患者的状态不好，评估他开车可能有潜在危险，我就有责任且必须与相关部门联系，提示他们暂时吊销患者的驾照，不能让他开车。如果我没有尽职提醒这件事，将来这位患者继续开车，发生交通事故，我也要负法律责任。目前我国还没有出台这样的法律或者规定。

有一天我在给病人看病时，有两个警察带着一个人进了诊室，经解释后才知道，这个人造成了一起恶性交通事故。我回忆起他曾是我的病人——一位严重打鼾和呼吸暂停的病人。事故发生后，他对警察说："郭医生警告过我暂时不能开车了。我没有在意，也没有积极治疗。最后开车睡觉，造成严重交通事故，后悔莫及。"他们找我是为了证实他是否患病以及疾病与交通事故的关系。我从电脑中调阅了他的原始病历，给他出具了诊断证明。所以说睡眠不好而去开车的问题，不是一个人的问题，这是社会问题，而且还是个大问题。

王蒙：这确实是社会问题，也应该多给司机警告，另外一个就是现在代驾已经应运而生了，代驾其实不光是酒后代驾，当你极度疲劳时，你也可以找代驾服务。

郭兮恒：其实在国外考驾照，除了我们这种正常考科目一、科目二、科目三之外，还有一项就是评估睡眠。如果这个人有睡眠障碍，比如他是慢性失眠症患者，判断力、警觉性受损，这驾照就不能发给他。我们国家的驾考制度在这方面是有漏洞的，我认为这是个潜在的风险。

睡觉，不要敏感要钝感

王蒙：我也想说说，我对所谓的睡眠社会性，就是睡眠和社会的关系的一些想法。

我第一个感觉是:越是发达的地方,失眠现象越多。农牧民就不知道什么叫失眠!对体力劳动者,我也没听说过哪个失眠的。

郝迪:有科学家做过一个调查,找了三个原始部落,两个在非洲,一个在南美,这些原始部落是真的原始,都没有电。相当于这些人跟我们文明社会是割裂开的。科学家观察了他们一千一百六十五天之后,得出结论。这些人全都没有失眠的,日落后平均三点三小时睡觉,日出之前就起来,平均的睡眠时间是五点七到七点一小时,冬天多睡一小时。

王蒙:我就说嘛,失眠者第一是农村的少,第二是体力劳动者少。所以我得出一个什么经验来呢?就是失眠的人适当地让他每天给自己安排点体力劳动,对他绝对有好处,因为俄罗斯的那个大心理学家巴甫洛夫有一句名言:"我爱脑力劳动,也爱体力劳动,但是我更爱体力劳动。"就是在脑力劳动和体力劳动之间,他尤其喜欢体力劳动。好多外国著名的学者教授,都有这个习惯。譬如说那个美国戏剧艺术家阿瑟·米勒,《推销员之死》就是他写的。我去他家里的时候,才知道他的地下室是他的车间。他喜欢木匠活儿。他就是没事自个儿到那做工,他给我看他的劳动成果,我们在他家坐的凳子、用的桌子、他自己的书架都是他手工做的。他做这些对写作时进行的脑力劳动也是一个调节,我认为对他的睡眠也有好处。

另一个就是从职业上来说,知识分子尤其人文知识分子,比别的人,失眠比例更大,为什么呢?我知道一些非常优秀的作家,比如说孙犁先生——他写过《铁木前传》,是白洋淀派的代表人物,他失眠严重,一辈子受失眠的痛苦困扰;再有咱们现在的一个比我年轻得多的女作家,严老师,她写的故事拍成电影的概率特别高,她也跟我说,她这一辈子失眠,不过听说她后来好了。像莫言、刘震云这些作家我得知他们就不失眠,如果他们失眠他们就忘本忘得忒厉害了。刘震云就说过:谁要是失眠,那好办,送到我故乡的那个村里去干活就行了。

有某种性格的人也易失眠。我这个说法好像不太对。但是呢,如果你的心理反应、心理机能比较脆弱的话,同样一句话,别人说得难听一点,有时候迟钝的人呢,就没听出来,可是那个敏锐的人,他会认为"这不是骂我的吗?"日本那个学者渡边淳一,他不是提出来"钝感力"吗?就是你有迟钝的能力,你那神经末梢不要太敏锐,别人看了你一眼,你就想一大堆,你想象力太丰富,你忒能琢磨没有好处。所以在某种意义上,这个失眠呢,它既是抑郁症的一个表现,也是躁狂症的表现。这是因为他心里好像总有个什么东西放不开,这样他就放松不下,就有松不过来的感觉。佛家不是老讲放下吗,是不是?

郭兮恒: 每天我们都会接收到大量的信息,特别是年轻人,信息的内容五花八门。年轻人关注的是学习,中年人关心的可能是生活,老年人更关注的是健康。这些海量的信息中,有些是自己感兴趣的,有些是不感兴趣的,有些是跟自己没关系的。

但是这些信息可能会从不同角度对你产生刺激,让你感到兴奋。有些兴奋是正面的,让你感到快乐、喜悦,有些兴奋则会让你感到担心、忧虑或者厌恶。比如听说奶制品出问题了,我天天喝奶怎么办?我喝的奶是不是有问题啊?这些烦恼就会让人感到忧虑,对于心理承受能力差的人来说,就容易产生焦虑情绪,由此出现或者加重睡眠障碍。

以前你对知识和信息的获取是可以自己选择的,但现在是你想不想看的都来了,每天受到各种信息的狂轰滥炸。睡眠不好的人,对信息的选择就很重要,尽可能避免负面信息对情绪和睡眠的影响,对有些信息就要保持钝感了。

要想睡得好,手机靠边倒

王蒙: 我说得可能会有点上纲上线了,我想说这个睡眠的情况和人的世界观、人生观、价值观有关系,因为很简单,无论什么事比较容易想得开的人,容易往乐观方面想的人绝对有好的睡眠,是不是?你有什么了不起啊?人活这一辈子有什么了不起的事?

郝迪:最近有一个新的实验是说什么呢?就是王老师说的,郭教授说的,它所有的信息来自一个载体,就是手机。其实人类的睡眠时间延后,跟这个智能手机的发明有很大关系,智能手机发明以后平均每个人每天少睡一小时。最近美国有一个新的风投项目是什么呢?做了一个时间盒子。比如说我这手机今晚上九点放进这个时间盒子里,明天早晨八点之前这个盒子打不开,它自己给锁死。然后这个人做完了尝试以后,他晚上九点之后就没事干了,开始翻报纸,看看电视,比以前睡眠提前了一小时。

郭兮恒:没必要把手机锁起来,您可以设定在特定时间把智能手机的某些功能关闭掉,手机的通信功能还是要保留的,这段时期所关掉的功能您也很难把它启动。这样您就彻底不惦记了。

王蒙:我们在谈这个睡眠问题的时候,我们就是希望受众、希望群众、希望朋友、希望自己的亲友们内心要强大,你自己能做自己的主,不能让手机做你的主,不能让这个流言蜚语的信息量做你的主。

我还有一个想法,我希望在咱们的这个谈话里还能够观照社会的发展、全面小康社会建设的社会环境。

就比如我们要有更好的睡眠条件,要享受睡眠,我们可以享受美食,可以享受旅游,可以享受很好的服装,每天我有那么长的时间是在床上睡觉的,我们的床也可以加以改善——当然各人不一样,我喜欢的是相对硬一点的床。还有枕头,可得好好挑选,要不然差得太远!有些外国式的鹅毛枕头太难受了,那耳朵都烧得慌,它又大,你要是真躺下去,还得陷进去。现在还有一种叫颈椎枕头,我觉得它比较好,它两头翘起一点,给你这脖子往上托起一点,我觉得对我来说好极了。还有就是小的时候家乡人用的荞麦皮的枕头也很好用,因为荞麦皮的枕头可以根据你的脑袋形状形成一个弧面,而且它的形态还能相对固定住。另外你的被子，你的褥子，你的床单都干干净净的，这屋里头安静的程度等等，确实是一种享受，是小康生活的一个标志。你在一张很好的床上，一个比较安静的环境里，光线你也能控制，你应该感到幸福，而且这种幸福还是为了推动你起床以后好好学习，好好工作，这是生活质量指标中很重要的一部分。我们都能享受睡眠。

另一方面，对有些不科学的，甚至于是有恶劣影响的、损害睡眠的恶习一定要改掉。您说爱玩手机是一种恶习，但这种恶习在没有手机以前也有。有的哥们几个晚上打扑克牌打到第二天早上五点半，上班的时候都支持不住了。还有打麻将的，看一晚上书他看不了，打一宿麻将他一点都不困，互相争，那不更睡不着了。还有因为打麻将有点小的输赢在里头，哥们之间还打起架来的。而且，这算是聚众赌博啊。

还要尽量避免临睡觉以前和别人发生口角，特别是夫妻之间。这一天都过得挺好的，晚上俩人不知为了什么事互相骂几句，你说这一晚上你睡得好吗？我要强调，睡前有点什么不愉快，有点口角的，一定要调整过来，该道歉的一定道歉，该原谅的一定原谅，该掉泪的就掉几滴眼泪，该说两句光明坦荡的话就好好说出来，云消雾散了再入睡。如果是夫妻，一定要拥抱后再去睡，千万别带气入睡，伤身体。

所以我觉得我们既要享受睡眠，又要革除妨碍睡眠的恶习，这都是为了咱们大家。你说一个人能够做到每天学习的时候能享受学习，上班的时候能享受工作，吃饭的时候享受美味，然后睡觉以前一看自个儿那床就挺高兴，哎呀真舒服，真踏实，往那儿一睡，多幸福。

一个人能好好睡觉，这是太平盛世的表现。困难时期能睡得好吗？动乱的时候能睡得好吗？挨整或者整人的人能睡得好吗？贪污犯能睡得好吗？有的贪污犯在国外待十好几年，最后回来自首了。他说出去以后没有一天睡好过。所以我觉得好的睡眠也是这个国家治理得好，社会发展得好，你福气大，你过着幸福生活的一种表现。

夫妻关系好，睡眠质量高

郭兮恒：我觉得我自己能够专心做好睡眠医学工作三十六年，有一个重要原因，就是我爱人对我工作的支持。这三十六年来，您知道做关于睡眠的工作意味着什么吗？是在病人睡觉时你不能睡觉。你要整夜观察病人的睡眠情况，不但夜里要工作，而且一定要在医院工作，从周一到周五经常会住在医院，所以很少在家，很少按时回家。这是我这三十六年的常态。结婚二十七年来，我爱人从来没有抱怨过，从来没有！不容易啊。我没有任何来自家里的压力，才可以全身心地投入工作。真不知道如何感激她的理解和支持。

还有一方面就是我爱人对我的宽容。我在家里难免也会做错事，但她从来不责怪我，我听到的一定是安慰。记得刚结婚不久，一次乘坐公共汽车，由于车上比较拥挤，我在搀扶一位老人下车后，发现裤兜里的五百块钱不见了！当时我们还挺穷的，五百元已经是很大的数目了，我心里特别着急。回家后开始还不敢和她说，后来实在是对不上账了，我就如实跟我爱人说了这件事，结果她马上说："没关系，就算是帮助别人了。"我特别内疚地问："你怎么不怪我啊？"她说："事情已经发生过了，还为它纠结，有任何意义吗？"所以她的心态对我的心理产生了非常重要的影响。在我处理问题的时候，当我遇到困难的时候，或者内心纠结的时候，我都用这种心态去面对、去解决，生活因此变得非常轻松快乐。当然睡眠也特别好。仔细想想就是这样，事情已经发生了，再去纠结悔恨有意义吗？没有任何意义。她的宽容和善良的性格对我影响特别特别大，也让我学会用宽容善良的方式对待周围的人，从而感觉到每天都是那么美好和快乐。

王蒙：这个关系非常大，因为还有一类睡眠问题，就跟家庭的不幸有关，夫妻的不幸，或者您再赶上孩子闹点什么事，孩子违法乱纪让人找来了，说进了法院了，您说您能睡得好吗？您再强大，但是这事它糟心哪。糟心事谁都有点儿,完全没有那是不可能的。这对睡眠的影响也很大,所以有时候为了解决睡眠问题,您还得提高您自个儿的生活质量,最好全家都好好提高,能够做到和谐,做到互相理解,能够做到互相帮助,是不是?从一个人睡眠的幸福度上可以看出这个社会幸福不幸福。您如果说这个社会哪怕发展得再快,可是整天这个失眠那个失眠,这个精神病那个躁狂症,这个精神分裂那个抑郁症,那么这个社会也坚持不了多久。

"压力"不可滥用

王蒙: 说这个呀又引起我一个想法,其实咱们不是单纯就睡眠谈睡眠,这对一个社会的认知程度、文明程度,个人的性格、修养都有关系,我觉得咱们现在有一个词用得太滥,就是"压力",什么都是压力是吧?可真正有压力真正受苦的人,人家从来没说过有压力。你想想啊,两万五千里长征,司令员也好,士兵也好,受了重伤的人也好,谁说感到压力很大?那时候整天死着人,一个人临死的时候说我感觉到有压力,有这么说话的吗?可是现在呢?一赛球,球还没赛呢,先谈压力,现在的运动员吃得那么好,名誉那么高,挣钱的法门那么多,他们有多少财产,咱们不用多说,咱不羡慕人家,咱们也挣咱们的,怎么张口闭口都是压力啊?赛一场球也是压力,唱一首歌也是压力,演一出戏也是压力,去考试也是压力,面试也是压力。毛泽东主席什么时候说他感到压力?就压力这个词滥用,滥用的结果就什么都变成压力了。一觉没睡好也有压力,这都什么呀?干什么都有压力,那中国将来还有希望吗?都成了有压力的人了。我认为以后也要少用这个词,这词用多了以后适当地要骂一骂,要求他交罚金。你有什么压力啊?你工资多少,你先告诉我,一个月到没到低保线,你身上现在有什么病,你真正有病你就不是压力了,你就治病呗是不是?你说你有压力,你肚子疼就是肚子疼,你不能说肚子有压力。

一个"失眠",一个"厌食",一个"压力",用得如此滥;少用点吧,亲爱的人们啊。

郭兮恒:怎么解读压力?为什么会产生压力,我是这么理解的,看大家同不同意。在一件事情发生之前,您先假想一个不好的结果,比如说比赛,万一输了怎么办?万一输了球队可能就不要我了,万一输了我的奖金就没了,万一输了教练就不喜欢我了,等等。或者万一考不上大学,我和女朋友就得吹了。这个压力来自事情发生之前的一种负面的想象。

王蒙:拼刺刀的时候没有压力,你比如战场上俩人都拼刺刀了,说我也有压力?来不及有压力。你拼死了也就没有压力了,你把敌人扎死了你更没压力了。您说得太对了,就是假想出的一个负面结果。

郭兮恒:如果在生活中,您总把问题想象出一件失败的事故或者一个负面的结果,可能就会感到无穷的压力。这跟失眠是一样的,而且会对您产生非常大的负面的心理影响,也会让您更加不自信,恰恰这种负面的想象会导致您战胜困难的能力下降,那么您面临的就是失败。

王蒙:这个跟失眠是一样的,就是愁的是未知,很多人现在失眠是愁今晚上睡不着觉,而不是真的睡不着觉。其实人们完全可以反过来开导自己,这事最坏能到什么程度?那这个程度你能不能接受?你能接受,那就无所谓。

我觉得还有一点就是,所有人会错误判断环境,判断自己,判断自己的幸福,就是你要的东西太多,压力其实就是现代人对所有东西有一个特别大的幸福感的超期待,就觉得我应该获得更好的生活,那他没有反问自己,你凭什么过那么好的生活?

若是坦荡荡,何来长戚戚

郭兮恒:压力可能会成为失败的一个理由,您为什么要谈压力?给自己找借口呗:我面对不了这个挑战。这是一个方面。另外,压力可能导致您应对能力的下降。面临这种挑战，您首先想到的是"我战胜不了"，没有自信心，您说您能做成什么样的事情？所以我觉得压力确实是一个比较负面的情绪。

王蒙：有时候晚上没事——因为我晚上精神不行，您别看我现在聊得挺热闹，吃完晚饭就打盹儿了。所以一般吃完晚饭完整的电影我不看，音乐会很少参加，个别情况下参加一次，也不舒服。我就看电视，有时候穷极无聊，就看电视剧。有时候这电视剧特别地不合理，你看着都起火，已经是对人类智慧的侮辱了。可是我遇到这种情况，我就把自个儿的品位降一个档次。您要那么机灵干吗呢？这个电视剧你不是编剧，不是导演，也不是演员。您说您跟它较劲干什么呀？中央又没让您把电视剧质量抓一抓，就讲个笑话一样，您要不愿意看这电视剧，您看书去啊。您不是为了打个盹儿吗，看着玩呗。那电视剧里一会儿又放枪了，一会儿出来美女了，一会儿出来帅哥了，您就看呗！

郭兮恒：生活当中可能遇到的各种坎坷，比如说感情出了问题、家庭出了问题、工作出了问题，这些问题都可能对你形成一种负面的打击，而每个人应对这种打击的能力是不一样的。我有这样一位病人，他的睡眠特别不好，就跟我讲了许多自认为的"大事"，但我反而觉得都是一些微不足道的小事。他的纠结使得他始终走不出这个圈子来。为了开导他，我出诊时把他安排在最后的时段，看完所有病人后，再把他叫进来谈。我就掰开了揉碎了把这些琐事解释给他听。交流到最后，他说："郭大夫您讲得真有道理，您讲得真好，听您讲完以后，我心里舒服多了，您是既能看病，又能够做我的思想工作，还能疏导我的心理。"我也觉得很有成就感。他还说："您跟我讲的信息量太大，我回去再慢慢消化，但是我感觉从进到你诊室之前，和我走出诊室以后，我已经有了改变。"在他临走之前，我问他："您是做什么工作的？"他说："我是大学心理学教授。"这让我很吃惊，我说："我刚才跟您讲那些内容，要说按照心理学专业来讲，您肯定觉得我讲的太浅了,别怪我在您面前班门弄斧。"他说:"您讲得非常好啊,对我影响特别大。"我说:"您给学生讲课的内容一定比我讲的高深得多。"他说:"是啊,我给学生讲课都是一套一套的理论,等到这些理论用到我自己身上就没有任何作用了。"经历几次交流后,他的睡眠改善了很多,也不再为一些小事纠结了。

心理的症结对人有多么大的影响啊!每个人都可能面临各种心理上的挑战,包括大学心理学教授,也有可能在负面情绪面前败下阵来。

王蒙:郭主任那我得问问您,您每天接触大量的病人面对的负面情绪是多种多样的。这些负面情绪就不会影响您吗?

郭兮恒:三十六年来的临床工作,我面对的都是各种各样睡眠问题的患者,肯定会受到来自各类负面情绪的压力。我是职业医生,以帮助患者分析问题、解决问题为目的,要有更加强大的心理来驾驭局面。我是有备而战,我知道我要面对的是什么。在与患者交流时,我认为医生的语言特别重要,包括用词、语气甚至语态都非常非常重要。患者是来求助的,他希望接受医生的忠告。我常说医生的语言也是治病的良药,体贴有温度的语言对患者来说就是强有力的安抚,让患者更加自信地战胜疾病。当患者走进诊室,医生就开始影响他、改变他,当他离开诊室的时候,就应该让他发生改变,让他获得如释重负、焕然一新的感觉,而不是反过来被他改变、影响。

王蒙:有时候我也感觉咱们谈睡眠问题,实际上也确实牵扯到改善国民的精神素质和精神境界,我就老想这个事,比如人家孔子早就说了:"君子坦荡荡,小人长戚戚。"鸡毛蒜皮的事,你那老觉着别扭,老觉得纠结,乃至于老觉得压力。那是小人,是吧?对于君子来说天下有什么过不去的事啊,有什么了不起的事啊,谁没碰见过困难?我老说那话,你打球你那叫压力,人家的真正压力你知道吗?

嗜睡也是病

郭兮恒：除了睡不着这种睡眠疾病外，还有一种睡眠疾病是睡不醒，典型代表就是嗜睡症。嗜睡也是睡眠障碍的表现，也是一种疾病。如果王老师坐在高铁上往那儿一蜷就睡着了，那时候是下午两点，根本不是睡觉时候，他睡着了，算不算嗜睡？如果您一上汽车，人家开车，您在旁边睡着了，算不算嗜睡？我就要说说两个概念：嗜睡症状和嗜睡症。嗜睡就是一种爱睡觉的表现，而嗜睡症需要前提条件：第一条件就是您在晚上要"睡好觉"。您昨天晚上打一宿麻将，第二天白天困倦，那就不叫嗜睡症，那叫嗜睡症状。如果您一段时间晚间都睡得似乎挺好，但是白天仍旧不可克制地想要睡觉——我强调的是"不可克制"，也就是说想睡就睡，不想睡也睡；开会睡，上课睡，甚至开车也睡，这就得特别小心了，可能嗜睡症找到您了。当睡眠不足时，嗜睡是生理需要的补偿行为。许多老年人中午都要睡个午觉，或者下午打个盹儿，这是他生理需要的睡眠。如果说有人养成中午睡眠的习惯了，那睡觉是可以的。如果今天咱们一起讨论睡眠问题，王老师说话的时候我在旁边睡着了，王老师就会问我："郭大夫，您昨天晚上值夜班了？"我说："没值夜班，睡得挺好。""那您现在怎么要睡觉呢？"这就说明我存在白天嗜睡的问题了。嗜睡也有评价标准，不是你打个盹儿就叫医学定义的嗜睡。我们有一种试验，叫做"多次睡眠潜伏期试验"。对于一位特别爱睡觉的患者，我们要用客观的指标评价他困倦的程度，达到一定条件才能诊断嗜睡。

首先，检查前一天晚间在睡眠中心监测条件下美美地睡一夜，也是为了排除其他睡眠疾病的影响。第二天早晨从八点钟开始做试验，把窗帘拉上遮光，连接脑电图电极，让他在睡眠监测房间里睡觉，室内环境都很舒服，床也很舒服。告知病人八点钟开始关灯自然睡觉，八点半开灯叫醒他起床。一天如此反复五次，每次间隔两小时，间隔期间必须保持清醒。您想想这样反复折腾,要是不困的人,根本睡不着觉,或者睡得很少。而嗜睡的患者,就能做到一关灯很快就睡着了,而且每次都能睡着,还能有做梦的睡眠。如果看到这样的检查结果,我们就判断他是嗜睡症患者。涉及嗜睡表现的疾病还有好多,最多见的是发作性睡病。有些老年性痴呆患者也会有嗜睡现象,有些精神障碍的患者在接受药物治疗期间也会有嗜睡症状,需要专业医生帮助判断和治疗。

梦游在儿时

郭兮恒:梦游是什么?梦游是睡眠中自行发生的行为,医学上称之为"睡行症",比如睡眠时发生床上和床下活动、游走后再回床继续睡眠等现象,梦游的行为可以是简单或者复杂的形式。患者通常对这个过程没有意识和记忆,所以一个人是否发生梦游自己是不知道的,临床诊断主要是根据有人看到了所谓梦游的行为。还有些人肯定发生过,但是从来没有被发现过,也就从来不被诊断。临床上漏诊是很多的,特别是偶尔发生的梦游。被诊断的多是反复经常发作的病例。临床上梦游最多见的是发生在儿童身上,特别是那些情绪紧张、焦虑和想象力丰富的孩子,主要是因为孩子情绪心理不稳定,缺乏关怀和温暖以及神经系统发育还不完善。随着人体发育渐趋成熟,多数孩子的这个现象就逐渐自行消失了。患有梦游症的成年人大多是从儿童时代遗留下来的。一般来说,儿童梦游不算什么大毛病,而成人梦游则可能是一种病态行为。确切地说这种病症取名"梦游"是不准确的。人在做梦时人的身体是处于类似瘫痪状态,不能形成大动作。发生这个异常行为的时刻多数人是没有梦境的或者是不在做梦的睡眠时发生。同一家系中出现梦游症概率较高,说明梦游症有一定遗传性。尽管文献报告梦游的男性多于女性,但我在临床上看到的似乎女孩发生梦游比男孩更多些。

王蒙：我碰到过这样一种情况，我亲属中一个晚辈，她做梦梦见在国外的孩子问她要一什么证件，她第二天起床去放证件的房间，发现证件已经被拿出来了，还就放在桌子正中间。她就觉得自己是梦游拿出来的，她先生不承认，说她是心里想着这事，是睡前有意识地很明确地拿出来的，后来就忘了。这能解释成梦游吗？这种事很多啊。你夜里起没起夜你可能都忘了。但这对文学艺术来说是件好事，是具有故事性的。我前不久看了大剧院演的歌剧《梦游女》，非常有名的歌剧，就是以梦游为灵感的文学创作。一个可爱的女孩儿梦游到了一位贵族家的床上，引起了男友的怀疑，后来人们半夜亲眼看到了她的梦游情景，才消除了误解。我之前说到的去古巴访问，连自己下楼吃过早餐都不知道，也是有点梦游的意味了。

郭兮恒：那您一定关心一个话题——梦游需要治疗吗？通常情况下，儿童的梦游症不需要特殊治疗，等到孩子长大发育成熟以后，梦游的现象就自然消失了，也有少部分人有过于频繁的梦游行为，就可能形成一种习惯延续到成年。我们通过睡眠监测发现所谓梦游的行为是发生在不做梦睡眠的深睡眠阶段。我见过有个新闻报道说某人发生梦游时，外出到河里游了泳，再回家接着睡。还有人梦游跑去另一城市娶妻生子。这些都是杜撰出来的。我治睡眠病三十六年，从来就没有见过类似的病例。我就要问：见过有谁会边睡边游泳吗？他娶妻生子这些年是睡还是醒啊？梦中之梦吗？我认为这些都是戏说。

刚才您说四五十岁的成年人还出现梦游现象，我认为他同时应该有与行为相一致的梦境内容，成人的所谓梦游现象需要进一步检查，必须心理治疗和药物治疗同时进行，去除不良的精神因素的影响。

健康三要素

郭兮恒：人对理智克制这种行为的建立是和他的逐渐成长、成熟有关系的。比如一位缺乏生活经验的年轻人，如果希望他达到一种非常理智的状态是不现实的。但是换成一位长者,在他走过无数曲折道路、经历了漫长年代的洗礼之后,对他来说,疯狂的时候都已经过去了,此时此刻,他知道对他来说什么是最重要的,什么是他自己需要的。虽然年轻人的轻狂和不受约束的性格在某种程度上讲是他们进步的动力,但是在睡眠行为方面的不规律也会给他们的健康带来不利影响。因为他们年轻,调节睡眠的能力就特别强,即使他们短时间睡眠缺失、睡眠不规律,但是他们仍然能够保持一种精力充沛的状态。但随着年龄的增大,他们的睡眠调节能力逐渐下降,尽管下降的过程十分缓慢,但他们也会感觉到这种变化,随之而来的是健康问题的烦恼越来越多。临床研究结果证明:在中老年阶段容易出现睡眠问题的人,多数都跟他们年轻时不克制自己、不约束自己的起居规律有关。所以我想提醒大家:即使您现在特别年轻,您的调节能力暂时比较强,但是保持正常的生活节律仍是确保未来健康的基础。就应该像王老师那样快乐而规律地生活。

说到健康的概念,我认为大多数人的理解可能是有偏差的。什么叫健康?有位患者说:"郭大夫,我到你们医院进行了一次体检,所有化验单结果都正常,所有检查的项目也都正常。"像这种情况,医生根据体检结论没有发现他患有任何疾病,那他是不是健康的呢?我认为这只是健康的一部分内容。所谓健康,完整的概念是这样的:第一,一定要有个健康的身体,这是前提条件,您的硬件条件是合适的、正常的,这只是健康的一个因素,并不是健康的完整概念。第二,要有健康的心理,保证您的心理健康,心里有阳光,保证心情是喜悦的、快乐的、友善的。这很重要,如果您的内心比较阴暗或者您的内心具有焦虑、抑郁的负面情绪,说明您是不健康的。第三,如果您身体特别好,心理状态也特别好,但是没有健康的生活方式,那也称不上健康。王老师就拥有一种健康的生活方式。健康的生活方式包括许多方面,比如规律起居,不吸烟不饮酒,饮食科学有营养等等。这三方面的健康才构成真正意义的健康。

王老师在年轻的时候曾经为睡眠问题求过医,所以他在大家都不重视睡眠的年轻时代,就已经很重视睡眠了。

王蒙:对对对,我从小就认为睡眠对身体健康是第一重要的,因为人和人不一样,比如有的人有什么先天性的疾病,对抗疾病就最重要;对我来说最重要的不是吃,我不是美食家,也不厌食,我就是重视睡眠,甚至是珍视睡眠。但我不会成为嗜睡者,原因是我爱读书,爱写作,爱工作,甚至也爱做些体力劳动,例如洗衣服与和面。我尤其喜欢动脑子,喜欢说话,我有多动、多说、多想、多做的那一面,我绝对不懒惰,不混吃闷睡,不好逸恶劳,那么,我虽然喜爱睡眠,但不会成为好吃懒做的寄生型人士。

您刚才说的这个心理健康,我也有一个不知道算不算经验的经验。就是吃完晚饭以后啊,尽量心里别留什么疙瘩。譬如说您吃完晚饭忽然想起来了,今天有一件事没做好,有一句话没说对,您想办法看看能不能弥补就好。如果您纠结了,下午我怎么说了这么一句话,那这句话人家要误解了,我好模好样地就把人得罪了。您就想办法弥补,想办法发个微信:我下午那句话说得不太妥当,实在对不起了,多包涵……您就说这么两句是能弥补的。不能弥补您就得自个儿劝自个儿,话已经说出去了,爱怎么着怎么着,也不至于扣我下月工资;就是把工资扣了,您扣我一万我那边又挣了一万零一百回来,您可以自个儿这么安慰自个儿,这是一种情况。

还有一种情况就是为一点很小的事和自己的家人,尤其是和自己的配偶,睡觉之前忽然俩人叮当叮当吵起来,吵完尽量争取别带着气睡,你说带着气睡你也不高兴,她也不高兴。你就过一会儿,找个台阶下吧,是不是?你跟你老伴逗两句:"哎,别火了啊,刚才我逗你玩呢。"就完了呗。不行搂过来说:"我就这脾气啊,可是你可要注意啊,现在我可真不想跟你再说不好听的话了。"那就完了呗。

助眠药，你选零还是选一？

王蒙：我有好多朋友，睡眠不好，又无论如何也不吃安眠药，他认为第一吃药会让他变笨，第二会伤元气，第三怕吃药成瘾，等等。这些问题其实也可能存在，但是另一方面，我又不断地接触另外一类人——吃睡觉药吃了一辈子的。比如说担任咱们中国作家协会主席时间最长的茅盾，他从上大学时就开始吃药。季羡林更厉害，他九十七岁才去世，当时季老还健在的时候，谁去拜访他，他就和谁说："你们凡是睡得不好的回去吃安眠药，我也是吃了七十多年是吧，一天都没断过，但是我活了九十多岁了。"而且他老人家又有那么大的学术成就，没有像人们怕的那样，原来是天才，吃完安眠药变成傻子的。

郭兮恒：安眠药就是用来帮助失眠患者快速入睡的。但是短期快速的安眠药病人是不能随意获得的，除非有医生开的处方。因为有些不法分子会利用这种药的特性做出一些非法的行为。容易出问题的药物受到更加严格的控制。您刚才说的这类药，它的特点是起效快，药劲消得也快。药物从嘴里到胃里，再到吸收后发挥作用，这个过程有时间上的延迟，肯定不会立刻起效。虽然延迟时间有限，但对于有些失眠的病人来说实在太难熬了。他等不了这段延迟，他等着着急。解决这个问题很简单，如果您想睡觉了，提前几分钟先把药吃上，等您真正需要睡觉的时候，药也就发挥作用了。我给病人用药主要是根据他们睡眠障碍的类型结合每种药的特点来进行选择。有的药是起效快但是维持时间短，有的药是起效慢但是维持时间长。入睡困难的用短效药，维持睡眠困难的用中长效药。还要考虑每位病人的年龄和身体状况。选择用药确实要因人而异，因病而异，不可一概而论，病人更不可随意服用。我国对安眠药的管控是非常严格的。有些病人热衷于接受药物治疗，但是还有些病人处在另一个极端上，他们认为安眠药对他们的身体有副作用，所以坚决不吃药。

安眠药是什么？安眠药跟你吃的感冒药、降压药本质上是一回事儿，就是帮助您解决疾病的。如果您睡觉好，您肯定不需要吃药。但是高血压患者，不吃降压药就有危险，而且降压药不是吃几天，是需要长期吃，甚至很多人要吃一辈子。那您长期睡不着对健康的危害同样很大，既然吃了安眠药就能让您睡好，为什么不吃呢？安眠药在专业医生的指导下也可以长期服用。对睡眠障碍患者来说，不吃药的副作用远远大于他们所谓的药物本身的副作用。安眠药与其他药物的区别在于安眠药是处方药，这就意味着安眠药必须由医生来判断病人是否需要用，是否可以获取。病人是没有专业的知识水平和能力去判断该不该吃安眠药的。患者应该按照医生的处方买药服药。

在临床上，所有药都有副作用，不是只有安眠药才有副作用，但是药物的副作用对人体的影响也是因人而异的。如果说我睡觉特别好，安眠药的副作用如果是"一"的话，那么对我来说，吃安眠药给我带来的好处就是"零"。既然一大于零，也就是副作用比治疗作用大，那么我就不需要也不应该吃药。但对睡不好觉的人来说，他需要睡觉，他吃安眠药以后能获得一个很好的睡眠，他可能因此得到了"一百"，那么一百跟一相比，副作用对他的影响就微乎其微了，所以这时候就不要去在意副作用。

在医生的指导下，药物的副作用本身就是有限的、可控的。而且，在医学水平高度发达的今天，安眠药也从第一代升级到了第三代。现在市场上基本是以第三代安眠药为主、第二代安眠药为辅的形式流通的。而每一代安眠药的安全性都有很大程度的提升。

王蒙：我特别同意，因为你要说副作用，别说药有副作用，什么事物都有副作用——吃饭也会吃到沙子，吃肉还会影响胆固醇，什么都有副作用。所以还是人们把睡觉的问题想得太神秘，也把自己睡觉的能力想得太脆弱了。

郭兮恒：有位就诊的失眠患者对我说："郭医生我睡不着觉太痛

苦了！"我问他："睡不着觉有多长时间了？""二十年了。"我说："那您过去吃过药吗？""吃过。""吃什么药？""吃过安定什么的，效果都不好。郭医生帮我出个好招吧。"我说："您把您过去吃药的经历详细地跟我说一下，都吃过哪种药，怎么吃的？我来给您调整。"他说："安定，睡前吃三十片，另一种安眠药吃十片，还有其他的安眠药，再吃五片。"我被他吓了一跳，开玩笑说："好家伙，您现在还活着真不容易。既然这样，我现在给您看病可不是要给您加什么药，我得想办法让您之前的那些药减一减，您这么吃是不行的。"他说："不行郭医生，您要是减药的话，我睡不着啊。"面对这种情况，医生就得安慰病人，耐心地指导他怎么减量，逐渐用别的药替换，最后把他几十片药减到几片药，还能让他睡好觉。其实这个过程是漫长并且艰难的。所以我们说拒绝服药的病人是不对的，乱吃药的病人也是不对的。还有另外一个到我诊室来的患者，我问他："您吃过安眠药吗？""郭大夫我吃了好多种药。""请您告诉我您吃的药的名字？""我不清楚，没注意，都忘了！"我说："您都不知道是什么药您就敢吃？要是吃出问题怎么办？"他说："我当时睡不好觉，记忆力就越来越差，我当时那么多药名都记得，现在连一种药名都想不起来了，您说我该怎么办？"他一点既往治疗信息都提供不出来，这种情况，我就只能根据经验，尝试着制订出适合他的治疗方案了。

王蒙：您说这个"反面教材"，我就想到季羡林季老也好，茅盾先生也好，我觉得他们的睡眠不好，可能跟他们的生活方式、生活习惯有关系。但是如果他们能够在医生指导下正确用药，缓解了睡眠问题，那么他们就是个例子——说明正确服用药物对人没有风险，是安全的。我只有在出国的时候吃安眠药，因为有时候出国的时差相差太大，而且到了国外以后基本没时间休息。咱们国家是有规定的，比如说你到一个国家不能超过多少天，到那以后你基本上就得马上工作，该座谈就得座谈，该讲话也得讲话，该会见什么人就得会见什么人。

郭兮恒：有些人对如何就医存在误区，包括用药的态度。比如有的患者要求医生开很多药,回去后根本不吃,之后都扔了。还有人对医生开药的剂量不理解。医保制度规范下医生开药的药量是受限制的,一般急性病只能开三天的药,慢性病只能开七天的药。而有的患者挂个号就费了很大的功夫,等了半个月,医生却只给他开了几天的药,病人就觉得心里没底,不平衡。我们医生必须遵守相关的政策规定,特别是安眠药更是限购限量的。

王蒙: 还有一种病人不说病情,他觉得好大夫是不用告诉他病情他就能看出来的。有些话他认为说了以后就无法考验这个医生的水平,甚至于挖个坑让医生往里跳。这次的医生掉进了他的圈套,下次他找另外的医生接着挖坑。所以谈到疾病的时候,确实需要提高我们的文化素质。当然任何医学都不能解决人类的一切问题,也许你碰到的医生确实没有给你找到最好的办法,可是你如果自己再不抱着合作和努力的态度,就是您自己把这事往最坏的方向弄了。

中医精,西药灵

郭兮恒: 虽然我是个西医院校毕业的,但我中医考得很好,在大学的中医考试成绩是九十九分,而且我在临床工作当中,也善用中医的方法治疗失眠病人。中医强调的是望闻问切、辨证论治,而有些所谓的中医就有点玄。我讲一个例子:有一次我们跟着旅行团出去玩,旅行团就把我们带到当地的一个中医药店里去了,要求每个人都要经老中医诊脉。我们都在排队,看着药店里的老中医把手往每个人的脉上一搭,也不问您什么症状,就说得了什么什么病。等到快排到我的时候,我就装作不太舒服的样子。其实这个大夫在给别人看病的时候,也观察其他人,他观察到我的一系列小动作。排到我了,坐下后我就没有再接着做表现不舒服的动作。他也不问我,给我把一会儿脉,直接说:"小伙子,你呢,酒喝得太多、烟抽得太凶了,肾亏!"——其实我根本不抽烟,也不喝酒,然后他就给我讲我得吃什么药调理。实际上他完全可以问我哪里不舒服,完全没必要猜我喝不喝酒,抽不抽烟。

我想跟大家说,在就医的时候,你要主动地去跟医生沟通症状,医生也要详细问一问病人的病情。中医讲究的"望闻问切"就是这个道理,这里说的"问"很重要。

王蒙:中医对睡眠的说法跟西医不完全一样,但是它也有些可爱的地方。比如它讲安神,它认为枣安神,枣的气味,吃枣的感觉,都有安神作用。这个我就很认同,为什么?首先我并不反感,而且我也不认为它有多少副作用,晚上临睡觉前,就吃十颗枣,二十颗也没什么大问题,也撑不到哪儿去,也不会引起副作用。我都觉得挺符合我的口味。有些人本身就喜欢中医的这套理论,他去开一点中药来改善他的睡眠,我认为这也是合理的。

郭兮恒:您说的枣具有安神作用,确切地说是枣仁具有安神作用,也并不是所有的枣仁都可以安神,只有酸枣的枣仁才具有安神作用。那么,怎么把枣仁取出来,取出来之后是直接食用还是加工之后再服用,如何加工,如何服用,这在人们日常生活中都是一个问题,就要依靠博大精深的中医文化了。

除了酸枣仁具有安神作用以外,朱砂同样有安神作用,但您知道朱砂中还包含什么成分吗?朱砂中是含汞的。我们都知道汞是有毒的,对人体具有潜在的危害。所以服用中药的时候千万要注意,不要以为吃中药是绝对安全的,一定要科学服用。

中医治疗睡眠也是有一套理论方法的,无论从理论到药物还是最后的效果。中医有很多解决睡眠的办法。我在临床工作当中也常用中成药。睡眠障碍的病人很容易受心理暗示。我给病人开药的时候会问他们愿意吃中药还是愿意吃西药——当然中药也是需要辨证论治的,最终得要解决问题。如果病人从内心里接受中药,在这个前提下,给病人用中药的效果往往比较好。

我们有一次在电视台做睡眠节目。节目组请了我和一位中医专家。这位中医专家讲关于睡眠的中医理论:白天是阳,黑天是阴;前半夜是阴中之阳,后半夜是阴中之阴;白天的上午是阳中之阳,下午是阳中之阴……也说到了睡子午觉等理论。我主要是讲西医的睡眠理论,有关浅睡眠、深睡眠、如何治疗失眠等等。节目做得不错。结束以后,这位老中医却私下过来找我:"郭医生,你能不能帮我解决一下我的睡眠问题?"我说:"您刚才讲得那么好,怎么会睡不好呢?"他对我说:"有些中医理论讲得是很好的,但如何应用还是因人而异,有些病例还是比较顽固的。"我也很同意他的观点。我认为因人而异、辨证论治、中西医结合,可能会获得最佳治疗效果,我相信祖国医学的博大精深是治疗睡眠障碍的宝贵资源。

郝迪: 有人跟我说中药就是草,你怎么吃它都没什么事。我觉得这是误区,我想到这样一个比喻,就像咱们在家炒菜时放的盐,中医"炒菜"加的是海水,而西医"炒菜"用的则是氯化钠。你说谁的副作用大谁的副作用小?西药里的说明书长得像是一本书,中药却没有。是因为对这些东西他描述不出来,或者说没有一个统一的药方,一百个中医同时诊断一个病人,就会开出一百个药方。

郭兮恒: 有些患者对于中药和西药的态度截然相反。认为西药有副作用,中药没有副作用;中医是有病治病,无病防病。这就走进了认识误区。中医也讲究是药三分毒。服用中药可以扶正祛邪,但长期服用也是具有潜在风险的。服用中药也要有适应症,也要注意观察用药者的肝肾功能。

有一对夫妻常年服用中药"调理",不愿意接受停药的建议……

王蒙: 他的意思就是跟吃安眠药似的,你睡觉不好可以吃,睡觉好也可以吃。

郭兮恒: 是的,并且拒绝西药治疗,认为"中医治本,西医治标"。直到他们肾脏功能出现问题了,才停用中药。我还要强调:聪明的患者要会利用医生的智慧治疗自身疾病。医生和患者是一个战壕的战友,我们一起战胜共同的敌人——睡眠疾病。要认真思考睡眠医生的建议,要相信科学。

希望我讲的内容有益于大家深入了解睡眠科学,有助于睡眠障碍患者战胜疾病,睡个好觉!

关于睡眠学的建立与研究刍议

王蒙:我们平常里讲维持生命生活最原始的诸事,有个说法:"吃喝拉撒睡",吃喝拉撒都算消化系统,有物可见、可感觉可观察;睡呢,属于心理、精神、神经系统的事,相对抽象一些,难以管控一些。

我想到了医疗社会学的说法,我觉得我们应该发展和研究睡眠社会学、睡眠生理学、睡眠心理学、睡眠病理学、睡眠药学等等。

尤其是睡眠社会学,其中应该包括睡眠与社会状况——政治环境、民族属性、风俗习惯、地域特点、文化传统、经济发展、国民经济生活水准、城乡差别、职业差别等等,睡眠与生活状态——智力、教育、文化、信仰、价值观念、婚姻家庭处境、性格、人际关系、心理素质等等。

就是通过睡眠学的建立与发展,逐步建设人对于睡眠的可知、可感、可测量、可分析、可把握、可管控的状态,对于睡眠的了解与管理,从必然王国走向自由王国。

睡眠是人类的福气

王蒙:其实,每个人睡觉的情况是有波动有变化的,任何人,有辛苦的时候,也有闲散的时候;有亢奋的时候,也有疲软的时候;有快乐的时候,也有不自在的时候,有春风得意的时候,也有自思自叹感觉窝囊的时候。从外部条件来说,衣食住行、季节气候、卧室设备与自然环境各方面,都不一样,自身、生理、心理、年龄……都有变化,岁月不居,时节如流嘛。有起伏,有波动;有时睡得好些,有时睡得差些,不足为奇，变化波动，都属正常。

　　拿我个人来说，睡不好有几种情况，一种是饮食上出了毛病，含咖啡因的东西摄入太多了；饮食引起了消化的不适了；一种是写作上过于兴奋过于自赏自恋了；一种是与家人、亲人、友人略有芥蒂了；还有一种情况是一天相对过得太轻松了，不累、不乏，空空如也，天黑了也没有欲睡的感觉。一切过好、过差、过劳、过闲、过紧、过松，都会使睡眠不理想。

　　怎么办？不用办。睡得好不等于天天都睡得多，睡得深，睡得完整若干小时。世界、人生、睡眠都是辩证的，相辅相成的。今天没有睡好，正好准备了次日好好睡一大觉。今天辗转反侧，正好准备了明天的酣睡黑甜乡。为睡眠而焦虑，是绝对不必要的，更是要不得的，各位读者，从现在开始，您想开了，多睡少睡都是睡，睡浅睡深都得歇，太好了也就不可能更好，太差了更是不可能更差，道法自然，睡是本能，不怕劳累、不怕辛苦、不怕受累、不怕……的人，难道还会怕躺下好好来一觉吗？即使你已经自以为好几夜没有睡好了，仍然应该满足能够静仰静躺眯着歇着的福。

　　睡觉者们，你们可不能身在福中不知福啊！

　　睡眠是人类的一种福气，除了人类，哪个动物能有这样好的睡眠条件睡眠设备睡眠习惯？看还有什么东西能睡得这样完整这样舒心这样科学这样文化！睡眠者有多牛，多幸福，多舒服！睡眠有自己的功夫的，睡眠之功在自然，在安然，在心胸开阔，在随遇而安，睡眠功夫就是静心、心斋、心平、气和、凭性、随心、放心、舒心、蓝天白云、坦荡荡、明光光。学而时习之，不亦说乎？有朋自远方来，不亦乐乎？日出而作，日入而息，一切自然而然，能睡自然睡，不睡自然而然起，睡好了好好工作，睡不好了仍然好好工作并且下次睡好，不亦得其所哉乎！

　　睡觉，是生命现象的一部分、生活内容的一部分，我们热爱生活，就要学会享受，不学也会享受好好睡觉！

后 记

　　睡不好觉,被失眠二字纠缠得难分难解,瞪着冒火星的眼睛却又恐慌萎靡压抑,这里边有生理、病理的原因,生活方式的原因,环境的原因,但是很可能也有自己心理、性格、观念方面的原因。

　　对不起,我们得承认,睡不好的人心理不够健康,不够坚强,不够开朗,缺少拿得起放得下的大度,缺少能屈能伸的自主以及胜得起也败得起的皮实劲儿,缺少自我调整、自我控制、自我适应的能力。说明您可能多少有点小心眼,有点神经末梢的敏感与脆弱,有点嘀嘀咕咕,有点……对不起,说不定是无事生非,是没事找事,是爱翻饼烙饼,是自寻烦恼,是脉脉含情,说不定哆里哆嗦,您气量有待改善,脾气有待改善,性子有待改善,自苦有待改善。

　　人应该皮实点儿,什么叫皮实？就是侯宝林相声《卖布头》里说的广告词：

　　　　经铺又经盖,经洗又经晒,经拉又经拽,经蹬又经踹。

　　反过来说,一个人在任何好的或相当不好的处境中,别人认为您吃亏倒霉的情况里,您照样能吃能睡有说有笑,您是很难一败涂地的,您多半是常胜将军。

　　精神方面、神经方面、意志方面,人很难被外力推倒,而多半是自己精神的衰弱、灰暗、颤抖、忽冷忽热,最后造成自身的崩溃的。

　　中国的古圣先贤,尤其是儒家元老,都喜欢讲一个"反求诸己",就是说,遇到倒霉吃亏不舒服不高兴之事,先从自己身上找原因,先从自己身上想办法,先从自己身上求改善,而绝对不怨天尤人、一肚子晦气。健康快乐大气磅礴的人,谁不是该吃就吃,想睡就睡,睡不着就睡不着,睡不着起来干活、读书、会亲友、找乐,然后再睡呗,有什么了不起？

您睡不好？太好了，这说明亲爱的朋友您大有改善自己的精神品质、精神架构、精神功能的空间，您还大有学习进步、调整端正、平衡把握的余地，您一定，您必须茁壮成长，欣欣向荣。你需要变成一个更大方、更坦率、更勇敢、更强大、更战无不胜的好孩子、好青年、好兄弟、好姊妹、好老爷子……这样的人能有更好的生活质量、三观质量、性格品位、亲友关系，岂止是睡觉，人生的全面幸福属于您。

我们还可以想得更轻松，不是从儒家，从德行，从世界观、人生观、价值观，从格局和境界上下功夫，而是从道家，从道法自然，从无为而治的方向努力。人要生下来，要让大自然——大块，载我以形，劳我以生，佚我以老，息我以死。从大自然下载了体形，为生活奔波劳碌，老迈后得到安逸，死亡正是休息；这一切都是自然的规律。一切都并不需要你焦虑操心，睡好睡不好，其实没有啥。今天睡不好应该就是明天或者后天好好睡的预备。一年没睡太好，应该就是第二年呼呼呼地大睡的准备。诸葛亮躬耕南阳，刘备三顾茅庐，第三回来到时，诸葛亮正睡午觉，越睡越不醒，闹得张飞发火，被大哥刘玄德按住，诸葛孔明一醒，先来四句定场诗：

大梦谁先觉？平生我自知。草堂春睡足，窗外日迟迟。

而庄子的说法是："方其梦也，不知其梦也，梦之中又占其梦焉，觉而后知其梦也；且有大觉，而后知此其大梦也。"就是说，真做起梦来，你并不知道你在做梦，闹不好，你是梦中梦到自己做更深一级的梦……同样，你睡着了，你上哪儿知道你睡成啥样了呢？睡得不太舒服，睡得不顺心的结果是感觉自己，甚至是梦到自己失眠没有睡好，失眠原来是做梦，是犯傻，是吃多了撑出来的，这不是也完全可能的吗？醒就是醒，梦就是梦，这是一种可能，真正醒的时候就是不做梦的时候，不做梦你又有什么无梦啊、失眠啊、醒着啊之类的计较呢？做了梦了，说明你不够清醒，你不清醒的时候如何能判断清晰你当真做梦还是仅仅梦见做梦了呢？如果是梦见做梦，又如何衡量判定你的清醒不具有梦的因素乃至梦的实质呢？

　　这里边庄子有浮生若梦的消极谬论，暂不置评。但是把睡与醒、失眠与酣睡、睡深睡浅、睡了八小时还是五小时之类的事情看得淡些、随便些，我们可以做到，我们必须做到。世界上没有听说过任何一个动物发愁睡觉，人多了点儿灵气，千万别自己折腾倒腾翻腾闹腾。

　　我们也要学诸葛亮，当军师当不成，鞠躬尽瘁也有距离，条件允许时睡睡大觉，难道也做不到吗？

　　从睡不好到像拿破仑一样能睡，朋友，你的前景不得了！

长江文艺出版社 2019 年出版